谍影风云 2

LEGEND OF A SUPERSPY

寻青藤◎著

人民东方出版传媒
東方出版社

目录

CONTENTS

人物档案

PROFILES

主人公 宁志恒

浙江杭城人。年龄二十出头，身高约一米七五，身形挺拔，体格健壮，五官较为立体，剑眉朗目，颇为英俊。穿上军装、带上配枪后英姿勃发，气宇轩昂。

初为黄埔军校第十一期步兵三班学员，后历任军事情报调查处（“军统”前身）行动科第一行动组第三行动队副队长（少尉）、队长（中尉、上尉），第四行动组组长（少校），绰号“宁阎王”，秘密身份是代号为“影子”的红色特工。

✳ 宁志恒亲友

贺峰：宁志恒、卫良弼的老师，保定系成员，军事情报调查处副处长黄贤正在保定军校时的同窗好友。北伐勇将，人称“贺疯子”，上校军衔。后被调入黄埔军校教书。推荐宁志恒进入军事情报调查处。

✳ 宁志恒外围帮手

刘大同：原是南京北华警察局巡警小队长，后跟随宁志恒为其收集情报，历任北华警察局侦缉警长、西城警察局局长。

刘永：刘大同发小、黄包车行老板。负责为宁志恒收集情报。

陈延庆：户籍警，刘大同好友、部下。升任西城警察局警长。

官季安：刘大同手下，升任北华警察局警长。

温兴生：刘大同手下，升任西城警察局警长。

左柔：左氏兄妹老二，江湖高手，善用柳叶刀，宁志恒外围人员。

左刚：左氏兄妹老大，江湖高手，宁志恒外围人员。

左强：左氏兄妹老三，江湖高手，宁志恒外围人员。

✳ 中共地下党组织成员

路明：第二任代号为“影子”的中共地下党员，因叛徒出卖，中了中央党务调查处人员的埋伏，壮烈牺牲。后“影子”代号被宁志恒继承。

张培：原中共地下党员，后叛变，是造成第二任“影子”路明死亡的主要人物，被宁志恒暗杀。

夏德言：代号“农夫”，青石茶庄掌柜，“影子”的单线联系人，中共南京地下党组织的老成员。

方博逸：代号“青山”，金陵大学教授，中共南京地下党组织最高领导人，五名常委之一。

吴泉江：代号“苦泉”，中康中药店老板，中共南京地下党组织五名常委之一，负责为前线红军将士搜购军需药品。后身份暴露，撤离南京。

郑大有：方博逸家中男佣，中共南京地下党组织安全组长。

程兴业：普安中医诊所坐诊大夫，继承吴泉江的“苦泉”代号，重新领导和组织南京地下药品战线工作。中共南京地下党组织五名常委之一。

祝洪波：德茂公司老板，程兴业助手。

吴茹云：革命烈士老钟的遗孤，女子中学学生，舅舅是吴泉江。

章成弘：印刷厂老板，中共南京地下党组织成员。曾执行军用电台采购任务。

萧宏：代号“磐石”，中共南京地下党组织五名常委之一，负责情报工作。曾指挥军用电台采购行动。

✳ 军事情报调查处人员

处座：军事情报调查处最高长官，少将军衔，被称为一代“间谍之王”。阴狠狡诈、冷面铁血、喜怒无常，治军赏罚分明，是出色的谍报特务头子。

黄贤正：军事情报调查处副处长，保定系首脑人物。为人圆滑，处事老辣，城府极深。是宁志恒老师贺峰的军校同窗，也是宁志恒在军中的靠山。

赵子良：军事情报调查处行动科科长，上校军衔，处座嫡系。

向彦：军事情报调查处行动科副科长。

卫良弼：宁志恒师兄，同为贺峰门生，黄埔七期毕业，黄贤正的嫡系干将，暗杀高手。军事情报调查处行动科第一行动组组长，初为少校军衔，因功晋升中校。

吕扬：军事情报调查处行动科第一行动组第二行动队队长，上尉军衔，卫良弼部下。

石鸿：军事情报调查处行动科第一行动组第三行动队副队长，中尉军衔，卫良弼亲信。后接替宁志恒成为第三行动队队长。

邵文光：初为卫良弼副手，资深特工，苦熬多年仍为上尉军衔。后因跟随宁志恒办案立功晋升少校。

孙家成：宁志恒心腹，擅长武术和近身搏斗。初为军事情报调查处行动科第一行动组第三行动队队员，因功晋升少尉，升任第四行动组第二行动队副队长、队长。

王树成：军事情报调查处行动科第一行动组第三行动队副队长，因功晋升中尉，任第四行动组第一行动队队长。

赵江：军事情报调查处行动科第一行动组第三行动队队员、第四行动组第一行动队副队长，宁志恒手下骨干。因功晋升少尉。

叶志武：军事情报调查处行动科第二行动组组长，赵子良心腹，军人出身。

郭学义：军事情报调查处行动科少校军官，向彦心腹，抓捕武田枫（田立群）时牺牲。

康顺东：军事情报调查处行动科上尉军官，向彦心腹。

华晖：军事情报调查处行动科上尉军官，向彦心腹。

楚光：军事情报调查处行动科中尉军官，向彦心腹。

聂天明：军事情报调查处行动科第四行动组第三行动队队长，黄埔七期毕业，上尉军衔。是黄贤正为宁志恒挑选的部下。

阮弘：军事情报调查处行动科第四行动组第一行动队副队长，中尉军衔。是黄贤正为宁志恒挑选的部下。

霍越泽：军事情报调查处行动科第四行动组第二行动队队长，黄埔七期毕业，上尉军衔。是黄贤正为宁志恒挑选的部下。

沈翔：军事情报调查处行动科第四行动组第二行动队副队长。

谷正奇：军事情报调查处情报科科长，上校军衔，处座嫡系。

边泽：军事情报调查处情报科副科长，处座心腹，曾与“雪狼”数次交锋，皆失利。

于诚：军事情报调查处情报科组长，少校军衔，谷正奇心腹。因处处盯防宁志恒，曾被数次敲打。

陈子墨：军事情报调查处情报科潜伏在外交部的情报员。

崔国豪：黄贤正的老部下，保定系成员，因宁志恒抓捕黄显胜引出的孔良策冤案被提升为军事情报调查处装备科二组组长、晋升中校军衔，成为这次事件的最大赢家。

钱忠：军事情报调查处情报组组长，处座的心腹和同乡。尸位素餐，贪财如命。

李文林：军事情报调查处会计室会计，中尉军衔。曾参与永安银行账户查验行动，却因饮酒泄露机密，被“黑狐”严宜春害死。

卞德寿：军事情报调查处电信科组长，少校军衔，曾负责监听永安银行。

柳同方：杭城军事情报站站长，中校军衔。赵子良的老部下。

✳ 中央党务调查处人员

沈乐：中央党务调查处南京调查室主任。

闻浩：中央党务调查处南京调查室情报三组组长。

段星洲：中央党务调查处南京调查室行动队长，闻浩的手下。

郭明：中央党务调查处南京调查室外勤行动队员，后补缺成为行动副队长，闻浩的手下。

✳ 其他中国人

沈浩成：贺峰至交，驻守重庆的第十三师第五团团长。曾帮助宁志恒在重庆购买地皮。

莫成规：第十四师副师长，少将军衔，贪财好色，被黑水小组策反，出卖军事情报给日本间谍，后被卫良弼暗杀。

莫平生：莫成规侄子，帮助莫成规到永安银行取款。

童华翰：永安银行总会计师，曾协助军事情报调查处人员进入永安银行秘密查账。

许信：永安银行柜员。

杜谦：南京西城区警察局局长，掌管平安港和康元口两个关卡，其小舅子掌管乔水湾关卡。曾收受贿赂放行吴泉江的药品，因其了解地下党员底细被宁志恒派人暗杀。

马三：掮客。宁志恒利用其身份搭上程兴业，并将药品成功转移给地下党。

丁大海：刘大同唯一留用的西城警察局侦缉警长，负责调查杜谦被杀一案。

✳ 南京的日本间谍

柳田幸树：化名付诚，代号“风车”，日本特高课特工，暗影小组组长，被捕后不招供，被上电刑致死。宁志恒在此间谍案中因抓捕付诚首立军功。

岛津弘：化名谢自明，代号“黑雀”，特高课特工。在“风车”柳田幸树被捕后，被指派为新的暗影小组组长，其掩饰身份是鸿程小学国文教师。

哲也良平：化名黄显胜、王云峰，代号“木偶”，暗影小组成员。少时被抓到日本做劳工并被培养成间谍，冒充中国人的身份，担任中央军第十一师第二团作战参谋，少校军衔。被捕后招供，牵引出林慕成。后被宁志恒私下处决。

马宏：代号“铃铛”，暗影小组成员，宣康年发展的下线，中央党务调查处南京调查室行动队副队长。“黑雀”岛津弘招供后被捕。

孟乐生：代号“蝰蛇”，黑水小组组长，南京同诚中学副校长，孔舒兰丈夫。

孔舒兰：黑水小组成员，孟乐生妻子和助手。曾色诱策反莫成规，被捕时反抗被击毙。

武田枫：化名田立群，黑水小组成员，苏煜留学东京时的同学，策反苏煜。因翡翠勾玉和家徽印章失窃被军事情报调查处查出，被抓捕时因枪杀郭学义而被击毙。

苏煜：代号“乌云”，黑水小组成员，中国人，外交部计划厅二处副处长，被留学日本时的同学武田枫威胁成为日本间谍。曾化名文树在永安银行开立账户，后被捕。

顾文石：第十四师第三团作战参谋，少校军衔，梁实安昔日战友。负责策反和发展间谍，利诱、威胁、策反梁实安等重要人物。后被捕。

关口良一：化名鲁兴，代号“园丁”，雪山小组组长，洋布店老板，被捕。

史烨梁：雪山小组成员，裕安贸易公司部门经理，被捕。

梁实安：代号“铜钱”，雪山小组成员，中国人，军事委员会兵役部参谋，因生活所迫被策反，出卖机密度不高的情报。被捕后戴罪立功，在王树成求情下被宁志恒释放。

川上健太：化名崔海，代号“雪狼”，特高课资深特工。在“风车”柳田幸树被捕后赴南京甄别小组成员重启暗影小组，被捕时拉响手雷自尽。

井原刚志：化名严宜春，代号“黑狐”，直属于上沪特高课本部的高级间谍，受上沪特高课课长佐川太郎直接领导。冒充中国人的身份，在军事情报调查处潜伏十六年，担任情报科第二情报组情报官，少校军衔。杀害同事李文林后被发现，被抓捕时自杀。

耿博明：永安银行协理，留学日本时被策反。直属于上沪特高课本部，负责日本间谍在永安银行的资金运作，后被日本方面告知逃离监视，最终被捕。

高野谅太：化名邢立轩，特高课高级特工。潜伏南京四年，没有上线和下线，直接受特高课本部情报组长今井优志指挥，随时听候指令，负责示警被发现的间谍，被捕后招供。

川田美沙：化名康春雪，邢立轩妻子、助手，因电话示警耿博明最终被捕。

阎景：军事情报调查处总务科文书，日本间谍重金收买的内线，出卖很多军事情报人员信息，被大野成平供出。

✳ 特高课高层及其他间谍

佐川太郎：上沪日本特高课本部课长，日本谍报部门大头目，前任课长河本仓士手下最优秀的特工，军事情报调查处最大的对手。

河本仓士：上沪特高课前任课长，因南京情报专区接连出现重大失利被贬，调任日本驻杭城领事馆领事参赞，秘密主持杭城谍报工作。

今井优志：佐川太郎属下、助手，上沪特高课谍报组长，负责南京方面组织联络。

山内一成：潜入南京的十人调查组成员之一，半路出家的特高课特工。假扮新民报报社记者，在军事情报调查处门口收集情报时被宁志恒抓捕。

池田康介：潜入南京的十人调查组成员之一。假扮新民报报社记者，在军事情报调查处门口收集情报时被宁志恒抓捕并在审讯中击杀。作为上沪特高课行动队队长，曾参与抓捕俞立。

竹下健司：潜入南京的十人调查组组长，特高课资深老牌间谍，情报组长今井优志的部下、好友。带队赴南京调查谍报组织失利原因，抓捕时被击杀。

大野成平：潜入南京的十人调查组成员之一，组长竹下健司的副手，被抓捕后很快招供。

第一章

再次召对

宁志恒和卫良弼来到行动科长赵子良的办公室，正要敲门，就见赵子良和副科长向彦开门走了出来。

“哟，你们师兄弟一起上门，这是又有什么情况了？难道又发现了日本间谍？那我可又要为你们请功嘉奖了！”赵子良这段时间心情舒畅，看着他们两人不禁打趣道。

他对这对师兄弟极为看重。这两个人都一样年轻有为、精明能干，而且都出身黄埔，根底扎实，可以说以后前途远大，都是值得栽培的人才。尤其是两个月前的暗影间谍小组的案子，让整个行动科出尽了风头，赵子良在情报科科长谷正奇面前那真是扬眉吐气，在几次高层会议上很是奚落了谷正奇几句，说什么情报科空有其名，现在搞情报也不如行动科，说得谷科长哑口无言。

“您真是神机妙算，是怎么知道的？”卫良弼一愣，难不成身边有人给科长通风报信了？可连自己对整个案情也只是一知半解呀！

赵子良心里有些诧异，他只是随口开一句玩笑，可看卫良弼的表情好像是被自己猜中了！

一旁的向彦也是个精明之人，顿时精神一振，笑着说道：“怎么还真让我们猜中了？很重要吗？我和科长正要去向处座汇报清除异己分子的方案！”

卫良弼赶紧说道：“很重要。我们发现一名潜伏在外交部的日本间谍，是计划厅的一位副处长！”

“什么？”赵子良一听，眉头一皱，低声追问，“情况确实吗？”

“已经抓到他的一名下线，将他指认了出来。我们需要更大的权限，对他的身份进行再一次的确认。”宁志恒把话接过来，郑重其事地说道。

赵子良点点头。外交部官员涉案，这个案情重大。他知道外交部里面的官员可不好查，于是大手一挥，说：“那就一起走吧，和我们一起去见处座，正好把这件案子向处座当面汇报！”

卫良弼和宁志恒相视一眼，点头称是，一行四人快步向中心办公大楼走去。

他们很快来到处座办公室门外，敲门进入。

秘书将四人引入偏厅，然后敲响处座办公室的门，报告：“处座，赵科长他们来了！”

“请他们进来！”处座低沉的声音响起。

秘书推开房门，做了一个“请”的手势。等赵子良等四人依次进入，秘书又在外面把房门关好。

宽大的办公室内，处座正和情报科科长谷正奇与边泽谈着什么，看到赵子良等四人进来，有些意外。处座这次要召见的是执行清除异己分子任务的主要人员，也就是行动科的两位科长及情报科首脑，要求情报科为行动科提供相关情报。这是一个高层的小会议，没想到却看到了卫良弼和宁志恒。

处座也对这对师兄弟极为欣赏，不仅在庆功大会上亲自为二人授衔，颁发云麾勋章，还特意在二人的庆功宴上露面，以示看重之意。他指着卫良弼和宁志恒，对赵子良打趣道：“怎么，你连他们兄弟都带来了，这是要着急退位让贤吗？”

赵子良呵呵一笑，笑着回答道：“凭他们的本事，用不了两年我就该退位让贤了！”

一旁的情报科科长谷正奇，这段时间一直躲着赵子良，生怕又被他奚落，现在见躲不过了，干脆先发制人，开口说道：“赵科长，今天是我们两个科室负责人的碰头会，你把他们两个带来，有些不合适吧？”

赵子良根本没有搭理谷正奇，他单刀直入地对处座说道：“处座，这次带着他们来，是有一件案子想向您汇报。他们发现了一名外交部的副处长是潜伏的日本间谍，需要申请权限，以便再次确认他的身份！”

“有这样的事？”

“又发现了日本间谍？”

此话一出，处座和谷正奇当场都是一愣。两个月前刚刚过去的暗影间谍小组案，至今让众人记忆犹新，可以说让整个军事情报调查处受益匪浅。校长曾不止一次地在公共场合对这件案子表示褒奖，对军事情报调查处的能力给予肯定。没想到刚刚过去两个月，行动科再次发现了潜伏的日本间谍，疑犯还是外交部的副处长，这可是一件必须引起重视的大案！

处座坐直了身子，指着卫良弼迫不及待地说：“快说说，有什么情况？”

卫良弼马上指着一旁的宁志恒说道：“我也是一知半解，具体工作都是志恒做的，所以带他来一起汇报！”

“哦？”处座和两位情报科长的目光投向宁志恒，“又是志恒！那就说一说情况，我们洗耳恭听！”

宁志恒上前一步，微微一躬，向处座及四位科长稍事敬礼，开口说道：“十天前，卑职的外围人手发现了一条重要线索：一个街面上的惯偷行窃，盗走了一户人家的巨额现金和两枚珍贵的玉器。这个窃贼很快被抓捕，可是警察在进一步调查的时候，发现被盗的失主在丢失大量财物后，非但没有向警察局报案，反而在被盗的第二天就退掉出租房匆匆离去，临走的时候还将房屋收拾得干干净净，恢复了原样！”

“这是欲盖弥彰！这个失主一定有问题，或者是丢失的财物见不得光！”谷正奇不愧是老牌特工，听到这里，马上反应过来，忍不住插嘴说道。

“谷科长明鉴！我也是这样想的。我的外围人员觉得这是一条值得追查的线索，于是在四天前报告给了我。我通过再次审讯，找到了丢失的财物，并发现那两枚玉器都是日本贵族特有的佩饰和信物，所以我判断这个失主应该是日本人，而且身份不一般，最低也是日本贵族！”

“这个情况太重要了！必须集中力量找到他，现在有没有这个人的线索？”谷正奇马上问道。一个日本人，还是日本贵族，隐藏在这个城市里，想一想也知道，这一定是日本间谍，而且是一个身份特殊的日本间谍。

“就在昨天上午，我们已经找到了他。这个人的掩饰身份是民生报馆的栏目编辑，名叫田立群，目前已在我们监控之中！”宁志恒回答道。

“已经找到了？你的动作可真快呀！在这百万人口的首都南京，茫茫人海，四天的时间，你是怎么找到的？”一直没有说话的情报科副科长边泽开口问道。其实边泽明面是对宁志恒的疑问，实际上是巧妙地引出宁志恒破案的具体细节，让他能够在处座面前有表现的机会。边泽知道，能够在这么短的时间里找到刻意隐藏的日本间谍是一件非常困难的事，宁志恒能够做到这一点必定有其过人之处。宁志恒逼死日本高级间谍雪狼，为他报了失去十三名手足的大仇，他心中一直暗自感激，并曾经对宁志恒许诺，有机会一定会对他有所报答。这一次就毫无痕迹地捧了宁志恒一把。

宁志恒听到边泽的问话，赶紧回答道：“卑职自小喜欢画画，尤其擅长画人物肖像，就通过他的房东和几个邻居的描述，画出了他的肖像，又根据他日常的行踪确定了寻找范围，安排很多人手进行蹲守，终于在昨天上午发现目标，并由他的房东确认了身份。目前在他工作的地点民生报馆和他的住所附近都设立了监视点，由邵文光上尉负责，调配了近二十名人员对他进行全面监控！”

听到他的话，在座的所有人都是暗自点头。宁志恒的行动能力超乎常人，动作之快、效率之高让人吃惊！

“这么说，这个被怀疑是日本贵族的间谍已经在你的掌控之中了？”谷正奇心中百味杂陈，有对再次抓到日本间谍的喜悦，更多的却是无奈，因为发现线索的又是老对头赵子良的手下！

“是的。邵文光上尉是资深特工，经验丰富，曾经主持过对日本高级间谍雪狼的跟踪行动，成功地对其进行了长达六天的跟踪，最后也是他发现了暗影小组的新组长黑雀，能力方面毋庸置疑。所以由他主持跟踪任务可以保证万无一失！”

宁志恒这番话的意思非常明显，是在处座和四位科长的面前为邵文光请功。他答应过邵文光，通过这一次的侦破行动力保为其争取晋升校级军官的机会，现在就是非常好的机会！

卫良弼见宁志恒为邵文光请功，心中也是暗自高兴。邵文光是他的老部下，也是他的心腹，他一直想为邵文光争取晋升的机会，没想到宁志恒今天主动为邵文光请功。

在座的几个人哪个不是精明过人，对宁志恒这么明显的用意自然是一清二楚。处座点点头，缓缓说道："这个邵文光既然能够跟踪雪狼并发现黑雀，想来在行动能力上的确有其过人之处，这事我记下了！"他又笑着说，"早就听说志恒有一手画人物肖像的本事，而且不用亲眼见到本人，只听人描述就可以画得与真人一模一样，就是凭借这项本事找到了黄显胜。没想到，这一次又是靠画像找到这么重要的日本间谍！这真的让我很好奇，等有机会让我亲眼见识一下好吗？"

几位科长听到处座的话都有些好奇。他们在暗影间谍小组的侦破报告中看到过有关宁志恒画像的记录，经处座提起，自然也把好奇的目光转向宁志恒。

宁志恒坦然一笑，略显谦逊地说道："处座过奖了。我自小就有这个爱好，这么多年以来倒是有些心得，其实也没有他们说的那么夸张，不过八九成相似总是有的！"听似谦虚，但语气中的自信表露无遗，"如蒙处座不弃，随时都可以为您勾勒一幅，以博一笑！"

"好，我们就拭目以待志恒的大作！"赵子良在一旁捧场道。

"那好，我们一言为定！"处座点点头，他心中还真有意见识一下宁志恒的画技，"现在继续说说你的案子。是不是发现田立群与他的同伙接头？这个同伙是不是就是你所说的那个外交部的副处长？"

"报告处座，到目前为止，没有发现他和任何人接头！"宁志恒问答。

"哦？那么你是怎么发现这个新目标的？"处座疑惑地问道。看来这个案子还真没有想象的那样简单。

"还是卑职的外围人手，在他辖区的垃圾堆里发现了两具尸体，经过辨认是当地两个惯偷盗贼的尸体。再一调查，两个惯偷平时的活动没有交集，却同时被人杀害，我们怀疑是有人专门对这类小偷惯犯下手。卑职去查验过尸体，发现死者生前曾有被严刑拷打的痕迹。于是我们昨天下午在抛尸地段附近进行了封锁搜查，最终成功抓获凶手。他们供认是受人指使，专门来寻找那两枚珍贵的玉器。我们由此揪出了他们的幕后主使，这个人名叫戴大光，是当地一家贸易行的老板！"

等宁志恒将这一番话说完，众人都已经明白，宁志恒在短短一天里马不停蹄，连续出击，不仅锁定了一个监视目标，还破获了一起凶杀案，抓住了凶手，由此揪出幕后之人，可见其行动能力之强！

“这个戴大光，也被你控制了吧？”谷正奇问道。

“是的，卑职怕夜长梦多，连夜对他进行了抓捕。此人指使手下寻找玉器，必定和日本间谍田立群有联系。我怀疑他是田立群的下线，或者是日本间谍的外围成员！”宁志恒解释道。

“你有些冒失了！既然发现了目标，就应该进行监视。贸然抓捕，惊动他身后的人怎么办？”谷正奇一脸的不以为然。行动科的人就是干粗活的，只知道鲁莽行事，这么好的机会都不会把握！

赵子良只要一有机会就要撩拨谷正奇几句，看到谷正奇找碴，自然不肯放过，于是脸色一沉，不屑地说道：“谷科长，你说这话什么意思？什么叫贸然行动？既然已经能够确认目标，兵贵神速，当然应该先下手为强，不像有些人，一到关键时候就优柔寡断，坐失良机……”

“好了，都少说两句！”处座断喝一声，顿时办公室里安静下来。处座转头问宁志恒：“这个戴大光招认了吗？”

“供认不讳！他供出身后的主使就是外交部计划厅第二处副处长苏煜。五天前的晚上，苏煜约他见面，把寻找玉器这个任务交给他，并特意强调，不得惊动官方，不得泄露行踪，期限为六天，最晚不超过十天！”

一旁的边泽突然开口说道：“也就是说，苏煜和田立群要在这个期限内见一次面，时间在六天或者十天之后，对吗？”

宁志恒一怔，暗自吃惊。边泽的猜测跟他的猜想完全一样，甚至在他刚刚介绍完情况之后，就马上反应了过来，不愧是经验丰富的老特工。

其他人也是纷纷点头。赵子良吩咐宁志恒道：“这两件玉器既然对田立群这么重要，苏煜当然会在第一时间交给他。马上安排对苏煜的监视！”

“我已经安排我的副手石鸿带着十名队员和一部分外围人手，在他的家和工作单位附近都设立了监视点，但是对他在外交部内部的情况无法监视！”宁志恒回答道。

处座满意地点点头。宁志恒做事尽心尽力，把他权限允许范围之内的工作都做了，然后才来汇报情况！几位科长也都满意地点点头，就连一心想挑些毛病的谷正奇，也不由得心服口服。

“子良，你的手下给你露了脸，你有什么想法也说一说！”处座对赵子良说道。

赵子良嘿嘿一笑。自己的手下争气，这次行动科又可以出风头了，也显示出行动科人才济济，并不是专门给别人打下手的。赵子良回答道：“处座，可不可以直接拿下他？一般被日本人策反的间谍，抵抗的意志都不强，只要抓到人，严刑拷打之下没有不招的！再借由他这一条线查上去，说不定继暗影间谍小组之后，又可以挖出一个间谍小组。”他一向的风格就是落袋为安，不管怎么样，先抓到人再说。这样行动科的功劳一定跑不了了。

他的如意算盘打得不错，可这么一来就没有情报科什么事了。上一次暗影间谍小组的破获，行动科占了头功，可情报科在处座的安排下也从中捞到不少功劳。

谷正奇马上开口反对：“我不同意，我认为此时抓捕还为时尚早。首先，苏煜到底是不是日本间谍还有待确认，也许他只是和田立群这个日本人有一些私人关系。还有，他们两人之外还有没有其他人参与？如果这一切没有确认下来就贸然抓捕，最后发现他根本就没有所谓的上线，这岂不是一场笑话？怎么跟外交部解释？外交部那些人可不好打发！”谷正奇果然老奸巨猾，脑筋一转，就找出诸多借口，轻轻松松地把赵子良的提议给推翻了。

“处座，对于监视疑犯侦破案件，我们情报科还是有一定优势的。”谷正奇接着说道，见赵子良就要开口，他赶紧又转了话锋，“当然，行动科的能力我是非常佩服的，不过大家群策群力，众人拾柴火焰高嘛！不如就将对田立群和苏煜这两个人的监视行动交给我们情报科，一有结果我们一定在第一时间通报行动科行动。这样分工配合，紧密合作，一定会搞出一个漂亮的大案子！”

这哪里是要分工合作呀，分明是赤裸裸地抢夺胜利果实，一开口就要将行动科辛辛苦苦做了这么多前期工作的劳动成果据为己有！说实话，就连边泽这个情报科的副科长都有些不好意思了，处座也被谷正奇的话给气乐了：人脸皮厚到了这种程度，也算是一种本事！

一直没机会插嘴的行动科副科长向彦，早就忍不住了，这时他指着谷正奇的鼻子骂道：“谷科长，你是不是做梦娶媳妇儿——好事想得太多了！我们行动科又抓人又跟踪，还在茫茫人海之中花费大量的人力物力，千辛万苦才找出了两名隐藏的间谍，结果你张嘴就要全部接手，天下哪有这样的好事？你要知道，我们军事情报调查处的惯例是谁的案子谁负责，摘桃子可是要坏规矩的。”

赵子良嘴角一撇，不屑地说道：“老谷，怎么现在你们情报科闲得没事做了，要和我们行动科抢活儿干？不过想来也是，你们情报科一天到晚也不知道在忙些什么，那么多经过专门训练的精英特工，整天就只干些鸡毛蒜皮的勾当，正经的日本间谍一个也没抓着。也是呀，天天坐在办公室里喝茶，那日本间谍能从天上掉下来？”

“你看看，我就是提个建议，你们就那么多话，什么事情不好商量嘛！”谷正奇一脸的满不在乎，反正他打定主意，无论如何要从中啃下一块肉来。

“好了，都别说了！都矜持一点儿，别让小字辈的笑话。”处座指着一直站在一旁的卫良弼和宁志恒说道。看到几个科长都不吭声了，处座这才微笑着问宁志恒：“你是案件的具体执行人，你应该最有发言权，和我说一说你下一步的想法。”

卫良弼和宁志恒这两个年轻人也没有想到，几位科长大佬拉下脸皮抢功劳，跟菜市场上的买菜大妈吵架没有什么分别，倒也是一番别样的风景！

宁志恒定了一下心神，轻咳一声，才开口说道：“卑职有一点小小的想法。其实刚才谷科长所虑确实有几分道理，我们可以首先确定苏煜和田立群之间有没有直接的联系，其间有没有中间人的参与。

“确定这件事很简单，刚才边科长也判断三天之后，就是星期天，田立群和苏煜会接一次头，最晚也不会超过苏煜给戴大光定下的十天期限。现在他们二人都在我们的严密监控之下，我们只需要监视到那一天，看他们是否接触，就可以确定二人是否有直接的联系。

“其次，我们需要确认苏煜是不是真正的日本间谍小组成员，这一点很重要！如果他不是日本间谍，只是田立群利用某种关系指使他为自己找回玉器，那么苏煜就没有什么价值可言，我们只能把希望放在田立群一个人身上！

“可如果苏煜是真的间谍，他一定有他的上线，有他的情报传递渠道，那么抓捕他就有了依据。我们可以顺着他的这条线找到他的上线甚至间谍小组的首脑，起出整个间谍小组以尽全功！”

“你有什么办法确认他的真实身份？”谷正奇有些好奇地问道。这个宁志恒思路清晰，考虑周全，确实是一个侦破奇才！

“有两个方法：一是直接抓捕田立群，通过他的口供确认苏煜的身份，但是这种方法并不可取。首先，田立群是日本贵族，大家都知道，这种间谍的抵抗意志极强，就像我们之前抓到的风车一样，很难取得他们的口供，甚至有可能在抓捕时他就自行了结，我们很可能竹篮打水一场空，白白浪费了这么珍贵的线索！所以我建议，对田立群仍然是以监视为主，在行动中找出他的破绽，这才是上上之策。”

“不错，这种情况很有可能。为以防万一，要对田立群进行监视，不可擅动！”处座很赞成宁志恒的说法，其他人也纷纷点头，这的确是稳妥之见！

“那第二种方法呢？”赵子良接着问道。

“第二种方法最简单也最有效，就是给他设一个局，投下一个让一名间谍无法拒绝的诱饵。

“外交部计划厅权限不小，接触珍贵情报的机会也不少。我们制造一个假情报，噱头搞得越大越好，总之这是一份价值极高的情报，然后把这份情报投放到苏煜的身边，看他吃不吃这个诱饵。如果他对这份情报根本就无动于衷，老老实实安分守己，那说明这个人不是日本间谍，只是因为与田立群的某种联系而被卷入这件案子当中，那他就没有什么价值可言了。

“但是如果他对这份情报下了手，那就很简单了，他一定是日本间谍！我们正好可以随着他传递情报的渠道顺藤摸瓜，将其一网打尽，可以一举两得，收事半功倍之效！”

“好！”处座大手一拍桌案，诸位科长及卫良弼也是暗自叫好，这绝对是一个绝妙的办法。这样做省时省力还高效！就像宁志恒所说，既可以确认苏煜的间谍身份，同时还可以查明他的情报传递渠道。再有一点，只要投放假情报，苏煜就一定会现出原形，那就省去了耗费时日的监视和拖延时日期间可能发生的一些意外和失误！

“志恒，干得漂亮！”赵子良一竖大拇指，大笑着说，“我看不用以后，现在我就给你退位让贤，你这脑子绝对够用！哈哈哈哈！”

向彦也得意地看向谷正奇和边泽，毫不掩饰其炫耀之意！

卫良弼当然也为师弟的表现暗自喝彩。他早知道宁志恒能力出众，对此倒不觉得意外。

这边谷正奇也不得不承认，这个方法绝妙，况且宁志恒也间接支持了他的建议，那就是以监视为主，不贸然动手抓捕。只要是做“技术活”，这就是情报科的强项了，自己就有机会插手其中，可以从中分一杯羹，所以他当然也是点头赞同！

处座脸上露出赞许的笑意。这个宁志恒的优秀超出他的预估，这是一个极为出色的谍报人才。“志恒，你的提议不错，非常不错！那就按照这个方案实施！”处座拍板决定，而后又说，“不过，这个苏煜不论是不是真的间谍，为日本间谍做事效力这总是事实，无论最后结果如何，都要以间谍罪论处，绝不宽容，以为后来者戒！”说到这里，处座冰冷的话语里充满了杀意，让在场的人心中一凛！

“处座，投放情报这种活儿我们拿手哇！我们情报科在外交部有眼线，这件事情交给我们操作，万无一失！”谷正奇这次也豁出去了，为了抢蛋糕，干脆连布置眼线的事情也当众说了出来。

情报科在军事情报调查处能够成为第一科室，自然有它的独到之处。他们的人才和资源远超过其他科室，拥有军事情报调查处所有经过严格训练的特工，各种先进的装备对他们都是优先供应。谷正奇也是出色的谍报专家，早就费尽心思在各个部门插入了眼线，可以说这项工作已经卓有成效。

处座听到谷正奇的话，故作思虑地顿了一下，开口说道：“好吧，既然你安排了眼线，那投放假情报这件事情就交给情报科。务必要小心，做得自自然然，不露痕迹，不能引起目标的怀疑！”其实他早就暗自决定，情报科必须参与进来，不出意外的话，这次又是一场绝好的盛宴。作为自己的嫡系部门，情报科必须有所表现，否则以后何以服众！

“放心吧，处座。这件事我亲自安排，一定会小心谨慎，不露半点破绽！”谷正奇拍着胸脯打包票，总算是如愿以偿，成功地抢下一城！

“对田立群和苏煜的监视，行动科已经做得很好，那就继续监视，确保他们的一举一动不脱离我们的视线。”处座又对赵子良吩咐道。

“是，处座。不过这段时间我把精力都放在清除异己分子的事情上，分不开身。向副科长是行动的行家，我会让他亲自主持这个案子，绝不会出差错！”赵子良也开口保证道。这次清除异己分子，行动科是主力，也是一件大事，不容耽误！

“还有，两天后戴大光和苏煜见面，你准备把玉器还给田立群吗？”处座又想起一件事，“要稳住这个苏煜，戴大光必须露面！”

“是，处座。我已经控制住了戴大光，他有家小，不敢违拗我们的意思，答应全力配合。不过，我现在也拿不定主意，到底该不该将这两枚玉器交给苏煜。”宁志恒有些疑虑地说道。

“先不要给，再拖他两天。戴大光不是说苏煜给的期限最晚是十天吗，留着这两枚玉器，还能再制造一次田立群和苏煜的接头，我们可以从中观察有没有破绽！”一旁的边泽插言道。他经验丰富，考虑问题周全，处座听到之后点了点头。

“是，那就再抻他两天，再多制造一次接头的机会！”宁志恒点头称是。

“志恒，你回去之后，把案情进展情况写一份详细的报告给我。你这次做得很好，我一向赏罚分明，好好干！”处座看着宁志恒勉励道，眼神中的肯定让众人都看在眼里。

“是，卑职一定全力以赴！”宁志恒立正敬礼，高声回答。

案子的事情都已商议完毕，几位科长要继续他们原来的会议，卫良弼和宁志恒便躬身退出了办公室。

走出了一段距离，看到四下无人注意他们，两个人才长长地舒了一口气。

“志恒，这一次做得漂亮，首功是跑不了了！”卫良弼拍了拍宁志恒的肩膀，高兴地说道，“对了，老邵的事我替他谢谢你了。他蹉跎半生，一直郁郁不得志，尤其这个校级军官的晋升是他心中的一道坎。如果这次能够借你之言完成心愿，对他来说将是莫大的安慰！”

“我知道他的心思。老邵也为我出力不少，我也愿意为他说两句话，助他完成这个心愿。”宁志恒笑了笑回答道。

“志恒，你想过没有，这次行动由情报科谷正奇亲自安排，我们行动科也有向副科长出面，我们能够插手的地方不多，这件案子以后的功劳就要大打折扣了。到了最后，如何才能保证我们的利益？”卫良弼放低嗓音，对宁志恒说道。

宁志恒点了点头，犹豫了半晌说道：“其实我在汇报案件之初就已经有思想准备，处里肯定是要有高层插手的，这么大的蛋糕我们也吃不下！”

卫良弼点点头说道：“这是自然，不过我要说的是，除了军衔的晋升，在职位上我们也要试一试。”

卫良弼考虑得很周全，宁志恒晋升到少校之后，职位上肯定是要有变化的，军事情报调查处的行动队长都是上尉。少校级军官，最次也要到组长这个级别。也就是说，宁志恒晋升之后必须离开卫良弼的第一行动组，另外安置一个匹配的职位。行动科也有一些少校级军官，但作为军事主官的只有三位行动组长，就像卫良弼，手中都握有实权。

宁志恒疑惑地问道：“那师兄你的意思？”

“你应该知道，今年军事情报调查处依然要扩招。有消息说行动科行动组要由原来的三个扩招成五个，也就是说，多了两个行动组长的名额。行动组长最少也要少校军衔，你正好能够赶上这班车。我们要做的就是不仅要得到军衔上的晋升，而且争取拿下一个行动组长的名额。”卫良弼说道。

宁志恒听到这话，脑筋飞转，如果能够再进一步，成为行动科仅有的五位军事主官之一，那对他在仕途上的帮助当然是非常大的。“那依师兄你的意思，我们怎么才能争取到这个职位呢？”宁志恒不解地问道。

“你呀，志恒，我们的根脚是什么你难道忘了吗？”卫良弼看着宁志恒笑道。

“我们？当然是黄埔毕业，天子门生，保定系成员！对呀，师兄，你的意思是找黄副处长！”宁志恒恍然大悟，暗恨自己后知后觉，身后有座大神，却一叶障目，恍然不知！

“当然了，这个关键时刻也该求到门上了。再说，我们本来就是一条线上的人，他作为军事情报调查处保定系的最高长官，也应为我们遮风挡雨争取利益！”卫良弼点点头说道。

两个人商量已毕，转身赶往黄副处长的办公室。他们来到门外敲门，很快房门打开，黄副处长的随身秘书看到是卫良弼和宁志恒，笑着问道：“怎么是你们？处座正好在，你们稍等一下！”

“有劳余秘书了！”

余秘书将二人引进外厅，转身敲响黄副处长的办公室，得到里面的首肯后，示意二人进入。

卫良弼和宁志恒进入办公室，黄贤正副处长正在闭目养神，看到二人进来，睁开眼睛，像一个笑面弥勒一样笑着挥手示意道："都是自己人，找地方坐，不用拘束！"

"我和志恒此次来，是有事情想向您禀报！"卫良弼恭敬地开口说道。

"哦？什么事情？"黄贤正还是那样一副笑盈盈的面容，轻描淡写地问道。

"事情是这样的……"卫良弼将今天在处座办公室里汇报的案情又重复了一遍。

"你说什么？志恒，这次你可是又搞出了大动作！哈哈，后生可畏呀，后生可畏！"听完卫良弼的汇报，黄贤正不由得喜出望外，一脸欣赏地看着卫良弼和宁志恒二人。

这两人都是自己这一系的干将。卫良弼已然是中校，在行动科绝对算得上是中坚力量，也是自己手底下有数的骨干之一。至于宁志恒，自从他加入军事情报调查处以来，表现极为突出，连带着自己也受益不少。自两个月前的暗影间谍小组之后，此时又挖出了两名日本间谍，尤其其中一个还是外交部的副处长，这让黄贤正心中欣喜不已。这件案子如果操作得好，对自己这一系也是大有好处的！

"都是处座您的栽培，我们兄弟不过是背靠大树好乘凉。"卫良弼笑着说道，"这次来，一来是向您汇报案情，二来是就志恒以后的职务安排请您明示！"

黄贤正是官场的老狐狸，一听就明白卫良弼的意思，这是为宁志恒以后的职务铺路来了。黄贤正点点头，对宁志恒说道："志恒，其实你的晋升已经十拿九稳了。你在破获暗影间谍小组案中的突出表现有目共睹，在处座心目中，无论工作作风还是能力，你都是相当出色的。对你的安排处座也曾经跟我沟通过，他答应在今年军事情报调查处扩招后，将会晋升一些表现突出的军官，你的名字位列前茅！"

"谢谢处座您的栽培！"宁志恒听到这话，连忙起身立正，向黄贤正敬了个军礼。

黄贤正笑着向他摆摆手，示意他坐下，接着说道："至于你的职务安排，当然是争取到军事主官的位置最好，这对我们保定系实力的增强也是非常重要的。这一次行动科的三个行动组要扩招到五个，我会为你争取到其中一个名额，再加上你此次又有突出的表现，我觉得这件事情问题不大。

“处座我还是了解的，他这个人不太看重资历，却很看重能力，治军还是赏罚分明的，不然我们军事情报调查处不会在短短的几年内发展到这种地步！老实说就这一点，我对处座的能力和魄力是非常敬佩的！”

黄贤正这番话倒是真心之言。

从黄贤正副处长的办公室出来，卫良弼和宁志恒两人都感到喜悦和舒畅。

宁志恒得到了黄贤正的支持，黄副处长愿意帮他出面向处座提出晋升职务的要求，以宁志恒在这一次案件上的出色表现，问题应该不大。

卫良弼也为自己的师弟高兴，志恒仕途顺利，很快就能赶上自己的脚步。如果事情进展顺利，那么不久宁志恒就可以和自己各掌握一支行动组。那可是一支一百二十人的精英部队，兄弟同心协力，在整个军事情报调查处也算是一方人物了！

第二章

投放情报

回到办公室，宁志恒交代了王树成几句，就赶往苏煜的监视点。

此时石鸿正在主持监视任务，宁志恒把今天汇报的大概情况讲给他听，只是没有提诸如投放假情报之类的具体内容，这在保密范围内。

“队长，向副科长亲自指挥，我们的担子就轻多了，只是这功劳上我们就要吃点亏了！”石鸿如今刚刚提升为上尉，心气正高，正想着做出点成绩来。

“这也没办法，假如我们自己做，不仅难度太大，还容易背上黑锅。好在我们行动队的首功跑不了，也不算吃亏！”宁志恒说道。

两个小时后，向彦带着几名得力的手下赶了过来。因为田立群那边已经定下来是以监视为主，现在的工作重点都放到苏煜的身上。

见向彦赶到，宁志恒和石鸿赶紧出来迎接。向彦笑着对两人说：“这次案子事关重大，我们必须全力以赴。我带了几个精干的人员，都是有经验的好手！”说完，他指了指身后的四名军官。

宁志恒看过去，其中两个见过面，都是前段时间庆功聚会时通过卫良弼介绍认识的。这次向彦主持工作，当然要把自己得力的部下带过来捞取好处。宁志恒客气地寒暄道：“太好了，有科长来坐镇主持，我们这悬着的心可就放下了，以前真怕在手里出了纰漏！”

当下宁志恒和石鸿与这四名军官相互打了招呼，他们是少校郭学义，上尉康顺东和华晖，中尉楚光。

“科长，我先把我布置的情况向您汇报一下。”宁志恒对向彦说道。

“好，大家都听一听，要多学习一下，志恒的行动能力就连处座也是非常欣赏的。”向彦点头说道。

宁志恒将自己的布置和设想一一向众人交代清楚，大家听了连连点头。可以说，宁志恒已经在苏煜身边布置了一张大网，工作做得非常细致！

向彦满意地点点头，说道：“一切都按照你的布置，不用做任何修改，只是我提出两点建议：第一，两个监测点之间的通信不够方便，马上通知电信科，让他们派人给监视点都拉上专线，安装电话！对了，给监视田立群的两个监视点也拉上专线，这样各监视点的信息通畅，不会再出现消息迟缓、反应不及的状况！

“第二，苏煜是外交部高官，外交部不比别的部门，这个部门是最要脸面的，所以配给的专车也多。以苏煜的级别应该有专车，我们用黄包车监视是跟不上的。华晖和楚光现在马上回处里，把我们行动科上次查抄的两辆轿车开过来，就说是我提用了。要多拿几个牌照，以方便监视！”

宁志恒听到这话，赶紧说道：“还是科长想得周到，这两点是我疏忽了！”

向彦哈哈一笑，对宁志恒更加满意。他心里非常清楚，不是宁志恒疏忽了，而是之前都是宁志恒自己在行动，以他一个行动队上尉队长的权限，是无法调动电信科提供支持的，也没有权限调用两辆轿车配合跟踪。现在行动科副科长向彦开口，以他的级别当然没有问题，这就是宁志恒要上报案情请求支援的缘由。

时间过得很快，两天过去了，今天应该是戴大光和苏煜联系的日子。宁志恒一大早就带着孙家成和几名队员赶到警察局看守所，将戴大光提了出来。关了两天的戴大光神情疲惫，人憔悴了很多。看到他这个样子，宁志恒不禁摇了摇头，马上命令老廖带着他去洗澡、梳洗，从里到外收拾了一遍，人才精神了许多。

“神情放自然点，别吊着个脸，平时什么样，现在就什么样！戴大光，稳住苏煜，你就算是戴罪立功，到时我自然放你一条生路。可如果你把事情办砸了，你知道下场是什么！”宁志恒严厉地警告道。

戴大光连连点头称是。

宁志恒又仔细检查了一遍。这时有行动队员从宾馆戴大光的房间里取来新衣服给他换上，宁志恒这才满意地点点头。宁志恒挥手示意，队员们把戴大光带上车，赶到他家的附近，在一处房子外停下来。见康顺东和华晖从房子里走出来，宁志恒问道：“安排得怎么样了？”

康顺东点点头，说道：“电信科已经断了戴大光家的电话，拉了一条专线，把他家里的电话线转了过来。现在只要打进戴大光家的电话，都会打到这里！等和苏煜通完话后再行恢复。戴大光的家人只会以为是电话故障，不会怀疑的！”

宁志恒一挥手，几名队员把戴大光带进房里。

一上午接到了几个电话，都让戴大光给搪塞过去，其中还有他贸易行的电话。到了上午十点钟，电话再次响起，这次果然是苏煜打过来的。

“老戴，东西找回来了吗？”苏煜的声音响起。

“哎呀，是苏处长！您先别着急，事情是这样的，我们已经查出偷玉器的盗贼……”

“就是说，你还没有把东西找回来是不是？”戴大光的话没有说完，电话那头的苏煜就打断了他的话问道。

“嗯，是的。不过苏处长，您听我解释，时间确实有一点紧，我的手下已经很快了，再给我一点时间吧！”戴大光小心翼翼地说道。

“老戴，你当时不是拍着胸脯跟我说小事一件吗！怎么搞的，这都已经六天了，你现在却跟我说东西没找回来！”电话那头的苏煜显然不能接受他的回答，语气变得越来越冷，“不行就算了，我让别的人去找！”

“苏处长，您千万别着急。我的手下已经查出，窃贼就是街面上一个叫崔二的混混，现在马上就能找到他。您再给我一些时间，五天！不行？那就四天，四天您看行吗？”戴大光看到宁志恒向他伸出四个手指，赶紧和苏煜在电话里说道。

“好吧，就四天。老戴，让你的手下抓紧时间，我这里度日如年，很急的，明白吗？”电话那边的苏煜稍微考虑了一下，终于同意这个期限。

“明白，明白，苏处长，您放心！找到东西之后我第一时间通知你，最晚不会超过四天，您相信我！”戴大光再三保证道。

通话很快结束。戴大光把电话放下，终于长出了一口气！

宁志恒看着戴大光，点了点头，说道：“还算你识相！等四天后你把玉器交还给苏煜，任务就算完成了，我就放你回家！”

“谢谢宁长官，谢谢宁长官，我一定配合，将功赎罪！”戴大光听到宁志恒的话，顿时心中充满了求生的希望，不停地向宁志恒道谢。

宁志恒挥挥手，让身后的行动队员将戴大光带下去。看着戴大光的背影，宁志恒嘴角上扬，眼光中掠过一丝杀意。这个手上血债无数的家伙，在死亡的威胁下，智商都变得低了，竟然天真地以为自己真的能放过他。

军事情报调查处从上到下都巴不得把案子搞大，恨不能把涉案的所有人都办成间谍。戴大光作为宁志恒亲手抓捕的人犯，他当然不会放过这个送上门的猎物，这会在宁志恒的功劳簿上记上一笔。

再有就是左氏兄妹的案子，自己必须帮他们消去。左氏兄妹之前在戴大光的指使下手上肯定有重案，自己要收服左氏兄妹，首尾一定要为他们处理干净。留下这个戴大光就是留下一个人证、一个隐患，宁志恒自然不能犯这么低级的错误。

左氏兄妹在监牢里也关了两天了，但宁志恒没有去招揽，打算先熬一熬他们的性子。这些江湖中人桀骜不驯，还是要多敲打敲打才行，不然以后很容易坏事！

这次的通话稳住了苏煜，一切顺利，宁志恒拨通了向彦的电话：“科长，一切顺利，苏煜没有起疑！”

“很好，收队吧。明天看看这两个目标是不是有直接的联系，再定下一步的措施！”向彦很是满意！

宁志恒放下电话，对康顺东说道：“老康，我们的事做完了，马上恢复线路，我们撤！”

康顺东点点头，转身去安排收尾工作。

第二天是星期天，上午九点多，苏煜收拾利索，坐着自己的专车一路来到宋宏的私人俱乐部。

苏煜这几天心烦意乱。家徽印章和翡翠勾玉还没有找回来，这件事他比武田枫还着急，这可关系到他唯一的儿子能不能平安回到他的身边。戴大光这个蠢货，平日里吹嘘自己黑白两道通吃，市井街面无所不通，关键时刻这么一点小事都做不好！不过好在事情已经有了眉目，只能再忍耐两天了。今天是他和武田枫约好的见面时间，他必须向武田枫通报一下情况。

苏煜进入私人俱乐部时并没有注意到，不远处的一辆轿车一直不快不徐地跟在他的车后面。

车里面的宁志恒和康顺东望着苏煜的背影，宁志恒疑惑地问道："这是什么地方？门卫连问都不问就放他进去了，看来他是这里的常客！"

康顺东说道："你先等一下，我去附近打听打听。这么大的院子，肯定不是一般人家！"说完,他开门下车,过了好一会儿才回来,对宁志恒说道："在附近打听了，这里是大富豪宋宏的产业，据说是个私人俱乐部，来往的都是上流人物，不知道我们能不能混进去。"

宁志恒看了看车上几个人的衣服，不是中山便装就是短褂，于是摇摇头说道："我们这一身衣服根本就进不去，即便偷偷进去了也太扎眼，反而容易惊动目标。就在这里等着，看田立群露不露面就知道了，只要他露面就一定是来找苏煜的，不然天底下没有那么巧的事！"

大家一想也是这个道理。这时候陆续有人进入俱乐部，每个人都西装革履、衣着光鲜，毕竟都是来社交消遣的，不可能穿得很随便。

宁志恒想了想对康顺东说道："我去给田立群的监视点打个电话问一问，如果他没有动静，我们就想办法进去看一看苏煜到底在和什么人接头，如果他有动静就很可能会来这里和苏煜接头。"

康顺东点点头，说道："幸亏我们还有一次机会可以确认，三天后一定要亲眼见到苏煜的接头人，不然终究是不放心！"

"只要确认是这个地点，下次做好准备，就可以进去看看，不过我估计一会儿田立群会来这里！"宁志恒对康顺东说道。

宁志恒下车后，在附近找了个有电话的商铺，拨通田立群监视点的电话，接电话的正好是刘永。

听到宁志恒的询问，刘永回答道："五分钟前田立群坐上我们的一辆黄包车向东而去，邵长官已经带人跟下去了！"

听到刘永的回答，宁志恒心中大定，看来预计的没有错，自己现在这个位置正在监视点的东方。放下电话，宁志恒回到车里，对康顺东说道：“不会有错了，田立群已经动了，正朝我们这里赶过来。把车开到一个隐蔽的地方，我们下车去看一看。”

司机把车开走，宁志恒和康顺东下车来到俱乐部大门附近，找了一个视线较好的角落。大概二十分钟后，一辆黄包车逐渐走近，宁志恒一眼认出黄包车夫是自己人。很快，黄包车在俱乐部大门前停下，车上下来的正是田立群！

没有错了！田立群来到这里只能是和苏煜接头见面，这说明两个人有直接的联系。下一步就是投放假情报，确认苏煜的真实身份，顺藤摸瓜起出他的上线，或者田立群就是他的上线也未可知！

田立群，也就是武田枫，并没有发觉身边有什么异常，他很自然地四下打量了一下，然后迈步进了俱乐部。

不多时，邵文光的身影出现在宁志恒视线之内。宁志恒走出隐蔽角落，挥了挥手，邵文光靠了过来。

“志恒，苏煜也过来了？”邵文光向宁志恒问道。

“是啊，现在已经可以确定这两个人有直接的联系。”宁志恒点头说道。

和往常一样，武田枫和苏煜两个人在棋房里见面，对弈了两局之后，就找了僻静的座位相对而坐。

“怎么样，印章找回来了吗？”武田枫沉声问道。

“还没有，”苏煜说道，看到武田枫射过来的凌厉眼神，不禁苦笑，“武田君，你先不要着急。现在已经可以确定，这次只是一件普通的盗窃案件，已经查明是一个名叫崔二的惯偷行窃，马上就可以找到这个人。你再给我三天时间，我一定把印章给你找回来！我比你还急呢！”

听到苏煜已经查明这次只是一场意外，不过是一个普通的窃贼行窃事件，武田枫的心里安定了不少，他一直担心有人在针对他。

“好吧，那下次的见面就定在三天后，也就是下个星期三上午十点，我还在这里等你！我希望你能够给我带来好消息，毕竟这也关系到你儿子的未来，相信你不会让我失望！”武田枫有些无奈地说道。

“那是当然，那是当然，不过我也希望武田君不要食言！”苏煜说道。

“不要质疑武田家族的荣誉，我们一言为定！”武田枫断然说道。

很快，两个人分手离开。

见苏煜提前出了俱乐部，宁志恒和康顺东向邵文光点了点头，尾随其后，跟了上去。

十分钟之后，武田枫也不紧不慢地走了出来。邵文光也远远地跟着，一切都在掌握之中！

宁志恒看着苏煜回到自己的住宅，然后给向彦打电话报告："科长，一切顺利，可以进行下一步行动了！"

"非常好。情报科已经准备好了，明天就可以进行投放计划，我们很快就可以知道这位苏处长的真面目了！"向彦满意地说道。

第二天清早，外交部计划厅二处处长金文康被自己的闹钟吵醒，一起床就感到头脑昏涨。他咬着牙起身，喊来家里的用人帮他洗漱。

"先生，您今天身体不适，就不要去上班了，还是休息一天吧。"用人看到他的精神状态实在不好，出声劝道。

金文康摇了摇头。他是个很勤勉的人，几乎没有因为身体问题休息过，而且自己的身体一向很好，不知今天这是怎么了。他强撑着说道："早餐我就不吃了，实在是没有胃口，安排司机准备车，我休息一下就走！"

不多时，金文康的专车开出了他的宅院。

这时，路边不远处的一辆轿车里，三名情报科人员看着金文康的专车开出院门。

"我说，老林，不是下了安眠药吗？怎么没有效果呀？"一名情报科人员疑惑地问道。

"是不是药量小了？"旁边一名情报科人员也很是疑惑。

"废话，我敢下多吗？安眠药吃多了会死人的。搞死一个外交官，我可吃罪不起！"老林把嘴一撇，"这个黑锅我可不背。"

"算了，好在我们有第二手准备。我在他的油箱里做了手脚，开不出多远就断油了！"第一个说话的情报科人员挥了挥手，得意地说。

"发动车，我们跟上去，再有意外就干脆撞上去制造交通事故，总之今天不能让他去外交部上班！"

在外交部苏煜的办公室里，苏煜准备好文件，这些文件都需要处长金文康签字。

他来到对面处长金文康的办公室门口，敲了敲门，推门而入，看见金文康的秘书正在打扫，不由得问道："宋秘书，怎么处长还没有来？"

"不清楚，处长一向很准时，平时这时候早就来了，今天不知是怎么回事。"宋秘书回答道。

"那好，过一会儿我再过来。"苏煜无奈地点点头，转身离开，回到自己办公室，倒上茶水，拿起一份报纸慢慢地看着。

又过了大约半个小时，对面办公室传来说话的声音。

"宋秘书，金处长不在吗？"一个男子的声音响起。

"啊，是陈秘书。处长今天还没有来，有事吗？"是宋秘书的声音。

"是这样，有一份重要文件，我要亲手交给金处长，不知道他什么时候能来。"陈秘书为难地说道，"要不，我一会儿再来！"

"好的，估计处长很快就会来。他从来都很准时，今天可能有事情耽误了！"宋秘书解释道。

脚步声远去，应该是陈秘书慢慢走远。

苏煜听到整个过程，心中一动：这是什么重要的文件？要知道计划厅是外交部能够接触信息最多的部门，每一项需要实施的措施都要计划厅提前做好计划。苏煜在这个位置上已经为日本人窃取了很多有用的信息！

又过了二十分钟，传来脚步声，陈秘书的声音响起："宋秘书，金处长还没有来吗？"

"真是对不起，处长还没有来。要不你把文件交给我，我替你转交！"宋秘书说道。

"算了，那就不麻烦了，我再等一等。"陈秘书犹豫了片刻，还是没有同意。

这时，苏煜打开办公室的门，看到外面陈秘书转身就要离开的背影。

"陈秘书，好久不见，怎么也不到我这里坐一坐，这么着急呀！"苏煜笑着打招呼。这个陈秘书是计划厅办公室的机要秘书，平时两个人见面总要寒暄两句。

"是苏处长啊。唉，我这是昏了头，忘了您的办公室就在这里，那我就叨扰了，正好在您这里歇歇脚！"陈秘书的眼睛眯成一条线，一脸庆幸地说道。

陈秘书进了苏煜的办公室。两个人寒暄了几句，苏煜很自然地就把话题转到陈秘书手中的文件袋上。

“怎么今天这么有闲到我们二处来串门了？”苏煜转身给陈秘书倒了一杯茶水，递到他面前，笑吟吟地问道。

陈秘书一副受宠若惊的模样，赶紧接过茶水，赔着笑脸回答道：“一天忙得要死，哪有什么闲工夫。这不，厅里转过来一份重要文件，要亲自交到二处金处长手里，可是今天金处长没有上班。我这是跑第二趟了，金处长还是不在，一会儿我还要来第三趟。来来回回这道可不近哪，唉！”

苏煜一脸同情地说道：“是呀，今天真是不巧。金处长一向都是很准时的，今天一定是有要紧的事，也许今天就来不了了！”

“哎哟，可别呀！这么重要的文件不能搁在我手里过夜呀！再说，我手上的事情一大堆，总不能干耗在这里吧！”陈秘书一听苏煜的话，顿时拉长了脸，焦急地说道。

“那没有办法，我也爱莫能助！不行你就在我这里多坐会儿，也许金处长很快就来了。”苏煜一摊双手，做出一副无奈的样子。

陈秘书也没有办法，只好在办公室里和苏煜聊天。两个人山南海北地瞎聊了半个多小时，一看表已经是上午十点左右了，可是对面办公室依然没有动静。

陈秘书实在熬不住了，抬手看了看腕上的手表，最后一咬牙说道：“苏处长，时间太晚了，我那边手里的事情还很多，就不陪你聊了，哪天到我那里坐坐。我这就先走了！”

“好吧，不过看样子今天金处长不会来了，明天你再到我这里坐一坐，我家里有上好的红茶，带来让你好好尝一尝！”苏煜也站起身，准备送陈秘书出门。

听到苏煜的话，陈秘书皱了下眉头，他犹豫了半天终于说道：“苏处长能不能替你们金处长代收下这份文件？我实在不方便带文件回家过夜，再说我明天还要去接几个朋友，实在是赶不过来！”

“这……不方便吧，不是要金处长亲自接收吗？”苏煜露出很是为难的表情。

“金处长不在，苏处长您接收也是一样的嘛！我是真没有时间耗在这里，还请苏处长帮帮忙！”陈秘书一脸诚心诚意地恳求道。

苏煜听了这话，犹豫了片刻，终于勉为其难地答应道：“好吧，先放在我这里，等金处长来了我就交给他，也省得你来来回回地跑！”

陈秘书一听苏煜答应了，心中一阵窃喜，赶紧把手中的公文袋交到苏煜手里，又拿出一张单据交给他，郑重地说道：“交给金处长的时候，麻烦您帮我向他要一个接收签字，必须是他的亲笔签字才可以，不然不符合手续。明天下午我过来取！”

这是交接重要文件时的必要手续，苏煜当然很明白。他接过签字的单据，点头答应道：“交给我你就放心吧，明天下午你来取！”

陈秘书看到事情已经圆满解决，连连道谢，高高兴兴地离开了！

苏煜把陈秘书送出办公室，看着他逐渐远去，马上转身回到自己办公室，从里面把房门锁死。

苏煜拿起公文袋，打开并取出了一封公函信封。信封用红蜡封口，还印有封口章。他将桌子上的茶杯拿起来，将茶水倒掉，又重新从热水壶中倒入满满一杯热水，然后将公函信封的封底小心翼翼地罩在杯口上。大约过了十分钟，杯子中的水蒸气将信封底部的胶水浸软，他拿出一根针来，一点一点仔细地把信封底部挑开，里面的文件终于露出来。

苏煜戴上手套，小心翼翼地将文件取出来，只见封页上写着《对华贸易军用物资拟定稿》，旁边还有德文的注释。

这个时候对华军事支援最多的就是德国，德国与中国的关系还处于蜜月期，国民政府与德国签有兵器购置和军事职员培训的协定。德国政府派来大批的军事职员，指导中国军队的战术培训。就连此时国民党军队的军事装备也大都模仿德国，其主要装备中的正式步枪就是模仿德国援助的毛瑟枪制造的，制式手榴弹也是仿德国的 M24 式手榴弹。可以说，德国在抗日战争前对中国的援助还是很多的。

现在德国又要对中国进行援助，而且这份绝密文件就明晃晃地摆在他的面前，简直就是天赐良机！

苏煜大概翻了翻，这是德国外交部通过德国驻中国大使发给中国外交部的公函，内容写得很详细，并带有大量德文，甚至标明了援助的时间，武器的规模、种类、数量等，总之这是一份非常非常有价值的情报。

苏煜强忍住心中的激动，从抽屉里取出一个相机，熟练而迅速地把每一页都拍了一遍，然后仔细地将文件按顺序复原。

苏煜小心翼翼地将文件放回公函信封，再取出一瓶胶水，用清水略微稀释，仔细涂抹在信封的底部，折叠得不差分毫！接着，他用打火机一点一点地将水分烤干。一切收拾完毕，他又仔细检查了一下，对自己的手艺很满意，觉得不会有人发现异常。接下来，苏煜再将公文信函放入公文袋里，待一切都恢复了原样，这才将手套脱去。他将胶卷取出来，放入一个极为小巧精致的盒子里，再把盒子贴身放好。

至此，他神不知鬼不觉地就窃取到这份重要情报！他知道这么重要的情报会给自己带来极为丰厚的回报，毕竟日本人在这方面还是非常大方的！

苏煜有自己的情报传递渠道，但是看了看表，已经中午十一点钟，马上要下班午休了，看来只能下午去设定好的死信箱安放胶卷，然后发出信箱的启用信号。

苏煜正在思索的时候，刚才已经离开的陈秘书却在办公室的附近盯着手腕上的手表，一分一秒计算着时间。当时间过去四十分钟左右，他才快步向苏煜的办公室走去。

“笃，笃！”敲门声响起。

苏煜打开房门一看，顿时有些愣神，然后奇怪地问道：“陈秘书，怎么又回来了，是忘了什么东西吗？快请进！”

陈秘书进了办公室，脸上露出尴尬的神情，犹豫了一会儿才赔着笑脸说道：“苏处长，真是太不好意思了，我刚才回去怎么也放心不下。噢，您别误会，绝对不是不相信您。只是厅长交代过这份文件非常重要，我想了想还是由我自己交给金处长吧，无非就是多跑几趟，还是不麻烦苏处长您了！”

苏煜一听就明白了，这个陈秘书还是不放心这份文件，交给自己后就后悔了。不过正好，这份情报的内容已经拍摄下来了，现在陈秘书要回去，正好可以摆脱自己的嫌疑，岂不是正合自己的心意！当下他脸上露出些许不悦之色，但是又恰到好处地掩饰起来，说道：“没有关系，其实我也觉得由我转交有些不太合适，我现在就交还给你！”说完，他回身从抽屉里拿出那只公文袋和签收单据，交到陈秘书手上。

陈秘书赶紧接了过来，赔着笑脸再三解释不是不放心苏处长，而是担心金处长挑剔，最后还叮嘱了一句："苏处长，还有一件事，就是我把文件交给过您这件事还请您不要再和别人提起，这样我就不会被上面怪罪，您也少了不必要的是非！您看呢？"

苏煜一听心中大喜，真是瞌睡有人送枕头，这个陈秘书怕别人知道这份文件曾经转手，自己又何尝不是！当下爽快地答应下来，保证消息一定不会外传！

陈秘书一脸歉意地退出苏煜的办公室，两人都给自己的演技打了满分，也各自达到了自己的目的，圆满完成任务！

陈秘书手里这只公文袋里的绝密文件当然是假的，是由情报科精心炮制而成的。情报科从多方面入手，先是设置障碍和重重困难，让二处的金文康处长无法上班来到办公室，再让情报科早就安插进外交部的内线陈秘书粉墨登场，一番表演，最终把假情报投放到苏煜手里。表演到了最后，当然还要把这份情报收回，不然等苏煜把这份假文件交给金处长，事情可就弄巧成拙了！

费了这么大的周折，陈秘书终于成功完成投放任务。他出了外交部，一路快行，来到附近一处住宅，谷正奇早就等在这里。

看到陈秘书进来，谷正奇赶紧问道："事情顺利吗？"

陈秘书点点头，说道："科长，您放心，一切如您预期的那样，这个苏煜没起半点疑心！"说完，将手中的公文袋交给谷正奇。

谷正奇转手将公文袋交给手下，这些人都是情报科专门的痕迹鉴定人员。

"你是我们情报科精心挑选出来打入外交部的精英。苏煜半路出家，不过是一个没有受过训练的间谍。如果你连苏煜都对付不了，也枉费了我对你的栽培！"谷正奇微微一笑，他对自己亲手训练出来的部下有着足够的自信。

"子墨有今天，都是科长您的栽培之功，子墨绝不敢忘！"陈子墨立正说道。

两个人说了一会儿话，一旁的鉴定人员就上前报告道："科长，文件的顺序没有问题，但是我们做的两处暗记都有触摸过的痕迹。公函信封的封底有重新黏合的痕迹，做得很仔细，几乎看不出来，不过所用的粘胶和我们之前使用的不一样。如果不是我们之前做了准备，还真不容易检查出来。"

"间谍！"

"汉奸！"

谷正奇和陈子墨同时说道。

“科长，我请求就由我执行监视任务，利用我的掩护身份，想办法主动接近苏煜，取得他的信任，找出他的同伙和上线！”陈子墨马上请求执行这项任务，自己潜伏在外交部，就如同一枚闲置的棋子，好不容易有了这次机会，当然不愿意放过。

谷正奇却摇了摇头，表情很是无奈地说道：“你的任务已经完成，监视他不是你的工作。你不要埋怨，接下来的行动，不要说你，就连我们情报科都无法参与！”

陈子墨听到谷正奇否决了他的申请，心中非常失望，又听到谷正奇说连情报科都无法参与，顿时大为吃惊！情报科一向是军事情报调查处的中流砥柱，权限极大。连他们都无法参与，这又是什么情况？于是陈子墨忍不住问道：“还请科长明示！”

“呵呵，这也不是什么秘密。这件案子一开始就不是我们的，而是行动科发掘出来的线索，做了大量的前期工作，于几天前确认了苏煜的身份。情报科好不容易才捞到这个任务，之后的跟踪抓捕就都是行动科的事情了！”

陈子墨听完谷正奇的话，顿时有些气馁，不满地说：“又是行动科的案子！两个月前的暗影小组案不就是行动科的杰作吗？这次还是？”

“是呀。子墨，这军情处的人才不都在我们情报处，行动科现在也是人才济济，尤其是卫良弼和宁志恒这对师兄弟，大的年纪轻轻就已经晋升中校，比我也不过就差了一级；小的那个今年才刚刚黄埔毕业，不过二十有一，可心思缜密，行动能力极强。这两次的大案子都是由小的起的头，处座对他很是欣赏，据说很快就能晋升少校，可谓前途无量。行动科在以后的日子里会越来越强势的！”谷正奇不禁感慨万千，只可惜当初没把这两个师兄弟及时收为麾下，让赵子良捡了大便宜。

他们这边的事情有了结果，很快就传达给了向彦。向彦接到通知十分高兴，确认了苏煜的间谍身份，这说明侦破的方向是对的，他马上将这一情况通告给了宁志恒等人。

宁志恒听到这个好消息也是心情振奋，开口说道：“科长，现在形势对我们非常有利。苏煜已经被我们全面监控，他现在手上有这么一份重要的‘情报’，一定想着要尽快传送出去。顺着这一条线，我们很快就能够找到他的上线，收获值得期待呀！”

一旁的少校郭学义也兴奋地说道：“案子到了现在，情况越来越明朗，只要我们再加一把劲，这个案子就大功告成了！”

其他人同样备受鼓舞，信心满满。向彦看到大家情绪高昂，说道：“事情没到最后，大家先不要高兴太早，当务之急还是要加强对苏煜的监控，万万不可松懈！”

众人纷纷点头称是，宁志恒这时又对向彦说道：“苏煜和田立群在私人俱乐部里接过头，会不会田立群就是苏煜的上线？如果他们采取直接传递的方式，苏煜会不会将情报传递给田立群呢？”

“对呀，科长，就我们所知，日本人的情报传递方式不只是由死信箱来传递，如果有特殊情况，他们也会因地制宜，采取直接联系传递的方式。对于这种情况，我们不得不防！”康顺东也在一旁开口说道。

向彦听到他们两人的话也觉得很有道理，便开口说道：“这种情况的可能性也很大，我们要有所准备。你们刚才说的私人俱乐部，情况都了解清楚了吗？”

康顺东把当时了解到的情况给向彦说明，最后说道：“我判断两人见面时一定有情报交流，我们必须随身监视，亲眼确认他们接头的情况。只是我们不确定能不能进入这个私人俱乐部，硬闯的话很容易暴露身份！”

向彦点点头说道：“这个你们不必担心，我想办法找熟人说一下，把你们安排进去，确保苏煜一直在我们的视线之中。”

诸般事宜安排已毕，针对苏煜的监视越发严密。

下午苏煜没有上班，他回家换了一身普通的长衫，也没有坐自己的专车，而是叫了一辆黄包车，一路向南而去。当然他并不知道，他家附近的黄包车夫都是宁志恒特意安排的。

看着他们的背影，宁志恒也挥了挥手，叫来两辆黄包车。他和康顺东两个人坐上车，远远跟了上去，他们要确保苏煜一刻也不离开自己的视线。最初知道苏煜有自己的专车时，宁志恒本来想把黄包车都撤回去，但最后一琢磨，还是留下了，毕竟人多力量大嘛，谁知道以后有没有派上用场的地方。

今天果然用上了！

苏煜今天要去死信箱安放情报，坐轿车太惹眼，所以他换了衣服，改坐黄包车来到城南的西仓桥大街。死信箱是很少使用的，为了不引起有心人的注意，苏煜平常根本不会去死信箱附近露面，只有在得到情报，需要传递的时候才启用。这一次距离上次投放情报都已经快两个月了。

他在街口就下了车，然后一路步行向前走，来到一家叫诚悦阁的饭店门前停下了脚步。可让苏煜吃惊的是，颇有规模的诚悦阁饭店，如今却是一片狼藉，二楼的房间倒塌了不少，墙壁上还有被火焰熏黑的痕迹。他又上前走近几步，想再看一看具体情况，就听见身旁的几个路人纷纷议论。

“这个诚悦阁怎么变成这样子了，前段时间还很兴旺呢，生意好得不得了！”

“你不知道，前天晚上一把火给烧成这个样子。好好的一个大买卖就变成这个样子，听说还死了两个人，烧得好惨呢！”

苏煜在旁边听了几句，知道了大概情况，感到很无奈。自己传递情报的死信箱就在诚悦阁的二楼包厢里，投放程序是先放情报，再去发出启用死信箱的信号。他通常先假装去包厢吃饭，然后将情报放入房间里一个极其隐蔽的地方，之后按照设定的方式发出启用信号。上线看到信号后，就会来到包厢吃饭，最后取走情报。

可现在诚悦阁突然遭受火灾变成了这个样子，自己的传递渠道已经被破坏，情报暂时无法送出去了。死信箱和发出信号的方式、地点，都是由上线来设定的，毕竟要及时看到情报员发出的启用死信箱的信号，这个地点一定设在上线日常能够到达的地方。苏煜和上线一直使用这个死信箱，这次却出现了异常情况。不过他不知道，这也让他暂时躲过了军事情报处的追踪。

苏煜没有再停留，转身往回走，又坐上一辆黄包车匆匆赶回家。

这让一直跟在后面的宁志恒和康顺东看得一头雾水。苏煜一路上的每个举动都在他们两个人的监视之下，他一共接触过两个黄包车夫，还都是宁志恒的人。就连步行的那一段距离，也在宁志恒和康顺东跟踪监视之下。宁志恒认为，以他的眼力，苏煜不可能在自己眼皮子底下传递出情报。可今天这是什么情况？他就是出去逛一大圈，然后什么也没做就回来了？

他和康顺东来到了不远处的监视点，把情况对向彦做了详细的汇报。

“你们确定他没有把情报传递出去？”向彦也对苏煜今天的举动很不解，尽管他很相信宁志恒和康顺东的能力，但还是忍不住再次确认道。

“肯定没有。他的一举一动我们都看得很清楚，他没有接触其他人，也没和其他人搭话，两个黄包车夫都是我们自己人。我肯定，他的情报没有传递出去。”康顺东肯定地说，“我们只是见他在一个已经烧毁的饭店前面稍微逗留了一会儿，但时间很短。我离他不到十米远，没有发现他接触任何人，情报不可能传递出去。”

“那好，我们就静观其变，看看这个苏煜搞什么花样！”

苏煜回到家，脑子里不断地琢磨。今天传送情报出现了意外，虽然上线蝰蛇设有紧急的联络方式，但那在万不得已的紧急情况下才能够使用。

现在这种情况只是一种意外，还远远不到情况危急的程度，况且这份情报并不是时效性非常强的那种，早一天晚一天并不重要。而且明天正好是自己和戴大光约好的时间，不知道戴大光这两天事情办得怎么样了，依照他之前的说法，应该已经把东西找回来了。如果一切顺利，明天从戴大光手里取回玉器,后天星期三正好约见武田枫,自己可以把玉器和情报都交给他。这样，既完成了两个人之间的约定，又可以通过他的渠道把情报送出去，正好一举两得。

第二天早上，宁志恒按照上一次的程序，把戴大光带到四天前与苏煜通电话的那间房屋。电信科已经早早地将专线拉到屋里，布置了电话。

仍然是上午十点钟，苏煜准时打来电话。“老戴，时间又过去四天了，事情到底办得怎么样了？”苏煜在电话那头焦急地询问。

“哈哈，苏处长，我戴大光办事你放心，我的手下已经把那两枚玉器取回来了！”戴大光笑呵呵地说道。

“玉器取回来啦？太好了，老戴！这件事我欠你一个大人情！你放心，事情不会让你白干，绝对有你的好处！”苏煜高兴地说道。

这个老戴还真是没有让自己失望，虽然拖了两天，但还是把东西找了回来。只要把玉器交给武田枫,儿子就可以顺顺利利地回到身边,苏家也算有后，可谓是天大的好事情。

“那好，老戴，我现在就去你家，赶紧把玉器取回来。”苏煜现在是一刻也不想等了，马上就要过来取。

这时，一直在旁边监听的宁志恒给戴大光递了个眼色，他当然不能让苏煜来戴大光家，一来事情就全揭穿了。

“苏处长，这点小事哪里敢劳您的大驾？这样，我现在就把东西送到您的府上，不用您亲自跑一趟了。”戴大光殷勤地说道。

苏煜听到戴大光的话，犹豫了一下。这件事情必须非常隐秘，自己家中有妻子和用人，也不是很方便，便开口说道：“那这样，你现在马上来我家附近的那家咖啡馆，我在三号包间等你！”

“好的，我马上就到！”戴大光连声答应道。

戴大光放下电话，看着宁志恒说道：“宁长官，我都是按照您的吩咐说的，您看……”

宁志恒点了点头，表示很满意，说道：“现在事情就差最后一步了。一会儿你去见他，把两枚玉器交给他。只要一切顺利，我马上放你回家！”

宁志恒带着戴大光一路驱车来到苏煜约定的那家咖啡馆，临下车前，宁志恒将两只玉盒交给戴大光，再三叮嘱道：“自己放机灵点，记住语气要自然，不要露出破绽！”

“请宁长官放心，我一定把事情办妥，绝不露半点破绽。”戴大光再三保证道。

戴大光下了车，进入咖啡馆内。

一直坐在车后的康顺东说道：“这个戴大光不会有问题吧？”

宁志恒笑着说：“不会！相信我的眼力，再说他一家老小的性命都在我们手里，他知道该怎么做！”

来到三号包间门外，戴大光敲门而入。这个时候，苏煜早已经等在里面。

“老戴，你可来了！快把玉器拿给我看看！”苏煜急不可耐地催促道。

戴大光将手中的两只玉盒递过去，笑着说：“苏处长，我做事，您放心！”

苏煜没有搭话，赶紧接过玉盒打开，只见里面正是一枚玉质上乘、种质细腻通透的翡翠勾玉。又打开另一只玉盒，里面是一枚充满了古老沧桑气息、制作精美的印章。他虽然没有亲眼看到过这两枚玉器，不过眼力还是有的，这两枚玉器都是非常珍贵的物件，尤其是那枚家徽印章，章纹正是武田家的家徽，东西应该是对的！他这时才抬头看了看戴大光，点了点头说："收尾都收干净了吗？做事不要拖泥带水，以后都是麻烦！"

戴大光赔笑道："这您放心，那个小偷崔二也处理干净了。只是当时偷窃的现金和金条都已经被挥霍掉，实在找不回来了！"

苏煜听到戴大光的话，心中不以为意。戴大光要是把所有的失窃物品都找回来，他才觉得可疑呢！苏煜将两只玉盒仔细收好，放入一个皮包之中，兴奋地说道："老戴，这件事情你做得非常好。许愿的话我就不多说了，总之日后你的事就是我的事，咱们来日方长！"

戴大光心中暗暗鄙视，还来日方长？你都死到临头了还不自知，不管你是真间谍也好，假特务也好，只要被军事情报调查处那些恶魔吸血鬼盯上，都是死路一条！戴大光浑然不知，自己的命运将和苏煜一样，等待他的也是一条不归路！

两个人闲聊了几句，各自都有心事，便分手离开。

一直在不远处车里盯守的宁志恒和康顺东，看着苏煜离去的背影，知道事情已经办完了。

很快戴大光也回到车上，宁志恒开口问道："事情办得怎么样？苏煜有没有起疑心？"

戴大光赶紧回答道："事情一切顺利，苏煜根本没有半点儿怀疑。宁长官，我现在就可以回家了吧？"

宁志恒似笑非笑地看着他，说道："不用那么着急，你自己回去别人会起疑心的。大牢里还关着你的小情人和两个保镖，我们先回看守所，把他们接上，一起送你们回去。"

戴大光一想，觉得也对，自己被抓的这几天，郭如雪和两个手下也一直关在看守所。几个人是分开关押的，到现在还没见过面呢。

车子很快开进看守所。一下车，几名身形彪悍的行动队员就把他摁倒在地，一副手铐又重新铐在了他的手上。

"这，这是怎么回事？宁长官，您可是答应过我，只要我把事情办好，您马上放我回家的！您可不能食言，不能食言哪！"戴大光大声哀号，挣扎着扑向宁志恒。他此时已然明白，眼前这位一脸嘲讽看着他的宁长官，根本就没有打算放了他！他被就地摁倒，一只手勉强抓住了宁志恒的脚腕，像捞到了一根救命稻草似的死死抓住，嘴里不停地哀求道："宁长官，求求您，您放了我吧！我有钱，我有很多钱，我都拿出来孝敬您，只求您留我一条狗命！"

这个时候戴大光才突然想起那些传闻：被军事情报调查处抓去的人，就没有活着出来的。自己的性命只怕休矣！

"放了你也不是不可以，不过戴大光，有钱能使鬼推磨，当今这个世道没有钱到哪里都行不通。你是个聪明人，知道该如何取舍，是钱重要，还是命重要？"宁志恒语气中透露着一丝狠辣。

"我明白，我明白，命重要！命重要！宁长官，我把全部身家都交出来，只求您这次千万不要食言，我戴大光这辈子都记得您的大恩大德！求您了！"戴大光泪流满面，放声痛哭，不停地哀求道。

宁志恒看着戴大光丑态百出，心中充满鄙弃！他没有耐心和戴大光纠缠，挥了挥手，几名行动队员将戴大光拖了进去。

宁志恒转身对身边的孙家成吩咐道："把他交给你了。这个小子别看哭得凄惨，可骨子里面不老实，不见棺材是不落泪的！严刑拷打，撬开他的嘴，把他身上的每一枚铜板都榨干净！"

孙家成点头应声离去。

宁志恒回到车上，和康顺东一起赶回监视点。康顺东眼看着刚才那一幕，并没有感到意外。这种事情他见得多了，军事情报调查处办案人员手握特权，私下里为自己谋私利，这种事情司空见惯。况且戴大光这种人渣手里的钱只怕也是透着血腥味道的！

"志恒这一次收获颇丰啊！我听说这个戴大光的外室长得如花似玉，你不会是起了心思吧？哈哈！"康顺东对宁志恒开着玩笑。他这几天和宁志恒的相处中，一直都刻意地交好，言语中透露着亲和。

"哈哈，康兄取笑了！处里的意思你还不明白，只要是能被牵扯进来的都要办成重犯，更何况这个戴大光牵扯得这么深，怎么可能让他活着出去？真是痴心妄想！"宁志恒不以为意地说道，"这次让康兄见笑了！事成之后，我定然也有一份心意，还望康兄笑纳！"

"那好，我就静候佳音了！"康顺东听到宁志恒的话，非常明白他的意思，自然不能放过宁志恒示好的机会，欣然答应下来！

两人赶回监视点复命。向彦听完他们的汇报，点头说道："苏煜现在手里有了田立群需要的两枚珍贵的玉器，还握有一份珍贵的'情报'，这些东西他肯定要传递出去。按照我们原来的设定，利用这两枚玉器给他们制造一次接头联系的机会。我看他很快就会动起来，一定要加强对他的监控。"说完，他从身后取出一张名片，递给宁志恒，说道："这是我通过关系搞到的宋宏签字的名片，拿着它，你可以随意进入私人俱乐部。"

第三章

核查报纸

第二天上午九点，苏煜将胶卷放入一只玉盒中，然后连同另一只玉盒一齐放进皮包中。司机已经准备好车辆，上车之后一路行驶，直奔私人俱乐部。

尾随其后的宁志恒和康顺东远远地跟着。康顺东说道：“看方向又是去私人俱乐部，肯定是和田立群接头，我们这次一定要亲眼看见他们接头，确认情报是否交接！”

宁志恒点点头，看了看自己身上笔挺的西服，不觉有些好笑。

车开到私人俱乐部门前，苏煜下车一路走进去。宁志恒他们也在附近下了车，在门口没有见到邵文光，不用打电话询问，就知道田立群还没有到。于是，他对康顺东说道：“我们先进去盯着他！”

康顺东点点头，两个人来到俱乐部大门口。两个门卫见他们面生，走上前来拦住他们。一名门卫开口问道：“两位先生，请问你们是……”

宁志恒没有回答，直接取出了宋宏签字的名片交给门卫。门卫一看就认出这是宋宏的亲笔签字，赶紧将名片交还给宁志恒，连忙说道：“非常抱歉，我们也是怕有陌生人进入打扰到诸位的雅兴。你们请随意！”

宁志恒没有说话，只是微微点点头，将名片收回，然后和康顺东一起走入大厅。进入大厅，两个人不动声色地仔细观察周围的环境，很快就找到了苏煜。

苏煜站在一旁正观看对弈者下棋，一副兴趣盎然的样子。宁志恒和康顺东便也站在旁边观看，不时还小声讨论着棋局，一副棋迷、爱好者的样子！过了二十分钟，就看见田立群也施施然走进来，目光与苏煜刚一接触，便若无其事地挪开了。

苏煜看了一会儿，转身对田立群笑着说道："田先生今日再战一局可好？"

田立群立即回答道："正合我意！"

两个人坐下来再开一局，你来我往，投子相杀，在外人看来毫无违和感，就连宁志恒也不能不佩服他们的演技。

宁志恒和康顺东眼角的余光时刻盯着两个人的举动，可是直到一局下完，也没有发现有情报传递的迹象。终于一局棋下完，田立群起身做了个"请"的手势，苏煜也起身出了房间，两个人照例找了一个无人的角落坐下来。

"东西找回来了吗？"田立群压低嗓音问道，语气中隐含着焦虑。家徽印章对他太重要了，现在已经丢失这么长时间了，每一天，他都苦苦地等待着，就盼着苏煜给他带来好消息。

苏煜点了点头，笑着说道："武田君，事情办得很顺利，东西我已经取回来了。"说完，将一个皮包轻轻放到田立群的眼前。

田立群听到苏煜的回答，眼睛一亮，欣喜若狂。他拿起皮包，打开之后，那两只熟悉的玉盒映入眼帘。他轻轻打开一只玉盒，里面正是父亲给自己的成年礼物翡翠勾玉。他又打开另一只玉盒，里面赫然就是自己日思夜想的武田家族的家徽印章。这两件玉器是他多年的随身物品，只需一眼就能看出真伪，终于失而复得，重新回到了他的身边。他用略带颤抖的声音说道："苏君，这次真的是辛苦你了！你放心，作为回报，你的儿子我一定会平平安安地送到你身边，决不食言！"

苏煜听到田立群的保证，心中大喜，把头略微低下，开口说道："武田君，一切就拜托了！"

田立群也点头回应。这时，他突然看到一只玉盒里竟然还有一个精巧的胶卷盒，于是抬头看了看苏煜，不解地问道："这是什么？"

苏煜故作神秘地笑了笑，对田立群说道："这是我送给武田君的又一份礼物！"

“什么意思？这里面的胶卷是什么？”田立群疑惑地问道。

苏煜看到田立群的表情，也不再卖关子，直接解释道：“这是我刚刚获取的一份绝密情报，里面是近期德国政府援助中国计划的一份清单，有时间、援助武器的种类和数量等详细内容。还有些内容我没来得及看，都是德文，我也看不懂，但肯定都是保密等级很高的文件，只有部门的主管领导才能接触到的机密文件。”

“什么？这么重要的情报，你是怎么得到的？”田立群听到苏煜的话，顿时一惊，这个情报太重要了，这是两年以来分量最重的一份情报了，他不放心地追问道。

“不好意思，武田君，具体情况我不能告诉你，但确实是很困难才得到了它，这份情报在我手里只停留了短短的半小时。”苏煜不无得意地说道。他当然不会说这是天上掉馅饼，情报自己送上门的，必须强调情报得来不易，这样自己才好要高价嘛！

田立群看了看苏煜，犹豫了片刻问道：“苏君，你今天给我带来了大大的惊喜，这是两份极为丰厚的礼物。不过，你把情报传递给我是什么意思？你有自己的传递渠道，这么重要的情报，你不应该交给我！”事有反常必为妖！田立群是一个非常谨慎的人，他不认为苏煜这么做是为了送他一份大礼包，其中肯定有原因！

苏煜听到田立群的问话，知道必须向他解释清楚，不然以田立群的性格是一定会起疑心的！“武田君，请不要怀疑，我只是想借用你的渠道把情报传递出去。我和蝰蛇联系的死信箱设在一家饭店，但两天前的晚上，这家饭店被一把大火烧了个干净，我暂时和蝰蛇失去了联系！”

田立群听到苏煜的解释，默默地思考了一会儿才开口说道：“情报员之间是不能擅自联系的。我向你求助找回印章，是我们之间的个人行为，不能让蝰蛇知道。”说完，他话锋一转，安慰道，“不过你是我发展的人员，你的身份我本来就知道，现在又情况特殊，根据实际情况做出相应的调整也是很有必要的，况且要传递这么重要的情报，应该不会有问题。”

田立群发现，苏煜借用自己的传递渠道明显有向自己示好的意思，说到底是怕自己食言，不把他的儿子顺利地送回来。不然，他真要想独占这个功劳，只需启用紧急联系方式就好了，不用找自己帮忙。现在使用自己的传递渠道，那么这份功劳就有自己一份了，可以说是他们两个人共同完成了这一行动。

“武田君临机应变，处置果断，我深感佩服，那一切就拜托你了。另外，你提醒蝰蛇，尽快给我安排新的信箱，我在这里静候佳音！”苏熤低声说道。

两个人商量已毕，皮包也交给了田立群。他们万万没有想到，自以为千辛万苦取回来的玉器和胶卷都是他们的对手刻意送到他们手里的。他们交接的举动也都落到了不远处两位有心人的眼中。

宁志恒的眼力超强，将整个过程看得清清楚楚。一直等到苏熤和田立群起身离开，宁志恒和康顺东才不慌不忙地跟了出去。

“情报已经到了田立群的手里，现在怎么办？我们是跟苏熤还是跟田立群？”康顺东问道。

“兵分两路，你带着车去盯苏熤，他这边不能没有人盯。你跟着他回去，然后把情况汇报给向科长。咱们的工作重心肯定会马上转到田立群的身上。现在老邵肯定在外面盯着呢，我和他会合去跟田立群，然后听向科长的安排！”宁志恒没有犹豫，马上做出了决定。他觉得现在真的已经接近最后的目标了，关键就在田立群身上，自己必须亲自盯着才放心。

“好，我回去后马上汇报科长！”康顺东说完，就快步离开，尾随苏熤而去。

宁志恒也快步出了大门，赶到门外时，正看到田立群坐着黄包车离去的背影，眼光一扫，看见不知从哪里冒出来的邵文光也正要跟上去。邵文光也看见了宁志恒，两个人没有说话，只是很有默契地分别坐上了黄包车远远地跟在田立群身后。

田立群此时的心情别提有多舒畅了，他轻轻抚摸着手中的皮包，这么多天的忧虑一扫而空，不禁感叹塞翁失马，焉知非福！没有想到今天双喜临门，不只是家传信物找了回来，连带着还得到一份极为珍贵的情报，但愿这一次的收获能够引起本部的重视，使自己早日离开这座充满敌意的城市。

他一路胡思乱想，恍恍惚惚地在住所附近的路口下车，步行回到家中。

宁志恒和邵文光也跟着回到他家附近的监视点，这时刘永正在监视点值班。看到宁志恒进来，刘永赶紧报告：“宁长官，田立群刚刚回家，暂时还没有动静！”

宁志恒点点头没有说话。他把身上的西服脱下来，领带解开，感觉轻松了许多。就在他刚刚坐下来的时候，一旁的电话响起，他知道这肯定是向彦打来的，赶紧拿起电话。

“田立群现在在哪里？”果然是向彦的声音。

“报告科长，田立群从俱乐部出来就回了家，中途没有和任何人接触。您有什么指示？”宁志恒回答道。

“我马上带人过去。苏煜这边暂时没有什么情况了，我安排石鸿和楚光继续监视。你们那边要严密监视，不可有丝毫大意！”向彦吩咐道。

“是，严密监视！我们在这里等您！”宁志恒应声答应。

大概半小时后，向彦带着几个得力的心腹赶了过来，问道：“现在有什么动静？”

“没有，这半个小时一点动静都没有，不过我想他会很快动起来。没有想到，这个田立群真的是苏煜的上线，这在日本间谍组织里不多见！”宁志恒说道。

向彦微笑着说道：“田立群可以直接安排苏煜去为他找回印章，苏煜获取情报后又传递给了田立群，这说明苏煜和田立群之间有很大的关联，田立群应该就是苏煜的上线。但有些时候敌人的组织结构也会因情况而变化，不能一概而论！”少顷，向彦脸上的表情变得严肃起来，郑重地说道，“现在的工作重点就放在田立群身上！只要顺着他这一条线，就能找到他们的首脑，从而起获整个间谍组织。这将是一次不亚于暗影间谍小组的收获，在座的诸位都将受到嘉奖，万万不可懈怠！”

“是！”众人轰然立正，一齐回答道。

“邵文光！”向彦突然开口喊道。

“到！”邵文光没有想到向彦会突然提到他的名字。

“这段时间是你一直在监视田立群，谈谈你对他的判断。”向彦说道。他必须掌握田立群的一些基本情况，以方便做出正确的判断。

“报告科长，据我们这些天的观察，田立群是个非常谨慎的人，自我约束力很强，没有任何娱乐生活，且对四周的环境很敏感。他一定接受过严格的训练，是个很专业的特工！”邵文光把自己对田立群的印象和判断都说了出来。这段时间幸亏是经验丰富的邵文光负责盯梢，不然有几次铁定要露出破绽。

“这个人的身份不一般，我们一定要特别注意，即使最后动手抓捕，也要尽最大可能抓活的。他的价值很大，不同于一般间谍！”向彦再次强调道，接着又说，“邵文光，你的表现我们都看在眼里。我调阅过你的资料，知道你也是有资历的老人了。这一次志恒在处座面前为你说了不少好话，说你经验丰富，跟踪雪狼，发现黑雀，对破获暗影小组一案做出不少贡献。我希望你发挥所长，再接再厉。如果这次的案子再有所表现，我将亲自为你请功，提升校级军官不成问题！”

“谢谢科长栽培！卑职自当尽心竭力，不负您的期望！”邵文光听完向彦的话，激动地挺直身子猛地立正，高声答道。邵文光又把目光转向宁志恒，一脸的感激！面对他感激的目光，宁志恒微微一笑。

“宁长官，田立群有动静！”一直在旁边留意监视的刘永这时突然有所发现。

向彦和宁志恒等人赶紧来到窗前，只见田立群已经换了一身长衫，走出了家门。

“他双手空空，玉器已经安放在家里了。胶卷很小，应该是随身携带，现在就要看看他去哪里。”康顺东仔细观察着田立群，开口分析道。

“我们把人散开，学义带顺东打提前量，赶在他的前面，志恒和邵文光跟在后面，我们随后跟上。我强调一点，这个田立群很警觉，不要靠得太近，宁可跟丢也不要惊动了他。”向彦马上分派人手，一时间所有力量都集中到田立群身上。

众人按照各自的分工马上行动起来，远远地将田立群布控起来。

田立群出了门，和往常一样走了一段距离，来到街口叫了黄包车，一路向南而去，最后终于来到城南的西仓桥大街。

宁志恒立刻认出来，这条街道正是前天自己和康顺东跟踪苏煜来过的那条大街。这条大街也是交通要道，街面很宽，行人很多，这给跟踪带来了一些麻烦。好在众人都是行动老手，一直远远地监控着田立群，并没有丢失目标。

田立群下了黄包车，付了几枚铜圆，紧走几步就融入人流之中，然后一转身拐进了一条巷道里。

郭学义和康顺东一时间没有掌握对他前进的方向，结果跟丢了。还好跟在后面的宁志恒和邵文光没有丢失目标，两人看了一眼巷口的名字，见一块铁牌上写着“二马巷”，然后跟着进入了巷道内。可是他们没走多远，就看见田立群好整以暇地守在巷口处，回身观察着来往的行人。

“糟糕！”宁志恒和邵文光一前一后隔不过十步，看到这情境有些猝不及防。好在二人随机应变，脚步不停地一路前行，若无其事地与田立群擦身而过。

田立群在巷口附近观察了一会儿，这才不紧不慢地继续往巷道里面走去。宁志恒和邵文光故意放慢脚步等着田立群过来，却发现他根本没有跟上来。二马巷巷道不长，但路面很宽，路边散落着小商小贩经营的小摊位，田立群走走停停显得很悠闲。

宁志恒和邵文光并没有跟得太近，观察他的一举一动没有发现什么异常。这时，郭学义和康顺东也找到二马巷口，快步走了进去，左右巡视终于看见了田立群。不料就在一错眼的工夫，郭学义竟然和田立群对了一眼。

宁志恒和邵文光一看，顿时暗叫一声不好！监视目标的时候最忌讳的就是和目标眼神直对，监视者难免有心虚躲避的下意识动作，这很容易让目标看出异常来。好在郭学义经验丰富，在与目标对视的一刹那稳定住了心神，眼神中一片坦然，很自然地扫了过去，然后从田立群身边走过去。

田立群虽然没有看出破绽，但他对郭学义还是特意多看了几眼。素来谨慎小心的他觉得还是要多观察一下，于是在一个小摊位前停下脚步，若无其事地留意周围的行人。

宁志恒当机立断，给其他几个人使了个眼色，示意他们全部撤离。他宁可放弃这次行动，也不能惊动了田立群。几个人散开来。邵文光和康顺东陆续撤离，只有郭学义没动，他心有不甘，想再试一试。

郭学义正犹豫着，却看到了宁志恒冰冷严厉的眼神，不禁心中一虚。他的军衔是少校，按理不应该怕宁志恒这个上尉，可是他突然想起向彦之前叮嘱他们的话：“你们要知道，这次是从第三行动队手中捞功劳。尤其是第三行动队队长宁志恒，这个年轻人不简单，千万不要意气用事。万一好事变坏事，以后你们可就有的麻烦了！”想想这个年轻人就连向彦都隐隐有些忌惮，他知道自己不能再坚持了，和宁志恒对视一眼后就撤离了现场。

看着郭学义撤离，宁志恒也不敢多停留，不紧不慢地走出巷口。出了二马巷口，宁志恒开口说道：“做事情不要心急。把前后巷口都盯住，他的死信箱一定在这里，只要确定了范围，他就跑不了！”

前面的巷口肯定被向彦盯住了，他们四个人就散开，在附近等着。果然过了半天，田立群才在二马巷口显出身影。他显然是在二马巷内观察了很长时间，确定没有异常情况之后，才将胶卷投入死信箱，然后走了出来。

宁志恒低声说道："田立群现在应该是去发死信箱的启用信号，我和老邵跟着他。你们和向科长会合，把这个二马巷的可疑点都过一遍，然后听向科长的命令行事！每隔半个小时向每个监视点打电话联系，确定我们的位置。"说完这话，他和邵文光一起尾随田立群跟了下去。

郭学义看着宁志恒离去的背影狠啐了一口，心有不甘地狠声说道："这个宁志恒也太嚣张了，根本没把我们几个放在眼里。如果不是以大局为重，我定要给他好看！"

一旁的康顺东却没有随声附和，而是疑惑地问道："老郭，刚才你是怎么回事？向科长临来的时候交代过，具体行动以宁志恒为主，他已经发出撤离信号，你为什么还要逗留？"

郭学义听到这话，心中已然气馁，知道自己有些理亏，嘴里强自争辩道："要我说田立群根本没有发现我们，我们应该再试一试！现在可好，死信箱的位置没有找到，这一次的行动算是白忙了！"

康顺东听完犹豫了一下，说道："刚才的情况你也看到了，我们再多加逗留，一定会引起田立群的注意。科长再三交代，宁肯跟丢了，也不能惊动了他！"说到这里，他语气诚恳地说道，"老郭，听我的。宁志恒这个人心狠手辣，鹰扬虎视，他日定非池中之物。科长特意交代过，要与之交好，不然只是意气之争就平白树此大敌，以后绝对是一个大麻烦！"

听到康顺东的话，郭学义知道此次的表现完全与向彦的意思相违背，确实有些欠妥。况且他也知道，平白恶了宁志恒，殊为不智，只好点点头说道："好了，我知道怎么做！"

两个人不再多说，转身去和向彦会合。

宁志恒和邵文光远远盯着田立群。此时的田立群没有半点耽搁，径自走回他上班的民生报馆。宁志恒和邵文光一路尾随，看到田立群进入了民生报馆，便没有再跟，转身回到了民生报馆对面的监视点。

"这个田立群真是太警觉了，我们在开阔的地方还能够进行监控，可是到了地方狭窄的地方根本靠不到跟前。"邵文光恼火地说道。

宁志恒点了点头，说道："田立群的反跟踪能力很强，我们只能确定传递情报的死信箱一定在二马巷里。不知道向科长那里情况怎么样了？"

话音刚落，电话铃就响了，宁志恒拿起电话，果然是向彦打来的。

"田立群直接去了报馆？"向彦有些意外地问道。他接到康顺东的报告，就带着人把整个二马巷大致侦察了一遍。整个二马巷就像是一个半圆形的环道，里面除了几户住家，就只有一个不大的酒坊。这个酒坊只卖一种自酿的散白酒，属于那种小型的作坊。向彦怕打草惊蛇，驳回了手下要搜查的建议，坚持要继续监视。这时需要确认田立群的位置，向彦给民生报馆这边的监视点打电话，果然宁志恒和邵文光在这里。

"科长，田立群离开二马巷，中途没有停留，直接回到了民生报馆！"宁志恒回答道。

"他没有去别的地方？按说他现在应该发出启用信箱的信号哇！"向彦不觉有些诧异。

宁志恒也觉得奇怪，他犹豫一会儿说："也许，他的上线会定期检查死信箱，根本用不着发信号！"

"这种情况的可能性太小。经常接触死信箱，容易增加暴露的概率，我还是倾向于田立群会发出启用信号！"向彦思考了片刻后，推翻了宁志恒的猜测，继续说道，"这样，你们继续监视田立群的动向，我这边布置好了就过去和你们碰个头，确定下一步的计划！"

下午三点左右，宁志恒和邵文光在监视点等着向彦的到来。大概半个小时后，向彦一行人赶了过来。

"科长，二马巷的情况怎么样？"宁志恒开口问道。

"没有发现有价值的线索，死信箱的具体位置还无法确定，我想着还是从田立群发出启用信号的思路来寻找！"向彦摇了摇头说道。其实大家都知道，田立群可以发出启用信号的方式很多，想要从这一方面下手难度太大了！

"我看还是马上抓捕，直接审问口供，这样就可以找出死信箱的位置，布下陷阱，坐等大鱼上钩！"郭学义在一旁说道。他不明白向彦和宁志恒为什么这么缩手缩脚，毕竟现在田立群已经暴露在眼皮子底下，以行动科的风格，这件事完全可以更直接、简单一些！

向彦没有理睬郭学义，直接问宁志恒道：“志恒，你的意见呢？”

宁志恒笑了笑，脑筋飞转，然后开口说道：“其实对整个案件而言，我们现在已经胜券在握。毕竟苏煜和田立群已经被我们严密监控了，区别就是最后能够把战果扩大到什么程度。至于这一次的情报投放，我认为是很成功的，最起码现在我们知道了田立群传递情报的死信箱就在西仓桥大街的二马巷里。而且投放情报后，我和顺东兄跟踪苏煜的时候也曾经到过西仓桥大街，但是苏煜没有和任何人接触就直接回了家。这绝对不是巧合，如果我猜得不错的话，他们的上线肯定就隐藏在西仓桥附近。

“但现在就抓捕田立群，还为时尚早！处座曾经明确指示过，对田立群以监视为主，能不惊动他最好！至于这一次的跟踪不顺利，实在与田立群的过于警觉有关系。这也没有关系，落在网里的鱼，再挣扎也逃不掉！这一次跟踪不行就下一次，反正情报都是假的，不行我们再投放一次，然后提前在二马巷做足准备，就不信找不到信箱的位置。总之，只要没有惊动苏煜和田立群，我们可以多试几次，不要以一次的成败为意！再说这一次的行动还没有结束，田立群的上线肯定要去二马巷取情报的，虽说现在不能确定信箱的位置，不过我们还是有抓捕他的可能。

“当务之急，还是确认田立群的行动。他到底是以什么样的方式发出启用信号的呢？为什么他把情报投放信箱后，就直接回到民生报馆？要知道这么重要的情报，他不会平白无故地耽误传递时间。我估计今天他肯定会发出信号，明天他的上线就会去取。

“我现在有个大胆的猜测，他现在都没有动作，是不是他发信号的方式就在民生报馆里？田立群是民生报馆的栏目编辑，他完全可能在《民生报》上做些手脚，在他的职权范围里做一些特定的标记作为启用信号，这是轻而易举的事情。他的上线只要每天订一份民生报纸，看到约定好的标记，就可以去信箱取情报。这样完成情报的传递，既简单又安全！”

宁志恒的这番话条理清晰，说得屋里的人全都安静下来。向彦坐在那里，手指不停地敲击桌面，仔细揣摩宁志恒的话。邵文光对宁志恒了解甚深，听完宁志恒的话倒是没有表现出异常，但郭学义和康顺东等人却是暗自点头。

向彦沉吟了半晌，终于说道：“志恒说得非常好，不以一次的行动论成败！这一次抓不到他，我们还可以进行下一次。说到底我们在暗他们在明，先天上他们就输了一筹！还有最后这一点我非常赞同。田立群利用自己的身份在《民生报》上做手脚的可能性非常大，因为这不是传递情报，只是发出信号，只需要按照提前约定的方式做出一些特定的改变。旁人是根本察觉不到的，这种信号传递方式的安全性很高。”

郭学义这时也在一旁附和道：“科长和志恒说得太好了，这么一说大家的思路就都豁亮了。现在怎么来确定田立群在报纸上发出了信号呢？”

宁志恒转头问邵文光：“老邵，我想知道民生报馆的栏目编辑总共有几人？”

邵文光一愣，想了想说道：“总共两个栏目编辑，除了田立群，还有一个叫张维的。”

宁志恒站起身来走到窗前，手指着民生报馆的大门说道：“今天我们就看田立群会不会在报纸上做手脚，现在去尽量收集以前的《民生报》。因为报纸需要花一晚上的时间印刷，下班前他们应该要完成明天报纸的排版。在下班路上把这个张维抓回来，我要知道明天《民生报》的具体内容，和以前的报纸对比一下，看看到底有什么不同，就可以确定田立群到底有没有做手脚。然后就是对田立群今天晚上的行踪一定要全程监控，如果他从现在到明天早晨都没有异常举动，那就可以确定他已经在报纸上做了手脚，发出了信号。”

大家对宁志恒的安排都非常赞同，就连向彦也没有半点异议，可以说现在宁志恒几乎掌控了整个案件的进程！

向彦一脸赞许地说道：“下步措施就按志恒说的办。邵文光去找些以前的《民生报》来，等到下班的时候再把栏目编辑张维带回来。学义和顺东负责监视田立群，多带人手，轮流值班，一定要盯住田立群今天晚上的行踪！”

分工已毕，众人开始调派手下的人员，邵文光带人去附近的报摊收集了不少《民生报》，都是前些天发行的旧报纸。

终于到了报馆下班的时间，田立群不慌不忙地走出大门，和往常一样步行来到鼓楼大街路口，叫了一辆黄包车回家了。郭学义和康顺东带着一些人手跟了下去。

又过了半个小时，邵文光和几名队员把一个四十多岁的中年男子带了回来。这个中年男子就是民生报馆的编辑张维，他在回家的路上被几个大汉强行带到这里，还以为遇到了打劫绑票的强盗，已经吓得浑身颤抖，嘴巴哆嗦，直到进了房间还没有缓过劲儿来。

宁志恒示意行动队员放开张维，然后将一杯热水递到他的面前，语气和缓地说道："张先生不要怕，我们不是劫匪，也不是绑匪，请你来，是有一件事情想请你帮忙！"

宁志恒的举动让张维有一些摸不着头脑，他傻傻地接过宁志恒递过来的水杯却不敢喝一口，听完宁志恒的话反应半天才说道："诸位找我来到底有什么事？只要我能做到的，一定尽心竭力，绝不敢推脱。"

"不是什么大事，对张先生来说简直是举手之劳。我想现在就知道《民生报》明天的排版内容，能不能请张先生回到报馆给我拿一份明天的样报回来？"宁志恒微笑着说道，然后将一沓钞票放到张维的面前，"绝不让张先生白白受累，这些钱，我想足够买一份报纸了。"

张维看着那一沓花花绿绿的钞票，顿时眼睛一亮，心里自认为已经明白是怎么回事了！

张维认为，这一定是有人拿了面前这些大汉一些不能见人的材料投给了民生报馆，想要将这些丑事公之于众，而被这些人知晓，赶来查看明天的报纸上是否登出了这些消息。张维在民生报馆工作这么多年，这类事情也遇到过。想到这里，他心中大定，这算什么大事？眼前这些人还算上道，一沓子钞票摆在面前，自己当然知道应该怎么做了！不过他还算是比较厚道的人，犹豫了半天还是想把话说清楚："几位好汉，明天的报纸我刚刚编辑完，确实没有什么重要的内容，只怕没有你们想要找到的东西。"

宁志恒摆了摆手，说道："张先生不用顾虑，不管有没有找到我们想要的东西，只要你拿回报纸版样，这些钱就算是给你的酬劳。我们只为这件事而来，又不是什么大事，保证不会伤害你。"说完就直接将那一沓钞票塞进张维的衣兜里。

张维赶紧作势推辞一下，然后就笑着收下了。"几位请稍候，我这就回报馆取样报，很快的！"张维一脸的笑容，原以为是飞来横祸，可峰回路转，平白得了一笔外财，心中自然是高兴得很。这件事对自己来说不过是举手之劳，再容易不过了！他匆忙出门，快步向对面的民生报馆走去。

"志恒，对这种人还用花那个冤枉钱，枪顶在脑袋上，还怕他敢说半个不字！”郭学义摇摇头说道。

宁志恒笑着解释道：“真要是来硬的，直接拷问也不是不行，可完事后怎么处理他？抓起来不放？他可是民生报馆两个栏目编辑之一，身边同事失踪，你说田立群那样机警的人会不会有所怀疑？可把他放了，他知道我们在查田立群，就算是不敢通风报信，在面对田立群的时候也很容易露出马脚，容易惊动了目标！所以不能威逼，要利诱。为了这笔外财，他自然会守口如瓶。这样，这件事的收尾就干净了，花一点钱也值得！”

经他这样一解释，屋里的其他人就都明白过来了，不禁暗暗点头：宁志恒做事滴水不漏，样样都考虑周全，心思真是缜密得可怕！

向彦也在一旁赞许道：“志恒，还是处座说得对，你是天生吃这碗饭的材料哇！”他又对手下说道：“你们也都要向志恒学学，遇事多动动脑子！做我们这一行的，小心谨慎是最重要的，有时候一个疏忽就能万劫不复，切记！”

很快，张维就将试印的样报取了回来，进了房间，他将样报双手送到宁志恒面前，说：“这位兄弟，这就是明天的样报，你仔细看一看。如果有你不满意的内容，只要我能做得了主的，现在还来得及撤下来，一切都好商量，好商量！”

宁志恒点点头说道：“张先生真是个明事理的人，一切都好商量，一会儿我还要向你请教一些问题！”

“好说，好说！”张维连声答应道。

宁志恒对邵文光说道：“你先带张先生去隔壁休息一下，过一会儿我有事请教！”说完，他对张维做了个“请”的手势。张维一愣，但也只好随着邵文光去隔壁休息。

这时，向彦上前取过宁志恒手中的样报，把它铺在桌面上。宁志恒赶紧回身，将之前邵文光取回来的旧报纸也铺开，几个人上前逐一比对起来。

过了很长的时间，几个人总算检查完。向彦摇着头说道：“版面的格式、内容，还有字体都没有什么变化，我看不出有什么不同！”

宁志恒这时也抬起头来，苦笑道：“这么多内容，要想找到他们特别约定的信号确实很难。要是让邮电科那些老手来检查一下就好了，以他们的经验应该能够看出一些问题。”

在军事情报调查处的十大部门中就有一个邮电科，这是专门针对社会上发行的报纸、民众团体往来的邮电以及信件进行审查的部门。在这个部门里，有一批经验丰富的审查老手，他们专门通过对邮电、报纸的检查，严密监控社会各阶层、各大党派和党内异己分子。

“时间上来不及了，再说这又不是传递情报，文字之间是有规律可言的。这完全是特定的信号，没有当事人的信息，根本发现不了！就是邮电科那些人也很难找出来！”康顺东在一旁说。大家都点点头。他们都没有什么特别的发现，对此也是一筹莫展。

但宁志恒还是没有彻底死心，他仍然坚持认为自己的判断是有根据的，绝不是凭空想象。他回头对邵文光说道：“你去隔壁把张维请过来。他是民生报的栏目编辑，对这张报纸的版面比我们任何人都熟悉，他才更有发言权！”

“对，对，只有他才最有可能发现问题。快把他叫过来！”向彦这才想起来还有一个民生报的栏目编辑，赶紧催促道。邵文光领命，很快把张维请了过来。

进了房间，张维见众人都看着自己，顿时有些手足无措。他紧张地开口道：“不知诸位还有什么要问的？敬请直言！”

宁志恒一脸笑容，态度和蔼地说道：“正是有些事情想请教张先生。”说完将张维请到桌子前，指着桌子上那些报纸说道，“张先生是民生报的栏目编辑，对这份报纸没有人比你更熟悉了。我们想请张先生帮个忙，你能不能找出你拿来的这份样报和前些日子发行的民生报纸有什么地方不同？”

张维听完宁志恒的话一愣。他隐隐地感到，事情好像并非自己想象的那么简单，便小心地问道：“不知你指的是哪一方面，内容还是版面的格式？”

宁志恒双手一摊，苦笑着说道：“我们也不知道具体有哪些不同，所以才要请教张先生。如果张先生能够帮我们找出问题所在……”说着，他又掏出一沓崭新的钞票放在张维面前，接着说道，“这些就是张先生的辛苦费。有劳张先生了！”

听到宁志恒的话，又看着眼前那一沓明显比刚才还厚一些的钞票，张维顿时两眼放光，浑然忘了刚才的忐忑不安。他有些尴尬地搓着双手，说道：“无功怎敢受禄！太客气了，太客气了！这样，我先看一看，你放心，我在民生报干了这么多年，只要是有问题一定瞒不过我的眼睛！”

张维说完，上前熟练地将报纸按照发行日期的顺序整齐地排列好，又将自己取来的样报对称比齐，开始逐行逐字地比对。这可又是一笔横财，由不得张维不认真仔细。他不愧是老报行，一旦进入工作状态，顿时就像变了个人似的，全神贯注、一丝不苟地检查起来。

众人在一旁紧张地看着他，就盼着他给出一个好消息。

“咦？”不多时，张维突然发出一道质疑的声音！

“怎么，发现什么问题了？”一旁的宁志恒赶紧问道。其他人也把目光集中在张维身上。

张维手指着样报上的一处栏目，疑惑地说道：“这个‘风闻逸事’的栏目，一般每期只刊登两个风闻故事。栏目的篇幅有限，每个故事的字数控制在六百个左右。可是这一期不知为什么刊登了三个小故事，这样每个故事只有四百字的篇幅，叙述起来不免有些粗糙。”

宁志恒赶紧拿过报纸仔细核对。果然，以前发行的报纸上这个栏目都只刊登了两个小故事，而张维拿回来的样报上却刊登了三个小故事。

之前大家检查的时候并不知道《民生报》有这样一个惯例，只是看到样报的格式都没有变化，就忽略了过去。果然宁志恒说得对，最熟悉报纸的人才最有可能发现问题所在！

第四章

大举抓捕

“报纸上其他各处还有没有不同的地方？”宁志恒又问。

张维又仔细检查了一遍报纸，确定地回答道：“就只发现这一处。其他的版面都很正常，看不出有什么问题。”

这时候向彦开口问道：“这个‘风闻逸事’栏目是你负责编辑的吗？”

张维摇了摇头说道：“我们《民生报》有两个栏目编辑，除了我之外，还有一位田立群田编辑。我们两人各负责两个版面，这个栏目是他负责的。”

众人听到这里，不禁暗自点头，这就对上了。向彦接着问道：“以前有没有出现过这种情况？”

张维低头回想了一下，皱着眉头说道：“这种更改内容的事情其实很平常，只要不改变各个版面的格式，就报纸整体而言没有什么问题，所以也不会引起我们的注意，就是注意到了也不会太当回事，所以很抱歉，我实在记不住了。”

大家也都知道，这种事情肯定不会经常出现，如果不是刻意去查找，是不会注意到这件事情的！

“不过，”突然张维又说，“版面的内容在下午两点时就已经确定下来了，那个时候我还有印象，这个‘风闻逸事’的栏目确实只有两个小故事，之后我就没太注意，没想到现在又变成了三个小故事。我也不知道为什么田编辑最后做了这样的更改。”

“你确定下午两点钟之前栏目内容还是两个小故事？”向彦听到了他的话，顿时精神一振，急忙追问道。

张维又仔细回想了一下，最终点点头说道：“我确定。两点钟的时候我大致将版面内容检查了一下，这个栏目确实是两个故事！”

大家这下子都明白了。今天上午十点，苏煜将胶卷交给田立群，田立群回到家后，不多时又出门赶到城南的西仓桥大街的二马巷，在死信箱里投放了胶卷后直接赶回民生报馆，正好是下午三点左右。然后，他临时更改了栏目的内容，发出了启用信箱的信号。这一切都顺理成章，完全可以解释得通。

向彦向宁志恒点点头，宁志恒将那沓钞票放在张维的手中，说道：“张先生，今天多亏有你帮忙。不过，你也是个明白人，有些事情我们不想让外人知道。你回去以后，对今天的事还请守口如瓶，不然你我都有麻烦，你说呢？”

张维看着手中厚厚的钞票，哪里还不明白宁志恒话里的意思，笑眯眯地说道：“明白，我明白！规矩我还是懂的！拿人钱财，与人消灾，此事绝不会与任何人说起！些许小事还让诸位破费，张某愧领了！以后若是还有用得着张某的地方，请尽管来找我！”说完，他一脸欢喜地离开了。

郭学义望着他的背影，不禁笑骂道：“这个财迷还没捞够，还想着再挣你的钱呢！”

宁志恒回身说道：“这种小人物不用太过理会。来，我们再商量一下案子的情况！”

大家聚拢过来，宁志恒指着手中的报纸对向彦说道：“科长，现在应该可以确定，田立群已经通过《民生报》上的栏目发出了启用信箱信号。那就可以肯定明天早上他的上线看到这份报纸之后，很快就会去信箱取胶卷，所以明天在二马巷，我们要下大力气布置陷阱，找出这个上线来！”

向彦听完点点头，可又有些发愁地说道：“二马巷虽然不是主干道，但这一天来来往往的人流也不少，怎么确定嫌疑目标呢？”

“对呀，我们没有确定信箱的准确位置，那值得怀疑的范围可就大了，不可能把所有去过二马巷子里的行人都抓了吧？那也抓不过来呀！”楚光也有些疑惑地说道。

“而且巷子里也不能布置太多的人手。按照志恒的说法，这个上线一定是住在附近的人，那他对二马巷肯定很熟悉，不然不会选择二马巷作为死信箱的设置点。在取情报的这一天，在这么一段不大的空间里突然冒出这么多陌生人，怎么可能有这么巧的事情？他一定会警觉的，我们很容易弄巧成拙！”邵文光也很发愁，这个问题确实很难解决！

这时，大家都有些一筹莫展了：不能在二马巷里面设置足够的人手，怎么对这么多行人进行监控？可是埋伏太多的人，就很容易被熟悉二马巷情况的上线给发觉！真让人左右为难。

向彦这时却注意到，与众人不同，宁志恒脸上没有太多的愁色，倒是显得比较淡定，便说道：“怎么，志恒，看来你胸有成竹哇！”向彦此时也犯了愁，尽管他经验丰富，可在细节的判断分析上却不擅长。在这一方面，不可否认行动科的人比起情报科的那些精英来，还是略有逊色！

宁志恒心中正在仔细盘算，听到向彦的问话，他笑着说道：“我这里是有一点设想，说出来请科长和诸位斧正！”

大家其实一直都等着宁志恒说话，他们对宁志恒的判断分析能力一直都很信服，知道他往往能够从不同的角度去剖析案情，找出大家都容易忽视的盲点。

“那好，我先说一下我的观点。现在我们只是基本确定，田立群通过报纸发出了启用信号。如果从现在到明天早上，田立群一直都没有异常行动，那么我们可以最终肯定田立群是通过《民生报》发出了信号。我现在暂时就以这个已知的条件做一下设想。我们找到田立群发启用信号的方式，这就已经给我们指出了一个方向。

“第一点，要知道，虽然在一天里进入二马巷的人数会很多，但是在这些人里面，能够每天都看《民生报》的人可不多，这就无形中去除了其中大部分人的嫌疑。

“第二点，既然我们假设这个上线就是住在附近的人，那么他肯定不会乔装打扮去二马巷。因为他难免会碰到街坊邻居，如果让这些熟人发现他突然间换了装束，反而会引起别人的怀疑从而弄巧成拙，所以他明天一定会穿着自己的本色服饰去二马巷，神不知鬼不觉地取走情报。

“第三点，就是这个上线有一定的经济基础，有一定的社会地位。这个上线要想及时地发现田立群的启用信号，最好的方法就是每天都订阅一份民生报纸。这些钱对一个平民百姓来说是一笔不小的开支，但对一个有一定经济能力的中产阶层来说，是完全可以承受的。

“所以我在脑海里勾画出了这样一个人：此人不仅有文化，有经济基础，而且他的身份使他订阅一份《民生报》也不会有人质疑。我偏向于认为他是政府或者公司的职员，或者是教师等职业，而且明天他一定会以自己的本色形象出现。因此，明天我们就可以以这些条件来梳理和筛选进入二马巷里的行人。

“首先我们调用熟悉本地人口的本地巡警，就在二马巷的两个进出口监视，可以远远地盯着，只要是身穿长衫或西服，衣着光鲜，看着有一定文化程度又是本地住户的人，都一一记下来。

“每个人都要让这些巡警辨认，确认他们的身份后，一下子就可以筛选出大部分的行人，然后去调查这些人里面有多少人每天都订阅《民生报》。这样两相对照，又可以淘汰一部分人，剩下的人一定不会太多。等确定了这个范围后，目标离我们就一定很近了！”

宁志恒的话让大家本来阴雾笼罩的心中顿时豁然一亮。这番话有根有据，有条有理。听完宁志恒的分析，众人感觉这个目标仿佛就在眼前，伸手可及。

“太好了，志恒！你的分析太精彩了，原本看似一团迷雾，无处着手，可经你一分析几乎一目了然了！”向彦忍不住连声赞许。这样清楚的头脑，在整个行动科怕也是头一份了！

“是呀，志恒，经你这么一说，明天就很有可能找到这个神秘的上线。真是一言拨开迷雾，捅破窗户纸就在近前！”邵文光也感叹道。

向彦马上决定，一切行动都按照宁志恒分析的思路来进行。案子到了现在，可以说所有的进展都由宁志恒来控制，就连向彦也在不自觉中随着他的节奏来安排工作。

第二天一早，郭学义和康顺东打来电话，汇报说田立群到目前为止仍然没有任何异常举动。向彦和宁志恒至此终于确定，田立群编辑的那个栏目确实就是他发出的死信箱启用信号。

向彦拿起电话，直接打给西仓桥大街所属的警察分局，下令秘密调集和选定六名最熟悉本辖区人口情况的巡警和户籍警，身着便衣，随时待命，听候调遣。那名警察局长接到向彦的电话一刻也不敢耽误，马上按照他的吩咐选定了六个人，等候向彦的命令！

然后，向彦一行人快速赶往西仓桥大街二马巷。为了不惊动目标，向彦下令所有人员都不进入二马巷内。反正他们也不清楚信箱的具体位置，干脆就放弃了在巷子里面的监视，只在两个进出口布控。他和宁志恒兵分两路，各带领一部分人员和三名巡警、户籍警，监控二马巷的两个进出口。

宁志恒在出口位置附近巡视了好几圈，终于选定了一个绝佳的监视点，就在距离二马巷口十米左右的地方有一家住户。邵文光去和户主交涉，以一天两元法币的高价租下了临街的一间房子。在这里，透过窗户能够非常清楚地观察到巷口进出行人的面孔。

宁志恒对三位便衣警察交代道："看见那个巷子口了吗？"见三名便衣马上点头，宁志恒吩咐道，"你们的任务很简单，就是你们三个人的眼睛必须一刻不停、紧紧盯住每一个进出二马巷巷口的行人，然后按照我的要求指认我所选定的行人，尤其是你们认识的、会识字的本地人。听明白了吗？"三名便衣纷纷应声点头。

这时候，街面上已经开始有人走动，不远处传来报童清脆的叫卖声。街面上的人流也开始多了起来，时间一分一分地过去，终于有人开始进入二马巷口。宁志恒和众人打起精神，仔细分辨每一个进出的行人。

"这个穿长衫的男子是附近的住户吗？不是，放过去！"

"那个头顶有点秃的矮个子认识吗？认识？把他记下来，姓名和住址，只要是记得的资料都写下来！"

"这个穿旗袍的女子？认识？好，记下来！"

……

宁志恒凭借自己的眼力，辨别出每一个可能的目标，然后询问三名便衣，只要是他们有印象的本辖区的住户，就记录下来。好在这个二马巷来往的行人并不多，再加上大部分人都不符合宁志恒的条件，筛选下来的人没多少。

随着时间一点一点过去，笔记本上记载的人员也越来越多，慢慢地一整天就这样过去了。宁志恒一直等到天色已晚，看了看时间，已经是晚上八点钟，二马巷子里早就没有了行人，这才松了口气。一旁的三个便衣都熬得快撑不住了！

宁志恒转身对邵文光说道："应该差不多了。这里你来带队盯着，这么晚要是还有人进入二马巷，那就直接抓捕，宁可错抓，不可放过！"说完，他打开笔记本数了数，一共有五十三人的记录。都是本地住户，外形肤色、行为举止、穿着打扮都符合预先设定的条件。

宁志恒拿着笔记本出了门，快步进入二马巷。这时巷子里空无一人。他四下查看了一下，然后穿过巷道，从另外一头出来，看到楚光正在一处房屋的门口等候。两个人相互点了点头，宁志恒便推门进入房间，这里正是向彦设置的监视点。

向彦的脸色有些疲乏，见到宁志恒进来，脸上终于有了一丝笑意，说道："正想去通知你，你就来了！怎么样，可疑人员都记录下来了吗？"

宁志恒举了举手中的记录本，笑着说道："都记下来了，人数可不少，今天的工作量有点大。"

"我这里也一样，我们来核对一下！"向彦也拿起桌子上的记录本，上面密密麻麻的也记录了不少的内容。

两个人开始核对数据，向彦这里记录了五十七人，与宁志恒记录的人数相差不大。其中有不少可疑人员，因为是从二马巷的一个口进，另一个口出，在两个人的笔记本上都有记录，所以有很多人员是被重复记录了。他们很快把这两本记录重新整理了一下，现在嫌疑人总数是七十四个。

这时敲门声响起，楚光进来说道："科长，按您的吩咐，这片辖区内五个报摊的摊主都带回来了！"

向彦点点头说道："快让他们进来！"

楚光回身领进来五个战战兢兢的男子，他们都是在几名便衣的带领下，由行动队员找上门去硬给抓回来的，一个个吓得手足无措，大气也不敢喘一声，怯怯地看着向彦和宁志恒。

宁志恒暗道，向彦的手脚好快，工作早就安排在前面，不愧是行动老手。宁志恒上前把整理出来的名单放在桌上，然后对着五个摊主说道："把你们带来，没有别的事情，就是想向你们了解一些情况。你们天天在这附近摆摊卖报，肯定有些天天光顾的熟客，甚至有直接在你们报摊长期订阅的常客，今天我就需要你们把他们指认出来。丑话说到前面，把知道的说出来有赏，知情不报、存心隐瞒的，让我们查出来马上抓进大牢，这辈子就别想再出来了！你们自己想清楚！”恐吓加利诱，把利害关系说清楚之后，宁志恒指着那份名单说道，“五个人逐一上前指认名单，凡在你们报摊每天订阅、购买《民生报》的人，你们都一一指认出来，不得有任何遗漏。再强调一遍，千万不要自误！”说完，他从腰间将自己的勃朗宁手枪拔出放在桌上，一双慑人的眼神冷冷地注视着五个摊主。

一番话吓得这五个人不敢多言。他们看着那支冰冷的手枪，不停地点头哈腰答应着：“不敢！不敢！”然后，在众人的注视下，五个人逐一上前查看名单。

楚光提笔在纸上记录着，不到二十分钟，摊主们就已经将人员指认完毕。名单上的七十四名可疑人员里面，被五名摊主指认出来九名，这九人都是在五名摊主的报摊上长期订阅和购买《民生报》的常客。

向彦接过楚光递过来的名单，满意地对宁志恒点了点头。宁志恒这才转身对五名摊主说道：“你们做得非常好，不过现在不能放你们回去。今天晚上暂时委屈你们在警察局里待一晚上，只要你们老实听话，明天我就放你们回去！”宁志恒之所以要把五个摊主都关起来，就是怕他们回去泄露消息。

五名摊主一听要把他们关进警察局，顿时吓得腿脚发软，其中一个胆大的扑通一声跪在地上，连声哀求道：“长官，我们可全是听你们的吩咐，什么都没有做呀。你行行好，还是把我们放了吧！”其他四位摊主也赶紧连声求饶。

一旁的楚光顿时脸色一冷，恶狠狠地说道：“别敬酒不吃吃罚酒！我们长官说话算数，关你们一晚上就是一晚上，明天肯定放了你们。要是谁还敢啰唆……”他伸手把腰间的配枪抽了出来，拿在手里低声喝道，“我现在就让他再也回不去了！”

楚光凶神恶煞的样子，顿时把几个摊主吓得不敢吱声。五个人在行动队队员的推搡下给带了出去！

向彦没有理会这些小事，他拿着手里这九个人的名单仔细地看了看，皱着眉头问宁志恒：“你刚才说关他们一晚上，这么说你是想今天晚上就动手了？”

听到向彦的问话，宁志恒点了点头，不紧不慢地说道：“现在的情况已经明朗，这九个人里面应该就有我们要找的人。我想今晚就动手的原因有三：

其一，就是这五个报摊的摊主是不安定的因素。他们知道这九个人的名单，把他们放回去，就怕他们通风报信，惊动了目标。可不放他们回去，明天早上目标一定会和往常一样去报摊买《民生报》，如果发现所有的报摊摊主在一夜之间都不见了，他肯定会警醒的。这就让我们左右为难，还不如今天晚上就行动，以防有变！

“其二，就是现在嫌疑人的人数过多。我们单单为了监视田立群和苏煜就已经设置了四个监视点，耗费了大量的人手。现在嫌疑人的名单又多了九个，如果继续对他们实施监控，花费大量的时间和人力去进行甄别，那我们的人手远远不够，耗费也太大，况且我们也没有那个时间了。

“其三，在我们新发现的这个间谍组织中，苏煜是外交部的副处长、政府要害部门的高官，田立群在我们的判断中也是日本贵族，他可以指挥苏煜的行动，是苏煜的上线，这两个人的地位可谓都不低。以我们对日本间谍组织的了解，能够指挥他俩的上线，地位肯定更高，应该就是这个间谍小组的信鸽，也就是掌握电台的间谍小组组长，这种可能性很高！

“所以我觉得没有必要再进行监视了，抓捕时机已经成熟，夜长梦多，今天晚上就动手。请求行动科的增援，兵分九路，同时对这九个人进行抓捕，抓捕之后进行搜查，最后再行甄别。还是那句话，宁肯抓错不可放过。先一网把所有的鱼都捞上来，至于谁是那条最肥美的鱼，慢慢挑拣就是了，反正也跑不了！”

宁志恒的这番话，让向彦不得不承认，现在已经到了不得不动手的地步了。向彦马上说道：“走，我们去警察局！”

当天晚上，行动科科长赵子良在接到向彦从警察局打来的电话后，马上下令行动科三个行动组的九个行动队紧急全体出动，以最快的速度赶往警察局与向彦会合。

赵子良带着大队人马赶到警察局，一下车就对向彦说道：“人我全带来了，全部交给你指挥，我就在旁边看好戏登场！”

向彦苦笑着说道：“科长，我只是叫了个支援，可你干脆连锅端，搞了这么大的阵势。这要是行动失败，可就闹笑话了！”

赵子良哈哈一笑，不以为然地说道：“闹笑话怕什么，我就是要把声势搞大些，就是行动不成功，不过就是让别人笑几句。可行动成功了呢？那可就有的说了！”赵子良这段时间心气正高，总想着趁热打铁再出一些成绩，现在这个好机会可不能错过，于是干脆就组织一场大行动，让整个军事情报调查处都看一看行动科的能力！

向彦也知道赵子良现在的心思正热，就没有再多言，心想既然来了，人手当然是越充足越好。

此时三名行动组长也全部赶了过来，卫良弼一眼看见宁志恒，走到他的跟前低声说道："今天的阵势不小，看来你们这几天进展神速哇！这一次可要抓住机会，现在是关键时刻，不能大意！"

宁志恒笑着说道："尽人事听天命，但愿这次大功告成，不然这功劳簿上可就大打折扣了！"

两个人正在低声交谈，王树成赶了过来，面色忧郁地对宁志恒说道："队长，这几天都把我闲死了，下次换别人留守，我一定要和你一起行动！"

宁志恒拍了拍他的肩膀，笑着说道："给你找个清闲的活儿你还不愿意。好，下次一定带着你，免得你话多！"

这时人员开始集结，卫良弼和宁志恒也迅速就位。哨声响起，全部人员以极快的速度完成了集结，静静地列队等候指挥官的命令。

赵子良和向彦满意地看着手下这些精锐，可以说整个军事情报调查处南京总部的军事力量都集中在了这里。赵子良点头示意，向彦上前一步，对身前集合的九名行动队长高声说道："今天的行动很简单，总共九个目标，只有一个目标是真的日本间谍，我们要做的就是一网打尽，搜查住宅，最后再进行甄别。一支行动队负责一个目标，已经调集了一部分熟悉辖区的警察给你们带路。强调一遍，这个人非常重要，他很有可能是这个日本间谍组织的首脑。我们要从他的口中得到重要的口供，所以行动的时候尽量抓活口。至于谁能抓到真正的日本间谍，就看你们自己的运气了！你们要打起十二分的精神，狮子搏兔亦尽全力，抓捕每一个目标，不可有一丝懈怠，明白了吗？"

"明白了！"九位行动队长动作整齐划一，身体立正齐声应道。

一声令下，九支队伍迅速没入黑暗之中，各自奔向选定的目标。

在两名本地巡警的带领下，宁志恒带领队员来到了西仓桥大街的九泉巷口。

宁志恒作为案件的发起者，又是具体的执行者，掌握着最详尽的资料，当然优先选定了自己认为最有可能是真正目标的一位，而其他八个行动队长都是在他之后随机挑选的目标。

目标周文彬，四十二岁，汇华银行的部门经理，单身居住在西仓桥大街九泉巷八号。

宁志恒之所以选定他，最大的原因就是他单身。一般的间谍为利于自己活动都选择单身生活，这九个目标里只有两个是单身居住，周文彬就是其中之一。急切之间，宁志恒手里也没有更加详尽的资料进行分析对比，就只能选定了周文彬，但愿运气好，能够选中目标。

宁志恒安排王树成带领队员封锁巷口，而他自己则带人直接进入周文彬的住宅。此时是晚上十一点钟，人们早已入睡。宁志恒一挥手，马上有三名队员悄悄地潜到墙下。两名队员搭起手架，其中身手最为敏捷的队员踩在手架上，三人同时使力，那名队员轻松地翻身过墙，没过一会儿，院门打开。

宁志恒怕人员太多，难免有人会不小心发出声响，就只带着三名队员轻轻摸进院去。他来到房间窗户前仔细凝听了一会儿，没有听到什么动静，于是轻轻推动窗户，发现窗户并没有锁死。宁志恒一喜，看来周文彬的防范意识并不是很强，没有睡前关闭门窗的习惯。他率先潜入房间，身后的队员也鱼贯而入。

宁志恒轻手轻脚地来到卧室，小心翼翼地潜近卧床，看见一个男子正在熟睡。宁志恒没有犹豫，直接用左手勒住男子的脖颈用力一带，右手同时摁住他的后脑向前推。

突如其来的袭击，让床上的男子根本没有时间反应，睡梦中就感觉脖子以上被两只铁钳紧紧地钳死。他睁开双眼本能地挣扎着，但根本无济于事，在极短的时间里窒息，昏了过去！

宁志恒感受到他的挣扎很快就没有了力量，怕把他真的勒死了，就轻轻放松了手臂的力量，又过了一会儿才放开了他。

这时身后的队员见队长一个人就轻松制服了目标，都暗自松了一口气。一个队员上前将男子反手扣上手铐，撕开他的睡衣，其他两名队员将男子从地上拖起放在旁边的椅子上，开始对他进行搜身。

宁志恒走到卧室门口将房间的灯打开，顿时屋子一片光亮。他对照着男子的容貌，确定该男子就是此行的目标周文彬！

“队长，还是您身手不凡，轻而易举就拿下了目标，行动一切顺利！”一位队员在一旁笑着说道。其他两名队员也笑着随声附和道：“要说咱们队长这身手，在这行动科上上下下几百号人里，那都是数一数二的！老孙，不，孙队长的身手够厉害了吧？和队长过手，他也撑不过几个回合！”

宁志恒却好像没有听到他们的奉承话，挥手说道：“马上通知人员进入，进行彻底的搜查！”

一名行动队员赶紧去通知院外的人员进入，并通知封锁巷口的王树成。

这边宁志恒却是皱着眉头，仔细观察了一下周文彬。

这次的行动十分顺利，这本来也是在意料之中。宁志恒自身的战斗力在这半年里突飞猛进，进步之大就连他自己也暗自咋舌。可自从宁志恒一进入这所住宅就隐隐感觉有些不对，一切都似乎太顺利了。因为周文彬完全没有表现出一个间谍应有的防范意识。他的警觉性不高，睡前住所的门窗竟然都没有锁死，卧室的门也没有销紧。最重要的是，当他将周文斌的脖颈锁死时能够清楚地感受到，周文彬垂死挣扎时的肌肉力量很虚弱，与普通人没有什么两样。

难道抓错人了？

他很快收起心中的怀疑，表面上不动半点声色，下令手下队员进行彻底的搜查，希望在之后的搜查中能有所收获。

时间过去不久，周文彬慢慢地苏醒过来。他勉强睁开双眼，竟然看到自己家中出现了许多陌生大汉，正在翻箱倒柜找东西。他顿时吓得一激灵，双眼迅速闭上，假装没有醒过来的样子，心想这是遇到找上门的劫匪啦！

“好了，别装了！”宁志恒上前踢了他一脚，轻声喝道。他早就把周文彬的一切举动看在眼里，心中更是失望，看来真的是抓错了！

“几位好汉，我可是没有看见你们的脸哪！家中的一切请尽管拿走，权当是我孝敬诸位好汉的，只求你们不要伤我的性命！”周文彬紧闭着双眼，不敢睁开，连声哀求道。

宁志恒摇了摇头。如果这个周文彬真的是日本间谍，那么他的演技足以算得上是影帝级别了。宁志恒也懒得理他，指挥队员进行地毯式的搜查，很快他们便将整座房子的里里外外搜了个遍。

“队长，除了发现一个保险箱，其他没有发现任何有价值的物品！”王树成说道。他看着已经被翻得底朝天的房子，甚至连客厅沙发都被撕开查了一遍，就差拆房子了！

宁志恒有些无语，他一脚踹在周文彬的身上，恼火地说道：“把你的保险箱密码说出来！”周文彬是银行部门的经理，收入不菲，家中自然有些珍贵的物品，所以专门购置了一个保险箱安放在卧室床头柜的后面，结果被行动队员们搜查出来。

听到宁志恒的话，周文彬心中大痛，他毕生的积蓄都在这个保险箱里，今日只怕再难保住了，只求这些人拿了钱不要伤及自己的性命。他不敢耽搁，赶紧把保险箱的密码说了出来。

宁志恒自己动手，按照密码旋转圆形锁，轻松打开了密码保险箱。顿时，里面一摞摞现金和金条，还有一些珠宝盒都赫然呈现在众人面前。宁志恒没有翻看这些现金珠宝，而是拿起里面的一些文件检查起来，原来都是一些债券和不动产的证明书，看得出来这也是一笔不菲的财产。可宁志恒翻遍了保险箱，也没有发现投放的胶卷和其他与间谍有关的物品！

他看了看周文彬，心中暗想这一次的运气是差了些，九选一，结果失败！不过这人是不能轻易放的，为了保险起见，他还是要把周文彬带回去，再做进一步的甄别。

“周文彬，我问你，你今天下午为什么要去二马巷？”宁志恒不死心，开口问道。

“二马巷？你们怎么知道的？我平时爱喝一口，就喜欢二马巷子里的那家酒坊的酒头，经常花高价去买回来解解馋，不信你们去我的酒柜看一看就知道了！”周文彬小心地回答道。

宁志恒把嘴一撇，没好气地说道：“周文彬，你也不用害怕，我们不是什么劫匪而是军事情报调查处的调查人员，现在怀疑你和我们调查的一桩案子有关，请你跟我们回去协助调查。你放心，如果顺利的话，一会儿你就可以回来了。”

听到宁志恒的话，周文彬心中更是担心。作为银行的部门经理，他的社交面很广，也曾经听说过有这么一个特殊部门，权力大得惊人。不过他没想到自己今天竟然和这个部门扯上了关系，现在只能寄希望于宁志恒说话算数，一会儿把他放回来。

宁志恒下令收队，留下王树成带着几个队员在这里留守，自己带着周文彬和所有队员赶回警察局，向赵子良和向彦复命！

宁志恒赶回到警察局的时候，第四行动队和第五行动队已经提前把自己的目标带了回来。他们为了保险起见，甚至干脆把目标的家人也一齐带回来甄别。

宁志恒回来的时候，两个行动队长正在向赵子良和向彦汇报行动的具体情况。赵子良看到宁志恒进来，开口问道："情况怎么样？"

宁志恒双手一摊，无奈地说道："目标周文彬已经抓回来了，可是没有搜到胶卷和任何有价值的物品。周文彬本人，据我观察，是日本间谍的可能性也很小，没有什么异常表现。"

赵子良点头说道："他们和你的情况一样，人抓回来了，可是家里根本没有搜出胶卷和其他物品。"不过他没有半点焦急的样子，轻松地说道，"没关系，还有六个目标，我们拭目以待！"

其他行动队也陆续赶了回来，情况都差不多，就连宁志恒最看好的另外一个单身居住的目标也被带了回来，但家里也没有搜到胶卷和有关物品。现在只剩下第二行动队没有回来了，时间已经是凌晨一点，赵子良和向彦相视一眼。

"吕扬也是个有经验的老手了，怎么拖了这么长的时间？"向彦有些疑惑地说道。

"有时候，没有消息反而就是好消息！一定有意外情况，应该是有发现了！"赵子良却不急不慌，笑着说道。

果然，他的话音刚落，就见吕扬带着一行人匆匆赶了回来，身后的行动队员们抬着四个人，一路小跑着进了警察局大院。

"快，快送医院！又开始出血了，包扎带，快！"吕扬进院就赶紧大声招呼着。

马上有医护人员上前，对四个伤者包扎止血，进行紧急救治。大家赶紧围了上去，只见除了两个行动队员负伤外，还有穿着睡衣的一男一女，他俩的领口都已经被撕去，显然就是要抓捕的目标。

赵子良对吕扬沉声问道："具体情况怎么样？"

吕扬赶紧将事情的经过讲述了一遍。原来，吕扬这一队的目标是同诚中学的副校长孟乐生，与妻子孔舒兰一同居住。吕扬和宁志恒一样，采取直接潜入进行抓捕的办法。他派副队长带领几名精干的队员悄悄摸了进去，可是他们进入卧室的时候还是惊动了目标。孟乐生起身反抗，但很快被他们制服。

大家都松了口气，在隔壁房间睡觉的孔舒兰却悄悄摸了过来，突然连开数枪，致使两名队员和孟乐生都中了弹。行动队员马上还击，也击中了孔舒兰。等吕扬带人冲进去的时候，屋子里已经一片狼藉，孟乐生和他的妻子孔舒兰都倒在地上，两名行动队员也是生死不明。吕扬马上对四个人进行临时紧急救治，然后才急匆匆地往回赶，就出现了刚才那一幕。

赵子良眉头紧锁，没有想到这次竟然抓了一对，疑犯还都中了枪。

吕扬心中惴惴不安，低下头说道："都是卑职处置不当，甘愿接受处罚！"

赵子良没有出言责骂，他原地来回走了几步，突然问道："搜查有结果了吗？"

吕扬小心翼翼地回答道："事发突然，我先把人带回来进行救治，留下些人手现在正在搜查，很快就会有结果。"

赵子良哼了一声，没好气地说道："你也不用一副可怜相，是功是过，之后才见分晓。人活下来，你就是功；人死了，你就是过。到时候不用我说，自有军法处置！"

这时救治人员赶过来报告道："我方人员一死一伤，于副队长胸口中弹，已经殉国！两名疑犯，男子腹部中弹，现在血已经止住了，暂时没有生命危险；女子身中两弹，失血过多已经死亡！"

吕扬听到这话，心中懊悔不已，眼角忍不住湿润起来，为搭档的牺牲心痛难忍！

赵子良挥了挥手，对吕扬命令道："伤者马上送往军部医院救治，你亲自带人严加看管，一定要保证他活着，并随时等候我的命令！"然后他又对向彦说道："我们去现场，不亲眼看一看，我心里放心不下！"

一时间所有军官都跟在赵子良身后赶往孟乐生家。

赵子良等人赶到的时候，搜查已经接近尾声，行动队员们将屋子里外搜了一遍。当一部小巧精致的军用电台放到赵子良面前的时候，所有人一直悬着的心都放了下来。功夫不负有心人，所有的辛苦没有白费。这部电台最终确定了孟乐生和他的妻子孔舒兰的身份。

赵子良手抚着电台，紧绷的脸上终于露出了微笑。有了这一部电台，足以说明行动科这一次的行动是成功的！

向彦兴奋地命令道："继续搜查，一寸一寸地搜，务必找到胶卷和密码本！"

命令一下，所有人员都行动起来。宁志恒也没有耽搁，这可是扩大战果的好机会。他仔细检查了一下房间里的布置，开始逐步搜查起来。可以说这个房间的每个角落都被搜索了很多遍，就连隐藏在暗门里的保险箱也被人起了出来。

"快打开，密码本和胶卷一定在里面！"

"没有密码呀，怎么打开？这家伙可结实得很，不好弄！"

"妈的，这鬼东西可不好弄开，听说情报科有个专门开这种锁的，不行就调过来！"

"一边去！你脑子烧糊涂了，到手的功劳往外送？"

一时间，众人七嘴八舌议论纷纷，倒是赵子良拿了主意，一锤定音地说道："吵什么，一群废物！不就是个铁疙瘩，咱们又不是偷，直接给它撬开不就行了！"

顿时众人一齐动手，又砸又撬，费了好大劲儿，最终硬生生地把它撬开了。打开保险箱一看，除了意料之中的大量现金和黄金，还有两个文件袋和一个蓝色小本。

赵子良屏住呼吸，小心翼翼地打开蓝色小本，翻看了片刻，脸上终于露出灿烂的笑容。大家一看到这个情景，顿时心中大定。向彦赶紧问道："科长，怎么样？"

赵子良哈哈一笑，挥了挥手中的蓝色小本，兴奋地说道："得偿所愿！这可是我们截获的第二部密码本了！"

此言一出，众人兴奋得喊了出来。这一次行动科可是又露了大脸，短短几个月时间，连续破获日本间谍小组，缴获两部电台，最重要的是缴获了两部完整的军用加密密码本！就凭着这一功绩，行动科以后在军事情报调查处的地位又提升一大截！

赵子良又拿起一个文件袋，打开一看，果然是一盒胶卷。他笑着说道："这可是咱们的功臣，钓出了这条大鱼！"这是情报科投放的假情报，现在已经没有半点价值了，他随手放到了一边。

然后他又打开另一个文件袋，里面放了一份资料。赵子良仔细看了两页，脸色沉了下来。他没有多说话，只是将文件袋随身收好，然后说道："将所有缴获的物品都封存好带回，我要连夜向处座汇报，为诸位请功！尤其是向副科长和宁队长，此次大获全胜，你们更是功不可没，辛苦了！"

向彦此时此刻的心情真是舒畅至极，他很久没有亲手破获大案了，这一次的机会真是太难得了，将在他的军中履历上写下重重的一笔！

至于宁志恒就更不用说了，破获这起日本间谍案的最大获利人就是他了。最初的线索由他挖掘，前期的工作由他全权主持，两个重要目标也是他亲手锁定，再加上他在案子后期的精彩表现，可以说没有任何人能够抹杀他在其中的功劳。稳稳当当的首功已经是拿下了，就看以后还能把战果扩大到什么地步，如果能够再挖掘出更有价值的间谍小组成员，那就更好了！

至此，抓捕行动圆满结束。等大家赶回警察局时，赵子良一刻都没有耽误，直接向处座打电话报功。电话那头的处座也是高兴至极，命令赵子良明天一早向他汇报具体情况。

这边向彦也下令，把抓捕回来的其他八户人家，还有那五个报摊的摊主全部放回去，同时撤回全部行动人员。

回去的路上，卫良弼和宁志恒坐在一辆车上。卫良弼看着宁志恒，不禁有些莫名的感慨，他笑着问宁志恒道："志恒，这次的收获的确令人满意。这可是你破获的又一宗大案，现在已经进入收尾阶段了，不知你接下来打算怎么进行？"

听到卫良弼的话，宁志恒思索了一会儿，开口说道："今天的行动确实很成功，不过我一直有个疑问，这孟乐生和孔舒兰夫妇两个人到底谁才是真正的上线呢？一种可能是，孟乐生是真正的上线，孔舒兰是他的助手，这样我们就通过孟乐生再挖出其他的间谍成员。另一种可能就麻烦了，孔舒兰才是真正的上线，而孟乐生是她的助手，那么这条线索就走到头了。我估计收获也就到这里，那我就干脆收网，立刻抓捕田立群和苏煜，这个案子也就结束了！”

卫良弼点点头，他突然想到了什么，疑惑地问道：“你记不记得，刚才科长在孟乐生的保险箱里找到的那个文件袋？”

宁志恒点头说道：“当然记得，我看科长的脸色，这个文件肯定相当重要，也许这会是以后的一个侦破方向也未可知！”

“这是后话了，估计明天处座会亲自询问案情的经过，一切都交给处座来定夺吧。”卫良弼说道。

第五章

各有算盘

一夜无话。宁志恒一大早就赶到办公室，还没有坐稳，桌上的电话就响了起来。

他拿起电话，电话里传来向彦的声音："马上到我这里来，处座召见，我们一起去汇报案情！"

"是，科长，我马上到！"

宁志恒不敢耽误，一路快行赶到向彦的办公室。赵子良正和向彦说着话，见宁志恒到了，笑着说道："就等你这个大功臣了！赶紧走，处座等着我们呢！"说完，他拿起桌子上的公文袋和密码本，三个人一起赶往处座的办公室。

这已经是宁志恒在这几个月里第三次受到处座的召见了。作为一个尉级军官，能够被处座这么频繁地召见，这在军事情报调查处还从未有过。

处座的办公室里，当赵子良将手中的公文袋和蓝色密码本交给处座时，处座脸上的欣喜之色根本无法掩饰。他打开蓝色密码本仔细翻阅，不停地点头，嘴里高兴地说道："不容易呀，这又是一次巨大的收获。上一次的加密密码本，让几位专家如获至宝，为他们的破译工作提供了很多帮助。这个密码本再送过去，会让他们的工作进程大大地提前！"

说完，他抬起头来，眼光扫过赵子良等三人的脸庞，最后停留在宁志恒身上。处座微笑着说道：“志恒，我发现你不仅是员干将，更是一员福将！你加入我们军事情报调查处不到一年，不仅破获两起日谍大案，亲手抓获了几个重要的日本间谍，还接连缴获两本如此重要的军事密码本。不得不说，你的工作非常出色！”

面对处座毫不掩饰的夸奖，宁志恒赶紧挺身立正，谦虚地说道：“卑职不敢居功，都是两位科长指挥得当，我不过是侥幸得手，不敢当处座您的夸奖！”

处座哈哈一笑，指着宁志恒对赵子良二人说道：“长江后浪推前浪，你们的后辈都追上来了！”

赵子良哈哈笑道：“我们行动科人才济济，良弼和志恒算是其中的佼佼者，当得起处座您的夸奖！”

处座笑着点头，又拿起公文袋，打开后取出里面的文件，仔细翻阅着，脸色也逐渐变得严肃起来。他对赵子良沉声问道：“这个文件除了你看过，还有谁知道？”

说完他将目光扫向一旁的向彦，赵子良赶紧说道：“除了我之外，没有任何人看过。昨天收队后，我就没有回家，在办公室休息了一晚，这个文件和密码本就没有离身！”

向彦苦笑着一摊手，说道：“处座明鉴，我可是什么都没看到。科长守口如瓶，一个字的口风都没有透！”

至于宁志恒干脆就没有说话，以他的级别，根本就不可能接触到这样机密的文件。

处座将文件放回公文袋，仔细收好。

这时秘书进来报告道：“处座，谷科长他们来了！”

“让他们进来吧！”处座点头示意。

“我让他们来，是就这件案子做一次讨论！”处座说道。

很快，谷正奇和边泽进了办公室。赵子良一看到谷正奇，想到情报科这次给行动科打了下手，脸上的笑意就再也抑制不住，对谷正奇说道：“哎呀！谷科长，你这一次帮了我们的大忙。要不是你们投放的情报，我们行动科也不会这么顺利地抓获日本间谍的首脑，起获电台和密码本。唉，真是辛苦谷科长了！”

“哪里，都是为党国效力，我们自然是竭尽所能，互相帮助嘛！”谷正奇心中窝火，也不落下风，回敬道。

“好了！别打嘴仗了，都坐吧！”处座却是懒得看他们两人斗嘴，挥手不耐烦地说道。处座看了看眼前众人，开口说道：“先由向彦做案件陈述，我们再讨论一下，接下来采取什么措施。”

向彦点点头，向众人示意，然后开始叙述案情，把自他接手案件以来的每一步处理措施，都详细地解释讲述了一遍。

他尤其详述了宁志恒的精彩表现，其中查找田立群在《民生报》发出的启用信号，还有提出对二马巷筛选目标的精彩分析，其推理思路清晰，其措施实用高效，都让处座和其他人眼睛一亮，不禁纷纷点头。向彦有意向宁志恒示好，特意对他的表现多加描述。再说，提高宁志恒的形象，也就是提高行动科的形象，对大家都有好处！

他每一步都说得非常仔细，一直讲述到昨天晚上的抓捕行动。“就是这样了！现在孟乐生还在军部医院里，昨天晚上子弹取出来了，他没有生命危险。我们准备先对他进行简单的审讯，如果孟乐生负隅顽抗，等他的身体状况可以接受刑讯后再撬开他的嘴巴，相信还会有重大的收获！”

向彦说完，处座不禁拍案叫好，笑着说道：“精彩！这一次的行动堪称完美，你们行动科做得很漂亮！看看，还是年轻人脑子快呀，就这么抽丝剥茧，利利索索地把案子拿下了！”

“处座，这一次我们情报科也是出了大力的，我们的内线耍得苏煜团团转，完全没有起疑，表现非常出色。”谷正奇赶紧说道。整个案子的过程都是行动科一手包揽，他们情报科也就这件事情可以拿出来说说了。

“嗯，情报科的内线确实功不可没，工作做得不错！”处座也笑着说道。

“处座，案件进入收尾阶段，这个孟乐生已经可以确认其身份，肯定是间谍组织的首脑，此人是案件能否继续侦破下去的关键。我提议，由情报科来对他进行刑讯审问，毕竟我们上一次对黑雀的审讯就非常成功，我们在这方面还是有优势的！”

谷正奇此话一出，赵子良和向彦就不干了。

“谷科长，你这么说，是说我们行动科不会审讯人犯了？难道只有你们情报科的人才会？”赵子良恨恨地说道。

“我没有这么说，不过你们行动科下手总是太重。现在孟乐生身负重伤，如果让你们来审,好事变坏事就不好了!”谷正奇双手一摊,一本正经地说道。

两个人你来我往,又开始了对孟乐生审讯工作的争夺。

“行了,就由行动科来审吧!”处座听得真不耐烦了,直接拍案喝道。

处座的话一出口,几个人顿时就住了口。

“对孟乐生的审讯,就由行动科负责。这件案子有始有终,我不会偏袒哪个科室!向彦,工作还是由你来主持,能不能再有所收获,就看你的了!”处座说道。他这一次没有再为情报科说话,就是因为行动科这次确实做得漂亮,也让他对行动科能力的信任度大大提升。至于对情报科的安排,他已经另有打算,他不会对自己的嫡系不加照顾的,只是不能再像上次那样做得那么明显罢了。

“处座,那您看田立群和苏煜怎么安排?”向彦问道。

“你们是怎么想的?”处座没有直接回答,而是反问向彦。

“我的想法是,这两个人已经没有利用价值了。他们的上线我们已经找到,再留下他们也没有意义了。尤其是田立群,此人的反侦查能力很强,我怕时间拖长了,反而让他脱钩,不如现在就下手,以防夜长梦多!”向彦仔细考虑了一下,回答道。

“志恒,你的意思呢?”处座又转头问宁志恒。宁志恒在处座印象中是个判断能力极强的侦破高手,一直以来他的推理分析能力都让在场的诸位心服口服,所以处座特意向他这个尉级军官提问,想听听他的看法!

“我也赞同向科长的意见。而且到现在为止,我们对这个新的间谍组织了解得还不多。如果能从他们的口供里多了解一些这个间谍组织的情况,多掌握一些资料,这样审讯孟乐生的时候会更主动、更有把握!”宁志恒说道。他觉得现阶段还是落袋为安,把功劳抓在手里,这样无论对自己还是行动科都是有利的。

“好,就按你们的意见,马上抓捕田立群和苏煜!尤其是苏煜,这次要好好做做文章。外交部的那些高官衙内一直眼高于顶,这种人要杀一儆百,让外交部那些眼高于顶的高官衙内知道‘敬畏’二字!”处座的声音中透露出一丝寒意。他早就对军政府的一些高层窥伺已久,只是有所忌惮,不敢贸然行事,这一次抓到了把柄,敲山震虎,正好给他们一些颜色看看,让他们这些人知道军事情报调查处的厉害!

诸般事宜商量完毕，此次会议结束，赵子良三人退出了处座的办公室。在处座的示意下，谷正奇和边泽留了下来。

“处座，这一次我们情报科也是有所表现的，再说现在的收尾工作正是情报科的长项，我看还是调用专业的情报人员处理比较好！”谷正奇觉得还是可以再试一试，毕竟一桌子好菜却只能看着别人大吃大喝，这心里不好受哇！

处座笑着摆摆手，说道：“这件案子你们就不要再插手了。老实说，我一开始并没有想到行动科会做到现在这一步，短短六天的时间，挖出间谍组织的首脑、电台，最重要的是加密密码本，这可是他们第二次缴获密码本了。这些足以证明他们的能力并不比你那些经过严格训练的专业人员差，甚至不客气地说，做得远比你们强，这一点你自己心里也有数吧？”

处座的一番话，让一向脸皮甚厚的谷正奇也有些挂不住了，一旁的边泽更是一言不发。

“其实他们行动科以前成绩一般，不过就是打下手的材料，只是在这个宁志恒加入之后，才屡次建功！处座，我要求今年的黄埔毕业生我们情报科优先挑选，毕竟这样的人才放在行动科太屈才了！”谷正奇一直对宁志恒不死心，还是想把他挖到情报科来，只是顾忌宁志恒是黄副处长的保定系成员，才最后放弃了这一想法！

处座不想在这方面和谷正奇纠缠，他从桌子上拿起那个文件袋，摔在谷正奇的面前。

“这是什么？”谷正奇有些奇怪地问道，伸手拿起文件袋，看到处座点头，才打开文件袋，翻看起来。随着翻阅，他的脸色也越来越凝重。看完了这份文件，他终于忍不住问道：“处座，这份文件的真实性能够保证吗？这可是堂堂的少将，而且还是主力师的军事主官，怎么可能被日本人策反，这会不会是日本人的反间计？我们要慎重啊！”

处座站起身来，慢慢地走到窗前，凝神看向窗外，悠悠地说道：“这是昨天赵子良亲手从日本间谍首脑的保险箱里取出来的，他一直没有离身！你说，日本人怎么可能会预先知道我们会突然抓捕，找到他们藏身之处，然后把这份重要文件故意放在保险箱里，等我们上钩呢？”

“那您的意思？”谷正奇马上明白了处座的意思，这是要把这件大案子交给情报科处理。这要是办成了，功劳绝对不亚于这一次的间谍案！

“我的意思你还不明白？这么重大的情报我会马上上报给校长！这可是通了天的案子，你可要抓住这次机会，把案子做漂亮了！

“还有，这份情报赵子良是知道的，我这也是厚着脸皮从他身上割肉，喂给你们了！最后就算是你们两个科合作完成，我这也是用心良苦了！你和赵子良当年都是跟着我的老人，也是并肩战斗的战友，以后气量大些，不要一见面就像两个刺猬一样，搞得大家都难看！”

谷正奇这时心情大好，哈哈笑道：“我和老赵也就是一点意气之争，再说现在是他老找我的麻烦，我可是宰相肚里能撑船，从没有和他一般见识！”这倒是实话。谷正奇和赵子良虽说彼此都较着劲，可在实际的工作中却从没有互相拆台，而且处座也不会容他们胡来！

“好了，马上集中精力把案子查清楚，一定要快。这种事情校长肯定会亲自过问的，不要拖延时日，搞得下不来台！”处座指示道。

“是，我马上着手查办此案，绝不会让您失望！”谷正奇挺身立正，高声答道！

这边，赵子良三人出了处座的办公室回到行动科。赵子良手头上的工作正忙，就先行离开了。

向彦对宁志恒笑着说道：“志恒，到我那里坐坐，正好商量一下案子的事！”

宁志恒自然不敢怠慢，连声答应。进了向彦的办公室，向彦示意他坐下。

“志恒，现在案子已经明朗，这一次你的功劳大家都知道。有消息说，你这一次不仅会晋升少校，而且马上扩建的两个行动组，你会担任其中一个军事主官！”向彦一脸正色地说道。

“都是科长的栽培！”宁志恒赶紧回答道。

向彦一听哈哈一笑，摆了摆手说道：“志恒，你也不用往我脸上贴金，你自己的根脚你自己清楚。你们保定系树大根深，在军中的影响力自然用不着我来照拂，黄副处长早就为你安排妥当了吧？”说到这里，向彦微微一笑说，“志恒，这一次的扩招，如果你能成为主官，手底下肯定是缺人的。我可以答应你，你原来手底下用熟的人都可以带走，至于职务上，也以你的意见为主，你看怎么样？”

宁志恒听到这里，眼睛一亮，向彦这是卖了大人情了。宁志恒加入军事情报调查处才不满一年，手下能够用得上的人手，一只手都数得过来。他要是真的晋升行动组组长，手下最少三个行动队、十二名军官、一百二十名军中挑选的精锐，这可是一支强大的武装力量。要想彻底掌控这支力量，手下必须有靠得住的人，不然做起事来到处掣肘，岂不是麻烦。

宁志恒手下的人，首选当然是孙家成。他是自己亲手提拔的人才，身手好又忠心，自己肯定要带走的。

王树成，也对自己言听计从，一向以自己马首是瞻，也算是自己的心腹。他这几次也积功不少，多次被通报嘉奖，这一次自己再做些工作，把他的少尉军衔提升一级，带过去担任一个行动队长的职务应该可以！

行动队员赵江也是自己一向用顺手的人。这个人很机灵，能快速领会宁志恒的意图。这一次可以借机给他请功，力保他晋升少尉，然后给他一个副队长的位置。

至于石鸿就算了。虽然说他对自己也是俯首听命，但他是师兄卫良弼的亲信，肯定是不会跟自己过去的。

不过这样也很不错了，向彦能给自己这个承诺，就已经很给他面子了。

“科长，您真是太为我着想了。实话说，我手底下确实缺班底，只有几个信得过的人手，如果此次晋升主官成功，还真想着把他们带过去。现在有您这句话我就放心了！”

向彦是上校副科长，几个尉级军官的调动还是完全能够做主的，他微笑着说道：“这些都是小事，以后有什么事情可以直接跟我说！”

宁志恒高兴地说道：“多谢科长的关照，志恒一定铭记于心！”

二人相视一笑，关系又拉近了一分。这时，向彦才说道：“我这些班底里，就数郭学义跟我的时间长。他从民国十一年就跟着我，鞍前马后吃了不少苦，可是他的运气不好，这些年阴错阳差，总是与主官的位置无缘，如今人到中年，仍然是一个少校。这次我想能不能帮他再进一步，不然下一次就不可能有这么好的机会了！”

宁志恒这时才明白，向彦今天绕了这么大一个圈子，主动向他这个上尉示好，原来主要是为了郭学义。

“当然，郭少校经验丰富，精明能干，早就应该有所发展，再进一步。志恒唯科长马首是瞻，一切听从科长的安排！”宁志恒赶紧回答道。他当然明白向彦的打算，这是要他在结案报告里做一些操作，为郭学义请功，为他这个老部下再争取一下。

宁志恒已经得到了自己所需要的，之后再多的功劳对自己也没有什么太大的帮助，顺水人情又何乐而不为！况且就算他反对又如何，向彦才是主持工作的上校副科长，最后还不是他一言而定。如果不是因为宁志恒颇得处座和科长赵子良的器重，向彦不想宁志恒生出怨气，那么向彦根本就不用打这个招呼。

听到宁志恒的话，向彦非常高兴。他一拍大腿，笑着说道：“那好，我现在就给郭学义打电话，命令他马上抓捕田立群。田立群的身份特殊，能够亲手抓捕他，这功劳也是可以说得过去的！”

郭学义和康顺东从昨天晚上到现在一直负责监视田立群，他们身边也有足够的人手，当然是最适合执行抓捕行动的人员。向彦之前做足了功课，就是为了不让宁志恒插手其中，但田立群毕竟是宁志恒确认的目标，所以要和他做好沟通工作！

看到了宁志恒的态度，向彦心中有数，拿起电话通知民生报馆的监视点。这个时候，田立群应该已经在民生报馆上班了。

“学义吗？处座指示，马上动手抓捕田立群！做事小心点，一定要确保万无一失！我等你的好消息！”向彦仔细交代了一下，这才放下电话。然后他又拿起电话，给石鸿和楚光打过去，命令他们动手抓捕苏煜。这一次对田立群和苏煜的抓捕，他带过来的三名手下都可以沾些功劳，可说是没有枉费这些日子的辛苦，最终都捞到了好处！

宁志恒看向彦都安排完毕，知道自己暂时没有什么任务，抓回来的孟乐生也刚刚脱离危险，此时的身体状况还不能进行刑讯逼供，他现在也没有办法。又和向彦说了会儿话，宁志恒就告辞出了他的办公室。

宁志恒紧接着就赶到了黄贤正副处长的办公室，由余秘书通报，见到了黄贤正。

黄贤正对宁志恒的到来一点也不意外，他笑着对宁志恒说道：“怎么，这才几天就坐不住了？放心，你的事情我已经和处座沟通过了，他已经答应给你一个主官的位置。处座对你的印象非常好，我一开口，他几乎没有多考虑，就同意了这个安排！”

宁志恒听到黄贤正亲口对自己说定此事，心中已然高兴至极。他笑着说道：“有处座您的面子，这点小事还不是手到擒来！志恒今天来，主要还是想把这次的案情，给处座您汇报一下！”

听到这话，黄贤正心中很是受用。军事情报调查处的案情不是所有人都可以插手的，很多机密的情报，就连黄贤正这个位置的高层也不能查看。像是日本间谍大案的具体情况，对没有参与侦破案件的外人来说都是绝密。宁志恒作为自己派系的后起之秀，能够向自己汇报案情，这一行为本身就说明了一种态度。

“好，那就给我说一说，案子现在办得怎么样了？”黄贤正显然也提起了兴致。

宁志恒就把这六天来的侦破情况做了一个详细的陈述，甚至把今天处座召见的情况也都说了一遍！

“干得好，志恒，又缴获了一部电台和密码本，这是一次扎扎实实的大功！这下你的事情就铁板钉钉，稳稳当当了！”黄贤正听完宁志恒的讲述，不停地叫好，兴致勃勃地询问其中的细节，最后他终于满意地点头大笑！

“志恒，你这一次的表现太好了，我为你感到自豪！有时候我就在想，以你老师那样的死脑筋，是怎么教出你和良弼这样的学生的？”黄贤正开玩笑道。

宁志恒这时也笑着说道：“老师虽然看上去不爱说话，可是私下里和我们却没有那么严肃。您和他是多年的战友，这一点您应该很清楚！”

黄贤正点头说道：“你这确实说对了。你的老师是我们同窗里少有的明白人，他什么都知道，只是他向来有自己的坚持。老实说，我对他一直都是很钦佩的！”

宁志恒对贺峰知之甚深，当然知道贺峰的秉性，对黄贤正的评价也是连连点头。宁志恒接下来说道：“处座，其实我这一次来，还有些事情想向您请教！”

黄贤正用手指了指宁志恒，得意地说道：“我就知道你还有事找我，你那点小心思瞒不过我的！”

宁志恒只好笑着说道：“什么都瞒不过处座！我刚才和向副科长谈了谈，

他说如果我要担任行动组长的话，可以把我现在的手下也调过去帮我。”

“这是好事情啊，这个向彦很懂事嘛！”黄贤正一听，不由得点头说道。

“一旦我真的主管一个行动组，那必须掌握一部分得力的人手，但问题是，我加入军事情报调查处不过半年多，手下可用的人确实不多。现在想向您请教一下，我应该怎么做？”

“哈哈，志恒啊，如果不是真的知道你才是个刚刚毕业的学生娃，那我就真怀疑你是不是官场上的老手了！”黄贤正手抚额头，笑容满面，接着说道，“你这是向我要人了！放心，你不说，我也要和你说一说。这一次我们保定系也有新的人员加入，正好你现在局面初开，手下空悬的职位又多，可以由你先行挑选，一定包你满意！”

黄贤正手下有不少和宁志恒同样背景的人才，他正打算借着这次宁志恒晋升的机会用多余出来的编制安置一部分手下，没想到宁志恒主动找上门来要人，心里不禁暗自高兴。

“那一切都听处座您的安排！”宁志恒答应道。他也有自己的想法。他知道自己手下没什么班底，到时候肯定会有各方势力觊觎自己这边多余出来的编制，想方设法安插自己的人手，以他现在的地位很难阻止这样的事情发生。到那个时候，就算自己不满意也不好轻易动这些人，不然就会与他们背后的人结怨。最好的办法就是依靠黄贤正，借用他的力量将其他势力早早拒之门外。

从黄贤正的办公室里出来，宁志恒一路赶往警察局看守所。这两天他忙得脚不离地，也不知道孙家成对戴大光的审讯进行得怎么样了。

来到看守所，两名行动队员正在门口抽烟闲聊，看到宁志恒来了，赶紧迎上来。

“孙副队长呢？”宁志恒问道。

“刚刚回来，现在正在里面审问戴大光，这小子不老实，属牙膏的，不打不说，打一次说一点！孙队长火了，这次要好好收拾收拾他！”一名队员回答道。

宁志恒听完直皱眉头，他快步走向刑讯室，离老远就听见戴大光凄厉的惨叫声。

这时老廖听到手下报告，知道宁长官到来，一点不敢怠慢，一溜烟地跑过来，殷勤地招呼道："宁长官您来了！"

"不用招呼我，有事我会叫你！"宁志恒挥手打发走了老廖，又吩咐身边一名行动队员去把孙家成叫到办公室来。

很快，孙家成赶了过来，看见宁志恒正坐在椅子上闭目养神。

"戴大光交代得怎么样了？"宁志恒用低沉的声音问道。

"还真让您说对了，这小子确实不老实。他手里的财物不是小数目，绝对是个大肥羊，可就是死咬着不松口，每次拷打完就吐一点。今天我非扒下他一层皮来，就不信这个浑蛋要钱不要命！"孙家成咬牙切齿地说道。他也算是一个老江湖了，戴大光的心思瞒不过他。

"这个戴大光心存侥幸，总以为还能出去，想守着那点钱糊口呢！"宁志恒睁开眼睛，眼神中射出一丝冷意，"到现在为止，他都交代了些什么？"

"他交代说家中的保险箱里有现金和黄金，还有商贸行的地契和手续，银行里有两个保险柜。"孙家成回答道，"可是我觉得他肯定还有隐瞒。像他们这样走黑道的江湖人，难免有旧日的仇家，为防不测之灾，狡兔三窟是常有的事情，他不会没有准备！"

"那就抓紧时间。对了，我给你通报一下案情的进展，昨天晚上我们顺着田立群这条线终于抓捕到了他的上线，缴获了一部电台和加密密码本。处座和科长都很满意，现在案子已经到了收尾阶段，戴大光作为苏煜发展的下线也要尽快归案！"宁志恒把情况大概给孙家成说了一遍，嘱咐道，"所以在把他上交到刑讯科关押之前，必须干干净净地收尾，不然我们不下手，就便宜别人了！"

孙家成听完宁志恒的讲述，心里大喜，立马保证道："明白了，队长您放心，我一定加快审讯的进度！"

"等等！"宁志恒站起身，来来回回走了几步，仔细思虑了一番，又说道，"审讯的事先不着急。处座已经下令抓捕苏煜归案，戴大光的事也不怕曝光了。我马上给你调派人手过来，你以军事情报调查处调查人员的身份，查封戴大光的家和商贸行，起出他的银行保险柜。动作要快，赶紧收罗所有的现金和金条，我这两天就要用！"

"这么急？那我现在就动手！"孙家成听到宁志恒的话，赶紧点头答应。

宁志恒拿起电话，通知在军事情报调查处留守的王树成：“树成，马上带领所有队员，全副武装赶到警察局看守所待命！”

放下电话，宁志恒又问孙家成：“对了，这两天左氏兄妹的情况怎么样？”

孙家成听到宁志恒问左氏兄妹，不禁有些好奇地回答道：“我看队长的意思，是不是想把他们收为己用？”

“是有这个意思。老孙，我现在手下能够做事的人太少了，我看他们兄妹三人倒是可用之人，如果能够收下来做个帮手也不错！”宁志恒微微点头说道。

“这两天还是很安分的，老廖也没有为难他们。我看这三个人里，那个左柔是个弱点，只要控制住她，那兄弟俩都能够抓在手里！”孙家成看人还是比较准的，一眼就看出了关键所在。

“这三人我自有安排，以后有些事情还要交给他们做，你心里要有数，这样会省去很多麻烦！”宁志恒说道。

他出了办公室，叫来老廖，随他来到关押左氏兄妹的牢房。

兄妹三个被关在相邻的三间独立牢房中，牢房打扫得很干净，日光也很充足。看他们三个人身上的衣服和精神状态，宁志恒就知道老廖没有亏待他们，照顾得还算周到。

这时左氏兄妹三人看见宁志恒来了，赶紧都站起身来，来到栅栏前。

他们这几天早就商量好了，这些年他们苦熬打拼，就是为了在这个世道里求得一条活路。可如今却被卷入日本间谍大案，还被认定为卖国汉奸，这是让他们无法接受的。到最后更被自己最信任的老板像扔抹桌布一样甩了，心中的感受可想而知。

正在万念俱灰、走投无路的时候，眼前这位宁长官却愿意给他们一条活路，他们自然明白，这是要让自己为他效力。这有什么可犹豫的？一边是死亡的地狱，一边是再获新生，左氏兄妹当然知道，如果这个机会再不抓住，等待他们的会是什么下场！

可是这几天，这位宁长官好像已经忘记了他们兄妹三人，把他们扔在这座冰冷阴森的大牢里不闻不问，这让他们心里又开始七上八下的有些恐慌。难道是这位宁长官改了主意？

宁志恒挥了挥手，示意老廖退出去，然后冷冷地看着左氏兄妹，语气淡然地问道："你们考虑得怎么样了？"

"我们愿意戴罪立功，只要您肯收留我们，今后我们三人愿意为您牵马坠镫，为宁长官效力！"

"好！"宁志恒冰冷的脸上突然展颜一笑，"识时务者为俊杰，明人不说暗话，如果今天你们的回答不能让我满意，我会现场处决了你们，不留后患！"

此言一出，左氏兄妹三人顿时心头猛颤。

宁志恒看着左氏兄妹三人，开口说道："既然打算跟着我，那我就把话说清楚。第一，无条件地听从我的指令，不得有任何质疑和懈怠！第二，执行任务时，在保证完成任务的基础上，尽量不滥杀良民！第三，也是最重要的一点，嘴巴要严。我交代的事情不能透露出去一个字，不然军法从事！明白了吗？"

"明白了！"左氏兄妹纷纷点头答应。

宁志恒把老廖喊过来，说道："把他们放了，我一会儿带他们走！"

老廖一听，赶紧上前打开牢房门。左氏兄妹走出牢门，脸上泛起笑容。

宁志恒挥手让老廖退下去，又开口问道："你们以前跟戴大光的时候，手上有不少条人命吧，有案底吗？"

左氏兄妹互望了一眼，左刚说道："做过几次，但是我们处理得很干净，没有留过案底！不过我们不会对好人下手，杀的不是黑道上的人物，就是些争地盘的地痞流氓和市井混混！都是戴大光交代的事情，他救过我们的命，就当是还他的！"

"哥，我们早就还清了！"左柔听到这话就不爱听了。他们这些年出生入死，为姓戴的卖了多少次命，当初的恩情早就还清了。

"好了，没有案底就好，至于这一次的案子我会替你们销了！"宁志恒没有把这些事情当回事，这对他来说不过是举手之劳。

"不过，那些事情戴大光心里有数，这次我们撕破了脸皮，就怕他会出去乱说！"左强突然在一旁说道。

"他敢！这些事情是他指使我们做的，他也不想别人知道！"左柔脸色一变，气愤地说道。

"哼，"宁志恒冷笑一声，"别瞎操心，戴大光是日本间谍，这是死罪，不可能活着出去了。你们不用担心，以后老老实实跟着我，出了事情自然有我！

对了，你们三个人现在在哪里住？”

“就在戴大光家附近，我们买了一处宅子！”左刚回答道。

宁志恒找来一张纸，又从上衣兜抽出自己的百利金钢笔，在纸上写下自己办公室的电话和住宅的地址递过去，然后吩咐道：“回去后把房子处理了，就在这个地址附近找一处房子，这样我有事情可以很快找到你们，安排好之后联系我！”左氏兄妹接过纸条点头答应。这时左刚脸上露出犹豫之色，片刻之后，终于忍不住低声哀求道：“宁长官，戴大光真的出不去了吗？您能不能法外施恩，饶了他一条命？”

宁志恒眼睛一眯，顿起杀意，一道凌厉的目光射向左刚，冷声说道：“怎么，你刚出虎口，捡了一条性命，还想着给他求情？”

一时间气氛变得压抑。左柔看到宁志恒阴狠的目光，吓得赶紧喊道：“哥，你是不是傻了？戴大光是救过你的命，可这些年我们为他做了多少事，该还的都还了。现在是他对不起我们！宁长官说了，他是日本间谍，不可能活着出去了。”自己这个哥哥就是太重情重义，结果现在落到这般田地。她又向宁志恒哀求道：“宁长官，我哥他没有别的意思，就是这副死性子，您不要怪他！”

左刚嘴巴微微嚅动了几下，终于低声说道：“宁长官，您别误会，我只想求你一件事情，能不能放过戴大光的妻子和儿子，给他们留一些财物度日？以后我左刚这条命就是你的，就是上刀山下火海，我也不会皱一皱眉！”

听到这话，宁志恒心神一松，眼中的杀意收敛起来。原来左刚还是念着戴大光的旧情，想着给戴大光的妻儿留一条活路，全了这份交情！左刚这么做，反而让宁志恒觉得自己的眼光没有错。左刚能够对戴大光仁至义尽，对他的救命之恩回报到这种程度，说明左刚是个极重情义之人，这样的人给自己做事当然可以放心。

“你的命本来就是我的，还敢和我提条件，不知死活！看在你也是重义之人，这次就算了，以后知道点分寸，不然你们兄妹三人我一起处置了，省得日后麻烦！”

兄妹三人顿时被宁志恒这番话吓得不敢说话了。他们随着宁志恒出了牢房，迅速离去。

宁志恒来到办公室，这时外面脚步声传来，是王树成带着第三行动队赶过来了。

“队长，人我都带来了，是不是有什么大行动？”王树成一脸兴奋地问道。他现在一心只想立下新功，好为自己晋升中尉打下基础。

宁志恒点点头，看着身前的众多手下，开口吩咐道：“兵分两路，孙家成负责带队查封戴大光的住所，王树成带队去查封贸易行。记住，戴大光有黑道背景，有不少的手下，肯定还藏有枪支，你们行动中如遇反抗，当场击毙，决不宽容！”

“是！”众人齐声领命。

很快众人各自领命而去，宁志恒则来到审讯室。

这时，戴大光被牢牢地捆在粗大的木桩上，大口喘着粗气。他浑身上下布满了伤口，鲜血淋漓，十个指头也被钉上了长长的铁签。听见有人进来，他微微睁开双眼，见是宁志恒，顿时眼睛一亮，红肿的眼角努力地睁开，沙哑着嗓音说道：“宁长官，我真是什么都说了，您就放了我吧，别再打了，放了我吧！”

宁志恒走到他面前，脸上泛起一丝冷笑，说：“戴大光，你也是老江湖了，到了这时候你还以为能活着出去吗？”

戴大光听到这话顿时愣住了，那一团求生希望的泡沫终于破灭了。他的头缓缓地耷拉下来，空洞浑浊的眼神透出一丝绝望！

宁志恒取过一把椅子，放在戴大光的面前端坐上去，目光直直地盯着戴大光的脸，轻声问道：“你是不是很绝望？是不是觉得自己很冤枉？”

戴大光没有回答宁志恒的话，只是低头不语。

“这都是你自找的，卷入这个日本间谍大案中，谁也救不了你。再说你也不是什么好人，这些年死在你手上的人，不管是好人还是坏人，都有不少吧？本来我不想来看你的，只要把你送进军事情报调查处的大牢里就万事大吉了，不过今天有人替你求情，求我放了你老婆孩子一条生路。说说看，你是怎么想的？”

戴大光听到这话，突然抬头看着宁志恒，双眼不自觉地滴下了泪水，哀求道：“我知道这些年自己造的孽太多了，我一条命赔出去也是赚的了，可我儿子是戴家的命根子，求求您宁长官，放他一条小命吧。我愿意把所有的财产都交出来，求您大发慈悲！”

宁志恒皱起眉头，低声呵斥道："我还没有下作到杀妇女和孩子！不过你为非作歹这些年，有多少仇家你心里没数吗？军事情报调查处现在已经开始正式查封你的家和贸易行，没收你全部非法所得的财产！一旦这些人听到你被抓的消息，我估计你的老婆孩子连南京城都逃不出去就会横尸街头，只怕连骨头都剩不下了！"

听到宁志恒的话，戴大光半晌不语，最后缓缓吐出几个字："宁长官的意思是？"

宁志恒嘴角露出一丝笑意，说道："我可以给你的老婆和孩子一笔钱，然后护送到一个你指定的地点，保证没有人知道他们的下落，你觉得怎么样？"

"多谢宁长官！多谢宁长官！"戴大光眼睛一亮，充满了希望，"多谢宁长官您的大恩大德！我戴大光来世一定做牛做马，结草衔环！"

宁志恒的脸色顿时阴沉下来，他恶狠狠地说道："戴大光，就拿这些话打发我？当我是三岁的孩子吗？要钱不要命的东西！"

戴大光又何尝不知道宁志恒的意思，但自己准备的后路是给老婆和孩子以防万一之用的。可是现在如果不交代出来，只怕他们母子二人等不到用这些钱的时候，就得被自己那些仇家和窥伺自己家财的恶狼给吃了！他权衡再三，最后终于开口说道："宁长官，只要您能保我老婆孩子平安，我愿意将我隐藏的一笔巨款孝敬给您，绝对能让您满意！"

听到这话，宁志恒的脸色才慢慢缓和下来，他问道："这些钱在哪里？"

"北城右尚街荷叶巷十二号，"戴大光艰难地吐出一个地址，"那里只有我一个瘸腿的堂哥帮我看房子！"

"具体藏在哪里！"宁志恒追问道。

"最里面的第二个房间，上面有大锁，钥匙就在我被抓进来时穿着的衣服里面。房间里有两个大保险柜，里面是我这些年来攒下的一些财物，这些都是您的了。"戴大光回答道，"您可要言而有信哪！"

"保险柜的密码？"宁志恒没有回答他的话，而是直接问道。

戴大光无奈地吐露出两串密码，他根本无法保证宁志恒会不会真的送走他的妻儿，但是他没有选择，只能祈求这位宁长官说话算数，这也是他们母子唯一的生路！

宁志恒记下了密码，然后问道："想把老婆孩子送到哪里去？"

“江苏，我老婆的老家！”戴大光又说出来一个具体的地址。宁志恒从桌子上找过笔和纸记了下来。

一切安排完，宁志恒才不紧不慢地说道：“知道是谁求我给你的老婆孩子一条生路的吗？”

戴大光茫然地摇了摇头。

“是左刚。他的小命还在我的手里攥着，却开口为你求情。我没有答应，他又为你的老婆孩子求情。这个人你没有看错，但愿我也没有看错！”

戴大光听到宁志恒的话，眼中闪过愧疚之色。他根本没有想到，竟然是自己之前已经舍弃了的左刚豁出命为他求情！他嘴唇抖动了几下，最后吐出一句：“他是个厚道人，我对不起他！”

宁志恒转身离开，只留下已经绝望颓废的戴大光，一个人在那里不停地喃喃自语！

第六章
一笔横财

宁志恒出了看守所直接回到军事情报调查处的办公室，还没进屋，就被卫良弼喊了过去。

邵文光和石鸿也在卫良弼办公室里。这两个人一直都是卫良弼的心腹，有什么消息会第一时间通知卫良弼。

宁志恒看到三个人都阴沉着脸，知道一定是有不好的消息，便开口问道："怎么回事？出了什么问题？"

卫良弼指了指邵文光，邵文光便开口说道："今天抓捕田立群的时候出了意外，郭学义少校当场殉国，重要目标田立群也中弹身亡！"

"什么，怎么会出现这种情况？郭学义和康顺东手底下有十多名行动队员，还搞成这个样子？重要目标死亡，一个少校殉国，这可不是小事情！"宁志恒顿时被这个消息惊呆了。

接着，邵文光把具体的经过详细讲述了一遍。原来，郭学义接到向彦的抓捕命令后，马上安排抓捕行动。因为田立群每天都是最后一个走出报馆大门，他就在报馆的门口设下埋伏，等着田立群中午下班的时候下手。

这个行动布置本来没有什么错误，完全可以趁其不备将田立群抓获，可是今天不知道什么原因，田立群迟迟没有出现。而一直在监视点负责指挥的郭学义，最后实在忍耐不住，就亲自来到民生报馆门口查看情况。

可就在这时，田立群姗姗来迟，走出民生报馆，非常巧合地和郭学义对看了一眼。田立群是个非常优秀的特工，受过严格的训练，记忆力超强，尤其对人物的短期记忆非常好！

他清楚地记得，就在前天上午，面前这个人曾经在二马巷子里和他对视过一眼，一度曾经引起他的怀疑，只是后来这个人表情很自然地离开了，以至于他为此多花费了半个小时进行观察，确认没有问题后才投放了胶卷。没有想到，今天这个人突然出现在这里。两个人对视一眼，情况跟前天几乎一模一样，几乎就在瞬间他认出了郭学义！

但是郭学义并没有意识到这一点，他和上次一样，装作若无其事的样子准备离开，同时发出抓捕的信号。

就在行动队员扑上去的时候，已经有所戒备的田立群以极快的速度掏出手枪，抢先开枪击中郭学义的胸口。其他行动队员为了救郭学义，迫不得已也掏枪射击。田立群身中数枪，当场死亡！而郭学义胸口要害中枪，还没有送到医院就气绝身亡。

“这个事情向副科长知道了吗？”宁志恒问道。其实他也是多余一问，作为主抓间谍大案的向副科长，肯定第一时间就得到了这个消息。

“当然知道了。一接到电话，向副科长非常震怒，直接就把电话摔碎了。他现在正在军部医院，去查看两个人的尸体。康顺东这次倒了大霉，听说被向副科长骂得狗血喷头。作为郭学义的副手，他恐怕要担上不少责任！”石鸿心有余悸地说道。

“这也没办法，算是他倒霉。抓捕重要目标失败，负责指挥行动的第一负责人当场死亡，这些烂摊子肯定要第二负责人承担。说起来，老康这个人是不错的，做事细心，认真负责，责任心极强，没想到出了这样的事情！”宁志恒不禁感慨道。他和康顺东做了几天的搭档，对康顺东的观感极好，可惜他的运气太差了。这时宁志恒突然想起石鸿今天也接到抓捕行动的命令，忙开口问道：“鸿哥，你们今天抓捕苏煜的行动顺利吗？”

石鸿听到宁志恒的问话，赶紧点头说道：“我们的行动一切顺利，半路袭击，一举成功！人已经带回来了，送到刑讯科候审。”宁志恒是他的主管上级，他的具体行动都必须第一时间向宁志恒汇报。

宁志恒这才松了一口气。如果石鸿的行动出了问题，他也是要承担一定责任的！

这时，一直坐在座位上沉默不语的卫良弼开口说道："志恒，幸亏这一次的抓捕行动你没有参与。当时我听到这个消息，心就悬起来了，后来才知道你并没有参加此次行动！"

宁志恒语气沉重地说道："这是向副科长安排的，他原本是想着为郭学义做些工作，没想到事与愿违。郭学义是跟随他多年的老部下，这一次他的心里肯定是极为悲痛的！"

卫良弼叹了口气，语重心长地对身边三个人说道："这就是我为什么再三劝告你们，做事情不要太拼！尤其是你，志恒，你最不让我省心，行动中多次冒险，所谓留得青山在，切记！郭学义就是教训哪！"

"我知道了，下次一定注意！"宁志恒赶紧点头称是。

这时隔壁宁志恒办公室电话响起，他借机赶紧回到自己的办公室拿起电话。

"队长，行动一切顺利，现在已经查封了戴大光的家和商贸行，您看还有什么指示？"电话那头传来了孙家成的声音。

"你现在在哪里？"宁志恒问道。

"在戴大光家里！"

"好，待在那里不要动，等我电话！"

宁志恒放下电话，快步出了军事情报调查处。他要保证自己的通话不被电信科监听到。

宁志恒一路快行来到了红韵茶楼，他来到柜台前，示意服务生离开。

宁志恒是红韵茶楼的常客，老板知道宁志恒是军事情报调查处的军官，一直都刻意奉承，对他恭敬有加，还特意交代每个服务生，对宁志恒一定要恭恭敬敬地服务周到，不要给自己惹祸上身！看到宁志恒的手势，服务生赶紧快步离开。宁志恒这才拿起电话，拨通了戴大光家的电话，给孙家成打了回去。

"现在情况怎么样？"宁志恒问道。

"报告队长，我们在戴大光的家里和商贸行里搜获了大量的现金和财物，也起出来了银行里两个保险柜中的财物，您看还有什么指示？"孙家成在电话里说道。

“做得好！今天晚上，你和树成把所有缴获送到我家里！”宁志恒心中大喜，命令道，“对了，把戴大光的老婆孩子也抓起来，带到警察局看守所关押，等候我的安排！”

宁志恒此话一出，电话那头的孙家成好一会儿没反应，最后终于犹豫着问道：“队长，抄家而已，不会要灭……”

“你想到哪里去了？我还不至于这么狠。听我的安排，我这是积德行善。留下他们孤儿寡母，否则他们连今晚上都活不过去。以后你就知道！”宁志恒不由得哭笑不得。

放下电话，宁志恒看天色不早了，就没有再回军事情报调查处，转身去了一家皮包店，买了几个结实的大皮箱和装饰精巧的小皮箱，放在自己的车上带回家。

晚上八点，孙家成和王树成开车赶了过来。

宁志恒闻声出来，见孙家成和王树成从车上卸下三个大皮箱，提进了宁志恒的房间。宁志恒左右看了看四下无人注意，这才将房门关上。

孙家成和王树成把三个皮箱并排摆放，解开皮扣，一一打开。顿时，整整三大箱崭新的钞票、金灿灿的金条全都呈现在宁志恒的面前！饶是宁志恒这样冷静沉稳的角色，也被眼前这一幕震惊得失神了片刻！

“这么多！这个戴大光，太他妈的能敛财了！”宁志恒罕见地骂了一句脏话。

“不多。这些年来，戴大光黑白两道通吃，有时候生意场上遇到对手，干脆就下黑手灭门，抢夺财物。现在这些财物还只是一部分！”孙家成不以为然地说道。

“只是一部分？还有什么？”宁志恒疑惑地问道。

“我们在他家保险箱里发现了很多地契，戴大光在南京城置办了许多房产。以南京城的房产价格，这些地契加在一起可是一笔巨款哪！”王树成将厚厚一沓地契证书放在宁志恒面前。

宁志恒看着这些地契证书，不觉哈哈大笑起来。这次可真是给了他大大的惊喜，捞足了一笔横财！

当下宁志恒也没有多说，回身取过两只精致的小皮箱，顺手从一只大皮箱里捧出一摞摞的钞票扔进小皮箱内，装了满满的一箱。然后如法炮制，他又装满了一只小皮箱。他把皮箱推到二人面前，说道：“这是给你们的！”

这次倒是把孙家成和王树成两人吓了一跳，可以说这次对戴大光的行动完全是宁志恒一手促成的。他们只是给宁志恒打打下手，想不到能摊到这么多好处。

“拿着吧，都是兄弟，这些事情不用太在意！”宁志恒满不在乎地说道，“还有一件事情，我提前给你们通个气。”宁志恒示意两人在一旁坐下，“这次案子过后，我可能会再进一步，成为校级军官，同时我的职务也会有所调整！”

“调整？队长，你要离开我们行动队？这可怎么好？能不能带我走？”孙家成一听这话，顿时感觉心头一沉。他在底层苦熬多年，空有一身本事却无人赏识，好不容易机缘巧合之下得到了宁志恒的看重。宁队长不仅拼死救了他的性命，还特意提拔他晋升军官，给了他一个副队长的职位。

“队长，你走了，我们怎么办？你一走，我们心里没底呀！”王树成也是一脸忧色！

宁志恒不禁有些好笑，说道：“听我把话说完！这一次军事情报调查处要再次扩张，行动科要再扩充两个行动组。不出意外，我会成为其中一名主官，掌握一支行动组。我已经提前和黄副处长，还有向副科长做了沟通，他们都支持我自行挑选我手下的军官，你们这些旧部我都可以带走，以便我开展好以后的工作。”

“太好了，哈哈！队长你要当组长了，我们当然要跟你一起去！要不先给我一个队长干干，我可是对自己很有信心哟！”王树成这时才听懂宁志恒的意思，原来宁队长是升官了，还可以把自己带过去。

“一边去！你见过一个少尉当行动队长的？想多了吧！”一旁的孙家成笑着说道。

“你这话倒是偏颇了，一个少尉担任行动队长是有些不合适，可如果是一名中尉那就很好办了。半年前，我不就是以中尉的身份担任行动队长的吗？”宁志恒不以为然地说道。

“队长，你的意思是……”王树成的眼神中闪过一丝期盼。

“这一次的结案报告中，我会为你说话，向副科长和黄副处长都会帮衬一二。再说你这几次的功劳也是够了，晋升中尉可以说十拿九稳。这次跟我过去，你要替我执掌一支行动队，把队伍掌控好！”宁志恒脸色严肃地说道。

“真……真让我当行动队长？我就是说说，这心里没底呀！”王树成被宁志恒的话惊呆了。以他的能力，竟然也会在毕业不到一年的时间里晋升中尉，把一众同期同学远远甩在身后？

“老孙，你的军衔刚刚晋升，再进一步是不可能的，所以这一次你吃点亏，等以后有机会，再争取尽快晋升为中尉！放心，时间不会太长，我会为你安排！”宁志恒又转头对孙家成说道。

“我都听队长的安排，您怎么说我怎么做就是了！”孙家成听到宁志恒的话，心里暖洋洋的，相信宁志恒一定会替自己安排好道路的。

“还有你们手下的队员，只要是你们认为关系不错、用得上的人手，都可以带过去。卫组长是我师兄，这些都不成问题！回头你们拟个名单给我，我好心里有数！”宁志恒吩咐道。然后他拿起那沓地契证书递给王树成，说道：“按照上次的做法，马上把这些地产出手，全换成英镑或者美元，尽快！价钱压低一点也没有关系！”

王树成接过这些地契证书，有些犹豫地问道：“队长，南京的产业行情还是不错的，价钱压低了卖，很快就可以出手，你要不要再考虑一下？”

“让你去做自然有道理。给你们说一下，手中有产业的尽快出手，把你们的法币全部换成英镑和美元，金条也一样，全部兑换，越快越好！”宁志恒佯装不耐烦地说道。他不想给他们多解释，越解释越乱，干脆直接下命令，让他们执行。

“明白了，我这就去办！”王树成赶紧答应道。他并不理解宁志恒的做法，但是他对宁志恒向来言听计从，不打折扣！

把事情都交代清楚，宁志恒送二人出门。回到屋里，看着眼前满满三箱的钞票和金条，他不觉深吸了一口气。

宁志恒今天晚上还要去戴大光隐藏财物的右尚街荷叶巷十二号取回那些藏金，这件事越早越好，不然戴大光被抓的事情传开，他那个瘸腿的堂哥难保不出别的心思。

看时间不过晚上十点，觉得时间还有富余，他俯下身子开始仔细整理皮箱。箱子里的钞票大部分是法币，有一少部分是英镑和美金，一些金条，甚至还有一个珠宝盒，里面装满了首饰和各色宝石。他没有时间去仔细清点法币。今年的法币比去年刚发行的时候已经贬值了近百分之三十，但还算坚挺，这么多法币也不是个小数目。他只是把英镑和美元清点了出来，总计大概有一万英镑、四万美元，十两金条六十根，还有一盒珠宝，这还不算数量最多的法币。

宁志恒将保险箱打开，将所有的英镑和美金都放进去，但还有部分金条怎么也装不下了。看着挤放得满满当当的保险箱，宁志恒不由得开始发愁，没想到自己也有一天会发愁没有地方放钱。这个保险箱里全都是最保值、坚挺的英镑和美金，还有自己收藏的肖像绘画。看来必须赶紧把这些物品都兑换成英镑或者美金，不然光是藏这些钞票都成问题。

看了看手表，已经是午夜了。宁志恒锁好保险箱，把其他财物都放进皮箱里，塞入卧床底下。等把藏金取回来，明天早上就必须赶紧着手处理了，不然放在家里太不安全!

他换了一身黑色的便装，将今天买回来的三只大皮箱放进车里，锁好房门，一路赶往城北的右尚街荷叶巷十二号。

戴大光的住宅和商贸行都在城南，而这处住宅却在城北的一处巷子里，看来这是戴大光特意安排的。

来到这处宅子大门外，宁志恒四下观察了一番。这时候已经是凌晨一点，月光很暗淡,周围漆黑一片。宁志恒掏出一双细绒手套戴在手上,来到院墙下。他后退几步，加速向前，纵身一跃，脚尖在墙体上快速点了三点，身形原地拔高,手指已经搭在墙头。稍微借力,整个人就像一只敏捷的猿猴翻过了墙头，合身落地，脚下控制好力道，竟然没有发出半点声响。

宁志恒四下看了看，院子很大，里面种着很多花草。他没有停留，悄悄来到房间的一扇窗户下，轻轻推了推窗户，发现里面没有销死。他推开窗户，翻身而入，轻身潜行，注意力集中在听觉敏锐的耳朵上，很快就借着轻微的鼾声找到了一间卧室。

他慢慢地走到床前,看清楚这是一个中年男子。他没有犹豫,控制好力道，伸手对准那人后脑一击，男子顿时脑袋一歪，在睡梦中被击昏过去。宁志恒伸手轻轻撩开他的眼皮，观察他的瞳仁，确认他已经失去了知觉，这才起身出屋，打开走廊的灯光，来到了戴大光所说的房间门口。

门上挂着一把大锁。宁志恒取出钥匙，嘣的一声打开大锁，推开房门打开灯，见屋子里面空荡荡的，就只有两个特制的大保险柜摆放在屋子的最里面。这应该就是戴大光所谓的“后路”了！宁志恒来到保险柜前，按照戴大光交代的密码，轻轻转动圆形密码锁，轻松地打开柜门。只见里面摞满一沓沓的钞票，大部分是英镑和美金，只有少部分的法币。宁志恒又打开另一个保险柜，里面也有一部分钞票，不同的是，这个保险柜里大部分是金条和一些看起来有些年代的金锭。

宁志恒暗自咋舌。如果不算地契房产的话，这两个保险柜里面财物的价值，比今天孙家成二人送来的财物只多不少！戴大光应该是把大部分的家产都放在了这里，一旦有意外发生，这些财产足够他一家人富富贵贵地过完下半生。

宁志恒回身快步出了房间，从里面打开院门，从车上取下三只大皮箱，又回到房间里，将所有钞票、金条、金锭都装进去，然后把三只皮箱都放进车厢。他又回到房间里，将两只大保险柜的柜门锁好，恢复原样，仔细清理行动的痕迹，再用大锁锁好房间。

最后，宁志恒来到那个男子的卧床前，伸手探了探他的鼻孔，发现他呼吸正常。来到院子里，宁志恒将自己的脚印清理干净，然后将院门销死，轻身跃出大院。回到车上，宁志恒在脑海里仔细回忆，确认所有痕迹都已清理干净，这才发动车辆一路飞驰而去。

第二天早上，戴大光那位堂兄悠悠醒了过来，感觉有些头昏脑涨，心想是不是昨天晚上的小酒多喝了几杯，要不就是晚上受了些风寒，看来要去药铺买几剂去风寒的药汤了！他嘴里嘟囔了几句，慢慢起身出了卧室，来到走廊第二个房间，下意识地看了看门上的大锁，伸手摸了摸，这才点了点头，一瘸一拐地转身离开。

宁志恒将三只皮箱提进家中，反身将房门牢牢销死。他把箱子打开，将里面所有的财物都分类清理了一遍。这次取回来的藏金中，英镑、美元较多，他大概清点了一下，足足有两万英镑和五万美元，金条一百一十根，还有一些金锭，至于法币他都懒得查点了！

这时已是凌晨三点多，宁志恒又困又乏，顾不上收起满屋子钞票和金条便合身躺在床上，意识进入深度冥想之中。借助菩提子的神奇力量，只用短短的几个小时，宁志恒清晨醒来时又是精神抖擞，疲劳尽去。

他看了看满屋子财物，知道今天又有的忙了。他将所有金条、金锭和法币装了满满四只大箱子，英镑和美金暂时放入床下。然后宁志恒取来清水仔细梳洗，换上自己的军装。他从抽屉里翻找出当初南业银行经理陈康时递给他的名片，仔细收好。他出门把四只箱子都装到车上，驾车一路向南业银行驶去，又在银行附近找到一个商铺，用商铺的电话给陈康时打了电话。

此时，南业银行的部门经理陈康时正坐在办公室里，心不在焉地将手中的钢笔在桌面上来回反复翻转着。

去年颁布的货币改革政策，让国有三大银行占足了便宜。它们联手打压各类私立银行，迅速扩占市场份额，像三只贪婪的巨兽疯狂掠夺金融市场上的巨额财富。这次的货币改革将中国数千年来的银本位体系彻底终结，影响巨大。在这场史无前例的巨大改革中，很多资本薄弱的私立银行因为没有足够的储备金而纷纷倒闭！

和所有的私立银行一样，南业银行也承受着巨大的压力。多亏南业银行根基深厚，身后有英国政府的背景，这才勉强度过了这次危机，但是直到现在仍然没有恢复元气。眼下最要紧的就是储备更多的黄金和白银，稳定住市场的波动。

这次的危机让银行高层焦头烂额，据说这一次南业银行会大范围地裁员。陈康时虽然是部门经理，但这一次裁员范围太大，很难说不会波及自己。如今最好的办法就是做出一定的业绩来好好表现，以期躲过这次的裁员危机，而眼下最大的业绩就是在市场上筹集足够的真金白银。可是现在市面上的情况恶劣，各个方面都把黄金和白银攥在手里保值，自己发动了所有的关系，却根本扫不到货，到现在仍然一无所获。想到这里，他的心中越发焦虑不安！

正在这时，办公桌上的电话响起，他皱了皱眉头，不知道又有什么坏消息等着自己。

拿起话筒，电话那头低沉有力的嗓音响起："是陈康时经理吗？"

"是我，请问你是哪位？"陈康时听到是个陌生的声音，提起精神问道。

“我是林一帆，不知道陈经理是否还记得我？”

林一帆，这个名字陈康时有些印象，只是一时之间想不起来了。

“呃，啊，是林先生啊！不知有何见教？”陈康时反应很快，虽然没有想起来，但还是热情地问道。

宁志恒一听就明白陈康时根本没想起自己是谁，毕竟两人上次匆匆见面距今已半年多了，于是语气中故意略带不悦地说道：“看来是陈经理贵人多忘事，是我，上次在你那里兑换了大量金锭的林一帆！”

啊！一道火花闪过陈康时的脑海。是他！是半年前在自己这里兑换了三千两金锭的富家公子林一帆！那一次的兑换交易，让他的业绩一跃升至全行同人的首位，赚取到了不少奖金。没想到今天这位林公子又打来电话，难道是……

心中一动，他赶紧热情洋溢地连声道：“哎呀，是林公子！你瞧我这个记性，恕罪恕罪！不知林公子找鄙人有何吩咐？”

宁志恒嘴角露出一丝笑意，不紧不慢地说道：“也没有什么大事，只是这段时间我手头有些紧，想把手里的一些金条兑现，不知道陈经理有没有兴趣？”

天哪，自己竟然猜中了！这个林公子，真是天上掉下来的活菩萨，这是来救自己的命啊！

“林公子，哈哈，当然有兴趣了！要不说还是你我有缘，当初我一见林公子就知道你我还是要打交道的！这不，果不其然！俗话说做生不如做熟，选择我们南业银行绝对不会有错，找我陈康时一定不会让您失望！”陈康时口吐莲花般滔滔不绝地说道。他此时满脑子都是黄金，无论如何，哪怕付出天大的代价，必须把这笔兑换交易抢到自己手里！

“那好，我大概半个小时后到贵行，你准备好大量的现金。记住，我只要英镑和美金，不然这笔生意就不要谈了！”宁志恒语气倨傲地说道。

“没问题！哈哈，没问题！准备足够的英镑和美金，我记住了，您放心！一切都会依您的吩咐准备好。半个小时后，我在南业银行的门口恭候您的大驾！”陈康时马上恭恭敬敬地回答道。

“那好，半个小时后见！”宁志恒说道。

“一定恭候，不见不散！”陈康时小心翼翼地回答道。

轻轻地放下手中的电话，陈康时的心脏仍在怦怦跳动着，他努力稳定了一下心情，暗道这绝对是一笔大买卖，不然林公子不会特意要求准备大量的英镑和美金。真是天无绝人之路，自己的好运气终于来了！

他马上又拿起电话，通知银库自己要调用大量的英镑和美金，让他们做好准备。

宁志恒放下电话回到车里，看了看手表，等了半个小时后才发动车子赶往南业银行。来到银行门口，果然看见陈康时早早就等在门口，不停地看看手表，一脸焦急的样子。

看到宁志恒的车停在身边，陈康时眼眉一挑，看出这是一辆军车，只见一位年轻的军官走了下来。陈康时阅人无数，眼力自然不凡，其实在上次与宁志恒见面的时候，就从他的动作举止中隐隐看出他有军人背景，现在更是确信无疑了。

“陈经理，别来无恙！”宁志恒两步走到陈康时的面前笑着说道。

陈康时赶紧略一躬身，热情地打着招呼：“林公子，一别多日，真是风采英姿依旧！陈某人等候多时，快请进！”

这时，早就有等候的银行服务人员上前，按照宁志恒的示意将四个箱子都提了下来。

陈康时和宁志恒二人寒暄着来到陈康时的办公室，分宾主落座。

宁志恒没有多耽误，指了指桌子上的四个皮箱，开门见山地说道：“陈经理，和上次一样，我要把手中的一些金器还有法币都兑换成英镑或者美元，不知道价格有没有优惠的地方？”说完，他起身来到箱子前面将皮扣解开，一一打开箱子。顿时，满箱满箱的金条、金锭和钞票展现在陈康时眼前！

陈康时上前拿起一根大金条，仔细检查了一下质地和成色，暗自狂喜。他回头对宁志恒说道：“林公子，你也是行家，我就不打诳语。现在的大环境不好，如今的金价比之半年前又高了二成。你林公子特意找到我，陈某人也是荣幸万分，和上次一样，在现有的价格上，我再给你增加两成，您看怎么样？”

此话一出，倒是让宁志恒有些吃惊。他原本想着还是要跟上次一样，两个人唇枪舌剑、你来我往地互砍价格，没想到这一次陈康时竟然这么爽快地提出了颇有诚意的条件。他看得出来，陈康时此时迫切想把这笔兑换交易谈下来。

“爽快！陈经理这一次可是太让我意外了，就按你说的办。这些法币也按照时价给我兑换成英镑和美元,没有问题吧？”宁志恒又指了指那些法币问道。

这几箱子法币确实是一笔巨款，但那是就个人而言，对南业银行这样的大银行来说，放入资金流里很快就会被消化掉。况且这一次，陈康时根本没有讲条件的想法，他直接点头同意，说道：“就按林公子说的办！”

两个人一拍即合，都不想再做多余的纠缠。陈康时出门将一直等在门外的办事员叫了进来。

一切都按照程序有条不紊地进行：清点法币的数量，检查黄金成色……用了整整一个多小时，才终于清点完毕。专业的计算人员按照商谈好的兑率折算完毕，将计算结果递到陈康时面前。

陈康时接过来一看，点了点头，又转递给宁志恒，说道：“林公子，您看一下，如果没有误差，我这就进行交割。”

宁志恒接过来一看，暗自咋舌。说实话，对这些黄金和法币，他根本就没有时间进行仔细的清点，对价值也只是有个大概的估计，可是没想到竟然会有这么多！他心中欢喜，脸上却不动半点声色，云淡风轻地点了下头，说道：“好吧，就这样。不过这一次我要一半英镑一半美元，可以吗？”

“没有问题，银库那里已经都准备好了，我这就打电话！”陈康时爽快地答道。

他马上拿起电话通知，很快按照宁志恒的要求，几名银行人员提着两箱现金过来，当着宁志恒的面打开，现场清点。一共是两万英镑和八万美元，这笔巨款让宁志恒感到极为满意！

众人将黄金和法币交割清楚，纷纷退了出去。

宁志恒看着这两箱崭新的钞票，微笑着点了点头，对陈康时说道：“陈经理，这一次的兑换交易我很满意，以后我有需要会再和你联系，希望还能和这次一样顺利！”

陈康时也对这笔兑换交易非常满意。今天收取了这么多的黄金，而且分量足、纯度高，这次的业绩远远超出了他的预期，也让他完全摆脱了当前的职业困境，对宁志恒也是心存感激。他郑重地回应道：“林公子，只要你有事，一个电话我就会为你安排好一切，价格绝对让你满意！”

回到家里，宁志恒将两只箱子里的钞票倒了出来，又从床下拖出两个大皮箱。直到这时，他才有机会清点一遍所有钞票。花了很长时间，终于清点完毕，总共是五万英镑和十八万美元！如果再加上王树成去处理的房产，宁志恒此时的身家已经绝对是大富豪级别了！

宁志恒又取过两只精致的小皮箱塞满美元，每只箱子足足装有三万美元。这些是他打算上交给处座和黄副处长的好处。这笔钱自然是越多越好，三万美元的巨款绝对可以让两位处座满意了！最后他又将那盒价值不菲的宝石拿来，放入预备送给黄贤正副处长的那只小皮箱里，这样足以显示他的诚意了！至于主抓这件案子的向彦，自然也是要有所表示的。他准备了一万美元，这样完全说得过去了！

宁志恒在保险箱里留下一部分钞票备用，又挪开卧床掀开地砖，找来铁锹在原地挖了一个深坑，然后将两大箱钞票埋了进去，填土盖砖，仔细恢复原样，处理好痕迹。

一切安置妥当，宁志恒这才松了一口气。这时已经是下午两点多钟，他收拾利索，赶回军事情报调查处。

第七章

惊现药品

宁志恒直接来到向彦的办公室敲了敲门，听到向彦的声音才推门进去。

昨天郭学义的事情，让向彦整个人的精神状态都不太好。一直鞍前马后跟随自己多年的部下、一个相处多年的兄弟就这样走了，饶是向彦心硬如铁，此时也难掩心中的悲伤。

宁志恒进来的时候，看到他正独自坐在椅子上，脸色很不好看，面前桌子上放着几份材料。宁志恒轻声喊道："科长！"

"是志恒，坐吧！"向彦看见是宁志恒进来，这才稍稍回过神来。

"科长，郭少校的事您也不要太悲伤了，还是身体要紧！"宁志恒劝解道。

向彦苦笑着摆了摆手，黯然地说道："唉，我是为学义不值呀！跟了我这么多年，原以为这次是个好机会，能帮他一把，可却……"向彦说到这里却说不下去了，他把头一摇，把手一挥，"不说这些了！"他面色一正，身子坐直，把桌子上的一份材料交到宁志恒手里，说，"志恒，我正要找你。昨天我们对苏煜进行了连夜的审讯，他对自己的罪行供认不讳。这是审讯记录，你看一下！"

宁志恒接过来打开仔细看了一遍，惊讶地说道："黑水小组？这个苏煜是两年前被田立群，也就是武田枫策反的！这个武田枫的身份可真不简单，竟然是日本顶尖贵族武田家族的嫡子，这么显赫的贵族子弟怎么会安排到南京潜伏？还有他们的组长代号蝰蛇，那个孟乐生和他妻子孔舒兰到底谁才是蝰蛇？”

“这个问题苏煜也不知道，他根本就没有这个权限。他虽然是黑水小组的成员，可是对黑水小组的情况知道得很少，其他成员也就认识武田枫一个人，而且一直都是用死信箱传递情报，无法接触到他的上线！”向彦说道。

“他的上线不是田立群，也就是武田枫吗？”

“那只是武田枫为了让苏煜出手帮他找回印章，他们两个‘鼹鼠’之间私下里的联系。后来苏煜的情报传递渠道意外被毁，这才借用武田枫的渠道，让我们误以为武田枫是苏煜的上线。不过还好，最后结果是一样的，我们还是找出了蝰蛇！”向彦解释道。

“现在我们手里掌握的情况就这么多？科长准备什么时候审讯孟乐生呢？”宁志恒放下手中的材料问道。苏煜交代的线索并不多，除了黑水小组这个间谍组织的名称，就是首领的代号蝰蛇，其他的军事情报调查处都已经提前掌握了。

“我昨天去看过了，孟乐生一个字都没吐。现在他的身体状况根本不能接受刑讯，只能先这样了！”向彦无奈地说道。

“可是，日本间谍组织都是在固定时间进行安全联系的，如果过了这个时限，他们就会知道黑水小组已被破获，余下的潜伏成员会得到警告而脱钩的！科长，不能再拖了，干脆由我来审讯孟乐生。我保证从他的口里撬出黑水小组其他的成员，以期一网打尽！”宁志恒一向都不理会日本间谍的生死，拖延时日只能让煮熟的鸭子飞了。再说他有自己的撒手锏，不行就在最后关头截取孟乐生的记忆，肯定不会一无所获。现在机会就在眼前，他又如何甘心！

向彦看着宁志恒焦急的面容，不禁苦笑道：“交给你？志恒，现在大家都知道你审讯犯人下手太狠。黄显胜就是因为你拷打的时候直接给整废了，后来伤势过重，没能挺过感染那一关。还有那个暗影小组的组长黑雀，人刚抓进来不到一个小时就被你给整残了，要不是刑讯科的那些人拦着，估计等我们去的时候人就没命了！这可是我亲眼看到的，你不能抵赖吧！这一点，就连赵科长也是有交代的，说你下手太狠，手艺太糙，不让把孟乐生交给你，不然竹篮打水一场空，大家都白忙活了！”

我去！宁志恒这心里瞬间郁闷至极：这个锅我不背好吧！明明是钱忠为了灭口，故意在伤药上做了手脚，才导致黄显胜伤口感染的！不过黄显胜确实是自己整废的，最后还是自己暗自下手处死的。从这一点来说，向彦倒是没有冤枉自己！

可是暗影小组组长黑雀的死就真的冤枉自己了。当时为了抓紧取得口供自己是下了狠手，可也不至于直接要了他的命。只是他好死不死，自己刚刚动手就被赵子良和向彦撞了进去，还被谷正奇以此为借口，生生把审讯黑雀的工作夺了过去，这一点自己是有责任。可最后还不是按照自己的办法，不论生死，严刑拷打，才取得的黑雀的口供？怎么能说自己的手艺太糙呢？

现在连科长赵子良都这么说，看来审讯孟乐生的工作是真的接不到手上了，这样自己就很难保证能在孟乐生支撑不住、濒临死亡的那一刻截取他脑海里的短暂记忆了。不行，自己还是要争取一下！宁志恒语气真诚地恳求道："科长，我承认在审讯人犯这方面有所欠缺，不过这一次您放心，我一定小心再小心，绝不会把人给弄死了，您看……"

向彦看着他却是一脸的不信任。这个宁志恒什么都好，就是有一点，行事作风过于狠辣！"算了，还是我亲自审吧，你愿意就在旁边看着。不过估计你这段时间也抽不出空理会这件事了。"

"有别的任务给我？"宁志恒马上听出向彦话中有话。

"哪有什么任务！我现在给你透个口风，军事情报调查处扩招的工作已经开始了，人员马上就要到位，所以你的晋升必须提前，然后以少校的身份担任行动组组长的职务，这也是处座和黄副处长特意为你做出的调整。能够让两位处座为你破例，志恒，这是你的殊荣啊！你现在赶紧回去准备结案报告，尤其是你要带过去的几个手下的材料，都要仔细斟酌一下，尽快交给我。我也要准备一份，其他在这件案子中有立功表现的人员都会提前嘉奖，这件事是处座亲口跟科长和我说的。"

"这么快，难道这件案子结束啦？"宁志恒没有想到案件还没有个结果，就要写结案报告了，"可是孟乐生的口供还没有问出来呢，怎么写？"

"案子的进展先告一段落，不要管孟乐生。给你提个醒，这个孟乐生，处座好像还有什么别的想法，可能他的审讯工作会由别人接手。我估计很有可能跟孟乐生家保险箱里得到的那一份文件有关，肯定是一件非同寻常的案子，所以孟乐生绝对不能死。这也是赵科长为什么特意命令，不让你去审问孟乐生的原因之一！”

宁志恒听完这话，才明白了其中还有这么多的情况，可惜自己的级别太低，接触不到这些内幕。要不是今天向彦告诉他，他真是有些不明所以。不过随着自己军衔和职位的提升，接触情报的权限也会越来越大，这种情况应该很快会改变的！

“那好，我马上回去准备结案报告，尽快交给您。”宁志恒赶紧说道。结案报告很重要，尽管自己之前已经做了很多准备，但还要慎重对待这项工作。另外，几名手下也必须有拿得出手的表现才行，这就要看自己在结案报告中怎么掌握分寸了。向彦也一样，他也要仔细斟酌，照顾到方方面面的利益。这其实也是一个大家分享胜利果实的重要过程！

这时宁志恒才突然想起自己来找向彦的原因，便把一个公文包放在向彦的桌子上。

“这是什么？”向彦疑惑地问道。他伸手把公文包拿起来，感到鼓鼓囊囊的很压手，打开一看，眼神顿时一紧！一摞摞崭新的钞票，竟然还都是美元！这么大数量最少也有一万美元！向彦皱着眉头问：“这是怎么回事？”

“昨天我下令查封了戴大光的家还有他的商贸行，这都是缴获的一些浮财，这是您的一份！”宁志恒解释道。

“这么多！志恒，规矩就是规矩！戴大光不过是个黑道混混，能有多少浮财？再说，处座那里你也要有所表示的，尤其是现在这个关键时刻！”向彦以为宁志恒故意多给了自己的那份。这虽然是官场惯例，但他做人还是守规矩的，不能盘剥过狠。让手下的人白忙活，这是要让别人诟病的。

宁志恒笑着解释道：“处座那里我自有心意。这个戴大光看着不显，却是一只肥羊。您放心，我都有分寸！”

听到宁志恒这样说，向彦也就不再推辞。他满意地看着宁志恒说道：“志恒，这一次的晋升可不同一般，尉级军官跨入校级，没有大功是过不去的。你以二十一岁的年龄成为少校，再执掌一个行动组上百名精锐，这可是旁人想都不敢想的事情！当初你的师兄卫良弼因为在广西力挽狂澜，立下大功，才破格晋升，成为行动组组长，当时就颇令人瞩目。没想到如今你的表现更加惊艳，刚刚军校毕业不到一年就有这样的成绩。想来我们这些人真的老了，以后就看你们的了！”

“科长太过夸奖，志恒愧不敢当！”

两个人交流了一下写结案报告的一些想法，相谈甚欢。

宁志恒回到办公室，立刻着手准备结案报告，至于怎么润色措辞和分配功劳，他早就有设想。他的文笔不错，仅花了两个小时就把结案报告赶写出来，下班前交给了向彦。

下班回到家，宁志恒等到天色渐晚，便带着两只小皮箱赶到黄贤正的府邸。

看到是宁志恒拜访，余秘书笑着把他引进客厅，然后向黄贤正汇报。

很快，余秘书请他到了书房。宁志恒对此很高兴。官场上有个习惯，上司如果是在书房或者其他比较隐私的地方而不是客厅里召见下属，就说明上司已经把这位下属当成自己人，相处时彼此之间可以比较随意了！

黄贤正坐在椅子上，手中正把玩着一件瓷瓶，见宁志恒进来，便放下瓷瓶示意他坐下，笑着问道：“今天又是什么事情找我？你放心，你的事情已经谈妥了，这两天就会有消息！”

宁志恒微笑着回答道：“这还不都是处座的栽培，我今天已经把结案报告交上去了，案子已经告一段落。”

黄贤正一听点头说道：“是有一些特殊情况，处座想另立一个案子。你们行动科的任务已经完成，而且完成得很好！”

宁志恒除了感谢没有多说话，他站起身，走上前将一只小皮箱放在书桌上，说道：“处座，今天我查封了戴大光的家产和贸易行，缴获一些浮财。孝敬您的这份，我给您带来了！”

黄贤正一听就知道，这是宁志恒抢先对戴大光下手了。他点了点头说道：“是该加快案子的进度了，人犯也要尽快移交，这样对你也有好处！”

这时，宁志恒又取过来另一只小皮箱放在桌上，说道：“这是给处座的那一份，还请您帮我转呈！”

一切都不必多说，黄贤正暗自点头。宁志恒虽然年纪轻轻，做人做事却是滴水不漏！黄贤正笑吟吟地说道：“志恒，扩招的事已经开始了，我答应给你配备的军官名单也拟好了。就像我们原先约定的一样，由你自行挑选，毕竟还是要你使着顺手才行！”说完，他从抽屉里取出名单，接着说道，“这些人都是咱们保定系新进军官，其中还有和你同期进入的同窗，你拿回去自行挑选，尽快把人选确定下来，我好向上边打招呼！”

宁志恒却没有接过名单，而是恭敬地说道：“志恒阅历浅薄，看人的眼光如何能跟处座相比，还是处座您来为我把关。我身边的人不多，只要给我一个队长和两个副队长的名额就够了！”宁志恒自己又如何知道名单上这些人选的优劣好坏，毕竟又没有在一起相处过。反正他有足够的自信，凭借他的手段，这些人肯定会乖乖地俯首听命，所以他不用为此担心，把主动权交给黄贤正，更可以向他表示自己的忠心。

黄贤正看着宁志恒一切让他做主，心中更是满意。他把名单又收回抽屉，哈哈笑道：“好吧，这些事我来给办了。你不用担心，这些都是咱们自己人，使用起来肯定顺手。”黄贤正此时只觉得宁志恒无论做人还是做事都极称自己的心意，看他也越发顺眼！

这时宁志恒看到书桌上的瓷器，不禁开口问道：“处座您还喜欢古玩？”

黄贤正哈哈一笑，说道：“不过闲暇之时把玩而已，一点个人爱好。怎么，志恒你也喜欢这些东西？”

宁志恒点头说道：“我家在杭城也算是殷实人家，我自小也喜欢一些古玩玉器，只是才疏学浅，涉猎不深。”

黄贤正听到宁志恒居然也喜欢此道，顿时谈性大发。他指了指书桌上的瓷瓶，笑着说道：“既然如此，我倒要考一考你，能把这个瓷瓶说出一二吗？”

“那我就班门弄斧，还请处座斧正！”宁志恒谦虚地说道。他双手探出，小心地将瓷瓶取过来，看了看瓶口和瓶底款识，再看了看造型和釉彩，不禁点头赞道：“这是明朝永乐年间景德镇官窑的精品玉壶春瓶，胎体轻巧，纹饰纤细，釉面光滑细腻，白釉匀净，立体造型接痕修整细致，做工精细至极。处座收藏的果然是精品，这可是一个好物件！”

黄贤正听完宁志恒的鉴定结论，大手往书桌上一拍，笑逐颜开地说道：“好眼力，说得一点儿不差！志恒，你这绝对不是一朝一夕的功夫。你不过二十出头的年纪，不但身手好，头脑清楚，就连这份眼力，没有几年踏实的学习也是做不到的，可见你自小就努力勤勉，勤奋过人！”

宁志恒赶紧客气地说道：“处座的夸奖实不敢当！我们宁家祖上是官宦

之家，书香门第，接触这些东西自然就比平常人要多些，久而久之就有了几分了解。但要再往深里考究，就和处座您差得远了！”

黄贤正点了点头说道：“这也是你家学渊源。人的天赋有高有低，家世有好有坏，旁人自然是羡慕不来的。”他伸手指了指宁志恒手中的玉壶春瓶，不觉无奈地说道，“不过可惜，现如今世道艰难，这些古玩玉器行情也不好。你看我这春瓶，三年前，以八百银圆入手，可如今市面上不过要七百法币，暴跌了一半还多。照这个趋势发展下去，只怕日后连个白菜价都卖不出去了。有时候想想，真是可惜。祖宗留下来的宝贝，里面有人文的感怀、历史的沉淀，可如今行情越发衰落了，国事如此，世道如此，如之奈何！”

宁志恒看到黄贤正突发感慨，一时不知该如何回答，想想才说道：“老实说，这些文物古玩毕竟是死物。如今国事动荡，多少人为了生活而奔波，生存尚且艰难，又如何会关注这些呢！对不起，我失言了！”宁志恒说到这里才感觉有些不对，毕竟当着自己的上司妄论时局，着实有些不妥！

黄贤正摆了摆手，苦笑道：“国事如此，自不必讳言！”他话锋一转，说道，“时局动荡，我们也不能坐以待毙呀！志恒，我听说你的老师去年专门到重庆，和沈浩成联手置办了一些产业，听说手笔还不小哇！”

宁志恒听到这话顿时一愣，他没想到黄贤正也知道这件事情。转念一想，也就释然了。军事情报调查处是什么部门，它的触角遍布全国各地。以黄贤正此时的地位和能量，只要他想知道，很多事情都瞒不住他。他将手中的玉壶春瓶轻轻放在书桌上，小心翼翼地回答道：“处座也知道这件事呀！老师只是未雨绸缪，以防万一，为日后做了一些准备。”

黄贤正看着宁志恒小心谨慎的样子，不禁笑呵呵地说道：“这算什么机密事情！如今武汉、长沙、重庆等地的地价接连迅速攀升，已经翻了好几番了。有消息灵通的早就开始动手了，我们是自己人，不必忌讳，其实我也做了些准备。只是没想到，你那个老师为人死板固执，却在这件事情上手脚麻利得很，去年就已经开始着手布置。等我下手布置的时候，重庆的地价已经翻了好几倍！有时候我就在想，我一直以为在这帮同窗里面，自己的脑筋算是转得快的了，可是现在一看，贺疯子这个家伙才真正是大智若愚，就这份眼力我都远远比不上啊！”

宁志恒不想在这件事情上多说，直接转移话题问道：“处座也担心局势恶化？”

黄贤正此时谈兴甚高，他点点头说道：“风雨欲来呀！现在军方高层都有共识，中日之间早晚必有一战。日本人已经在东北站稳了脚跟，在北方虎视眈眈，不日即将南下，我们不得不做好准备呀！”

宁志恒这时心思电转，借机说道：“我听老师说，重庆地界非常不安全，袍哥势力盘根错节，各地的军阀也各有打算。再说四川自古以来就远离中枢，不服王化。不知政府高层是如何打算的，我们军事情报处不需要做点什么吗？”

黄贤正点点头，脸色郑重地说道：“说得好，志恒，你的这份政治敏锐我很欣赏。我们做特工这一行的，就是要有敏锐的嗅觉。其实你说的这些工作已经开始在做了。今年我们军事情报调查处要抽调大批人手去长沙、重庆等地，做好清除工作，为以后政府搬迁做好各种准备。军方已经开始计划着手拔除地方上的各方势力和土匪武装。校长要求我们军事情报调查处必须全力配合，你们行动科也要抽调一批人手！”

宁志恒心中一动，把此事牢牢地记在心上！他又和黄贤正谈了一会儿便起身告辞。

书房中，黄贤正取过小皮箱轻轻打开，顿时眼睛一亮。看着满箱的钞票，他有些不敢相信自己的眼睛，伸手取出一沓崭新的美元仔细确认无误，然后又将皮箱里的美元都取出来仔细清点，不觉有些吃惊。这一箱钞票竟然有三万美元之多！箱子里还有一个首饰盒，他打开一看，是一盒珍贵的各色宝石，价值绝对不菲！

这真是出乎他的意料。他赶紧又打开预备送给处座的那只小皮箱。和自己的一样，里面竟然也是满满一箱美元，只是没有宝石。他清点了一下，也是三万美元！

黄贤正不禁点头赞叹。

宁志恒一路赶回家中，已经是夜里十点钟了，刚刚准备休息，就听见门外敲门声响起。他起身打开房门一看，竟然是左氏兄妹。

“宁长官！”

“是你们？进来吧！”宁志恒示意他们进了客厅，把门关上。

“宁长官，我们已经在附近租了一个院子，离您这儿很近。以后有事，您可以随时招呼我们！”左刚说道。

宁志恒没有想到他们这么快就按自己的吩咐租好了房子，这也足见三兄妹的态度，看来是真心想跟他做事的！

宁志恒点点头，说道："以后家里尽量留一个人，有事我好通知你们。"说完，他将一沓美元扔在桌上，说道，"你们只要跟着我，我自然不会亏待你们，这是给你们平时的花销。"

"宁长官，我们平时都有积蓄。给戴大光办事的时候，他没有亏待我们，出手也算阔绰，我们倒是不缺钱花。"左刚没有去拿这笔钱，推辞道。

宁志恒摆了摆手打断他的话，冷然说道："让你拿着就拿着，自然是有道理的。你们要有心理准备，我让你们做的事情，可不是跑个腿儿那么简单，都是卖命的勾当，你不拿钱我怎么放心用你们！"

听到宁志恒语气不善，左刚才勉强点点头，伸手将美元收起来。

宁志恒看他收起了钞票，想了想，干脆今天晚上把戴大光的事情解决了，免得夜长梦多。于是，宁志恒说道："今天既然来了，拣日不如撞日，就还了你一番心愿。昨天我们对戴大光的产业进行了查封，他的老婆孩子已经被抓进了警察局看守所。"

听到宁志恒的话，左刚眼神一紧，嘴一张就要开口。一旁的左柔一把拉住了他，暗示左刚不要再多说。她怕大哥又要旧话重提，为戴大光的老婆孩子求情，惹得宁长官不高兴。

宁志恒佯装没有看到他们兄妹二人私下里的动作，接着说道："左刚，丑话说在前头。这一次我看你是个讲情义之人，今日就还你这份心愿，可以后做事绝不能违了我的意思，否则戴大光就是你们的下场！"宁志恒这是要刻意压一压左氏兄妹的戾气，又拉又打，让他们知道自己的位置。

他看了看面前小心翼翼的三个人，点了点头，接着又说道："现在你们就跟我去看守所，我做主放了他的老婆孩子，然后由你护送他们回苏州老家。"

左刚听到这里大喜过望，连声说道："宁长官，以前是我不识好歹，您大人有大量，不要计较。今后我一定尽心做事，绝不敢违逆您的意思！"

宁志恒马上带着左氏兄妹三人，一路驱车赶到警察局看守所。

老廖看到是宁志恒深夜到来，赶紧打开大门，引他们到了办公室。负责看守戴大光的孙家成也带着几名队员赶了过来。

“队长，这么晚过来有事吗？”孙家成问道。

“戴大光的老婆孩子关在哪里？”宁志恒直接问道。

“昨天抓回来后，一直关在单间里。”孙家成回答道。

宁志恒刚想开口吩咐，突然又犹豫了片刻。他原来的打算是根本不让戴大光和他的老婆孩子见面，扔一笔钱让左刚把他们送走就行了，可事到临头，还是心中一软，改变了主意。

“把他们母子带过去，跟戴大光见最后一面，给他们十分钟的时间。”宁志恒对孙家成说道，“你在旁边看着，别让戴大光胡说八道！”

孙家成点头出去。不一会儿，牢房某处隐约传来了一阵啼哭之声，之后哭声慢慢小了下来。

宁志恒抬起手腕，看着手表数着时间。过了十分钟，宁志恒对左刚说道：“跟我过去！”

两个人来到关押戴大光的牢房，只见一个中年胖女人抱着个五六岁的男孩，拥着戴大光哭成一团。

看见宁志恒和左刚进来，戴大光挣扎着向前爬了两步，感激地对宁志恒说道：“宁长官，谢谢您还让我们一家人见了最后一面。我戴大光作恶一生，也该有此报应，只求您说话算数，给他们母子留条生路，给我们戴家留个后哇！”

宁志恒冷着脸说道：“戴大光，你搞清楚，不是我下令把他们母子带回来，现在他们早就横尸街头了！你也不用多说，我答应你和左刚的事情自然会做到！”说完他从身上掏出三沓美元扔到戴大光老婆身上，说道，“这是三千美元，足够你们母子二人平安度日的，给的再多就是惹祸的根苗了！提醒你一件事情，这些钱不能见光，否则，你们母子二人死得更快！”

三千美元对于普通人家来说，可是难以想象的巨款，这笔钱足够戴大光的老婆孩子不愁吃穿地过很多年。当然前提是别被心怀不轨的歹人盯上，否则这笔钱就是他们母子二人的催命符。

戴大光的老婆赶紧把钱抓在手里，拉着旁边的儿子不停地给宁志恒磕头，不住嘴地叨念：“谢谢长官给我们一条活路！谢谢长官，谢谢长官！”

宁志恒转头对左刚说道：“你一路护送他们到地头，安置好了，不要耽搁，马上回来！”

听到宁志恒的吩咐，左刚赶紧点头答应。

戴大光朝左刚狠狠地磕了三个头，泣不成声地说：“兄弟，都怨我不好，把你们兄妹也牵扯进来了。好在现在你们跟着宁长官，得了一条活路，我的罪孽也少了一份。他们娘俩的性命，就托付给你了。我在九泉之下，也念你的好！”

左刚眼角一热，声音低沉地说道：“戴大哥你放心，我会把他们安全送回家，不过……”说到这里，他抬头看了一眼身前的宁志恒，咬牙说道，“从此你我二人恩怨两清，他们母子二人以后日子，就只能自求多福了！”

戴大光泪流满面，连连点头，不停地说：“承情了，承情了！”

宁志恒不愿再耽搁，挥了挥手让孙家成把戴大光的老婆孩子带走，吩咐道：“你带人把他们三个人送出南京城外，确保安全后再回来！回来后，连夜把戴大光带回处里，交给刑讯科关押备案，做好交接手续，告诉他们，除了我们行动科，任何人不得提审戴大光！”

孙家成答应一声，带着他们三人走了出去。

事情吩咐完，宁志恒也懒得再看戴大光一眼，转身就走！

“宁长官！”戴大光挣扎着喊道。

宁志恒收住脚步，转过身子，看着戴大光不悦地说道：“戴大光，不要得寸进尺。能放他们母子一条活路，我已经仁至义尽了！”

戴大光半截身子斜靠在牢房的墙角上，黯然说道：“我只是想谢谢您。老实说一直到刚才我还以为您是在骗我的财产，可是我没的选，只能相信您。没想到您真的对我这个必死之人言而有信，还让左刚送他们母子走。我信得过左刚，您是真的没有骗我！”

宁志恒没有说话，静静地看着他。戴大光接着说道：“宁长官，您既然讲信用，我就不再藏着了，我还有一件事情没有告诉您！”

宁志恒听到这话，眼眉一挑，问道：“什么事情？”

戴大光咽了咽唾沫，嗓音有些干哑地说道：“我前段时间搞到了一批伤药，都是上好的白药，还有五箱磺胺多息针！”

“你说什么？你手上有磺胺！”宁志恒这时再也忍不住了，他上前一把抓住戴大光的脖领，“这批药现在在哪里？”

宁志恒这时杀了戴大光的心都有了，这个浑蛋，真能沉得住气！都死到临头了还藏着掖着，跟自己留一手！

磺胺是什么药？它是这个时代最好的消炎药，没有之一！这种情况一直持续到十多年后青霉素的投入使用。

这个时代的人们对疾病的抵抗能力很弱，不用说脑膜炎、肺炎和败血症这些重症，哪怕是流行性感冒都会要人的性命。目前这些疾病没有任何特效药，医治起来非常困难，但是磺胺的出世解决了这一问题，填补了这一空白！

在战场上阵亡的士兵中，有一半以上其实是死于看似不严重的伤口感染。有时候就是小小的一道伤口，就会要了一个健壮士兵的性命！尤其在中国这个战乱频发的落后国家，长年的军阀混战让战场上的死亡人数居高不下，一支磺胺多息足以挽回一个年轻士兵的生命！

可在现如今的中国，因为磺胺类药也刚被发明不久，再加上远离产地欧洲，所以只有极少量的磺胺进入了中国，每一支都价比黄金！半年前宁志恒审问黄显胜的时候，就连一支磺胺多息都舍不得用，军事情报调查处的资源都如此紧张，可想而知这批磺胺是多么珍贵了！

宁志恒可以想见，五箱磺胺如果投入市场，足以引起一场轩然大波。把它们送到中共地下组织手里，运输到红军的队伍里，可以救下多少革命将士的生命！

“这批药我放在了北淮仓库的十四号库房里。”戴大光回答道。

宁志恒一皱眉，问道：“怎么没有放在你自己的商贸行仓库里，反而放到别人的库房里？”

戴大光听到宁志恒的问话犹豫了片刻，就实话实说道：“这批药来路经不起查，也是我黑吃黑夺来的，对方的人都被我沉了江，所以……”

原来因为这批药品身上背了血案，所以戴大光不敢收进自己商贸行的库房。这个浑蛋真是没有冤枉他，手上的血债数不胜数，宁志恒暗自骂道。

“货单在哪里？”宁志恒问道。

“在我家的保险箱里，你们应该已经查到了。上面标注的是粮食，北淮仓库的十四号库房，凭单取货！”戴大光说道。

这还好，只要是在保险箱里，那肯定就在查封的资料里，很快就能将货单找到。宁志恒听到这里，心里松了一口气。可转念一下，他又心头恼火，如果今天不是带着左刚来处理这件事，估计这批药品混在材料里不知道最后会丢到什么地方去，便宜了哪个人！

宁志恒手上用力，将戴大光提起半截身子，一把撞压在墙壁上。他疾言厉色地喝问道："戴大光，这个时候还敢隐瞒，你真是不见棺材不落泪呀！到底还藏了什么东西？给我说清楚！"

"咳，咳！真的没有了。宁长官，我是必死之人了，还要这些身外之物做什么呢！你相信我！咳咳！"戴大光被压得快喘不过气了，连声辩解着。

宁志恒盯着他的眼睛，手上慢慢放松了力道，戴大光这才滑倒在地，大口大口喘着粗气。

宁志恒没有再和他啰唆，转身出了牢房，带着左强和左柔出了看守所。他交代二人随时等候自己的指令，半路把他们放回家，自己一个人又赶回了军事情报调查处。

戴大光保险箱里的东西除钱财以外，其他的材料都由王树成送到了宁志恒的办公室，只是他忙了一天根本没有时间去整理，今天只是把结案报告交上去了，其余的材料还没来得及上交。幸好今天晚上他及时得知了这批药品的下落，不然明天一早自己就上交材料了，再往回拿可就麻烦了！

宁志恒来到自己的办公桌前，看见桌上有个公文袋，上面写着"戴大光"三个字。这是王树成一大早送来的，都是从戴大光的保险箱里搜出来的材料。宁志恒把公文袋打开仔细检查，果然发现在一个账本里夹着一张很不起眼的货单，上面标明了这是北淮仓库十四号库房存放粮食的收据。谁能想到，这样一张不起眼的货单，其价值不可估量！

宁志恒小心翼翼地将货单收好，心中大定，离开军事情报处回家。明天就得安排人手将这批药品赶紧取走，不然难保戴大光手下的那些人不会有人惦记，毕竟这事肯定有经手人，不可能就戴大光一个人知道。

第二天一大早，他就赶到办公室。

"队长！"孙家成走进来。

"嗯，昨天晚上顺利吗？"宁志恒问道。

"都很顺利，人送出了南京城十里，我们才回来的。戴大光也连夜押了回来，送交刑讯科了！"孙家成回答道。

宁志恒点点头，他四下望了望，见石鸿和王树成都还没有来。他知道王树成这段时间肯定是去忙着出手那一批房产，估计要忙一段时间。

石鸿这段时间总是不在，不过宁志恒知道，近来石鸿肯定也是有自己的事情。听卫良弼的意思，等自己走后，这个第三行动队队长的职务就留给石鸿了。石鸿这次担任了军事主官，以后的资历就好熬了，只要多加表现，前途一片光明。这几天看到石鸿的时候，他都是精神焕发，笑容满面。

正想到这儿，就见石鸿快步走了进来。

“队长！”石鸿笑着说道。

“鸿哥，人逢喜事精神爽，你现在是容光焕发呀！”宁志恒打趣道。

“哈哈，还不是要感谢队长您？连组长都说您是福将！自从您来第三行动队，不到一年，组长破格提了一级，我也沾了大光。以后还要队长，哦不，宁组长多多提拔呀！哈哈！”石鸿越说越高兴，连连感慨地说道，说完，他从身后取出一只公文袋，笑着说道，“这是搜查苏煜的家里和他银行里的一些浮财，这是您那份。我知道您只喜欢英镑和美元，就都给您换成美元了！”

宁志恒笑着点头，将公文袋收下，放进抽屉里。

正说话间，门口卫良弼的声音传来：“志恒，到我这里来一下！”

宁志恒一听不敢怠慢，赶紧起身出门，来到卫良弼的办公室。

宁志恒来到卫良弼的办公室，问道：“师兄，有事？”

卫良弼指了指桌上的电话，点点头说道：“当然有事，还是大好事！刚才我接到科长的电话，你的晋升令明天就要下达！”

“不可能这么快呀！我刚刚把结案报告送上去，手头上的材料还没有上交呢！”听到这个消息，宁志恒心头大喜，不过很快又纳闷地问道。

卫良弼摆手说道：“不用等了，因为这个案子后续工作还很多，所以不宜公开，程序接着往下走。现在由我通知你，明天上午，我们一起去科长那里领取你的晋升命令！案件其他立功人员的嘉奖要再过几天，这次只是你一个人的晋升，高层早就已经提前为你请功。这一次为你破例，就是为了即将到位的新人员的安置！”说到这里，卫良弼再也掩饰不住脸上的笑意，哈哈笑道，“恭喜你了，宁少校，宁组长！”

宁志恒心中一阵狂喜，尽管他早就知道了这个消息，并为此做了很多的准备工作，可现在得到正式的通知，心中还是喜不自胜！“太好了，谢谢师兄！等明天我晋升后，我们把大家都请来好好庆祝一下！”宁志恒喜笑颜开地说道。

“那当然，这次是你的大事，一定要场面大些，我一会儿让老邵去安排。”卫良弼也是兴奋不已，这一次可算功德圆满。

“这两天，我们去老师那里看一看，让他也知道这个好消息！”宁志恒说道。

卫良弼连连点头，附和道：“那太好了，有段时间没有去看老师了，正好让老师也高兴高兴！”

两个人兴致很高，又聊了好一会儿，宁志恒才出了卫良弼的办公室。

他回去把手头上的材料上交给向彦，又给石鸿交代了一下，然后和孙家成出了军事情报调查处，两人一起来到了左氏兄妹的住处。孙家成是最早知道左氏兄妹三人现在给宁志恒做事的，所以宁志恒并没有瞒他。

听到有人敲门，左强和左柔打开院门看见宁志恒和孙家成。他们也认识孙家成，知道孙家成是宁志恒最信任的手下。

“宁长官，有事让我们做？”左柔问道。她很精明，知道宁志恒上门肯定是有安排。

“是有事让你们做。这位是孙家成，我的心腹，以后有事情找不到我，也可以直接和他联系！”宁志恒指着孙家成对左氏兄妹说道。

左柔和左强连忙点头表示明白。

“你们会开车吗？”宁志恒问道。

左强和左柔对视了一眼，左强回答道：“我和我大哥都会。我们以前给戴大光当司机兼保镖，大车和小车都摸过，但我姐不会！”

宁志恒满意地说道：“那好，现在就去做一件事！”说完，他将那张药品存放的货单取出来交给左强，说道：“北淮仓库里有一批药品，都是上好的伤药，你们今天就去把这批药提出来，存放到城北的麻城仓库，办理好存取手续，要只凭货单不认人取货的这种，货单上标明是粮食。不要让别人接触，只能你们两个人搬运，越快越好！”

然后他转身对孙家成说道：“你配合他俩的行动。我记得戴大光的商贸行查封了两辆卡车，你调出一辆车，把牌照都换了，交给左强。让他们两个人去提货，你不要露面！等完成运输后，再把卡车送回去，不要让别人起疑！”

孙家成和左强、左柔都点头领命。

“动作要快，今天必须完成这个工作！货单你留着，后续工作还是你办理！”宁志恒对左强吩咐道。

左强连连点头，看得出来宁长官很器重他。左氏兄妹里他是最小的一个，平时都是听哥哥姐姐的吩咐，没想到这一次要担事了。

宁志恒又想起一件事来，对左强说：“你们最好换一换装束，尽量不要让别人对你们的印象太深！”

左强赶紧点头说道：“放心吧，宁长官，我姐对这些乔装打扮的手法很熟，一定会做好准备的！”

宁志恒转身看了看左柔，看来他们兄妹对这些江湖手段还挺在行。他想了想又说道：“不要叫我长官，这样的称呼太露痕迹了，很容易让人猜出我的身份，以后你们兄妹叫我少爷！”

他对左氏兄妹的安排和其他外围人员不一样，准备把一些隐秘的行动交给他们，这样就不能让外人知道自己和他们的联系，所以在细节上就要特别注意。否则万一有人偶尔听到他们的谈话，从称呼上就可以推断出宁志恒军人的身份，那就很危险！

“明白了，少爷！”左强和左柔齐声答应道。

“马上行动吧，晚上给我消息！”宁志恒吩咐道。说完之后，宁志恒迅速离开。

宁志恒这一天就在办公室。他这些日子每天都紧紧张张地忙碌着，今天算是过得最清闲的一天了，搞得他很是有点不适应。不过他现在还不能彻底放松，因为手头上还有几件重要的事情。

明天的晋升令对他来说是非常重要的大事，之后马上就要赴任行动组组长一职，对工作的安排必须尽早，以期能够尽快地掌握这支队伍。

还有对孟乐生的审讯，他虽然不能插手，但还是要争取旁听。如果有可能，他还是想要在孟乐生身上有所收获。

然后就是这批药品的处理。他现在手里并不缺钱，而且他相信以后只要他想捞钱，凭借他的实力，可以说会很容易，所以这些药品他不打算卖出去。

他知道这批药品都是最好的伤药，尤其是五箱磺胺，在这个时代就是神药。这些药品如果能够运输到前线，完全能够挽回无数战士的生命！在他心里，还是倾向于送往红军前线，毕竟自己的内心是认同共产党员这个身份的。能够有机会挽救无数年轻红色战士的生命，那这些药品才能发挥它最大的价值。

至于怎么交给地下党，他别无办法，只能通过自己唯一的接头人、青石茶庄的掌柜夏德言，也就是农夫来联系。可是他现在并不想在农夫和地下党面前暴露自己的真实身份。毕竟这里面的干系太大，如果地下党组织内部出现了失误，那么自己就会暴露。自己的安危事小，自己身边的人也会遭受灭顶之灾。想到这里，他还是觉得要多加上一把安全锁，以影子的身份和农夫进行单方面的联系是最稳妥的。

时间过得很快，下班后回到家，宁志恒一直等着左强和左柔的消息。晚上八点，敲门声响起，宁志恒打开房门，果然是左强和左柔。

左强此时身上一副短身的粗布工服，面上的皮肤显得有些蜡黄，额头皱纹也明显增多，一眼看上去老了十多岁，完完全全是一个风吹日晒的老司机形象。

左柔的打扮更是传神，头发紧紧地盘起，被头上的工人帽遮盖，身上不知道塞了些什么东西，撑开外面的青色工服，脸色也变得蜡黄，再加上她的身材比一般女子高，根本看不出她是个娇滴滴的女子，一看就是一个普通的青年工人。

如果不是宁志恒眼神犀利，再加上一早就知道左强和左柔要来汇报情况，一时之间还真有些认不出来。宁志恒把房门关好，转身仔细看了看他们二人，不禁点头笑着说道：“没有想到你们竟然还有这种本事。”他又上前用手触摸了一下左强额头上的皱纹，感觉了一下，接着说道，“就好像真的一样！这是左柔的本事？”

左柔这时脸上露出一丝得意的笑容，不无炫耀地说道：“少爷，我们兄妹里，我的身手最差，但凭借这一手乔装改扮的本领，可是让我们躲过了不少的风浪，好几次化险为夷！”

左强也在一旁说道：“我姐从小就练手上的功夫，一双手是最巧的了，短刀要得好，化装的本事也是一绝！”

宁志恒一听不禁有些惊喜。这可是非常有用的一门技巧，尤其是做特工这一行，乔装改扮是必修之术。

“跟谁学的？”宁志恒向左柔问道。

“我没有师父。小时候贪玩，喜欢去戏园子里玩耍，后来看那些唱角们化装，就试着画了画，结果他们都说我画得好看，慢慢就喜欢上了。之后我们家遭了难，流落江湖，自己就干脆往深里练，最后就有了点心得。您看还行吧？”左柔笑着说道。

“何止还行，简直传神！”宁志恒不禁夸奖道。有这种本事，以后再让他们做事就更方便了，看来这三个手下收得还真是值了。

左强这时候掏出一张货单递给宁志恒，说道：“一切都按少爷您的吩咐，把货取出来之后存放到了城北的麻城仓库，标明凭货单取货。全程只有我和姐姐两个人搬运，没有让别人接触。”

宁志恒点点头，说道：“这货单你留好，我会很快把这批药品转卖出去，买主我自己会联系。这件事情就由你出面，到时候我会通知你怎么做！”说到这里，他又把目光转向左柔，说道：“还是要乔装改扮，事情要做得隐秘。”

左柔赶紧点头表示明白。

事情吩咐完毕，左强和左柔趁着夜色赶紧离开了。

第八章

晋升少校

第二天一早，宁志恒穿上笔挺的军装来到军事情报调查处，在办公室里走来走去，焦急地等待着通知。

直到上午九点，卫良弼进了办公室，对他说：“志恒，科长打来电话了，跟我一起来！”

宁志恒顿时精神一振，赶紧起身与卫良弼一起赶到科长赵子良的办公室。

敲门进入办公室，就见里面坐在当中的竟然是处座，身边坐着赵子良和向彦两人。

看到宁志恒二人进来，处座笑着说道：“这次的晋升出于一些原因有些仓促，不过我亲自来给你授衔，也不算委屈你！”

宁志恒赶紧立正敬礼，高声答道：“处座错爱，志恒感激涕零，定不负处座知遇之恩！”

赵子良笑呵呵地站起身来，说道：“这么年轻的少校，我可是第一次见到，没有想到还是在我的手下！”

向彦也凑趣道：“眼前这两位都是年少俊杰，一个二十七岁的中校，一个二十一岁的少校，一时瑜亮，可谓是我们军情处的佳话！”

两个人一唱一和地夸奖一番，自然是为了在处座面前表示，行动科人才济济，不输于情报科！

处座哪里听不出来，不过他没有理会这两人的话。他能够亲自来为宁志恒授衔，一是因为看中宁志恒的才华和表现，还有一部分原因自然是那三万美元起了作用。他从黄贤正手里收到这笔巨款，也对宁志恒的大手笔感到满意，对年轻人所表现出来的诚意感到满意！

他起身来到宁志恒面前，从身后赵子良手中的托盘上取过胸章和肩章，亲自为宁志恒更换军衔。

一切结束后，处座上下打量了一遍，满意地开口说道："志恒，上一次你的晋升就是我当着众多同僚亲自给你授衔，这一次仍然是我亲自给你授衔。这么多年以来，你是第一个！这次情况特殊，观礼的就眼前这三位，都是你的直属长官，但同样意义重大。大家对你都寄予厚望，还望你再接再厉，不负党国的栽培！"

"志恒明白，自当肝脑涂地，在所不辞！"宁志恒身子挺得笔直，高声答道。

处座满意地呵呵笑道："这一次授衔仓促，原因你也知道了。扩招人员已经就位，你们行动科由三个行动组扩招至五个行动组。在此我宣布——"

一声命令，在场的四人同时立正听令！

"宁志恒少校，晋升你为军事情报调查处行动科第四行动组组长，命令即时生效！"

"是，谢处座栽培！"宁志恒立正，高声答道。

一切进行得都很顺利。当走出赵子良办公室的时候，年仅二十一的宁志恒，身份已经发生了巨大的变化，成为军事情报调查处行动科的少校组长！

随之而来的就是一系列急剧的变化！

宁志恒不再是在综合办公室里办公，而是专门调配了一间独立宽敞的办公室。他的第四行动组分配了半个层间的办公室，十二名军官、一百二十名军中挑选的行动队员，在当天下午就已经就位。

在独立的办公室里，宁志恒一脸严峻地审视着自己的三位部下：第一行动队队长王树成、第二行动队队长霍越泽和第三行动队队长聂天明。

霍越泽和聂天明都是黄贤正特意挑选的人才，都是黄埔七期的毕业生，军衔都是上尉，在军事情报调查处也有一定的资历。只是他们没有卫良弼和宁志恒的际遇，几年下来升至上尉，就卡在校级军官这道坎上。这次黄贤正就是借着这个机会让他们担任主官，抓住机会，也许就能更进一步。

“诸位，第四行动组刚刚成立，千头万绪，诸事繁杂，而我的要求不高，就一点，服从！对我的命令无条件地服从！明白吗？”宁志恒冷声说道。

“明白！”三位队长一致答道。霍越泽和聂天明虽然资历都高于宁志恒，但对宁志恒的命令都不敢怠慢。

宁志恒作为军事情报调查处最年轻的行动组长，早已名声在外。刚刚毕业不到一年，就接连破获日本间谍大案的出色表现，让所有人为之惊叹。

在霍越泽和聂天明临来之前，黄贤正特意交代过，作为同为保定系成员的他们，必须无条件地听从宁志恒的命令，配合好宁志恒的工作，若有违逆，严惩不贷！

宁志恒的班底孙家成和赵江都被归在王树成的第一行动队，他们带来的行动队员也有十几个，都被安置在第一行动队。

其中王树成和赵江的晋升命令和职位调动都会在几天后下达，他俩都是尉级军官的调动，在高层眼中无足轻重，不过就是走过场。

赵江一直跟着宁志恒，这次也是迈了一大步，和孙家成一样成为少尉。宁志恒之前和他谈话的时候，他简直都不敢相信。自己能力一般，小卒一个，没有任何背景和靠山，竟然能得宁志恒的看重，自然是欣喜若狂，对宁志恒感激涕零。他有幸来到第四行动组，成为宁志恒的嫡系力量之一。

一切工作安排就绪，当晚宁志恒大摆宴席，邀请亲朋好友，甚至黄贤正也出席露面，一时宾主尽欢，大肆庆祝，皆大欢喜！

就在宁志恒忙得脚不沾地，刚刚把事情捋顺的时候，第三天，邵文光高高兴兴来到他的办公室。

“老邵，什么事情这么高兴？”宁志恒笑着问道，突然注意到邵文光军装的变化，“这是晋升了？”

“哈哈，刚刚由向副科长亲自为我授衔。我熬了这么多年，小媳妇儿终于熬成了婆，迈过了这道坎。志恒，这全是卫组长和你的功劳，我真是无以为报，以后有事情用得着我老邵的，赴汤蹈火，在所不辞！”邵文光兴高采烈地拍着胸脯说道。他苦苦熬了多年，人到中年，最终在卫良弼和宁志恒的帮助下走到了这一步，心中的激动和感激实在难以言表！这次晋升授衔刚刚结束，就第一时间找卫良弼和宁志恒道谢！

“那我就恭喜你了！邵少校，不过空口白牙是不是有些不实在呀？”宁志恒哈哈一笑，指着邵文光打趣道。他们之间关系不同常人，言语之间更是随意。

“哈哈，晚上我摆宴，老地方，德运大酒楼。这不是专门来请你的嘛！”邵文光笑哈哈地说道。

“好，我一定要大吃你一顿，可不要心疼！”宁志恒点头答应道。

这一次两个人都成功晋升为少校，往前迈了一大步，心情都是大好。两人在办公室里聊了好一会儿，邵文光才起身告辞。

可是他走到门口犹豫了片刻，终于还是忍不住转身走了回来。

“怎么，还有事？”宁志恒笑着问道。他在刚才交谈的时候就看出邵文光来不单单是为了请他赴宴，言语之间总是略有所指，宁志恒也没有点破。

现在看到邵文光最终忍耐不住，不觉有些好笑，说道：“有什么就说，吞吞吐吐，可不像你的为人，你我之间还有什么可避讳的！”

邵文光尴尬一笑，来到宁志恒的桌前，神秘地低声说道：“我还真有一件事情，想和你商量商量！”

宁志恒见邵文光小心谨慎的样子，不禁笑道：“老邵，有事你就直说。我能帮你办就办，不能办不是还有师兄吗？”

邵文光是卫良弼的心腹，按理他有事情也要先找卫良弼商量，不过看样子，估计是卫良弼那边有些为难！邵文光听了宁志恒的话，也不再绕弯子，直接开口说道：“志恒，你是知道的，前段时间我不是找了个警事巡视专员的差事吗？”

宁志恒点点头，确实是有这回事。这可是个肥差，邵文光从中捞了不少的好处。不过这个差事不能常干，不然被巡视调查的警察部门也受不了这样的盘剥，只能是偶尔为之，一晃这一年的巡查期也已经过去了。

“怎么，巡查期已经结束了，你还想找这样的差事？那我给你留意一下！”宁志恒说道。这事情倒也不为难，军事情报调查处可以打秋风的地方多了，随便找个借口，军队、警察、宪兵各个部门转一圈，哪个部门敢怠慢，这年头哪个官员的屁股是干净的？以军事情报调查处的能力，只要想查，就能查个证据确凿，说抓你都不会冤枉你的！

“不是这个事，你听我说完。”邵文光摇摇头，“我在巡查期间结识了西城警察局的局长杜谦，这个人和我很投脾气，人也很懂事，我们两个相处得不错。这次他遇到一点麻烦，这不，求到我的门上。可你是知道的，我不过是个虚职，手中无权无势，帮不上他什么忙，又抹不开面子，这不才找到你这儿来了！”

一样都是少校，邵文光这个少校，怎么能跟宁志恒相比，他空有军衔，却无实权。而宁志恒就不同了，他有背景，有身份，手上又有权，又有人。同样是少校，身份却天差地远。所以真要解决问题，邵文光还是要找到卫良弼和宁志恒的身上！

听了邵文光这番话，宁志恒颇不以为然。老邵这话里躲躲闪闪的，略过了不少内情。说什么交情不错、很投脾气，无外乎是这位警察局长给邵文光上供的钱财不少，这次求上门来还能不给好处？

至于遇到了一点麻烦，想想都不可能是小事。邵文光临来之前肯定已经找过卫良弼了，只怕是在卫良弼那里碰了壁，这才找到自己这里来。邵文光是卫良弼的心腹，如果只是简单的小事，卫良弼岂能驳他的面子？

宁志恒想到这里，摆手示意邵文光坐下来，笑着说道：“老邵，只怕不是一点麻烦这么简单吧？你可要实话实说，这中间的利害关系给我说明白了。不清不楚的，我也不敢答应你呀！”

邵文光知道宁志恒精明过人，这点小事根本瞒不住他，就直言道：“这个杜谦不知道走了什么霉运，中央党务调查处盯上了他。”

“你说什么？中央党务调查处？警察部门是由军事情报调查处直属管理的，中央党务调查处怎么会插手？”宁志恒听到这里有些纳闷。中央党务调查处这几年来被军事情报调查处打压着，一直处于下风，可以说避之犹恐不及，怎么会上赶着和军事情报调查处起冲突？

邵文光长叹一口气，无奈地说道：“唉，还不是运气不好，跟地下党扯上了关系。杜谦有一个不错的朋友，是个药店的老板。你也知道，现在的药品管理非常严格，很多好药都归为了管制药品，哪家药店不都有点自己的渠道，搞点私货，不然也开不下去呀！

“杜谦也就给他这个朋友帮了点小忙，顺手的事！可是没有想到，中央党务调查处张口就说，这个药店的老板是地下党，抓人的时候还出了纰漏，让人跑了！这下子中央党务调查处丢人丢大了，正主抓不到，就开始到处咬人，好死不死就盯上了杜谦。前段时间还是盯梢监视，他也没有觉察，可是这几天就感觉风声不对，四处打听才知道是中央党务调查处盯上了他，只怕就要动手抓人了。

“他上面倒是有些关系，可人家一听是中央党务调查处盯上了他，连门都没让他进。他也是苦求无门，走投无路，这才找到我这里，毕竟也只有咱们军事情报调查处才能够压过中央党务调查处一头！”

宁志恒一听就知道是怎么回事了，他撇了撇嘴说道 ：“老邵，不是我说你，这个杜谦要真就是泛泛之交，这个忙不帮也就罢了。虽说咱们军事情报调查处不怕中央党务调查处，可为了这么个小人物去和中央党务调查处掰腕子，值不值？

“你来我这里之前先去找了师兄吧？师兄怎么说？如果没有猜错的话，他肯定是不会帮这个忙的，他一向对地下党的案子忌讳颇深。

“再说这也不是咱们军事情报调查处的管辖范围。我们两个部门分工明确，对付地下党，这是中央党务调查处的工作，他们只要发个公函通告给我们，我们也说不出话来！”

宁志恒觉得这个案子不过是中央党务调查处要搞事情，不然他们要想查一个人，你区区一个警察局分局的局长就能察觉出来，也未免太看得起自己啦！

这些专业情报部门的手段，对付一个普通人简直轻而易举。听邵文光介绍的情况，很有可能这是中央党务调查处在故意打草惊蛇，引蛇出洞。有可能是为了引出地下党的同伙，甚至可能是故意找个警察局的典型，为了看一看军事情报调查处的反应。总之不管是何种情况，自己都不宜卷入其中。

所以，他一口回绝道 ：“老邵，这不是能不能帮的问题，而是值不值得的问题。这种麻烦事，还是少揽上身。别吃不到鱼惹得一身腥！”

邵文光肯定是收了好处的，不然他上赶着管这份儿闲事做什么？只怕不是一笔小数目，所以邵文光才不惜拉下面子为之奔波！

“志恒，杜谦自然不会没有表示。他说了，只要能平安度过此劫，他愿意拿出全部身家相谢，开口就是十万法币。我也是过手的财神，赚点好处罢了！”邵文光有些不甘心，要知道杜谦光是许给他的好处就有四万法币，看样子只要再敲一敲，再多些也能拿得出来。这可是一只大肥羊啊！

邵文光不像卫良弼和宁志恒，他仕途不顺，半生坎坷，一直没有担任过主官，多是给人跑腿和帮忙，平日里就连捞点好处也是有限。而宁志恒这样的主官就不一样了，破获一个案子，其中大部分的缴获和好处都是归他们的。

所以当杜谦将大把大把的钞票摆在他面前时，邵文光确实是心动了。四万法币呀！就是在南京城也足够购置一套大宅子了。自己辛苦半生，连个像样的家业都没有置下，老了只怕连个遮风挡雨的地方都没有，说出来都觉得凄惨！所以，他下定决心揽了这件事！

可是如今以宁志恒的眼界，如何看得上这区区十万法币，不过也就一万多美元罢了！为了这点钱去蹚浑水，他的脑子又不是烧坏了！宁志恒笑着说道："老邵,不是我不帮你,只是这钱挣得太扎手！这样吧,过两天我找个案子,你去下面转一转,贴补一下就是。要是真有用钱的地方跟我说一声,你我兄弟,十万八万的你随意！"

邵文光看到宁志恒确实不愿意出手，只好无奈地叹了口气，暗道可惜了，这笔外财只能放走了！他站起身来说道："好吧，这事太扎手就算了。我是尽力了，也算对得起老杜。谁叫他运气不好，非要和那个什么中康药店的老板扯上关系！不过也是，万一他真的是地下党，沾上手也麻烦，我们也都要吃瓜落！那就这样吧。志恒，晚上别忘了，德运大酒楼！"说完，邵文光起身挥了挥手，准备告辞出门。

"中康药店！"宁志恒听到这四个字的时候，顿时心中一激灵！这个名字他太熟悉了！

地下党省委成员之一吴泉江的隐藏身份就是中康药店的老板！二十多天前，还是宁志恒从叛徒张培的记忆中窥探到了这个秘密，连夜报信，还亲自出手，连杀多名中央党务调查处的特工，才力挽狂澜，救出了吴泉江等人。

怎么这个警察局长杜谦和吴泉江扯上了关系，这就麻烦了！

宁志恒是知道吴泉江的真实身份的，他在地下党内的身份等级极高。和吴泉江有关系，那中央党务调查处就肯定不是故意找事，而是真的在调查地下党！

万一这个杜谦真的是吴泉江的下线怎么办？这种可能性不是没有，而是很大！如果真是这样，宁志恒决不能就这样眼睁睁地看着杜谦落入中央党务调查处的手里。就算他只有一丝可能是地下党，宁志恒也不想放弃。一个担任警察局长的地下党成员，对整个组织的重要性可想而知！

现在事关地下党成员的安危，事关地下组织的安危，那就不能坐视这种危险发生！

看着邵文光就要走出办公室，宁志恒突然说道："二十万！"

邵文光一只脚都迈出了办公室的门，突然间听到宁志恒这一声，顿时一愣，慢慢地又把脚收了回来。他转身把门关上，几步走回到宁志恒面前，眼神中充满了惊喜，高兴地问道："志恒，你这是答应了？"

宁志恒脸色有些不屑，用手点了点邵文光，说道："老邵，不是我说你呀！你这眼皮子有些太浅，他一个西城警察局的局长，就值十万法币？我记得西城区警察局管辖着城西平安港和康元口两个运输关卡口，这一年的流水不知有多少，他这一副身家绝对少不了！这样，你告诉他，给你的好处费十万法币，我这里二十万。你知道的，我只喜欢英镑和美元，换成三万美元。如果他想要这条命，就是这个价钱！"

宁志恒当然不会贸然出手把这件事揽过来，必须给自己找一个借口，自己故意抬高价格，让旁人以为他是为了捞钱才肯出手管这摊子事。在民国官场，以职务之便捞取钱财、贪污腐败是官场常态，大家都这么干，所以算不上多大的事，区别只是吃相好不好看而已！所以宁志恒必须做出这样一副姿态，这样万一有人真的追究不放，也可以用只是为了捞钱这个理由搪塞过去，不至于走到最后一步。

"好，好的！哈哈，志恒，只要你肯出手，党务调查处那些人是不敢硬伸手的，这笔钱和白捡的一样！至于价钱我去说，肯定不成问题。老杜不是个不知好歹的人，一向出手大方，钱重要还是人重要，他还是拎得清的！"邵文光听到宁志恒肯出手，还把他的好处费一下子提到十万，这心里别提多高兴了。他知道宁志恒的本事，真要是肯保个小警察局长，还是不成问题的！

至于杜谦是不是地下党，别忘了他邵文光可是干了半辈子情报的老特工，这锻炼出来的眼力可不是白给的。就杜谦的那副嘴脸，眼神中透出来的那一丝贪婪，地下党能要这样的货色？他杜谦要是真有这份演技，他邵文光就是倒霉也认了！所以他可以肯定，这是党务调查处在搞事情。不管怎么样，只要杜谦真的不是地下党，那就一切都可以操作。

得了宁志恒的准信，邵文光满心欢喜地去向杜谦报信了！

当天晚上，宁志恒和卫良弼参加了邵文光在德运大酒楼摆的酒宴。他是去年底刚刚调回军事情报调查处的，在处里结交的朋友并不多，满打满算就是一桌子客人，其中还以卫良弼和宁志恒的地位最高。大家举杯庆祝，推杯换盏，一直到尽兴了才各自散去，最后宁志恒和卫良弼一起回去。

在车上卫良弼问宁志恒："是不是老邵找你去了，那件事情你答应他了？"

宁志恒点了点头，说道："答应了！老邵帮我不少，第一次向我开口，这个面子我得给，再说也不是没有好处！"他没有隐瞒的意思，卫良弼的精明不下于自己，这种事情瞒不了他。

"这个老邵，我今天看他满面春风那个高兴的样子，就知道你肯定是答应他了。"卫良弼摇了摇头苦笑道，"我不是不帮他，只是觉得掺和地下党的事情对我们没有好处！可他还是不死心，到底还是找了你。"

"其实我觉得师兄你多虑了，不过就是一个贪腐的案子，这个警察局长杜谦拿了人家的好处给别人办事，最多只能说是受人利用！再说，那个药店的老板是不是地下党还是两说。而且杜谦好歹还是我们的下属，就这么扔出去，别人还说我们军事情报处怕了党务调查处。如果这个杜谦真的是地下党，还能让他逍遥到今天？党务调查处早就动手了。不会有什么大事，师兄放心吧！"宁志恒显得不以为然。

卫良弼暗自摇头，他又何尝不知道这个警察局局长杜谦只是个贪腐的小人物，他是不愿意为了这个小人物和党务调查处对上。可现在不好办了，自己的心腹和师弟都打算揽这摊子事，自己很难再置身事外。算了，对上就对上，说到底他卫良弼也并不怕党务调查处那帮党徒。

"我不是太过小心，只是认为不值得！这次老邵让我很失望，不过他潦倒半生，如今好不容易升了少校，想要挣些钱傍身，我也理解！他也是有脾气的，我直接给他钱，可他就是不要，也许是我太苛求他了！"卫良弼心情反而不是很好，悠悠地说道。卫良弼想起自己与邵文光相交于患难之时，教过他也帮过他，可自己对他还是有些疏忽了，没有站在他的角度考虑。卫良弼拍了拍宁志恒的肩膀，接着傲然地说道："放手去做吧，有什么事情我帮你撑着。你我兄弟不分家，想要动我们还得仔细掂量掂量！"

"知道了。没师兄你想的那么严重。信不信我亮出招牌，那帮家伙不用我动手就卷铺盖滚蛋！"宁志恒笑着说道。

把卫良弼送回家，宁志恒赶回家里就准备休息了。这时敲门声响起，宁志恒打开门一看，却是邵文光。

“老邵，快进来！”宁志恒把他让了进来。

关上门，邵文光笑着说道：“今天酒席上人多，我没有跟你说，杜谦那里回话了，只要你肯救他一命，钱不是问题！”

“那好，明天上午让他来办公室找我，我有些事情要问他！”宁志恒点头说道。

“还要见他？”邵文光问道。

“当然，我总要确认一下他是不是真的地下党吧？如果真是地下党，这钱说什么也不能挣了，不问一问怎么放心！”宁志恒说道。

“好，我现在就去通知他！”邵文光点头说道。在他看来，宁志恒说得没错，总不能光听他邵文光的一面之词就贸然出手吧？以他对宁志恒的了解，这可是个做事仔细、眼里不容沙子的角色！

他不知道的是，宁志恒当然要仔细确认一下是没错，可处理的方式正好相反：如果是地下党，那肯定就为他隐瞒，全力保护；可如果就是个贪腐分子，那就不客气了，不活剥下杜谦的一身皮，又怎么对得起他宁志恒的凶名！

第二天早上，宁志恒照常上班，来到自己的办公室。第四行动组初建，人员、装备、训练都迅速铺开，有很多事情要处理，不过宁志恒做事果断，再加上他手下都是保定系成员，对他的令行禁止唯命是从，所以第四行动组以极快的速度进入了正常工作状态。

这一点让赵子良大为满意，这足以说明宁志恒不仅是一个能力极强的行动人才，还是一个非常优秀的管理人才。

敲门声响起，宁志恒应了一声“进来”。门推开，王树成走了进来。

“树成，有什么事？”宁志恒笑着问道，挥手示意王树成坐下。

“组长，那批房产已经处理干净了，你看……”

“这么快，现在的行情怎么样？”宁志恒问道。这批房产现在价值巨大，可再过半年就一文不值了。

“行情还是不错的。按照您说的，我压低了些价格，很快就脱手了，总共卖了八万美元！”王树成笑着说道。他不明白宁志恒为什么这么着急把房产处理掉，但是他对宁志恒的吩咐向来唯命是从！不仅如此，他还把自己所有的财产都变现成了美元。

宁志恒点点头，说："晚上送到我家吧！以后这些事情都按这个样子处理，手上只留英镑和美元。"宁志恒说完又想了想，决定还是给王树成透一点口风，"南京我们不会待很久。有消息说，军事情报调查处要抽调大批人员去后方城市展开清剿行动，也许就会选中我们，所以我们要做好随时离开的准备！这件事要保密，不要和外人说！"

王树成这才恍然大悟，怪不得组长要处理在南京的一切财产，原来他是有内幕消息的。王树成连连点头称是，然后起身告退。

在军事情报调查处大门外的一辆小轿车里，西城区的警察局局长杜谦和邵文光正在低声交谈。

"邵兄，你说的这位宁组长真的能够保我平安吗？这三十万可不是小数目，我不是怕花钱，是怕投错了庙门办不成事呀！我可是没有时间赌了，昨天我们家附近又住进了一户人家，一看就不是善茬，这肯定是监视我的，现在我连家都不敢回了！"警察局长杜谦带着哭腔说道。他这段时间的确给吓怕了，这些党务调查处的特工已经越逼越近，看来很快就要动手了，他不能坐以待毙。可是他四处求告，就连他的靠山，那位警察总局的副局长也是翻脸不认人，干脆连门都让没进。他病急乱投医，这才想到了这位刚刚结识不久的军事情报调查处的邵专员！

"老杜，你就把心放肚子里吧！宁组长是什么人？也就是我手眼通天，才能靠上这样的人物……"邵文光口吐莲花，滔滔不绝，不遗余力地吹捧宁志恒。

"我的天！邵兄，你这份人脉可是通天了！我是上辈子积了大德，能够认识邵兄你！这次如果能够逃出升天，我还必有重谢。"听到邵文光的话，杜谦只觉得这心里踏实多了，总算找对了庙门，看来这一次能有惊无险地度过这一劫了。

"老杜，这也是我看在你人爽利懂事的分上才帮你一把，这钱不会让你白花。对了，宁组长这个人只喜欢英镑和美元，我跟你说过吧，你都准备好了吗？"邵文光摆了摆手打断杜谦的奉承，直接问道。

杜谦赶紧举起手中的小箱子，说道："三万美元，一分不少！"

邵文光点点头，说道："那就好，进去之后，宁组长问你什么你就答什么，一定要老老实实。他这个人非常精明，你只要敢说一句谎话，他都能看出来。后果是什么，你心里清楚！"

"明白，明白！我一定知无不言，不敢有一点儿隐瞒！"杜谦连声说道。

"好了，赶紧进去吧！记住，千万不能有隐瞒，不然悔之晚矣！"邵文光交代清楚，才催促杜谦下车。

杜谦战战兢兢地进了军事情报调查处，给守卫的军士们通报了姓名。守卫打电话到宁志恒的办公室，得到首肯后才放他进去。别看他是警察局长，却也是头一次进入军事情报调查处。他不敢多停留，按照守卫的指点，快步进入行动科，来到宁志恒的办公室门外。

杜谦小心翼翼地敲了敲门，只听里面传来清朗的声音："进来！"

杜谦轻轻推开房门，缓步进了办公室，回身把门关好，这才敢抬头，看到一位非常年轻的军官端坐在办公桌后，正低头在文件上书写着什么。杜谦不敢说话，怕打扰了对方的思路。

过了好半天，那位年轻的军官才抬头看了一眼杜谦，收起手中的钢笔，淡淡地问道："你就是杜谦？"

"卑职就是杜谦，特地前来聆听组长的教诲！"杜谦赶紧恭敬地回答道。

"老邵跟我说了你的情况，听说你还和地下党扯上了关系，你的胆子不小哇！"宁志恒冷声说道。

杜谦听到这里，赶紧连声哭诉道："组长，我真是冤枉啊！我哪有那个胆子跟地下党打交道，这完全是党务调查处的诬陷！那个药店的老板叫吴泉江，不过是个普通的中医大夫，当初出手治好了我的旧疾。我出于感激，才和他结交，可完全是普通的朋友关系。没有想到祸从天降，中央党务调查处不知为什么要抓捕他，可是让他逃走了，结果就把矛头转到我身上！组长，我冤哪！再说我是警察局长，是咱们军事情报调查处的下属，就是要动我也轮不到他们党务调查处吧！"

杜谦不愧是久经风雨的老姜，一番话连推带挡，把自己撇得干干净净，顺便还挑明了自己是军事情报调查处的人，希望宁志恒能够为他挡风遮雨。

宁志恒仔细审视着这位警察局局长，他想从中找寻蛛丝马迹来判断这个杜谦到底是何方神圣，看一看自己到底该如何处理此人。"我问你，这个吴泉江都和你有哪些联系？我提醒你，你对你说的每一句话都要负责，若是胆敢隐瞒，不用党务调查处出手，我现在就抓了你，这辈子你就别想出去了！”

杜谦赶紧回答道：“南京城里药品齐全，吴泉江手里囤了不少好药，在本地卖不出价钱，想着运往内地多赚取一些利润，可是很多药都是管制药品，不好运出去，就求我帮忙。我是推辞不过，才给他安排了一下！”

宁志恒听到杜谦的回答，很不满意地喝问道：“别把你说得那么无辜！那个吴泉江不给你好处，你能为他出力？我不是追查你的贪腐，你用不着藏着掖着，老老实实回答我的问题！”

“是，是！组长明鉴！我确实收了吴泉江的一些孝敬，可这都是惯例呀！但要说他是不是地下党，我可是一点也没有看出来呀！再说运出去的都是药品，又不是军火，都是拿来救人的，我这也是积德行善哪！”杜谦委屈地说道！

“混账！管制药品也是禁运的！你不知道？”宁志恒冷着一张脸，低声喝道，“你是怎么做的安排，说详细点！”

“是，是！都是卑职财迷心窍！”杜谦心思灵活，一口咬定自己只是为了收受贿赂才为吴泉江打通关节，和勾结地下党扯不上关系，他接着说道，“卑职管辖的范围内有两条运输要道，分别设有两个关卡，一个是平安港，一个是康元口。其中通往西北方向必经之路上设置的就是康元口关卡。每一次吴泉江都会把药品装在一辆或者几辆军用卡车上，我安排人不用检查，直接放行。”

“胡说八道！康元口关卡过去之后就是十四师的驻防地，他们设置的乔水湾关卡是归军方管辖的，那些假冒的军车怎么可能蒙混过关，你给我说清楚！”宁志恒一听就听出了问题所在，这个杜谦竟然还敢有所隐瞒！

杜谦这才知道自己根本隐瞒不过去，这个宁组长心中就跟明镜一样，什么都清楚！“卑职之所以让他们伪装成军用卡车拉药品，就是因为负责驻守乔水湾关卡的那个连的连长是我的小舅子。当时为了这条至关重要的运输线，我整整花了十万大洋上上下下打点，才帮他运作到了这个位置，所以只要我点名的货物都可以畅通无阻地通过乔水湾关卡！”

宁志恒听到杜谦这番话，心中暗自赞叹，看来自己还真小看了杜谦！他接着问道：“你处心积虑地下了这么大的功夫，把这条运输线掌握在手里，这些年只怕捞得金山银海了吧？”

杜谦一听到这话顿时明白了，看来宁组长也是盯上这笔财源了，赶紧解释道："组长，卑职也是迫于无奈呀！自从卑职当了这西城警察局的局长，管辖着平安港和康元口这两个关卡，上上下下眼红的人多了，都以为卑职得了一个大大的肥差，方方面面都伸手要好处。尤其是我们警察总局的韩副局长，一伸手就足足要了康元口关卡收入的三成，谁叫我这个职位也是他给安排的呢！再加上其他一些打点，我这一年辛辛苦苦，到头来成了过手的财神，外人看风风光光，可实际上就是个空壳子！

"我被逼无奈，只好多做布置，安排了我小舅子这个后手。只要不是过我手疏通的商家，在康元口把货物放过去，再在乔水湾截下来，让货主再加些好处费，然后再放行。这样多搞了几次，那些商家才老老实实地找上门来，走我的门路，这样一年到头才有了点结余，不然我早就支撑不下去了！"

太能搞了！宁志恒听到这一节简直惊了，这一手乾坤大挪移玩得真叫人叹为观止！

这南京城里有权有势的人多了，他一个小小的西城区警察局局长算得了什么？有实力的商家若想走私违禁物品，管制货物牟取暴利，只需要挂靠上有权有势的权贵，一个电话打过去，杜谦敢不乖乖地放行？这样一来，好处费都落到了那些权贵的手里，实际上落到杜谦手中的没有多少。

可是这边各方势力都在伸手，压榨得杜谦没有办法，只好另辟蹊径，花了大价钱把乔水湾关卡勾连在一起，前后配合！凡是那些通过权贵的关系走私的货物，杜谦绝对按照吩咐，全部在康元口关卡放行，可是到了乔水湾关卡，就让他的小舅子下手扣住货物。

那些权贵对军方可没有约束力，打招呼也不好使。当然，那些可以影响到军方的顶级权贵除外，不过毕竟是极少数。再说这样的人物又怎么会为了一个商人去花大力气疏通，真当他们的人情这么不值钱吗？

等到商家着急找上门来，杜谦再在其中做好人，说是可以帮着疏通乔水湾的关卡。这样再收一次钱，再让他的小舅子放行，如此反复多次。那些聪明的商家又不是傻子，看到那些走杜谦门路的商家，一路通行没有受到阻拦，而自己的货物却屡次被扣，如何还不知道其中的问题所在？最后都是乖乖地找到杜谦的门上。没用多久，这条重要的运输干线终于牢牢地掌握在杜谦的手中。

“这里面有没有走私军火的？”宁志恒问道。

一句话吓得杜谦差点儿站不稳了，他紧走两步，连声说道：“组长，我就是有天大的胆子，也不敢走私军火！这些商家的货物多是些管制商品，也就是药品和电材之类的。这些东西在南京城容易搞到手，放到内地都是几倍甚至十倍的暴利！”

说到这里，杜谦心中一动，也许现在是一个机会。这一次自己遭逢大难，身后的靠山警察总局韩副局长平日里拿着自己巨额的孝敬，关键时刻却袖手旁观，连门都没让进，摆明是把他抛弃了。杜谦心中的恨意自然是无以复加。想到这里，他弯了下腰，对宁志恒低声说道：“不过卑职倒是知道一点线索。”

“哦？说说看！”宁志恒顿时来了兴致，没想到这个杜谦还真是有些私货。

“警察总局的副局长韩兴平，这些年来仗着他的权势，疯狂走私各种紧俏管制商品。他名下的产业公司运送走私物品多不胜举，我甚至怀疑其中还有军火和电台等重要电材，只要……”

“好了！”宁志恒挥手打断了他的话，还以为是什么重要线索，原来是杜谦起了小心思，想要搞掉自己的老东家，于是严厉地喝骂道，“杜谦，把你那点小心思给我收起来，想借我手里这把刀杀人，你还不够格！”

“是，是！”杜谦顿时吓出一身冷汗。邵专员说得没错！这个宁组长看着年轻，却眼光凌厉，自己刚一开口就被看破了。“不过，组长，我这里还真有一点线索，不知道您有没有兴趣！”杜谦久经官场，知道宁组长这些情报部门对什么感兴趣，决定投其所好，好好表现，以显示自己存在的价值，才好让宁组长为自己出手解难！

“说吧，找有用的说！”宁志恒点头同意，他倒要看看这个杜谦究竟有多少存货。

杜谦终于不再隐瞒，开口说道：“宁组长，之前我说的那位朋友吴泉江，他逃走之后，他那家中康药店也被查封。我原以为这件事情就过去了，可是就在三天前，我在康元口关卡又发现了他们的踪迹！”

“什么，这个吴泉江露面了？”宁志恒听到杜谦的话，顿时一惊！不应该呀，吴泉江在南京城已经彻底暴露，如果还敢露面，跟找死没有什么两样。地下党不该出现这样的致命错误。

“那倒没有。不过我跟吴泉江打交道很长时间了，他每次运输药品的那几辆卡车伪装成军车，还是我出的主意，所以我是极为熟悉的，还有那几个司机都是熟面孔。就在三天前，我在关卡巡视的时候，无意中发现了其中一个司机。他开的货车虽然重新涂了外漆，外观变了许多，但我还是能够看出来，这就是那几辆旧卡车改造的。人也对，车也对，这说明他们这条运输线还在运作。不知道这条线索对您来说有没有用？”

宁志恒听到杜谦的话，顿时心神一紧。

吴泉江和杜谦打交道多年，上下疏通各个关节，肯定是负责走私运输管制药品的首脑。现如今他的手下又露面开始活动，很明显这条运输线重新启动了。康元口关卡和乔水湾关卡作为运输药品的必经之路，是肯定绕不过去的。现在他们重新改头换面，试图再次打通运输线，可没有想到，却被杜谦发现了行踪。

可是这个杜谦没有半点犹豫，转手就把吴泉江的行踪给出卖了，可以想象这个杜谦如果落在中央党务调查处的手里，根本不用严刑拷打，第一时间就会把这个线索交代出去。到那个时候，这一条药品运输线就会暴露在中央党务调查处的眼皮子底下，他们只需顺藤摸瓜，整条运输战线都会被揪出来，这将又是一场灾难。

“你能确定这些人就是原来吴泉江的手下吗？”宁志恒再次问道。

“卑职能够确定。这两个关卡事关重大，这几年卑职的大部分时间都耗在关卡上，有好几次都是我亲自查人放行，人和车都不会弄错！”杜谦肯定地说道。

“查过货单了吗？是哪家公司的货？”宁志恒问道。

“查过了，是恒丰贸易公司。这个公司身后有一点财政部的背景，但是关联不大，早先还用财政部这个大帽子压我，被我敲打几回就老实了，现在都是走我的门路！”杜谦回答道。

“这批货你是怎么处理的？”宁志恒问道。

“放行了。这段时间我被中央党务调查处的人盯上了，怎么还敢和吴泉江扯上关系？把他找出来对我也没有好处，所以我谁也没告诉。再说收了好处，自然放行了！”杜谦对宁志恒不敢有半点隐瞒，一五一十全都说了。

“这件事你有没有跟别人说过？”宁志恒问道。

“没有，这种要命事不敢乱说，也就是宁组长您，否则我打死也不多说一句。”杜谦再三肯定地说道。

宁志恒这才把心彻底放了下来。看着这个杜谦，宁志恒心里涌起一丝杀机：这个人早晚是个祸害，对地下党来说绝对是个致命的隐患，看来要找个机会除了他！心中想着怎么杀人灭口，可脸上不露丝毫异常，宁志恒开口说道：“这条线索有些价值，不过有可能是这个司机和货车换了一个东家也说不定。总之我会注意的，你也一定要管住你那张嘴，对任何人都不可以泄露！”

“明白，卑职明白！”杜谦赶紧点头说道。说到这里，杜谦才轻手轻脚地上前，将手中的小箱子放在宁志恒的办公桌上。“这是卑职的一点心意，不成敬意，还望组长笑纳！”杜谦赔着笑脸，小心翼翼地说道。

宁志恒脸上难得地露出一丝笑意。他伸手将箱子打开，里面满满的全是崭新的美元。“明天再送一箱子来！”宁志恒点点头，然后淡淡地说道。

“嗯？”杜谦一时没有反应过来！

“怎么，有问题？”宁志恒语气突然变冷，一股慑人的气势逼来，将杜谦吓得小腿发软。

“没有问题，没有问题！宁组长能够笑纳，这是给卑职的脸面。卑职明天一早送过来！”杜谦哪里还敢说个“不”字，多少钱这时候也要拿，这是他买命的钱！老实说，这些年他守着聚宝盆，就算是有各方面的盘剥，也挣了不少的家资。这笔钱还真不算什么！

宁志恒心里仔细盘算着，到底应该怎么处置杜谦。一开始他是怕杜谦是地下党的同志，所以才打算出手解救。现在已经确定杜谦不是地下党员，但他绝不能落入中央党务调查处的手里，不然他肯定会把地下党药品运输线的事情招出来，那将给地下党带来不可估量的损失！

可是现在就把杜谦抓起来除了，也不现实。军事情报调查处又不是自己家开的，在这里行事还是很不方便的，人多嘴杂容易出现意外。而且不能让他死在自己手里，这样做太明显了，反而会让监视杜谦的党务调查处有所怀疑。现在必须稳住这个杜谦，看来解除党务调查处监视这件事情还是要做的。等这件事情淡化了之后，再慢慢找机会除了他！

想到这里，宁志恒不再犹豫，他拿起电话通知王树成来办公室。

“队长，有什么事情？”王树成瞟了一眼站在一旁的杜谦，问宁志恒。

宁志恒用手指了指杜谦，吩咐道：“这是西城警察局局长杜谦，现在党务调查处的人在监视他。警察部门是我们军事情报处的管辖范围，现在是他们捞过了界。你马上带着第一行动队，按照杜谦的指认，把监视他的党务调查处的人都抓起来，就地关押，等我的指令！”

“是！”王树成一听，立即应命，就要出去召集队员出动。

“等等，尽量不要开枪，别出人命，以抓捕可疑分子的名义动手，之后的事情就是我来做了！明白了吗？”宁志恒仔细交代清楚。

“是，抓捕可疑分子，就地关押，等候指令！”王树成也再次确认了命令。

宁志恒挥了挥手，王树成转身出去。

杜谦看到宁志恒拿到钱马上就安排人解除党务调查处人员的监视，心里高兴极了。他低头哈腰地给宁志恒鞠了一躬，然后转身出门，随王树成一起行动。

第九章

收为门下

中央党务调查处一间宽敞的办公室里，情报三组的组长闻浩正在和自己的副手罗青交谈。

“你那边查的事情怎么样了？”闻浩问道。他前段时间一直在查已死的财政部国防司第二科科长路广然的案子，可是始终没有进展。后来又有了更为要紧的案子，才被迫终止了调查。他的副手罗青则是负责中康药店老板吴泉江的案子。这是两个人的一次情况交流。

“没有什么进展，吴泉江之前的社会关系都已经调查完毕，可是都没有有价值的发现。我们花了大量的精力安排监视，可仍然一无所获。那些人大都是他的商业伙伴，对吴泉江的身份毫无察觉！”罗青摇了摇头说道，“组长，干脆就把这件案子挂起来，等日后有线索再接着查！”罗青觉得这件案子根本查不下去了，手上没有目标，白白浪费时间和资源，所以他提议结束这件案子的调查。党务调查处的工作很多，不能花费这么多资源在这个无头案子上面。

“可是我听说你手下还在行动，是不是还在监视目标？我现在这件案子正缺人手，还是把人抽回来吧！”闻浩皱着眉头说道。这个罗青办事还算勤勉，就是有时分不清个轻重缓急。

“是还有一个目标，只是没有什么把握，可就这么放弃了，还是有点儿可惜！”罗青有些为难地说道。

“说一说情况！”闻浩说道。

“我们查遍了吴泉江的社交关系，除了生意伙伴外，他和西城警察局局长杜谦有很频繁的接触。”罗青叙述道。

“他一个中药店的老板和一个警察局局长还有关系，查清楚了吗？”闻浩疑惑地问道。

“已经查清楚了。这个杜谦的管辖区里有两个出城干道的关卡，所以南京城里很多的商家走私货都要走他的门路。我们怀疑吴泉江通过杜谦，将一些违禁违规的药品运输出城！”罗青说道。

“走私货？什么性质？是同伙还是官商勾结？”闻浩问道。

罗青挠了挠头皮，也有些不确定地说道：“我个人的判断，很有可能是官商勾结，是地下党同伙的可能性不大！但是不能确定，所以还在监视中。因为杜谦是警察局局长，隶属于军事情报调查处的管辖范围，所以有些顾忌。组长，你也知道我们党务调查处现在的处境。这要是前几年，就这么个小人物当场就抓了，哪用这么麻烦！”

听完罗青的抱怨，闻浩也很是无奈，今时不同往日，现在上上下下对中央党务调查处都有所限制。他自己对此也颇有怨言，但是他平时从不在下属面前抱怨，以免更加打击他们的士气，便说道：“做事还是要多小心些，不过这件案子也不能迁延时日，这样牵扯的人力和精力就太多了。”

罗青赶紧附和道：“我也这么想。我们对杜谦监视的这段时间一直没有发现什么异常情况，于是这几天我特意安排人员在他面前露了行踪，逼了他一下，估计他现在也有所察觉。如果他真是地下党，肯定就会迅速撤离。我在四周已经布好了网，只要他一跑，就说明他是地下党，正好抓捕归案。可如果他不逃，那就说明这只是一桩官商勾结的贪腐案，那就干脆敲一笔钱走人，撤离算了。”

闻浩点点头说道：“也只能这样了。不要在这些小人物身上耽误太多时间，做完这件事赶紧把人手撤回来。”

罗青点头答应，却欲言又止。

“怎么，还有情况？”闻浩看到罗青犹豫的表情立即追问道。

“是还有个情况。就在这两天，这个杜谦和军事情报调查处一名叫邵文光的军官走得比较近。”罗青说道。

“哦？难道是军事情报调查处插手了？”闻浩皱着眉头问道。

“应该不会！不过一个警察分局的小局长，他还能闹出多大风波？组长，要不要给军事情报调查处发一个通报公函，强调一下，就说这个杜谦跟地下党有瓜葛，先打声招呼。你看怎么样？”罗青问道。

“还是算了吧，就是真发通报公函也未必管用，我们两家的关系你又不是不知道！再说这中间的程序烦琐，如果再有人有意耽搁，等走完程序，你这案子也办完了。这种情况又不是没有发生过！”闻浩摇了摇头说道，接着叹了口气又说，“就这两天把这案子结了。如果杜谦逃跑就抓捕，如果不跑就说明和地下党没有关系，敲上一笔钱，撤回来算了！”

“明白了，组长。其实据我们调查，这个杜谦辖区里的油水丰厚，尤其是他手里掌握着平安港和康元口两个关卡，是只大肥羊，要是我们操作好了能割下一大块肉呢。”罗青笑着说道。

正在这时，办公桌上的电话铃声响起。罗青上前拿起电话。随着电话那边的讲述，罗青的脸色越来越难看，最后恼火地说了一句：“你们原地待命，不要起剧烈冲突！”说完，罗青一把扣断了电话！

“怎么回事？”闻浩疑惑地问道。

罗青咬了咬嘴唇，无奈地说道：“组长，真让你给说中了，军事情报调查处插手了。这个杜谦也够狠，看来是我逼得太紧了。今天早上杜谦和那位军官邵文光见面之后，直接进了军事情报调查处。出来之后，带着一队人马直接找上了我们的监视点。我们的人猝不及防，都被下了枪，现在被困在监视点里。为首的军官让我的手下通知我，直接跟他们的长官——军事情报调查处行动科第四组组长宁志恒交涉！”

闻浩听到罗青的话眉头一皱，并没有马上回答，而是站起身来在屋子里来来回回踱了几步，而后问道：“有人员受伤吗？”

“没有，他们还算有分寸！”

闻浩思虑再三之后，说道：“我怎么听着宁志恒这个名字很耳熟？”然后他抬头看看罗青，问道，“你有没有印象？”

罗青仔细想想，摇摇头说道：“这个名字是有些耳熟，但是一时间我也想不起来。只是听说军事情报调查处这一次又大肆扩招，动作很大，是不是新近提拔的青年军官？”

新近提拔的青年军官？闻浩突然间想起来了，宁志恒不就是抓捕马宏和地下党路广然的那个上尉嘛！马宏的案子搞得党务调查处狼狈不堪，成了笑柄！至于地下党路广然，自己前不久进行过一段时间的调查，结果也一无所获。

他还特意看过那位上尉的一些资料：黄埔军校毕业生，不到半年连升两级，破格提升为上尉。这才过去多长时间，怎么现在又成了行动组的组长？这最低也得是少校军衔，不到一年连升三级，这怎么可能！

不用说了，这个宁志恒一定是背景深厚的高官子弟，这样的人自然是做事嚣张跋扈、无所顾忌。偏偏这样的人最不好惹，正是因为他们年轻气盛，从不吃亏！他们考虑问题较少，只凭一时冲动，就谁都不放在眼里。你跟他对上，一点好处都没有。你要是输了还好说，大不了自己服个软，这事儿就算掀过去了。可你要是赢了，那就更麻烦了，以后就结下了仇怨！这种膏粱子弟睚眦必报，早晚要报这一箭之仇。

闻浩久历官场，早就过了年轻气盛、血气方刚的年纪，做事自然要圆滑得多。他思虑再三，才开口说道：“看来这个杜谦没有什么问题。真要是地下党，还敢找到军事情报调查处的门上去？他的眼力倒挺好，选了宁志恒这种愣头青！不知花了多少钱，才疏通了这位宁组长！也就是宁志恒这种青壮军官，为了些许钱财和几句奉承话，不管不顾就肯站出来和我们打擂台。算了吧，这次就算他命好。放他过关！”

罗青却是满脸不甘，气愤地说道：“这军事情报调查处也太猖狂了，直接上门就下了咱们人的枪，还说他们是可疑分子！我的手下再三解释，才获准给我打了这个电话。组长，不能就这么忍了！”

“算了，不要争一时之长短！军事情报调查处现在风头正盛，深得领袖信任，已经稳稳压了我们一头，真要是闹上去，我们占不了什么便宜。再说这件事，我们各执一词难分上下。我们认为杜谦与地下党有关，这事在我们的执行权限范围，他们也可以说警察部门是他们的管辖范围。公说公有理，婆说婆有理，这是一笔糊涂账。为了这点小事，和宁志恒这种膏粱子弟结了仇怨，十分不值呀。等你到了我这个岁数就知道，逞一时之快，后患无穷啊！”

宁志恒在办公室里掐算着时间。算了算这个时候，王树成的行动应该已经结束，党务调查处那边应该也接到了消息。他倒要看看党务调查处是个什么反应！反应无外乎有两种：第一种，就是党务调查处咽不下这口气，干脆将事情闹大，直接把情况向军事调查处的高层通报。这样处里的高层自然会给自己打电话，询问事件详情，对此自己已经准备好了说辞应对！第二种自然是党务调查处不想把事情闹大，找自己私下解决。这样就会直接跟自己通话，不起波澜把事情解决。这也是宁志恒设想中最好的结果。

就在这时，电话铃声响起。宁志恒拿起电话，果然那头传来一个陌生的声音。

“是宁组长吗？我是中央党务调查处南京调查室情报三组的组长闻浩。”

“原来是闻组长，不知有何见教？”宁志恒语气平缓，不紧不慢地说道。

“宁组长，我听我的下属报告，说是和你的手下起了点冲突，发生了一点误会，这才跟宁组长联系，看能不能妥善解决这个问题。”闻浩也是客客气气地说道。

宁志恒心中暗喜，对方这么说，就说明是不愿意把事情闹大，打算低调处理！宁志恒问道：“不知道闻组长所说的是哪一件事？”

“是这样，我的手下这段时间正在调查一件与地下党有关的案子，其中牵扯到了西城警察局局长杜谦。是不是因为这件事和贵处有所误会？”闻浩说道。

“原来闻组长说的是这件事情。那可能是有一点误会！我们接到下属部门西城警察局局长杜谦报告，说这段时间有可疑分子在他家附近出没，我这才派人下去调查，没想到竟然跟贵处起了冲突。这样吧，如果党务调查处确实怀疑这个杜谦是地下党，我们军事情报调查处绝不姑息。不过毕竟他是我们军事调查处的下属，能否让我们自查，等有了结果再通报贵处？”宁志恒也是连消带打，语带机锋！

听到宁志恒的话，闻浩不禁暗自奇怪：听宁志恒的话语，这人可没有半点嚣张跋扈的强硬气势，反倒像一个久经官场的老人，说话滴水不漏，绵里藏针，让你所有的力量使不到实处，感觉难受极了。闻浩暗道这是谁家的子弟，看来自己选择低调处理是对了，否则以后可有的麻烦了！

“宁组长说的哪里话，既然是误会，解开就是了！既然是宁组长出面，我自然要给这个面子。这样吧，就按宁组长说的，杜谦的案子由你们自查，我们就不插手了。我马上下令撤回调查人员，这样处理你看如何？”闻浩主意已定，自然不想再起波澜。对这个杜谦他已经没有半点兴趣。投鼠忌器，不用为这么个小人物和其身后的宁志恒直接对上。这不是能不能的问题，而是值不值的问题。

“那好，既然闻组长如此通情达理，那宁某就多谢了！我也马上撤回调查人员，事情到此为止，得罪之处，还望闻组长不要介意。”宁志恒见好就收，能这样解决是最好了！

之后的行动就更简单了，接到命令的王树成迅速撤离，党务调查处的特工也无奈地解除监视，全体撤离。

看到事情这么快得以解决，杜谦自然是心中狂喜，暗道自己这笔钱没有白花，送出去短短两个小时，即将面临的灭顶之灾就这样平安度过了，由此可见宁组长的实力及魄力！杜谦心中主意打定，无论付出多大的代价，也要攀上宁组长这棵大树。

宁志恒这边也在仔细考虑下一步的行动。杜谦这场危机暂时度过去了，目前要稳住他，等事情淡化后，就下手解除这个隐患！其实这场危机也给自己创造了一个机会，自己一直在考虑怎样把那批珍贵的药品安全地交到地下党手中，现在反而是个好机会。

至于如何把这笔药品的信息传递给地下党，宁志恒已经有了一个初步的方案。首先找到杜谦口中提到的那个恒丰贸易公司，根据这条线找到负责运输药品的地下党首领，到那时只要巧做安排，把这批药品的信息透露出去，地下党一定会自己找上门来要求购买。这批上好的伤药，尤其是那五箱磺胺，绝对是地下党最急需的药品。然后再让左柔和左强乔装成卖家，这样一转手，任谁也不会把这些药品和自己联系在一起。

当天晚上，王树成来到宁志恒家，把八万美元现金交给他。

宁志恒特意交代道：“今天的事情做得很好，不过我还是有些担心党务调查处的那些人背后里耍手腕，你这段时间安排人盯住杜谦，一旦发现杜谦被人跟踪马上汇报给我！”宁志恒一向小心谨慎，他必须保证杜谦不会和党务调查处那些人接触，把地下党药品运输线的事情泄露出去。一旦发现有这种危险，宁志恒宁肯提前下手杀人灭口！

王树成点头答应，心里暗自嘀咕，这个杜谦不知道花了多少钱才买通了组长，能让他这么尽心尽力地出手帮忙。真是有钱能使鬼推磨，连宁组长这样的人物也难免俗哇！

第二天一大早，杜谦早早地等在军事情报调查处门口，在邵文光的指点下，远远看着宁志恒的轿车驶近，就赶紧迎了上去。

宁志恒摇下车窗玻璃，看了看杜谦，示意他上车，一起进入军事情报调查处。进了办公室，宁志恒语气平淡地问杜谦道："杜局长，昨天晚上睡得还安稳吗？"

"安稳，当然安稳了！有您的庇护，那些跳梁小丑哪里还敢出来？也就是宁组长您这样的人物，才能镇住党务调查处的那些人！这一次全靠您，卑职才能逃出生天！"杜谦滔滔不绝地一路奉承，满脸的仰慕，恨不得现在就拜在宁组长的门下！"这是卑职的一点心意，五万美元，还请宁组长您笑纳！"说完，杜谦将手中的箱子轻轻放在宁志恒的办公桌上，然后再退两步，恭恭敬敬地站在原地！

宁志恒看了看这个箱子，感觉比昨天的小箱子大了些，打开一看，嘴角不禁露出满意的笑容。"你倒是乖巧，难怪能够坐稳西城警察局长的这个肥缺。不过无功不受禄，你还有什么事情吧？"宁志恒笑着说道。

听到宁志恒的问话，杜谦赶紧说道："这都是卑职应该孝敬您的，不过卑职还是有些小心思的！"

"你说说看，如果不是什么过分的要求，我倒是可以考虑一下！"宁志恒示意他说下去。

"卑职原来是靠着警察总局副局长韩兴平的，花了大价钱走了他的门路当上这个西城警察局局长，这些年来辛辛苦苦捞来的好处，最少有一半都送到了他那里！原以为他会看在这些年鞍前马后的情分上，为我遮些风雨，可没有想到，一到关键时刻他竟然丝毫不念旧情，在电话里一听党务调查处这几个字，直接就挂断了电话。我找上门去，可他连门都没有让我进去！"杜谦哭诉着，"宁组长，我不甘心哪！"

宁志恒一言不发，直到杜谦说出他的最后目的。

"卑职想拜在宁组长您的门下。要不是您，卑职只怕已经到了穷途末路。

这一次韩兴平和我撕破了脸，绝不会再让我待在这个位子上，肯定要对我下手了。宁组长，您救了我一次，就大发慈悲，再救我一次吧！”说到这里，杜谦扑通跪在地上，哀求道。

“你想拜在我的门下？呵呵，天下哪有这么便宜的事，就这点钱我还没有看到眼里！”宁志恒冷笑一声，拍了拍桌子上的皮箱，“我说过，想借我这把刀，你还不够资格！”

杜谦听到这里眼睛一亮。宁组长的话很明显，不够资格，这是嫌钱少！没有关系，只要愿意收，能让自己保住这个位子，多少钱还怕收不回来吗！

“卑职愿意把韩兴平的那三成份额敬奉给您，只求保住这个位子，以后为您牵马坠镫，效犬马之劳！”杜谦赶紧说道。不要以为三成是个小数目。这警察局又不是韩兴平一个人的，他只不过是这些伸手要钱的人里面要得最多的那一个，最后落到杜谦手里的也不过三成。所以杜谦这次也算是豁出去了，既然已经交恶，干脆把韩兴平扫地出门。

“好吧，杜谦，只要你懂得做事，我就给你一个机会。不过，我这个人最恨口是心非之人，以后我安排的事情你不能打半点折扣地执行！”宁志恒这才开口应允。

“谢谢组长，谢谢组长，卑职一定唯组长之命是从，绝不打半点折扣！”杜谦听到宁志恒的话大喜过望。只要有了宁志恒的庇护，韩副局长就再难动自己分毫，这个位子还是自己的。没想到这一次因祸得福，找到了一座更大的靠山。

“这个韩兴平身后有没有人，他的根脚你清楚吗？”宁志恒问道。

“他是警察厅副厅长温绍的手下，别的后台倒没听说！”杜谦老实地答道。

宁志恒点点头，说道：“你可以放出风声去，就说是我的人，看看韩兴平有什么动作。如果他不识相还是要动你，我自然会为你出面！”虽然宁志恒知道这个韩兴平不敢和自己别苗头，不过财帛动人心，巨大的利益摆在面前，难保这个韩兴平不会做出什么事情来。不过现在稳住杜谦最重要，其余的再慢慢安排！宁志恒突然问道：“还有一件事，你昨天说的那个恒丰贸易公司，他们出面和你打交道的人是谁？”

杜谦一听就知道宁志恒这是要查自己汇报的那件事，赶紧说道：“是恒丰贸易公司的老板万华荣！”

“那个货单写的是什么货？”

“写的是棉布布匹。两辆卡车，半车棉半车药，外面摆的是棉布，里面全都是药品！”

“这件事我们军事情报调查处会去查，你留意一下，只要再发现那几个熟面孔的司机和车辆，马上报告给我。再强调一遍，你要管住自己的嘴，不能和任何人提及此事，否则军法从事，明白了吗？”宁志恒再次警告。

“明白了，卑职一定不会再和任何人提及此事，请组长您放心！”杜谦赶紧再次保证道。

杜谦得了宁志恒的允许，拜在了他的门下，顿时觉得心中前所未有地踏实，满心欢喜地退出宁志恒的办公室！

杜谦走后，宁志恒坐在座椅上，仔细思虑着。恒丰贸易公司的老板万华荣！这个人是地下党吗？宁志恒在心里打了一个问号！这条药品运输线以前一直是吴泉江出面和杜谦接触的，地下党应该不会在一条运输线上安排两个人出面，这样不安全，还要给杜谦交两份好处，估计地下党的财力还没有奢侈到这种地步。

宁志恒更倾向于这种情况：吴泉江暴露后，药品运输线被迫截断，可是康元口关卡和乔水湾关卡是运输药品的必经之路，根本绕不过杜谦这个环节。于是地下党为了重新打通这条运输线，又通过恒丰贸易公司的老板万华荣，把药品混在他的货品里运输出南京！

看来必须对万华荣进行监控了，这件事情事关地下党组织，必须做得极为保密才行。这件事情交给谁好呢？宁志恒心中犹豫不定！

他现在手下的势力基本分为三部分。实力最为雄厚的自然是自己的第四行动组，共有十二名黄埔保定系的军官、一百二十名军中挑选的精锐。可是这部分势力只能在对付日本间谍，或者执行军事情报调查处下达的任务时，才敢放心使用。

还有就是以刘大同为首的外围势力，这部分势力可以为自己提供更多的消息和线索来源，还可以配合自己的行动组完成一些辅助的任务，但是这些人手现在也为众人所知，再加上刘大同在外面大肆宣传，说自己是宁志恒的手下，现在也根本谈不上什么保密可言了！

第三方力量，就是刚刚收服的左氏兄妹三人。这三个人投靠宁志恒，到目前为止只有宁志恒的第一心腹孙家成知道，可以说三兄妹是宁志恒手下最隐秘的力量，而且他们身手好，左柔还精于乔装，都是行动的好手！

看来调查地下党的事情，还是要交到左氏兄妹三人手上。

就在他左右权衡之时，办公桌上的电话铃声响起。他拿起电话，原来是刘大同打来的。

“组长，我是大头！”刘大同恭声说道。

“是大头哇！有什么情况吗？”宁志恒开口问道。

“嗯，组长，其实是延庆，他有些事情想找你！”刘大同有些吞吞吐吐，但最后还是忍不住说了出来。

听出刘大同的语气有异，宁志恒不禁有些奇怪，陈延庆也是自己最早收拢的手下之一，他有什么不好找自己说的。宁志恒不知道陈延庆到底有什么事情找自己，但只要是不方便说的情况，他从来都不在办公室的电话里交谈，便说道：“那好，我们在红韵茶楼见，你带延庆来见我，有事当面说！”

出了办公室，宁志恒一路快行，很快来到红韵茶楼。他要了自己常用的包间，点了一壶上好的龙井，等着刘大同和陈延庆到来。

时间不长，刘大同和陈延庆也驱车赶到，一起走进了包间。

“组长！”两个人躬身道。

“都坐吧，延庆，有什么事情找我？”宁志恒挥手示意二人坐下，直截了当地问陈延庆。

陈延庆是宁志恒最早的班底之一，做事有头脑，心思缜密，是宁志恒外围势力中最得力的手下。宁志恒对他印象非常好，从来没有对他说过重话，所以两个人相处并没有那么拘束。可是今天陈延庆却有些奇怪，眼神躲躲闪闪，好像是有什么难言之事。

“组长，延庆是想问，您对郭小姐到底有什么安排？”看到陈延庆支支吾吾半天不说话，刘大同终于忍不住替他说了。当初刘大同投靠宁志恒，最早找的帮手就是陈延庆和刘永，两个人是莫逆之交。这一次他看陈延庆为难，就自告奋勇替他打电话约宁志恒。

“郭小姐？什么郭小姐？你说的是什么事情？”宁志恒一时间被问得有些

摸不着头脑。

刘大同和陈延庆看着宁志恒茫然不知的表情，顿时心中有了一丝希望，看来事情和想象的并不一样。

“郭小姐，郭如雪小姐！”陈延庆赶紧说道，“就是被那三个杀人凶犯占了房子的那位郭如雪小姐！”

哦！就是那个戴大光的外室。如果不是陈延庆提醒，宁志恒几乎都快忘了这个女子。好像这个郭如雪还是陈延庆单相思的女子，只是陈延庆不知道她早已经是戴大光的女人，后来调查知道内情之后，情绪低落至极！

怎么回事？难道是旧事重提，他还对郭如雪念念不忘？可这是你情我愿的事情，找我有什么用？难道要我做媒人不成？宁志恒用奇怪的眼光看着陈延庆，问道：“哦！我记起来了，这个女人怎么了？”

陈延庆有些尴尬地说道：“这个郭如雪小姐是个好女人，只是所托非人，才遇到了戴大光那样的浑蛋。如今戴大光已经被抓，家产也被查封，老婆孩子不知去向，就剩下郭小姐孤孤零零一个人。组长若是对她有意，还请要好好待她，我……”

“等一等！”宁志恒越听越糊涂，有些气急败坏地说道，“你们到底想说什么，我什么时候对她有意了？这到底是什么情况？”

刘大同看着宁志恒，突然觉得自己这些人真的想多了，组长好像根本就没有对郭如雪有半点想法！“组长，这个，这个郭小姐已经关在看守所里有一段时间了。戴大光的案子已了结，您看要是没有具体的安排，是不是先把她放回去？看守所那个地方不吉利，环境也不好，郭小姐的身体怕吃不消了！”

我去！宁志恒这才想起来，他当初下手抓捕戴大光，顺手将郭如雪和两个保镖也一起抓了回来，时间过去这么久了，他对这个郭如雪忘了个干干净净。此时，宁志恒不禁有些尴尬。这段时间他的事情太多，总是一件事情接着一件，早就忘记这件事情了！

“怎么回事，这个郭如雪还没有放回去吗？”宁志恒故作惊讶地说道，很巧妙地掩饰了那一丝尴尬之色。

刘大同和陈延庆一脸无奈地看着宁志恒，刘大同苦笑道：“组长，郭如雪和那两个保镖是您亲自抓回来的，当初您还特意交代老廖，说是怕消息泄露，要把他们隔离看押，不能与外界接触。

“关了这么长时间，您一直不开口。我们下面的人还以为您对这位郭小姐有自己的安排，所以我们谁也不敢放人！这次如果不是郭小姐身体熬不住，生了病，延庆也来向我求情，我都不敢提这件事情，毕竟这可是间谍大案，事关重大！”

原来是这么回事！宁志恒这才恍然大悟。下面的人看着郭如雪秀丽可人，宁志恒又迟迟不肯放人，自然就想到别的地方去了！这也让一直犯单相思的陈延庆饱受煎熬：以郭如雪的相貌，哪个年轻男子不喜欢！宁长官年轻气盛，血气方刚，对她起了心思完全正常。

如果真是宁志恒看上了郭如雪，陈延庆只能断了这份心思，毕竟自己和宁志恒的地位天差地远，根本没有可比性。可现在看来，好像宁志恒根本就把她这个人给忘了，顿时他觉得天都变蓝了许多，纠结了多日的心思也终于放下来了！

宁志恒也知道是自己的一时疏忽，让郭如雪和那两位保镖到现在还身处囹圄。尤其是对这个郭如雪，宁志恒根本没有什么具体的印象。那天晚上把她和戴大光一起抓进看守所，自己的注意力一直在戴大光身上。他到现在都想不起她的容貌了，又何谈怀了色心！

“咳咳，是我疏忽了。这样吧，大同，马上放了郭如雪和那两个保镖，最好由延庆亲自去接出来。延庆也是近水楼台先得月，日后若是真有走到一起的那一天，我出重礼向郭小姐道歉，哈哈！”宁志恒说着说着，忍不住哈哈大笑了起来。

陈延庆被宁志恒打趣得有些尴尬，但还是高兴地说道：“多谢组长，我这就去接郭小姐！”

一场误会解除，刘大同看着陈延庆一刻也不愿意耽误的焦急样子，也只好向宁志恒告辞，匆匆出了红韵茶楼，赶往警察局看守所接郭如雪出狱去了。

宁志恒也起身出了茶楼，一路赶往左氏兄妹的住宅。他来到院门口，手指在大门上有节奏地敲击了数下。这是他和左氏兄妹预先设定好的敲门声，听到这个声音，里面的左氏兄妹就知道是宁志恒来了。

很快，左柔开了院门。宁志恒进入院子里，看见左刚和左强都出来迎接他。

他诧异地问左刚：“怎么这么快就回来了，人送到了吗？”左刚前些天送戴大光的老婆孩子回苏州老家，没想到这么快就回来了。

左刚点点头，说道："刚刚回来，正准备晚上去向少爷您报备一声！"显然他也听妹妹和弟弟说了，以后都要称呼宁志恒为少爷。

"少爷，有事情让我们做吗？"一旁的左柔问道。

宁志恒点点头，被三个人迎进房间，才开口说道："现在交给你们一件事，这段时间去调查一件案子。"

"什么案子？"左刚问道。

"恒丰贸易公司，老板叫万华荣，摸清这个人的情况报告给我！"宁志恒说道。

"少爷，要我们监视他吗？"左强跃跃欲试地问道。他早听说宁志恒他们这一行最擅长的就是盯梢跟踪，然后抓人归案，现在自己也可以试一试了！

宁志恒瞥了他一眼，说道："暂时不用。他是个做生意的，一天接触的人太多，你们没有目标监视他也没用！"宁志恒略微思虑了一下，又说，"目前先查下他公司的一些基本情况，这个人我不想惊动他，最好从他身边的人入手。"

宁志恒现在无法确定万华荣是不是地下党，不敢贸然询问，所以决定先采用间接调查的手段。

一个公司运营，不是光有老板一个人就可以搞定的。万华荣只是出面和杜谦做好沟通，疏通关节，其他的事不可能都亲力亲为。夹带货物肯定有一批人参与运作，库房里是不是有入库的记录？公司里的会计要开货单办理入税手续，手下负责运输的人要带车货过关卡……这一系列的工作都要有人去做，这些环节才是宁志恒要着手调查的目标！

第十章
药品交易

对左氏兄妹又仔细交代了一番，宁志恒这才返回军事情报调查处。

三天时间很快过去了，一切事情都还顺利。负责监视杜谦的赵江回来禀告，党务调查处的特工确实已经撤离，没有人再跟踪杜谦。宁志恒让他继续监视，不可懈怠。杜谦已经在外面大肆宣称，自己的新靠山是军事情报调查处的宁志恒组长，结果到现在为止，警察总局那边也没有什么异动。

倒是左氏兄妹这边的调查有了一个大概的结果。

左家的客厅里，宁志恒看着手里的几页材料，问道："这些情况都摸清了吗？"

左刚恭声说道："大概的情况都查了查，可没有再往细里查，怕露了行迹。"

宁志恒点头说道："有这些就行了。今天晚上我们去走一趟，先查恒丰贸易公司的库房，如果没有入库记录，就查他们的账本！"宁志恒的想法还是先从货物的运输流程上查起，凡是有可能经手货物运转记录的环节都查一下，看看有没有线索。

当天晚上，左柔将宁志恒和左刚乔装打扮了一番，两个人顿时老了许多，额头的皱纹堆起，身穿蓝色工人装，一水的中年工人模样！

两个人一路赶到恒丰贸易公司的库房院外。院墙很高，但对于二人来说都不是什么问题。左刚和宁志恒分别纵身翻过去。左刚知道宁志恒的身手一定不错，可是亲眼看见宁志恒那动若狸猫的轻盈敏捷，举手投足悄无声息，不禁暗自赞叹。

来到院里一处两层瓦房附近，左刚指了指，低声说道：“楼下住着一个值班看守，楼上是办公室，入库的记录应该在楼上。”

宁志恒点了点头，左刚示意让他稍候，自己慢慢上前。这两天他已经踩好了点，轻车熟路地摸索一下，就潜入房屋里。

不一会儿，左刚打开房门，向暗处的宁志恒挥了挥手，宁志恒这才快步上前进了房间。“人已经迷昏了，现在就是打雷也醒不了！”左刚指了指房间里，这些是他做惯的，根本没费什么工夫。

宁志恒也是暗自点头，论身手，自己的手下里也就孙家成能够压得住左氏兄妹，但是这些江湖手段只怕也有些不如。

两个人上了楼，宁志恒示意左刚不要乱动，自己先把房间内部的环境和布置强行记忆下来，然后才开始搜索。

左刚在一旁看着宁志恒搜索的动作轻巧，每一处搜索完都仔细地恢复原样，才知道为什么不让他插手。看来真正的特工做事的手段要比自己细致得多。

宁志恒很快找出了一个记录簿，打开一看正是出入库房货品的记录。他仔细查看近二十天的出入库记录，尤其是一个星期前的，可惜根本没有那批棉布的记录。看来这批货是直接发运的，没有在这里转手。

宁志恒并不感到意外，他只是一步一步地排查。如果能够从这里查出那批棉布的记录最好，如果没有，那就继续往上查。这么大一批货品倒手转运，不可能一点痕迹都没有留下。

将所有痕迹清理干净，两个人按原路退出库房大院，等到明天值班人员醒来，就算发觉出哪里不对，也找不到问题所在。

然后两人又来到不远处的恒丰贸易公司，左刚指着眼前的办公楼说道：“二楼东侧都是恒丰贸易公司的办公室，楼梯口右转第三间就是会计室！这里晚上没有值班人员，只是他们的门锁很结实，是双孔道的新锁，开起来要费一些时间！”

宁志恒点头，看来左刚办事很仔细，这两天把所有情况都摸清了，准备工作做得非常充足。

两个人手脚利索地爬上二楼，从楼梯口的通风窗内进入大楼，很快来到恒丰贸易公司的会计室门口。

左刚拿出一个布包，展开后全是各种小巧的开锁工具。

“那就交给你了，不要着急，慢慢来，别损坏了锁芯！”宁志恒说道。

左刚点头，开始动手解锁，时间一点一点过去，终于听到啪的一声轻响，锁环轻轻打开。

两个人推门而入，回身轻轻掩上房门。和上次一样，左刚站在门口没有动，宁志恒自己负责搜索。

这间会计室里布置得很简单，宁志恒大致记忆了一下，就开始搜索。他在房间的角落里发现一个小型保险箱，里面应该有比较重要的东西。但愿货单不会藏在保险箱里，要真是这样，宁志恒就只能放弃，他和左刚都没有毫无痕迹地打开保险箱的本事，那下一步就只能从恒丰贸易公司的办事人员入手了，可这样一来就有可能走漏风声，惊动目标，这和宁志恒的初衷相违背。

宁志恒仔细查找着近二十天的单据记录，幸好他的运气不错，这种普通的走货单据还没有那么重要，宁志恒终于找到了想要的东西。这是一张八天前的购买单据，上面标明了恒丰贸易公司从德茂公司购进过一批棉布。时间和商品都对得上，应该就是杜谦所说的那批货了。宁志恒记下了单据内容，赶紧将物品恢复原状，清扫痕迹，和左刚退出了会计办公室，锁好房门，原路返回。

这时已经是深更半夜，两个人一路回到左家。宁志恒交代左刚道：“找出这个德茂公司，查清楚这个公司的背景和情况，尤其是公司的负责人，还有他们公司运输车辆的情况，然后尽快汇报给我。”

左刚点头领命，宁志恒才回家休息。

左刚动作很快，第二天晚上就把调查的情况详细地向宁志恒汇报：“这个德茂公司在恒丰贸易公司附近，是一家刚刚成立的新公司，门面不大，规模一般，公司的经理就是老板，叫祝洪波，有四十出头。”

“刚刚成立？有多少天了！”宁志恒问道。

“半个月左右！”左刚回答道。

宁志恒听到这里，就知道自己的目标应该是对的。吴泉江出事有二十多天了，地下党组织的运输线要潜伏一段时间，然后着手建立新的药品运输线，就开了这家德茂公司，这时间上的脉络是很清晰的！

“有没有运输车辆？”宁志恒问道。

“他们的后院就是一个大院，我从门口经过的时候就看见一辆旧卡车停在那里。他们公司的规模不大，应该养不起再多的车辆了！”左刚说道。

“监视这个祝洪波，把他一天到过的地方、见过的人都记录下来。记住，只需要记录地点和人，其他的内容都不需要。不要靠得太近，你们没有监视的经验，容易惊了他！”宁志恒吩咐道。他不了解左氏兄妹是否有跟踪目标的能力，不敢冒险。

“知道了，远远地记录，绝不靠近！”左刚点了点头。老实说监视人这种事情他们也做过，还是有一定经验的。

“还要多留心他们后院停留的运输车辆的情况，如果有变化也要及时通知我！”宁志恒再次吩咐道。

接下来的两天一直风平浪静，直到杜谦打电话汇报。

“组长，现在恒丰贸易公司的那两辆卡车已经返回，正在康元口关卡接受检查，您有什么指示？”杜谦恭敬地问道。宁志恒特意向杜谦交代过，对自己新主子交办的事他怎敢有丝毫懈怠？所以这五天来他一直盯在康元口关卡，就怕漏过了目标。今天终于有了发现，他赶紧第一时间上报给宁志恒。

“车上拉的什么货物？”宁志恒问道。

“单据上列的都是很普通的内地特产，我们仔细查过了，没有问题！要我把他们扣下来吗？”杜谦小心地问道。

“正常的货物运输扣什么？放行！”宁志恒不愿意在电话里多说，简单吩咐了一句就挂了。

宁志恒放下电话后，又觉得轻易放过这个线索很不稳妥，也许这正好是寻找地下党组织的一个好机会。于是他又拿起电话给杜谦拨打回去，吩咐道：“你先找个借口拖时间，等我的人到了再放行！”

宁志恒放下电话，心想只要跟踪上这两辆货车，就能找到真正夹带药品的地下党组织。如果最后能够把德茂公司和这两辆卡车连在一起，就说明自己的判断没有问题，左氏兄妹监视的目标也是对的！

他对地下党组织的调查是最隐秘的事情，除了左氏兄妹，他只能动用自己的心腹，于是他拿起电话说："老孙，到我这里来一趟！"

很快，孙家成敲门而入，问："组长，你有事找我？"

"你现在就赶到西城康元口关卡，找到杜谦，按照他的指引，确认两辆恒丰贸易公司的货车，跟踪他们，一路找到他们的最终落脚点。"宁志恒吩咐道，突然又想到了什么，补充道，"把车牌号换了，不要惊了目标！"

"是！"孙家成领命而去。

事情安排完，一直等到下午三点，孙家成才打来电话："组长，两辆货车先是去了恒丰贸易公司的仓库，卸下一部分货物，然后开出来进入了一家大院，现在还没有出来。我看院前有个小招牌，写着德茂贸易公司六个字！"

"好，监视到此为止，你马上回来！"宁志恒命令道。这就对上了，自己的侦查方向没有错，德茂贸易公司就是地下党组织新建立的据点。

宁志恒晚上回到家不久，房门外就传来了极有节奏的敲门声，听声音应该是左氏兄妹来汇报进展情况的！

宁志恒打开房门，看到两个皮肤黝黑的中年男子，从体形上认出这正是左氏兄弟。他们的面容显然被左柔化过装，只有身边熟悉的人才能够认出他们的本来面目。

左氏兄弟进了屋，左刚一坐下就急切地向宁志恒汇报道："少爷，今天德茂公司后院开进来两辆货车，车上装了一部分货物，都卸在了德贸公司后院。"

宁志恒点头表示明白，然后问道："这两天，你们跟踪德茂公司的经理祝洪波的情况怎么样？"

听到宁志恒的问话，左刚赶紧从身上掏出一个记录本，递给了宁志恒，汇报道："这是两天来祝洪波的行踪记录。德茂公司刚成立，生意很清淡，一天没有几个客户上门。祝洪波每天大部分时间都在德茂公司上班，偶尔出门。

"昨天上午和下午他分别出过一次门，都是在附近的茶楼与人见面。来的那两个人都身穿考究的长衫，一副生意人打扮。后来我们分头跟踪，把这两个人的身份也记录下来了，他们都是附近的生意人。

"今天上午祝洪波去了城南一家中医诊所看病，然后就回了德茂公司。下午的时候，那两辆货车进入公司后院，他在监督收货。然后又去那一家中医诊所看病，晚上回到家之后就再也没有出来。

“这就是他这两天的行踪，我们并没有发现什么可疑人物和他接触。”

宁志恒听完左刚的讲述，看着手中记得密密麻麻的记录，点头赞许道：“做得很好。能做到这一点已经非常不错了，你们做得比我预想的要好。”

左刚和左强听到宁志恒的夸奖，心里非常高兴。他们知道自己这位少爷向来少见笑脸，脾气又冷又硬，能够得到他的赞许真是不容易。

宁志恒仔细翻阅着手中的记录，脑子飞快旋转，不停地思索着。从记录和左刚的讲述中，看似都没有什么异常情况。祝洪波昨天在贸易公司里接触的几个客户，因为资料缺乏，宁志恒无法推断其身份，只能暂时放到一边。他出门接触的两个人，左刚他们都已经落实了身份，也没有什么可疑之处。但有一点很可疑，那就是他今天上午去了城南一家中医诊所。

“普安中医诊所！”宁志恒看着记录上的这个名字，喃喃自语地念叨。直觉告诉他，这个普安中医诊所有问题！

德茂公司是在城西，这家中医诊所是在城南，以南京城的地域范围而言，这城西和城南中间的距离可不短，看病有必要去这么远的诊所吗？当然，也有可能是这个中医诊所的大夫医术高超，有很多人远路慕名前去就诊。可是祝洪波下午在德茂公司接到货车之后，竟然还专门又去了趟普安中医诊所。这一次去又是为什么呢？是不是说明，他需要把这一次货车回城的情况向某些人进行汇报呢？

想到这里，宁志恒转过身问左刚道：“这两次祝洪波去中医诊所，出门之后手里拿着药吗？”

左刚和左强仔细回忆了一下，最终左刚说道：“他上午离开中医诊所的时候，手里是拿着药的，至于下午有没有，我记不太清楚了！”

“没有！我记得清楚，下午他出中医诊所的时候，是空着手出来的，我不会记错！”一旁的左强突然说道。他的记忆力很好，观察得也仔细。

听完左氏兄弟的话，宁志恒明白了，这情况就对上了。祝洪波上午去中医诊所，应该是双方约好的见面，普安中医诊所早就有准备。祝洪波在与他要见的人见面之后，谈完事情拿走准备好的药包，这样可以掩人耳目，旁人看见了也不起疑心。可是祝洪波下午去普安中医诊所显然是突然造访，里面的人来不及给他准备好伪装用的药包，所以他出门的时候空着手。

宁志恒接着问道："这家普安中医诊所的情况打听了吗？坐诊的大夫是谁？医术怎么样？在附近的口碑怎么样？"

这一连串的问话，显然让左氏兄弟有些猝不及防，他们并没有注意到这些。不过宁志恒也没有怪他们，他们已经查得很仔细了，只是自己的要求有些高。好在左强的记忆很好，他仔细回忆了一下，最后不确定地说了一声："那家诊所进出的人不多，看病拿药的人也不多，看招牌也都是新的，像是新开张的。至于坐诊的大夫是谁，还有医术怎么样，我们都没有注意到，等明天我们去仔细调查一下，回来向少爷您汇报！"

又是一家新开张的中医诊所！宁志恒听到这里，心中已然确定了目标。这么多的线索和迹象都表明，这家诊所里面的人就是德茂贸易公司老板祝洪波的上线，他的身份应该是诊所老板或者就是坐诊大夫本人。看来自己这段时间想要找的人终于现身了。

"明天你们带我去这家中药诊所，我想亲自确认一下。"宁志恒说道。左刚兄弟点头应命。

第二天一早，宁志恒来到左家，左柔将三个人乔装打扮成街头苦力的模样。在左刚的指引下，三个人一路来到城南普安中医诊所。宁志恒偷偷抬眼观察，发现这家诊所的房屋和门板比较陈旧，是处老房子，但是诊所外面的那块"普安中医诊所"的招牌却是崭新的。

时间还早，三个人在中医诊所附近找了个食摊，随便要了点早饭。宁志恒装作无意地向摊主打听普安中医诊所，说是前来看病，不知道这家中医诊所的坐诊大夫医术怎么样。

摊主随口回答道："这家中医诊所开了没多久，坐诊的大夫姓程，医术还不错，人也很随和。"

听到这话，宁志恒的心里就很有数了。

这时候普安中医诊所已经开了门，左刚低声开口问道："要不要我先进去看一看？"

宁志恒摇了摇头，说道："先不要着急。诊所刚开门，看病拿药的人很少，现在进去太惹眼了。等会儿人多些，我自己亲自进去看一看，你们在这里等我。"

一个小时过去了，进入诊所的人慢慢多起来。宁志恒仔细整理了一下身上的衣着，确定没有什么破绽，便缓缓向普安中医诊所走去。他混在几个病人中走进大堂。对面长长的柜台后排着一整面墙的中药百子柜，两个伙计正在招呼客人，手脚麻利地取药称药。在大堂的东北角，单独有方药台，一位戴着眼镜、气质儒雅的大夫正在聚精会神地给一位病人把脉。

宁志恒有意无意地慢慢凑了过去，待他走到近前时，竟然发现这位程大夫似曾相识！

宁志恒的记忆力超乎常人，尤其对人的面容特征几乎过目不忘。只要是他曾经见过并留心过的人，哪怕事隔很长时间，他都能回想起来。而眼前这位程大夫，正是他半个月前才刚刚见过面的人。

原来就是抓捕左氏兄妹三人的那一天，宁志恒封锁了附近的三条街道，困住了许多市民，当时被宫季安认为是可疑分子的人都被抓了起来。被抓的人中有方博逸家里的用人郑大有和他的一位乡下亲戚。当时那位穷亲戚身上破破烂烂，一副落魄之像，郑大有解释说是乡下土财主的账房先生，可是宁志恒心里明白，这个能让方博逸身边人接应的人，在地下党组织内的地位一定很高，所以第一时间就放他们走了。

现在这位“穷亲戚”已经完全换了一副模样，皮肤白皙干净，身着素青长衫，举手投足间透出一副儒医风范。如果不是宁志恒的眼力和记忆力远超常人，根本不可能把这两个人联想到一起去。

宁志恒一认出这位程大夫，马上转身，若无其事地在大堂看了几眼，就施施然出了中医诊所。出了诊所的大门，他不紧不慢地走到左氏兄弟面前，使了一个眼色，两人便起身跟在他的身后走。走出一段距离后，宁志恒才说道：“监视中医诊所那个坐堂的程大夫，要求还是一样，只远远地记录行踪，不要靠近，随时向我报告！”

左氏兄弟赶紧点头领命，自行布置监视。

自从杜谦向宁志恒报告了地下党组织的药品运输线的线索，宁志恒开始着手进行调查。到今天为止，短短的六天里，宁志恒就顺藤摸瓜，悄无声息地找到了南京地下党组织药品战线的负责人，代号“苦泉”的程兴业！可以说，现在南京地下党的主要领导人“青山”方博逸、“苦泉”程兴业都已经暴露在了宁志恒的目光之下。接下来就要考虑如何才能不露痕迹地把那批药品卖给这位程兴业大夫，这需要好好地设计一下。

当天晚上，宁志恒取出几天前王树成上交给他的八万美元，这笔钱他准备交给“农夫”夏德言。

自己手上的那批药品价值巨大，尤其是那五箱磺胺多息太过于贵重了，每天一个价，一路走高。这批药品要卖给地下党，市价最少也要十五万法币，也就是两万五千美元左右。这可是一笔数额不小的货款，他估计以地下党的财力，短时间很难凑够这么多资金。

但是他又不能降低价格卖给那位程大夫，事出反常必有妖！只要这场交易中有半点异常，都会引起对方的怀疑，导致交易失败，所以这批药品不仅不能降价，而且要故意提高价格。

所以他必须通过农夫把这笔钱交给地下党组织，不然这笔交易很难短时间内成交，他可没有时间把精力都放在这批药品上面。再说药品都是前线急需的，早一天送到前线，就可以多救回一些战士的生命。

至于这么做会不会让地下党组织把影子和这笔药品交易联系起来，宁志恒觉得可能性很小。因为就地下党组织的结构而言，农夫夏德言和药品战线根本不是一条线，他甚至不知道药品战线上的负责人是谁。而影子是农夫夏德言的下线，两条战线上的情报员互不认识，信息不通，所以没有人会突发奇想，把影子和药品交易联系到一起。

宁志恒换上黑色便装，提着皮箱，借着夜色一路赶往青石茶庄。

这里他早就轻车熟路，轻手轻脚地来到后门，仔细聆听了片刻，然后用手轻轻地敲击房门。之后再仔细倾听，没有什么动静，就再次敲击房门。这次他敏锐的听力很快捕捉到了屋子里有人活动的声音。他赶紧将皮箱放在房门口，然后迅速藏在不远处隐蔽的角落仔细观察。

屋子里的夏德言其实并没有完全睡着。他的神经有些衰弱，这是做这行的通病，每天都处于精神高度紧张之中，身边一点风吹草动都可能引起他们的警觉。

这段时间尤其如此。二十多天前地下党组织经历了多年以来最危险的时刻，组织的高层吴泉江暴露，如果不是影子及时报信并出手挽救，等待地下党组织的将是一场惊天浩劫。

自从那个时候起，方博逸和夏德言都知道了影子出色的行动能力以及他对党组织的重要性。方博逸甚至给夏德言下达指令，要求他专门负责等待影子的联系，最好能确认其身份，接回影子和地下党组织的联系。

这段时间以来，夏德言每天都在焦急地等待影子的出现，但是这个神秘的下线影子自从上次现身之后就再也没有消息。影子与夏德言的两次联系都是在深夜，所以夏德言每到夜晚都有意识地提高警觉，生怕错过了和影子联系。他想在下一次联系的时候看到自己这个神秘下线的真面目。

今天晚上仍然如此，夜深之时他处于半睡半醒状态，突然听到后门响起熟悉的敲门声，他几乎就在瞬间睡意全无。这是影子来了！除了他，谁会深更半夜敲自己的后门？这是影子独有的联系方式。

当第二次敲门声响起时，夏德言小跑着赶到后门口打开了房门。门口不见人影，他正要出门观看，就感觉脚下被什么东西绊了一下，低头一看，竟然是一只皮箱。

他拎起皮箱，又向外走了两步，四下里观察，但是周围黑漆漆一片，根本什么都看不见。看来影子还是不打算跟他见面。夏德言叹了口气。他甚至知道，现在影子就在黑暗之中的某个角落里注视着自己，他却无法让影子现出身来。

知道这一次仍然无法如愿，夏德言拎着箱子转身回屋，把房门仔细关好，回到房间打开灯，将皮箱放在桌上。

不知道这次影子又给他带来什么东西，他将皮扣解开，轻轻地掀开箱盖。顿时，满满一整箱叠得整整齐齐的崭新美元呈现在他的眼前！花花绿绿的钞票上面放着一张白纸，夏德言伸手拿起来，只见上面写着：

骤得巨财，交与组织，充作经费！

这些字仍然是铁画银钩的宋体，下面的落款正是那个熟悉的行云流水般的“影”字！

夏德言看着这个“影”字，又看了看眼前装钱的皮箱，半晌无语。影子这次没有给他带来任何情报，只是单纯地将这满满一箱美元送了过来。

夏德言将箱内的美元仔细清点了一下，总共八万美元，绝对是一笔巨款。

他轻叹一声，将钱仔细收好。这笔钱放在他这里太不安全了，必须尽快上交给组织。

第二天中午，在城南一间隐蔽的地下室内，南京地下党组织的领导人方博逸与夏德言默默地相对而坐。

桌子上摆放着那只装满美元的皮箱。方博逸仔细端详着手中那张有“影”字签名的白纸，良久才轻轻地把白纸放回桌上，叹了一口气，说道：“也就是说，这一次你仍然没有接触到影子。党组织亟须接回影子的组织联系，而你甚至无法将这个决定转告给他！”

夏德言双手一摊，苦笑着说道：“我现在根本无法和他面对面地接触，影子似乎决定以后都用这种方式进行单向联络。其实我觉得这种方式也比较好，至少更加安全。我们做过分析，影子能够获悉国民党内部高度机密的情报，他的身份一定是非常敏感的，他采取这样的单向联系方式也是情有可原的。毕竟组织里越少人知道他的身份，对他来说越安全。说实话，我们自己也不能够保证党内不会出现叛徒，或者出现致命的疏忽！就像这一次的吴泉江事件，谁能想到，竟然是吴泉江从小养大、视为己出的孩子出卖了他。影子这样做也有一定的道理！”

方博逸听完这话，沉默了半晌，无奈地摇头说道：“可是我们无法主动联系他，就无法确定他的身份，也就不能安排适合他的特定任务。就像现在这样，我们实在太被动！”

夏德言也很纠结，不禁有些感慨地说道：“老实说，我现在非常后悔，当时为什么不坚持把路明同志留下来，尽全力阻止他去接头，那是极为危险的冒险行动！现在看来，造成的损失简直无法估量。我们不仅损失了他这样一位久经考验的老战士，而且失去了和影子的联系。如果当时他先把影子的身份告诉我，就不会出现现在这样被动的局面！”

“算了！”方博逸挥手打断他的话，不无感慨地说道，“影子有他自己的考虑，我们也要体谅！毕竟就安全性而言，他这么做更为恰当。再说他对党的忠诚是不容置疑的，这一次他在吴泉江事件中的表现足以证明这一点！现在他又送来了如此巨大的一笔款项。这八万美元，足以装备起一支战斗力强悍的武装，配备最精良的武器、最先进的军用电台，战士们可以吃上更多的粮食，伤员可以用上充足的药品得到及时治疗，我们也可以极大地改善自己的斗争环境，作用实在太大了！

“老夏，你是党组织和影子的唯一联系纽带。一旦你出了意外，影子就跟组织断了联系了。正因为这样，你对自己的安全要小心再小心，坚守住你的岗位，就是对党最大的贡献！”

听完方博逸的话，夏德言点点头，郑重地说道：“老方，你放心吧，我明白自己的作用，我会尽全力为组织接回影子的联系！”

时间又过去了两天，一切风平浪静，普安中药诊所的程兴业像往常一样正常开门营业。

程兴业这段时间的心情还算好，自从他接手药品战线以来，工作开展得比较顺利。他的前任把整条药品运输战线完整地给他保留了下来，各项工作正有条不紊地恢复和运转着。对药品的运输，程兴业及时采取了新的措施。他安排助手祝洪波，花重金说服了恒丰贸易公司的老板万华荣，采用货品夹带的方式，顺利地将一批药品运出了南京。但是他对此仍然不满意。

这条药品运输战线上唯一的漏点就是这个万华荣。此人不是地下党组织内部的成员，只是一个唯利是图的商人。他能够成为药品运输战线上的一环，完全是权宜之计。当然他也是整条药品运输战线上的一颗定时炸弹，不知道什么时候会引爆，随时可能威胁到整条运输战线上同志们的安全。对此，程兴业一直深感忧虑，就长远而言，他必须建立一条更加稳固的运输线！

九点多钟，祝洪波赶了过来。祝洪波是上一任负责人“苦泉”吴泉江最得力的助手，为人精明能干，工作能力极强。有很多苦泉不方便出面的工作，都是由他来完成的，他在这条药品战线上的地位也非常重要。

程兴业见祝洪波进来，微微点了点头，祝洪波便若无其事地穿过大堂径直向里面走去。

程兴业不动声色地为面前的病人把脉，开好了药单，然后起身客气地向等待的病人告了一个罪，示意他们几位稍待，便转身回了后堂。进了后堂，他向等待自己的祝洪波问道：“今天有什么事情吗？”

祝洪波放下手中的茶水，点了点头说道：“我得到了一个消息。之前和我们有联系的那位西城区警察局长杜谦，前段时间还吓得不敢露面，可是几天前却四处张扬，公然宣称靠上了更大的靠山，抱上军事情报调查处一位实权人物的大腿。中央党务调查处对他的调查已经结束，他本人毫发无损，平安地度过了这一次劫难。”

听完他的一番话，程兴业不禁惊讶地说道：“竟然有这样的事？这么说，中央党务调查处对他的怀疑已经解除了？太好了！这样的话，我们又可以重新跟他建立联系，也可以把万华荣这个不安全的因素剔除掉。这个消息确实吗？”

祝洪波面色沉着地点点头，说道：“这个杜谦现在很高调，也很嚣张，如果不是真的找到了大靠山，他不敢这么招摇。他能够留在这个位置，对我们来说非常有利！我了解这个人，他眼睛里只认钱，只要钱跟得上，其他都不是问题！”

“那太好了！接触杜谦的工作由你来执行，他和你见过面吗？”程兴业问道。

“没有，以前我只负责收购药品这一块的工作，药品运输是由上一任的苦泉同志亲自出面和杜谦交涉的，他和杜谦的私交不错！”祝洪波解释道，接着他又说道，“如果能绕开万华荣当然最好。这个人不仅贪婪，而且口风不严，敲诈我们也太狠，不仅要高额的夹带费用，而且连我们回城的货物他也要扣下一半，不能再跟他合作了。”

程兴业也赞同他的看法，说道：“你再试着观察几天，如果确认杜谦的的确确摆脱了党务调查处的怀疑，就由你以德茂公司的名义出面，打通杜谦这个环节，重新把药品运输线掌握在我们自己人手里！”

“这一次来，还有一件事情要请示你！”祝洪波又说道。

“什么事情？”程兴业问道。

“一直以来，普通药品我们都是零散地在各个药店购买，而那些我们最需要的伤药和管制药品，却只能在黑市上购买。昨天下午，我在黑市上遇到一个相熟的掮客，我们之前打过几次交道，关系也算不错。他找上我，说手上有个门路，最近有个外乡人有大量珍贵的伤药想出手，问我有没有兴趣。我当时没有回答他，这次专程来向你请示。”祝洪波说道。

“大量的伤药？这可是前线最急需的药品，也是我们采购的重点。这个人可靠吗？”程兴业听到这里，精神为之一振。他的主要任务就是在南京这样药品齐全的大都市找到共产党急需的药品，而伤药一直是重中之重，如果有大量的货源，自然是不能放过的！

听程兴业这样问他，祝洪波皱着眉头回答道："这些掮客又有哪个真正可靠？不过，以前老吴在的时候倒是和他做成过两笔交易，就是抽水比较狠，最后也没出什么差错，顺利完成了交易。"

程兴业也知道这些专门在黑市里牵线搭桥的中间人，都是坑上骗下，眼中哪有什么信誉可言，可偏偏黑市中就离不开他们这些人。

"他有没有说这批伤药的量有多大？"程兴业问道。

"非常大。这个掮客绰号马三，他甚至透露，对方还有磺胺的货源。"祝洪波刻意压低声音回答道。

"这不可能！"程兴业显然被祝洪波的话惊到了，"磺胺在市面上根本就没有货，他怎么可能有！他的话可信吗？"

祝洪波点头回答道："马三可是信誓旦旦，甚至许诺可以不用交押金，让我们先行验货，但是价格比市面上高了三成，必须一次付清，都用美元支付。这个报价太贵了，我拿不定主意，所以才要向你特意请示！"

程兴业缓缓沉吟道："如果真有磺胺，哪怕高出三成也一定要拿到手。你信不信，用不了几个月，加上这三成都是便宜的，所以越早拿到手越好。但是这笔交易必须谨慎，对药品的真假鉴别必须严格把关，万一是个拆白党，咱们损失就大了！"说到这里，程兴业单手轻轻地敲击着桌面，仔细思考了半晌，终于下定决心说道，"由我亲自来验货。我相信以我的眼力，任何假药都骗不过我的眼睛！"

程兴业出身医学世家，不仅精通中医，对西医也颇有造诣，对药品的鉴别当然很有自信。这笔交易数量和价值太大，他只有自己亲自出面完成交易才能放心。

这一决定遭到了祝洪波的反对。毕竟程兴业是南京市药品战线的最高领导人，亲自出面太冒险了！祝洪波摇头，说："这不行，太危险了，你是最高组织者！咱们手里懂药品的人不少，我可以多带两人去验货，不会出现问题的。"

程兴业摆摆手，说道："懂药品的人是有，但是他们没有临机决定权。这批药品中如果真有磺胺，价值巨大，绝对不是他们能够现场决定的。所以懂药品又有权限当场决定的人选只有我。”他挥了挥手，阻止祝洪波再说下去，“就这么定了！你通知那个掮客，马上安排我们和卖家见面，同时调集武装人员，随时准备应变，防止对方做生意不老实！”

“明白了，我这就去安排！”祝洪波点头答应，然后起身快步离开！

第二天上午，在一座茶楼的包间中，几个人相对而坐。

一个身材魁梧、皮肤黝黑，脸颊上有道斜斜刀疤的中年男子端坐在案桌旁，身后是一个面容焦黄、体形精壮的青年男子。这两个人的对面，坐着程兴业和祝洪波。正中间坐着一位面容清瘦的中年男子，嘴唇上留着两撇小胡子，眼光灵活，一看就是个精明之人。此人正是这笔交易的牵线人马三。

马三首先开口介绍道：“高老板，这两位是祝老板和程老板，都是南京城里信誉卓著的商家，财力雄厚。只要高老板手里有好货，这笔生意断无不成之理。马某人在这个行当里也混了多年了，信誉是有目共睹的，蒙大家抬爱，谈成的买卖从没有出过问题。现在大家坐在一起，万事好商量！”说完，又伸手作势介绍道，“这位是山东来的高进高老板，手里可是有不少的好货，几位多亲近亲近！”

面目凶恶、身材魁梧的高进瓮声瓮气地说道：“我是个粗人，做生意不会讨价还价。我的条件很简单，只要你们同意我的价钱，可以先行验货，检验商品的真假，然后当场付清钞票，货就是你们的了！就这么简单，怎么样？”

程兴业微微一笑，也是不紧不慢地说道：“高老板以前没有做过药品生意吧？药品的价格并不是一成不变的，尤其是中成药，讲究就是一个货色。不客气地说，同样一种药品，它的成色和药效都是有很大差别的。小作坊里制成的白药能和焕章药房制作出来的白药一个价钱吗？尤其咱们的中成药讲究的就是配比，还有原材料的好坏。其中原料材质的好坏至关重要，价格也是浮动极大。所以中成药不像西药，西药的成品相差不大，价格一般都相同。我们没有验过货，又怎么知道这批药品的成色？”

程兴业一番话有理有据，轻轻松松地就顶得高进无话可说，还有意无意地把话题引向磺胺。果然高进把眼一瞪，轻蔑地说道：“我这里最贵的就是西药，而且是最好的西药，叫磺胺，你不知道吧？据说是这个世界上最好的神药，能治百病，这总不用验了吧？再说你会验吗，能验得出好坏来吗？”

这话一出，满屋子的人都安静下来了。

程兴业眼光毫不示弱，紧紧盯着高进说道："程某在这药品上都有所涉猎，你手上的磺胺是不是真品，我一查便知。怎么样？我把话摆着，只要你的磺胺是正品，有马老板从中作证，你所有的磺胺我都比市价高出三成购买，条件是必须我们先验货。"

程兴业不得不谨慎对待，他必须确认药品的真假，尤其是磺胺的真假，防止对方使诈，以假充真。如果是这样，损失将极其巨大，所以他宁肯放弃压价，损失一部分利益，也必须先行验药。

这时，掮客马三眼光扫了扫高进，看到他毫无畏惧之色，一副笃定的样子，便开口说道："高老板，这买货先验货是人之常情，不然谁能够踏踏实实地付出真金白银？再说你这批药价值巨大，可不是小数目，不估好了价怎么谈生意？"

高进想了想，觉得也确实有道理，最后终于点头说道："好吧，我带你们去验货。但我把丑话说到头里，货验完了，价格可是一步不让，磺胺的价格高于市场三成，一次性交清，全用美元付款！"

程兴业欣然大手一拍桌子，高兴地说道："还是高老板痛快，够爽利！只要货品是真的，咱们一言为定！"

当下众人起身，各自上了自己的座驾，一路快行赶到城北的麻城仓库。

高进将自己的提货单交给仓库的管理人员，说道："我要查一下货。"

管理人员点头同意，拿了一串钥匙，带着众人来到库房门口。然后他和高进各自掏出一把钥匙，将门上两把锁打开，这才转身离去。

众人进了仓库，高进指着一堆麻袋说道："这外面一层是粮食，里面堆放的全是药品，你们自己查一下，不过小心一点，别给我损坏了，否则药品的损伤都要算在你们头上。"

程兴业点头说道："高老板你放心，我们都不是生手，很快就会查完！"

时间一点一点地过去，当程兴业终于将所有药品检验完毕之后，脸上露出了欣慰的笑容。他对高进说道："高老板，没有想到所有的白药都是最好的成色，这磺胺也都是真的，竟然整整五箱之多。高老板真是手眼通天，程某人佩服得五体投地！"

高进听完得意地哈哈大笑，说道："程老板过奖了。这些都是兄弟们拿命拼出来的，就指着这笔钱金盆洗手，回家养老了！”

这时，掮客马三趁机插嘴道：“祝老板，程老板，这些货已经验完了，咱们的价格该怎么说？磺胺高于市场的三成，再加上这都是最好的伤药，三万两千美元！这个价格，程老板没有意见吧？”

马三当然想把价格继续推高，毕竟他的那一部分抽水也是根据交易额的多少来考量的！他以前都是和祝洪波打交道，没想到这次竟然是这位程老板做主，看来这才是大老板，所以他干脆直接向程兴业问价了！

程兴业顿时脸色一沉，冷冷一笑道：“马老板，药品的行情你还不知道吗？把价钱推这么高，你的好处是挣了，我们损失可就大了！”

高进对于药品行业并不熟悉，根本就不懂得如何讨价还价，他早就把事情都托付给了马三。经过马三和程兴业的讨价还价，最终把价格定在了三万美元。

双方商议已定，程兴业对高进说道：“高老板，来之前没有想到你的货这么多,这笔款项数目太大,远远超乎程某的预计。我手头上没有这么多现金，给我三天的时间筹齐款项，然后咱们一手交钱一手交货，完成这笔交易。”

高进听到这话，脸色一沉，顿时就不乐意了，高声叫道：“怎么你们没有钱？没有钱跟我谈什么生意！还三天之后？我哪有时间陪你们耗着！”

程兴业看到高进突然翻脸，赶紧解释道：“高老板，我们事先的确不知道你存了这么多的药，但是我诚心想要，这笔买卖还是要做的。这样，两天！两天的时间总可以吧？”

这批药品太贵重了，所有的药品都是组织急需的好药，必须不计代价拿下来！程兴业此时此刻心情很是紧张，生怕这笔交易失败！

高进恼火地看了看程兴业，又用埋怨的眼神看了看一旁一副无奈表情的马三，很明显是怪他没有找对人，找了半天找了一个没钱的买家！最后他无奈地对程兴业说道：“明天。明天这个时候，我如果拿不到钱，这笔交易就作废！我告诉你，到时候如果见不到钱，我马上转移货物。我高某人手下的兄弟都是见过血的，你们也别想打什么歪主意！”

听到高进的话，程兴业双手一摊，苦笑道：“高老板，你说的哪里话！我们都是南京城有家有业的正经商户，我还怕你耍心眼斗手段，要黑吃黑呢！那好，明天这个时候，我们就在这里一手交钱一手交货！”

两个人商议妥当，程兴业带着祝洪波匆忙出门而去。他必须赶紧筹集钱款，这批药品不惜任何代价也要拿下。二万美元，这笔资金缺口太大，他必须向自己的领导方博逸寻求支援。

看着程兴业一行人匆匆离去的背影从视线中消失，马三这才眼珠一转，回身看着高进说道："高老板，你些操之过急了。这么短时间，他们很难凑够这么一大笔款项，搞砸了这笔交易，岂不是弄巧成拙！"

高进这时早就换了一副模样，完全没有了刚才恼怒的样子。他微微一笑说道："放心吧，明天他们肯定能把钱拿出来，这笔交易黄不了！"

马三不知道高进为什么这么有把握，不过这不是他的事，他有更担心的问题。他小心翼翼地说道："高老板，你交代的事情我已经办了。不知道你为什么盯上了祝老板他们，不过我这个人向来不会多事。这牵线搭桥的事情我已经做完了，我看，明天交易的时候，我就不出面了，你们两位自己交易也是一样的！"

高进似笑非笑地看着他，缓声说道："怎么，马老板是怕我言而无信，少了你的好处？你那份抽水不收了？"

看着高进眼中透露出来的杀意，马三心中暗自后悔：这一次贪图好处，好像有些冒失了！他心一横，咬牙说道："我马三在这个市面上混了这么多年，什么事情没有见过，你特意找上我做局，为你和祝老板中间牵线，只怕也是另有所图吧！"

马三确实是江湖老手，能够安然活到现在，这份小心谨慎是必需的。

他从一开始高进找上他的时候，就已经察觉到这是一个局。高进手上如果真的有这么一批珍贵的药品，放到市面上自然有大把的人抢着买。可是他偏偏通过自己挑中了祝洪波。这不是圈套是什么？只是高进许下了他难以拒绝的重金。利益诱惑之下，他这种唯利是图之人又怎么能够拒绝？

可是今天的一幕让他有些疑惑：程老板明明亲自验过药品的真假，这说明高进手里真的有这样一批价值巨大的药品，那这高进想干什么？难道他想以次充好，或者干脆就以假代真？等明天交易的时候，现在库房里这批真药已经被换成了假药？这也不是不可能！这年头这种坑蒙拐骗的事还少吗！

明天的交易一切顺利当然好，交易完成，自己拿走自己的那一份钱，赶紧远走高飞，出去躲个一年半载，反正这一次挣到的钱也足够了！如果交易不成，程老板他们发现药品被掉了包，眼看两边都不是善茬，只怕有一场火并，自己在现场难免受到波及，岂不是性命难保？所谓君子不立危墙之下，自己还是避一避的好！

高进却笑着说道："交易没有完成，我又怎么可能放你走？马老板请放心，这笔交易肯定会顺顺利利地完成。好处你已经拿到手了，等明天这笔交易完成，你那份抽水也一分不少地给你。做事要有始有终，拿了我的好处，就该为我做事。如果你临阵退缩造成这笔买卖黄了，这后果是什么你清楚！"说完，高进拍了拍马三的肩膀，笑着安慰道，"把心放到肚子里吧，不会出任何问题的！"

程兴业和祝洪波两个人一路往回赶，路上祝洪波不无担忧地对程兴业说道："这批药品虽然珍贵，可是价值太高了，我们根本吃不下。我们手上哪有这么多的资金，缺口太大了！"

程兴业咬咬牙说道："这批药品值这个价钱，无论如何也要拿下。资金的问题我去想办法，组织上应该还有一部分备用金，紧急调用一下！"

祝洪波不禁苦笑道："组织的经济状况你又不是不知道，那笔紧急备用金，上次购买药品就已经调用了一部分，这一次我估计很难！"

程兴业说道："必须争取一下，不能眼看着这个机会错过去。我现在就去联系这件事情，你回去等我消息！"

两个小时之后，接到紧急见面信号的方博逸，急匆匆地赶到城南的地下室里和程兴业见了面。他一见到程兴业就赶紧问道："老程，这么着急见我，是出了什么事？"

程兴业立刻把整件事情详详细细地向方博逸做了汇报。

"你说的是真的？五箱磺胺，还有大量最上乘的云南白药！如果情况属实，不惜一切代价也要拿到手。这批药如果能送回老家，将挽救多少战士的生命！"方博逸听完程兴业的汇报，顿时有些坐不住了。南京地下党组织主要的工作之一，就是利用南京商业发达、物资丰富、货源充足的便利条件，采购到红军根据地极其缺乏的各种物资，其中珍贵的药品是重中之重。

程兴业看了看方博逸欲言又止，最后终于忍不住说道："这批药品价值巨大，卖家的条件也很苛刻。他在市价的基础上加了三成的价格，还要求必须用美元结算！”

方博逸面色如常，开口问道：“美元结算，需要多少？”

程兴业说道：“三万美金，还要求明天上午必须完成交易，否则他们就转移药品，这笔交易就作废了！”

“那你这次来是因为……”方博逸突然明白过来程兴业是为何而来，原来是没钱了！

南京地下党的活动经费向来很紧张，其实不只是南京，各地各处的地下党活动经费都非常缺乏。主要原因是入项少，但是支出越来越多。南京地下党组织竭尽全力向红军根据地输送着血液，但自己掌握的产业并不多，所赚取的那部分利润几乎都投到了购买物资、运输物资这些成本费用上。

上一次购买物资已调用了一部分储备资金，这一次很明显，程兴业巧妇难为无米之炊，上门求助来了！

想到这里，方博逸心中不禁暗自庆幸，如果程兴业是在三天前向他提出这个要求，他肯定一筹莫展，为难至极！可现在，仿佛冥冥之中自有天意，影子送来的这笔活动资金真是太及时了，若是晚送几天，他们错过了这批珍贵的伤药，只怕是后悔莫及了！

方博逸微微一笑，说道：“我明白了，老程你放心，这批药品至关重要，组织上必须全力支援！晚上我会派人把三万美元送到你那儿去，绝对不会误了这笔交易。”

方博逸如此干脆利落地答应下来，让程兴业非常意外，他其实已经做好了劝说方博逸的准备，甚至在心中已经想好了数条理由，来说服方博逸给予他足够的资金支持以完成这笔交易，毕竟这批伤药太重要了。

可是他根本没有想到方博逸会如此干脆利落地答应下来，这让他的准备根本就没派上用场。程兴业有些不放心，再次确认性地问道：“老方，是三万美金，今天晚上你真的就能给我筹到吗？”

看到程兴业惊疑的目光，方博逸不禁哈哈一笑，说道：“老程，你这是什么眼神？难道在你眼里我就是那么一个守财奴，铁公鸡一毛不拔？这不是开玩笑，我们现在手里的确有充足的资金，而且都是美元现金，随时可以调用！”

程兴业大喜过望，一切都比他预想的顺利，点头说道：“太好了，老方！实话说，来之前我没有想到组织上会这么支持，这心里是七上八下的，担心会与这批药品失之交臂！”

方博逸笑呵呵地说道：“你的运气好，早几天来还真是没这么痛快！”说到这里，方博逸话锋一转，“不过老程，这次交易你可要小心，千万不能出了差错。对方会不会耍花样？我们都要做好应变措施，钱花出去了，东西可必须买回来。”

程兴业点头说道：“你放心吧，我已经布置好了武装人员。一旦对方耍花招，我们也有应变的准备。”

第二天一早，程兴业和祝洪波一行人就带着货车来到麻城仓库。

高进和他的保镖，还有马三早早地等候在那里。看到程兴业他们赶来，马三上前笑盈盈地说道：“我就知道程老板是一个言而有信的人。怎么样，现在就开始交易吧！”

程兴业点了点头，转身对高进说道：“高老板，我还要再确认一下货物，没有问题吧？”

高进早有准备，爽快地摆摆手说道：“你们这些人做生意就是麻烦，快去查，我高某人还不至于耍这个心眼儿，你要验就尽管验！”

看到高进如此痛快，程兴业也把心放下了一半，他带着一名精通药品的手下，两个人仔细地将药品又检验了一遍。花了一段时间，程兴业终于检验完毕，没有发现问题。这些就是昨天的药品，而且昨天检查时在药品上做过的那些暗记都还在，甚至连位置都丝毫未动，这充分说明，高进的的确确没有做手脚！

这时程兴业的心终于彻底放下了，他挥手示意，祝洪波便将装着美元的箱子递到高进身前。

高进打开箱子，看到花花绿绿崭新的美元，顿时笑逐颜开，兴奋不已。他仔细查看了一下，确认数目无误。高进二话不说，将箱子合上提在手中，说道：“程老板，现在这些药都是你的了！”

程兴业说了声好，大手一挥，手下的人赶紧上前将药品装车，然后连带外面的那些粮食也装上车，放在药品外面做好了伪装。程兴业看交易一切顺利，笑着对高进说道：“高老板，一回生，二回熟，以后就算是朋友了。下次如果还有好东西，就来找我，价钱包你满意！”

高进也哈哈大笑，连连点头，心里却说，恐怕没有下次了！

两人敷衍了几句，程兴业挥手告辞，一行人坐上车扬长而去！

“高老板，佩服佩服！这手段高明，你是怎么做到的？”一旁的马三外表看镇定自若，可心里一直都是提心吊胆的。

高进没有回答，直接从箱子里取出一沓美元扔在马三怀里，冷笑着说道：“马老板，问得太多小心折寿！这是你那份，不过说好了，拿了钱就出去躲一躲，短时间里不要回来，不然对大家都不好！”

接过那一沓美元，马三顿时心情大好。他没有想到这笔交易竟然完成得如此顺利，也不知道高进是怎么做的手脚瞒过了程老板那些人。整个交易过程波澜不惊，毫无意外发生！

“一定，一定！马某正想着这段时间出去散散心，那就祝高老板财源广进，事事顺利了！”马三连连拱手，笑着说道。他觉得此地不宜久留，说完便转身快步离开！

“哥，真就放他走？”一直在高进身后没有说过一句话的那个面色焦黄的青壮男子，颇为不甘心地问高进。

高进点了点头，说道：“此人不足为虑，日后他也不会和我们碰面了。再说少爷特意交代过，以后跟着少爷，不得滥杀平民。这次就算他命好！走吧，我们回去向少爷复命！”

当天晚上，左氏兄弟前来向宁志恒复命，把一箱美元交给了宁志恒。宁志恒看着这些刚刚出去转了一圈又回到自己手上的钞票，不禁有些好笑。他伸手取出几摞美元放在左刚的手上，说道：“这件事做得好，以后这种事情都会交给你们做，我包你们将来平安富贵！好好干，不要让我失望！”

左氏兄妹知道宁志恒对钱财一向出手豪爽，也就没有推辞。他们现在有了宁志恒的庇护，做事不用提心吊胆，在这个乱世无疑是往身上贴了道护身符！

至此，宁志恒毫无痕迹、顺利安全地完成了药品的交接！

至于地下党组织怎么将药品运出南京城送往根据地，宁志恒就不担心了。现在杜谦投在自己门下，他所掌握的康元口关卡和乔水湾关卡等于也落在自己的手里。只要自己暗中保护，这批药品自然会平平安安地送出南京城。

第十一章

兄弟密谈

第二天上午，宁志恒照常上班。这几天来他一直把精力放在药品的事情上，现在总算圆满地解决了。

这时候他想起了被抓捕的孟乐生，他腹部中弹身受重伤，后来经过救治脱离了危险，算起来时间已经过去近半个月了。按理说他的伤势有所恢复，应该可以进行初步的审讯了，只是这个案子已经交给了情报科，不知道现在进展得怎么样了。宁志恒还是不甘心，这么重要的高级间谍，脑海中隐藏的秘密肯定不少。如果交给宁志恒来审，他有信心把黑水小组的其他成员都挖出来，再立新功。

想到这里，宁志恒决定去打探一下孟乐生现在的情况。他起身出门，一路来到行动科副科长向彦的办公室。向彦是破获黑水间谍小组行动的主持者，宁志恒觉得他应该对孟乐生的现状有所了解。

他敲门而入，看见向彦正在办公室里处理公务。

向彦抬头见是宁志恒，便放下手中的文件，笑着问："志恒，你跑来找我有什么事吗？"

宁志恒点头笑道："是这样，我想向科长您打听一点事情！"

向彦笑着示意他坐下，然后说道："有事就问，我能告诉你的，肯定知无不言！”

宁志恒组织了一下思路，开口说道：“科长，黑水间谍小组这个案件后续的很多工作都还没做就仓促结案了，我一直是不太甘心的。前段时间我忙着处理第四行动组初建的事情，忙得脚不沾地，现在终于把工作理顺了，我想继续对黑水间谍小组的案子进行侦查，不知孟乐生现在的审讯情况怎么样？情报科有没有什么进展？”

向彦听到宁志恒的话，暗自点头。这个年轻人做事有始有终，极有韧性，只要他认准一件事，轻易不会半途而废！向彦说道：“孟乐生被情报科全面接手，你也知道，处座对他另有安排，还成立了专案组。他的情况，我也只是偶尔听处座提过，但据我所知，情报科对孟乐生的审讯很不顺利，他对黑水小组其他成员的情况拒不交代。”

宁志恒眉头一皱，不满地说道：“情报科的人也太废物了，这都半个月过去了，就一点儿进展都没有吗？要我说还是他们手太软，对这些日本间谍客气什么？”

听宁志恒这么说，向彦就知道他还是对没有能够亲自审讯孟乐生而耿耿于怀。“怎么，又想去审孟乐生？”向彦没好气地说道，“交给情报科，总比交给你强，他们好歹这段时间还有些收获。可要是交给了你，恐怕现在人都已经躺在停尸间了！”

听到向彦的话，宁志恒忍不住翻了翻白眼，无奈地说道：“科长，我承认自己半路出家，手艺有点糙，但也不至于像你说的那么不堪。真要交给我，多少还是能有些收获的。情报科迁延时日，至今没有挖出黑水小组的其他成员。科长，他们到底有些什么收获？”

向彦摇了摇头，神秘地一笑，说道：“这一点我也不清楚，但是可以肯定地说，跟我们缴获的那个文件袋里面的文件有关。你要真想知道，我建议你还不如去问问良弼！”

“我师兄，怎么可能？他根本就没有参与侦查黑水小组案件，对案情知道的还没有我多。”宁志恒有些诧异地说道。事情怎么又跟卫良弼扯上了关系？

向彦低声说道：“前几天我在科长办公室听到科长跟良弼交代事情，言语之间就提到了孟乐生。我也没有多问，但可以肯定，科长交代的事情肯定和孟乐生有关。你和良弼是同门师兄弟，他有事情必然不会瞒你！”

宁志恒听到这里，心想赵子良找师兄卫良弼会有什么事情呢？看来想要进一步打听消息，还是要找卫良弼才行！

按照常理，向彦不应该把这些事情告诉宁志恒，但是他和宁志恒如今的关系非常融洽，颇有些忘年交的感觉。宁志恒数次在他手下工作期间，言语恭敬，配合得力，在黑水间谍案件的最后阶段出力极大。在这件案子上，向彦受益颇多，他对宁志恒非常欣赏，很是信任，所以几乎是把实情全盘托出，没有隐瞒。

宁志恒出了向彦的办公室，快步去找卫良弼。两个人的办公室只差了一个楼层，相隔并不远。他敲门而入。

卫良弼一看到是他进来，示意他坐下，笑着问道："今天怎么有空过来找我聊天，有什么事吗？"

宁志恒觉得没必要绕弯子，便直接问道："师兄，你这段时间是不是参与了孟乐生的案子？"

听到宁志恒的问话，卫良弼放下手中的钢笔，身体靠在椅背上，轻松地伸了个懒腰，抬头笑道："你的消息倒是蛮灵通的，这事儿都瞒不住你！"

宁志恒说道："这军事情报调查处看似铁板一块，外人看来神神秘秘，但咱们身在其中还能不知道，到底有多少事能瞒住人呢！"

卫良弼伸手点了点宁志恒，笑道："说吧，你想知道什么？"

"我想知道孟乐生现在的审讯情况怎么样。"宁志恒说道。

"就为了这点事儿？"卫良弼笑着说道，"现在他的身体有所恢复，情报科已经开始对他进行初步的审讯，但是毫无进展。据说前天审讯时下手过重，他腹部的枪伤迸裂，伤势复发，又被送进了医院。情报科现在也是一筹莫展，下手轻了，他不招供；下手重了一点，人就挺不过去。搞得不上不下，真是骑虎难下。对了，你问这些干什么？我知道了，你还对孟乐生不死心，是想把审讯工作接过来！"卫良弼很快反应过来，宁志恒这是想再次接手黑水间谍案件，把黑水小组一网打尽，以尽全功！

宁志恒点头说道："是有这个打算。我听说他们情报科还是有收获的，有什么收获，师兄你知道吧？"

卫良弼这次有些诧异了，他收敛起笑意，低声说道："你这消息从哪里得来的，这件事知道的人可不多。不过反正案子已经结了，给你透露一点倒也无妨。”卫良弼对宁志恒从来都不隐瞒，接着说道，“这件事其实跟你是有关系的。你还记得我们在抓捕孟乐生的时候，从他的保险柜里面拿到了一个文件袋吗？”

宁志恒点点头说道：“这个当然记得！”

“那份文件表明，黑水小组在这半年里，策反了我军的一位师级高级军官，而且还是一位军事主官！”

“什么，竟然有这种事情！”宁志恒大吃一惊。黑水小组居然能够策反我军这样一位军事主官！如果这件事是真的，给整支队伍带来的恶劣影响将不可估量！

卫良弼严肃地说道：“千真万确，此人是第十四师副师长莫成规。这件事情处座第一时间上报给了校长，校长严令立即彻查。根据我们的调查，证据确凿。孟乐生一开始拒不交代，看到那份文件之后知道不可抵赖，最后终于供认不讳，承认是他的助手孔舒兰以美色诱之，具体的策反工作都是孔舒兰完成的。”

“他倒是推得一干二净，反正孔舒兰已经死了。”宁志恒疑惑地说道。

“他倒没有说假话。据我们调查，半年前孔舒兰到莫成规家做家庭教师，后来两个人打得火热，为此莫成规和他的老婆大吵了几次，最后不得已辞掉了孔舒兰。之后二人藕断丝连，接触频繁。更重要的是，莫成规向孔舒兰透露了很多关于第十四师的军事机密，那份文件里涉及的军事机密足以说明了这一点。这绝不是用关系暧昧所能解释得通的。种种迹象表明，莫成规已经被策反了！”

“叛徒！卖国贼！人人得而诛之！”宁志恒咬牙切齿地骂道，“应该立即抓捕莫成规，当众枪决，以儆效尤，为后来者戒！”

“你呀，看问题还是简单了！”卫良弼不以为然地笑着说道，“堂堂师级军事主官，竟然被日本人策反。这种事情说出去，军政府的脸面往哪儿搁？校长的脸面往哪儿搁？这件事只能大事化小，尽量低调处理。”

“师兄的意思是……”宁志恒突然有所省悟，将手指在自己的脖子上轻轻一划。

“聪明！”卫良弼笑着点头说道，“处座下令，秘密处决！要做得毫无痕迹，不能使外人有半点怀疑！”

“难道是师兄你……”宁志恒突然明白过来，他用手指着卫良弼问道。以卫良弼的级别怎么能够知道这个机密，只能有一种解释，这件事情是他做的！

卫良弼略显得意地点点头，说：“做这种事情，自然是我们行动科的拿手好戏。科长把任务交给我，三天前，莫成规饮酒过量，酒精中毒，醉酒而亡！”

“师兄你是怎么做到的？”宁志恒好奇地问道。

“这还不简单！这个莫成规一身的毛病，酒色财气样样都沾，尤其是嗜酒如命。我派人在他的酒里下了安眠药，提前算好了剂量。结果他在酒席宴上越喝越多，酩酊大醉，回去就一睡不醒了！”

卫良弼接着说道：“一切做得天衣无缝。莫成规死了之后，上面下令低调处理，毕竟醉酒而亡，传出去也不好听。”军事情报调查处的主要工作就是搞情报和暗杀，这些事情都是做惯了的！

“师兄，你真是好手段！这件事情做得绝对漂亮！”宁志恒听到这里，心中佩服极了，右手大拇指一伸，连声赞叹。

卫良弼哈哈大笑，这件事情确实做得漂亮。事后赵子良对他大加夸奖，处座对这件事的结果也非常满意。

卫良弼坦然接受师弟崇拜的目光，感觉舒爽极了！说实话，他现在对这个师弟已经完全没有了当初这个小伙子刚入军事情报调查处时的那种心理优势。

这个小师弟一出军校的大门，几乎没有任何过渡，就彻底完成了身份的转变，迅速表现出了作为一名优秀特工的天赋。现如今卫良弼已经完全将这位师弟摆在一个对等的地位上，甚至有些时候他自己也不得不承认，换位而言，他绝对做不到宁志恒这样惊艳！

“对了，听你的意思，还是要打算追查黑水间谍小组案件？”卫良弼笑着问道。

宁志恒点头说道：“这件案子我是发起人，如今案子走到一半却毫无进展，我想接着办下去！当初处座强行把孟乐生交给情报科，恐怕就是因为莫成规的案子吧？如今莫成规的案子已结，而黑水小组的案件一直都由我们行动科来主持，我现在接回来也合情合理。所以我打算申请，重新接手这个案子，你看怎么样？”

“糊涂！”卫良弼一拍桌子，皱着眉头说道，“这件案子已经进入死胡同，所有的线索都断了，唯一有价值的就是孟乐生。可你看情报科现在这案子正砸在手里，骑虎难下，有多尴尬！

“首先是孟乐生的身体根本经不住严刑审讯，即使等他身体好了，可以接受审讯了，以他这样的顽固分子，能不能开口还不一定呢！

“再退一步讲，日本间谍小组的安全通信时间一般为十二天。他被捕了这么长时间，就算他开口，黑水小组的安全通信时间已过，日本特高课本部早就知道他被捕的消息，其他黑水小组的成员恐怕不是潜伏就是已经潜逃。

“如果你现在接手，最高兴的莫过于情报科那些人，正好将一口黑锅甩给你，到最后人要是一不小心死在你手里，后果都要你来承担，那你完全是吃力不讨好。冒这么大的风险，最后一无所获，还要承担严重的后果，岂不是愚蠢？”

卫良弼的一番话让宁志恒彻底无语。不得不说，卫良弼的分析完全正确，这时候把孟乐生的审讯工作接手过来，的的确确是不智之举。就算他在孟乐生临死前窥探到了记忆，可现在时间过去了这么久，以日本特高课本部的反应速度，自己估计所得也有限。

想到这里，他不禁有些头痛，却又实在不甘心。他思虑再三后说道：“看来孟乐生那里我们是得不到情报了，但我们并不是一点办法都没有。我能申请看一看孟乐生的审讯记录吗？我想从中找到一些线索。”

卫良弼见宁志恒铁了心要把黑水间谍小组的案子追查到底，只好说道：“想要看孟乐生的审讯记录，你的权限不够，不过你可以向赵科长申请。他是处座的老部下，又是处座的心腹，由他开口应该可以申请到的！不过志恒，这件事情你有把握吗？”

宁志恒笑道：“总要试一试才知道。我总觉得这件案子还有出路可走，也许能够有所收获！”

宁志恒没有耽误，转身就去找科长赵子良，费了大量的口舌，最终说服赵子良同意由他主持黑水案件的后续侦破工作。

赵子良又向处座申请，为他拿到了孟乐生的审讯记录，并转达处座的话：处座望他再接再厉，期待他在这件案子上的出色表现！

办公室里，宁志恒正看着桌上的两份审讯记录。一份是他费尽周折从情报处取来的孟乐生的审讯记录，另一份是苏煜的审讯记录。苏煜的案子一直由行动科主持，他的审讯工作是向彦亲自负责的，取得他的审讯记录并不困难。

宁志恒花了大量的时间，一字一句地将这两份审讯记录仔仔细细过了好几遍，可以说这两份记录传递出来的有用信息非常少！

苏煜是两年前被策反的，对于整个黑水小组，他所知道的内情非常有限。他本人是武田枫策反和发展的成员，除了武田枫，他唯一知道的是黑水小组组长的代号为蝰蛇，但他甚至都不能够确定，孟乐生和孔舒兰两个人到底谁才是真正的蝰蛇！

然后就是孟乐生的审讯记录，里面透露的信息更少，除了策反莫成规的事情，其他的什么都没交代。不过他倒是承认自己就是黑水小组的组长蝰蛇，孔舒兰是他的助手。

看到这里，宁志恒决定还是要亲自提审一下苏煜，再仔细讯问一下，看有没有疏漏之处。他拿起审讯记录，赶到刑讯科当即提审苏煜。

再见到苏煜的时候，苏煜已经完全变了一副模样。他当初没有经过严刑拷打，当场就招供了所有的间谍行为，所以身上的伤倒不多，可是精神状态非常差！他满头乱发如同一蓬枯草，消瘦的脸颊面无血色，黯淡无神的眼睛里透露出恐惧与绝望！他被铐在审讯椅上，眼神空洞地望着宁志恒。

宁志恒看到他这副模样，就知道这个人的心理防线已经彻底崩塌。他就像一个活死人,静静地等待着死亡的裁决,等待着他的末日。充当间谍是重罪，尤其充当日本间谍更是必死无疑！等待他的，就是在某一个日子，有人进来把他像拖死狗一样拖出去，给他一枪了结性命，然后扔在乱葬岗上横尸荒野！

宁志恒看着苏煜，冷声说道：“苏煜，我还有一些问题要问你，我不想对你这样的人再施以刑罚。你要老实回答，免受皮肉之苦！”

苏煜茫然地抬起头，看了一眼宁志恒，然后无力地点了点头。他已经什么都交代了，根本没有任何隐瞒，也就无所谓再问一遍了。

宁志恒开口问道：“你的审讯记录上记着，在这两年里，你一共向蝰蛇提供过六次情报。但你提供情报肯定不会是无偿的，蝰蛇都会给你一定的奖赏。我想知道，他每次是以什么方式付给你这笔钱。这一点在审讯记录里并没有提到！”

苏煜慢慢地抬起头，张了张干裂的嘴唇。宁志恒从桌上倒了一杯茶水，走到苏煜面前，轻轻地放到他的嘴边，慢慢喂给他喝。

苏煜咽下了这杯茶水，终于感觉到胸口清爽了许多，才以低哑的声音说道："我在城南的永安银行开有一个账户，登记了一个假名字叫文树。每次我把情报传递给蝰蛇，五天之内，蝰蛇会根据情报的价值把相应的钱打入这个账户。"

宁志恒听到这里微微一愣，没想到这次审讯竟有这样的收获。他赶紧问道："这个账户里现在还有多少钱？"

苏煜轻声说道："没有钱，只是一个空账户，我每次都会在第一时间把钱取出来。永安银行规模不大，这半年来外面的银行倒闭了不少，我自然不敢把钱存到这样的小银行里。这些钱我也不敢存入别的银行，怕露出行迹，就都藏到家里的保险柜里，当时抓捕的时候被你们抄走了。"

宁志恒一愣，这才想起来，苏煜家里的现金当时已经被石鸿和楚光抄劫一空，自己还分到了其中一部分好处！宁志恒说道："把你在永安银行的账号说出来！"苏煜很快交代出一个账号，反正就是个空账户，留之也无用！

宁志恒仔细地记在纸上,这是一条非常有价值的线索。宁志恒又问道："对黑水小组的其他成员，你还有什么可以交代的吗？"

苏煜沮丧地说道："能说的我都说了。我是将死之人，实在没有必要为日本人隐瞒什么！"

宁志恒又问了一些问题，看到确实没有什么有价值的线索，便放弃了。

出了刑讯科，宁志恒一路思索着，整理了一下思路，然后来到卫良弼的办公室。

卫良弼起身沏了一杯茶放到宁志恒面前，说道："我听说今天你拿到了孟乐生的审讯记录，看得怎么样，有什么收获吗？"

宁志恒举着手中的审讯记录说道："白费了半天工夫，孟乐生的审讯记录毫无价值。我刚刚去刑讯科重新提审了苏煜，没想到还真有一点点收获。"

"哦，有什么收获？说来听听！"卫良弼顿时来了兴趣。

宁志恒思考一下，说道："审讯记录上确实没有什么有价值的线索，但是我提审苏煜的时候，问出一个细节。苏煜在城南的永安银行用化名开有一个账户。每一次他把窃取到的情报上交给蝰蛇，蝰蛇在五天之内都会打一笔钱到这个账户上。”

听到宁志恒的话，卫良弼精神一振。他也是精明过人，很快明白了宁志恒的大致思路。“你的意思是，黑水小组的其他成员提供情报之后，蝰蛇也会采用这种方式，通过永安银行将每次的奖赏打到指定的化名账户上？”

宁志恒点头说道：“这很有可能！再说作为间谍，他们需要购买情报，进行间谍行动需要活动经费，这些款项他们都是怎么得到的呢？现在，通过苏煜的情况，我们可以扩展一下思路，是不是可以做出一个假设，黑水小组的间谍资金都是通过永安银行来运转的呢？”

卫良弼赞许地点点头，但他还是提出了疑问：“可这也许只是一个特例，只有苏煜的奖赏是通过这种方式来支付的。你怎么确定别的小组成员也是以这种方式进行资金周转的呢？当然，这是个很好的思路，也是一个可行的侦查方向。可是一个银行的账户有多少？其中又有多少用的是化名？太多了！总不能一个一个地去核对吧？这样的工作量太大了，我们根本无法完成。”

“有一个办法，我们可以通过调查莫成规来进行验证！”宁志恒说道。

卫良弼一愣，不由得双手一摊，无奈地说道：“你这话可是说晚了，莫成规已经被我送走了，根本没有留下口供。人死不能复生，现在还怎么验证？”

宁志恒摆了摆手，笑着说道：“没有莫成规的口供也没关系，我们可以想办法求证，这就是我来找师兄你的原因之一。你当时下手之前，一定对莫成规进行了详细的调查，比如他的兴趣、爱好和行动规律，以及他身边的人事关系。我就想问一下，他身边最信任的人是谁？”

卫良弼仔细回想了一下，说道：“他最信任的是他的副官莫平生，也是他的亲侄子，一直跟在他的身边，视如己出，应该是他最信任的人！”

宁志恒一拍桌子，肯定地说道：“那目标就有了，秘密抓捕这个莫平生。”

卫良弼一愣，说道：“可是被日本间谍策反这么大的事情，莫成规怎么可能让第二个人知道，即便莫平生是他的亲侄子？”

宁志恒摇了摇头，解释道：“我抓他并不是要查莫成规策反的证据，而是要求证莫成规的资金是否也是通过永安银行来运转的。

“师兄，我是这样想的：策反莫成规这样级别的军事主官，绝非一件简单的事情。莫成规能有如今的高位，也是人中精英，不知经过多少风雨历练。这样的人难道真的会因为孟乐生交代的那样，为了一个女人和几句空头许诺就放弃现有的地位，放弃高官厚禄，冒着杀头的风险卖身投靠日本人？这不符合逻辑！

“我是这样猜想的，莫成规最初应该是被孔舒兰的美色诱惑，但这只是一个诱因，慢慢地孔舒兰才暴露自己的意图，通过接触莫成规做他的策反工作。之后的步骤应该是以利诱之，比如说出高价购买一些军事机密。这些军事机密对于莫成规来说不过是举手之劳，却能够收获极为丰厚的利益！

“老实说这些军事机密是什么不重要，重要的是这种事一旦开了口子，莫成规尝到了好处，便会贪心不止，欲罢不能。我估计这个时候莫成规都不一定知道孔舒兰的真实身份，也许还以为她只是个情报贩子！或者是他自己心里清楚，只是为了那些钱财利益装作不知道而已！

“随着军事机密透露得越来越多，得到的利益也越来越多，莫成规越陷越深无法自拔！之后孔舒兰表露真实身份，再以此相威胁，如果不服从号令就将他出卖情报的事情告发给国民政府等等，再许诺一定的好处，比如说在日本人战胜之后给予莫成规更高的地位和好处。这样的诱惑再加上威胁，最后是允诺，三管齐下，一步一步将莫成规拉下水！”

宁志恒的这番分析入情入理，可能性极大，听得卫良弼连连点头。

宁志恒接着说道：“我认为美色和空头的许诺不足以打动莫成规，只有真金白银，才能让莫成规死心塌地地出卖军事情报。那这么多钱怎么给他呢？最稳妥的方法当然是给现金，但是我不认为孟乐生手上会随时准备这么一大笔现金。莫成规很有可能和苏煜一样，在他发出情报后，由日本间谍组织直接通过银行向他的化名账户上打入巨额资金。然后莫成规再把这笔钱取出来，这样就完成了一次买卖情报的交易。

“如果我们能够证明，莫成规的钱也是通过永安银行的化名账户运转的，再加上苏煜的例子，那是不是就可以说明，其他黑水小组成员的资金运转模式也是这样的？”

卫良弼听到这里，越想越觉得有道理，开口说道：“所以你想抓捕莫成规身边最亲近的人，取得他的口供，来查一查莫成规的受贿资金是不是孟乐生通过永安银行转过来的？”

宁志恒点点头说道："如果我的假设都正确的话，这些钱肯定不会是莫成规自己去操作，这样的话太引人注意了。提取这些款项莫成规甚至根本就不会露面，而是安排身边的人去办理。总之，这个莫平生极有可能知道莫成规在永安银行的化名账户。"

卫良弼点点头说道："说得非常有道理。这个莫平生就住在莫成规家中，那就找个机会秘密逮捕他。"

当天晚上，在莫成规家附近的一条街道上，莫平生正匆匆忙忙地往家赶。

这段时间家中突遭大变，自己的叔叔好端端的竟然醉酒而亡。整个莫家如同天塌下来一般，莫平生自己突然间失去了最亲的亲人和最为依仗的靠山，总感觉心神不宁，好像有一种莫名的危险在逼近。

自己的叔叔莫成规虽然嗜酒如命，但酒量很大，几乎没有出现过在酒席上喝得酩酊大醉的状况，以至于一醉不醒！莫平生心中有一丝怀疑，却没有半点证据，只感到上上下下似乎都在隐藏着什么！甚至有军队中的高层特意交代，为保名声尽量低调地完成葬礼。

莫平生正匆匆走着，却没有注意到远远跟在他身后的一辆黑色轿车里，有几道目光一直在注视着他。

黑色轿车里的霍越泽开口吩咐道："就是这个人，跟上去找个僻静的地方迅速抓捕。这可是组长第一次把这种活儿交给我们，也是组长对咱们的信任。一定要做得漂亮点，不能出纰漏！不然在组长的眼中，就只剩下王树成的行动一队了。我们这些人什么时候才能出头？"

副队长沈翔点头应道："队长你放心吧，这点小事手到擒来，断不会出半点纰漏！"说完他推门下车，带着几个队员匆匆而去。

时间不长，几个队员抬着一个大麻袋回来，扔进后备厢，然后开车扬长而去。

刑讯科的审讯室内，被捆在粗大木桩上的莫平生，被一盆凉水猛地浇在脑袋上，悠悠地醒转过来。他慢慢睁开眼睛，看见面前站着一位面色冷峻的青年军官，正用冰冷的目光审视着他。

"这是哪里？你们是什么人？我是上尉、现役军官，你们简直是无法无天！"莫平生色厉内荏地说道。其实他心中已经有些不好的感觉，只怕这一次对自己下手的人来头非常大，自己那一丝对危险的预感恐怕要应验了。

宁志恒清楚地看到这位青年眼神中透出来恐惧，冷冷地说道："这里是军事情报调查处，你身为军人应该了解军事情报调查处是做什么的。"

宁志恒的一句话顿时让莫平生心头生出莫大的恐惧，感觉浑身一紧，就像跌进了冰冷的地窖一般！

莫平生不禁高声喊道："我是现役军官，即便要抓捕我，也是军法处的职责，你们军事情报调查处找我做什么？"莫平生当然知道军事情报处调查处是什么样的机构。如果被抓进军法处，还有生存之机，而一旦被抓进军事情报调查处，就意味着你再也不能活着出去了！

宁志恒没有理睬他，直接问道："我不想废话，现在你必须如实回答我的问题，但凡有一丝隐瞒，我当场就处置了你！"说完他根本没有听莫平生的争辩，直接问道，"你叔叔莫成规被日本人策反，成为卖国贼和叛徒，这件事你知情吗？"

"这不可能！我叔叔已经去世了，你们这是在诬陷！"莫平生大声争辩。他被宁志恒的问题吓坏了，自己的叔叔怎么可能会被日本人策反？

宁志恒紧紧地盯着他的眼睛，从他身体反应的细节来辨别他话语的真伪。最终他得出结论，莫平生对莫成规被策反一事真的不知情。宁志恒接着问道："在这半年里，你去永安银行取过几次款？每一笔是多少？"

宁志恒突如其来的发问让莫平生心中一惊，这件事情他做得很隐秘，这是他叔叔莫成规亲自交代给他的事，根本不可能有第三个人知道。

几个月前，叔叔交代自己在永安银行开设一个化名户头，每隔一段时间有人会把钱打入这个账户，然后他在第一时间取出来交给叔叔。但是这些钱的来源他并不清楚。毕竟莫成规身居高位，说不清道不明的收入有很多。莫平生以为这些在永安银行取出来的钱应该是其中一部分，可没有想到竟然被军事情报调查处的人盯上了！

莫平生闪烁的眼神被宁志恒敏锐地察觉到了，他心中暗喜：看来自己这一诈，竟然诈出了真东西！莫成规果然和永安银行有关联，而且这个莫平生绝对是知情者，或者就是直接执行者！

宁志恒手一挥，几名审讯人员立刻上前将一盆烧红的火炭和烙铁摆在莫平生面前。宁志恒冷声说道："我再给你一次机会，如实地回答我的问题，否则叫你生不如死！说，你这半年里到底到永安银行取过几次钱？都是什么时候？”

莫平生看到眼前的情景，知道自己根本熬不过这些刑罚，只好回答道：“总共取了四次钱，第一次十六万法币，第二次四万，第三次三万，第四次五万。”

“什么时候开的户？账号多少？以谁的名义开的户？”

“四个月前我去开的户，用的化名是蒋言锋。”

随后他交代了一个账户和四次取钱的具体日期，宁志恒一一记了下来。

宁志恒看着手中的审讯记录，现在他几乎可以确定，自己的突破方向是对的，永安银行一定是黑水间谍小组资金运转的主要渠道。

“取回来的钱都怎么处理的？”

“这我就不知道了，取出来的钱全部交给了我叔叔。具体怎么处理的，他并没有通过我。”莫平生答道。

审讯到这里，宁志恒得到了自己想要的东西，就结束了这次审讯。至于莫平生，既然抓进来了，短时间内不可能放他出去了。

第十二章

人前做戏

第二天一大早，宁志恒就拿着两份审讯记录赶到了赵子良的办公室。

赵子良刚刚上班，看到宁志恒急匆匆进来，不禁诧异地问道："怎么，昨天你刚刚拿到审讯记录，今天就有线索了？"

他知道宁志恒的破案能力出众，但这个案子经过了向彦这样老手的审问，自己也曾参与其中，确实没有再找出什么有价值的线索，也没有找到突破的方向和思路，只能暂时搁置了。难道宁志恒仅仅一天就找到了其中的破绽？这岂不是说自己这些人和宁志恒的差距有些大了？那可真有些尴尬了！

宁志恒微微一笑，举着手中的审讯记录说道："科长，忙活了一天，我只是找到一个侦破的方向，还不能确定是否正确。现在我遇到了难题，还请科长出面帮我解决一下。"

赵子良眼睛一亮，他知道宁志恒一向不好夸口，这一定是真的有线索了才找上门来。他高兴地说道："短短一天时间你就找到了侦破方向，志恒，你真让我吃惊不小！快跟我说说，都有什么收获？"

宁志恒将两份审讯记录放在赵子良的办公桌上，说道："科长，这两份资料是我昨天的审讯记录，其中一份是重新提审苏煜的记录，我从中找到了一点线索。"

赵子良根本没有看审讯记录，直接说道："这些我就不看了，你直接说吧。"

宁志恒就把审讯苏煜、莫平生的情况与自己的推测、判断详细讲述了一遍。

赵子良听着听着，眼睛一亮。他没有想到宁志恒竟然另辟蹊径，从黑水小组资金运转的方向入手，不由得赞叹这是个好思路。他开口说道："根据你的判断，这个永安银行是黑水小组资金运转的主要渠道。"说到这里，他眉头一皱，"可是在银行开户的人成千上万，我们如果每一个账户都去查证真实身份的话，根本无法投入那么多的人力和精力。这个办不到哇！"

宁志恒点点头，说："的确是这样。永安银行虽然规模不大，但储户人数绝对也是成千上万，而且真正的间谍小组成员都会采用化名，我们根本无从查起！所以，我们现在要把目标范围缩小，主要审查银行的流水，看看哪个账户突然存入巨额资金，之后几天又被全部取走，这样的账户就有可能是间谍小组成员的化名账户！"

听完宁志恒的话，赵子良一拍桌子，哈哈大笑道："志恒，还是你的脑子灵啊！短短的一天时间，就找到这么一个重要的线索。我们这些老家伙的脑子都锈住了，对这么重要的线索竟然视若无睹，险些让它从眼前溜掉。我这就提出申请，由财政部下令对永安银行进行临时检查，查验他们的账户！只是这个工作流程要等几天！"

赵子良认为宁志恒之所以来找他，是因为以宁志恒的级别无法做到这一点，需要赵子良的帮助。可让他意外的是，宁志恒摇了摇头，说道："科长，我来找你是为了查账，但绝不能这样兴师动众去查。"

赵子良一愣，疑惑地问道："怎么，你想私下里查账？"

宁志恒点头说道："如果走正常程序，光手续就要走几天，而且财政部那边也不好说话。另外，动静太大，也容易耽误事情。我想私下进行查账，这样省时省力，又不会惊动目标。"

赵子良说道："没有必要吧，银行内部的审查，除了银行内部的人员，这些客户又怎么会知道呢？"

"可是我想掩人耳目的原因，正是为了防范银行的内部人员！"宁志恒加重语气强调道。

赵子良一惊，深吸一口气，慢慢地说道："志恒，你认为这个永安银行本身就有问题?！”

宁志恒说道：“的确有这种可能。我昨天大致调查了一下，永安银行是江浙几名大商人联办的一家私人银行，成立之初，不过是为了资金运转的方便，并吸纳一部分融资。

“这些年来，永安银行一直没有什么发展，规模也不大，在金融行业里信誉度也不高，在银行业里并不出众。黑水小组为什么要选择这样一家实力和信誉都不出众的银行作为自己的资金运转渠道呢?

“原因之一，就是永安银行是一间普通的小银行，选择这个银行进行资金运转，不会引人注意!

“原因之二，就是它目前为止还是采用旧银行比较传统的管理模式，设有总经理一人、协理一人、总会计师一人，没有严格的复查制度。要想在其中做些手脚，难度相对小一些。

“除此之外，我认为黑水小组选择永安银行还有更深层次的原因。我有一种预感，这个永安银行的水，要远比我想象中的深！老实说，我有一个更大胆的想法。永安银行可能不单单是黑水小组拿它当资金运转的渠道，也许还有更多的间谍组织在使用这个渠道。毕竟只为了黑水小组就花费这么大的代价，是不是有些太浪费了！”

宁志恒的话顿时让赵子良瞪大了眼睛，说：“如果你的猜测是正确的，那么很有可能我们发现了一条日本间谍重要的资金运转渠道，顺着这条主线，我们可以找出其他隐藏的间谍组织来！”

赵子良越说越兴奋，按照这个思路，这一次将收获巨大，如果运气好，很有可能会重创潜伏在南京的日本间谍组织。

赵子良用极为欣赏的目光看向宁志恒，他知道这个年轻的部下非比寻常，看来这一次让他主持黑水案件的后续侦破工作是对了。赵子良有预感，这次一定会有大的收获。“你想怎么查?”赵子良决定不惜一切代价，倾尽全力协助宁志恒。

宁志恒说道：“我们要想不惊动银行的内部人员，那么只能通过银行正常的程序进行查验。我询问了一下，一般银行每隔一段时间要进行一次账目审核，国立银行是十天一次，私立银行一般是半个月一次。永安银行下一次的账目审核就在三天后。”他又将一张纸放在赵子良面前，说道，“这是永安银行五位股东的名字，他们都有权利使用自己的会计参与这一次的账目审核。

“我想利用其中一位股东的关系，把我们的人安排进查账人员中，暗中查一查最近有没有一些账户突然存入巨额资金，几天后又全部取出的情况。而且重点要查苏煜和莫平生的化名账户，验证一下他们交代的是否属实。”

赵子良表示同意，说：“这倒也是一个办法，但银行里商户资金流转的情况有很多，出现资金倒手也很平常。你这种查法只能减少目标范围，无法确定这是间谍组织的资金在运转。况且你要查验全部账户的资金流水，工作量太大了，只靠一个会计根本无法完成！要想办法找借口多安插几个会计，这些我来想办法！”

宁志恒点头说道：“还是科长考虑得周到！我只是想当然，有很多细节都没考虑到。”

赵子良笑呵呵地说：“你这脑子已经够厉害了，如果再把这些细节都考虑得严严密密，我们这些老家伙就真该给你退位让贤了！”说到这里，赵子良看了一下手中纸上的五个名字，突然指着其中一个说道，“白宏才！这个人我倒是有点印象，以前打过交道，这个人的底子还算干净，就选他吧！

“我亲自出面和他谈，这点小事，他不敢拒绝的。至于会计的人选，我会到会计室选几名精干的人员。之后我们再根据查账的结果锁定那些账户，然后在永安银行安插内线，重点跟踪这些账户的动向，这样就有可能找到真正的目标！”

两人商议已定，查账的工作交给赵子良，宁志恒回去等候查账的结果。

两天后，宁志恒突然接到杜谦的电话。

“组长，我又发现了上次的可疑车辆。我查了运货单，是以德茂公司的名义过关的，这家公司是个新公司，这两天才走的我的门路！”杜谦如实汇报。

“放行！一切我自有安排，不要多生事端，明白吗？”

“是，我明白！”杜谦一听自然不敢起疑，马上应道。

放下电话，宁志恒不由得有些头痛！这个杜谦太麻烦了，他一天到晚都盯着关卡，偏偏眼光还很毒，每一次地下党组织的运输车辆都没有瞒过他的眼睛。如果不是宁志恒的命令，他肯定要坏事的！

这太危险了！宁志恒不能把地下党组织的命运押在这个贪婪成性、唯利是图的小人身上。如果党务调查处那边不死心，或者是他口风不严，就会给地下党组织带来致命的威胁！

本来宁志恒看在杜谦这几天还算恭敬的分上，还想找个办法把他调离康元口关卡，饶了他这条命，可是现在看来，这个家伙绝不能留！

想到这里，他拿起电话，给行动一队打了过去。

“通知副队长赵江，让他马上来见我。”宁志恒吩咐道。

大概过了一个小时，赵江急匆匆地来到宁志恒的办公室。

“组长，你找我？”赵江立正敬礼，然后说道。

“这些天杜谦身边有没有发现可疑人员？”宁志恒问道。

“据我观察没有。倒是昨天有人去了他家里，好像和杜谦吵了几句，出门之后还被杜谦骂了一顿，最后两人不欢而散。”赵江一五一十地叙述着。

“知道是什么人吗？”宁志恒一惊。

“我派人跟踪，这个人一路赶到警察总局副局长韩兴平的家里，待了半个小时左右才回家。后来确定这个人叫裴文耀，是警察总局的一位科长，应该是韩兴平的手下！”赵江回答道。

宁志恒暗自点头。赵江这个人没什么出众的才能，但他的长处是听话，对宁志恒的命令执行得很彻底，从不打半点折扣。这也正是宁志恒看中他的原因。

从赵江的叙述中可以看出事情的大概，应该是韩兴平的手下受命前去找杜谦谈事情，可是杜谦已经和韩兴平撕破了脸皮，自然不会给韩兴平的手下好脸色，搞得不欢而散。既然如此，干脆一不做二不休，正好借杜谦这件事找上他，宁志恒倒要看一看这个韩副局长到底有多大的底气敢和他打擂台！

“从现在开始，马上放弃对杜谦的监视，把你的人都撤回来吧！”宁志恒吩咐道。

“是！”赵江点头领命，马上出去安排。

宁志恒不禁心中暗恼，看来这个韩兴平还是利欲熏心，突然丢掉了这么大一笔财源，自然于心不甘，竟然找到杜谦门上去了，这还有没有把他宁志恒放在眼里？

宁志恒交代完赵江，看了看时间，已经接近中午，干脆提前下班，徒步出了军事情报调查处。

他很快赶到左氏兄妹的住所。按照特有的节奏敲响院门，很快左强开门将宁志恒让进去。

“就你一个人？”宁志恒问道。

“大哥和二姐去黑市上转转，想着搞点趁手的家伙备用。我在家留守，等您的消息！他俩现在也该回来了。”左强赶紧报告。宁志恒之前特意交代过，家中必须随时有人留守，等候宁志恒的指令。

宁志恒没有多说，坐在客厅里等左刚他们回来。左强奉上茶水，守候在一旁。

宁志恒轻抿了一口茶，靠在长椅上闭目养神，仔细思虑了一下。明天就是永安银行检查账目的日子，不知道科长赵子良安排得怎么样了。看来明天晚上就可以得到具体的消息，但愿一切顺利，能够有所收获！

很快，左刚和左柔赶了回来，两人手里各提着一个木箱，看样子是新购买的装备。

看到宁志恒坐在客厅，左刚赶紧问道：“少爷，您这次有什么事情让我们做？”

宁志恒睁开眼睛，轻轻说道：“有件棘手的事交给你们。”说完，他将一张照片和一张纸递给左刚吩咐道，“这是西城警察局局长杜谦，还有他的日常生活规律记录。找个机会取了他的性命，收尾要干净，越快越好！”

左刚接过来照片和记录，点头说道：“知道了，少爷！我们尽快动手！”

宁志恒想了想又叮嘱道：“不要流血，给他留个全尸！”

毕竟杜谦跟他这段时间，对他恭恭敬敬，没有半点怠慢。要不是他实在威胁太大，宁志恒是不愿意下这个狠手的。

第二天上午，宁志恒在办公室里办公，孙家成进来报告道：“组长，杜谦昨天晚上被人杀了！”

宁志恒一听，脸色一沉，问道：“怎么回事？”看来左氏兄妹的动作很快，刚交代完任务，当天晚上就动了手。

孙家成将一张通告公文递到宁志恒的桌上，说道：“今天早上接到警察局的通告。他们说早上发现杜谦死在自己家里，知道杜谦是您的门下，连杀人现场都没敢动，现在等您的指示！”

宁志恒一听这话，马上起身，取过大檐军帽和外套，对孙家成说道：“第一行动队全副武装，整队出发，随我去现场看一看！”

命令一下，整个第一行动队以极快的速度集结，迅速赶往杜谦家中。

杜谦家就在西城警察局附近，是一个很大的宅院。宁志恒率队赶到时，门外已经停了好几辆警车，数名警察正在等候。

看到一队全副武装的军人横冲直撞地冲过来，几名警官赶忙迎上来！为首的警官四十多岁，留着两撇小胡子，脸色惶恐地看着宁志恒一行人。他小心翼翼地说道：“卑职是西城警察局侦缉警长丁大海，不知您是哪位长官？”

一旁的孙家成低声喝道：“这是军事情报调查处的宁组长，专门为了杜局长的事情前来查看命案现场！”

“是，是！原来是宁组长，卑职有眼不识泰山！”丁大海是杜谦的心腹，一听就知道是宁志恒来了，赶紧毕恭毕敬地站立一旁。

王树成一挥手，手下的行动队员立即将这个大院团团围住。宁志恒抬腿就往院里走去，其他人紧随其后。

在丁大海的指引下，一行人赶到卧室，就见杜谦的尸体直挺挺地躺在卧床上。

“查验死因了吗？”宁志恒问道。

一直跟在他身后小心陪同的丁大海赶紧汇报道：“杜局长脖颈处有大片青瘀，应该是凶手直接用胳膊勒住了杜局长的脖颈，直接死因是窒息而亡！”

宁志恒仔细看了看杜谦的脖颈，看来左刚还是有经验的，没有用手指去掐呼吸道，这样办案人员得不到什么有价值的线索。

“看来是个老手。”宁志恒点头说道，“杜谦家中的财物有没有损失？其家人有没有受伤害？”

丁大海赶紧回答道：“没有财物的损失，家中所有东西都没有丢失，杜局长的家人也没有受到伤害。他的妻子睡眠不好，两个人是分房睡的。凶手对杜局长的日常生活规律很了解，是直接潜入卧室对杜局长下手的，一点线索都没有留下。家人一点动静都没有听见，早上才发现杜局长被害的！”

“这件案子警察总局没有来人查看吗？”宁志恒接着问道。

“早上我一接到报警，就上报给了总局，后来他们来了两名警官看一眼就走了，说是要请示上级，让我们等通知！”丁大海说道。

宁志恒一听就知道，这两个警官的上级肯定知道杜谦的背景，回去发通告给军事情报调查处来通知自己。宁志恒冷哼一声，说道：“这明显是有目的的仇杀，马上去询问一下家属，调查这些天来有什么人和杜谦起过冲突！”

宁志恒的用意很明显，很快王树成就把前天有人找上门来，和杜谦吵了几句的事情说了出来，家属证实此人是警察总局的一位科长裴文耀。

“不知死活的东西！马上抓捕裴文耀，我要让人知道，想打宁某的脸，我就扒了他的皮！”宁志恒咬牙切齿地说道。

孙家成领命，马上带领一队人马前去抓人。一旁的丁大海看着宁志恒铁青的脸色，不禁暗自心惊，看来这位宁组长是要大开杀戒，搅起一场风雨来立威了！

宁志恒命令王树成把收尾工作做好，自己带队回到了军事情报调查处。他沉着一张脸，身边的人都不敢多言。

回到了自己的办公室，宁志恒这才放下伪装，在屋子里来回踱步。

他要逐步向警察总局施加压力，迫使韩兴平出面。如果他龟缩不出，那自己干脆就找上门去，总之要迫使警察总局同意将康元口关卡交与自己掌握。

康元口关卡至关重要，它是南京城通往后方的必经之路，也是地下党组织物资运输线上至关重要的一点，绝不能落入别人的手中。至于由谁来接替杜谦为自己掌控这条运输线，宁志恒手里的人才有限，警察部门里只有刘大同这一个手下，看来是没有选择了。

宁志恒在心里盘算了半天，仔细考虑下一步的动作。他时间有限，必须尽快完成这件事情，把精力投入日本间谍组织追查上去。

这时，孙家成敲门进来，汇报道：“组长，裴文耀已经抓回来了。只是当时他正在警察总局上班，费了点手脚，闹出点动静，估计很快他们就会和您联系！”

宁志恒点头说道：“你们做得很好，我就是想闹出点动静来。抓了裴文耀，他身后的韩兴平一定会跳出来。我倒要看一看，这个韩兴平是不是吃了熊心豹子胆，敢从我的嘴里抢食！”

孙家成抓捕裴文耀，确实闹出了不小的动静。当时一行人马横冲直撞进了南京警察总局的办公室，直接带走了行政科科长裴文耀。这个消息几乎在第一时间就传到了副局长韩兴平的耳中。

办公室里的韩兴平，正在坐立不安地走来走去。从今天早上开始，就不断有意外的状况发生，首先是西城警察局报告，局长杜谦在自己家中被人杀害。

当时这个消息让韩兴平心中一喜。杜谦原来是自己的人，可是半个月以前被中央党务调查处盯上，他向自己求援时被拒之门外，从此二人交恶！没想到，杜谦竟然绝地逢生，生生抱住了军事情报调查处行动组长宁志恒的大腿。结果这个宁志恒作风更是彪悍，强行出手干预，最终迫使中央党务调查处退出了此次调查。

杜谦因此逃出生天，并顺势拜在了宁志恒的门下，这些天来到处张扬，四下宣传，搞得尽人皆知，都知道他如今的新主子是军事情报调查处的实权人物。杜谦掌管的两个至关重要的运输关卡，其中有三成的利润是要孝敬给韩兴平的，现在不用说，一大笔财源肯定是丢掉了，这让韩兴平心如刀割！

最后他终于忍不住,派自己的得力部下裴文耀前去与杜谦谈判,威逼利诱,试图再争取回来一点份额。可杜谦如今腰杆子强硬，一顿臭骂将裴文耀赶了出来。韩兴平恼羞成怒，可是又不敢得罪他身后的人物，只能暗暗地忍下这口气。

可没想到，事情刚刚过去两天，杜谦就被人杀死在家中。韩兴平幸灾乐祸之余突然醒悟到，杜谦被杀，他身后的宁志恒岂能干休，四处追查之下，会不会找到自己头上？要知道自己和杜谦交恶的事情众所周知，如果宁志恒能够找到杀人凶手也还罢了，如果找不到，只怕这件事自己可就脱不了干系了！

就在他惶恐徘徊之时，接到手下的报告，行政科长裴文耀竟然被军事情报调查处的人直接从办公室带走了！为首的军官宣称，裴文耀涉嫌杀害西城警察局局长杜谦，军事情报调查处要带他回去协助调查。这个消息让韩兴平更加惊恐不安。

事情很明显，宁志恒已经把矛头对准了他。裴文耀进了军事情报调查处的大牢，他们想要什么样的口供得不到？只要裴文耀指认韩兴平为幕后真凶，那么下一个被带走的人，就是他警察总局副局长韩兴平了！

已经预感大祸临头的韩兴平，此时如热锅上的蚂蚁惊恐不安！绝不能等到军事情报调查处的人上门，否则一旦被抓进去消息隔绝，自己连求援的能力都没有了！他必须尽快自救！

韩兴平一刻也不敢耽误，立即抓起办公桌上的电话。“厅长，我是兴平！”

电话那边的人自然是他的靠山、警察厅副厅长温绍。韩兴平是温绍的老部下，他能有今天的地位，全靠了这位老上司的提携和荫庇，现在他把所有希望全寄托在温绍的身上了。

电话那边的温绍听完韩兴平的叙述半晌不语，就在韩兴平焦急万分时，温绍开口说道：“你马上离开办公室，也不要回家，以最快的速度到我这里来！来了之后我们再商量！”

韩兴平听到这话如蒙大赦，他一刻都不敢耽误，急急忙忙地冲出办公室，招呼自己的司机，一路飞驰赶到警察厅，以最快的速度来到温绍的办公室。

敲门进入，就看见温绍正在和人通着电话。

“老赵，你我这么多年的交情了，做什么事情不能先打个招呼吗？直接就上门抓人，搞得我有些措手不及呀！”温绍颇有些无奈地说道。

“呵呵，这件事我真不知情。不过宁志恒做事一向是有分寸的，再说不过是个小科长，抓了也就抓了。怎么，这个人和你有关系？”电话那边竟然是军事情报调查处的行动科长赵子良。

原来温绍当初也是处座的部下，当然在情分上要比谷正奇和赵子良这些人差上许多。后来处座突然发迹，手下的人都被一一提拔，就连温绍也借着这股东风坐上了警察厅副厅长的位子。由此温绍和谷正奇、赵子良等人还都有些香火情，这次为了韩兴平也算是尽力了，不惜花费人情向赵子良求情。

“确实有些联系，主要是有些事情可能和你的那位部下产生了误会，这才给你打电话先行沟通一下！”温绍仔细解释着。他在电话里将这整件事情给赵子良讲述了一遍，最后说道：“老赵，能不能先把人放了？这个裴文耀在你们那里万一受不住拷打，胡说八道就不好了！”

赵子良在电话那边也觉得为难，换作别人倒还好说，但是宁志恒不一样。他年轻有为，精明能干，是保定系中的后起之秀，是黄贤正副处长的爱将，其根脚并不在自己之下。如今他新收的门下刚刚被杀，抓来的嫌疑人还没有审，就让自己给强令放人，试想他的心里能愿意吗？就算他服从命令把人放了，只怕这心里生了嫌隙，日后可就不好相处了！

“老温，不是我不给你面子，只是这件事情只怕和你说的有些出入。裴文耀前脚和杜谦起了冲突，转过天杜谦就被杀死在家中，真的会有这么巧的事吗？他是不是真的无辜，只怕你那位部下心里最清楚！

“而且这个宁志恒根脚深厚，他是黄埔军校的毕业生，还是黄贤正黄副处长的嫡系、贺峰的得意门生、保定系的骨干成员，就连处座也对他青睐有加！为了你的那位部下，和这样的人交恶值不值得？此人日后必然前途无量，我们做事还是要往远看哪！”

赵子良想了想还是没有答应温绍。官场中人权衡利弊，自然要比较哪头轻哪头重。况且自己手中的案子正到了关键时刻，永安银行查验账户的结果马上就要出来了，自己要借重宁志恒的地方甚多，这件事情才是头等的大事！至于那个小小的韩兴平，在自己眼中不过贩夫走卒尔，与己何干！

无奈地将电话放下，温绍脸色阴郁，他盯着恭敬站立在一旁的韩兴平，低声厉喝道：“你给我说实话！杜谦的死到底是不是你干的？”

韩兴平眼见自己的靠山都无功而返，顿时心头一凉，扑通跪在地上，指天发誓道：“厅长，真不是我做的！我就是再傻，也不至于动手杀人哪！一定是杜谦往日的仇家找上门去了，可偏偏军事情报调查处把这件事安在了我的头上！厅长，你要救救我，看在我多年跟随你的情分上救救我吧！”

韩兴平的哀求之声不断，温绍不禁左右为难。看了看眼前吓成一团的韩兴平，温绍的心有些不忍，好歹跟了自己这么多年，难道真的看着他去死？

他拿定主意，缓缓地对韩兴平说道：“刚才的电话你也听到了，军事情报调查处的那位宁组长背景深厚，就连处里的高层人士都不愿意得罪他，最后还是驳了我的面子。你这件事情很难办哪！我估计很快他们就会拿到裴文耀的口供，找上门来！”

听到温绍的话，早已六神无主的韩兴平如堕地狱，他只能不停地乞求道：“厅长，我该怎么办？我真的什么都没做，祸从天上来！”突然之间，他想起了什么，赶紧说道，“我想起来了，杜谦前段时间被中央党务调查处盯上，走投无路之下才花重金拜在这位宁组长的门下。我当时也是气不过杜谦改换门庭，曾打听过这位宁组长，据说他没有什么别的嗜好，只是特别喜欢英镑和美元！我愿拿出所有身家，求厅长从中周旋，只求躲过这一劫！”

温绍眼睛一亮，暗道爱财就好哇！他最怕这些个黄埔军校毕业生年纪轻轻眼高于顶，油盐不进，没想到这次遇到了一个爱财的主儿！做工作有切入点就好，这年头只要有利益诉求就可以坐下来谈一谈嘛！

想到这里，他拿起电话给赵子良拨了过去。这一次他的要求极低，只要求保下韩兴平，其他条件随宁志恒出。韩兴平愿意拿出所有身家破财免灾，只求赵子良做个中人！可以说温绍把姿态放得非常低了。毕竟是多年的朋友，赵子良也不好再推辞，答应从中周旋。

赵子良放下电话，仔细想了一想，给宁志恒打过去。

此时，宁志恒正在办公室里等候孙家成的消息。只要拿到裴文耀的口供，他就直接对韩兴平下手，到时候什么条件还不是随自己来开。

桌上的电话铃声响起。他拿起电话，竟然是科长赵子良打来的。“科长，是永安银行的账目查验出结果了吗？”宁志恒的第一反应是关于永安银行的事情，没想到这么快就有结果了。

“志恒，永安银行的查验结果明天才能出来，工作量太大，我们的人正在抓紧进行，不要着急！”说到这里，赵子良犹豫了一下，终于把话题转到韩兴平身上，“我找你是因为别的事情，听说你因为西城警察局局长杜谦的死抓捕了警察总局的一个科长？”

宁志恒一听就知道，这是有人把事情通报给了赵子良，不过他并不担心，这件事其实就是做个样子唬一唬外人。他最终的目的就是要和韩兴平谈条件，把康元口关卡掌握在自己手中。现在赵子良把电话打过来，说明韩兴平以及他身后的人已经开始做工作了。现在开始谈条件也好，倒是省去了审讯裴文耀的麻烦！

“是的，科长，没想到这件事惊动了您。不知道您有什么指示？”宁志恒回答道。

“我没有什么指示。是韩兴平身后的人——警察厅的副厅长温绍做了工作，说韩兴平想和你当面谈一谈。他的姿态放得很低，只求保住一条命，并愿意出身家向你赔礼！志恒，我只是做个中人，温绍也是处座的老部下，实在推辞不掉哇！看你的意思如何？”电话里赵子良说得很委婉，把温绍给的条件讲了出来，让宁志恒自己决定。

宁志恒当然知道见好就收，他赶紧恭声说道："原来竟然是科长您的老朋友，这次是志恒鲁莽了，一切都以科长您的意思为准，志恒绝无半点怨言！"

"哈哈！"电话那边的赵子良哈哈大笑，觉得这个年轻人对他这个上级的态度绝对是恭敬有加，内心十分满意，"我的意思很简单，事不能做绝，但也要让他们明白，军事情报调查处的权威不容置疑和侵犯！条件你尽可以提，不用太顾及我，我也只是推辞不过而已！"

赵子良的话恰到好处，话里话外的意思是对宁志恒有所偏袒。但宁志恒又何尝不知道，赵子良能打这个电话就已经说明了他的立场：这件事不宜闹大，见好就收吧！

两人在电话里商定好了意见，由赵子良通知韩兴平，当晚在德运酒楼包间宴请宁志恒。

当天晚上，双方达成共识，宁志恒看在赵子良的面子上没有狮子大开口，只要了韩兴平三万美元。韩兴平爽快地同意将北华警察局的侦缉警长刘大同提升为西城警察局的局长，同时放弃在康元口关卡的一切收益！宁志恒则放弃追究杜谦的死亡责任，不仅放过了韩兴平，还大方提出释放已经抓捕的裴文耀，只要韩兴平在监狱关押的死刑犯里找一个替罪羊即可！

宁志恒的本意也不想伤及无辜，只是拿裴文耀做个由头，逼韩兴平让步。事情至此，皆大欢喜！

第十三章

柳暗花明

宁志恒出了德运酒楼，早就等在外面的刘大同赶紧迎了上来。

“组长，事情谈得怎么样？”刘大同有些紧张地问道。自从接到宁志恒的电话，他这心里就没有一刻平静过。

七个月前，他还是一个天天在街面上苦熬日子的小巡警，机缘巧合遇到了当时刚刚出了军校的宁志恒，随后他的生活就发生了翻天覆地的变化，在两个月后直接升任侦缉警长。

正当他这个警长做得有滋有味，以为这就是他人生中最辉煌的时刻时，得到宁志恒的消息，自己马上又要走马上任，当上西城警察局的局长！要知道同样是警察分局，也要分三六九等的。北华警察局属于那种垫底的小分局，可西城警察局是个管辖范围足足大出二倍有余的大分局，而且地理位置极其优越！

这样一个重要的位置竟然落在了自己头上，他到现在还感觉是在做梦一样！

看着刘大同患得患失的眼神，宁志恒不禁笑道：“你紧张什么？不过是个小小的西城警察局长，借韩兴平个脑袋他也不敢说不同意！难道他真的不知好歹，想吃军情处的牢饭？再说我们只有枪子，牢饭都没的吃！”

难得听宁志恒说笑，刘大同也嘿嘿笑了起来，说道："只是觉得有点突然，没想到我刘大同也能当上警察局的局长。这下祖坟真的是冒了青烟了！都是托组长您的福，不然我一个臭脚巡怎么能有今天！"

"这些话就不说了！"宁志恒摆了摆手，语气郑重地吩咐道，"你去就任西城警察局局长，以后最重要的任务就是把平安港和康元口这两个关卡牢牢地掌握好，尤其是康元口关卡，是至关重要的运输线。你要随时准备好听候我的安排！"

听到宁志恒的吩咐，刘大同这才明白自己能够担任西城警察局局长的真正原因。

宁志恒想了想，接着说道："你回去马上把工作安排好。北华警察局警长的位子留给宫季安，那里还是要留一些人！陈延庆要带到西城警察局，给他一个警长的职位。他是个人才，做事仔细又有文化，以后会有更好的前途！"

刘大同赶紧点头称是。自己去西城警察局，初来乍到，人地两生，自然需要有自己的兄弟帮衬。北华警察局能够带走的兄弟他都打算带走，毕竟人往高处走，西城警察局比之以前的环境可强多了。

宁志恒没有再多说。现在刘大同身后也有自己的一些班底，当然也有自己的盘算！

第二天上午，宁志恒接到赵子良的电话，称永安银行查验账目的结果出来了，让他马上过去商议一下。

宁志恒赶到赵子良办公室的时候，里面还有一个中年男子正在整理手中的资料。

赵子良看到宁志恒进来，赶紧招呼他上前，指着那位中年男子介绍道："这是负责此次查验账目的会计朱才捷，让他给你说一说情况！"

宁志恒向朱才捷微微点头寒暄道："辛苦了！"

朱才捷赶紧说道："应该的，应该的！现在我简单介绍一下情况，我们昨天进入永安银行，一切都很顺利，并没有引起银行内部人员的怀疑。露面的只有他们的总会计师童华翰和协理耿博明，总经理谢浩初没有出现。我们花了一天的时间将账目过了一遍，发现账目做得很漂亮，没有找出任何错误。于是我们找借口查验了近半年的账目流水，发现确实有一些账户存在短期进出资金的情况，我们都做了记录！”说到这里，他有些为难地说道，“这个数量比较多，要想具体往下查，工作量有些大！”

宁志恒接过他手中的材料，只见这三张纸上密密麻麻地记录了许多账户。“是有些多，看来我们还要想办法缩小目标范围，不然我们没有这个精力！”看到这份资料，宁志恒顿时感到头痛，这和他预想的有些出入。他又问道：“那两个化名文树和蒋言锋的账户流水有问题吗？”这是已经确定下来的黑水小组使用的账户，必须重点查验！

朱才捷回答道：“这两个账户是我们查验的重点，可奇怪的是，这两个一直是空账户，没有任何资金流水的记录！”

“你说什么？没有资金流水的记录？”宁志恒眼睛一眯，再次确认性地问道。

朱才捷点头说道：“确实没有。我们仔细查验过，这两个账户近半年来没有任何资金流水的记录！”

赵子良这时开口说道：“我看到这个结果的时候也很疑惑，有没有可能是苏煜和莫平生说了谎，可是不应该两个人都在说谎啊！”

宁志恒沉思了半晌，慢慢地说道：“他们不可能说谎。苏煜已经是等死的人了，就像他所说的，他没有必要为日本人隐瞒！莫平生也没有隐瞒的理由，他对莫成规被策反的事情根本不知情，他都已经交代了领取赃款的事情，难道会凭空往自己头上扣盆子吗？

“只有一个结果，我们之前的猜测是正确的。永安银行里面有潜伏的日本间谍，他们将间谍组织活动经费每一次的流水记录都抹除了，因为收支平衡，这样在总的账目上没有错误，做账自然没有漏洞！”

赵子良也点头说道：“我同意你的判断。看来日本间谍组织选择永安银行做资金运转的渠道，就是因为永安银行管理模式简单，容易做手脚，银行里有人可以把资金运转的痕迹抹除得一干二净！”

宁志恒转头问朱才捷：“以你对永安银行账户管理程序的了解，谁有能力做到这一点？”

朱才捷仔细想了想，最后才开口说道：“一般的职员肯定是做不到的，因为中间要过几道程序。如果只是要抹除几个账户的流水，那总会计师和协理，还有总经理都可以做。永安银行的管理模式还比较落后。”

赵子良点头说道："也就是说，这三个人中至少有一个是日本人的内应！真是柳暗花明又一村！"说完，他将手中那份材料扔在桌上，接着说，"这些就用不着了，估计真正的间谍账户上的流水记录都被抹除了，我们把精力放在这三个人身上！"

宁志恒赞同地说："秘密调查这三个人，一定不要打草惊蛇。永安银行是我们找到日本间谍组织的大门，惊了他，这个大门一关，我们就什么也得不到了！"

赵子良为难地说道："可这些人的活动范围都在银行里面，而且只需要在账目上做手脚就可以，我们常用的跟踪监视手段用不上啊！"

宁志恒坚定地说道："从他们的经历、身后的背景入手调查。一个间谍不可能一点痕迹都没有留下，只要我们肯下功夫去找，肯定能发现！另外，我觉得账户上我们也不能就这样放弃，反而应该作为重点再查一遍！"

这番话让赵子良和朱才捷有些摸不着头脑，赵子良说道："再查一遍？你想怎么查？"

宁志恒琢磨了很久，才慢慢地说道："科长，我有个设想，但是不知道有没有效果！"

他又转头问朱才捷："你了解永安银行的存取流程吗？一笔款项的存取和支出应该有原始的单据，这个单据的保留期限是多长？"

朱才捷一听，仔细回想了一下，回答道："我没有问过，具体情况各家银行不一样，不过据我对银行业的了解，原始单据一般保留一年到两年之间。"说到这里，他终于明白了宁志恒的思路，接着说道，"宁组长，您是想通过查验银行的原始单据去比对这一次查验账户的结果。如果有的账户在原始单据里产生过资金流水，可在最后的总账目上没有记录，就说明这个账户被人动过手脚，从而证明它是间谍账户，对吗？"

"对，是这个意思！"宁志恒点头说道。

朱才捷摇头苦笑道："您这个思路很对，但是工作量太大，我们很难完成，而且要想取得这些原始单据不可能绕过总会计师童华翰，现在还不能确定童华翰有没有问题，这可怎么办？"

"那就先确认这个童华翰的身份是否有问题。如果他是日本间谍，怎么也绕不过他，那就想办法制造一起事件让他休息一段时间，我们再进行查验。

如果他的身份没有问题，那就最好了。我们和他私下沟通，让他配合我们的行动，找出这些被抹除资金流水的间谍账户，然后采取下一步的措施！”宁志恒斩钉截铁地说道。

一旁的赵子良也插言道：“至于人手问题，我会请示处座，调集军事情报调查处的所有力量，多费些工夫也无妨！只要能找出日本间谍，这些都不是问题！”

“那就要上报处座了。这件事情我们的力量有限，再说等找出线索来，处座还是要情报科插手的！”宁志恒委婉地向赵子良建议。

宁志恒的话让赵子良陷入沉思。老实说，现在他的心气不小，行动科在军事情报调查处的分量越来越重，也越来越被处座看重，他总想着再做出一些大成绩，彻底压过情报科去！可是他也知道，这不是短时间能做到的。处座最信任的还是情报科，这些年一直不遗余力地向情报科投入资源，如今情报科以雄厚的实力把别的科室都甩在身后。宁志恒说得很对，等案子进行到一定阶段，处座一定会让情报科介入，区别不过是功劳能分多少。

他思虑再三，终于点了点头，说道：“这件案子非同小可，必须马上上报给处座，看他的安排吧！”说到这儿，他又郑重地对宁志恒说道，“大方向还是由我们来掌控。你回去再好好想想下一步的具体措施，这次我们要唱一出好戏，让大家都看一看我们行动科如今的实力！”

事情商议妥当，赵子良马上出门向处座汇报。宁志恒回到自己的办公室等候消息，他估计很快处座就会召集情报科和行动科负责人分析案情，自己作为案件的执行人一定会被召去应对，现在只需静等电话就是了。

不出他所料，办公桌上的电话不久后响起，赵子良命令他马上去处座那里汇报案情！宁志恒一刻也不耽误，快步赶往处座的办公室。

进入处座办公室，果然如他所料的那样，情报科的两位科长和行动科的两位科长早已等在那里。

看到宁志恒进来，处座笑着说道：“我们的神探来了。这一次又是志恒发现了新的线索。有时候我真的很羡慕子良，平白就捡了这个人才！”

“处座过奖了，志恒愧不敢当！能有今天，全仗处座和几位前辈的看重，志恒感激涕零！”宁志恒赶紧谦虚地说道。

赵子良颇为得意地笑道："志恒的表现有目共睹，能有今天的成绩，也是他自己争气！"

说了几句闲话，话题马上就回到案子上面。按照惯例，仍然是作为案件主要执行者的宁志恒开始介绍案情。

于是，宁志恒从重新审讯苏煜，到抓捕莫平生，再到锁定永安银行进行账户查验，一步一步阐述了自己对案情的分析和以后走向的判断。最后他总结道："这一次我们对永安银行抱有很大期望。据我们判断，这家银行绝不仅仅是一个黑水间谍小组的资金通道，而可能是几个或者更多的日本间谍组织的资金运转渠道。只要我们顺藤摸瓜，很有可能会找出更多的日本间谍，重创日本间谍组织在南京的潜伏力量！"

宁志恒侃侃而谈，所有人热血沸腾。如果事情真的像宁志恒分析的那样向后发展，那绝对是情报战线上一场巨大的胜利！

谷正奇不禁开口说道："能够别出心裁，从这么细微的破绽里找到漏点，也就你宁志恒能做到！好吧，这一次行动科肯给面子，我也不贪心，这件案子还是由你主持，我们情报科会全力配合，绝不打折扣！"

"哈哈，老谷你这次还是很不错的嘛，我还以为你又想和以前一样吃干抹净呢！放心，事成之后，断不会让你吃亏！"赵子良哈哈大笑道。

谷正奇眉头一皱，赵子良的话在他听来尤其刺耳。其实这一次，情报科的优势原本是非常大的，孟乐生一直在自己的掌握下，策反莫成规案子已经拿下，可是偏偏没有人注意到收买莫成规的资金运转情况，这一点最后还是被这个眼光毒辣的宁志恒找了出来。自己一手好牌还没打出去，别人已经出完牌了，着实叫人郁闷！看来自己手下能独当一面做事情的人太少了！

谷正奇心里正在自怨自艾，宁志恒开口说道："我们现在遇到了一些难题，那就是首先要对永安银行的总会计师童华翰进行身份甄别，因为下一步查验原始单据必须得到他的配合，不然无法进行下去。可是我们常规的监视手段用不上，所以我想从他的家庭背景、生活经历方面入手。可对于这些情况的调查，我们行动科能力有限，这应该是情报科的强项，所以我想请情报科完成对童华翰的甄别调查，不知谷科长意下如何？"

谷正奇听到宁志恒把第一件工作就交给了情报科，心中一喜。他笑着点点头，说道："这件事就交给我们吧，五天，不，三天时间，我们一定把这个童华翰的资料准确无误地送到你面前。"

宁志恒赶紧笑着回答道："那太好了！一言为定，三天后我们根据调查的结果决定下一步措施，但不管他配不配合，查验原始单据这一步我们是省不过去的。"说完，他把目光转向一直端坐不语的处座，恭敬地说道："这一步我们需要大量的人手，时间不能拖长，不然容易暴露，还请处座安排！"

一直没有多说话的处座见宁志恒把事情分派到他的头上，不由得哈哈一笑，说："人手不是问题。军情处的会计室人员全部交给你们调派，不够的话，你们还可以向其他分站调派人手，但要保证所有参与案件的人员必须是我们军情处的人，不能让消息泄露！"

宁志恒赶紧点头说道："这个工作最难的就是工作量太大，只要人手跟得上，其他的都不成问题，一定不会让处座您失望！"

之后的具体细节商量完毕，这一次的案情分析也告一段落，接下来的工作交给情报科，由他们来完成对永安银行总会计师童华翰的身份调查。

这边宁志恒的准备工作也紧锣密鼓地展开，赵子良在这边联系好会计室，调集足够的财会人员。

宁志恒回到办公室，马上把孙家成叫了过来。"你立即调查永安银行里开具存取原始单据的营业人员，要秘密完成，千万不能打草惊蛇。"宁志恒吩咐道。

"需要具体到什么程度？"孙家成问道。

"家庭背景、个人履历，尤其要看看有没有和日本方面产生过交集，总之尽可能详细。"宁志恒说道。尽管他觉得一般的营业员不会有什么问题，但仍坚持逐一排查，不放过一点蛛丝马迹。

第二天，刘大同的正式任命下达，当天他就带着人到西城警察局就任，晚上大摆宴席，邀请各方面的人士，只要是西城管辖地区叫得上名号的人物都下了请帖。

宁志恒带着自己的下属军官悉数到场，顿时将所有的宾客镇住了。

新任西城警察局局长的背景和靠山，竟然是军事情报调查处的宁组长！怪不得刘大同能够脱颖而出，抢占了这个肥得流油的局长位子。宾客们原本还有些人心浮动，这一下就风平浪静了。

之后刘大同几乎没费吹灰之力，顺利地将陈延庆和温兴生提升为警长。西城警察局原来的人员除了丁大海留下外，其余的老人都被刘大同找借口立威给打发了出去，至此刘大同将西城警察局全盘掌控在自己手中。

这一消息以极快的速度扩散开来，自然也瞒不住那些走私物资的各家商行的老板。以前都是走杜谦门路的走私商人们，现在都知道西城警察局局长刘大同这个名字了，纷纷前来拜会。一时之间刘大同的新宅邸人流涌动，太多的贺礼将客厅堆得都放不下。

刘大同的媳妇看着这眼前的一幕幕，恍然置身在梦中。她万万没有想到一向落魄的刘家竟然会一朝富贵，简直不敢相信自己的眼睛！刘大同还算冷静，在陈延庆和其他弟兄的帮衬下，着手处理各项事宜，办得也算井井有条。看着眼前这些人来来往往，不时有人上前刻意奉承，刘大同也随口打着哈哈应酬着。

这时一张名片递到眼前，一位相貌精明的中年人满面笑容地对刘大同说道：“鄙人德茂贸易公司祝洪波，欣闻刘局长升迁之喜，特意登门恭贺，一点意思不成敬意，还望笑纳！”

时间飞快过去，三天时间转眼就到，情报科将童华翰的调查结果第一时间送到了行动科长赵子良的手上。在赵子良的办公室里，宁志恒仔细翻阅着童华翰的资料。

童华翰，三十八岁，湖北武汉人，自幼在武汉读书，后从自强学堂，也就是武汉大学的前身毕业，一直在国内金融行业工作，身家清白可查。资料上还有童华翰每个阶段的调查证明，情报科甚至把询问证明人的文字记录都整理出来，还不知从何处找来了两张童华翰青年时的照片。可以说这份资料已经将童华翰半生的经历都详细记录了下来，就连他身边亲人的情况都没有遗漏！

宁志恒不得不承认，情报科的功课做得太漂亮了。看来情报科能够有今日的地位，其实力和底蕴确实不是行动科能相比的。

“科长，这个人单从资料上看是没有问题的，不过我要和他当面接触后才能确定他的身份！”宁志恒仔细斟酌了一下，慢慢地开口说道。

“好，你是执行者，自己拿主意吧！”赵子良表示赞同。

当天下午六点，永安银行门口，总会计师童华翰拎着公文包走出来，伸手叫了一辆黄包车。这个时代除了公务用车，私人买得起汽车的都是富商。童华翰虽然在银行工作，薪水也很丰厚，但还不足以养得起一辆私人轿车。他家离永安银行有一段距离，所以他每天都是坐黄包车上下班，今天也一样。

坐上黄包车一路向西，不多时，经过一天繁忙工作的童华翰就忍不住闭上眼睛养起神来。走了好一会儿，他感觉今天的路线有点不对，车夫好像多变了两次方向。童华翰睁开眼睛四下一看，顿时不悦地说道："你这是拉到什么地方了，都跑到丰柳道上了！你是头一天拉车吗，路都不认识！"

没想到，黄包车夫听到他的训斥，头都没有回，脚步一刻不停，嘴里轻松地回答道："童先生不要误会，走这条道没有错，是我家先生久闻童先生的大名，想要请您一叙！"

黄包车夫的话让童华翰大吃一惊，眼前这个车夫竟然是专门为他而来。不过好在这里是闹市区，看着身边的人流，他的胆子大了起来，最起码歹人在这里不敢公然抢劫伤人。他定了定神，开口问道："不知道是哪位先生要见我，这种手段太不礼貌了吧？我现在就要下车，不然我就叫巡警了！"

谁知那个黄包车夫根本不以为意，不慌不忙地说道："童先生不要着急，我家先生绝没有歹意，只是想请您吃一顿便饭。瞧，前面的紫罗兰西餐厅，马上就到！我劝童先生还是老实听话些，不然大家都难看，叫巡警也是白搭！"话说到最后，已经带着一丝威胁之意，显然对所谓的巡警颇为不屑。

见黄包车夫有恃无恐，童华翰反而镇定下来，真要是遇到杀人放火的歹徒，他们在这闹市区里多少对警察都要有些顾忌。可是听车夫的口气，身后的主人定然是个有身份背景的人物，不然不会这么有底气，这反倒让童华翰有些安心了。

黄包车很快在紫罗兰西餐厅门口停下来，门口早有两位着中山便装的青年人等候，显然是迎接他的。童华翰只好下车，他脚步前行，才发现身后又有两个身穿中山便装的青年人从黄包车上下来，四个人将童华翰围在当中。

童华翰这才明白过来，原来在自己身后一直有车夫的同伙跟随，如果自己真的不愿意前来，与车夫发生争执，只怕这些人刚才就会直接动手了！

是福不是祸，是祸躲不过！童华翰一跺脚，索性不再多想，随着四个青年进了大门，一路来到一处包厢门口，只见一位青年推开房门，做了个"请"

的手势。童华翰也不犹豫，直接进入包厢，就看见房间内的餐桌上已经摆好了餐盘，餐桌对面坐着一位身穿深色中山装的青年。

这位青年面容冷峻，尤其是一双眼睛散发出慑人的凉意。他静静地看着童华翰，随后开口说道：“童先生，请坐！”

宁志恒自童华翰一进包厢，就开始仔细观察他的面容，脑海里浮现出童华翰年轻时候的肖像。宁志恒在脑海里将真人与照片上的长相一一比对着：眉眼的间隔距离、五官的特征、下颌骨的走向，等等。最后他终于确认，眼前这个童华翰和情报科收集的照片上的那个是同一个人，这让他放了一半的心！是同一个人就说明童华翰最起码不是日本人，那么下一步就要确认他是否被日本人收买过。

“不知您是哪一位？”童华翰坐在宁志恒的对面，忍不住开口问道。

宁志恒没有回答，他紧紧盯着童华翰说道：“看来童先生很紧张，如果不告诉你，只怕这顿饭你是吃不下去了。好吧！”说到这里，他从上衣兜里掏出两本证件推到童华翰面前。这两本证件，一本是宁志恒的军官证件，另一本是他在军事情报调查处的职务证件。

童华翰轻轻拿起证件打开一看，顿时一惊，眼前这位年轻人竟然是军事情报调查处的行动组长！他当然知道军事情报调查处，这个传闻中等同于阎罗殿一般的存在，今天竟然找到他的头上。

宁志恒紧紧盯着童华翰观看证件时的表情和眼神，还有他身体各个部位的举动。童华翰的表现很正常，瞳孔略有放大，眼皮上挑，这是吃惊和疑惑的表情，然后这个表情瞬间就变得正常。

宁志恒暗自点头，疑惑多于恐惧，看来可以继续往下谈了。

“童先生，不知道你对日本人的看法怎么样？”宁志恒直接开口问道。

“当然不好。日本人侵略占据我国东三省，又盘踞上沪，野心昭然若揭，他们将是我国最大的敌人。”童华翰没有犹豫开口说道。他的语气很自然，眼神直接面对宁志恒逼视的目光，没有半分闪躲。

“看来童先生也是爱国志士。今天我们的话题也和日本人有关系，还望童先生言无不尽！”

“当然，宁组长尽管直言，我只要知道的，绝不敢欺瞒！”

宁志恒又旁敲侧击地问了几句，童华翰都表现得很坦然。宁志恒仔细观察多时，终于确认他的身份没有问题。

“童先生，接下来我就开门见山了，我找童先生是想请你帮个忙。”宁志恒决定摊牌，开诚布公地谈一谈。

童华翰当然知道，对面这位宁组长找自己绝不会只是吃饭这么简单，一定是有要事找自己，于是赶紧回答道：“只要是童某力所能及的，自当尽力！”

“我想请童先生配合，查验一下你们永安银行储户存取款的原始单据，还有你们结算的总账目！”宁志恒的话让童华翰大吃一惊。

“对不起，我好像没有明白您的意思！”童华翰为难地说道。

于是宁志恒耐下性子，把事情的来龙去脉给他详细地解释了一遍。

童华翰终于明白过来，说：“您的意思是，有日本间谍一直在通过永安银行进行资金的周转，银行内部高层有人将间谍账户的资金流水抹除了，现在你们要查原始单据，对吗？”

宁志恒的话让童华翰极为震惊，他没有想到自己一直供职的永安银行竟然会有日本间谍潜伏，而且就在他的身边，偏偏出问题的地方正是自己负责的账目，他的心中顿时忐忑不安起来！

宁志恒点点头说道：“是这个意思。你放心，我们对童先生是非常信任的，不然我们直接就把你带到军事情报调查处了，不会请你到这里来！童先生，能问一句，在总经理谢浩初和协理耿博明这两个人中，你认为谁是日本间谍的可能性更大？”

童华翰摇了摇头，说道：“我们之间除了工作很少交流。我只是做账的，总经理谢浩初很少露面，银行的业务大多数时间是协理耿博明在主持。”说到这里，他犹豫了一下，再次开口道，“因为协理耿博明负责大部分的日常管理，所以每一次都是我把总账目交给他，再由他交给总经理谢浩初。

“他们两个都有机会改动账目。每半个月一次的账目查验结束后，总账目还会放到我这里存放，不过我是没有能力再核查一遍的，毕竟工作量太大了，所以我一般都会直接封存。这一次的账目查验才刚刚过去几天。如果一定要选一个的话，我看协理耿博明的嫌疑大一些。要我说，您把他抓起来审一审不就知道了吗？”

宁志恒听了不禁觉得有些好笑，他解释道：“不能惊动他们，不然很快所有的间谍账户就会被弃用，不会再有任何资金打入账户，永安银行这个资金渠道也就没用了，我们花了这么大气力找到的线索就白费了！”

听到这里童华翰才知道宁组长这是要放长线钓大鱼，他为难地说道：“明白了。你们想暗中进行对账，这个没问题，只是工作量太大了。之前的账目汇总都是由几个会计在当天将原始单据整理好，然后再花半个月集中核算，最后我才开始做账，所以这样的工作量我一个人很难完成。”

宁志恒点点头，说道：“这个我们当然知道，所以我们调集了足够的财会人手，只要童先生肯配合，这项工作很快就会完成。”

听到这里，童华翰连忙点头应道：“一定配合！怎么做，宁组长尽管吩咐。”

“我们要想突击查验必须进入你们的办公室，我想知道，晚上有多少值班守卫？”宁志恒问道。

“我们银行主要的守卫工作都放在银库，办公室的值班守卫只有一个人，不过所有门锁都是那种安全性最高的，当然我有钥匙，这个不是问题！”童华翰回答。

“也就是说，只要搞定这个守卫，一切都不成问题了！”宁志恒一笑，看来今天的目的已经达到。他伸手做了个“请”的手势，说道：“童先生，那一切就拜托你了，现在请用餐，我们边吃边聊！”

宁志恒和童华翰吃过晚餐，两人商量好了细节，约好明天晚上进行查验。

宁志恒让黄包车将童华翰送回家。看着他远去的背影，宁志恒转头对身边的第三行动队队长聂天明说道：“全面监视，看看他今晚有没有异常动作，一旦发现有潜逃的迹象，立即抓捕！”

聂天明点头领命，带着自己的人手跟了过去。

这时，王树成开口禀告道：“组长，电信科那边的申请办好了。现在他们对童华翰家的电话监听已布置完毕，只要他与外界联系，很快就能查到对方的电话！”

宁志恒点点头。他生性谨慎多疑，不能不多布置一些手段。虽然情报科的资料上显示童华翰没有问题，而且自己也判断童华翰没有问题，但预备措施还是要有的，以防万一。万一这个童华翰真有问题，以出众的演技骗过了所有人，那么一旦得知永安银行已经暴露在军事情报调查处的视线之下，他一定会在第一时间发出警报。只有过了今天晚上这一关，宁志恒才能真正放下心来，然后再进行下一步的行动。

宁志恒赶回军事情报调查处向赵子良汇报情况。赵子良表示准备工作也都完成，八名军事情报调查处的财会人员已经到位。

好在这天晚上一切平安无事，童华翰没有任何异常行为，第二天早上正常去上班，在聂天明监视下进入永安银行。宁志恒这才放下心来！

当天晚上六点半，在永安银行的办公楼中，职员们都陆续下班回家了，只有童华翰一直待在办公室里没有离开。

晚班的守卫刚刚和白班的守卫交接完工作，开始一个一个房间检查门锁和各个楼层的窗户。他一直来到总会计师的办公室外，发现门没有关死，便试着一推，门竟然开了。守卫探头一看，原来是总会计师童华翰还在办公，他连忙说道："童先生，您怎么还没有下班？"

童华翰抬头看了一眼守卫，笑着说道："是陈光啊，你今天晚上值班？我今天手头上的工作比较多，需要熬个夜班！你去忙你的吧，不用管我。"

守卫陈光赔着笑说道："童先生您真是辛苦。那好，我去别处转一转，有事情您就招呼我一声，我随叫随到！"

童华翰笑着点点头，然后又埋首处理手上的工作。直到陈光离开一会儿，他才来到门口仔细观察了一下，看一看腕上的手表，有些焦急不安地等待着。

一个小时过去了，童华翰看了看手表，走出办公室，来到守卫室推开房门。

"童先生，您有事找我？"陈光赶紧站起身来说道。

童华翰掏出两张钞票，笑着说道："陈光，我这手头上的工作太多，估计要熬一夜，可是今天带的香烟不够，没有它给我提神，我还真熬不过去。你辛苦一趟，出去给我买两包哈德门！"

"好，好！我这就去买，童先生您稍等！"陈光说道。永安银行里除了总经理和协理，就数这位童总会计师职位高了。听大领导招呼到自己身上，陈光赶紧殷勤地答应着。

看着守卫快步走出大门，童华翰轻舒了一口气，从兜里掏出一个纸包，打开后露出一撮白色的粉末。这是宁志恒给他准备好的安眠药。他将桌子上的茶水杯拧开，把这撮安眠药都倒了进去，然后轻轻晃动，直到看见粉末融化在水中消失不见，他才放下水杯，又掏出手绢将桌子上不小心溢出的水迹都擦干净，仔细看了看没有露出破绽，然后出了守卫室的门。

大概过了十分钟，陈光气喘吁吁地赶到童华翰的办公室，将两盒哈德门香烟双手递到童华翰手中。

“辛苦了，陈光！”童华翰笑着说道，“我这烟瘾大，没有它还真不行！”

“您也要注意身体，别熬得太晚了！有事您就叫我。”陈光恭恭敬敬地说道，然后退出了办公室。

回到守卫室的陈光，拿起茶水杯喝了几口，便起身又查验了一遍各处门锁和窗户，然后回到守卫室内，感觉有些困意。他晃了晃脑袋，越发觉得头有些发沉，赶紧又喝了半杯茶。他值夜班的时候喜欢喝浓茶提神，可是不知道今天怎么回事，只觉得越发睁不开眼睛了，困意根本无法遏制。他躺在床上想先休息一下再说，可头一挨着枕头，滔天的睡意就将他带入了梦乡。

这时已经是晚上十点钟了，在办公室里焦急等待的童华翰看了看时间，估计安眠药已经开始起作用了。他起身出了办公室，轻手轻脚地来到守卫室，轻轻敲了两下门，里面没有任何动静，推门一看，陈光和衣躺在床上睡得正香，不时发出轻微的鼾声。

童华翰心中暗喜，看来事情进行得很顺利，他走上前推了推陈光，嘴里喊道：“陈光，陈光！”

可是陈光根本没有半点反应，继续沉睡不醒。童华翰这时终于确定他在安眠药的作用下完全进入深度睡眠的状态，现在无论如何他也醒不过来了。

童华翰没有再耽搁，他快步来到办公楼的大门口，从里面打开锁。

早已等候在外的宁志恒一挥手，不远处的两辆轿车里下来八名黑衣人。他们快步来到大门口，随着童华翰和宁志恒进入银行，然后将大门从里面锁死。一行人轻手轻脚来到童华翰办公室的隔壁房屋门口。童华翰掏出一串钥匙将房门打开，随即打开电灯。

一行人走了进去。这是一间很大的储藏室，屋子里摆满了书架。童华翰走到最外面的一排书架前说道：“这些就是保存的原始单据，上面都标注有日期。大家从外面开始，不要搞乱顺序，按照我指定的文件袋依次查验！”然后他又取出了几本厚厚的账簿，说道，“这是每半个月一次的总账目，两个人一本，分工合作！”

八名财会人员纷纷点头。这时候，宁志恒也小声地吩咐道：“取文件的时候一定小心，不要搞乱了次序，记住摆放的位置，查验之后按原样复原。我们的时间很紧，只有这一个晚上，要查验尽可能多的资料，时间从后往前推，能查多少就查多少。凌晨五点必须结束查验，准时撤离！”

众人领命，童华翰在一旁指挥他们查验的步骤，最后干脆自己亲自动手。有了他的帮助，查验的速度也提高了不少。

宁志恒不懂财会知识，在一旁也帮不上忙，其间他去警卫室里查看了几次陈光的动静，没有发现异常。

时间一点点过去，童华翰和八位财会人员一刻不停地工作着。宁志恒看着手表，掌握着时间，最后下令道：“还有十分钟到五点，现在结束查验，按照记忆恢复原状，马上开始！”

命令一下，大家赶紧结束查验，一步一步恢复现场。十分钟之后，宁志恒带着八名财会人员出了办公楼，坐上轿车飞快地驶去。

在车上，一名财会人员将一张纸递到宁志恒面前，说道：“宁组长，我们只来得及查验四个月之内的原始单据。除了之前你提供的那两个可疑账户，我们还核查出四个可疑账户，这是名单！”

宁志恒接过名单，这比他预想的要少，但也算是不错了。有这四个账户，他就有信心以此为撬点，将与之关联的间谍组织一网打尽，打一场漂漂亮亮的歼灭战！“任务完成得很好，我会为你们请功。军情处的保密条例你们都知道，回去后不能向任何人透露今天晚上的事情。如果有人刻意向你们打听今天的行动，一定要第一时间上报给我，明白吗？”宁志恒郑重其事地吩咐道。

“是，明白了！”几个财会人员齐声应道。

凌晨六点，童华翰按照宁志恒的嘱咐来到陈光的警卫室。他必须在早上守卫交接班前把他唤醒，不然白班的守卫看到陈光熟睡的样子，很容易起疑心。进到守卫室，看见陈光还在熟睡，童华翰拿起桌子上的茶杯，将里面的茶水倒干净，然后出声将他唤醒。

好半天陈光才清醒过来，迷迷糊糊地看见童华翰站在面前。

童华翰关切地问道：“陈光，你是不是不舒服，怎么睡得这么沉！”说完将一条湿毛巾递到他的面前。

陈光昏昏沉沉地将毛巾敷在脸上擦了几把，顿时头脑一清，他有些尴尬地说道：“不知道为什么，昨天晚上我头晕脑涨，困得要死，最后坚持不住，一躺下就睡着了！”说完，又想起自己是在值夜班，赶紧问道，“昨天晚上没有什么事情吧？现在什么时候了？”

童华翰笑着说道：“放心吧，什么事也没有。现在都早上六点了，你清醒清醒，一会儿就要交接班，让人看见就不好了！”

“谢谢童先生，我这就去收拾收拾。昨天晚上的事，还请您替我遮掩遮掩！”陈光感激地说道。这个年月找这么一份薪水不错还稳定的工作着实不易，他可不想因为出了差错丢了这个养家糊口的饭碗。

“放心吧，有我在不会有事的！”童华翰笑着安慰道。

第十四章

目标出现

宁志恒拿着名单回到办公室。他一晚上没有休息，就躺在办公室里和衣而卧，睡了两个小时，一直到办公桌上的电话铃声响起。

他赶紧起身拿起电话，电话那头传来赵子良的声音："志恒，查验账户的事情做得怎么样了？"

"科长，您放心，一切顺利。找出来四个可疑账户，我现在就去您那里汇报！"

"好的，我等你！"

放下电话，宁志恒洗了把脸，快步来到赵子良的办公室。

看到宁志恒进来，赵子良赶紧问道："昨天晚上的情况怎么样？"

宁志恒将手中的账户名单递给赵子良，说道："收获还不错，除了苏煜和莫平生那两个账户，又找到四个新的账户，这是名单！"他接着把昨天的具体情况向赵子良做了详细的汇报，最后说道，"童华翰这一次非常配合。如果没有他的帮助，这次行动很难完成。我建议撤除对他的监控。现在目标只剩下总经理谢浩初和银行协理耿博明，能不能让情报科接着对他们两个人进行调查？"

赵子良思虑了片刻，开口说道："对童华翰的监控本来就是你主张的，现在既然已经彻底排除嫌疑，当然应该撤除监控。至于把谢浩初和耿博明的调查交给情报科来做，我也没有意见。这件事我会亲自向谷正奇提，让他们尽快调查出个结果，到时候我会第一时间通知你。你现在把精力放在调查这几个可疑账户上，从这里打开缺口！”

宁志恒又把话题转到账户这里，点头说道：“对这些可疑账户的调查，我这些天也做了一些准备工作。童华翰作为总会计师，一般只有在总核算的时候才接触账目，而且是在他手下的会计们已经整理完成的情况下。他本人是不参与银行日常管理工作的，所以他无法及时掌握这几个账户的资金变化情况，对这方面他帮不上忙。

“我的设想是这样的，永安银行的问题在高层，下面的小职员应该是没有问题的。我的切入点就是银行的大堂营业员，他们是直接接触这些账户的人。如果我们做通了他们的工作，让他们注意这几个账户，只要有人从这些账户上取钱，他们就能第一时间知道，然后通知我们进行跟踪监视，这样我们就能找到真正的日本间谍。”

赵子良考虑了一下，点点头说道：“方法是可行的，但是这有一个保密的问题，你要考虑好！”

宁志恒说道：“这两天我已经派人仔细调查过，永安银行的规模不大，大堂负责存入支取业务的营业员有四个，都是工作多年的老员工。四个人都有家有口，身家清白可查，这是他们的调查报告。”说完，他把一份材料放在赵子良的办公桌上，“我想一个一个去做工作，以他们的家人相威胁，以高额的奖赏为诱饵，我相信他们会为我们所用，还不敢出去乱说！”

赵子良接过材料看了一眼，笑着说道：“既然你已经早有安排，胸有成竹，那就放手去做，我等你的好消息！”

当天中午，刚从银行下班的许信，正匆匆忙忙地走在回家的路上。他的家离银行有一段不短的路程，他要花二十分钟才能赶回家。他每天都是徒步，不舍得坐黄包车，毕竟那也是一笔不小的花销。

许信没有注意到，此时身后有一辆轿车缓缓地跟了上来。当他快要走到一个拐角时，一个人突然挡在他的身前。许信猝不及防，正想躲开，却被人一把按住，一支手枪顶在了他的小腹上。突如其来的变故让许信惊呆了，一时之间他根本不知道该如何应对。

这时，身后有个声音说道："许先生，请不要反抗，我们只是想和你谈一谈。如果不小心枪走了火，那可就不好了！"

许信心中暗自叫苦，这是有人盯上了自己，可自己只是一个普通的小职员，无钱无势，怎么会有人打劫呢？感觉小腹的枪口向前一顶，许信只好后退一步。路旁缓缓停下一辆轿车，车门打开，许信被一把推了进去，车辆启动继续前行。

车厢里司机开着车，副驾驶座上一位青壮男子回身盯着许信，后座上的一名青年男子笑盈盈地看着许信。"许先生，自我介绍一下，我是军事情报调查处的行动队长霍越泽。"

"军事情报调查处？我不太清楚。你们找我有什么事？"许信惊魂未定，疑惑地问道。

霍越泽撇了撇嘴角，他无意再介绍自己的特权部门，干脆直接说道："许信，三十二岁，安徽人，十年前来到南京谋生，八年前娶了房东的女儿伍娴静，生有一儿一女，长子六岁，次女四岁，家住在……"

他的话还没有说完，许信就紧张万分地喊道："你们……你们打听我的家人做什么？你们到底要干什么？"他现在惊恐至极，这些所谓的军事情报调查处的人竟然把他的来历、住址和家庭情况都打听得一清二楚！

"好了，废话不多说，我们要你做的事就是在你们平时营业的时候重点关注下这四个银行账户。只要有人向这四个账户里存钱或者取钱，你都要马上向我们的人报告。我们的人就安排在你身边！"说到这里，霍越泽将一沓钞票塞进许信怀里，"这是五百元，以后每发现一个账户的情况都有重金奖赏！但是如果你敢出去胡说八道，把消息泄露一点，你和你的家人就都别想活！"

说到这里，车辆在路边停下，许信一看，不远处竟然就是自己的家。

霍越泽说道："我们是政府部门，你也是为国家做事，好好想清楚，隐瞒和知情不报一样都是重罪！这是那四个账户，你现在就背下来！"说完，他将一张纸递了过来。

自己一家人的性命受到威胁，外加一沓子钞票的诱惑，许信此时根本无法拒绝对方的要求。他赶紧接过那张纸，见上面只有四个永安银行的账户和名字。许信是多年的银行老手，只看了一眼就记住了，但他又仔细地记忆了一会儿。

“记下来了？”霍越泽问道。

“记下来了！”许信肯定地说道。

“我们在银行大堂和大门外都设有监视人员，他们都在上衣兜里插有一支黑色百利金钢笔。一有发现你就找机会通知他们，剩下的就没你的事了！明白吗？”霍越泽仔细嘱咐道。

“知道了，请长官放心，我一定做到！”许信赶紧回答道。

霍越泽又抬手指了指许信的家，再次告诫道：“许先生，为了你和你的家人，管好你的嘴巴，只做事别说话，不然后果很严重！”

“我发誓，我一定管住嘴巴，守口如瓶！”许信一听到自己的家人，吓得赶紧发誓道。

当他从轿车上下来时，精神恍惚得好像在梦中一般，看了看手中的钞票才清醒过来，赶紧快步向家中走去。

而同样的一幕，也在别的地方上演着！

宁志恒的手下齐出，略施手段，很快就将四个营业员控制住，并交代清楚了诸多细节，让他们在银行内部为军事情报调查处做内应。

永安银行大门外也安设了固定的监视点，王树成带领足够的人手盯在那里。这也是宁志恒特意给王树成安排的一项重要任务。王树成的军衔是中尉，在三个行动队长中资历最浅、军衔最低。作为自己的嫡系力量，宁志恒要多给他表现机会。为了稳妥起见，宁志恒还特意调去了一部分以前执行过监视任务、比较有经验的黄包车夫，交给王树成统一指挥。

可以说，宁志恒已经撒下一张大大的渔网，静等着猎物来临。

五天之后，情报科对谢浩初和耿博明的调查也有了消息，调查报告以最快的速度送到了宁志恒的桌上。

谢浩初，四十三岁，祖籍江苏。他最初是江苏大商人彭博达手下的经理，后来彭博达与人组建永安银行时出的股本最多，便推荐自己的得力手下谢浩初担任总经理，大家对此都没有异议。但是因为谢浩初不太懂银行业务，所以又请了银行协理耿博明来主持日常的工作。

谢浩初的履历很清楚，他一直在国内经商，每个阶段都能找到相关的证明人，所以没有发现什么问题。

耿博明，三十九岁，也是江苏人。他早年在家乡读书，后去日本留学两年，回国后一直在金融银行业供职。因为从业经验丰富，他被推荐给几位股东，来到永安银行担任谢浩初的副手，主持日常的工作，但是主要决策还得请示总经理。

他的家人都在江苏老家，他在国内的履历清楚，但是青年时期在日本留学的经历不详。

情报科对他的评价是可疑人物，建议继续甄别。现在调查还在继续，已经派人去他的老家进行更深入的调查，会有后续的调查报告提交上来。

宁志恒拿起报告仔细地翻阅着，目前看来这个耿博明的嫌疑最大，但这两个人到底谁才是真正的目标呢？还是两个人都有问题？

时间又过去了两天，王树成焦急地在监视点等待着，安排的四个内应一直没有发出信号，不知道要等到什么时候。他是第一次真正主持侦破工作，以前都是听从宁志恒的命令行事，做什么事情都心中有底，可到了自己真正主持工作的时候，承受的心理压力就完全不一样了，心中不时泛起紧张的情绪，总是担心在某个地方出现差错。

就在这时，一位三十多岁的男子朝银行走来。他身形健壮，腰身挺拔，穿着一身灰色便装，手提一个公文包。男子在大门口稍一犹豫，便走进营业大厅。过了些时间，他办理完业务，将取出的钱款放进公文包里，准备离开。

办理这笔取款业务的营业员正是许信。他起身来到大厅角落里一位一直低头看报、左上衣兜里插着一支黑色百利金钢笔的青年男子身边，压低声音快速说道：“那个穿灰色便装、手提公文包的男子！”

青年男子听到许信的话，眼睛一亮，拿起手边的礼帽戴在头上，起身尾随灰衣男子走出银行大门。出了大门，他将头上的礼帽取下，用手掸了掸灰尘，重又戴上，缓缓地跟在那个男子的后面。

“队长，有信号，目标出现了！”早有行动队员发现了情况，赶紧报告给王树成。

王树成一个箭步来到窗前，正好看见那位男子和他身后不远的跟踪队员！“太好了，终于出现了！”王树成按捺不住心中的狂喜，兴奋地说道。守株待兔这么长时间，等的就是这一刻！他不敢怠慢，命令道："远远地跟着他，别脱了钩！"

"队长，放心吧，他跑不了！"

梁实安快步出了永安银行，将手中的公文袋攥得紧紧的。这是他第三次来永安银行取钱，每次都是忐忑不安。他四下看了一眼没有发现异常，便加快了脚步快步离开。

这时，不远处蹲在路边的几个黄包车夫看见梁实安走近，赶紧起身抢着拉活，一个手脚麻利的车夫几步就蹿到了梁实安面前。其他几个黄包车夫手脚慢一点，无奈地撇撇嘴，又重新坐了下去，等待着下一位主顾。

"先生，要坐车吗？我这车座子里子都是干干净净的，包您满意！"黄包车夫殷勤地招呼道。

"好吧，惠前路！"

黄包车夫一路顺利地将梁实安拉到了惠前路。梁实安下车后多给了他几个铜圆，然后转身离开。

黄包车夫将铜圆揣进兜里，眼睛却一直盯着梁实安的背影，这时身后的两辆黄包车也跟了上来。

黄包车夫微微示意，低声说道："进了左边第二个路口！"

两辆黄包车上各下来两名灰衣男子，按照黄包车夫的指引，顺着路口跟了下去。不多时，王树成也带着人赶了过来。

梁实安一路回到家里，进门就看见妻子正在院子里和邻居家的女人闲话。看见梁实安回来，邻家女人很有眼力见地告辞回家了。

"钱取回来了吗？刚才三叔他们又来借钱，说是家里都揭不开锅了。他说得一把鼻涕一把泪的，我也不敢答应，先劝了回去！"妻子看着梁实安无奈地说道。

梁实安将手中的公文包递过去，沉声说道："取回来了。还是和以前一样，先去买米面，只借粮食不借钱，不然不知道他们又会花到什么地方去了！"

妻子点头答应，接过公文包打开一看，高兴地说道："这回可真不少！要说还是你们这些当兵吃粮的官家人有办法，你一个小参谋，这油水就这么多！要不是你支撑着，这一大家子的嚼裹儿都没地儿找去！"

梁实安没有搭话，就地找了个凳子坐在院子里歇着，妻子在一旁接着唠叨，说什么市面上的粮食又涨价了，邻居家的男人薪水难挣，日子越发地难过等等一些闲话。她见梁实安不发一言，知道他心情不好，就停住了嘴，起身出门买粮去了。

梁实安独自静静坐着，他知道这些钱根本不是什么油水，那不过是自己骗妻子的借口罢了！

自己不过是军事委员会参谋本部一个小小的参谋，手中什么权力也没有，身在一个清水衙门，想找些外快都没有门路，就靠着那份薪水养着一大家子人。如果不是日子实在清苦，他也不会经不住诱惑，被人拉下水。如今是上船容易下船难，脱不了身了！

“队长，目标进了惠前路二十六号，一直就没有出来！”跟踪的队员回来报告。

“找出这个人！不要去周围打听，容易漏风，直接去这里警察局的户籍档案室调阅资料！”王树成吩咐道。同时，王树成在梁实安家附近开始布置监视点，对他进行全面的监控。

不久，赵江就将惠前路二十六号住户的资料放到王树成的面前。

军事委员会兵役部的参谋？这个不起眼的人物竟然还是军事委员会的工作人员？王树成不禁一阵惊讶，而后对赵江说道：“你在这里盯着，我马上向组长汇报。还是组长那句话，宁可盯丢了，也不能惊动了他！”

赵江点头领命，王树成一路赶往宁志恒的办公室。

王树成将手中的资料放在宁志恒的办公桌上说：“组长，第一个目标出现了！”

宁志恒拿起材料翻阅着，半晌才开口说道：“军事委员会的参谋？看来第一条鱼露出水面了，你布置监控了吗？”

“已经布置好了，现在孙家成还在永安银行蹲守，赵江正在监视梁实安！”王树成回答道。

“回去加强监视，我去向科长请示，估计马上就会采取下一步措施。你不要出了差错，这可是你的一次好机会！”宁志恒点头吩咐道。

“是，我明白了！”王树成领命而去。

宁志恒拿起档案材料快步出门，赶到赵子良的办公室，向赵子良报告道：

“科长，永安银行的第一个目标出现了！”他把档案材料递给赵子良，然后仔细介绍了现在的情况。

赵子良听完宁志恒的汇报，高兴地说道：“这可是个好消息呀，现在你打算怎么办？”

宁志恒笑着说道：“科长，我可没有耐心和他耗时间了。我们还是照方拿药，按照对付苏煜的老办法，给他投送一份难以拒绝的假情报，让他自己跳出来，然后顺藤摸瓜找出他的上线，而后就是我们开始抓捕的时候了！”

“我们在军事委员会可没有合适的内线，唉，看来又要让情报科出手了。上次我让他们调查谢浩初和耿博明，就让谷正奇得意了不少！算了，一只羊是赶，两只羊是放，都交给他们就是了！”赵子良犹豫了一下，就干脆利落地拍板了。他知道自己行动科来做这些事情，只怕真是搞不过情报科，索性就大方些。

当下他拿起电话给谷正奇打过去，很快谷正奇就赶了过来，一进门看见宁志恒，高兴地说道：“志恒，这么快就发现目标了？哈哈，你这小子真是个福将，好像只要你坐在那里，日本间谍就会自己跳出来一样！”

“谷科长过奖了，这一次还是要请你们出手配合！”宁志恒赶紧谦逊地说道。

赵子良却是没有客气，将手中的档案材料放在办公桌上，说道：“老谷，这一次的目标是军事委员会，你们应该也有自己的内线吧！老办法，投石问路，引蛇出洞，我们负责跟踪抓人！没问题吧？”

“没有问题！没有问题！这些活儿是我们的拿手好戏。老赵你这一次就是爽快，以后我们兄弟联手，绝对事半功倍！”谷正奇哈哈笑道，一改往日心存芥蒂的样子！

赵子良撇了下嘴角，一推手将档案材料推到谷正奇面前。

谷正奇拿起档案材料翻看了一遍，笑着说道：“我马上安排，你们等我的通知！”说完又打了声招呼，笑呵呵地出了门。

“这个老狐狸，便宜他了！”赵子良看着谷正奇的背影，不禁嘀咕了一句。

第二天上午，梁实安照常来到军事委员会兵役部上班，进入自己的办公室，按部就班地处理手头的事情。

军事委员会是国民政府的最高军事执行部门，委员长就是领袖，它是军方处理军队事务的中心。但是兵役部在军事委员会中的位置就很尴尬，属于一个打擦边球的角色，目前只是个闲散的清水衙门。梁实安也没有多少公务需要处理，他将手上的两份文件处理完，当下就没有什么事情可干了。

梁实安无奈地站起身来，到水壶架旁沏了一杯茶水，然后又坐回到座位上，轻轻抿了一口茶，从身后抽出一份报纸慢慢地翻阅着。这时办公室里其他两个参谋也早早地处理完手上的事情，他们实在坐不住，就起身去别的科室转一转。不一会儿，办公室里就只有梁实安一个人还在看报纸熬时间，等着中午下班。

这时，一位三十多岁的军官正躲在兵役部办公室附近。他看了看兵役部里面的人都陆续出来，唯独没有见到梁实安，不禁心中一喜，看来情况比他想象的顺利！他快步赶回自己的办公室，拨打了一个电话。

梁实安正在看报纸，着实觉得无聊，想着也出去转一转，这时就听到办公室里的电话响起，不禁暗自庆幸。幸亏自己还在办公室里，不然如果有上峰打电话来，自己的科室里没有人接电话，只怕又要让上峰怪罪！军事委员会的管理还是很紧的。

他赶紧拿起电话，听到一个严肃的声音传来：“是兵役部吗？”

“是，不知您是哪位？”梁实安听到声音有些耳熟，赶紧开口问道。

“我是作战部二处的作战参谋张泽洋！你是谁？”

“啊，是张参谋！卑职是兵役部的梁实安！”梁实安赶紧回答道。

作战部办公室离兵役部不远，这位张参谋他也时常见到。同样是军事委员会的编制部门，兵役部和作战部相比可就天差地远了。作战部是统筹全国军队部署作战的最高部门，负责制订国防作战计划，战时下达作战命令，可谓中流砥柱。而兵役部的职责不过是统计军队人数，征召兵员。况且此时国民党军队中的兵源五花八门、良莠不齐，兵役部根本就是摆设。二处的作战参谋已经是军中佼佼者，张泽洋无论地位和军衔都在梁实安之上，梁实安自然不敢得罪！

“是梁参谋哇，是这样的，你马上到我这里来，我手头上有些工作需要个帮手！”张泽洋说道。

梁实安一听就知道，自己这又是被人抓公差了。作战部的参谋地位高、军衔高，但同时他们工作也繁重得多，远远超过兵役部这些清水衙门人员的工作量。所以他们忙不开的时候，经常抓正好就在附近的兵役部参谋的公差，叫他们过去打个下手，帮着处理一些无关紧要但很烦琐的工作。

别的参谋都是能躲就躲，但梁实安从来都是随叫随到、老实听话，被抓的时候居多。同事们都说他笨，其实梁实安每次去的时候都可以将自己能接触到的一些情报暗自记下来，回去以后按照记忆写下来，然后通过渠道换取一定的报酬。

不过这个张泽洋参谋很少抓人做事，估计他今天实在是忙不过来了。接到电话，梁实安赶紧答应道："好的，张参谋，我马上过去！"

放下电话，梁实安很快来到张泽洋的办公室。张泽洋是少校作战参谋，有自己独立的办公室，看到梁实安进来，点头说道："今天的工作确实忙不过来了，有劳你了！"

"应该的，不知需要卑职做些什么？"梁实安说道。

张泽洋指着桌子上的两张地图，说道："梁参谋，我这里有两张清凉山和钟山的地图，你帮我查清楚资料，把水文数据和等高曲线标注出来，没有问题吧？"

梁实安心中叫苦，这可是制作军事地图最烦琐的一环！民国时期的地图因为测绘部门多年来缺乏经费、少有勘察，所以存在数据大量缺失和错误的问题。军队高层为了更加准确地掌握地形，就要求参谋本部制作更加准确精细的军事地图，而所谓的军事地图大多是参谋本部在原有简易地图上再进一步制作的成果。作战参谋们最不愿意做的就是去仔细查阅原始资料，去对地图上每一个地点都进行详细的标注，这是一项极为烦琐、枯燥乏味的工作。

看着梁实安为难的表情，张泽洋也有些不好意思，他说："梁参谋，我手头上的工作太多，一会儿还有一个会议要参加。"说到这里，他指着旁边的几摞材料，说，"原始地理资料都在这里，你可以随时调阅。你辛苦一下，我这个会议大概需要一小时，你尽量完成！"

"是，卑职一定尽量完成！"梁实安回答道。

张泽洋看了一下手表，说道："时间来不及了，我这就去开会！"说完，他拿起手中的资料匆匆地离去。

梁实安无奈地摇摇头，今天的工作量可不小，而且制作军事地图也得不到什么有价值的情报。可是官大一级压死人，尤其是在军队中，管理更加严格。他只好打起精神开始着手工作。他的业务水平还是很扎实的，做这些事情并不是难事，只是要耗费很多精力。

工作了一段时间，梁实安将手中的图纸随手摊开，突然，梁实安发现桌子的左上角有一摞文件袋，最上面的袋子封面上赫然写着“南京军事防御部署拟定稿”几个大字！

他顿时心中一惊，想不到这么重要的文件竟然会在这里出现！不过张泽洋是作战室的作战参谋，是有机会接触这么重要的文件的。

梁实安伸手拿起这份文件，心中百般挣扎，有好几次手指都触碰到了文件袋的封口，但又如同触电般地缩了回来。时间过去良久，他最终叹了口气，将文件放回了原处！

时间慢慢地流逝，梁实安在办公室里埋头工作，他的眼睛再也没有去看那份重要的文件。

大约一个小时后，房间门推开，张泽洋快步走进来，笑着问道：“这会总算是开完了。怎么样，梁参谋，工作进展得还顺利吗？”

梁实安指着那一堆材料和地图，苦笑道：“进展不大，这些工作还要不少的时间！”

张泽洋哈哈一笑，说道：“已经很不错了，梁参谋，剩下的工作还是我自己完成，辛苦你了！”

梁实安听到这里正合心意，他点头说道：“那好，卑职才疏学浅，还真怕出了差错，闹了笑话！”

梁实安告辞出门，回到自己的办公室，暗自长出了一口气。他定了定心神之后，又拿起一份报纸坐在座位上看了起来。

张泽洋看着梁实安出了门，这才轻轻把房门反锁，来到办公桌前，仔细地观察了一下那份精心制作的文件袋的位置。他伸手将文件袋下面的一根头发丝拈起来，点了点头，然后拿起文件袋走出办公室。

张泽洋一路快行，来到附近拐角处的一间办公室门口，轻轻地敲了两下房门。

房门打开，谷正奇早就等在这里。张泽洋回身关紧房门，将手中的文件袋递了过去，说道："科长，梁实安接触过这份文件。他放回的位置和我设置的记号都有移动的痕迹，现在就看他有没有打开过这份文件了！"

谷正奇赞许道："干得好！"他将文件袋接过来，交给身后的检验人员。两名检验人员将文件袋的上下封口都仔细检查了一遍，然后相互看了一眼。

"怎么，有问题吗？"谷正奇看到他们两个脸上的异样表情，赶紧问道。

"科长，上下封口都没有问题，胶水还是我们特制的，折线的位置没有丝毫变化，说明这个文件袋没有被人打开过！"一名检验人员有些犹豫地回答道。

"没有打开过？不应该呀！他已经看到了这份如此重要的文件，难道会无动于衷？"谷正奇感到出乎预料，"拆开看一看，检查里面的暗记！"

两名检验人员小心翼翼地拆开文件袋，将文件取出，仔细地检查了好半天，最后向谷正奇报告道："科长，文件里面的四处暗记都完好无损，这个文件确实没有被人打开过！"

谷正奇这时真的想不明白了，他回头再次问张泽洋："你确定在行动时没有露出什么破绽？梁实安确实接触过文件袋？"

张泽洋仔细回想自己的每一句话、每一个动作，最后肯定地说道："科长，我确实想不出有什么破绽。我们经常找这些闲散的参谋做事，这个梁实安并不是第一次做，每次都做得很好。而且我做好的暗记确实被移动过，这说明他肯定看到了这份文件并接触过。至于他为什么没有打开里面的文件，那就不得而知了。会不会是我们找错了目标？"

谷正奇闭上眼睛，手指轻轻地敲动着桌面，脑子里不停思索着每一种可能。

张泽洋见状说道："科长，也许这个梁实安确实机警过人，看出了什么破绽，要不要对他进行抓捕，防止他逃走？"

谷正奇睁开眼睛，缓缓地说道："这件事就不是我们说了算了。这件案子是以行动科为主导，我还是把情况报给赵子良那个家伙吧，看看他们下一步采取什么措施。"

谷正奇没有耽搁，拿起电话将这一情况通报给了赵子良。

"什么，这个梁实安在搞什么名堂？这么重要的军事情报放在眼前，竟然没有动手？"宁志恒听到这个消息，大为惊奇。

“谷正奇那个家伙是不是露出什么破绽，让梁实安看出来，根本就没有上钩？”赵子良也是疑惑不解。

宁志恒低着头没有言语，梁实安没有按照自己设定的路线走，让自己想要顺藤摸瓜的计划落空了。

他拿起电话，打到军事委员会大门附近的监视点。王树成正盯在那里。

“树成，现在梁实安有什么动静？”宁志恒问道。

“组长，梁实安刚刚下班，正走出大门，徒步往家走去，没有发现什么异常！”王树成说道。

宁志恒想了想，当机立断命令道：“找个机会秘密抓捕，做得利索点，不要惊动别人！”

宁志恒放下电话，赵子良不禁问道：“志恒，你现在就动手？”

宁志恒点点头，皱着眉头回答道：“科长，梁实安放弃窃取情报，这一点很出我的意料。我不能排除梁实安已经被惊动的可能，所以必须马上抓捕！软的不行就只能来硬的，撬开他的嘴，我们一样能够找到他的上线！”

赵子良知道宁志恒这么做是最稳妥的方法，便点头同意道：“梁实安抓回来就不要交给情报科审了，他们这一次已经参与进来很多了，我怕他们会喧宾夺主！”

“明白了，科长，我来审吧！一定让他在最短的时间内开口！”宁志恒说道。

赵子良有些犹豫地看着宁志恒，最后说道：“还是我亲自审吧，你下手太重，容易绷断了线！”显然，赵子良对宁志恒的审讯技巧不看好，可是这件案子目前行动科只有自己和宁志恒负责，就连卫良弼也没有参与进来，所以能够选择的只有自己了！

宁志恒不禁有些尴尬，他自认为审讯人犯没有太大问题，他下手狠主要还是因为他心中有数，哪怕是真的将犯人严刑拷打至死，自己也可以窥探到人犯的记忆画面，总能有所收获。“科长，这点小事还用惊动您？还是我来审吧！您放心，一定不会搞砸了！”宁志恒再次争取道。

赵子良看着宁志恒，觉得还是不要伤了他的面子，再说年轻人有冲劲也是好的。于是他点了点头，说道：“那好吧，就交给你了。还是要注意方法，不要鸡飞蛋打一场空！”

这边王树成听到宁志恒的命令后，马上布置抓捕行动。行动队里不缺好手，只要别碰上像雪狼一样的亡命之徒，对付一个梁实安他还是有把握的！他很快打电话通知赵江在梁实安回家的必经之路上埋伏，务必不能惊动路人，秘密抓捕梁实安。打完电话，他就赶紧带着手下尾随而去。

梁实安家距离工作单位有很长一段距离，但是他平时非常节俭，很少坐黄包车，每天坚持徒步回家。今天也一样，他中午下班后就一路快行。当他走到自己家附近的一个路口时，突然从拐角处蹿出几道人影，几乎在同一时间撞到他的身上。

当中的那个青年身材魁梧，肩头重重地一撞，就撞得梁实安心口剧痛。他下意识地想捂住心口，却发现双手已经牢牢地被人夹住，根本不能动弹分毫，还有一个人直接将他的脖颈锁住，几个人同时用力，将梁实安勒倒在地死死地按住。一只粗壮有力的大手将一个布团塞进了他的嘴巴，然后就是浑身的检查，就连腰间的配枪也被搜走了！

这一套动作如行云流水般顺畅，是宁志恒吸取以前的教训，特意和孙家成设计的一套专门抓捕人犯的方法，自己的行动队员苦苦训练多时才有了今天的成果！

坏了，这是事发了！这是梁实安心中跳出的第一个念头。

梁实安多年前曾经在战斗部队受过一些训练，可后来调至军事委员会闲散惯了，连反应都有些迟钝了。这次被几名训练有素的行动队员袭击，他完全没有反抗之力！

梁实安双手被反背铐上手铐，头被强按住，整个人被塞进旁边一辆轿车里。车辆加快速度离开，一行人扬长而去。

第十五章

投放追查

半个小时后，宁志恒就在刑讯科的审讯室里见到了梁实安。

他看了看眼前这位被捆得严严实实的军官，回头问道："抓捕顺利吗？搜查过没有？"

王树成说道："抓捕行动很顺利，找了个僻静的地方。全身已经搜查过了，只有一支配枪，衣领和袖口都没有找到氰化钾或其他毒药！"

宁志恒点了点头，看来这个梁实安应该是被策反的间谍，相对来说，这样的间谍抵抗意志都不强，对他的审讯会简单得多。看着梁实安，宁志恒语气平淡地问道："梁实安，知道为什么抓你吗？"

此时的梁实安已经从刚开始的惊慌失措中镇定下来，他眼神中表露出绝望和无奈。他没有直接回答宁志恒的问题，而是反问道："能告诉我，这里是什么地方吗？你们又是什么人？"

宁志恒微微一笑说道："忘了自我介绍了，这里是军事情报调查处，我是行动科的第四行动组组长宁志恒！"

心中最后一丝希望瞬间破灭了，梁实安脸色顿时变得煞白。作为军官，他当然知道军事情报调查处是什么部门。他张了张口，最后挤出几个字："你们问吧，我都说！"

这句话让宁志恒和他身边的王树成都感到很意外，抓了这么多间谍，还是头一次遇到这种情况。疑犯没有反抗没有争辩，直接甩出简简单单的一句话，这就说了！

宁志恒挥了挥手，审讯室里的审讯人员都纷纷退了出去，只留下宁志恒和王树成。

“梁实安，你倒是一个识时务的人。这样最好，大家都简单一些，我们省得动手，你也少受点皮肉之苦。”宁志恒回到自己的座位上，示意王树成开始记录。

“你是什么时候参加日本间谍组织的？”宁志恒问道。

梁实安听到日本间谍组织这几个字，眼神一紧，无奈地说道：“我并没有想加入他们。开始我以为他是情报贩子，只是想拿些无关紧要的情报换点儿钱财度日，可没有想到他竟然会是日本间谍！”

宁志恒听到这话，赶紧追问了一句：“他？这个‘他’是谁？”没想到这么快就牵扯出了梁实安的上线！听他的意思，他竟然和这个上线很熟。

“他叫顾文石，是我当年在部队的战友，现在是第十四师三团的少校参谋。”梁实安一五一十地回答道。

太好了，又挖出来一条大鱼！宁志恒和王树成相视一眼。

随着审讯的深入，梁实安没有丝毫隐瞒，如实作了交代。

三年前的一天，梁实安在街头偶遇老战友顾文石，久别重逢，两人酌酒几杯，叙旧相谈。原来，多年不见，顾文石现在做到了第十四师三团的作战参谋。当他听说梁实安竟然在军事委员会当参谋，当下分外高兴，两个人相谈甚欢。

之后两个人经常往来，无事就在一起小酌两杯。梁实安家中并不富裕，他是家中长子，当年也是因为家境贫困才无奈投身行伍，好不容易出了头，熬到现在这个位子。

如今他家里的日子越发不好。父母多病，几个弟弟也都家境不好，知道他现在是吃皇粮的军官，就都向他伸手要钱。梁实安的薪水虽然比普通平民要高很多，但毕竟处在一个清水衙门，并没有多余的收入，只靠他一人的薪水已经难以支撑全家人的生活，所以他也是勉力维持生计。这个顾文石就屡次施以援手，说自己一人吃饱全家不饿，钱财方面要宽裕很多。

可是所谓救急不救穷，时间一长，梁实安也再也不好意思开口借钱了。于是在一次相谈中，顾文石说起自己也做一些情报上的生意，可以换些钱财。他劝说梁实安可利用职务之便搜集一些无关紧要的情报，他拿去为他换些钱财，来缓解现在的窘境。当时梁实安一口回绝了。盗窃军事情报是重罪，他可不敢干，顾文石也就没有再提这事。

不久，梁实安的二弟出了意外，在街头被人扯进仙人局，欠了一屁股债，梁实安拿出自己所有的积蓄才为他了结了此事。梁实安终于坚持不住，第一次将一份兵役部的各省征召兵源的文件交给了顾文石。这份文件其实并没有什么军用价值，有心人只要花些手段就能搜集到，可是顾文石却很高兴地付给梁实安三百大洋！

这笔钱让梁实安很长时间里都抬不起头看人，但是他的生活的确顿时有了起色。妻子再也不用精打细算合计钱粮，自己再也不用无奈地将弟弟们空手打发回去，父母脸上也多了几分笑容。

然而这种事情做了第一次，就再也无法回头了。梁实安在以后的两年里多次窃取情报，不过都是兵役部的情报。后来顾文石越来越挑剔，说这些情报外面已经没有人收了。没有办法，梁实安又开始收集一些能够接触到的其他部门的情报，比如作战部的情报，换取的钱财让自己家的日子过得体面了一些。

可是这种日子没过多久，就在半年前，这个顾文石终于和他摊牌了。原来顾文石是为日本人服务的间谍，他威胁梁实安，如果不加入他们，就要找人告发梁实安以前贩卖情报的事情。最后的结果自然是梁实安屈服了。他需要钱财，也怕事发后性命难保，自己一家人失去了顶梁柱难以度日。

“你现在的上线就是这个顾文石吗？”宁志恒接着问道。

“不是，自从半年前我加入组织后，他就再也没有和我联系过。他说他只负责策反和发展间谍组织成员，真正的情报工作他其实并没有过多参与。他会再去寻找下一个目标，我以后的行动会根据情况转入相应的间谍小组。”梁实安交代道。

“你的小组和代号？”

“雪山小组，我的代号是铜钱，我的上线代号是园丁，但我们从来没有见过面。”

“加入雪山小组后，你传递过几次情报？”

“三次，都是在军事委员会其他部门搜集的一些情报，然后传递给园丁，过几天后再去永安银行的化名账户里取出钱来。”说到这里，梁实安赶紧辩解道，“但是我上报的情报价值都不大，也可能是我新加入的原因，他们一直没有给我安排具体的行动，只要求我尽量搜集有价值的情报。我也是为了应付，才上报了这几次的情报。我说的都是真的！”

三次！宁志恒检查过，这个化名账户的确是抹除了三笔资金流水记录，看来这个梁实安没有说谎。宁志恒接着问道：“你的情报传递方式是什么？”

“将情报放进城南福立公园东侧的一座假山石下，然后去往附近东莱街街角，从上往下数到第九块青砖，在砖上用粉笔画一个叉号。园丁看到后，会去假山石下取情报！”

审问进行得非常顺利，梁实安没有半点隐瞒，宁志恒对他的态度很是满意。最后，宁志恒问道：“有一件事情我很奇怪，今天上午你明明接触到了一份重要的军事情报，唾手可得，可你为什么没有窃取，甚至都没有打开看一眼？是不是你看出来了什么破绽？这一点能给我解释一下吗？”

梁实安看着宁志恒，突然明白今天上午在张泽洋办公室里发生的一切，都不过是一个专门为他设的局。他不禁暗自感到后怕，没想到自己的一切动作一直都在别人的掌控之中！

他想了想说道：“我没有看出破绽。只是那份情报太重要了，我不想把它交给日本人。这半年里我只上交了三份机密度不高的情报交差，换取一些钱财支撑度日。我被拉下水是因为贪图钱财和被顾文石胁迫，但我不想真的当卖国贼。那份南京防御部署的文件如果交给日本人，后果太严重了，我过不去自己这一关，最后还是放弃了！”

宁志恒没有想到问题的答案竟然是这个样子。他紧盯着梁实安的眼睛，那眼神中有哀伤和愧疚，也有一丝释然。

“梁实安，你知道出卖情报，充当间谍，尤其是充当日本间谍，性质有多严重吗？”宁志恒严肃地问道。

梁实安点了点头，一脸的苦涩，说道：“我知道，这是死罪！宁组长，我不是怕死，我也是上过战场的。我只想求您把我送到前线去，给我一把枪，我能为国家战死沙场，我的妻儿老小不至于背上日本间谍家属的名声，他们以后的日子也好过一些！”

宁志恒半晌无语，最后开口说道：“我可以给你一个机会。如果你能够在此次侦破日本间谍案件中有立功表现，我就网开一面，把你送往前线。你战死后，就按为国尽忠处理，你的家人会有抚恤，不会背上卖国贼家属的名声。”

梁实安听到宁志恒的话，顿时觉得重获新生。他的眼睛一湿，哽咽着说道：“多谢宁组长，多谢了！我这辈子一事无成，在这世上苦熬日子，没想到一步踏错，再也回不了头了！现在只求不连累家人。如果您真的能够替我隐瞒，我愿意将功赎罪，战死沙场，一切听从您的安排！”

宁志恒点头说道：“你有这个态度很好，我宁某人说过的话向来不打折扣，现在你按照我的吩咐行事！”他拿起桌上的公文包，从里面取出一团胶卷，对梁实安说道，“这就是那份南京军事防御文件的胶卷，你按照以往的传递渠道投放。我们要顺着这条线找上去，直到挖出整个雪山小组。如果这件案子圆满完成，我就算你立了一功，放你回家和亲人团聚，然后再以调动的名义送你去前线。你明白了吗？”

梁实安连声说道：“明白了，宁组长，我一定办好这件事！”

这次的审讯出乎意料地顺利，本来宁志恒都准备下死手拷打梁实安，没有想到梁实安这么配合，搞得他现在犹如准备了许久的一拳却打在了空处，竟然有些不适应！

宁志恒吩咐人将梁实安松绑，然后将手中的胶卷交给他，说道：“一会儿我们把你送出去，在抓你的地方放下你。我们会有人陪你回家，可以找个借口安抚你的家人，然后你马上按照情报传递的程序前去投放，之后的事情就交给我们了。听明白了吗？”

听到宁志恒竟然允许他回家见家人，梁实安感激涕零，深深地向宁志恒鞠了一个躬。宁志恒挥了挥手，有行动队员将他带了出去。

这时宁志恒才回身对王树成说道：“小心盯着他，别让他有机会耍花样！”

王树成点头领命，走到门口，又回身对宁志恒问道：“组长，你真的打算放了他，把他送到前线去？”

宁志恒诧异地说道：“是这么打算的，怎么了？”

王树成听到之后笑了笑，说道：“这可不太像你的风格。我以为你是哄哄他，最后枪决了事呢！”

“我做事从不涉及无辜的家人。这个梁实安如果顽固到底，继续为日本人做事，那我再怎么对他都可以。可现在看来，他还有情可原。如果真的以间谍罪枪决了他，那只怕他的妻儿老小很难熬下去。所谓祸不及妻儿，我还是给他一次机会吧！”宁志恒缓缓地说道。

王树成笑了。他知道想要调动一个军事委员会的参谋上前线，绝不像宁志恒嘴里说的那么简单。其间宁志恒需要做很多工作、花费很多周折才能做到这一点，可是他居然答应了！以王树成对宁志恒的了解，这个人向来心狠手辣，作风强硬，没想到还如此有人情味！

王树成带着梁实安一直来到抓捕他的地方，下车后，王树成叮嘱道：“梁实安，给你十分钟，你回到家里去做好交代，什么话该说，什么不该说，你自己心中有数！”

梁实安点点头，由王树成和赵江陪着回到家中。

大概十分钟之后，梁实安随着他们出了家门，他的妻子和两个孩子在后面送行，远远地看着他们离去。

“多谢两位为我遮掩，不然我真不知道怎么和家人解释！”梁实安感激地说道。

“我们只是奉命行事，只要你真心悔改，将功赎罪，替我们做事，以后的事未必没的商量！”王树成回答他。

两个人放开梁实安，远远地盯着。梁实安徒步来到城南福立公园的一处假山旁，将胶卷小心地塞入假山下面的一块山石底下。山石底部内侧有一个凹槽，设置得很巧妙，从外面根本看不出来。

这时，王树成向赵江摆手示意，赵江便停下脚步，等候随后到来的人手，然后便开始在附近布控监视，准备守株待兔！

梁实安又来到了东莱街街角。看看四周无人注意，他伸手在一块青砖上画下一个叉号。

情报投放完毕，王树成押着他回到了军事情报调查处。

此时，在宁志恒的办公室里，霍越泽正向宁志恒报告道：“组长，我去调查了一下，第十四师三团的参谋顾文石确有其人，可奇怪的是，此人已经失踪半个月了。第十四师在十天前已经将其按失踪人员上报，失踪报告一直压在情报科那里。我去问过，情报科答复说还没有找到人，我估计他们还没有处理此事！”

“玩忽职守！”一掌拍在桌案上，宁志恒嘴里低声喝骂道。

情报科这次确实是失职了，一名军官失踪十天也没有个调查结果，确实有些说不过去。

宁志恒此时有些恼火，这个顾文石是审问梁实安收获的最有价值的线索。据梁实安供述，顾文石专门负责策反和收买工作，这个时间一定不短了，其间他发展了多少间谍成员不得而知。

只要能够抓住顾文石，撬开他的嘴，就一定能够抓到他之前发展的那些间谍。如果这些成员的情况和梁实安一样，都按照具体情况安排进了不同的情报小组，那宁志恒就可以抓到整个南京地区的日本间谍情报网的几个关键点。他相信只要自己顺着这些点小心谨慎地摸过去，慢慢地收网，就完全可以挖出这张大网。

想到这里，他再也沉不住气了。他必须知道顾文石失踪的具体情况，看一看顾文石的失踪调查报告。可是和那些心高气傲的情报科人员打交道不是件容易事，这不，霍越泽刚刚去询问，结果让人家一句话就打发回来了！

宁志恒拿起电话，直接给谷正奇拨打过去：“谷科长，我是宁志恒！”

谷正奇有些奇怪，宁志恒还从来没有直接跟他通过电话。他客气地问道：“是志恒啊，有什么事吗？”

“是这样的，有件事情要向您汇报一下！”宁志恒恭敬地说道。

“哈哈，你要汇报也是找老赵那个家伙汇报，怎么会找到我？好了，有事情你就说，我能办到的一定办！”谷正奇知道宁志恒肯定有事相求，于是直接开口说道。

“还是谷科长您厉害，我还没说您就知道了！是这样，就在两个小时前我们抓捕了梁实安，他供出策反他的间谍是第十四师三团的参谋顾文石。我们调查发现这个人在半个月前失踪了，十四师已经将这个案子上报，听说是情报科负责这个案子。我想将这两个案子并案，不知道谷科长意下如何？”

谷正奇一听，很清楚这两个案子孰轻孰重。间谍大案自然要比失踪案重要得多，宁志恒要求并案完全合理。

“当然可以。志恒，还是你做事果断，一点儿也不拖泥带水，干脆利落地抓了梁实安。其实我当时就是这么想的，可谓英雄所见略同，哈哈！”谷正奇满口答应下来。

“谷科长，您过奖了，那我现在就过去取顾文石失踪案的调查报告可以吗？”

“哎，这点小事还用你跑腿？这样，我马上让人给你送过去，很快的！”谷正奇一听哈哈笑道。

“那好，您多费心，我等着！”宁志恒笑着说道。

不一会儿，情报科就把调查报告送了过来，没想到送报告过来的正是宁志恒的熟人黄韬光。

“哈哈，原来是黄兄！这么长时间没见，没想到今日有闲，快请坐！”宁志恒起身上前迎了两步，作势请黄韬光坐下。

这个黄韬光是当初宁志恒第一次执行外勤任务，抓捕暗影小组组长付诚时结识的情报科军官。后来宁志恒为了抓捕黄显胜，特意上门请教黄韬光，了解了不少谍报工作的基本常识，两个人相处得非常不错。只是打那之后，他们就再也没有什么交集，没想到今日又见面了。

“宁组长，这是你要的顾文石失踪案的调查报告。这段时间工作比较忙，这件案子也没有什么进展，还望宁组长海涵！”黄韬光赶紧笑着说道。

他看着眼前这位年轻人不禁万分感慨，仅仅在几个月之前，这还是一位对谍报工作一无所知的军校毕业生、一个小小的少尉，可是，这么短的时间里就大展拳脚，成为军事情报调查处行动组少校军事主官。黄韬光不由得感叹世事难料，当初宁志恒向自己讨教之时，又怎么能够想到他有今日的局面！

“哪里的话，只是黄兄许久不见风采依旧！怎么这件失踪案子是你负责的？”宁志恒一边笑呵呵地说着，一边接过调查报告。

“呃，其实是钱忠钱组长负责的，不过他事情比较多，让我来跑一趟。”黄韬光有些尴尬地说道。

原来是钱忠，宁志恒顿时明白了。钱忠是自己的老冤家，当初钱忠贪财如命，竟然想赖掉卫良弼和自己的封口费，最后师兄弟一起找上门去，狠狠地敲了他五千美元。没想到这次竟然是他负责顾文石失踪案，估计他是不想见宁志恒，才派黄韬光过来送调查报告的。

宁志恒打开调查报告，很快就看完了。他皱着眉头说道：“怎么就这点内容？只有顾文石一张模糊不清的照片、军中档案的履历表，还有他的同事问话记录。他的老家有没有派人去调查？他没有亲属，总有亲近之人吧？比如相好的女人、谈得来的朋友，这些人调查了没有？他经常出入的场合都了解吗？这些工作都没有做呀！”

太过分了！钱忠这个尸位素餐的家伙完全就是在应付差事！宁志恒说到这里不禁有些恼火。看来自己还要从头再查一遍。

黄韬光不禁为难地摊了摊手，这件案子不是他负责的，自己只是被钱忠硬派过来跑腿的！

看到黄韬光的样子，宁志恒才意识到自己问错了人，他只好勉强笑着说道："对不住了，黄兄，我不是在说你！就这样吧，调查报告放我这里，我们抽时间聚一聚，以后多多走动，我还有不少东西想要请教你呢！”

“一定，一定的！随时恭候！”黄韬光见任务完成，赶紧起身告辞。

宁志恒送黄韬光出门，回身看着这份调查报告，无奈地扔在桌子上，拿起电话把霍越泽叫了进来。他将调查报告交给霍越泽，吩咐道："白折腾了一趟。调查报告里什么也没有，情报科根本没有仔细调查。你还得重新做调查，全力以赴找出这个顾文石，他是非常有价值的目标！”

霍越泽赶紧接过调查报告，立正领命而去。

这时，王树成敲门而入，向宁志恒报告道："组长，梁实安已经把胶卷放进死信箱，信号也发出了，就等着鱼儿上钩了！”

宁志恒问道："现在梁实安人在哪里？”

“已经押回刑讯科关押，他很老实，非常配合我们！”王树成说道。

“他回家后，没有说什么不该说的？”宁志恒接着问道。

“什么也没说，只是交代说要出趟公差，多余的没有说。”王树成说道，然后欲言又止。

“怎么，还有什么情况？”宁志恒看出王树成有话要说。

“组长，我觉得梁实安的情况还是情有可原的。他开始并不知道顾文石是日本间谍，之后被胁迫加入后，也没有出卖有价值的情报给日本人，可不可以酌情处置，放他一条生路！”王树成看过梁实安的家人，他犹豫了半天，最终还是想为梁实安争取一下。

宁志恒看了看王树成，冷冷地说道："糊涂，妇人之仁！梁实安家庭生计困难是事实，但不能成为他出卖军事情报的理由。如果人人为了钱财都可以出卖国家利益，那岂不要国将不国？我能让他有个为国尽忠、体面去死的机会，就已经是手下留情了！”

王树成看到宁志恒根本没有放过梁实安的意思，不禁有些气馁。他知道宁志恒一言既出，很难挽回，过了半晌最终说道：“我曾跟他说过，如果能有重大立功表现，弥补以往的过失，还是能有所挽回的。组长，这次就算是我的请求，能不能给他一次机会？”

宁志恒没有料到，王树成明明知道自己的态度，仍然坚持再次向自己求情，心中暗叹，王树成的确是一个重情重义之人，看来让他送梁实安回家真是一次错误的命令。

犹豫再三，他终于点头答应道：“好吧，树成，既然你如此固执，我就给你一个面子，也给梁实安一个机会。如果他在这次案件中有重大立功表现，足以弥补以往所犯下的罪过，我就放他一条生路。”

王树成大松了一口气。

宁志恒看了看王树成，说道：“这些事情以后再说，现在最重要的就是盯紧梁实安这条线！我会亲自去盯着，这也是你们第一行动队的好机会，一定要把握住！”

“如果有目标出现，前来取胶卷，要不要当场抓捕？”王树成问道。

宁志恒想了想，说道：“保险起见还是先跟踪监视。我们不能保证这一定就是梁实安的上线，也不能保证抓到这个人后他就一定会开口，所以还是追踪到他的巢穴再抓捕，这样更稳妥！”

当天晚上八点左右，福立花园的假山旁走来一个头戴礼帽、身穿长衫的清瘦男子。他看似无意地走过假山，见四下无人，便来到那座山石下坐下，弯腰伸手，将隐藏在山石底部的胶卷取了出来。

男子借着夜色快步离开。与此同时，几道人影从漆黑的角落里闪了出来。

“组长，目标出现了，现在怎么办？”孙家成低声问道。他原本还带着人盯在永安银行外面，宁志恒特意把他调了过来。抓捕日本间谍是立功的好机会，孙家成在队员中身手也最好，抓捕行动正适合交给他来完成。

宁志恒点头说道：“夜晚太静，一点动静都能惊动目标。还是我亲自跟下去，你们远远地跟着，等到了他的巢穴就动手，速战速决！”

宁志恒说完，微微提气，放轻脚步，随着目标的身影跟了上去，很快融入夜幕之中。

宁志恒悄无声息地跟在目标后面。男子走得很快，穿过一条街道拐进一条小巷，来到一处房屋门口，拿出钥匙打开院门，回身将院门锁死，然后进入屋内。

男子将礼帽摘下来，从怀里掏出胶卷，脸上露出一丝笑容。这个胶卷必须连夜冲洗出来，他急于知道上面的内容。

房屋外面，宁志恒仔细观察了一下周围的环境，这时身后的队员也全都跟了上来。他低声说道：“就是这里，马上抓捕！孙家成带队，其他人四周布控，以防目标逃逸！”

命令一下，孙家成带领四名队员悄悄潜到院墙下。几个人搭起手架，轻轻松松地把孙家成送上墙头。孙家成跳入院内，轻轻打开院门，四名队员鱼贯而入。

宁志恒就在不远处监控，负责把守四周，以防目标逃出来。

过了很长时间，院子里面终于传出门板的爆裂声。伴随着几声厉喝，孙家成押着那个清瘦男子走了出来。

“组长，人已经抓到，一个兄弟轻伤。疑犯身上搜查过了，衣领口有氰化钾，估计是日本人！”孙家成说道。

宁志恒点点头，笑着说道：“干得好，把人控制住，我们继续搜查！”

宁志恒对日本间谍已经有了足够的了解，一般身上藏有氰化钾剧毒的都是真正的日本间谍，而且是间谍组织里比较重要的人物。现在孙家成发现这个目标身上藏有毒药，宁志恒估计他就是雪山小组的组长，那么他的身上应该藏有电台和密码本。

宁志恒知道这一次又将有极大的收获，他带着身后的行动队员进入房屋里，开始仔细地搜查。

时间一点一点地过去，宁志恒带人几乎将整个房屋都拆了一遍。

“组长，这里有发现！”王树成高声喊道。

宁志恒快步来到近前。行动队员正在将一架书柜慢慢推开，后面墙体上露出一个暗格，王树成上前将暗格里的物品小心翼翼地取了出来。果然不出宁志恒的预料，他们发现一部电台、几摞现金，但是没有发现宁志恒最想找到的军用密码本。

不过宁志恒并不着急，所谓一人藏百人寻，他现在有人犯在手，直接讯问就是了，于是回头对孙家成说道："把人带进来！"

很快，孙家成就把那个清瘦男子拖了进来。

清瘦男子此时犹如被困的野兽强自挣扎着，眼神怨毒地看着宁志恒，骨子里的那份狠毒和暴虐表露无遗！

宁志恒没有废话，伸手一把抓住他的头发，突然猛地用力把他的头往墙上撞。随着一声惨叫，巨大的冲击力导致清瘦男子的半张脸血肉模糊，鲜血顺着白色的墙体流了下来。宁志恒没有停手，又拉开距离，再次将他的头颅撞击在墙体上，然后拉开，再撞！

连续的撞击让清瘦男子根本没有半点反抗之力，他的头颅在巨大的撞击中鲜血淋漓，眼神中再也不见刚才的桀骜，整个人几乎丧失了意识。宁志恒将手一松，清瘦男子瘫软在地。

突如其来的一幕，让宁志恒身边的人都是一愣，然后不自觉地退后一步，个个都惊呆了！

过了好半晌，清瘦男子才缓过气来。宁志恒蹲下身子，语气冰冷地问道："加密的密码本在哪里？"

清瘦男子没有回答，缓缓地闭上眼睛，对宁志恒的问话充耳不闻。宁志恒知道这些个日本间谍的意志力没有那么容易击溃，也就没有再动手拷打。他并不着急，只要把疑犯带回去，相信他撑不过刑讯科的各种严酷刑罚。就算他意志坚定万一能扛过去，也逃不过自己的那一关。

宁志恒回头对孙家成说道："你留在这里继续搜查，不要让外人进入，密码本肯定藏在这个院子里，没有命令不得收队！"然后他又对赵江说道："去警察局户籍档案室调查疑犯的身份，收集有用的材料，第一时间汇报给我，我要连夜审讯！"

事情吩咐完，宁志恒带着一众手下，一路飞驰回到了军事情报调查处。

清瘦男子直接被关进刑讯科，宁志恒立即给赵子良打电话。听到宁志恒又抓住了一个重要的日本间谍，还起获了一部电台，赵子良大喜过望，很快就从家里赶了过来。

半个小时后，赵子良赶到刑讯科，一见宁志恒的面就问道："有没有找到密码本？"

宁志恒摇了摇头，说道："暂时还没有，现在还在搜查。疑犯已经抓回来了，现在就可以进行审讯，很快就会有结果的！"

赵子良点点头，两个人一起进入审讯室，只见疑犯被捆在粗大的木桩上，血肉模糊，已经不省人事。赵子良不禁疑惑地问道："这是怎么回事？抓捕的时候不顺利吗？"

"咳，还算顺利，只是我没有找到密码本有些心急，在现场讯问了一下，可是这个家伙不见棺材不落泪，死不开口，我就……"宁志恒有些尴尬地解释道。

赵子良知道宁志恒出手一向很重，现在还没有审讯，这人就给打成这样了，心想幸好自己赶来了，不然只怕眼前这个疑犯活不过今天晚上！

这时候，去警察局调查户籍档案的赵江也赶了回来。他知道组长要连夜审讯，所以一刻也不敢耽误，带队进入警察局，大半夜把那里搞了个鸡飞狗跳，这才调到档案，以最快的速度赶了回来。

"组长，这是档案。这个人叫鲁兴，是一家洋布店的老板！"赵江把档案交到宁志恒的手上，开口说道。

宁志恒没有打开，直接递到赵子良面前。赵子良接过档案打开翻了翻，其实档案里的资料价值并不高。这些明面上的材料都不可靠，只有他的真实身份才是最重要的。

"原来是鲁老板，看来我们今天要好好谈一谈了！"赵子良将手中的档案往桌子上一扔，悠悠地说道。

赵子良不愧是经验丰富的老特工，对付人犯还真有一套手段。各种严酷刑罚轮番上阵，先灌辣椒水，再上老虎凳，然后逐渐加重审讯的力度。一根接一根的铁签深深地插入手指和脚趾指甲缝里，鲁兴哀号不止！

赵子良经验老到，能清楚地把握疑犯身体的极限忍耐度，每一次都能最大限度地延长鲁兴的极端疼痛感，又总是在他的身体承受不住的时候及时停止，让鲁兴时刻处于清醒状态。就这样，周而复始。这时候，赵子良会不停地施以言语刺激，摧毁鲁兴的抵抗意志，然后又开始重复之前的步骤！

宁志恒在一旁默默地观看，不得不佩服这些老特工的刑讯逼供手段。不过要让宁志恒自己选择的话，他还是会以自己的方式进行。赵子良的手段确实更加稳妥和有效，但在宁志恒看来效率还是有些低了。

宁志恒和这些刑讯老手的差距，其实就是对人体所能承受的刑讯极限的精准把握度。不得不承认，宁志恒审讯的手段确实是过于粗糙了，很容易出现下手过重致人死亡的情况。

六个小时过去了，赵子良仍然不紧不慢地掌控着审讯节奏。就在宁志恒的耐性即将耗尽的时候，已经被折磨得不成人形的鲁兴终于开口了："别再折磨我了，我说……"

赵子良和宁志恒眼睛一亮。不得不说，在这样严酷的刑罚之下还能坚持六个多小时，这个鲁兴的意志力绝对超强。

挥手示意审讯人员退出，宁志恒看向赵子良。赵子良摆了摆手，说道："我有些乏了，你来问吧！"

"鲁兴，你的真实姓名和身份？"宁志恒沉声问道。

"日本内务省特高课特工，关口良一。"鲁兴用低哑的声音回答道。

"从你的住处搜出了电台，那么加密的密码本藏在哪里？"

"在客厅东北角第一块地板下面。"

"你隶属哪一个间谍小组？小组成员的身份？"

"雪山……咳咳……雪山小组。除了我还有两个成员，一个是军事委员会兵役部参谋梁实安，另一个是裕安贸易公司的部门经理史烨梁。"

听到这里，宁志恒眉头一皱，语气严厉地说道："关口良一，给我放老实些，别妄想着避重就轻，雪山小组成员到底还有谁？"

宁志恒现在对日本间谍小组的组织架构也有所了解。南京的日本间谍多是以小组的形式进行活动，每个小组大致根据各自的势力范围或者工作性质来区分。一个组长领导数个小组成员，比如暗影小组的成员有六个，黑水小组成员现在已发现四个，宁志恒估计最后还有一到两个漏网。

现在这个雪山小组，宁志恒估计人员会有四至五人，这个关口良一却只交代出两个小组成员，宁志恒当然不相信。而且他最想知道的还是那位策反梁实安的顾文石，也许他能够从关口良一的口中找到这位重要的人物。

关口良一挣扎着舒了一口气，缓缓地说道："真的就只有两个小组成员。

我一直处于潜伏状态，直到半年前才被起用，担任雪山小组的组长，本部只交给了我两个小组成员！”

“看来你还不老实！顾文石这个名字你应该不陌生吧？”宁志恒冷冷地问道。

“顾文石？我真的不知道，我什么都说了，用不着再隐瞒什么，你们相信我！”关口良一再次确定地说道。

宁志恒仔细观察他的眼神和面部的反应，并没发现有什么异常，但宁志恒还是没有完全相信他的话。

审到最后，赵子良合上审讯记录站起身来，宁志恒也赶紧起身。两个人一起出了审讯室，宁志恒赞叹不已地说道：“还是科长手段高明，志恒获益良多！”

赵子良哈哈一笑，拍着宁志恒的肩头说道：“我可有很长时间没上一线了，手艺都有些生疏了。”说完之后，他又颇有深意地说道，“志恒，其实你心中还是不太喜欢我的方式吧？审讯的时候你看了六次手表，我知道你有自己的处理手段，用不着拍我的马屁！”

宁志恒顿时脸色一窘，没有想到赵子良观察得这么仔细，连自己的一点小动作都没逃过他的眼睛。看来盛名之下无虚士，能够坐在军事情报调查处行动科科长的位子上，果然不是简单的角色！

“科长真是明察秋毫，志恒这点小心思都瞒不过您去。”宁志恒赔着笑说道。

赵子良笑呵呵的没有再多说。这个时候已经是凌晨四点，他们整整熬过了一晚上。赵子良毕竟不年轻了，身体疲乏，就挥手告别，自己回办公室休息去了。

宁志恒可不敢休息，他赶紧派手下人通知孙家成，告诉他加密密码本隐藏的位置，让他赶紧将密码本送回军事情报调查处。只有亲眼看到密码本，宁志恒才能安心。

一个小时后，孙家成匆匆忙忙赶了回来，将一本蓝色的小册子交给宁志恒，笑着说道：“组长，这小子藏得可真严实！我把院子和房屋都搜了一遍也没找到，要不是您派人通知我，不知道要找到什么时候呢。”这一次他亲手起获日本间谍组织的加密密码本，在功劳簿上可是重重地写了一笔。只要宁志恒在结案报告上加以修饰，孙家成晋升中尉应该是十拿九稳了！

“老孙，这一次是个好机会。虽然你刚刚晋升少尉，但是军事情报调查处有过先例，只要能起获加密密码本，再升一级还是问题不大的。好好干，这一次我会为你说话的！”宁志恒高兴地说道。他亲手把密码本锁进办公室的保险箱里，这才真正放下心来。

第十六章
横生意外

宁志恒凌晨才在办公室的沙发上睡了一会儿，到上班时间就醒了过来。他到底是年富力强，体质远超常人，很快就精神抖擞，疲乏尽去。

看了看时间，估计大家都已经就位，他便打电话把王树成叫进来。

“组长，您叫我有事？”王树成问道。他昨天夜里没有参与审讯，所以很早来上班，早早地在办公室等待宁志恒的命令。

“三个小时前，鲁兴招供了。你马上带人抓捕裕安贸易公司的部门经理史烨梁，这个人是不是日本人鲁兴也不清楚，所以你要小心对待，多带些人手布置好！”

“是！”王树成赶紧领命，然而他又犹豫了一下，说道，“不过组长，这个裕安贸易公司我可听说过，生意做得很大，它的背景好像是党务调查处！”

“是吗？”宁志恒倒是没有听说过，他犹豫了片刻就果断决定，“不要管这些，这些让上面去头痛吧。我们只管抓人，有人反抗就地正法。这件事怎么也是我们有理，不要怕把事情闹大！”宁志恒并不介意这些公司身后的背景，只要是牵扯进日本间谍组织的，他都一律处置，反正他身后有军事情报调查处这座大山，用不着他来背锅！

王树成领命而去。

宁志恒来到保险柜前，转动圆形密码锁，打开保险柜，将那本蓝色密码本取了出来。这件宝贝必须马上呈给处座，让他知道昨天这一天时间，他们就破获了雪山间谍小组，缴获了电台和密码本，侦破速度可谓惊人。

宁志恒来到赵子良办公室，轻轻敲了敲门，很快赵子良就开了门。宁志恒说道："科长，打扰您休息了！"

"没事，其实我也没睡踏实。干我们这一行，脑子里时刻绷着一根弦，睡觉都要睁着一只眼睛！"赵子良也就是在沙发上凑合躺了一会儿，早早就起来了！

宁志恒将手中的蓝色密码本递到赵子良面前，说道："科长，这是根据关口良一的口供找到的加密密码本！"

"密码本？这太好了！"赵子良赶紧接了过来，打开后仔细翻阅。

"科长您放心，我已经查验过了，没有问题！"宁志恒笑着说道。

赵子良哈哈大笑，晃了晃手中的密码本，得意地说道："短短几个月的时间，我们行动科就破获了三个间谍小组，缴获了四部电台，还有三本密码本。这个成绩有谁能比？情报科去年在武汉费了九牛二虎之力，搞了个人仰马翻，才起获一本密码本。说到底，这才是拿得出手的成绩，别的再吹也没用！"

宁志恒自然也是兴奋不已，开口问道："是不是马上汇报处座？"

"当然。你是案件的执行人，要和我一起去汇报案情，我们这就走！"赵子良当即点头说道。

两人进入处座的办公室时，处座正在处理公务，看见他们进来，高兴地说道："子良，听说你们昨天有了大收获，快把情况跟我说一下！"

赵子良哈哈一笑，上前将蓝色的密码本放在处座面前。处座眼睛一亮，赶紧取了过来，说："这是你们昨天缴获的？"

赵子良点头说道："是的，具体情况还是让志恒来介绍！"

宁志恒上前一步，挺直了身子，从头至尾将行动的全过程详述一遍。从昨天上午情报科投放假情报失败，下令抓捕梁实安，到梁实安没有抗拒开口招供，然后投放假情报，顺藤摸瓜抓住雪山小组组长关口良一并连夜审讯，直至起获电台和密码本。

处座认真听着宁志恒的汇报，连连点头，直到宁志恒介绍完毕才拍案叫好。他拿着手中的蓝色密码本高兴地说道："子良，现在你们行动科做事越来越干练了，干得漂亮！破译工作这段时间进展很大，主要得益于你们接连缴获的那两本加密密码本。现在又得到一本，工作的进度想来会更进一步！"

"都是处座您领导有方，我们才能取得如此成绩！"赵子良笑呵呵地奉承道。

处座笑着摆了摆手，转头问宁志恒道："志恒，永安银行的价值现在已经显现出来了，一个梁实安就挖出来一个间谍小组和一本珍贵的密码本。现在还有三个账户在我们手里，一定要盯紧了，这个日本间谍组织的重要资金渠道现在就是我们的聚宝盆！"

"是，志恒明白！现在永安银行内部都安插了内应，四周也都撒下了网，绝不会出问题！"宁志恒赶紧回答道。

从处座的办公室出来，赵子良笑着对宁志恒说道："志恒，你马上把雪山小组的结案报告上交，自己斟酌一下，提提手下可用的人手，这可是个好机会！"

"是，我正在思量这件事！"宁志恒说道。他很明白赵子良是在暗示自己，要在结案报告上做好文章，争取提拔一些自己得力的手下。

两个小时后，王树成将史烨梁抓了回来。宁志恒知道史烨梁的价值不会太大，他的情况应该和梁实安相仿，而且现在他的上线和组长都被抓了，他的价值就更低了，因此宁志恒对他不感兴趣，便吩咐道："你负责审讯史烨梁，手段要狠，尽快取得口供。我等着他的口供做结案报告，好为你们请功！"

王树成一听，知道自己的机会来了，顿时精神振奋，带着史烨梁就去了审讯科。

现在案子已经结束，宁志恒手里还有两条线索，一条是永安银行的布控监视，另一条是霍越泽对顾文石下落的追查。这两项工作只要有所突破，宁志恒相信收获一定能让自己满意。

可是他高兴的心情并没有维持多久，第二天上午就接到了赵子良的电话："志恒，你马上到我这里来一趟！"赵子良沉声说道。

"是，科长！"宁志恒从赵子良的话语里听出，一定是有什么意外发生了。

宁志恒快步赶到赵子良的办公室，就见赵子良阴沉着一张脸，面前的办公桌上放着一份材料。

“科长，有什么事情吗？”宁志恒小心地问道。

赵子良拿起桌上的材料递给宁志恒。宁志恒接过来一看，竟然是一份死亡通告：“李文林，三十六岁，中尉，军事情报调查处会计室会计……”

看到后面这一行字，宁志恒心中一惊，赶紧眼光向上移动，一眼看见了死者的照片，顿时眼神一缩，暗道一声不好！这个李文林的名字没有听说过，可这个人的容貌宁志恒却认识。这正是十天前的夜晚，随宁志恒去永安银行查验账户的那八位财会人员之一。宁志恒对人的相貌从来都是过目不忘，尤其是和李文林见面才过去十天，他一眼就认出来了。

“科长，这个李文林是怎么死的？”宁志恒赶紧向赵子良问道。

赵子良闷声说道：“今天早上有人发现他倒在离家五百米的街道拐角处，估计昨天晚上就已经遇害了。因为他穿的是军装，所以很快就查明了他的身份。案子上交到我们军事情报调查处，情报科接手的时候我正好在场，就把案子接过来了！”

军事情报调查处在册人员被杀害，这种案子一般都是由情报科来接手，赵子良强硬插手不符合规矩，但是他的地位高，情报科人员自然不敢说不。

“科长，你是不是担心我们查验永安银行账户的事情泄露了？”宁志恒担忧地说道。特工的惯性思维都是一遇到意外，就会不由自主地向最坏的可能思考，因为他们根本就不相信有“巧合”二字。李文林是执行永安银行账户查验的人员之一，他的突然死亡会不会和这件事情有关系？

如果真是这个原因，那事情可就麻烦了！

赵子良沉声说道：“永安银行的行动知道的人不多，查验账户的事情保密级别更高，知情人就那么几个，所以这件案子必须秘密调查。永安银行这件事情只有你我最清楚，所以这案子我只能交给你。你必须马上搞清楚李文林的死因。事情关系重大，现在永安银行对我们的重要性你是清楚的，不到最后一刻我们绝不能打草惊蛇，不然日本间谍本部就会马上放弃这条渠道，那我们这么长时间的努力就白费了！”

宁志恒当然知道事情的严重性，他沉声说道：“科长放心，我这就去查。”

“尸体现在已经送回来了，就在停尸房。你马上前去查看，然后第一时间汇报给我！”赵子良吩咐道。

宁志恒领命而去，他脚步匆匆，一路快行赶到停尸房。

工作人员认得宁志恒，上前问道：“宁组长，您有事情？”

宁志恒点点头，问道：“刚刚送来的李文林的尸体在哪里，我现在就要验看！”

工作人员赶紧说道：“就在后面的隔间，刘医官正在进行尸检。”

宁志恒摆了摆手，示意他去做自己的事情，然后绕过一条过道，在第二个隔间看见法医刘医官正在给李文林的尸体做检验。

见宁志恒进来，刘医官朝他点了点头，继续埋头检验。

宁志恒没有打扰他，在一旁静静地看着他工作。等了半个多小时，刘医官才想起身边还有人，赶紧转头说道：“是宁组长，有事情吗？”

宁志恒点了点头，说道：“我负责调查李文林被杀的案子，想来看一看你检查的结果！”

“那正好，我刚刚看了个大概，你需要知道什么？”刘医官回答道。

“李文林的死因是什么？”宁志恒问道。

“致命的伤势是头部后脑受到钝物的重击，接连被击打三次，流了很多的血！”刘医官回答道。

“能看出来是什么钝物击打的吗？”宁志恒问道。

“我也说不准。从伤口来看钝物有棱角，应该是形状规则的物体，比如砖头瓦块之类，但具体是什么不好判断！”刘医官也不确定，只能含糊不清地说道。

“死亡的大概时间？”宁志恒问道。

“初步估计是昨天晚上九点至十二点之间。”刘医官回答。

“死亡时间不能够再精确一些吗？”宁志恒皱着眉头，再次询问。

刘医官双手一摊，无奈地说道：“我真做不到，宁组长。我本来就不是学法医的，只是这个工作没有人愿意干，我才赶鸭子上架，再往深里走我就不行了！”

刘医官说的是实话，民国时期的法医很少。在民国十九年，北平大学医学院才开设我国第一个法医学教室。三年前，也就是民国二十四年，教育部首次把法医学列入医科之必修科，可是真正的法医教学迟迟没有展开。军事情报调查处对尸体的检验是必需的，于是三年前将刘医官送到北平学习了一段时间，至于水平如何，只有他自己知道。

宁志恒只好放弃这个问题，继续问道："尸体解剖报告什么时候能出来？"

刘医官苦着一张脸说道："这个我也说不准。宁组长您也看见了，这里没有人愿意干这个，人手就我一个。"

"好了好了，我知道了！"宁志恒不耐烦地打断他。看来指望从刘医官这里得到更多的线索是不可能了，宁志恒也没有再多问。

他从工具台上取过专用的手套戴在手上，走上前仔细检查了一下李文林的伤势，只见后脑勺已经被清理干净，上面明显有重击的痕迹。突然，宁志恒嗅出一丝异味，他嗅觉极为灵敏，马上判断出这是酒的味道。

他转头对刘医官说："他的口腔里有酒味！"

刘医官一愣，说道："我倒是没有注意。"随后，他伸手撑开李文林的嘴，低下头仔细闻了闻，果然也嗅到一丝酒味。

刘医官抬起头用奇怪的眼神看了看宁志恒。李文林的口腔是紧闭着的，死人又没有呼吸，所以鼻腔里也不会有酒味散发出来，一般人是很难闻到这股酒味的。可是宁志恒没有接触死者，也没有打开死者的口腔，却能闻出这股酒味，刘医官不禁说道："宁组长，你这鼻子可真灵。还真是有酒味，看来李文林昨天晚饭是喝过酒的！"

宁志恒没有回应刘医官的话，他见李文林的身上已经没有衣物了，便开口问道："死者的衣服在哪里？"

刘医官指了指右侧的工具台，说道："在那里。我要检查他的死亡原因，所以把衣物都脱下来了！"

宁志恒走过去，将那一堆衣物仔细检查了一下，见到衣服上有大量的血迹，衣兜里空空如也，什么也没有。

刘医官在一旁看着，疑惑地问道："兜里什么也没有，会不会是拦路抢劫杀人？"

宁志恒摇了摇头，说道："现在还不能确定，不过我看可能性不大。"

宁志恒看确实再也找不到什么有价值的线索，便和刘医官打了声招呼，转身离开了。

他快步来到赵子良的办公室，赵子良开口便问："有什么发现吗？"

宁志恒点头说道："科长，有一些收获，李文林是被钝物多次打击后脑致死，时间大概是昨天晚上的九点至十二点。我还发现他的口腔中存有酒味，他昨天吃晚饭时应该喝过酒。只是不知道他是一个人喝闷酒，还是和朋友喝的酒。我估计和朋友喝酒的可能性大些。如果是这样，找到和他一起吃饭喝酒的朋友，案情就有重大的突破。

"还有就是他身上的衣物沾有大量血迹，可全身的衣兜里什么也没有。我记得一般的财会人员都有在上衣兜里插一支钢笔的习惯，以方便他们计算和记录账目。此外军官随身必备的军官证件以及财物都没有留下！"

赵子良沉吟片刻，问道："你认为是劫财杀人？"

宁志恒摇了摇头，说道："打劫财物也是要选择对象的。李文林虽然是文职，但身高体壮，又穿着一身军官服装，对一般人是很有威慑力的，再加上不能确定他有没有随身携带配枪，贼人打劫是要冒很大风险的。再说，贼人也没有必要拿走他的随身物品。如果说钢笔还能卖些钱，可拿走他的军官证件就有些说不通了，除非是想拖延死者身份的确认时间。综合这些因素考虑，一般的贼人是不会选择这样一位军官作为打劫对象的。"

听到宁志恒的分析，赵子良脸色变得阴沉，他皱起眉头说道："这么说应该刨除抢劫致死的可能性了，凶手杀人的目标就是李文林！"

宁志恒点点头，继续说道："应该是这样。您想，拦路打劫最起码也要准备作案的工具吧？就算没有枪支，最少也要准备一把短刀或者匕首之类的凶器。可是凶手最后竟然采取了最笨的方式，用钝物多次击打受害人后脑。我估计要不是李文林喝了酒反应迟钝，这次的袭击都不一定能成功！"

赵子良眼睛一亮，手指着宁志恒，然后一拍桌案说道："这么说，凶手是专门选择李文林下手的，作案时却没有准备合适的凶器。这说明凶手之前没有准备要杀人，一定是李文林说了什么话或者做了什么事情让凶手感受到了威胁，迫使他临时起意杀害李文林！"

"对，李文林在死前一定跟凶手接触过，所以我要找到昨天下午和晚上同他接触过的每一个人进行确认，尤其会留意和他一起吃饭喝酒的朋友，这些人的嫌疑最大。"

赵子良当即点头说道："昨天下午他在军情处里上班，接触的都是身边的同事，这些人很好查。但他下班离开军情处之后的行踪要仔细查找。确认行踪之后就好办了。”

宁志恒想了想说道：“科长，我想去案发现场实地勘查一下。凶手临时起意杀人，一定有考虑不周的地方，现场应该会留下有价值的线索，等有了结果我马上回来向您报告！”说到这里，宁志恒又有些为难地说道，“科长，至于派人去调查李文林接触者的情况，我手下的人职权有限，军衔也不高，调查外面的部门还行，对军情处内部还是力有未逮。”

赵子良点了点头，考虑了一下说道：“这件事情事关重大，必须双管齐下，尽快查一个水落石出。对军情处内部的调查工作，我出面调查的话，动静就有些大。这样，我出具一份调查证明，让你的人拿着证明去，没有人敢拒绝调查的！”

事情商量完毕，宁志恒赶回自己的办公室，打电话让赵江进来。

“军情处会计室的李文林昨天晚上遇害，这件案子交到了我的手里。你去仔细查一查他的喜好，平时和谁走得近，和谁有过仇怨，主要是昨天一天他具体的行踪，和谁有过接触，总之各方面的材料越详尽越好！”宁志恒郑重地吩咐道，又取出一张调查证明，交给赵江，说，“这是科长签发的调查证明，以方便你行事，你拿去。”

“是！”赵江领命而去。

宁志恒又拿起电话打给第三行动队队长聂天明：“天明，你带些人手，跟着我去勘查现场！”

“是，组长！”聂天明高兴地应道，他终于等来了表现的机会。

组长平时有事，一般都会调用第一行动队的人员。就像前天，第一行动队在组长带领下立下一件大功，仅用一天的时间就破获了一个日本间谍小组！还有第二行动队队长霍越泽，现在也得到了组长的赏识，连续获得了几次任务，现在忙得都很少见到人影。只有自己这么长时间一直没有接到组长安排的任务，这心里着实焦急。没有想到，这一次组长竟然让自己陪着去勘查现场，这让他顿时精神抖擞，赶紧连连称是。

放下电话，他带着二十名行动队员整装待发。

其实宁志恒原本没有打算通知聂天明，只是因为第一行动队的军官们都有自己的任务，脱不开身。孙家成完成了抓捕人犯、寻找密码本的任务后，又赶回了监视点继续对永安银行进行监视。王树成昨天完成对史烨梁的审讯后也不放心，赶到了永安银行和孙家成一起值守。赵江也被宁志恒派去调查李文林的情况，只剩下一个副队长阮弘在家里值班。第二行动队队长霍越泽也被派去调查顾文石失踪案，现在已经铺开人手到处寻访查找。结果，现在只有聂天明的第三行动队在总部值班。

宁志恒带着聂天明一行人很快赶到李文林的家附近，就见十多名警察正守在一个街道拐角处。这些警察看到几辆军车一路开过来，从车上下来一群军人，为首的一名警官赶紧迎上前。

宁志恒问道："你们是看守命案案发现场的？"

这名警官一听就知道是军事情报调查处的人赶过来了，急忙说道："报告长官，卑职侦缉警长张观和，正奉命在这里看守命案现场，不知您是哪位长官？"

宁志恒没有理睬他，直接向前走去，身后的聂天明不耐烦地对张观和说道："这位长官是军事情报调查处行动科宁组长，专门负责这件案子的！你小子放机灵点，一会儿问什么答什么，听见了吗？"

"是，是！"张观和吓得连声回答。

宁志恒几步向前，看守现场的几位警察赶紧四散退开，给宁志恒腾出一大块空地。宁志恒看见地面上用粉笔画了一个很大的人形框架，这应该就是当时发现李文林时他倒地的位置。他冷声问道："是什么时候发现死者的？"

"报告组长，是早上六点多，摆摊卖馄饨的摊主报的案。卑职赶到之后，看到死者是一位军官，知道事关重大，便马上保护现场，上报案情。很快就有军车把死者的尸体拉走了，还交代我们继续留下来看守现场。"张观和赶紧交代。

宁志恒上前低下身子，而后蹲在地上仔细看了看，地面上还留有一大摊血迹。他看了看粉笔画成的人形框架，发现脚部的位置有拖拽的痕迹，顺着痕迹看过去，发现就在十米左右的地方果然也有摊血迹。

宁志恒想了想，接着问道："那个报案的摊主在哪里？"

张观和指了指不远处蹲在路边的一位老汉，说道："就是那个程老头！我们录完口供没放他走，就怕有调查案子的长官有事情询问。”说完，他一挥手，马上有两个警察上前将老汉带到宁志恒面前。

看着眼前拘谨不安的老汉，宁志恒语气温和地问道：“你看到有人死了怎么不躲，还跑去报案？”

程老汉嘴唇动了动，最后终于说道：“这里是我多少年来摆摊的地方，这人死在这里，我怕耽误我的生计，就去报了案，可他们还是要扣下我不让走！长官，我这一天还开不了张，可就亏大了！”

宁志恒这才明白过来。他看了看脚下的地面，果然清理得很平整。原来街角这块空地是老汉多年来谋取营生的地方，担心这个死人耽误自己的生计才报了案。

“程老头，组长问你什么就答什么，别说那些没用的！”一旁的张观和低声喝道。

宁志恒手一挥，制止了张观和的话语，然后又开口问老汉：“你开始见到死者的时候，尸体就是在这个位置吗？和你去报案回来相比，位置有没有变化？”问完这话，他指了指那个粉笔画的框架。

程老汉点了点头，老实地说道：“就是在这里。我带着警察回来，还是在这里，位置没有变。周围的人都躲着走，没有人敢碰他！”

宁志恒点了点头。他判断凶手在杀害李文林之后，试图将尸体挪走，可能是因为李文林身体过重，凶手没有足够的体力完成，最后放弃了这个打算。

宁志恒思虑再三，李文林喝了酒徒步走回自己家，看来他并没有喝到大醉，意识还是清楚的。而且他喝酒的地方不会很远，不然他的体力支撑不到走回家，他就会找个黄包车之类的代步工具回家。

宁志恒在现场走了两圈，思虑良久，然后挥手叫来张观和，问道：“以现在这个地点为中心，你们这附近有多少家饭馆？”

张观和听到宁志恒的问话一愣，然后掐着手指算了算，最后说道：“这附近街区大大小小加起来有八家饭馆！”

宁志恒转头对聂天明说道：“你马上带人跟着这位张警官，逐个讯问这八家饭馆。”说到这里，他将李文林的材料交给聂天明，指着上面李文林的相片，接着说道，“主要询问昨天晚上，有没有人看见李文林在这几家饭馆吃饭喝酒，如果有，询问和他一起吃饭喝酒的人的相貌特征。也不要局限于这八家，以这个地点为中心，范围可以再扩大一些，尽量多问几家饭馆。这是昨天晚上刚刚发生的事情，李文林身材高大，又身穿军官服装，很显眼，应该有人能记住他。”

聂天明接过材料正准备行动，宁志恒又把他叫住，叮嘱道：“现在的人都怕事，事不关己就不愿意多说。让你带人去，就是要把架势拉足了，告诫他们知情不报一律同罪，手段要强硬，不然容易误事！”

“明白了，组长，您放心！”聂天明应道。

宁志恒又回头对张观和说道：“放了程老汉，别让人为难他。案发现场已经勘查完,没有什么价值了,解除保护,清理干净,让程老汉安心做营生吧！”

张观和急忙点头哈腰答应着。

宁志恒知道这种大范围的撒网式调查很耗时间，所以就留下聂天明等人去调查，自己赶回了军事情报调查处。

他回到办公室，刚坐在沙发上休息了一下就听到敲门声，没等宁志恒出声，房门就被推开了。宁志恒眉头一皱，可一见竟然是师兄卫良弼，马上起身笑着招呼道：“师兄，你怎么有空到我这里来？快坐下！”

卫良弼回身关好门，微微一笑，说道：“这段时间确实太忙，手上的事情不断，今天才听说你又立了大功，再次破获间谍小组，起获电台和密码本，这不是过来给你道贺来了！”

宁志恒听到卫良弼是为这事而来，心中得意，转身给卫良弼倒了一杯茶水，两个人相对而坐。宁志恒说道：“这一次是有些收获，可惜我们师兄弟短期内是借不上力了，不过树成和老孙他们几个能得到不少好处！”

卫良弼点了点头，端起茶水抿了一口，有些无奈地说道：“我们两个人的背景让处座有些忌惮了，不过这样也好，太过出挑也不是好事。我就是怕你年轻气盛，不知进退，才过来和你说一下！”

宁志恒感激地看着卫良弼，摆手说道：“师兄放心，我心里有数。再说以我的资历能走到今天，我真的是很庆幸了。我们都年轻，来日方长！”

看到宁志恒如此豁达，卫良弼欣慰地一笑。这个师弟不仅在业务上胜出自己一筹，在处世方面也是有眼力的，这让自己很放心。

“师兄，这段时间你一直在忙什么？我都找不到你。”宁志恒话锋一转询问道。卫良弼和宁志恒两个人在一起互相都不避讳，彼此没有隐瞒。

听到宁志恒的问话，卫良弼摇了摇头，闷闷不乐地说："能忙什么，还不是我们行动科的老本行！"

"又是脏活儿？是刺杀还是暗杀？"宁志恒一听就知道是怎么回事了，这段时间卫良弼的运气不好，手上脏活儿不断。

"暗杀！杀得我手都麻了。"卫良弼无奈地说道，"都是些军中异己！"说到这里，他刻意放低声音说道，"还记得前些天我们去看老师时，老师问起的他那位战友吗？"

宁志恒点了点头，说道："记得，不是说没有他吗？怎么，你下手了？"

宁志恒和卫良弼说的是前些天的事，两个人一起去老师贺峰家吃饭，席间贺峰询问他一个军中好友是不是被军事情报调查处盯上了。他的好友感觉自己情况不妙，知道贺峰有两个门下在军事情报调查处握有实权，就上门求助。可是卫良弼和宁志恒都没有得到消息，也就没有给回话，没想到今天卫良弼重提此事。

"我下的手。没有办法，处座直接下的名单，我只能执行。不过也是他罪有应得，光贪污的军饷就是笔巨款！"卫良弼低声说道，"不过我是真杀得有些怕了，这样下去会得罪太多人，别忘了我们的根底也是在军中。我怀疑处座这是另有所图！"

宁志恒也是无语，这件事情当然不能明言，他想了想说道："师兄，既然这些事情太麻烦，不如躲一躲，过了这个风头就好了！"

卫良弼看着宁志恒说道："说说看，怎么个躲法？"

宁志恒往前凑了凑身子，低声说道："一个多月前我就听说，军中高层开始清剿后方匪类和杂牌军头，重庆是重点城市之一，我们军事情报调查处会派人予以配合。能不能找个这样的差事暂时离开南京总部，先去重庆躲一躲。再说我们在那里的产业也要去照看，这样不就可以躲过这个风头？"

宁志恒当初和老师贺峰在重庆购置了不少产业，后来又力劝卫良弼选择重庆作为后路。卫良弼就把积蓄掏出来，也在重庆购置了一些产业，现在都交给宁家的掌柜文维光打理。宁志恒这么做，也是想找个正大光明的借口先让卫良弼脱离南京这个险地，不然一旦事到临头，身为军人难保不会生出意外。

“离开南京总部？”卫良弼眉头紧锁，犹豫不决地说道。

“对啊！我们现在的情况你也知道，就是留在总部也不会有什么机会。再说我估计重庆日后定然是政府要地，我们还不如未雨绸缪，先经营布置一番。我现在是事务缠身脱不开，等我手上的这件案子完成，也找个借口和你会合去！”

卫良弼沉吟了片刻，问道：“你是不是过于小心了？时局虽然越来越紧张，但我估计还要一两年才会有大变！”

宁志恒却摇了摇头，再次劝说道：“小心无大错，再说留下来也就是接着杀人，得罪那些军中宿老，又有何意义！万一目标是我们保定系的，你怎么办？”

卫良弼半天没有说话，到底是心有顾忌。他当年初出茅庐就被派遣广西，在一个小小的军情站苦熬，最终豁出条命立下大功才得以平步青云调回总部，如今年纪轻轻就升为中校军事主官，手握实权，前途无量。现在让他躲到重庆去，他就怕日后时局变幻，重庆不像预想的那样成为政府要地，自己再想回总部就又要费一番手脚了。

宁志恒知道他的顾忌，接着劝说道：“日后就算是有变化，凭着我们的背景，难道还没有我们施展拳脚的地方？再说现在处座盯上了你，你总要想办法解决吧！”

卫良弼听到宁志恒的话，终于点了点头，下定决心，说道：“也只好这样了。我这就去找黄副处长，让他帮我运作！”

卫良弼走后，宁志恒在办公室里仔细考虑自己的前途。中日之战还有两个月就要打响，是时候规划撤离的事情了。宁志恒决定在撤离之前，尽全力对日本在南京的间谍组织给予重创，也算是为国家尽自己的一份力量。

第十七章

无心之言

宁志恒正在深思的时候，敲门声响起，他心神一收，说道："进来！"

房门推开，赵江迈步进来，将一份材料放到桌子上，说道："组长，初步的调查结果出来了，我先给您汇报一下！"

"很好，你的动作很快，我不看材料了，你直接说一下吧！"宁志恒说道。

"是。我先去档案室调阅了李文林的资料，他两年前从湖南调到南京总部，家人现在还在湖南，他在南京独自居住。他在军情处里人缘不差，和同事们相处得都还好，没听说他有什么仇家，倒是有几个相处得不错的朋友。

"他因为来南京不算久，再加上我们的工作性质，所以在外面几乎没有什么朋友，人际关系很简单，大多数时间都是在军事情报调查处里上班，晚上才回家休息。

"我着重调查了他昨天的行踪，他一天都在会计室里没有离开，和他接触的就是他的三位同事，傍晚下班就离开了军情处。至于之后的事情我还没有调查到，向您汇报完，我就马上接着去调查！"

听完赵江的汇报，宁志恒闭上眼睛仔细考虑了一会儿，开口问道："昨天他的三位同事和他有没有单独相处？"

"没有。昨天会计室的工作很多，他们四个人一直都在忙，没有单独交流的机会！”赵江回答道。

“他的三个同事昨天晚上的行踪讯问了吗？都有证明人吗？”宁志恒再次确认。

赵江说道：“三个同事的家都在本地，他们下班后都回家了，晚上都在家中，不过证明人都是他们的家属，不知道有多少可信度。”

这就难办了，宁志恒不能确认这三个同事昨天晚上有没有作案时间，又都是军事情报调查处同事，总不能把他们的家属都抓起来一一拷问吧？

宁志恒接着问道：“你说他有几个相处不错的朋友？”

赵江点头回答道：“经过了解有三个，一个是会计室的同事何志，一个是电信科的汪俊弼，另一个是情报科的情报官严宜春。他们平时和李文林走得比较近！”

“这三个人昨天晚上的行踪都调查了吗？”宁志恒问道。

赵江回答道：“都调查了。对我提出的讯问，他们都很配合，没有露出什么可疑的迹象。就连情报科的情报官严宜春少校，在我出具调查证明后态度也不错，调查进行得很顺利。会计室的何志昨天一直和李文林在一起工作，晚上一直在家，有家属的证明。电信科的汪俊弼昨天晚上没有回家，说是去一位相好的女子家过夜，我已经派人去核实，很快就会有结果。情报科的严宜春说自己昨天晚上一直在家，不过他是单身，没有人能够证明。情况就是这样。”

宁志恒点点头，挥手示意道：“我知道了，你先去继续调查，一有结果马上报告给我！”

赵江正要领命而去，桌上的电话铃声响起，宁志恒伸手拿起电话。

“组长，我们排查了附近十多家饭馆，都说昨天晚上没有人看到过李文林！”电话里传出聂天明的声音。

宁志恒眉头皱起，再次确认道：“都仔细排查过吗？有没有遗漏的人员？”

“我们把所有的饭馆老板和伙计都排查了一遍，就差动枪了，确实没有人看到过李文林！”聂天明再次确定地说道。

“好吧，收队！”宁志恒颇为失望地放下了电话。

饭馆这个调查方向没有结果，看来李文林昨天不是在饭馆喝的酒，那会是在什么地方呢？应该是在某一处私人的住宅里。对了，一定是这样！

李文林的人际关系很简单，在军情处圈子以外没有什么朋友，那他会和什么样的人吃饭喝酒到深夜呢？只能是他的好友！而这三个和他走得近的朋友，在调查时都说昨天没有和李文林饮酒，那就说明有人说了谎，说谎的那个人就是杀害李文林的凶手！

在他的三个朋友中，会计室的何志晚上都在家中，有家属的证明。这种情况一般来说和家属串供的可能性不大，但也不能轻易放过去，还是要再次确认家属的证明。另一个是电信科的汪俊弼，他的行踪也要核实，找到他的那个相好，证实他到底说没说谎话。至于情报科的严宜春，这个人独自在家，没有人能够证明他昨天晚上的行踪，嫌疑也不小，要重点甄别，不能轻易放过！

想到这里，宁志恒抬头看了看正要往外走的赵江，开口问道：“他们三个人的住址都调查了吗？”

赵江被宁志恒突然一问有些发愣，但马上反应过来，急忙说道：“调查了，材料上都有记录！”

宁志恒这才想起桌子上的调查材料，赶紧拿起来仔细翻阅，很快找到了这三个人的住址。他暗自点头。赵江的能力一般，但有一个长处，就是对自己的命令不打半点折扣，执行得非常彻底。这份调查材料搜罗的内容很是详细。

宁志恒起身来到右边的墙前，墙上挂着一幅南京市区地图。他将这三个住址在地图上找了出来，发现何志和汪俊弼家离李文林家都很远，只有严宜春的家和李文林家相距不到一公里，也就是十分钟左右的路程。

宁志恒隐隐觉得自己已经找到目标了，只不过事关重大，尤其这个严宜春是情报科的少校情报官，身份不一般。

情报科是处座长期以来苦心经营的嫡系，整个部门被他经营得如同铁板一块。每一个情报官都经受过严格的调查，身份来历不能有半点问题。现在宁志恒如果贸然对严宜春采取措施，一旦出现失误，只怕以他现在的地位也不好收场，还会得罪谷正奇那个老狐狸，完全得不偿失！

所以他不能轻举妄动，必须先把情况彻底落实。想到这里，他对赵江说道：“你还是继续你的调查，有情况早些汇报给我！”

一直等待他命令的赵江点头离开。

随后宁志恒脱下军装，从衣柜里找出一身便装换上，快步出了军事情报调查处。

宁志恒先是来到案发现场，然后朝着严宜春家的方向走去。他顺着大路大约走了十分钟，来到一处住宅外面。看了看房前的门牌号，确定这就是严宜春的家。他回身看了看来时的道路，果然方向也是对的，从这里到李文林家走这条路线最近，不绕一点路。

仅凭严宜春家到李文林家距离最近，就判断李文林昨天晚上是在严宜春家中饮的酒，这是不够的。还要证明李文林被害的地点正好在这两点之间，且回家的路线最短，才更有说服力。只有这样才能解释得通。严宜春家在李文林家的东面，如果李文林的被害地点反而在李文林家的西面，那就无法解释为什么李文林在严宜春家喝了酒，深夜回家反而要绕远道回家！

现在宁志恒的心里更多了一分把握，之前他的思路是正确的，李文林喝酒后步行回家，喝酒的地方一定离家不远。在他不多的朋友里，只有严宜春住得跟他比较近，而且李文林被害的地点正好在两个家庭住址往来的最短的路线之上，方向也没有问题！偏偏这个严宜春昨天晚上的行踪还没有人能够证明，真的有这么多巧合吗？

宁志恒来到严宜春住宅前，四下观望。见周围没人，他毫不犹豫连跨几步，轻身一纵，手就搭住墙沿，微微用力，整个身形猱身而过，翻入院墙之内。现在正是上班时间，严宜春又是单身居住，这个住宅内应该没有人的。宁志恒轻身落地，几步来到房门前。

房门上了锁，可惜宁志恒自己并没有掌握开锁的技巧，他摇了摇头。军事情报调查处里倒是有几个开锁的行家，可惜都在情报科里，自己也一直没有时间去请教。此外，左刚的开锁手艺也不错。

宁志恒又仔细查看了房屋的窗户，每一扇窗都从里面销死了，看得出来这个严宜春是个小心谨慎的人。不过这时候宁志恒有些犯愁了，窗户倒是好打开，只需要用匕首轻轻撬开即可，可他一会儿出来怎么从里面将窗销锁死呢？如果不能恢复原状，以严宜春的机警一定会发现有人进入，这样就惊动了他。

宁志恒思虑再三，最后还是决定进去查看，不然总是不甘心。如果真能找到有价值的线索，可以证明严宜春和李文林的被害有关，那他就不必顾忌，直接抓捕严宜春。还有最重要的原因就是时间太紧了。现在距离李文林的死亡已经过去了十多个小时，谍报战场上瞬息万变，随时都可能有意外发生。

宁志恒没有时间耽搁，他从小腿处抽出随身携带的匕首，插入窗户的缝隙轻轻拨动，很快挑开窗销，推开窗户！翻身进入，他没有刻意地隐藏痕迹，反正最后也瞒不过严宜春，还不如做出入室盗窃的假象。万一这个严宜春真是无辜的，也不至于让他疑神疑鬼。

宁志恒在几个房间里仔细搜寻，按从里向外的顺序，将卧室、客厅、储物间等处都查了一遍，但是没有什么发现。屋子里打扫得很干净，完全不像是一个单身汉住的房子。宁志恒只在卧室里找到了二百元法币和两根金条，他将这些财物都揣进衣兜，制造出盗窃的假象。

宁志恒最后又来到厨房，可这里也是干干净净的。壁橱隔间里没有剩菜，碗筷洗得很干净，整整齐齐地摆放着！

一切都没有不对的地方，只是宁志恒觉得这个家里有些过于干净了，好像刻意打扫过一样。

他看了看时间，然后失望地摇了摇头。这一次贸然进入却未能找到有价值的线索，反而容易惊动严宜春。还是自己心态不好，有些急躁了，终是出了差错！

他没有清除痕迹，很快翻过窗户来到院子里，四下看了看，又在院子里检查起来。

如果真是严宜春杀害了李文林，那么在行凶和拖拽李文林的时候，严宜春的身上肯定会沾染上许多血迹。那这些沾染上血迹的衣服怎么处理？他做事严谨，应该是不会随意丢弃的，否则一旦衣服被人找出来就很容易出问题，比如人们可以根据衣服的大小尺码确定他的身高和胖瘦，或者干脆有人能认出这是他的衣物，所以最稳妥的办法就是焚毁衣物。宁志恒没有在房间里找到这些痕迹，就只能在院子里再找找看。

他的眼力极好，终于在墙角发现有一处土壤和旁边土壤的颜色略微有些不同。他上前蹲下身子，手指用力将土挖开。土很松，应该是刚刚挖开后又回填的状态。他继续用力，很快就刨出了一个小坑，一团黑色的燃烧物的残渣出现在他的眼前。他又抓了一把残渣，放在鼻子下嗅了嗅，闻到了一丝燃烧后的味道。这说明物品刚刚焚烧后不久，焦煳味还没有完全散去。

宁志恒小心地将这堆残渣拨开，一点一点地仔细查看，终于将一小片衣服的残布捡了出来。他将这块残布放在面前，眼中充满了兴奋的目光，他喃喃地说道："这就错不了了！"

之前的那些所谓的巧合，再加上手中这团残渣和这一小片残布，宁志恒已经可以确认严宜春就是杀害李文林的凶手。当务之急就是立即抓捕严宜春，讯问他杀害李文林的真正原因！

宁志恒把身上的外套脱了下来，将这些残渣和布片都包裹在里面，然后翻身出墙。他快步赶回案发现场，发动车辆以最快的速度向军事情报调查处驶去。

宁志恒一进军事情报调查处，直接抱着外套来到赵子良的办公室。他顾不上敲门，直接推门而入，对正埋头处理公务的赵子良说道："科长，找到杀害李文林的凶手了！"

赵子良看到宁志恒焦急的神态，赶紧起身问道："到底什么情况？快给我说清楚！"

宁志恒急忙从头到尾，将今天去勘查现场以后每一步的判断推理，还有亲自去严宜春家里取证的情况都说了一遍，然后将手中的外衣摊开，露出里面的残渣和布片。

赵子良抓了一把残渣放在鼻子下面仔细闻了闻，终于确认了宁志恒的判断。他想了想说道："对严宜春的抓捕还是要通知谷正奇这个家伙的，这毕竟是情报科的人。让他们自己动手抓人，我们不要当恶人。

"我和谷正奇同事多年，很了解他的性格。别看他平时像个好好先生，人畜无害，可真翻起脸来，是谁的面子也不给的。毕竟这个人执掌情报科多年，骨子里心高气傲！

"如果严宜春真是因为永安银行的行动杀害了李文林，我直接抓人他也说不出什么。可如果只是因为个人的私怨杀人，我们搞得场面太大，让他下不了台，这仇可就结下来了！"

别看平时赵子良对待谷正奇一向强势，其实他从心里对谷正奇还是颇为忌惮的。

“一切听从科长的安排！”宁志恒回答道。

赵子良回到办公桌前，拿起电话拨了出去。“老谷，我这里有件重要的事情要找你商量，请你屈尊降贵到我这里来一趟！”赵子良尽量放缓语气说道。

“哈哈，老赵，你这是头一次请我去你那儿做客呀！今天太阳从西边出来了？”谷正奇打着哈哈。

赵子良顿时沉下脸，狠声说道：“废话真多！生死攸关的大事，尽快过来，我等你！”说完将电话狠狠地扣下，嘴里骂道，“笑面虎，一会儿你就笑不出来了！”

那边谷正奇听到赵子良的话，顿时心中一沉。同事多年，他对赵子良也是知之甚深，这个人从来不会在工作的事情上开玩笑，一定是出了大事！想到这里，他不敢耽误，快步赶往赵子良办公室。

谷正奇直接推门而入，对赵子良说道：“老赵，出了什么生死攸关的大事，让你着急成这样！”

赵子良大嘴一撇，冷冷地说道：“我着急？只怕一会儿就是你着急了吧！”

说完，他转身对宁志恒说道：“你来给谷科长介绍案情，让他自己决定！”

当下宁志恒就在谷正奇诧异的目光中，一五一十地将所有的案情经过讲述了一遍。

随着宁志恒的讲述，谷正奇的脸色变得越来越严肃，直到宁志恒说完，他才上前亲自查看了残渣和布片。

严宜春从民国十三年就跟随着他，身份和经历都没有问题，也是他多年的班底，没有想到会做出这种事情。

看着他铁青的脸，宁志恒小心地退了两步，站到赵子良身后。

过了良久，谷正奇终于开口说道：“这么说严宜春确实是杀害李文林的凶手，现在就是要搞清楚他杀人的动机！”

赵子良一拍大腿，说道：“对，这才是真正的生死攸关的大事！老谷，永安银行的事情你也是知情的，它是我们对付日本间谍组织的一扇门，处座对此极为重视。

“如果严宜春真是日本间谍，从李文林的嘴里知道了秘密，那我们这么长时间的努力都将付之东流，重创南京日本间谍组织的机会也将白白错失，我们会追悔莫及的！处座那里你也是交代不过去的！

“我是看在你我多年同事的分上，才提前向你打个招呼，不然由我们动手，事情可就闹大了！”

“可是如果严宜春杀人是出于其他原因，那一切不过是场意外，我们还是交代得过去的！”谷正奇强自争辩道。

不过他只是嘴硬。作为一个经验丰富至极的老特工，他当然知道，只要有一丝怀疑，严宜春就是不可相信的了！军事情报调查处的作风就是宁可杀错，不可放过！何况严宜春杀害李文林已经是板上钉钉的事实，再加上这件事情关系到永安银行，那就绝不是小事。严宜春真要是日本间谍、情报科的内奸，而导致永安银行设伏计划的失败……

这时他脑海里突然闪过处座那狠厉的目光，顿时心中一颤。以处座的性格，就算自己是他的绝对心腹、多年的部下，如果坏了他的大事，只怕也要吃不了兜着走！

想到这里，他赶紧说道：“不管怎么说，还是先抓起来，审一审就知道了！”

说完他伸手拿起电话拨打出去。“老边，马上抓捕第二情报组的严宜春，一定要活捉，我需要他的口供！我现在就赶回去！”谷正奇郑重地命令道。

“什么？好，我马上组织人员动手！”边泽迟疑了片刻，但马上明白过来，赶紧领命。

放下电话，谷正奇快步出了办公室。

此时，严宜春脸色平静地坐在自己的办公室里。他强自按捺住慌乱的心神，伸手拉开抽屉将配枪取出来，退出弹夹，仔细检查着里面的子弹，然后又上回弹夹，轻轻地将配枪放在桌子上。

他不知道自己接下来要怎么办，心中泛起了一丝恐惧。他开始有些后悔了，也许今天应该迅速撤离的！

严宜春之前还是心存侥幸的，也许可以蒙混过关呢！但今天行动科因为李文林的死亡来讯问自己，他就知道事情没有那么简单了。行动科明显已经排除了抢劫杀人的可能性，开始排查与李文林有关系的人员。自己很快就会出现在行动科的视线范围之内，或许自己的暴露只是时间早晚的问题。到底该何去何从？

时间拉回到昨天晚上七点钟，李文林带了一瓶好酒来到严宜春的家，想找他喝上两杯。李文林和严宜春关系不错，又都是单身一人在南京居住，加之都喜欢杯中之物，所以有时间就会坐在一起喝上两杯。

严宜春也是兴致颇高，就下厨房炒了几个小菜。两个人推杯换盏，谈天说地，喝得很是尽兴！

随着醉意越来越浓，两个人说话就有些随意了。李文林打趣严宜春，说你们情报科已经日落西山，现在只配给行动科打下手了。严宜春当然不愿意听这话，就和李文林争辩了几句，说你说话要摆事实讲证据呀。

李文林毕竟也是军事情报调查处的内部人员，知道不少的事情，除了几次保密性较高的行动他不知道外，他一件一件将行动科半年多来的成绩都摆了出来，顿时说得严宜春找不出来反驳的话。最后严宜春恼羞成怒，说李文林你一个会计只会动笔算账，有什么资格对别人说长道短。

没想到这句玩笑话，却引出了一个惊天大秘密。酒兴正高的李文林被严宜春一激，脑子一热，大声说道："谁说我们这些拿笔算账的人就不能抓日本间谍？告诉你，我们这些拿笔杆子算账的，十天前在永安银行里查了一晚上的账，一口气找出来四个间谍账户！你知不知道？永安银行是日本人的大窝点，那里已经布下了天罗地网，只要他们敢去永安银行，最后都跑不了！你信不信用不了多久，就能抓出一大串同伙来？到那个时候，呵呵……"

李文林这番无心之言，却让严宜春本来已经昏沉沉的脑袋仿佛浇上了一盆冷水。顿时清醒过来！

原来，这个严宜春真名叫作井原刚志。二十年前，日本间谍组织在被抓往日本的中国劳工中，选中了一位年龄和容貌与井原刚志都很相近的少年严宜春。日本特务在拷问和调查清楚严宜春的一切资料后，就杀害了他，然后由井原刚志冒名顶替。于是井原刚志摇身一变，从此成为中国人严宜春。

他的经历和化名黄显胜的哲也良平一样。在经受严格的间谍训练后，井原刚志就潜入中国，以严宜春的身份投身军伍，经过多年的努力终于崭露头角，获得了谷正奇的信任。后来处座平步青云，一众旧部大多加入军事情报调查处，成为处座的嫡系力量，也构成处座最为信任的老班底。

这么多年来，他一直潜伏着。岁月流逝，他几乎都快忘记自己真正的身份了，直到四年前才被日本间谍组织唤醒，正式开始间谍活动。因为他的身份特殊，保密级别是最高等级的，所以拥有自己专用的情报传递渠道。日本特高课本部在他家附近专门开设了一家小药店，唯一的任务就是等待他的情报。日本特高课本部给他的命令，就是潜伏在军事情报调查处里。为他的安全考虑，本部特意指令他只有截取到最为重要的情报时才可以行动。

四年来，他利用自己的特殊身份截取了不少的情报，可只有最为机密重要的情报，他才会动用自己的专用渠道传递出去。四年里他总共才发出过三次，但每次都起到了关键的作用，致使军事情报调查处的三次重大行动均以失败告终。可以说，近几年来情报科对日本间谍组织打击不力，这个严宜春在其中起到了很大的作用。

可是近半年多来，军事情报调查处的行动突然变得犀利而有效，多次重创日本间谍组织。一个接一个的间谍小组被挖了出来，多少隐藏多年的资深特工纷纷落网，多个电台和密码本被军事情报调查处缴获，致使南京的日本间谍组织遭受了极大的损失。

尤其是暗影小组，在南京间谍小组中，其价值和地位是最高的，它的覆灭在日本特高课本部引起了轩然大波。

接着就是黑水小组遭受重创，小组成员大半落网，甚至在日本国内影响力很大的武田家族的嫡子，也在这一次的行动中丢掉了性命。最为致命的是花费了极大代价策反成功的国民党主力师少将军事主官，也彻底暴露在中国谍报部门的视线中，很快就被秘密处死。

这两次重大的损失让上沪主持机关工作的课长遭到了严厉的申饬，最终不得不引咎辞职。

现在新任的上沪特高课课长佐川太郎接手了严宜春的领导权，他再次命令严宜春对军事情报调查处的行动加强情报侦察，以遏制南京谍报战场局势的继续恶化。

可惜严宜春接到指令后却无从下手，因为这半年多来针对日本间谍组织的清剿行动都是由军事情报调查处行动科主持进行的，每一次的行动都迅速而准确有效，间谍小组根本没有反应的时间就土崩瓦解，悉数落网。而他作为情报科的情报官，根本插不进手，无法截取到有价值的情报，对此他暗地里很是焦虑不安、一筹莫展。

没有想到，今天晚上的酒桌上，他无意之中竟然获得了如此重大的情报！

永安银行是不是日本间谍组织在南京资金运转的重要渠道，严宜春并不知道，但是他知道李文林说的一定是真话，这种事情绝不是夸耀和吹嘘能说出来的！到目前为止已经有四名间谍暴露，以后只会更多。永安银行已经成为日本间谍组织的致命伤口，它在不停地给组织放血，更可怕的是，日本间谍组织竟然对此一无所知，致使他们就像飞蛾扑火一般，一步一步跨入毁灭的深渊！

这个情报至关重要，可以说是他从事间谍行动以来最为重要的一份情报了，必须彻底搞清楚状况，以最快的速度传递出去！

打定主意的严宜春马上打起精神，故意给李文林劝酒，并有意无意地将话题引向永安银行。

没想到，李文林也不是一点警觉也没有。他的话一出口，就意识到自己犯了军事情报调查处的大忌，接下来绝口不提有关永安银行的任何话题。不过他还是没有足够的警惕性，他绝不会想到坐在他面前的这个情报科少校情报官，竟然是一个隐藏极深的日本高级间谍。他认为严宜春也是知道军情处保密条例的高级情报官，自己偶尔的失言是不会被这位好友泄露出去的。

在被严宜春刻意灌酒后，李文林尽管醉意更深，但还是严守底线，没有再透露更多的信息，这让严宜春焦急万分。最后李文林不堪酒力，起身告辞。

严宜春却是心有不甘，有很多具体的信息他还没有得到，比如永安银行的内线是否暴露，这一次的行动由谁主持，在永安银行里面有什么布置，等等。可惜他不知道这些情况也不是李文林所能掌握的。最后严宜春见挽留不住李文林，主动提出送醉酒的李文林回家，于是二人相伴步行向李文林家走去。

路上严宜春再次将话题引向永安银行。李文林虽然有些醉意，但是口风很紧。当严宜春重提旧话的时候，李文林脱口一句戏言：“老严，你这家伙今天到底是怎么了？永安银行的事情是绝密，行动科的宁组长特意交代过，有谁敢打听这一次的行动，就要第一时间上报给他。哈哈，我明天把你报告给他，你就知道厉害了！哈哈！”

说者无心，听者有意！李文林绝对没有想到，他的这一句戏言竟然将自己的性命葬送了。

严宜春原本正搀扶着李文林的手顿时一僵，他没有料到宁志恒之前竟然对李文林等人下了这样一个指令。他不知道这是李文林的无心之言，还是他明天真的会向那位宁组长告发自己，但是他不敢赌，因为赌输了就万劫不复！

而且他知道，只要他把永安银行的消息传递出去，日本特高课本部一定会对永安银行采取应对措施，放弃一切可疑账户，撤走潜伏的间谍人员。种种迹象不可能瞒过正在密切监视永安银行的特工们。永安银行的线索一断，军事情报调查处肯定会进行内查，找出问题所在。到那个时候，李文林也一定会把自己供出去的。

想到这里，严宜春眼中凶光一闪，这个李文林绝对不能留了！

严宜春杀心一起，自然就不会犹豫。他四下张望，观察周围的环境。这个时候已经是晚上十点钟了，周围寂静无人，漆黑一片！严宜春悄悄抽出搀扶李文林的手，蹲下身子从地上捡起一块砖头。

一直向前走的李文林酒意正浓，以为严宜春不再相送，头也没回，挥了挥手以示告别，然后继续前行。可是他根本没有想到，身后的好友严宜春已经下决心要把他置于死地。

后脑上突然被重重一击，李文林根本来不及反应，头脑一阵剧痛晕眩，随后脖颈被死死地勒住，又遭两记重击，顿时鲜血如注，身子一软，完全丧失了意识！

严宜春将李文林的身体放倒在地，用手指探查李文林脖颈的动脉，直到感觉不到跳动，这才暗自松了一口气。他这时发现李文林躺在地上的位置正好是大路边上，觉得这个位置很容易被路过的行人发现，于是架着李文林的尸体向旁边的街道拐角挪动了一段距离。

李文林人高马大，身体太沉，严宜春拖动起来很费力。他今天晚上也喝了不少酒，体力也有些不济。最后他感觉实在太吃力了，就干脆放弃了转移尸体。现在虽然是深夜，但毕竟是在大路边上，他不能够保证长时间没有行人通过，所以不能在现场停留得太久。

严宜春略一思考，干脆上前把李文林身上所有的衣兜都掏了一遍，将他所有的随身物品和现金都搜刮干净，造成拦路抢劫杀人现场的假象。

做完这一切，他四下观察了一会儿，见没有什么异常动静，便转身快步离去。

他以最快速度赶回家，锁好院门，回到房间打开灯，才发现自己身上沾染上了许多血迹，他赶紧脱下来，换了一身衣服。

今天晚上事发突然，他事前没有任何准备，就被形势所迫动手杀人，此时心神有些恍惚不定。严宜春坐在椅子上捋了捋思路，现在第一要紧的是把情报传递出去！想到这里，他赶紧取出纸张，奋笔疾书将情报写下，然后急步出门。

在他家东侧二百米的地方有家小药店，平时也就卖点常用的药品度日，生意非常一般。这家药店门脸很小，毫不起眼。走在街道上如果不注意看，很容易错过去。这家药店是专门为严宜春设立的，它唯一的功用就是等待严宜春传递情报，但店员根本不知道严宜春的身份，只认他的标识和代号！

严宜春快步来到小药店的窗户前，用手指按照特定的节奏连续轻轻敲击，然后将叠好的纸顺着窗户和墙体间特意留下的缝隙塞了进去，之后迅速离开。

他刚一离开，那张纸便被屋里的人抽了进去。一个中年男子展开纸一看，顿时脸色大变！

严宜春匆匆忙忙赶回家，开始处理所有的痕迹。他将沾染有血迹的衣服焚烧后掩埋在院子墙角的土地里，然后将屋里所有的东西都清理了一遍，直到看不出任何痕迹了才停手。

第二天早上，他正常赶到军事情报调查处上班，没多久行动科的赵江来找他讯问有关李文林的事情以及他昨晚的行踪。严宜春心中一紧，他没有想到行动科这么快就将视线转到了他这里。他镇定自若地应付走了赵江，独自在办公室里思虑，总感觉这一次的情况要比前三次严重得多。

以前传递出去三次情报之后，情报科都对成员进行了内部审查，但是严宜春都凭借自己的机敏有惊无险地渡过了难关，可是这一次他心中的不安却是越发强烈！他头一次没有了那份自信！

严宜春起身在办公室里焦虑地走来走去，就在他走到门口的时候，突然听到可疑的声音。他轻轻地靠向门板,听到极低的脚步声传来,脚步有些密集，绝对不是一个人！

严宜春本来心中就绷着一根弦，顿时将心提了起来。他赶紧上前将门锁销死，然后快步回到办公桌前，将桌子上的配枪拿在手中！难道真的要走到最后一步了吗？他不由得产生了这个念头。

门锁突然被人拧动，可是对方显然没有想到门锁已经被销死，很快就猛敲几下门，屋外的人高声问道：“老严，你在吗？”

严宜春没有回答，他转身坐在座椅上，将手中的配枪轻轻顶住下颌。

屋外的人没怎么犹豫，大力踹开房门，马上几道身形合身扑了过来，枪口直直地对准端坐在椅子上的严宜春！

情报组长于诚目不转睛地盯着这个昔日的同僚，厉声喝问道：“老严，真的是你？这是为什么？你为什么这么做？”

于诚和严宜春都是军事情报调查处初建时的老人，同事多年。接到边泽的命令时，他完全不敢相信自己的耳朵，但是军令如山，他没有选择，马上布置行动人员对严宜春采取行动。当他看见眼前这一幕时，知道严宜春已经有了充足的心理准备，一定是严宜春出了问题！

“对不起，老于！”严宜春苦涩地一笑。他不想找一个蹩脚的借口欺骗于诚，他知道这些伎俩根本骗不过经验丰富的职业特工，更何况永安银行那边很快就会出现异常情况，他是瞒不过的！

于诚不知道上峰为什么下令抓捕严宜春，只能寄希望于不是什么严重的问题，不然以军事情报调查处森严的军法，严宜春难以躲过严厉的处罚。

严宜春感觉嘴唇越来越干，扣住扳机的手指有些颤抖，他有些犹豫了，但是他很快摈弃了那一丝侥幸心理。他知道就算投降，以军事情报调查处的作风，以处座那最为痛恨被人背叛的性格，他最后肯定也是难逃一死！

“老于，看在六年前我为你挡过一枪的分上，给我找口棺材吧，谢谢了！”说完一声枪响，严宜春颓然倒地！

眼睁睁看着严宜春自尽的几名特工一脸茫然，于诚一时不知所措。抓捕的目标是自己多年的同事，而这个同事什么都没解释，直接举枪自尽。这到底是怎么回事！

这时，听到屋内枪响的边泽赶紧冲了进来，看到眼前的一幕，气得骂道：“一群废物，科长要的是活口，活口！”

抓捕行动失败，几名特工吓得头也不敢抬起。

边泽也是无可奈何，转身就向谷正奇汇报去了！

第十八章
全城搜捕

与此同时，宁志恒接到了王树成的电话。

“组长，有情况，我们的人找不到耿博明了！”王树成急切的声音响起。

“你说什么？到底什么情况？说具体一些！”宁志恒听到这个消息，当下心中一沉。他有种不好的预感，一直以来担心的事情终于发生了。

严宜春杀害李文林不是偶然，不是私怨，真的就是永安银行的行动泄露了！

耿博明是永安银行的执行协理，负责整个永安银行的日常管理，也是永安银行里暗藏的日本间谍的一号嫌疑人！他的身份调查里有在日本留学的记录，而这段经历一直是空白，所以情报科和宁志恒都一致认为他是内贼的可能性最大。但是因为永安银行关系重大，军事情报调查处的初衷是绝对不能惊动目标，于是将永安银行布置成一个巨大的陷阱，等着那些间谍一个个自投罗网。所以宁志恒只要求王树成和孙家成远远地监控，只要保证谢浩初和耿博明在自己的视线范围内即可，绝对不能惊动！

“今天早上我们还看见耿博明出现在银行里，可是中午时我们的人一直没见到这个人，内线在银行里找了一遍也没有发现他的踪迹，银行的前后门都有我们的人，可是没有人见到他出来！”王树成汇报道。

“你们继续寻找，再通知监控他家的人员去他家里寻找，如果不在马上向我汇报！”宁志恒命令道。

放下电话，宁志恒知道，其实这个命令估计是徒劳了。李文林昨天晚上被严宜春杀害，今天永安银行就出现了变故，现在最有嫌疑的耿博明突然失踪……这一系列的情况表明，永安银行的行动彻底泄露了！

事关重大，宁志恒不敢耽误，快步赶到赵子良的办公室。

“科长，永安银行出事了！”宁志恒赶紧向赵子良汇报道。

“快说！”听到宁志恒的话，赵子良眼神一紧，心中泛起不祥的感觉。

宁志恒急忙回答道：“就在刚才，负责监视永安银行的王树成打来电话，我们最大的怀疑目标、永安银行的协理耿博明突然失踪，我们找不到他了！”

赵子良顿时觉得心口一阵刺痛，这是他最不愿意听到的消息，原以为即将吃到嘴里的一场盛宴，现在不翼而飞了！

他稳定了一下心神，深吸一口气，拿起电话给谷正奇打了过去：“老谷，刚才得到消息，永安银行的协理耿博明突然失踪，他是你们情报科自己调查的目标，你应该知道他的身份是最可疑的！事情太大，我必须向处座汇报，你准备一下！”

电话那边没有说话。赵子良挂了电话，站起身来，缓缓地说道：“是福不是祸，是祸躲不过！我们去向处座汇报吧！”

而此时，远在上沪的日本谍报组织特高课的一间宽大的办公室内，新任上沪特高课课长佐川太郎正端坐在座椅上，手中拿起一份密电，向恭恭敬敬地站在他面前的下属今井优志冷冷地问道：“永安银行的内线撤离了吗？”

“已经通知了他，现在应该撤离了！”今井优志小心翼翼地回答道。

今井优志是专门负责南京方面谍报组织联络的谍报组长，他接到佐川太郎的通知后才得知，自己在南京设下的主要资金运转渠道永安银行，竟然已经暴露在了中国最高谍报组织军事情报调查处的视线之内，顿时吓得魂飞魄散，赶紧采取了应急措施。

“今井君，你对南京方面这段时间发生的变化有什么想法？”佐川太郎面无表情，继续问道。

今井优志犹豫了一下才说道：“您是指我们在南京的组织遭受重创的事

情？”看到佐川太郎点头，今井优志只好硬着头皮说道，“形势是不太好，这半年多来我们遭受到了巨大损失，这在以前是难以想象的，但是我们一直找不到具体的原因！这一次如果不是您的消息，我甚至不知道，一向运转正常的永安银行竟然被狡猾的中国人设下了陷阱！如果不是您发现及时，我们将遭受毁灭性的打击！”

佐川太郎摆了摆手，他不想听这位下属的恭维，继续问道：“黑狐的密电里提到，这半年来，对我们造成重大损失的是中国谍报部门军事情报调查处的行动科，这个情况你了解吗？”

“有一些了解。据我们所知，军事情报调查处下属的部门里，针对我们情报人员的主要是情报科，这个部门在以往和我们的交锋中一直没有什么威胁。可是这半年来，他们的另一个部门行动科异常活跃。我们遭受的损失几乎都是这个部门造成的，暗影小组、黑水小组几乎成建制地全军覆没。我们对这个部门缺乏足够的了解，现在正努力搜集他们的信息和情况，但是这需要时间。”今井优志恭敬地回答道。

“课长，我们在军事情报调查处没有消息来源，不知道黑狐能不能给我们提供一些帮助呢？”今井优志谨慎地问道。据他所知，黑狐是隐藏在中国谍报组织里的重要棋子，是前任上沪特高课课长亲自掌握的高级间谍之一，曾经传递出几次重要的情报。

佐川太郎摇了摇头，沉声说道：“黑狐是我们最接近敌人心脏的匕首，他的作用极为重要，只有在最关键的时候才可以启用。你那些无谓的行动指令，只会让他过早地暴露在敌人的视线之中！”

他不想过多地讨论有关黑狐的话题。这一次黑狐传递过来的情报极其重要，及时地将日本在南京的间谍组织从悬崖边拉了回来，这足以证明黑狐的作用是战略性的。这也是他的前任给他留下的最宝贵的情报员之一，他绝不会轻易动用！

“我想知道，通过永安银行进行资金运转的谍报小组有哪些？你以后打算怎么处理这件事情？”佐川太郎开口问道。

今井优志皱着眉头无奈地说道：“永安银行是我们最重要的资金运转渠道，总共有四个小组成员在使用。我们现在只能放弃这条渠道，命令所有使用过这条渠道的小组全部进入潜伏状态，暂时切断一切联系，以后再根据情况的发展变化，在适当的时候唤醒他们！”

佐川太郎半晌无语，脸色变得很难看。他知道今井优志这样做很有必要，可这也意味着特高课在南京的谍报组织有一半的力量陷入了沉睡。现在局势越发紧张，他正需要获得大量有价值的情报来了解中国政府的动态，可偏偏出了这种事情。原本想着接过前任的烂摊子进行大力整顿有所作为，可惜刚刚接手就遇到了这么严重的突变。如果不是黑狐在关键时刻传递出来重要情报，现在他面对的局面将不堪设想。

他不知道的是，自己甚为倚重的黑狐，这个花费了整整二十年才成功打进军事情报调查处的高级特工，就在传递出自己间谍生涯中最有价值的一份情报后不久，已走到了他人生的尽头，得到了他应有的下场！

而在南京军事情报调查处处座的办公室里，也上演着同样的一幕。这位军事情报调查处的最高领导正铁青着一张脸，他的心情不比佐川太郎好，甚至更加糟糕！他狠厉的目光狠狠地扫过面前恭恭敬敬站立着的几个人。最后，他终于把目光落在谷正奇身上，顿时让谷正奇心头的压力剧增。

“谷正奇，这个严宜春是你的老部下，从民国十三年就跟着你，你跟我说一说，他怎么成了日本间谍？”处座一字一顿，字字千钧，压得谷正奇透不过气来。

他只能硬着头皮说道：“处座，我检讨。对于情报科出现严宜春这样的内鬼，我负有不可推卸的责任。只是这个严宜春隐藏得太深了，我真不知道他是什么时候被策反的，根本没有半点迹象可寻哪！”谷正奇不想再做任何辩解。作为多年的老部下，他非常了解处座的为人，在这个时候推卸责任，只会招致更加严厉的处罚，现在他能做的只有俯首听命，任凭处座处置。

“唉，严宜春，没有想到哇，我们最初的老班底，竟然也出了问题！他可是经历过战火硝烟考验的人哪！”赵子良在一旁感慨道。

“老班底？就因为是老班底，我们才对他过于信任，可人是会变的！可恶的是，严宜春没有任何悔改之意，居然吞枪自尽，死之前什么也没有说，这个浑蛋！”处座气得脸色发青，一改往日沉稳的作风，说到最后一句几乎咆哮起来。

面对处座的暴怒，在场的人都不敢吭声，生怕处座的怒火会冲自己烧过来。

“我说过，永安银行是我们的聚宝盆。可现在这个盆子碎了，是我们自己身边的内鬼砸碎的，我们错失了一次最好的机会。这下可好，所有和永安银行产生过联系的间谍组织都会蛰伏下去，我们想要再找到他们将会难上加难，痛心哪！

“谷正奇，这次的失误是你们情报科造成的，你要负这个责任！我再给你一次机会，一个月之内，想办法找出日本间谍组织的线索，不然我要重重地追究这次的责任，你好自为之！”

谷正奇赶紧点头答应道：“卑职一定竭尽全力，找出日本间谍组织的踪迹，否则甘愿领受任何处罚！”

处置完谷正奇，处座转过身向躲在最后面的宁志恒问道：“志恒，你是对付日本间谍的行家，永安银行就是你挖掘出来的线索。现在这条线索断了，你还有什么办法能找到这些日本间谍？”

听到处座直接点名询问，宁志恒不敢怠慢，赶紧上前几步。

处座此时怒火未息，必须找个突破口转移他的注意力。想到这里，他恭敬地说道：“禀告处座，卑职这里还有一条线索，只是正在调查中，不知道有多少把握，所以一直没有向您汇报。请处座再给我一段时间，卑职一定尽全力找出日本间谍组织的行踪！”

他的话语一出，众人顿时眼睛一亮，这个宁志恒果然藏着后手！处座也颇为意外，其实他刚才点宁志恒的名，不过是无心之举、随口一问，没想到宁志恒还真有存货，心中不禁又生出一丝期望！

“不管是什么线索，只要有一丝可能，都要全力以赴。说说看，是什么线索？”赵子良在一旁连声催促。

宁志恒看到大家都把目光转向自己，只好硬着头皮接着说道：“我在破获雪山小组时，抓捕的第一个成员是军事委员会兵役部的参谋梁实安。他交代出自己是被昔日战友、第十四师三团作战参谋顾文石策反的，他正式加入雪山小组后，这个顾文石就切断了与他的联系。

“梁实安还交代，顾文石曾经亲口跟他说，自己主要负责策反和发展间谍成员，不参与情报工作，之后还要去寻找下一个策反目标，而梁实安的关系则被转入雪山间谍小组。所以我判断，这个顾文石既然是专门进行策反工作的，那么之前一定策反和发展过其他的间谍，而这些间谍都会根据不同的情况转入其他间谍小组。

“只是当我们去第十四师寻找顾文石的时候，才知道他早在半个月前就失踪了。按照他失踪的时间计算，正好是我们破获黑水小组之后的第十天，也就是蝰蛇孟乐生的安全通信时间已过的时候，所以我判断这个顾文石应该是黑水小组中一直漏网的成员之一。日本间谍本部得知黑水小组覆灭后通知了顾文石，所以顾文石紧急撤离，踪迹全无！

“再者，黑水小组的主要工作应该是搞策反，苏煜和莫成规都是被黑水小组策反的，所以我猜测顾文石也是黑水小组成员，不然无法解释他为什么在那个时间段突然失踪。

“为此，我派人四处寻找顾文石的下落，并安排手下在南京各个关卡布下暗哨，拿着他的照片仔细检查，但这么多天来都没有消息。如果我们抓住顾文石，从他嘴里撬出之前策反的所有人员的名单，就可以顺藤摸瓜挖出他们的上线。我想绝对会有不小的收获！”

宁志恒的话在大家脑海中激起一片涟漪，众人都在暗自琢磨。

谷正奇心中正急迫不安，听到这里顿时一喜。宁志恒说的这个顾文石，他是有印象的。对于这件顾文石失踪案，还是宁志恒从他手里要走了调查报告，情报科只是敷衍了事，根本没有做什么工作。不过现在顾不了这么多了，处座让他一个月之内找到日本间谍组织的踪迹，可是他手里根本没有线索，眼前这个机会可不能放过。

赵子良也是心中一喜，暗赞宁志恒果然心思缜密，手中藏有一张底牌。虽然说对这条线索派上用场的把握不大，但如果他们真的运气好抓到顾文石，那收获绝对是不小的。

向彦这时也开口说道：“照你的推断，顾文石是黑水间谍小组漏网之鱼，那他们的组长孟乐生会不会知道顾文石的下落？”

宁志恒摇了摇头，说道：“如果顾文石真是黑水小组成员，那他的撤离正是因为蝰蛇孟乐生被捕。所有孟乐生知道的一切，顾文石都会远远避开，所以孟乐生没有审问的价值。我们只能慢慢寻找，尤其是在抓捕的时候要隐蔽一些，不然动静太大，让日本间谍组织知道我们抓捕了顾文石，那顾文石之前策反的人员就都没有价值了，会被日本人直接放弃掉！”

处座慢慢点了点头，说道："那就赌一赌。也许我们运气好，这个顾文石还没有离开南京。"如今也只能死马当作活马医了！

"处座,这件事情就让我们情报科来做吧。我们一定全力以赴,将功赎罪！"谷正奇知道这好歹也是一个机会，总比出去茫无头绪地瞎找强。

"老谷，这是志恒找到的线索，是我们行动科的线索，你怎么老是盯着别人碗里的肉哇！"赵子良顿时不满地说道。

谷正奇以前仗着有处座撑腰，没少从行动科嘴里抢食。暗影小组和黑水小组的案子他都强自插手参与，现在他的人又搞黄了行动科负责的永安银行案件，赵子良心里一直都极为不满，只是看在多年同事的情分上，没有落井下石。可他现在旧习不改，又要从自己手里抢案子，简直太不要脸了！

"好了！都给我闭嘴！"处座此时心情极差，看到两个人又开始抢好处，顿时厉声呵斥，接下来说道，"这件事情很重要。现在顾文石是我们找到日本间谍组织的钥匙，大家务必竭尽全力。你们两个科室联合办案，消息共享，不论是谁先找到顾文石，都要第一时间报告，但愿能够有所收获！"

"是！"

"是！"

谷正奇和赵子良看到处座阴沉着脸，顿时不敢再放肆，马上立正答应道。

一行人小心翼翼地退出处座的办公室，谷正奇上前一步，赔着笑脸对赵子良说道："老赵，不是我总盯着你们的案子，实在是这一次遭了难，怕过不去这一关了。你可要拉兄弟一把！"

赵子良第一次见谷正奇这么低声下气地和自己说话，深知谷正奇现在处境艰难，不觉心头一软，开口说道："老谷，你也不用说这些。处座既然命令你我联手办案，你放心，我自然全力配合，绝不会当面一套背后一套。你该了解我，这么多年来，我什么时候在工作上搞过手脚？"

谷正奇听到这话心中大定，他最怕赵子良心中不痛快，故意从中作梗，将案子搞砸。这次的案子砸了，赵子良是无所谓，可对他谷正奇来说，却是生死攸关的大事。他一把抓住赵子良的手，连声道："有心了，有心了！过了这一次的难关，以后老赵你的事就是我的事，但有指派，无不遵从！"

谷正奇和赵子良决定精诚合作后，便各自回去安排搜寻顾文石的工作。

赵子良对宁志恒说道："谷正奇这次处境尴尬，难得向我低一次头。我们一定要把这件事情做得漂亮些，以后情报科在我们面前，说话都要小声些！"说到这里，赵子良不禁有些得意地微微一笑，宁志恒在旁边自然是随声附和。

闲聊了几句后，宁志恒请示道："科长，这件案子能否成功，取决于顾文石有没有离开南京，而且我们还不能大张旗鼓地搜查他，以免引起日本间谍本部的注意。"

赵子良点了点头，慢慢收起了笑容，问道："志恒，那你有什么打算？"现在他对宁志恒越来越信任了，这个年轻人屡屡在处座面前为他挣回面子。行动科能有今天的局面，宁志恒厥功至伟，所以他对宁志恒的意见极为重视。

宁志恒思虑了片刻，开口说道："其实寻找顾文石的工作我一直在做，只是所有他可能露面的地方我们都找过了。他平日的朋友那里，经常出入的场所，甚至霍越泽还派人去他的老家蹲守，但都没发现他的踪迹。现在只能采用笨办法，在南京城主要道路设卡，仔细甄别，或许能有收获！"

赵子良奇怪地问道："你刚才还说不能大张旗鼓，现在又要全城搜捕？"

宁志恒微微一笑，解释道："当然不能让人知道我们的真实意图。永安银行的协理耿博明刚刚逃走，他现在肯定还在南京城里。其实这个耿博明的价值现在已经不大了。真抓着他，我们也不会有多少收获，但搜查工作总要进行吧。我们干脆把声势搞大些，四处张贴他的告示，就以抓捕他的名义展开全城搜捕，其实暗地里我们的目标是顾文石。这样岂不两全其美！"

赵子良轻轻一击掌，笑着说道："就按你说的办！"

宁志恒接着又说道："可这样工作量有些大，我们第四行动组的人手肯定不够，能不能再增加一些人员给我？"

"这件事情，情报科肯定比我们还急，既然讲好通力合作，我就跟谷正奇商量，让他们出一部分精干的人手！"赵子良说道。

"这当然好，不过我们行动科的人员不能少了，不然就会让他们喧宾夺主！"宁志恒接着说道。

"没有问题。当下这件事情最要紧，行动科自然全力支持。你想要多少人手？"赵子良满口答应，问道。

"我大概算了一下，在南京城里布控搜寻，就算下面的警察局配合，我们自己最少也要两个行动组的人员。我想让我师兄来帮我，再说让别的人来，以我的资历只怕也难压得住！”宁志恒这么说，自然有他的打算。卫良弼现在正忙着杀人，而且杀的都是军中异己。只怕这些事情做多了，会生出许多无谓的事端！宁志恒干脆找个借口，让他暂时脱离这些工作。等过段时间他们背后的运作完成，卫良弼调往重庆，问题自然迎刃而解。

赵子良沉吟片刻。他作为行动科长，自然知道卫良弼现在手上的工作不少，但是现在军事情报调查处的第一要务是搜寻顾文石，其他的都可以缓一缓，于是点头说道：“好吧，你们师兄弟联手，配合自然默契，一会儿我去通知他。”

宁志恒回到办公室，不一会儿，卫良弼赶了过来。

卫良弼知道这件事情的来龙去脉，自然十分高兴。他和黄副处长商量好了，黄副处长已经开始为自己运作，估计过段时间就可以把他调往重庆。现在又可以摆脱手上的那些脏活儿，真是遂了他的心愿。他和宁志恒仔细商量了一下，马上调派人手、分配人员，搜寻工作迅速展开了！

于是，南京城大街小巷都到处贴上了耿博明的画像，每条街道设卡，警察局配合到处分区分片入户搜查。情报科和行动科的人员散布其中，他们手中却拿着顾文石的照片，仔细比对着每一个可疑人员。

宁志恒和卫良弼亲自坐镇指挥。这样的搜查工作量颇大，每一天都有不少长相疑似耿博明和顾文石的人出现，可惜都在当面验证后，确认不是要找的人。

但好在不是没有一点效果，就在全城搜索的第三天，孙家成自城南打来电话。

“组长，又有一位市民举报，说他见过耿博明。”孙家成汇报道。

“你带银行的人先去确认一下，不要惊动目标，把确认结果报给我！”宁志恒吩咐道。

时间一点一点过去，搜捕工作还在继续，这时办公室外响起了敲门声。

进来的是情报科的情报组长于诚，手里还端着一个茶杯。

宁志恒看到他进来，不禁苦笑道：“于组长，你这一天到我这里跑好几趟，我看你干脆就搬到我这里办公，这样也省得你来回折腾了！”

于诚一点没有介意宁志恒的话，哈哈一笑，开口说道：“志恒，不是跟你说过了吗，别‘组长’‘组长’的，以后就叫我老于。唉，我这不是想和你唠唠嗑吗！这案子一直没什么进展，我总是心神不宁的，和你说说话心里也踏实一些！”说完，他也不客气，来到一旁的案桌前，自己拿起暖壶往茶杯里续了一些水，然后一屁股坐在沙发上。

宁志恒看他一点也不见外，不禁觉得有些好笑。这个于诚不愧为谷正奇的嫡系和心腹，就连做派也一模一样。两人都是见人三分笑，可是骨子里却透出来十分的精明！

这两天，于诚每天都会过来借口和宁志恒聊天唠嗑，不外乎是想看一看宁志恒这里有没有什么新的情况。

大范围的搜捕是一项费时耗力的工作，情报科和行动科都投入了大量的人力、物力。谷正奇却交给于诚一个特殊的任务，那就是紧紧盯住行动科第四行动组组长宁志恒！谷正奇叮嘱于诚，如果这件案子真的能有所突破，那么突破点一定是在宁志恒身上！

谷正奇知道，这一次行动科的行动仍然是由宁志恒主持，他俨然已经成为军事情报调查处行动科的主要执行者。情报科这一次面临险境，如果想要渡过难关，必须紧跟宁志恒的节奏，掌握最新的动态。一旦有新的进展，情报科必须及时参与进来，争取最好的表现。

所以这两天于诚总是缠着宁志恒，就是想随时打听案情有没有突破以及他对案子新的思路，还有就是防着行动科甩开情报科暗自行动！

宁志恒笑道："呵呵，于组长，哦不，老于！你说你有什么不放心的，你们情报科大批的人手都盯在现场，每一个关卡都有你们的人把守，有什么事情能瞒得住你们？我这里只是遥控指挥，接触不到什么最新消息！"

"志恒，不是我以小人之心度君子之腹，只是这一次事关重大。我知道你的脑子好使，你可不要和我藏着掖着，有什么好的办法跟我说说！"于诚脸色真诚，真心实意地说道。

宁志恒双手一摊，又好气又好笑地说道："抓捕顾文石，真的没有什么好办法，就是大海里捞针，这还是在我们运气好，他没有离开南京的情况下。如果他跑回上沪，那我们就只能铩羽而归了。哪有那么多好办法！"

可是于诚根本不在意这些话，仍旧一副耐心极好的样子，不紧不慢地和宁志恒聊着天。

于诚和宁志恒闲聊了一会儿，看看确实没有什么收获便起身告辞，宁志恒笑着把他送出了门。

回到办公室，宁志恒不禁觉得好笑，这个于诚好像笃定自己能够找出日本间谍组织，可事实上自己这一次没有丝毫的把握！

这时，宁志恒眉头一皱，看了看腕上的手表。距离孙家成的汇报已经过去两个多小时了，怎么到现在还没有回复？孙家成对自己的命令从来不敢有半点违逆，自己让他确认目标之后马上报告，现在应该早就有回信了。为了搜寻耿博明，宁志恒特意从永安银行挑选了两名比较熟悉耿博明的职员在现场随时待命，应该很快就可以确认耿博明的身份，可是这一次自己等的时间明显有些长了！

想到这里，他放心不下，拿起电话给孙家成打了回去，可接电话的却是副队长阮弘。阮弘并不是宁志恒带来的班底，而是黄副处长安排过来的军官，后来宁志恒把他调入第一行动队，一直以来还算得力，和王树成等人相处得也不错。

“孙家成现在在哪里？”宁志恒问道。

“报告组长,孙副队长带着人去确认目标,现在还没有回来。”阮弘回答道。

“现在还没有回来？他带了多少人手？去哪里了？”宁志恒接着问道，他还是有些不放心。其实以孙家成的身手，就算遇到意外，也应该能全身而退！

“带了十名行动队员，去了子华街。”阮弘赶紧回答道。

听到阮弘的回复，宁志恒这才放下心来。在南京城里，孙家成带着十名队员足以应付任何意外状况了。毕竟这里是首都，是国民党控制最严格的城市。

“好吧，我马上过去看一看！”宁志恒说道。放下电话，宁志恒隐隐有一种感觉，也许这一次会有收获，他必须亲自去看看才放心！

宁志恒换上一身便装，出了军事情报调查处，驱车赶到子华街附近，离街口还有一段距离就下了车。

他慢慢拐进子华街，一边走一边仔细搜寻，很快就发现在一条巷道口，有两名身穿中山便装的行动队员正在巡视。他快步走上前去，两名行动队员见组长来了，赶紧迎上前。

“组长，您来了！”一名队员低声说道。

“孙家成呢？”宁志恒问道。

“孙队长带着兄弟们进了这条巷子，让我们在这里守着。”队员赶紧说道。

宁志恒点了点头，接着吩咐道：“你们继续守在这里，我去看一看！”

“是！”

宁志恒走进巷道，巷子很深，走了不近的一段距离，才看见一名行动队员蹲在一个拐角处。

看见宁志恒前来，他赶紧站起身来。

“孙家成在哪里？”宁志恒低声问道。

“组长，队长就在前面一家住户里守着，我带您去！”队员急忙带着宁志恒来到一家住户的门口，上前敲开了门，宁志恒随后进入。

屋子里，孙家成正和两名队员站在一扇窗户前，仔细盯着对面一家住户的院门口，他们身后还坐着两个陌生男子。孙家成听到声音，转身一看是宁志恒，赶紧上前一步，说道：“组长，您怎么来了？”

“我看你这么长时间没有给我报告确认的情况，就自己过来看一看。怎么样，现在还没有确认目标吗？”宁志恒问道。

孙家成摇了摇头，说道：“一直没有见到这个目标出现。”他转身向身后招了招手，一个三十多岁的男子被行动队员推到宁志恒的面前，“这就是向我们提供线索的市民董建，他说他新邻居的相貌和耿博明的画像很像，所以我们过来确认一下。可是这个新邻居一直没有露面，我们让他去敲门，里面也没有动静。我们不想惊动了目标，只好先守在这里！”孙家成介绍说。

宁志恒看着董建问道：“你给我说一说你这位新邻居的具体情况。”

听到宁志恒的问话，董建赶紧一五一十地介绍起来。原来，董建家的对面有一处独立的小院，以前是一户人家在居住，两年前这户人家将院子转手卖出了。之后这新的房主就一直没有出现过，户籍警上门来过几次见找不到户主，以后就再也没有来过，院子也一直空着。

没想到就在三天前，这个院子突然打开了，董建看见一个男子在清理房屋，打扫院子。他和这位邻居打了个招呼，对方却只是点了点头，很明显不愿和他交流，就转身进屋了，但董建还是看清楚了这位邻居的脸。

接下来这几天，他就再也没有看见这位邻居出过院子，后来他看见街头上到处张贴着通缉犯的画像，虽然画像有些失真，但还是觉得和这位邻居的面容有些相似。联想到这位邻居三天来隐匿不出，又看到了丰厚的悬赏金额，他觉得自己应该试一试运气，于是就报了案。

听完董建的介绍，宁志恒心中一喜。三天前正好是耿博明失踪的时间，这个院子明显是他早就给自己准备好的安全屋。这三天他又隐匿不出，一切都和耿博明的情况很吻合。宁志恒再次问道："你说他一直没有出门，那刚才敲门为什么不开，是不是里面没有人？"

董建摇了摇头，仔细回想了一下，说道："应该是在里面，这两天我都听到院子里面有动静，还有做饭的烟味，要不就是他心虚不敢开门！"

宁志恒听到这里，心里暗自高兴。他不禁笑着对董建说道："你这人好奇心倒是不小，不过，活该你这种人发财！"说完，他转身问孙家成："周围都布控了吗？"

孙家成点头说道："这间院子周围都已经放了人监视，只是您交代不要惊了他，所以没有动手。"

宁志恒点头说道："根据董建提供的情况，这个人是耿博明的概率很大。不用确认了，直接抓捕！"

听到宁志恒的命令，孙家成精神一振，马上领命称是。

宁志恒带着几个人出了房门。孙家成则去召集所有的人手，然后带着队员来到院墙下，搭起手架，一个接一个地翻身进入院子，很快就有四个队员跟着他进去了。

十多分钟后，院里传来一声惨叫，夹杂着喝骂声，接着又发出桌椅家具摔砸的声音。不一会儿，几名队员就将一个男子死死地铐住，拖出了院子。

宁志恒挥了挥手，同行的永安银行工作人员赶紧上前辨认，回头确定地说道："长官，是耿协理没错！"

宁志恒听到这话点了点头，他走到耿博明面前，用手抓住他的头发用力一掰，耿博明顿时发出一声惨叫！宁志恒仔细看了看他的脸，确实和材料里的照片完全相符，这才放手甩开了他的脑袋，对孙家成吩咐道："带回去，我要马上审讯！"说完，他将一沓钞票摔在董建怀中，严肃地说道："做得不错，这是双倍的赏金，但是你要守口如瓶，不能对任何人说起今天的事，否则后果自负！"

董建手忙脚乱地接住那沓子钞票，高兴地连连点头称是。

宁志恒带着一行人匆匆离开，以最快的速度赶回军事情报调查处。就在他刚刚把耿博明带到审讯科的时候，早就一直盯着动静的于诚也急急忙忙赶了过来。

“志恒，情况怎么样？”于诚说着，几步上前抓起耿博明的头发，仔细辨认，而后惊讶地问道，“你把耿博明抓回来了？”他没有想到，这个宁志恒出去转了一圈儿，就把这个重要目标带回来了！

宁志恒点了点头，笑着说道：“运气还好，这个耿博明落在我手里了！”

于诚嘴角一撇，果然科长没说错，如果有突破，一定会在宁志恒这里。

宁志恒马上拨通赵子良的电话，告诉他耿博明已经落网。

赵子良大为兴奋，他没有想到这么快就把人抓了回来，马上赶了过来。

“志恒，情况怎么样？”赵子良一见面就问。

宁志恒微微一笑，说道：“科长，有市民举报，我不过是去确认一下，没想到就把人抓回来了！”

赵子良哈哈大笑，道：“志恒，你不仅是个干将，还是个福将！你知道吗，我抓人抓了这么多年，就算是大范围的搜捕，成功抓获犯人的概率也是小得可怜，可还是你的运道强，头一次就这么顺利！”

宁志恒微微一笑，说道：“都是科长您大力支持，不然没这么顺利。我想马上审讯耿博明，看看还有没有可能找到他的同伙！”

一旁的于诚赶紧说道：“赵科长，志恒，我们当初可是说好的，两个科室联合办案，消息共享，我也参加审讯不为过吧！”

赵子良没好气地说道：“随便你，不过只能旁听，在我面前，不要指手画脚！”

于诚自然不敢和赵子良冲撞，赶紧赔着笑脸说道：“一定，一定，卑职只是旁听！”

三个人快步进入审讯室。耿博明被捆绑在粗大的木架上，他四处扫视，只见阴森森的审讯室里摆放着各种各样的刑具，空气中隐隐弥漫着血腥的味道。耿博明越发感到绝望。

“耿博明，先回答我，你是什么时候加入日本间谍组织的？你的代号？组织的名称？上线的联系方式？”宁志恒连续抛出几个问题。

耿博明没有一句回复，干脆闭上眼睛一言不发。

宁志恒早有准备，把手中的审讯记录猛地一扔，冷哼一声，道：“冥顽不灵！”他转头吩咐道：“直接上铁签，废了他的手指！我倒要看一看这个日本人的走狗，这身骨头到底有多硬！”

赵子良和于诚在旁边看着都没有说话，他们没有亲眼看过宁志恒审讯人犯，这次正好开开眼。反正这个耿博明的价值不大，他是敌我双方都知道的已经暴露的间谍。他知道的线索肯定都已经断了，就算真给整死也没有什么关系。

审讯人员按照宁志恒的吩咐，开始熟练地将一根铁签从耿博明的右手指甲缝里插了进去。

一股钻心的剧痛让耿博明发出凄厉的惨叫，他万万没有想到，当真正的酷刑施加于身，带来的痛苦是如此让人无法忍受。

审讯人员将耿博明的手掌紧紧地固定在木板上，又夹起一根铁签对准指甲缝后插了进去。

凄厉的惨叫声不绝于耳，宁志恒眉头一皱，说道：“把他的嘴堵上！”

耿博明意识到自己不可能熬过这场酷刑了。他原本就不是日本人，只不过当初在日本留学期间被胁迫利诱加入了日本间谍组织，此时此刻早就谈不上“忠诚”二字，当下赶紧开口喊道：“我说，我什么都说！”

他的话一出口，众人眼神一闪，心中都有数了。像这样的汉奸特工，审讯的难度都不大。只要进了这个审讯室，就连那些真正的日本间谍，不开口的也没有几个。

审讯人员停下手，回头看了看宁志恒，没想到宁志恒像是没听见耿博明的喊叫一样，接着命令道：“不要停，把他十个指头都给我废了！”

宁志恒的命令一下，审讯人员不敢怠慢，没有理睬耿博明的哀号，熟练地进行下去，直到耿博明的十根手指上结结实实地插进了十根长长的铁签，黑色的血液顺着铁签流出来滴落在地面上，耿博明痛得昏死过去。

赵子良强忍着没有开口，但心中颇为无奈，暗道自己这个手下平日里沉稳少言，可是真正下起死手来真称得上“暴虐”二字。怪不得宁志恒当初看自己审讯雪山间谍小组组长关口良一时，一点都不掩饰不耐烦的情绪，想来应该是自己的审讯在他看来实在太过温和了！

于诚在一旁更是对宁志恒的手法颇为不屑。这样的审讯手法粗糙至极，毫无技术含量。尤其是在人犯已经开口之后，还不管不顾继续折磨，这简直就是暴虐狂！不过不得不承认，这种审讯手法对付意志力浅薄的耿博明却极其有效，很快就撬开了他的嘴。

一盆冷水浇在耿博明头上，将他从昏迷中激醒过来。他睁开眼睛看了看面前的宁志恒，心中充满了恐惧。

宁志恒脸上露出极不耐烦的表情，冷冰冰地开口道："耿博明，我的耐心有限，以下我问的每一个问题，你都要老老实实地回答。如果再敢心存侥幸，我就把你脚趾也废了，明白了吗？"

手指上依旧传来钻心的痛楚，耿博明急声哀求道："你问吧，我全说。能把我的手指先放开吗？太疼了，我受不了！"他只觉得那十根铁签就像扎进了自己的心脏，产生的痛感使他的身体不停地抽搐。

宁志恒眼睛一眯，眼中射出一丝凶光，他一把抓住耿博明左手上的铁签猛地一扭，耿博明顿时发出一声撕心裂肺的惨叫。

众人被这突如其来的一声惨叫吓了一跳，忍不住打了个冷战。

宁志恒此时嘴角露出冷冷的笑意，不屑地说道："阶下之囚，还想和我讲条件！"说完他扔开手中的铁签，等着耿博明从极度的痛苦中缓过气来，然后接着问道，"你是什么时候加入的日本间谍组织？"

"民国十一年，我去日本留学期间被他们胁迫加入的。"耿博明气息微弱地回答道。

"还是个老资格的间谍了。你隶属于哪个间谍小组？"宁志恒不禁嘲讽了一句，继续讯问道。

"我单独直接接受日本特高课本部情报组长今井优志的指令，只负责永安银行的资金运作！"

"你没有上线？"宁志恒语气中带着疑问。

"是的，我不参与情报收集，也就没有交接的必要。我只负责拨款和清除资金流水痕迹，每次都是在晚上十一点，接收收音机频道的暗语指令行事！"耿博明生怕宁志恒不相信，急忙辩解道。

审讯工作进展得很顺利，很快就进入了尾声，宁志恒提出了最后几个问题：“你是怎么知道自己已经暴露的？是谁以何种方式通知了你？”

耿博明声音低哑地说道：“三天前我正常上班，上午十点半左右，有人通过电话向我发出了紧急通知。通过约定好的暗语，我知道自己已经暴露，于是换上一套事先准备好的清理工的衣服，混出了永安银行。”

“为什么没有试图逃离，还留在南京城？”

“我当时直接赶往火车站，没有想到在车站停留两个小时等车次的时候，你们就开始了搜捕。我看见有警察进入车站搜查，就只好逃走了。然后我赶到了以前购置的安全屋，可是很快你们就在大街小巷张贴了我的画像，我哪里也去不了了，只能躲在安全屋里，直到你们找上门来。”

“那个通知你的电话具体是几点钟打进来的，暗语内容是什么？”宁志恒追问道。

“十点三十分左右，暗语的内容是，一位刘老板请求周转一笔十二万三千元的款项，并请我去联盛酒楼吃饭。这是以前约定好的暗语，我听到这个暗语就知道自己已经暴露，必须马上撤离。”

审讯进行到这里，已经没有什么可问的了，于是宁志恒转身询问赵子良的意思。赵子良挥了挥手，站起身来向屋外走去。宁志恒示意审讯人员收尾，自己和于诚跟在赵子良身后出了审讯室。

第十九章

旗袍乍现

出了审讯科，赵子良才开口问道：“志恒，你认为耿博明还有什么利用的价值吗？”

听到赵子良的问话，宁志恒思考了一下，缓声说道：“耿博明是一个独立的情报员，在南京没有其他联系人，抓住他也不会有大的收获。至于那个通知耿博明撤离的电话，不出意外的话应该是某个公共电话打进来的，虽然追查的希望不大，我们还是要试一试。不过我们的真实目标是顾文石，所以全城的大搜捕还要进行下去。耿博明的落网对外界还是要保密的，我们继续以抓捕耿博明的名义寻找顾文石。”

赵子良和于诚都表示同意。

“志恒，那你认为耿博明还有追查下去的必要吗？”于诚在一旁问道。他现在亟须找到案件的突破口，耿博明的审讯就这样放弃，他心有不甘！

宁志恒笑了笑说道：“老于，要不这个耿博明就交给你们情报科接手跟进，我是没有意见的！”

于诚一听没有马上接话。他的任务是盯死了宁志恒，至于这个耿博明，一看就没有什么价值了，他才懒得搭理。于是他嘿嘿一笑，摇头说道：“耿博明的事情，我要请示科长定夺。那我就先失陪了！”说完，他向赵子良恭敬地点头，回去向谷正奇汇报了。

看着于诚的背影，赵子良呵呵一笑，说道："这小子跟谷正奇一个德行，没有好处是不会出力的，刁滑得很，你以后对他要留点儿心眼！"

宁志恒点头说道："科长放心，情报科的人都不是易与之辈，我一直存着小心呢！"

"你打算真的放弃耿博明这条线？"赵子良问道。

"当然不是，恰恰相反，我觉得那个通知他撤离的电话还是可以查一查的！"宁志恒这次却是有着不同的说辞，显然刚才他当着于诚的面没有说满话。他做事向来都是习惯留一手的，更何况是对狡猾的于诚！

赵子良也觉得就这样轻易放过耿博明，很不像宁志恒的风格，所以才多问了一句，发现宁志恒果然另有打算。"你准备怎么查？"赵子良问道。

宁志恒说："我们之前对隐藏在永安银行的日本间谍的监视，主要集中在总经理谢浩初和协理耿博明身上，对他们的办公室和家里的电话都进行了记录和监听。我想利用这个条件，找到那个通知耿博明紧急撤离的电话的来源。我估计那是个公用电话，虽然找寻难度有点大，但完全可以试试，应该能有些收获。接下来就看情况而定吧。至于继续搜捕顾文石的工作，还是让我师兄主持，一会儿我会把情况和他交接一下！"

赵子良点点头，说道："一切由你自行决定，总之我相信你，就等你的好消息了！"

"多谢科长信任！"

宁志恒回到办公室，给正在市区主持搜捕工作的卫良弼通了个电话，将耿博明已落网并且审讯完毕的消息告诉了他，并请他继续主持搜寻顾文石的工作，自己要着手对那个神秘电话进行新的调查。

两个人简单地交接了一下工作，宁志恒就给电信科打了电话。很快，电信科负责永安银行监听的组长卞德寿赶了过来。

"卞组长怎么亲自过来了，快请进！"宁志恒见是卞德寿，站起身来说道。宁志恒只是想要耿博明三天前的监听记录，没想到电信科少校组长卞德寿亲自送来了。

"宁组长相询，我自然是要来跑一趟的！"卞德寿哈哈一笑，亲热地寒暄着。

别看都是少校组长，但他们两人的地位却相差甚远。卞德寿虽说是少校组长，但电信科在军事情报调查处不过是个辅助单位，地位不高，人员不多，且都是一些技术人员，只负责管理一些电信设备。而且他们没有外勤任务，当然更谈不上有什么额外的收入。说白了，卞德寿不过是个有军衔的技术人员而已，手中没有半点实权。

可是宁志恒就不一样了，他所在的行动科以前在军事情报调查处也就仅次于情报科，现如今地位迅速攀升，已经和情报科不相上下。而宁志恒这个少校组长，要人有人，要钱有钱，手上掌握着一百多人的精英部队，主要负责外勤工作，拥有对将级以下军官先抓后审的极大特权，甚至可以对某些敌对目标进行暗杀或者刺杀，可以说手中掌握着生杀予夺的权力。

如今作为行动科首屈一指的执行人，宁志恒可以随时调动电信科、装备科、训练科等诸多科室的资源，在军事情报调查处是炙手可热的实权人物，自然不是卞德寿这样的边缘人物可以相比的。

“这是你要的对耿博明的监听记录。永安银行的案件已经结束，我们刚刚把监听记录归档，听说宁组长要看，我赶紧去调了出来，第一时间给你送来！”卞德寿殷勤地笑道，然后掏出一张登记表说道，“手续还是要走的，宁组长你签个字！”

宁志恒拿起笔，在登记表上签下自己的名字，客气地说道：“卞组长请稍候，我马上看完，有事还要请教你！”

卞德寿收回登记表，笑着答应道：“应该的，有事你尽管说！”

宁志恒拿过监听记录，很快找到了三天前那个上午的记录，一眼就看见最后一个电话记录。上面的通话内容非常简短，果然和耿博明交代的一模一样：一位刘老板请求周转一笔十二万三千元的款项，并请耿博明去联盛酒楼吃饭！耿博明的回答只是简单的一个“好”字，然后马上挂断了电话。

宁志恒指着这条记录问卞德寿：“上午十点半，这个最后一个打进来的电话能查到吗？”

卞德寿接过记录一看，笑着回答道：“没有问题。我马上打电话查找，很快就能给你结果。”说完，他拿起办公桌上的电话拨通电信科，很快就有了结果。他将结果记在了一张纸上，对宁志恒说道：“宁组长，这是城南新曲街区一家叫安和商铺的电话。这种电话一般都是可以付费使用的公用电话！”

宁志恒点点头。他早就有心理准备，给耿博明打警告电话，当然不能留下痕迹，而这种付费使用的公用电话在南京城里到处都是。他起身来到悬挂在墙上的南京市区地图前，找到了大概的位置，点了点头，回身对卞德寿笑着说道："卞组长，太感谢了。我这就去看一看这家安和商铺，以后可能还要麻烦你！"

"有什么麻烦的，有事情你就叫我。那好，我先行告辞，监听记录我需要留给你吗？"卞德寿急忙说道。

"不用了，记录你请带回！"宁志恒说道。

将卞德寿送出门，宁志恒拿起电话，通知孙家成带着正在总部休息的十名行动队员跟随自己去查电话来源。

宁志恒带着一行人正要出军事情报调查处的大门，前面突然闪出一个人影。宁志恒一看，正是情报组长于诚。

于诚笑呵呵地走上前。宁志恒只好停下车，摇下车窗，无奈地说道："老于，你有事情啊？"宁志恒有点心虚，自己刚说过不想调查耿博明这条线，现在却被于诚盯了个正着。

"志恒，你这是要去哪里？正好我也闲着无聊，跟你一起出去散散心！"于诚笑呵呵地说道。他刚把耿博明落网的消息报告给谷正奇，谷正奇叮嘱他继续盯紧宁志恒，估计宁志恒不会轻易放过耿博明这条线。果然还是让谷科长猜中了。于诚现在可不敢轻易放过宁志恒的车辆，他伸手打开车门就挤了上来！

宁志恒看着于诚嬉皮笑脸地挤上了车，不禁哭笑不得，只好笑着说道："老于，你想和我一起去看看可以，但是要按我们赵科长说的那样，不能越俎代庖，一切以我的意见为主。等真有了线索，我们自然会通报你们，大家联合办案！"

听到宁志恒的话，于诚眼睛一亮，心想果然这是要去调查，肯定是有新的线索了，自己拦车真是有先见之明！他连连点头，说道："没有问题，我就是和你出去散散心，绝不会多嘴多舌！"

宁志恒这才点头，发动车辆驶出军事情报调查处。

宁志恒一行人赶到城南新曲街区，在街口下了车，一路前行，很快就在街边发现一家商铺，牌匾上写着"安和"二字。

孙家成一挥手，马上有几名队员上前布控，将商铺四周围住。宁志恒带着人走进商铺，发现柜台上摆放着一台公用电话。柜台里站着一个三十出头的女人，看着宁志恒一行人进了店铺，顿时一惊！

“你是这家商铺的掌柜？就你一个人？”宁志恒沉声问道。

“是，后面还有我男人，您有事？”女掌柜小心翼翼地回答道。

宁志恒没有说话，一旁的孙家成开口说道：“把你男人也叫出来，我们长官要问话！”说完，他将自己的军官证放在柜台上。

女掌柜一听孙家成的话，顿时吓了一跳。她拿起军官证仔细看了看，这才稍微定下心来。女掌柜赶紧回身进了后面住房，将男主人叫出来。

夫妻二人看着眼前这些人，心里七上八下，不知道他们为什么找上门来。

宁志恒轻咳一声，尽量把语气放得平缓，问道：“你们不要紧张，我们只是来了解一下情况，只要你们如实回答，就不会为难你们！”说到这里，他指了指柜台上的电话，问道，“你们商铺的电话是收费的公用电话吗？”

夫妻二人赶紧点头，男掌柜谨慎地回答道：“是，现在安装电话费用太高，我们只是略微收些费用维持！”

宁志恒摆了摆手，说道：“我不管你的收费情况，我只想问你们，三天前的上午十点半，有人使用了你们商铺的电话，拨打的时间很短，内容是一位刘老板请求周转一笔十二万三千元的款项，并请对方去联盛酒楼吃饭。打电话这个人，你们有没有印象？”

夫妻二人听到宁志恒的问话，心里踏实下来，原来只是打听一个电话。男掌柜为难地说道：“长官，我们小店开门做生意，一天来来往往的人太多了，实在记不清楚，何况还是三天前的事情！”

宁志恒也承认这个男掌柜说的是实情，但是他还是不甘心，或许这个男掌柜是怕招惹是非才干脆说不知道的。宁志恒从身上掏出一沓钞票放在柜台上，随后抽出配枪啪的一声拍在柜台上，冷冷地说道：“我给你们两条路，一条路是仔细回忆，给我一个满意的答复，这些钱就是给你们的赏金！另一条路，就是故意隐瞒，那我就将你们抓回去，最后送你们一人一颗子弹！你考虑清楚再回答我。”

宁志恒的话如同晴天霹雳，顿时将店主夫妻吓傻了。他们看着柜台上的钞票和手枪，半天说不出话来。

男掌柜到底胆大些，他急忙说道：“长官，你让我们想一想，想一想。我们一定会想起来的！”女掌柜吓得脸色苍白。两个人冥思苦想，生怕自己被眼前这些凶神恶煞们带走。

过了好半晌，宁志恒再次问道：“到底有没有印象？”

男掌柜一脸土色，喃喃地哀求道：“长官，我实在是记不起来了，你再给我点时间，让我想一想！”

就在这时，女掌柜有些犹豫地说道：“长官，我倒是有点印象，只是我确实记不起她的模样了，当时我也没有过多地留意！”

她的话让店铺里的众人精神一振。宁志恒赶紧说道：“不要紧，你能记得就好，记得多少就说多少，我不会难为你！”

女掌柜这才开口说道：“三天前我一直在店里，一早晨也没有几个用电话的。到了十点多的时候确实有个人来打电话，只是具体时间我没有注意，好像时间很短，说了两句话就挂断了。”

宁志恒一听高兴地说道：“对，通话的时间确实很短。那个人具体长什么样，你还记得吗？”

女掌柜壮起胆子接着说道：“是一个年轻的女人，长官。我当时确实没有注意她的相貌，现在怎么也想不起来了，也没有听清她到底说了什么。”说到这里，她一脸畏惧地看了看宁志恒。

“一个年轻女人？”宁志恒很失望，他最拿手的本领就是仅凭目击者的描述即可画出目标的容貌，真实直观地还原目标，可是这对夫妻都没有记清楚那个目标的容貌，这让他没有了施展本领的机会。不过他总觉得女掌柜好像还有未尽之言，便说道：“你能记得多少就说多少。只要你尽力了，我们非但不会抓你们，这些钱也都是你们的！”

听到这话，女掌柜终于说道：“我只记得是个年轻女人，留着披肩卷发，身穿青白色旗袍。旗袍上的牡丹花特别鲜艳，料子是上好的毛织料，手工也精细，收口一点毛边都没有，整个样式合身极了，肯定是最好的旗袍店里定做的。”

听着女掌柜详细的叙述，众人不禁惊诧莫名。女掌柜对那个女人的样貌根本没有留心，可是对她的发式，尤其是穿着的旗袍却观察入微，记忆深刻。

听完她的叙述，宁志恒点点头说道：“非常好，你对她的穿着能够记得这么清楚，那么对她的身材也应该有印象吧？比如身高多少，是胖是瘦？”

女掌柜仔细想了想，回答道："比我高一些，身材很苗条！”

宁志恒看女掌柜的身高大概一米六，估计那个女人身高在一米六二到一米六五之间。宁志恒低头苦苦思索，过了好一会儿，才又问道："南京城里你知道的最好的旗袍裁缝店有哪些，离这里最近的是哪一家？”

女掌柜对这个显然很清楚，没有犹豫就脱口而出："那可不少，我知道的就有三家。离这里最近的是北权裁缝店，他们那里做旗袍的手艺远近闻名，就在前面往右那条街上。”

宁志恒点了点头，然后指着门外对女掌柜说道："现在你按我说的做。你去门口看着过往的行人，找出一个身高、体形和那个女人最相近的，然后指给我看！”

女掌柜一开始有些犹豫，可是男掌柜在她后面轻轻一推，示意她不要违逆宁志恒的指令，于是她赶紧出门，站在门口仔细观望起来。

宁志恒也就近找了一把椅子坐下来，这时一直躲在众人身后的于诚靠了过来。“志恒，你是想进行大范围的排查？”于诚是多年的老特工，一看宁志恒的做法，就知道他是要从目标身上穿着的旗袍入手，找到全城最好的裁缝店，然后进行大范围的排查。

宁志恒知道瞒不过于诚，直接点头说道："这是目前唯一的线索，我们绝不能放弃。老于，我估计这个工作量很大，南京城里好的裁缝店很多，真要是排查起来，我们行动科的人手是不够的。既然是联合办案，你们情报科是不是可以参与进来，我们一起追查下去！”

听到宁志恒的话，于诚不禁一拍大腿，哈哈大笑。对于宁志恒释放出来的善意，他当然是心知肚明。他笑着说道："志恒，还是你做事厚道，你不说我也要开口了。这一次我们当然要参与进来。不瞒你说，现在情报科从上到下发了疯似的四处寻找日本人的线索，可是搜捕工作现在没有结果，其他线索一时之间到哪里去找！志恒，你这次的援手，我会向谷科长详细汇报，以后只要你用得着我们情报科，我们绝无二话！”

时间一点一点过去，现在门口的女掌柜焦急地望着街上川流不息的行人。突然，她眼睛一亮，目光紧紧盯着一个越来越近的身影，而后指着那个走近的女子对宁志恒说道："长官，这个女孩子的身材最像那个女人！”

宁志恒听到这话，赶紧起身来到店铺外，随着女掌柜的指引，看见一个年轻的女子慢慢走近。她的身材确实如女掌柜所说，身材高挑，体形偏瘦，身高在一米六二至一米六五之间，在这个时代的南方人里确实算得上是高个子了。女子长得明眸皓齿，容貌俏丽，年纪估计不超过二十岁，身穿普通的女学生装束，正由西面走过来。

宁志恒转头对孙家成说道："去把那位女学生请过来，不要太粗鲁！"

孙家成点头答应，带着两个行动队员出了店门，快走几步上前，拦住了那位女子。

正在赶路的吴茹云看着面前突然出现的一个壮汉，顿时心头一惊，下意识地准备向后退，可她发现不知什么时候，身后也站立着两个青年男子，三人将她困在中间。

此时她心头狂跳，思索这是哪里出了问题。这两个月来她深居简出，不敢轻易露面，就是怕被人盯上，没想到今天刚刚出门就被堵在了这里。难道敌人早就盯上自己了吗？如果是这样，那这几天和自己接触过的同志都会落入敌人的视线中，后果不堪设想！她强自镇定，不让自己表现得太过于恐惧，但恰到好处地显露出惊慌失措的样子。

"你们干什么？大庭广众之下，你们要做什么？"吴茹云一副受到惊吓的模样。

孙家成没有多说，直接掏出自己的军官证递到吴茹云面前，沉声说道："这位小姐，我们是军事情报调查处的，有件案子需要你的配合，请你跟我们走一趟。放心，不会对你有任何的伤害！"见吴茹云仍不相信，他不耐烦地威胁道，"我不想动粗，你最好还是配合！"

吴茹云看着孙家成手中的军官证，心一下子凉透了：真的是特务！她知道反抗也无用，就没有再多说，跟着孙家成来到安和商铺门前。

宁志恒看着走近的吴茹云，再次对女掌柜确认道："和那个女人的身材很像吗？"

女掌柜赶紧说道："很像，我找了这么半天，这是最像的了！"

吴茹云听到他们两个人的对话，不禁有些不解，但他们说的好像和自己猜想的情况不太一样，这使她的心里又升起一丝希望。

得到女掌柜的确认，宁志恒心中有数了，他微笑着对吴茹云说道："这位小姐，耽误你一点时间，帮我们做一件事情，时间不长。做完事，我们马上放你走，绝不会对你有任何伤害！”说完，他没有再理睬吴茹云，转头对店主夫妇说道：“也请你们跟我走一趟，我向你们保证，顺利的话，很快就会回来！”

他一挥手，几个行动队员就将他们围在了中间。夫妇二人相视一眼，目光中难掩惊恐，不过此时此刻他们别无选择，只好关了店铺。

宁志恒这时才对女掌柜说道：“带我们去你说的那家北权裁缝店！”

女掌柜一听不是要抓他们回去，心中稍微安定，急忙点头答应。

一行人被带上车，很快就来到了附近的北权裁缝店。

下了车，宁志恒带着众人走进裁缝店，一个伙计正陪着两位女顾客挑选布料。

孙家成先开口问道：“谁是店主？”

一个老裁缝正在旁边的里屋裁剪布料，听到孙家成问话，走出来一看，顿时有些发怵。他看出宁志恒一行人不一般，赶紧上前赔着笑脸说道：“我就是，我就是。几位是要裁衣服？”

宁志恒点了点头，说道：“正是要裁衣服。听说你们这里做的旗袍远近闻名，我想给我妹妹做一件上好的，请老师傅你亲自给量一下尺寸！”说完，他用手指了指身后的吴茹云。

这句话让吴茹云一头雾水，不知道这些人到底打的是什么算盘。不过现在她根本没有搞清楚状况，只能以静制动，一言不发！

老裁缝一听不是来找麻烦的，笑道：“好的，好的，我这就给小姐量尺寸。请到里屋来！”

吴茹云只好跟着老裁缝进了里屋。

宁志恒这时又对那位女掌柜说道：“仔细看一看，把那个女人穿的旗袍的布料给找出来，要一模一样，不能有偏差！”

女掌柜这时才明白宁志恒带她过来的目的，赶紧点头上前，在店里寻找印象中的那种布料。

很快，老裁缝量好尺寸走出里屋，笑着说道：“这位小姐的身材很好，穿上做好的旗袍一定非常好看！”然后他又殷勤地介绍道，“我们店里有各种高级丝绸和毛织布料，你们可以尽情挑选。当然如果你们都不满意，也可以自己出布料，我们手工制作，价钱都好商量！”

宁志恒点了点头，没有说话，眼睛盯着四处挑选的女掌柜。

女掌柜看了一遍，回身对宁志恒摇了摇头，说道：“没有那种布料！”

听到女掌柜的回话，宁志恒并没有气馁，转头对老裁缝说道：“我们想选一种青白两色的毛织料，面料上有牡丹花的图案，你这里有吗？”

老裁缝一听，赶紧说道：“有牡丹花的青白两色织料？你们真是好眼光，这是刚刚从上沪那边销过来的高级料，价钱很贵，一般的小店是没有的。恰好我们店里存了一些，你等着！”说完，他带着伙计进了后面库房，不一会儿就出来了，伙计手里抱着一匹布料。

女掌柜一看，赶紧低声对宁志恒说道：“长官，没错，就是这个料子！”

宁志恒心中一喜，一锤定音地说道：“就选这个料子了！”说完，他四下看了看，见店里还有两个女顾客，便笑着对老裁缝说道，“老师傅，我们里面谈谈，我还有事相求！”

老裁缝看了看宁志恒，虽然不明白他的意思，但还是点头答应，两个人进了里屋。

宁志恒随手将门带上，从口袋中掏出自己的军官证，笑着说道：“这次来，除了想请你裁衣服之外，还想请你配合一下我们的调查工作。我想知道，你们店有没有给别人定做过和我妹妹身材尺寸相近的旗袍，用的也是那种刚从上沪销过来的青白两色、带有牡丹花图案的布料？”

听到宁志恒的话，老裁缝这才明白了这些人的真正用意。他拿过宁志恒的军官证仔细看了看，最后无奈地说道：“好吧。我年纪大了，有些事情记不清，不过只要是在本店定做衣服，顾客都要留下名字或者地址，我查一查！”说到这里，他回身从抽屉里拿出一本厚厚的账簿，放到桌子上，打开之后慢慢地查找着。

宁志恒说道：“做旗袍的顾客很多吗？”

老裁缝没有抬头，继续仔细地查找，嘴里回答道：“我做了一辈子裁缝，北权裁缝店的名声在外，在我这里定做衣服当然不少，其中也有很多专定旗袍的。不过倒是不难查，这个带有牡丹花图案的青白两色织料是新布料，刚刚从上沪进入南京没有多长时间。再说像令妹那样尺寸的不多见，很快就能查到，您稍等一会儿。”

宁志恒没有再说话，过了一会老儿，裁缝才查找完毕，对他说道：“我这里只有一位顾客符合你说的条件，其他的不是料子不对，就是尺寸相差太大。”

宁志恒取过账簿，按照老裁缝的指点，找到了那个名字。看过之后他不禁有些犹豫，上面标明顾客是市政府一位官员的太太，便又问道：“这个陈雅兰有多大年纪？”

“大概不到四十岁。她是我们店的老顾客，十多年前就在这儿定做各种衣服，只认我的手艺！”老裁缝不无自豪地说道。

听到这话，宁志恒不禁很是失望。女掌柜说的是一个很年轻的女人，显然跟这个陈雅兰对不上号。不过宁志恒还是把这个名字和住址记了下来，他做事一向谨慎。万一这个陈雅兰长相很年轻，也不是不可能的。

宁志恒迈步出了里屋，老裁缝也捧着厚厚的账簿跟了出来，对着吴茹云说道：“料子和尺寸都定好了，请小姐签下名字和地址就可以了！”

吴茹云听到这里一愣，她一直都听任宁志恒的摆布行事，又何尝真的想要做旗袍？她下意识地说道：“我又不要旗袍，签什么字？”

老裁缝听了她的话也愣住了，他把目光转向宁志恒。

宁志恒二话没说，从兜里掏出几张美钞放到老裁缝手里，说道：“多余的就算是今日叨扰的赔礼！”然后他转头对吴茹云冷声说道：“把名字签了！”

吴茹云在他的注视下，知道不能违拗他的意思，只好接过钢笔，犹豫了一下，签下“田彩霞”三个字。可是她没有注意到，就在她写下名字的瞬间，一旁的宁志恒和一直冷眼旁观的于诚两个人同时眼神一缩，但都没有说话。

她刚想放下笔，老裁缝又开口说道：“还有您家的住址。”

吴茹云心中一惊，顿时装作不悦地说道：“怎么这么麻烦，还要我的住址？”

老裁缝笑着说道：“一般定做衣服的都会留下住址。如果做得不合适，您打个电话，我们就可以上门为您修改，这样也不耽误您的时间！”

“写！”宁志恒的声音越发地生冷。

吴茹云无奈，只好搜刮记忆，写下了一个假地址。

老裁缝仔细收好账簿，笑着说道：“十天后您来取就可以。如果不方便，我们也可以将旗袍送到您的家里，现场试穿和修改！”

宁志恒办完事情，挥手示意，一行人便走出了北权裁缝店。他回身对安和商铺的夫妇说道："你们回去吧。今天的事情要守口如瓶，不能对任何人说起，明白了吗？"

店主夫妇一听宁志恒真的放了他们，不禁大喜过望，连连点头称是，快步离去。

宁志恒又对吴茹云说道："田小姐，今天打扰了，你也可以回去了，这件旗袍就算是我对你的补偿。家成，你开车送一送田小姐！"

"是！"孙家成应声领命。

"不，真的不用了！我还想再逛会儿街，不想这么早回去，我自己走就可以！"

宁志恒听到她的话，没有再坚持，吴茹云便快步离去。宁志恒转身走向自己的专车，转身之际，他极为隐蔽地给孙家成使了个眼色，孙家成马上会意。

将宁志恒和于诚送上车并关上车门，孙家成却没有上自己的车，而是朝吴茹云离去的方向快步跟了上去！

在车里，宁志恒对于诚说道："老于，今天的事情你都看在眼里了吧？我们要把南京城里有名气的、手艺好的裁缝店都过一遍。目标特征我们已经有了：年轻女子，披肩卷发，还有近期才传进南京城、带有牡丹花图案的青白两色的上好布料，和田小姐相近的尺寸，最重要的是三天前上午十点半的行踪。这些搜索条件加在一起，找到这个女人并不难，无非就是花一些功夫而已，估计我们很快就可以再有收获了！"

于诚脸上笑开了花，说："太好了，志恒！我们一起动手，这个女人跑不了，最多两天时间我们就可以找到她。我马上回去向科长报告，以最快的速度展开筛查！"

宁志恒点头同意，说道："老于，现在我们分一下工。城南的裁缝店由我们行动科调查，城北的裁缝店就由你们情报科来调查。这样人手充足，可以在最短时间里得出结果。最后我们两个人汇总一下，确定下一步的措施，你觉得怎么样？"

于诚急忙点头，说道："没有问题！你我两人联手，集合我们两个科室的资源，绝对会事半功倍！"

事情商量妥当，分工已经明确，于诚此时心情大好，如释重负。他心情一好，就开始打趣宁志恒道："志恒，今天是不是看上田小姐了？你还别说，这位田小姐真是有些姿色，你是不是心动了？"

宁志恒没好气地瞥了他一眼，没有回答。

于诚见宁志恒没有反驳他，更是确定自己的猜想不错，于是更加得意，笑着说道："这有什么不好意思的？窈窕淑女，君子好逑，虽然岁数有点小，不过……"他突然间想起来，这位机智过人的宁志恒少校，好像才刚从军校毕业半年多，"我差点忘了，志恒你好像才二十一岁呀，比田小姐大不了两岁，正好年纪相当，怪不得……"

"你想多了！"宁志恒只说了一句，就懒得再理他。

于诚却接着说道："不过，志恒，我看你这次是够呛。人家田小姐没有看上你，你信不信？她填的田彩霞这个名字是假的，人家根本没有留真名给你，由此可见，你是没有什么希望了！"

于诚的话让宁志恒心中一愣，没想到于诚的眼力这么准，本以为只有自己注意到了这个细节。

于诚接着说道："这个田小姐在签名的时候，很明显犹豫了一下。一个人对自己的名字还用考虑吗？她这是在考虑签什么名字！而且我们平常人写自己名字的时候，一般都会写得很快、很流畅，并且带有连笔的痕迹。可是这位田小姐当时填写'田彩霞'这三个字，书写速度较慢，字迹很工整，一看就知道用的是假名字。志恒啊，人家这是在防着你哟，哈哈！"

宁志恒暗自点头，这个于诚的观察力惊人，一点小小的细节都没有瞒过他。宁志恒当然也看出吴茹云签的是假名字，但他没有当面揭穿，因为他拿不准这个田小姐到底是为什么填写假名字。

原因可能有两种。第一种原因，就是像于诚所说的那样，因为她不想再和他们这些凶人有瓜葛，惹下是非，所以写下假名字，尽量避免他们上门纠缠。这种的可能性很大。

第二种原因，就是这个田小姐的身份有问题，她在刻意隐藏自己。如果是这样，宁志恒就有些吃不准了，因为她不外乎是两种人。一种是地下党，那宁志恒自然不用理会，放她走人就是了。可如果是日本间谍呢？那又将是一条重要的线索，宁志恒又岂能轻易错过。

所以他没有当着于诚的面命令手下人跟踪，否则这位田小姐如果真是地下党，那可就弄巧成拙了。于是他暗地里让孙家成去跟踪，先确定那位田小姐的真实身份再说。

一行人回到军事情报调查处，各自向自己的长官汇报，着手进行筛查的行动。

而与此同时，在南京城里的一条干道上设立的一个关卡处，身穿黑色制服的警察把守在栏杆后面，身穿军服、全副武装的特工人员正来回巡视。一双双眼睛盯着来来往往的行人，只要发现疑似目标人物，马上上前仔细检查。

这几天军事情报调查处全体出动，控制交通要道，将南京城封锁得严严实实，进行严密的搜索。

王树成带着手下几名队员把守这个关卡。他站在关卡前，仔细观察着每一个行人。

这时，行人中有一位妇女看到王树成，突然出声叫道："你是王兄弟呀！怎么在这里？你不是和我家老梁出差了吗？"

王树成转头一看，很快认出这位妇女竟然是梁实安的妻子。数天前，他和赵江押着梁实安回去和家人告别、为梁实安掩盖时，谎称自己与梁实安要出差一段时间。当时梁实安的妻子对王树成和赵江很热情，一口一个"王兄弟"地叫着，搞得王树成很尴尬。结果等梁实安再次进入军事情报调查处就再也没有出来，如今正押在刑讯科牢房里等着宁志恒做后续的安排。

王树成一听梁实安妻子的问话，顿时不知道该如何回答。他张了张嘴，最后说道："嫂子，我有事提前回来了，正在执行公务。"

梁实安的妻子一听，赶紧问道："那老梁什么时候能回来？家里一大家子人，缺了他这个当家的，总觉得心里不踏实。"

王树成心中很是无奈，只好含含糊糊地说道："我也不太清楚，总要过段时间的吧！"

梁实安的妻子为难地说道："我一个妇道人家没本事，你要是能联系到老梁请帮我告诉他，我和孩子都还好，就是老人这几天身体不舒服，天天咳嗽喘不上气来，他的两个弟弟又上门借钱。你让他早点回来，不然我心里不踏实！"

王树成看着她一脸的愁容，只好硬着头皮答应道："好的，我回去就联系他，让他早点回来！"

梁实安的妻子听到王树成的话，顿时脸上露出笑容，连声道谢，这才转身离去。

王树成看着她的背影，心中很不好受，他知道给梁实安的时间不多了。自己虽然为了梁实安向组长求情，但是组长并没有丝毫的心软，最后还是自己一再请求，组长才答应通融，但必须是在梁实安再有立功表现的前提下，组长才可能网开一面，法外施恩。可梁实安只是雪山小组的情报员，知道的情况也就那么多，仅限于雪山小组的范围。如今雪山间谍小组已经悉数落网，梁实安已经没有价值可言，更谈不上立功了。

王树成转念一想，现在整个军事情报调查处都在忙着抓捕顾文石，如果梁实安能在这件事情上立功，帮助组长抓住顾文石，那么他就可以重获新生，他的一家老小还能存活下去。

想到这里，王树成突然觉得自己好像忽略了一些细节。梁实安作为顾文石的策反对象，两人相处了很长时间。多年的交往，足以让他们互相了解对方的一些特殊情况，可是自己和组长好像都没有对梁实安进行详细的讯问。也许梁实安知道顾文石一些不为人知的秘密呢？

这是一个大的疏忽和漏点！

王树成越想越觉得有道理，他必须马上回去，当面落实这件事情，也许这是一个重要的突破口。没有片刻的耽误，王树成向手下交代了几句，马上开车赶回军事情报调查处。

第二十章

人形猛兽

王树成直接来到刑讯科，提审梁实安。

梁实安被带到审讯室，里面只有一个青年军官，梁实安认出是几天前陪他回家见家人最后一面的那位“王兄弟”。

王树成见梁实安双眼布满血丝，精神状态极差，便开口问道：“这些天休息不好？”

梁实安苦笑着点点头，说道：“根本睡不着，脑子里乱糟糟的！”

“人到了这个地步，光胡思乱想有什么用！我今天执行任务的时候遇见了你的妻子，她说这几天你父亲总是咳嗽喘不上气，你的两个弟弟又伸手要钱，她很难，让你早点回去！”

听到王树成的话，梁实安心头一苦，眼泪夺眶而出！

王树成见他这副样子，心情也不好，劝道：“我曾向组长求过情，他答应只要你能够立下大功，将功赎罪，他就法外留情，给你条生路！”

梁实安听到这里，顿时止住了哭声，急切地问道：“这是真的？”

看到王树成点头，梁实安突然又绝望地说道：“可是我人关在这里怎么立功？我知道的都说了！”

王树成上前几步，轻声说道：“你还有机会！军事情报调查处现在上上下下都在寻找顾文石，只要你能帮助我们找到他，就立下了大功，宁组长一定会放了你！”

“顾文石？”梁实安一脸茫然地说道，“我都交代好些天了，你们还没有抓到他吗？”

王树成苦笑道：“你交代得晚了。我们赶去第十四师抓捕的时候，顾文石已经失踪半个月了！我们到处查找他的下落，所有他可能藏身的地方都找过了，可到现在都没有找到。我想，你和他曾经是老战友，这几年又交往甚密，会不会知道一些我们不知道的秘密？”

听到这里，梁实安眼睛一亮，马上说道：“王队长，我知道一些他经常去的地点。”

说完，他连续报了几个顾文石有可能藏身的地点，可是王树成都摇了摇头，说道：“这些地方我们都搜查过了，没有顾文石的踪迹。”

梁实安很是失望，他仔细回想着有关顾文石的一切。突然间，他想起了一件事，急声叫道：“我想起来了，还有一个地方可能找得到他！”

梁实安的话让王树成来了兴趣，问道：“还有什么地方？”

梁实安仔细回想了一下，说道：“第十四师一直驻扎在南京西面，就在驻防区的西北山区有一个小村庄，在那里顾文石好像有一处住宅，不过我不确定。这件事情没有任何人知道，需要你们自己去查一查！”

“你说什么？这么重要的事情你怎么现在才说！”王树成听到这里，顿时脸色一沉。

梁实安有些尴尬地说道：“我不知道顾文石没有落网，而且我只是悄悄地跟着他去过一次。顾文石为人很警觉，身手也好，我怕他发现，就再也没去打听，所以也不敢确定。现在其他的地方你们都找过了，那就试一试这个地方，也许会有收获！”

王树成这时听出了一些不对，疑惑地问道：“你偷偷跟踪顾文石做什么？”

梁实安苦笑道：“事情是这样的，我和顾文石之前做情报交易，都是他以情报贩子的身份骗我的，我当时也一直很感激他的帮助。

“可就在半年前，他突然翻脸和我摊牌，说他就是日本间谍组织的成员，我盗取的那些军事情报都是为日本人收集的。他威胁说，如果我不加入他们的组织，就要找人将我盗取情报卖给日本人的事情告发。

“我当时又愤恨又害怕。我恨这个顾文石不念战友之情，将我硬生生拉下水，从此成为国家的罪人。可又害怕他真的告发我，那我一家老小就只能衣食无着了，于是我把心一横，就生了杀他灭口的念头。我想只要杀了他，就没有人知道我盗取军事情报的秘密了。于是那段时间我嘴上先答应了他，暗地里却悄悄地跟踪他，寻找机会下手。

“我暗自跟踪了好几次，其中就有一次跟着他进了那个小山村，看见他进了一家宅院。我一直等到了晚上，他也没有出来，我估计这里应该是他的一个落脚点！后来我再跟踪的时候，他就再也没有去过那个地方。”

王树成听了梁实安的话，才知道原来里面还有这么个缘由。

“那你最后怎么没下手呢？”

梁实安叹了口气，说道：“我一直没有找到合适的机会，顾文石却已经有所察觉了。他跟我说，已经把我的情况上报给了他身后的组织，那些情报原件也都交给了别人。我就是真杀了他也没用，还是会有别人找上门来的。我一听知道杀人灭口的做法行不通，搞不好还惹急了那些日本间谍，就打消了这个念头！”

王树成点点头，说道：“梁实安，这次能不能立功就要看你的运气了。如果你提供的消息准确，我们抓到了顾文石，那对你来说就是大功一件；可如果没抓到，那一切都做不得数，你就好自为之吧！你现在把这个村庄的名字说一下！”

梁实安摇了摇头，说道：“那个山村很偏僻，我也不知道具体叫什么名字。”

“那你带路，还能找到吗？”王树成问道。

“那没问题。王队长，我一定戴罪立功，给自己挣一条活路！”梁实安急切地表白。

王树成拍了拍他的肩膀，说道：“你等一会儿，我马上向组长汇报，很快就回来接你！”

说完，王树成快步离开审讯室，一路赶往宁志恒的办公室。

宁志恒从北权裁缝店回来，第一时间向赵子良通报了调查的结果，并把于诚一直盯在他身边，结果只能联合调查的事情也做了汇报。

赵子良听到这里，不禁骂道：“这一定是谷正奇那个家伙想的主意！志恒，你现在有些树大招风，太过显眼了，就连谷正奇这样的老牌特工都盯上了你！”

宁志恒哭笑不得地说道：“科长，现在情报科都急红了眼，到处寻找日本人的线索，我想留一手都做不到！”

赵子良摇了摇头，说道：“那就不用管那么多了。谷正奇难得给我低一次头，我就给他这个面子！”

宁志恒汇报完，回到自己的办公室。他现在手下的人都撒了出去，那么调查城南裁缝店的事情，人手就有些不够。他想了想，决定还是把王树成的第一行动队调回来。

宁志恒拿起电话，正准备给王树成打过去，可就在这时候，办公室的门被人推开。宁志恒眉头一皱，他最讨厌别人不敲门就直接闯进他的办公室。他的手下都很注意这一点。他抬头一看，却是王树成。

“组长，有顾文石的线索了！”王树成开口就急匆匆地说道。

“什么线索？”宁志恒急忙问道，现在寻找顾文石是第一要紧的事情。

“梁实安提供了一个重要的线索。他曾经跟踪顾文石到过一个小山村，地址在南京城外的西部，他估计这是顾文石的一个藏身点。这个地点没有人知道，我们也没有掌握，我觉得这次有很大的希望！”王树成接着把这件事情的来龙去脉给宁志恒解释了一遍。

“这个浑蛋，这么重要的事情竟然还敢隐瞒不说！”宁志恒一拍桌案开口骂道。话说出口他才觉得不对，这件事情说到底还是自己的工作出了纰漏。当时调查顾文石失踪案的时候，自己怎么就没有想到提审梁实安？这么重要的线索绝不应该疏忽的。自己当时一门心思盯在永安银行案子上面，只想着贪天之功，再拿下一个大案子，根本没把精力放在顾文石身上。等永安银行的线索被内鬼搞砸了，再回过头捋顺时，已经耽误了这么长时间！

一听宁志恒怒骂梁实安，王树成心想不好，自己的本意是要让梁实安将功赎罪，可不要弄巧成拙，好事变坏事。他赶紧解释道：“梁实安一直被关押在刑讯科里，对外边案情的进展并不知晓。他以为我们早就抓住了顾文石，所以就没有提这件事。也就是今天我去提审的时候，他才知道顾文石已经失踪，然后提供了这条线索！”

宁志恒接着问道：“那个地点的具体位置？”

王树成赶紧说道：“梁实安不知道具体的地名，但是他能给我们带路！”

宁志恒当下命令道："去把梁实安提出来，调集你的第一行动队，马上赶往这个地点抓捕顾文石！但愿这一次能够有所收获！"

王树成立即领命而去。

宁志恒想了想，抓捕的地点不在南京城内，在市区里只要控制住了特定区域仔细搜查,就不怕疑犯能逃到哪里去。可山区地形复杂,一旦顾文石逃窜，手下的人不熟悉地形，进行追捕的难度将会很大。

狮子搏兔亦尽全力，所以抓捕的人手不能少了。想到这里，宁志恒拿起电话，通知霍越泽的第二行动队紧急调回，参与抓捕行动。

宁志恒出了办公室，很快王树成就把梁实安带了过来。看着憔悴不堪的梁实安，宁志恒对他点了点头，说道："梁实安，这一次要看你的运气了。抓住了顾文石，你之前的事情一笔勾销；如果还是没有收获，那就什么也不要想了！"

梁实安连连点头答应，表示自己会倾尽全力配合行动，争取戴罪立功。

一行人快速出发，半路上与紧急调回的霍越泽第二行动队会合，大队人马以最快的速度赶往梁实安指引的地点。

目的地在南京城外，是国军第十四师驻防区域最西边的一个小山村，很是封闭、僻静。车队在离小山村还有一段距离的地方就停下来了，所有人员步行进入。王树成和霍越泽调配人员，将这座小山村四下围住，防止惊动了目标，让他提前逃窜。

梁实安引路，宁志恒带着赵江和十名队员直接赶到一处宅院前。这处宅院土墙灰瓦，除了院子大些，其他的都很不起眼。

"宁组长，就是这家院子！"梁实安指着院门对宁志恒说道。

宁志恒点了点头，他大概看了看地形。这个小山村不大，人口也不会多，就算搜索全村也耽误不了多少时间。

"动手！"

一声令下，十名行动队员相互搭起手架，将赵江和六名队员送进土墙之内。

时间不长，院子里突然传出惊喝之声，紧跟着是一阵杂乱的声音。一道身形飞快地蹿出院墙，赵江等队员紧跟着也追了出来。

看来抓捕并不顺利。没想到顾文石身手不凡，竟然能够在赵江和几名身手矫健的队员围攻下脱身。

事情虽然出了些意外，宁志恒却毫不担心。这座小山村已经被自己的手下团团围住，顾文石插翅也逃不出去。宁志恒冷冷地盯着那道身影，口中发出一声冷哼，脚下突然发力，整个人就如同踩了弹簧一样，向那道身影射去。他的跨步极大，几个跨跃就冲到了顾文石的右侧，腰身微扭，右腿带起一道劲风狠狠地扫了过去。

顾文石刚刚从几个行动队员的围攻中强行脱身，正在拼命奔跑逃窜，没想到一道身影瞬间就冲到了面前。他抬起膝盖想挡住宁志恒的攻击，可刚一接触，就感觉一股强劲的力量传来，犹如一根粗大的铁棍抽打在膝盖上。

“啊！”顾文石痛呼一声，巨大的冲击力将他撞出了两步，膝盖痛得快没有了知觉！顾文石此时心头狂跳。出手的人强悍至极，以自己多年练就的身手竟然被他一个照面就打得几乎倒地。

顾文石就势身形翻滚，右手快速摸向腰间，等他身子调整向上的时候，已经掏出配枪拿在手中。

可惜他刚要开枪，早就紧跟两步来到他跟前的宁志恒，又是迅猛地踢出一脚！

这一脚重重地踢在顾文石的右臂腋下，只听一声闷响，顾文石如遭重锤击打，整个右臂瞬间失去了知觉，刚刚拿在手里的配枪也啪的一声飞出老远。顾文石只觉得右肩一阵麻木，以他的经验判断，右臂的骨头恐怕已经被对手踢断了。他当机立断，不再和对手纠缠，身形后退，想凭借熟悉地形逃窜。

可是宁志恒的速度更快，上前发力，一拳向顾文石的腹部捶打过去。

顾文石只好用左手格挡，但是所谓一力降十会，他格挡的力量根本挡不住宁志恒的一记重击。顾文石腹部中拳，身体弓成大虾一样的形状，忽然嘴里喷出一口鲜血，彻底丧失了抵抗能力。

就在顾文石即将倒地的瞬间，宁志恒右腿向前接靠在顾文石的身侧，身形重重地一靠，整个人如同攻城锤一样撞在了顾文石的左侧身体上。顾文石被撞得身体倒飞，直直地摔在身后的土墙上，而后顺着墙面坠到地上。

宁志恒的攻击简单粗暴，没几下就将顾文石打得生死不知，等赵江他们赶到时，战斗已经结束了。

这时候，宁志恒才看清楚顾文石的脸，确实和资料里提供的照片相吻合，这下确定了目标。

刚才顾文石逃出院墙，赵江和随行队员根本没有来得及出手，就见组长的身形快如骤雨，只是简单的两个照面，便将目标顾文石击倒在地，惨不忍睹。

众人不禁暗自咋舌，近来在操练场上和组长对练，已经不再是单对单地交手，每次都要有四个以上的好手联合才敢陪组长对练。即便这样，组长只要一击，几乎都能让其中一个身体健壮的搏斗好手丧失抵抗力，身上瘀青好几天，直到后来已经没有人愿意和这个非人类的家伙对练了！

赵江看到顾文石的惨状吓了一跳，赶紧上前摸了摸他的心跳，翻开眼皮观察了一下，然后回头对宁志恒说道："组长，人活着！"

听到这话，宁志恒松了一口气。这时场面不禁有些尴尬，大家把南京城围了个水泄不通，搞得鸡飞狗跳，不就是为了眼前这个顾文石吗！这要是真给打死了，可就闹了大笑话！宁志恒命令道："赶紧搜一下身，马上组织人员救治！"

听到宁志恒的话，赵江和几名队员上前将顾文石的全身上下都搜了一遍！很快赵江汇报道："组长，身上还有一把匕首，没有发现毒药，只是……"赵江欲言又止。

"只是什么？"宁志恒问道。

"他的肋骨断了三根，右臂也骨折了，嘴角还有些溢血，可能内脏也受了些伤，需要尽快救治！"赵江颇有些无奈地说道。

宁志恒嘴角一抽，心中也是有些懊悔。将这样的人犯带回军事情报调查处，只怕自己要遭人诟病。

队员们抬来一张床板，把顾文石轻轻地放到上面，将他送出小山村。

宁志恒让赵江留下来，要他带些人手对这处宅院进行彻底的搜查，搜集足够线索和物证。其他人收拢队伍，一路快行，急匆匆地赶回军事情报调查处。

顾文石伤势很重，被紧急送往医护室救治。宁志恒生怕再出意外，不敢离开，盯着值班医生给顾文石做详细的检查。

"宁组长，人犯的生命体征平稳，没有生命危险，但伤势有些重。尤其是肋骨多处骨折，需要固定，右臂被强力折断，肺部也受了一定的损伤，可能呼吸上有些困难，不过过两天后会有改善！”值班医生检查完，向宁志恒汇报道。

听到医生的检查结论，知道人犯没有生命危险，宁志恒这才放下心来，就在医护室给赵子良通了电话。

“科长，我是志恒，向您报告一个好消息，顾文石被我们抓到了，人已经带回！”宁志恒说。

“什么？！顾文石抓回来了？”赵子良简直不敢相信自己的耳朵。这个宁志恒上午刚刚把耿博明抓回来，下午又把最重要的人犯，也就是这次全城搜捕的真正目标顾文石抓了回来？“太好了！志恒，我马上去审讯室，尽快取得他的口供！”赵子良强自按捺住激动的心情，兴奋地高声说道。

宁志恒一听赶紧回道：“科长，您先不要去刑讯科，顾文石的抓捕中出了点意外！……不,不,他的生命没有危险,只是一点外伤,现在正在医护室医治,没什么大问题……您要来？好的，我就在这里等您！”放下电话，宁志恒不禁有些头痛，想着一会儿该怎么组织语言向赵子良解释。

正想着，医护室的门被人推开，宁志恒抬头一看，竟然是情报科科长谷正奇和情报组长于诚！

宁志恒见谷正奇和于诚走进来，不由得又是一阵头痛，自己刚回来不到二十分钟，连自己的办公室都没进，情报科就嗅到了气味赶过来。肯定又是于诚这个家伙阴魂不散地盯着自己，真是烦不胜烦！

而于诚也是一脸哀怨地看着宁志恒：自己不过是去跟科长报告的工夫，这个宁志恒就再次出动了！如果不是在市区执行搜寻任务的情报科人员打回电话，说行动科人员纷纷集结撤离，一定有大的行动，自己只怕还不知道呢！而刚才在门口盯梢的情报科人员回来报告，说宁志恒出去这一趟又带回来一个人犯，而且是平放在门板上抬回来的，看样貌竟然和这一次的主要目标顾文石有几分相似。

于诚听到回报，不由得肠子都悔青了！谷科长再三交代要盯紧宁志恒，可自己还是阴错阳差地错过了两次机会，结果抓捕耿博明和顾文石自己都没有赶上，不然还可以插上一脚捞点好处的！这个宁志恒太狡猾了，早就知道他不是个好打交道的，可还是一再地让他从眼皮下溜掉！

于诚干脆上报给了谷正奇，谷正奇一听顾文石有可能落网，哪里还坐得住！顾文石身上担的干系太大，他是军事情报调查处能否再一次重创日本间谍组织的钥匙，是情报科这一次能否顺利过关的希望！

这几天来谷正奇把情报科上上下下都撵了出去，满世界地搜寻线索，可是急切之间却一无所获。正急得他坐立不宁之时，听到了于诚的汇报，马上就赶了过来！

“志恒啊，是不是顾文石归案了？你这手脚也太快了，有情况也可以通知我们情报科一声嘛！处座可是一再强调，这一次我们是联合办案，你们这样藏着掖着可不够厚道哇！”谷正奇一见面就是一阵埋怨。他不敢对赵子良抱怨，但对宁志恒还是可以多说几句的。

这时候于诚早就上前一步，仔细检查了一下躺在病床上的人犯。这个时候顾文石早就清醒过来了，只是他一直紧闭着双眼装死。于诚确认无误后，回头惊喜地说道：“科长，是顾文石没错！真是天网恢恢，疏而不漏哇！”

谷正奇一听，心里这块石头落了地，他高兴地对宁志恒说道：“志恒，顾文石的伤势不碍事吧？马上对他进行审讯，第一时间取得他的口供！”

宁志恒看了看谷正奇，又回身看了看顾文石，为难地说道：“谷科长，我已经上报给了我们科长，他马上就过来。这些事情您和我们科长商量一下，我完全听从指挥！”

说到这里，他又看着病床上装死的顾文石，阴狠地说道：“至于顾文石的伤势，我看问题不大，反正一会儿审起来的时候还是要受伤的！我就不相信他不怕死，一趟刑讯走下来，皮肉都给他剔干净了，他想死都难！”

言语中的狠厉让装死的顾文石心中一颤！他心中有数，以自己的身体状况根本熬不过那些严酷刑罚，如果不开口，只能是拷打至死。可是开了口，自己就能活命吗？

这时医护室的门又再次打开，赵子良和向彦也都赶了过来。值班医生看到军事情报调查处的各位大佬齐聚医护室，不禁有些惶恐不安，这可是从来没有过的事情啊！

“老谷，你们怎么在这里？”赵子良看到谷正奇和于诚，惊讶地问道，不过随即就想到宁志恒说过谷正奇派于诚时刻盯着他，看来这是又盯上来了！

谷正奇哈哈一笑，对着赵子良他当然又是另一番说辞：“老赵，真是佩服你们哪，这动作就是快！一转眼的工夫，耿博明和顾文石都给抓了回来！你看，我们是不是马上汇报处座，赶紧取得顾文石的口供，确定我们下一步的措施？”

赵子良点了点头，这次他确实是真心打算和情报科合作的。他上前看了看顾文石，转头对值班医生说道：“他的情况可以进行审讯吗？”

值班医生听到赵子良问话，顿时有些为难。要按往常的情况，他肯定是说不可以的，以病人目前的伤势，进了审讯室活下来的可能性不大。可是现在听这几位大佬的口气，都想要马上进行审讯，自己又何必没眼色当恶人呢！于是他小心翼翼地回答道：“还是可以审讯的，只是不能用刑过重，不然会有生命危险！”

这时，办公室电话铃声响起，值班医生拿起电话一听，犹如被电了一下，急忙把电话递给赵子良，说：“处座的电话！”

赵子良赶紧接过电话，听到那边的话语后连声称是。他放下电话后，对满屋子的人说：“走吧，处座召见，要询问案情的进展！”

屋子里顿时安静下来，很快大家都快步出门。宁志恒留在最后，安排人留守，这才跟在众人后面赶往处座的办公室！

处座此时在办公室里走来走去，心里烦躁不已。

军事情报调查处建立的初衷是为了平衡、压制尾大不掉的中央党务调查处，打击日益猖獗的日本间谍组织。第一个目的早已经达到，中央党务调查处确实被军事情报调查处压制得在各方面都有所收敛。可是对日本间谍组织，军事情报调查处很长一段时间都打击不力，处于下风。直到这半年来，军情处的行动屡屡得手，重创了日本间谍组织在国都南京的地下力量，这也让军事情报调查处和处座在领袖心目中的地位越发稳固。

这本来是个好事情，可人就是这样，对于现状总是不满意的。处座觉得现在谍报战场上的局势越来越好，正是乘胜追击的好时机。本来一切都很顺利，而且已经找到了对方的死穴，但还没有来得及给敌人致命的一击，自己的嫡系部门却出了内鬼，将这大好局面给葬送了。

这本来是军事情报调查处自己的丑事，可是如今却不知怎么被自己的老对手中央党务调查处知道了。这件事情的后续自然就可以想象了，他们马上把这事捅到了领袖那里。今天领袖召见时，就特意问起此事，让处座颜面扫地。

当初军事情报调查处把中央党务调查处的马宏抓捕归案，一时之间让中央党务调查处丢尽颜面，没想到报应来得如此之快。

以处座的性格，又怎么会咽下这口气？所以他对中央党务调查处更加恨之入骨。同时，他也对情报科如今的表现大为不满。全城搜捕已经过去三天了，搞得满城风雨，可是到现在还没有给出一个结果。处座忍不住要再次督促案件的进度，他迫切地希望能够打一次漂亮的歼灭战，以挽回这次恶劣的影响。

敲门声响起，秘书进来报告道："处座，他们来了！"

处座点了点头，说道："让他们进来吧！"他回到座位坐下，闭上眼睛。

不一会儿，赵子良等人走进来，看到处座双目紧闭，表情阴郁，都不敢吭声，立正站好，等着处座训话！

处座仍旧闭着眼睛，语气冰冷地说："今天，军政府的高参何光济找到我，说是我们全城搜捕，搞得满城风雨，严重影响政府官员的工作，也影响了众多市民的正常生活，他问我什么时候能够结束这次大搜捕。我不知道怎么回答他，就想问一问你们，到底什么时候能够结束这场搜捕呢？"

众人听到处座的口气，就知道他现在的心情非常不好。以往这个时候，都是谷正奇出面回答处座的问话，可是谷正奇这段时间正怕处座找自己的麻烦，自然是不会去触这个霉头。

谷正奇把目光转向赵子良，示意他来回话。赵子良无奈，只好上前一步开口说道："处座，全城搜捕还是很有必要的，成果也很显著！短短的三天，我们已经将永安银行在逃日本间谍耿博明抓捕归案，还有我们最主要的目标顾文石，也就在刚才，被志恒抓回来了！"

"什么？"处座顿时双眼一睁，身体向前端正而坐，紧盯着赵子良问，"顾文石抓到了？"

赵子良赶紧说道："是的，就在今天下午刚刚抓捕归案，还没有来得及向您汇报。我们正在商量下一步的措施！"

处座这时的心情好了许多，他看着屋里众人，挥手示意他们各自找座位坐下。

一直和处座奏对的赵子良，很自然就坐在了离处座最近的座位上，而这个座位以前一直都是谷正奇坐的。可是今天谷正奇很识趣地坐在次座上面，因为他对案情所知甚少，生怕被处座询问时一问三不知，岂不闹出笑话！

赵子良接着说道："处座，现在案情有了很大的进展，目前的形势非常乐观。我们在耿博明和顾文石这两个人身上都有了重大的突破，当然进展的情况还是由志恒来汇报，都是他具体实施的！"说完，他转身朝坐在最后面的宁志恒点头示意。宁志恒赶紧站起来，上前两步挺身立正。

处座看到宁志恒，不由得有些感慨，说道："这半年来，每一次重大的案件汇报好像都是志恒来做的吧！我就说过，一代新人换旧人，现在的年轻人不得了哇！"

屋子里的几位科长听到处座的话纷纷点头。

宁志恒再次敬礼，然后开始介绍案情的具体进展。从今天上午得到市民的举报，到成功抓捕耿博明，然后审讯完成，开始具体追查，到排查完成，一步一步将耿博明这条线索清晰地梳理出来。

"你是说，你们已经发现了新的间谍组织成员？"处座诧异地问道。他没有想到宁志恒动作这么快，仅仅通过一个报警电话，一个上午的时间，就已经进入排查筛选的阶段。照这样的话，很快就可以将目标确定下来了。

"是的，处座。我们初步判断，这个报警电话应该是等级更高的组织成员打来的。耿博明交代，他每次都是通过收音频道接受指令，时间在晚上十一点。应该是日本特高课本部接到严宜春的情报后已经过了这个和耿博明通信的时间，他们来不及通知耿博明撤离，就只能启用别的潜伏特工来通知耿博明。由此推断，这个特工的等级很高，能够随时接受日本特高课本部的指令，所以只要抓获此人，一定对歼灭日本间谍组织的行动具有更加重要的价值和意义，甚至可以进一步挖掘出隐藏更深的间谍组织！"

一旁的谷正奇赶紧接话道："这项工作我们两个科室已经做了具体安排，情报科负责排查城北的裁缝店，行动科负责排查城南的裁缝店，最多两天之内就可以挖出这个隐藏更深的高级间谍！"

处座听到这话，脸上不禁露出满意的笑容。情报科这些手下都是平日太过于懈怠了，不逼一逼，怎么会倾尽全力追踪日本间谍？现在看来效果还是不错的。处座温言道："很好！这个工作还是由志恒来主持，务必将这个案子彻查到底。我相信以你的才能，一定能给我一个满意的结果！"

宁志恒赶紧立正领命，答应道："卑职定竭尽全力，不负处座厚望！"

这时，一旁的赵子良却急忙出声说道："处座，志恒刚刚把顾文石抓捕回来，这件案子可是更为重要。只要撬开顾文石的口，最少能抓捕到他策反的所有间谍。然后顺藤摸瓜，最保守的估计，也可以挖出一到两个间谍小组。这个案子错综复杂，需要一个掌控力极强的执行人。这个人选还是志恒最合适，您是不是再考虑考虑？”

处座听到这里，觉得赵子良的话非常有道理。宁志恒的才能被众人所承认，前几次的大案都足以证明他的能力出众。

谷正奇早就坐不住了。机不可失，他必须把顾文石的案子抢到手，这是情报科打翻身仗的唯一机会了！他一下子站起身，恭声说道：“志恒的能力当然是毋庸置疑的，但他现在分身乏术。处座，这件案子请交给我们情报科主持，一定不会让您失望的！”

赵子良一听就不乐意了。谷正奇这么做是为了渡过难关，他也能够理解，可那也得在不损害行动科利益的前提下。现在谷正奇想独吞这件大功劳，就有些过分了！赵子良急忙出声道：“处座，我们行动科人才济济，要说有才能的也不只是志恒一个人。他的同门师兄、第一行动组组长卫良弼也是一个办案的好手，完全可以胜任这件案子的执行人，我提议让卫良弼接手此案！”

处座听完点了点头，他更了解卫良弼。这也是一个极为精明强干的年轻人，就能力而言，在军事情报调查处是数得上的人才，倒也是一个不错的人选。

看到处座有些犹豫，谷正奇不禁着急，他干脆拉下脸皮请求道：“处座，这件案子至关重要，我想还是由我亲自主持，集合情报科和行动队的资源，联合办案，还请处座同意！”

赵子良刚想开口，处座一挥手，拍板道：“就由你们两个科长亲自挂帅，集合情报科和行动科所有的力量，马上审讯顾文石！能从他口中挖出几个内贼，就看你们的本事了！你们要通力合作，唱一出好戏给我瞧瞧！明白了吗？”

“是！”

“是！”

处座一锤定音，众人都不再多言，况且这也是最好的解决办法。

宁志恒这时想起一件事来，他向处座汇报道：“处座，对于南京城的全城搜捕能否再持续两天？我们需要用这个幌子来迷惑日本间谍组织。上午抓获耿博明后我们就没有声张。我担心一旦现在停止搜捕行动，就会让日本人知道耿博明已经被捕，进而惊动那个给耿博明报警的间谍，给我们的侦破工作带来不利！”

处座这次爽快地点头答应。其实他刚才提及那位军政府的高参向他抱怨的事情，只是想拿这个作为借口训斥这一众手下。这位高参当时就让处座给撅了回去。以他如今在领袖面前的地位，已经少有人敢当面质疑他的工作了。这位高参仗着有些资历，竟然口不择言，处座自然没有跟他客气，恶狠狠地怼了几句，当时就让这位高参颜面无存。

事情商量完毕，大家退出处座的办公室。

这一天下来，宁志恒几乎一刻都没有休息，回到办公室里才倒了杯茶水喝下，然后闭上眼睛养了会儿神。稍微休息了一下，他这才拿起电话，通知王树成："树成，把梁实安带到我这里来！"

王树成赶紧领命，不一会儿就把梁实安带到了。

宁志恒用审视的目光扫了扫局促不安的梁实安，冷声说道："梁实安，你今天的表现很好，提供了准确的线索。如今顾文石成功归案，我宁某人说话算数，现在你就可以回家了！"

听到这话，梁实安只觉得双腿一软，险些坐在地上。他两眼紧紧地望着宁志恒，再次小心地确认道："宁组长，您说的是真的吗？我真的可以回家了？"

王树成在一旁笑着说道："梁参谋，我们组长向来一言九鼎，你不用担心！"

梁实安这才放下心来，他朝宁志恒深深地鞠了一躬，诚恳地说道："梁实安这次一脚踏错，成为国家的罪人，原以为国法难逃，已不敢奢求生机，没想到宁组长您能再给我一次重生的机会，大恩大德，今生绝不敢忘！"

宁志恒点了点头，看得出来，梁实安确实是真心忏悔，说的话句句发自肺腑。

宁志恒看着梁实安，语气平缓地说道："你也不必谢我，是树成再三恳求，我才决定给你一个机会。好在这一次你将功赎罪，也算是自己的造化！"

听到这里，梁实安赶紧又转向王树成深深地鞠了一躬，诚恳地说道："王队长再造之恩，梁实安定当粉身以报！"

王树成笑着说道："好在如今皆大欢喜，梁参谋不用客气！"

宁志恒这时又说："你回去以后正常上班。我会和你的上司通告，就说这些天你是协助我们军事情报调查处办案，具体的情况不宜泄露。你回去之后也不要对任何人提及这些天的经历。听着，如果有日本间谍组织再试图联系你，你必须第一时间向我报告。如果我不在，就找树成，你明白了吗？"

"明白了！多谢宁组长为我费心安排！"梁实安连声道谢。他最担心的就是无法向上司解释为什么自己失踪这么多天，可是宁志恒却为他想到了。没有想到，这位面孔冰冷的宁组长倒是一位面冷心热之人！

宁志恒又对王树成说道："你把他送出去就赶紧回来，我有工作安排给你！"

王树成点头答应，梁实安千恩万谢地退了出去。宁志恒拿起电话通知霍越泽进来。

很快王树成也赶了回来，宁志恒一脸严肃地对两人说道："今天汇报案件的进展情况，处座命令，耿博明的案子由我主持，其他的事情我们就不用管了，主要精力都要放在这个案件上面。你们两个现在去做一件事。"

王树成和霍越泽同时立正待命！

"从明天开始，你们两个行动队所有的人员都撒出去，将城南的裁缝店都排查一遍！"宁志恒说道，随后将具体的筛选条件详详细细地交代了一遍，再次郑重地吩咐道，"这次的调查一定要仔细，不能有任何遗漏，筛选出来的目标统一汇总，由我亲自甄别。提醒你们一下，情报科的于诚会对城北的裁缝店进行排查，他是搞情报调查的老手，你们的动作一定要利索点，别让情报科那些人小瞧了我们！"

霍越泽赶紧上前说道："组长，我们马上开始排查，连夜行动，争分夺秒地完成此项工作！"

宁志恒看了一眼窗外，此时天色已经暗下来。他满意地点了点头，说道："越泽的建议很好，就按你说的，尽早完成排查工作。我们第一次和情报科合作，要让他们看看我们行动队的执行力度！"

"是！"王树成和霍越泽齐声领命，快步走出办公室，马上安排手下分头行动。

任务分派完毕，宁志恒看了看手表，发现已经快到六点了，可是上午安排孙家成去跟踪那个田彩霞，到现在还没有回来，不禁有些担心。按理说，以孙家成的能力跟踪这样一个目标应该不成问题，怎么会耽误这么久，不会出什么意外吧？

他正想着，办公室外敲门声响起，接着正是孙家成推门而入。

“怎么去了这么长时间？”看到孙家成回来，宁志恒顿时心神一松，语带疑惑地问道，“跟踪不顺利吗？”

孙家成摇了摇头，回答道：“跟踪没有问题，有问题的是这个田小姐，她肯定不是普通人！”

听到孙家成的话，宁志恒一下来了兴趣，看来情况确实如他之前的猜测一样。他起身来到沙发前，示意孙家成坐下慢慢说。

孙家成坐下来，自己倒了杯水一口气喝完，这才说道：“今天上午我跟着这位田小姐在南京城里转了足足一个小时。她非常机警，有两次我差点跟丢了她。她是有意识地防止有人跟踪，有一定的反跟踪经验，所以我判断她肯定有问题。

“一个小时之后，她才回到自己的家里，我就在她家附近监视。中午时有个三十岁出头的男子来找她，待了大概十分钟，然后就离开了。我觉得这个男子也很可疑，反正我已经将这位田小姐的落脚点搞清楚了，就干脆转而对这个男子进行跟踪。这个男子先是去了浦口码头，然后又去了两家商行，最后到了城南柳园大街一个叫吉庆巷的巷口，我就没有再跟了。”

“为什么不跟了？”宁志恒眼神一紧，他知道孙家成这么做肯定是有原因的。

孙家成仔细回想了一下，沉吟道：“是感觉，一种非常熟悉的感觉！那里的地形有些不同！”说到这里，孙家成站起身来，四下张望一眼，就快步来到宁志恒办公桌前，拿起纸笔回到几案前，在宁志恒面前画起了地形图。他在图纸上画了一个城门口，然后在城门两侧前面各画了一座碉堡，最后又添了几笔画了两座建筑物。

宁志恒是黄埔军校毕业的优秀学员，一下就明白了这是个简易的城防图。宁志恒看着孙家成，有些疑惑地问道：“什么意思？”

“我在野战部队的时候，因为身手好被选入了侦察营，经常对作战地形进行侦察，所以对地形的观察很敏感。每次遇到这种地形的防御阵地的时候，总会折损不少兄弟，所以一见到这种地形我就会不由自主地联想到当年在基层部队作战的事情。

“我当时走在吉庆巷口，发现在巷口的两侧各有一座两层小楼，阳台的位置正好对着巷口，我站立的位置让自己暴露在四周的视线之下。我下意识地往回走，就看见在巷口对面一户两层楼的人家，阳台上有个青年男子正盯着我，我只好假装认错路了，脚步不停地向下走。后来我不确定，又绕道赶到吉庆巷的另一个出口，发现巷口的布置大同小异，在出口的两侧都有离得很近的高层建筑，在阳台上都可以看到出口的位置！”

宁志恒略一思索，明白了孙家成的意思，他不确定地问道：“你的意思是说，这个吉庆巷口的两边都有火力点，或者说是观察哨？”

孙家成点点头，说道：“可以这么说。也可能是我多疑，但当时在巷口对面阳台上盯着我的青年男子肯定有问题！”

“有什么问题？”宁志恒好奇地问道。

“我在远处盯了他很久，发现他一直站在阳台上，即便回房间也是很快就出来。我没看见他在阳台上做别的什么事情，但他的视线始终没有离开巷口的方向，所以我判断这是一个暗哨，或者叫观察哨！”

宁志恒这时完全明白了，他开口说道：“这个吉庆巷前后巷口的布置非常有利于观察和防守，也就是说，这个吉庆巷有问题。”

孙家成点头同意他的说法，然后说道：“首先，我跟踪的可疑男子进入这个吉庆巷就没有再露面；其次就连阳台上那个男子的行为也很可疑；再有就是巷口的地形，如果掌控了那几个点，都很有利于吉庆巷里的防守和观察！您曾经说过，一个优秀的特工不应该相信‘巧合’二字。这个吉庆巷有这么多疑点，所以我觉得应该查一查！”

宁志恒听了这话，不禁心中感慨，原先只以为孙家成身手过人，没想到他做事竟然也如此细心。宁志恒拍了拍孙家成的肩头，赞赏地说道：“老孙，做得好！现场判断审时度势，你现在已经是一名非常优秀的特工了！”

宁志恒对孙家成的表现非常满意。只是让他去执行一个简单的跟踪任务，没有想到他竟然挖出萝卜带出泥，找出了这么重要的线索。看来，以后的很多工作都可以放心地交给他去做了。

宁志恒轻出了一口气，身子后仰轻松地靠在沙发上，笑着问道：“那依你看，这个吉庆巷会是什么神秘的所在？”

听到宁志恒的夸奖，孙家成心中欢喜，他想了想说道："不外乎三种情况。第一种是地下党的据点，第二种是日本人的窝点，第三种是中央党务调查处的安全屋！"

"中央党务调查处？为什么会想到他们？"宁志恒诧异地问道。其实他也早就有猜想，不外乎是地下党和日本人，但是真没有想到，还有一种可能是中央党务调查处。

孙家成在军事情报调查处待的时间较长，知道一些事情，便开口解释道："我怀疑是中央党务调查处自己设置的安全屋。其实这种情况我们军事情报调查处也有，不过都是办案时收缴的一些房产，可是像吉庆巷这样的情况，好像没有听说过！不过中央党务调查处成立很久了，他们的家底要比我们厚，在这偌大的南京城有这样一处安全屋也不足为怪！"

听到这里，宁志恒对这个吉庆巷更感兴趣了，他不能排除这是日本间谍组织的据点，所以绝不能放弃对它的调查。可万一真是地下党组织的联络点，那就不能再让自己手下这些人介入了，他必须亲自去查一查。好在他现在还有时间，裁缝店的排查交给王树成和霍越泽去做，最快也要一到两天的时间才能完成，自己眼下还能脱得开身。

他想了想，轻声对孙家成说道："这件事情只限于你知情，绝对不能对任何人提及。你把那位田小姐的地址写下来，我会让左柔专门监视她。都是女的，比你方便些，你就不用管了。至于这个神秘的吉庆巷，明天我们一起去看看，这到底是何方神圣！"

第二十一章
确认敌我

宁志恒和孙家成正说着，敲门声又响起，进来的是副队长赵江。下午顾文石被抓捕后，赵江被宁志恒留下来搜查顾文石的住宅，现在终于完成任务，第一时间回来向宁志恒复命。看见孙家成也在，他只是向孙家成点点头打了个招呼，便不再多说了。

孙家成顿时明白过来，马上起身向宁志恒告辞。

宁志恒知道赵江这是有话要对自己单独讲，他挥了挥手，孙家成快步退了出去。宁志恒回过头对赵江说道："今天的搜查结果怎么样？有什么收获？"

赵江上前一步，低声说道："组长，那个破院子看着破败，可没想到内有乾坤哪！"

宁志恒一听，顿时来了兴趣，催促道："别给我卖关子，快说清楚！"

"顾文石在他的卧室里藏有一个地窖，里面有两支手枪和三支长枪，还有不少的古董，余下是大量的金条和现金钞票！"

宁志恒一听喜出望外，赶紧追问道："大概有多少？"

"时间太紧，我没有点数，不过肯定不是小数目。组长，这些财物怎么处理？"

"把其他的东西上交处里存档，所有财物都送到我家里。你先去办手续，然后和我一起回去！”宁志恒吩咐道。

赵江点头出去办上交手续，很快回来。两人一起开车离开了军事情报调查处。

到了宁志恒家门口，两人从赵江的车上卸下了几个箱子。

宁志恒和赵江把箱子拿进屋，关好房门，把几个箱子全部打开，见里面果然都是满满的钞票和金条。宁志恒笑着说道：“我现在知道顾文石为什么一直逗留在这个小山村里，不逃回上沪了。他这些年攒下的家底都在这里，不亲自守着，怎么放心得下？”

赵江呵呵一乐，拿着手里的一沓子钞票说道：“这个家伙就是专门拿钱收买别人的，这身上的油水还少得了？”

宁志恒大致看了一下，一箱子英镑和美元估计最少价值也有六万元，另有一箱法币、一箱子金条，还有一个大箱子里面竟然装着不少古董，而且都用厚厚的软布包裹着！宁志恒暗自点头，这次收获巨大，也不枉自己劳师动众、全城搜捕这一番辛苦！

他回身从抽屉里取出一张名片，指着装有金条和法币的两个箱子对赵江说道：“你把这两个箱子带回去。这是南业银行经理陈康时的名片，你明天早上联系他，就说是林公子介绍的，把所有的金条和法币都换成英镑或者美元，然后你自己留下五千美元，其他的送到我这里来！”

“五千美元！组长，这太多了！我用不了这么多的！”赵江一听吓了一跳，他这一辈子也挣不了这么多钱。

宁志恒笑着说道：“拿着吧。这些是顾文石的全部身家，可惜我今天刚刚把这件案子交上去，现在案子由情报科长谷正奇和咱们科长共同办理。一旦顾文石开口，这笔钱他们是会知情的，所以我们最少也要拿出一半去孝敬科长！”

赵江不由得眉开眼笑，提着两个箱子出了门。

看着赵江离去，宁志恒开始仔细清点这些钞票，总共是六千英镑和五万美元。他从床下取出一只精致的小箱子，将三万美元装进去，这些钱是准备上交给科长赵子良的，想来也会让他满意了！他把剩下的钱都放进保险箱。

看着里面满满当当的钞票，宁志恒不禁有些发愁。保险箱里最少也有四万美元，床底下还埋着满满两大箱子英镑和美元，等赵江把金条和法币兑换回来，那又将是一笔巨款，这些钱都放在自己这小小的房屋里，实在太不安全了！这些钱必须尽早送走，不然早晚是个累赘，宁志恒做事谨慎，事事都要考虑在前。几个月后时局动荡，到时候自己不一定能够从容撤离，万一有了突发事件，这些钱可就便宜别人了！

他关上保险箱，又打开那一大箱古董，小心翼翼地将里面的物件一一取了出来。果然都是好宝贝，每一件都是精品中的精品，顾文石倒是好眼力！

那枚唐代的金镶玉衬金冠纹饰精美，造型大方。金冠表面纹饰主要以錾刻技艺完成，在局部纹饰中采用了刻划工艺。上面那枚硕大的翡翠更是种质细腻通透，颜色纯正，用料极为厚实，绝对是玉中的极品。只这一块翡翠，就已经是无价之宝了！

还有这一枚白玉下山虎的玉雕，通体晶莹润白，虎首高额短脸，卷叶形耳且阔鼻，雕工熟练圆润，虎形逼真，栩栩如生！

宁志恒对这些国宝级的古董爱不释手。他拿起一件仔细把玩，好半天放下后又拿起一件，然后又放下拿起另一件，直到把这些精品都欣赏了一遍，才长长地叹了一口气！

他心中痛惜不已，这些宝贝虽然都是稀世珍品，可自己现在却无法收藏。主要是因为现在留在手里没有半点好处，他现在也没有收藏古董的条件。他有预感，自己以后的岁月可能不会有什么安稳的时日了，这种闲情雅致的情趣只怕与自己无缘了！

处理这些宝贝的最好办法，就是把它们送给喜欢收藏古董的黄贤正副处长，可以让这些宝贝不至于流落民间不知去向，甚至毁在这乱世之中！

想到这里，宁志恒不再犹豫。他将这些古董重新用软布裹好，小心地放入箱子。然后他抱着箱子放到车上，发动车辆一路赶往黄贤正副处长的宅邸。

敲开院门，宁志恒一路来到了书房。

黄贤正正捧着一个精致的紫砂壶仔细把玩，看见是宁志恒进来，顿时来了兴致。他喜欢收藏，可是知音难觅，一屋子的宝贝就只能自己欣赏，不免觉得有些美中不足。他知道宁志恒虽然年纪轻轻，却也是收藏的行家，眼光独到，所以不由得哈哈一笑，伸手召唤道：“志恒，是你来了！快来看看我这新上手的一件宝贝！”

宁志恒赶紧放下手中的箱子，上前两步来到黄贤正身边，微笑着说道：“处座的眼光自然是一等一的高明，不知道这一次又有什么好宝贝？”说完，宁志恒的目光扫向黄贤正手中的紫砂壶。

黄贤正轻轻地将紫砂壶放在桌案上，示意宁志恒去鉴赏一番。

宁志恒也没有客气，他轻轻捧过紫砂壶，上上下下地仔细端详，最后赞叹道：“好宝贝，绝对是时大彬手制的精品。造型古朴、简练大方，胎色泛红，这是明式紫砂器的巅峰之作！”

“哈哈，厉害！志恒，你的眼力够准，我可是请了一个掌眼的行家才选中的这个宝贝，被你一眼就看出来了！”黄贤正一拍大腿，高声笑道。

宁志恒将紫砂壶轻轻地放在桌案上，开口说道：“处座，您的运道真是好，这样的精品也能让您收到！”说完，宁志恒又指了指一旁的箱子说道，“我这里也有几件宝贝，是今天抓捕疑犯时缴获的，知道您喜欢就连夜送来了，保管您一看就爱不释手！”

“哦？”黄贤正一听大喜。他知道以宁志恒的眼力都认为是宝贝，那这些东西一定是珍品了！

宁志恒将箱子打开，轻手轻脚地将里面的古董珍品一件一件摆放在桌案上。

每放一件，黄贤正的心就跟着一颤。每件都是难得一见的精品，让他心中欣喜万分！等宁志恒将桌案摆满，满眼都是奇珍异宝的时候，黄贤正再也忍耐不住，双手轻轻地捧起一枚白玉下山虎的玉雕仔细地抚摸，嘴里赞叹不已，浑然忘记了宁志恒的存在。过了好半天，黄贤正才恋恋不舍地放下手中的古董，转过头对宁志恒说道：“好宝贝呀，每一件都堪称国宝！你是从哪里缴获来的？”

宁志恒笑着说道：“这段时间我们一直在寻找的顾文石，您听说了吧？”

黄贤正点了点头。他虽然不直接接触案子，可这军事情报调查处上上下下，除了情报科他一直插不上手，其他每个部门都有他的耳目。对这段时间南京城里全城搜捕的原因，他当然也是心知肚明。他点了点头，问道：“怎么，今天你把他抓回来了？这个人很关键，处座对此也很重视，看来你又立了一功！”

宁志恒不以为然地摇了摇头，无奈地说道："处座，您又不是不知道，我到底是保定系的成员，和他们还是隔着一层的，就算立再多功劳，也是无用的！我在意的是，这个顾文石敛财有道，收藏古董的眼光也是厉害！这些宝贝就是今天下午从他住所的地窖里搜出来的！"

听到宁志恒的话，黄贤正顿时没有了欣赏古董的兴致。他回到座椅上，食指轻轻敲击这靠椅的扶手，缓声说道："这也是没有办法的事，处座这个人太过于强势，他绝对不允许有人能够挑战他的权威。

"我们保定系能够在军事情报调查处占有一席之地，其原因除了我们保定系在军中的力量强大，让处座有所顾忌，另一个原因就是我一直低调行事，不与他争权，让他觉得我们没有威胁到他的地位，他这才对我们容忍下来。可如今我们的实力有所增强，让处座有所警觉，开始有意识地打压我们的力量。你的师兄卫良弼就是一个例子。"

宁志恒轻叹了一口气，说道："所以我才想着另开一处局面，力劝师兄离开南京总部，先行去重庆打前站，这也许是一条好出路。"

黄贤正用手指了指宁志恒，感慨地说道："志恒，你们这些年轻人真是不得了，眼光长远，不争一时之长短，步步为营，稳扎稳打！我看到你们这样处事，真的很欣慰！我向处座提出，让你师兄离开南京去往边城重庆，他很高兴，马上就答应了！说到底，你们师兄弟的才能让处座很有顾虑。他认为这是我们保定系的让步，还夸我们识大局，懂进退！"

宁志恒听到这里，苦笑道："所以我这次把手上的案子处理完毕后，也想调往重庆，不知处座您的意见如何？"这才是他今天来的真正目的。时局越来越紧张，他要提前做好脱身的准备，争取早一点去重庆布局！

黄贤正却摇了摇头，说道："你可能去不了。处座虽然对我们保定系有所顾忌，但对你却是非常看中。如今你在行动科的表现让他很满意，他曾经跟我说过，你将来可以主持一方。所以你想轻松脱身怕是做不到了！"

听到这话，宁志恒心里一沉。这个局面是他最不愿意看到的，当初的锐意奋进是为了争取更大的生存实力，现在却成为他脱身的障碍！

接下来宁志恒和黄贤正都不愿再谈这个不愉快的话题，转而又围绕着古董聊了起来，兴致颇高。两人又聊了很久，宁志恒这才起身告辞。

从黄贤正那里出来，宁志恒直接来到左氏兄妹住处，用特定的节奏敲响院门。

很快左强打开院门，左氏兄妹见宁志恒进来，急忙问道："少爷，这么晚过来是有事情要安排吧？"这些天宁志恒一直没有给他们安排工作，兄妹三人正闲得无聊，看到宁志恒上门，顿时精神一振，知道这下有事做了！

来到房间里坐下，宁志恒从兜里掏出一张纸条，说道："你们这段时间监视这个女人，这是她的地址，你们去附近租一间房子。左柔是女子，做这件事情方便些。另外对每一个和她接触的人也要进行跟踪，做好记录，每天晚上都要向我汇报！"

左氏兄妹点点头，连声答应。左柔问道："少爷，这是什么人？需要我们注意什么吗？"

宁志恒摇了摇头，说道："就是不清楚她是什么人才要你们去盯着。暂时只用监视，不要去惊动她。如果有突发的情况，马上打电话通知我，我临时决定！"

左氏兄妹点头领命，宁志恒交代完就起身离开了。

第二天一大早，宁志恒就赶到赵子良的办公室。

赵子良正在和人通电话，看到宁志恒进来，又说了几句便挂断电话，看着宁志恒没好气地说道："这么早跑到我这里做什么？你这小子下手也太重了，那个顾文石被你打得就剩下一口气了，你还告诉我是皮外伤？"

宁志恒听到这话不禁有些尴尬，他赶紧赔着笑说道："当时抓捕他的时候出了点意外，顾文石非常机敏，差点脱身，我一时情急，才出手有些重了，不过好在他没有生命危险哪！"

赵子良一听，瞪了宁志恒一眼。昨天晚上他和谷正奇连夜审讯顾文石，结果发现顾文石连动都动不了，光是肋骨就断了三根。这一情况让他们措手不及，原本打算一口气拿下顾文石，以最快的时间突破，可是这一下子就失望了。他们刚刚上了一些手段，顾文石就痛得昏过去，审讯不得不草草收场。

"志恒，你小子什么都好，就是出手没有分寸。我问了你手下的队员，不过几秒钟的时间，人就给你打成一摊烂泥了。你就没有想过这么重要的人犯，万一失手给打死了，你回来怎么交差？"赵子良恨恨地说道。

宁志恒听到赵子良的训斥，觉得还是不要出言分辩了，干脆转移话题。他走上前，将手中的小箱子轻轻放在赵子良的办公桌上，赔着笑脸说道："科长您教训得是，我下次一定注意，绝不会再出现这类失误！"说到这里，他将小箱子推到赵子良面前，"昨天抓捕顾文石的时候，我们对他的住所进行了彻底的搜查，其他物品都已经上交，这是给您的孝敬！"

赵子良无奈地叹了口气，伸手打开小箱子，顿时眼神一亮：满满一箱子崭新的美元，这绝对是一笔巨款！他疑惑地问道："这是昨天缴获的？顾文石身家竟然如此丰厚？"

宁志恒笑着说道："这不算多。这个顾文石这些年就是搞策反收买工作的，手中过手的钱财无数。我估计他这么长时间留在南京城外，就是舍不得这些身家。缴获的财物中还有一些古董，我都送给了黄副处长，他最喜欢这些！"宁志恒也不讳言，直接把送给黄副处长古董的事说了出来。

"那些东西不当吃不当喝，也就黄副处长这些附庸风雅的人喜欢，我们这些粗人拿来也没什么用！"赵子良显然也不好此道，于是话锋一转，"不过这也可以看出顾文石是个爱财之人，但凡爱财之人都有很强的求生欲望，看来审讯难度不会太大，这也算是个好消息呀！"

宁志恒听到这里，眼中露出希冀的光芒，上前一步说道："科长，不如就交给我来审，我保证八小时之内一定让顾文石开口！"宁志恒做事可没有那么多顾忌，不管顾文石开不开口，宁志恒都有办法找出他所需要的线索。

赵子良眼睛一翻，根本就没有把他的话当回事，嘴里冷哼一声："让你审？别说八个小时，我估计用不了半个小时，顾文石就剩不下几块骨头了！你还是做好手里的事，追查耿博明那条线索去，破案才是你的长项！"

宁志恒见赵子良这么说，也就不再坚持，只是说道："那也不能就这样干耗吧？太便宜这个家伙了！"

赵子良也是无奈，说道："现在只能搞疲劳战术，像熬鹰一样熬着他，不知道他什么时候能开口！"

回到办公室，宁志恒看见孙家成拎着一个包裹正等在门口，知道他这是准备去吉庆巷查看。两个人没有多说话，一起出了军事情报调查处。上了车，孙家成从包裹里取出两身粗布衣服。

宁志恒笑道："你现在可是越来越专业了，考虑事情比我还仔细！"

孙家成笑着说道："昨天我发现在吉庆巷附近的住户大多是干粗活的人家，我们穿中山装还是有些扎眼，这才准备了这两身衣服。"

两人换好了衣服，开车赶往城南柳园大街。他们早早就下了车，步行进入大街。走了一段距离，孙家成示意宁志恒道："组长，前面拐弯处那个不起眼的小巷口就是吉庆巷。您注意看巷口附近的建筑，还有对面二楼那家住户的阳台！"

宁志恒装作路过的行人，慢慢地走了过去。果然如同孙家成描述的那样，巷口对面那家二楼的阳台上有个男子正在浇花，可是他的目光却一直瞄着巷口附近的行人。宁志恒暗自点头。这个巷口的地形和布置确实巧妙，从表面看和南京城区的普通小巷口并没有什么两样。要不是孙家成当年在野战部队侦察营服役，对地形比较敏感，换一般人根本察觉不到有什么不对的地方。

宁志恒和孙家成又绕道来到吉庆巷的另一个出口，发现这里的布置大同小异，只是巷道出口的对面没有两层的住户，只有几家做小生意的店铺。宁志恒和孙家成往前走了一段，没有看出什么异常。两人将附近的地形摸清楚后，这才远远地找了一个角落，就像两个闲汉一样靠着墙根蹲了下来。

"组长，您看这里有可能藏着什么人？"孙家成微微闭着眼睛，头也不转，嘴里低声问道。

宁志恒眼睛不时地扫向吉庆巷口，轻声说道："看来你的判断没有错，这个小巷口布置得很隐蔽，里面一定有重要的据点。至于说是哪一方势力，现在暂时还搞不清，我们也不要打草惊蛇。我已经派左氏兄妹去监视那个田彩霞了，先从她那里找一找缺口，只要能证实她是哪方面的人，那这个问题就清楚了！"

两个人盯着前面的巷口，观察进入巷口的行人，就在墙脚下轻声交谈着。时间过去了快一个小时，宁志恒也没有什么重要的发现，于是和孙家成起身往回走。

孙家成轻声问道："需不需要安排人手盯在这里？"

宁志恒摇了摇头，说道："暂时不要惊动他们，我们现在的人手不够。处座要求近期内主要工作都放在耿博明这件案子上，树成和越泽的人手都在排查城南的裁缝店，聂天明的行动队要参加全城搜捕工作。这里的事情先放一放，跑得了和尚跑不了庙，只要这个据点还在，晚几天也没有太大关系！”

宁志恒没有具体解释，只是以人手不够为由拒绝了孙家成的提议。军事情报调查处的人手绝对不能够参与吉庆巷这件事情，万一这里是地下党组织的据点，那可就搬起石头砸自己的脚了。

两个人边说边往回走，走出很远一段距离，刚刚走出柳园大街的街口，就见转弯处停着一辆黑色汽车。南京城里高官富商云集，街道边停几辆轿车也是平常事，宁志恒和孙家成原本没有在意。可就在他们快要走过这辆轿车的时候，只见身后快步走过来一个身穿粗布衣裳的苦力。他走到轿车旁，随手打开后车门，弯身钻了进去。

宁志恒和孙家成顿时觉得不对，两个人交换了一下眼色，便走到不远处，和刚才一样找了个墙脚蹲下来，眼角的余光扫向这辆轿车！原因很简单，一个身穿粗布衣裳的苦力，怎么会那么随意地钻进一辆轿车里面？而且这个苦力正好和他们行进的方向一致，都是从柳园大街走出来的，拐出街口才上了轿车。

这个奇怪的现象绝对不正常，孙家成低声说道：“这个苦力有问题！”

宁志恒微微点了下头，也轻声说道：“看来是遇到同行了！”

宁志恒和孙家成就像两个衣食无着的流浪汉，蹲在不远处的墙根，耐心地观察着这辆轿车。

时间过去了一个多小时，这时从柳园大街方向快步走来一个身着青色短褂、一副店铺伙计打扮的青壮男子。他也和刚才那个苦力一样来到黑色轿车旁边，没有半点迟疑，打开后车门钻了进去。

看到这个男子进入轿车，孙家成好像发现了什么，有些犹豫地轻声说道：“组长，这个人你看着眼熟吗？”

“眼熟？”宁志恒一愣，难道是自己认识的人？他仔细回想了一下刚才那个男子的容貌，越来越觉得对此人的容貌有些印象，只是一时想不起在哪里见过了！

孙家成又说道：“这个人很像一个人，您还记得半年前抓捕马宏的事情吗？”

宁志恒听到这话恍然大悟，顿时记起了这个男子。当时这名男子和路明在饭店里枪战受了伤，最后宁志恒亲手抓捕了路明，连带着把在场的党务调查处的行动队员也都抓回了军事情报调查处，其中就有这名受伤男子。

"党务调查处的！"宁志恒低声说道。

"应该是他。当时是我送他去医护室救治的，还在那里守了他一晚上，第二天才把他关进了刑讯科。后来放他们走的时候，也是石队长带着我们几个去刑讯科提的人，不会认错的！"孙家成再次确认道。当时这名行动队员肩膀上中枪，流血过多，在医护室救治了一晚上，孙家成就是专门负责看守他的队员，对他记忆尤深。真是无巧不成书，今天偏偏在这里遇到了！

宁志恒眯起眼睛，头脑中不停地设想着各种可能：一个党务调查处的特工，乔装打扮来到柳园大街，他的目的是什么呢？如果说柳园大街哪里有什么异常，那就只有吉庆巷了。吉庆巷是他们的安全屋，还是他们行动的目标？

正在宁志恒冥思苦想的时候，轿车里先前上去的那位苦力推门下车，关上车门，一路向柳园大街方向走去。

宁志恒赶紧对孙家成说道："你在这里盯着，我跟上去看一看！"说完，他起身随着那个苦力的背影跟了下去。他怕自己引起黑色轿车里那个行动队员的注意，故意走得很慢，双手交叉拢在袖筒中，缩着脖子，弓着背，低着头根本不看前面的目标。

直到拐进柳园大街主道，宁志恒才稍微放快了脚步，远远地盯着那个苦力。苦力在街边上一家饭店门口的台阶上坐下来，从怀中摸出一块硬馒头一点一点地咀嚼着，完全是一副艰苦讨生活的模样。如果不是宁志恒一直跟着他，还真看不出来一点破绽！

只是这位苦力的目光并没有停留在吉庆巷口，却是四处游移，观察道口和行人。吃了几口干粮，他又起身走过吉庆巷口，来到附近另一个巷口蹲下来，继续观察。

宁志恒在远处观察他的举动，感觉他好像是想要找某个人，却没有找到具体的可疑地点。

过了半个多小时，苦力可能是怕在这里逗停太久会引起别人的注意，于是再次起身往回走，准备回到轿车上和同伴换班监视。就在这个时候，从吉庆巷口里走出来一位身穿半旧长衫的中年男子。他的个子不高，身形偏瘦，右手提着一个破旧的藤箱。他四周看了看，不露痕迹地望向对面二楼阳台上的男子。两人相视一眼，阳台上的男子微微一点头，目光便迅速错开。知道附近没有可疑的情况，长衫男子快步向街口方向走去。

然而两人谁都没有注意到，此时不远处那个苦力的目光正好扫向长衫男子，身形一顿，然后他就若无其事地坠在长衫男子的身后！螳螂捕蝉，黄雀在后。这一异样的情况却没有逃过宁志恒的眼睛。

这是发现目标了？宁志恒难以确定。不过这个长衫男子是从吉庆巷口走出来的，他被党务调查处的特工盯上了，这就足以说明吉庆巷肯定不是中央党务调查处的安全屋。

那么，吉庆巷里面的据点是哪个势力的呢？最大的可能是地下党！因为中央党务调查处的主要对手就是中共地下党组织！如果是日本间谍的案子，中央党务调查处必须移交给军事情报调查处，这在国民党内是有明确分工的！当然，如果是军事情报调查处遇到地下党的案子，也必须依照规定转交给中央党务调查处。

没有想到，无意间竟然让自己找到地下党组织的一处据点，还偏偏撞到中央党务调查处的特工找上门来。

宁志恒远远地吊在两个人的身后。等出了柳园大街的街口，他知道黑色轿车里的特工一定会特别注意这两个人，自己不能再跟下去了。他干脆放弃跟踪，就地停留了一会儿，再慢慢悠悠地走出街口，果然发现那辆黑色轿车不见了！

孙家成见宁志恒走出来，快步走上前，低声说道："五分钟前，那辆车上又下来两个人，和之前的那位一起向东面走了，随后轿车也开走了！"

宁志恒点了点头，说道："既然是党务调查处的案子，我们就不管了，先回去再说吧。"

孙家成点了点头，两人匆匆赶回军事情报调查处！

与此同时，就在吴茹云的家中，她与一位熟悉的客人见了面。

吴茹云的住所是地下党组织给安排的。两个月前，吴茹云的舅舅吴泉江突然暴露，被中央党务调查处那些特务四处搜捕，只能紧急撤离南京。而吴茹云也因叛徒宗浦的告密被中央党务调查处盯上。当时情况危急，地下党的同志只能拿着吴泉江的纸条，把吴茹云接到了这里。吴茹云只和吴泉江匆匆见了一面，吴泉江就紧急撤离了南京。

时间过去了两个月，吴茹云在这处院子里深居简出，不时有人将生活用品给她送过来，照顾她的生活。吴茹云的父母都是共产党的老党员，当年事发突然，夫妻二人双双遇害，吴茹云就由舅舅吴泉江照顾。耳濡目染，自小就生活在残酷斗争环境中的吴茹云，养成了小心谨慎、沉稳安静的性格，从不冒险做没有把握的事情。可是昨天她第一次出门就差点出了问题，竟然被军事情报调查处的特工给抓了公差，当了半天的衣架子。至今想起那如刀似锋般锐利的目光，她的心中还是一阵后怕！她敏锐地感觉到，那个浑身散发着透骨冷意的青年是潜在的极大威胁。她提醒自己要小心再小心，不能再出现任何的失误，否则后果不堪设想！

听照顾自己的同志说，舅舅吴泉江已经撤离到武汉，并在那里安置妥当，过两天就可以安排自己去和舅舅团聚。再坚持两天，自己就可以撤离这个危险的城市了！吴茹云暗自告诫自己注意安全！

十点左右，门外传来三长两短的敲门声。这是特定的敲门信号，是自己的同志找上门来了。她赶紧打开院门，只见一个戴着礼帽的中年男子进了院门。吴茹云赶紧将院门关好，两个人一起进屋坐下。

“郑叔叔，今天有事吗？”吴茹云开口问道。这个郑叔叔正是当时拿着吴泉江的纸条将她从学校紧急接到这里的人，只是之后他就很少出现了。平时来照顾吴茹云生活的人也说很少见到这位郑叔叔，他应该是在党内保密级别很高的组织成员。

“小吴，这是你的船票，明天中午去浦口码头坐开往武汉的船，和你的舅舅团聚。我们会派人护送你！”郑大有说完，把一张船票交给吴茹云，“今天就不要出门了，明天会有同志来接你，一切听他们的安排！”

吴茹云听到这话，顿时心花怒放。她接过船票，高兴地说道：“太好了，总算要呼吸到新鲜的空气了，我在这个院子里真是憋坏了！”

听到吴茹云的话，郑大有微微一笑，说道：“明天你们出门的时候要小心，现在全城搜捕日本间谍，外面到处都是军警，你也要注意安全！”

吴茹云赶紧点点头。郑大有又交代了几句，便匆匆出门。吴茹云将他送到门口，反身把院门关上。郑大有出了院门，随手戴上礼帽，刻意压低帽檐，快步离开。

然而这些举动，都落入了一直偷偷监视吴茹云的左氏兄妹眼中。

“哥，那个男人又出来了，总共不到五分钟，你看怎么办？”左柔问道。

“少爷说过，一切跟她有过接触的人都要进行监视跟踪。你和左强在这里守着，我跟着这个人去看一看！”左刚没有犹豫，吩咐道，“如果再有人进去，就让老三盯着，你的任务就是盯住这个女子，不要擅自离开！”

吩咐完毕，左刚就吊着郑大有，远远地跟了下去。

郑大有沿着大道往回赶，先是去了一处电影院。等电影散场的时候，他已经换上一套短衫，混在人流中出了电影院。

街道上各个路口，还是有大量的军警设卡巡查。郑大有不禁皱了皱眉头，军事情报调查处突然搞这么大的动作，到处抓捕日本间谍，也给地下党的行动造成一些困扰，这段时间大家出行都非常小心。

他顺着人流来到关卡，巡逻的警察朝他看了两眼，便挥手示意让他过去。顺利通过了两道关卡，他才赶回到济源路二十三号，用钥匙打开院门，推门而入。

尽管他回来的路上加倍小心，还特意做了反跟踪的规避动作，但仍然没有脱离一直跟在身后的左刚的视线。

看着目标走进了这处大院，左刚没有马上跟过去，而是等了十多分钟，才若无其事地走过院门，用眼角的余光扫视了一下院门前的住址编号，脚步没有半点停留走了过去。

郑大有进入房间后来到书房门口，敲门而入。

方博逸正在书房里看书，看到郑大有进来，开口问道：“事情都安排好了？”

郑大有点了点头，说道：“都安排好了。明天中午的船票，我调用了两名同志随行护送，不会有问题的！”

方博逸放下手中的书，轻叹了一口气，感慨道：“这个孩子小时候我还抱过她。她父母双双遇害，我还以为她也早就不在了，没有想到泉江同志悄悄把她抚养成人！说起来，我们是亏欠了她的。路上一定要注意安全，平安地将她送到泉江同志身边！”

郑大有知道他的心情不好，便说道：“这件事情您放心，我会安排妥当的！要不是明天的会议安全工作很重要，我会亲自送她上船的！”郑大有不只是方博逸工作上的助手，还是南京地下组织的安全组长，负责方博逸的安全工作和南京地下党的对外安全工作，在组织里的地位也很高。

明天地下党组织高层要召开一次会议，到时候地下党组织的五位常委都到会。这是南京地下组织少有的一次重要会议。这样的会议一旦安全出了问题，那么整个南京的地下党组织将遭受灭顶之灾。所以没有特殊的重大情况，这种会议是不会召开的。这么高级别的会议，安全工作是重中之重，郑大有就主管此次会议的安全任务。

"是呀，这次的会议安全确实不容有任何失误，你要仔细安排。会议的地点还是放在我们的市委机关，细节处你再完善。"

郑大有点头答应道："吉庆巷是我们的机关所在，那里的住户我们都是知根知底的，只要有外人进入马上就会发现。我在巷道的进出口都设置了观察哨，对面布置了暗哨，还设立了紧急撤离的通道，有一点风吹草动我们就可以及时撤离。可以说，只要不是敌人动用大部队进行全面的包围和搜捕，那这次会议的安全工作就没有问题！"

方博逸这才放心地点点头。他知道郑大有的能力，而且这种高级别的常委会议以前召开过两次，都没有出现问题，这一次应该也不会有什么意外。

宁志恒和孙家成回了军事情报调查处。宁志恒回到办公室倒了一杯茶水，坐在靠椅上，心中却是起伏不定！

那个吉庆巷真的是地下党组织的据点吗？只凭着被一个党务调查处的特工监视，自己还不能完全确定。宁志恒今天没有阻止和提醒那位被党务调查处特工跟踪的长衫男子，就是因为他觉得一切还不太确定。

到底该不该提醒地下党组织注意呢？他决定再观察一下，看看左氏兄妹那边有没有收获。

孙家成跟踪的那个从田小姐住所出来的男子，最后也进了吉庆巷。如果能够确认与那位田小姐接触的中年男子是地下党的成员，就可以完全确认吉庆巷确实是地下党组织的据点了！

宁志恒决定还是静观其变，多看一看情况再定。

傍晚时，宁志恒回到家里，一直等到晚上八点，门外才响起有节奏的敲门声，宁志恒知道是左氏兄妹来了。之前他规定左氏兄妹每晚都要向他汇报那位田小姐的行踪，现在正是他们前来汇报的时间。

他打开房门，看到左刚站在门外。他挥手让左刚进来，回身关上房门，边示意左刚坐下边问："左强和左柔呢？"

左刚回答道："我们在那边租了一间房，他们两个在那里继续监视，我回来向您汇报！"

宁志恒满意地点点头，开口问道："你说说今天那位田小姐有什么情况。"

左刚详细地叙述道："田小姐一天都没有出门，全天就只有上午来了一位访客。这是个中年男子，在院子里待了五分钟就出来了。按您的吩咐，对接触田小姐的人也要进行跟踪，所以我一路跟着他。可是这人很狡猾，半路上他进了一家电影院，换了一身衣服混在人群中走出来。要不是我盯得紧，差点儿就让他跑了。最后他回到自己家中，我还记下了门牌号！"

"你怎么知道那是他家？"宁志恒问道。

"我看见他掏出钥匙打开院门，应该是他家没错，不过那处宅院很大，像是个有钱的人家！"左刚解释道。

宁志恒点了点头，说道："门牌号给我，明天我去查一查，看看到底是什么人物。"

左刚从兜里掏出叠好的一张纸。宁志恒接过来打开一看，映入他眼帘的赫然是"济源路二十三号"！

宁志恒顿时愣住了。这个住址他当然记得，他还亲自登门拜访过，这是那位金陵大学教授、金石大家方博逸的家。当然这位方教授还有一个更重要的身份，那就是南京地下党组织的重要成员。

宁志恒一下子全明白了，那位田小姐果然也是地下党组织的成员！没有想到，自己在大街上随手抓了个姑娘当衣架子，就抓到了地下党成员！

由此可见，吉庆巷也确实是地下党组织的据点了！单是从吉庆巷进出口严密的布置，还有那些观察哨和暗哨等高级别的安全布置来看，这吉庆巷里面隐藏的肯定不是一般的据点。

如此重要的据点，竟然会被中央党务调查处的人跟踪到。如果说今天之前，党务调查处的特工还不能确定据点的具体位置，那么今天那个长衫男子从吉庆巷口的露面，很有可能已经让特工锁定了吉庆巷这个地下党的据点。

可以想见，这个据点里的所有地下党组织成员的安全，现在都受到了严重的威胁。这可是非常严重的问题，自己必须立即提醒他们，不然后果不堪设想！

想到这里，宁志恒对左刚说道："今天的事情要绝对保密，你们兄妹现在就停止对那位田小姐的监视，剩下的事情我会处理！"

左刚听到宁志恒的命令，心中不禁有些诧异：昨天晚上刚刚布置的监视任务，这么快就取消了？左刚不敢多问，马上点头领命而去，赶去通知左强和左柔。

宁志恒抬起手腕看了看手表，此时才刚刚过了晚上八点钟，街道上的行人还很多，自己必须到深夜才可以出门。

他起身拿过一只小皮箱，将保险柜打开，取出三万美元放进小皮箱里，然后拿过一张白纸，想了想，开始书写。他又找出那件黑色便装，换上软底鞋，一切准备妥当，便坐下来静静地等着深夜的到来。

第二十二章

叨天之幸

与此同时，中央党务调查处的一间办公室里灯光明亮，情报组组长闻浩正坐在座椅上，对面挺身肃立着两名行动队长。他仔细盯着手中的相片，相片上一位手拿藤箱的消瘦男子正在快步行走。虽然只照了个侧身，但人的面目还是能看清楚的！

“就是这个人，叫我们找了这么久，还是没有逃出我们的手心！不要惊动他，我们这次要捞一网大鱼！”闻浩的眼神闪烁着一缕寒光，“布了这么长时间的局，总算可以收网了！”

行动队长段星洲心情也不错。三个多月前，他保护下的共产党叛徒张培，还有手下十一名行动队员，在一天之内被地下党的行动高手杀了个干净。就连自己的副手郑明山也没能幸免，损失之惨重是他谍报生涯中从未有过的。而他自己也差点被顶头上司、南京党务调查室的主任沈乐当场枪毙。要不是组长闻浩求情，自己这条命怕是早就交待了！此次行动如果成功，绝对可以重创中共南京地下党组织，也可以一改自己在主任心目中的无能印象，巩固自己在党务调查室的地位。

此时，段星洲笑盈盈地说道：“组长，这个人叫章成弘，表面身份是一家小印刷厂的老板，今天早上被我们的人找了出来，并一直跟踪到他的家里，现在处于监控之中！”

闻浩面露笑容，夸奖道：“好，你们的努力没有白费，整整花了七天的时间，终于守到他了！”

闻浩的心情也很舒畅，这次行动是他亲手布置的。一个月以前，手下的缉私队抓了几名走私商人，可是没有想到，在走私货物中竟然发现了三部最先进的军用电台。这些电台都是美国当下最新的型号，价值不菲。这可是一件大案子！走私一般的违禁品还可以通融，可是走私军用电台就绝对突破底线了。

这种先进的军用电台体积小便于携带，功率大传播距离远，且稳定性高，各个方面的参数都远胜于民用电台。这样一部最先进的军用电台，在战场上起到的作用是无法估量的，所以国民党政府对敢于走私军用电台的走私商人向来都是严惩不贷！

闻浩接到这个案子，马上敏锐地察觉到里面有文章可做，于是下令提审走私商人骆志生。

原来，骆志生常年在黑市上做走私生意，可是近几年来生意做得并不顺畅。几个月前他听到一个消息，有人愿出高价购买最先进的军用电台。骆志生顿时心中一动，他正好有关系能够搞到这种电台，于是马上联系货源，花费了许多周折，终于搞到了三部最先进的军用电台。没想到刚刚入手，骆志生就在运输上面栽了跟头。

闻浩仔细讯问了他的消息来源，最后认为高价收购军用电台的人，很有可能是地下党！

于是闻浩决定放出这个诱饵，由骆志生出面，在黑市上故意散布一些消息，说自己手中有最先进的军用电台，然后静等着买家找上门来。消息传出后，很快就有几个买家找上门来，但是闻浩通过监视跟踪，仔细甄别，发现都只是各方势力的白手套，并没有什么发掘的价值，于是都终止了交易。

直到这位化名张老板的章成弘出现后，闻浩以自己多年来和地下党打交道的经验，一眼就看出这个人非常可疑，应该是自己的主要目标。于是几经周折，多次试探，双方终于达成了交易，这位张老板花费巨资买下了这三部电台。

闻浩没有当场抓捕这位张老板。他搭进去三部价值不菲的军用电台，花了这么长的时间和心思布局，当然不只是要抓一个地下党的采购人员，他要的是整个南京地下组织！

于是，围绕着这位张老板身边的一张大网铺开了。特工们严密监控，可是当他们跟踪到城南柳园大街附近时，不知为什么，这位张老板连人带货就神秘地失踪了！

这一突发情况让闻浩措手不及，不过他毕竟是搞谍报多年的老特工，遇乱不慌，并很快做出判断，这一带肯定有地下党设置的紧急通道，不然这位张老板不可能在党务调查处众多特工的严密监视下消失无踪！既然有紧急通道，那么也就说明这里距离地下党的总部不远了。于是他没有声张，而是秘密将人手撤下去，以目标失踪的地点为中心，在附近的四个街区蹲守。

今天终于传来了好消息：那位神秘的张老板在柳园大街的一个巷口出现了，正好被蹲守的队员盯上，一路跟踪下去，找到了这位张老板的家。党务调查处的动作很快，马上就查清楚了张老板的真实身份，上报到了闻浩这里。

闻浩站起身来，在办公室里走了几步，轻声问道："章成弘一开始出现的地点在哪里？"

段星洲上前一步，报告道："是一个很不起眼的小巷口，叫吉庆巷。我派人去当地的警察局户籍档案室调查了一下，吉庆巷里的住户不多，也就二十户人家，登记簿上登记的都是本地人。这个巷前后相通，有进口和出口，我怕他们有观察哨，就没有过于靠近，只是远远地查看了一下。需要我们深入勘查一下吗？"

"不，绝对不行！"闻浩马上否决段星洲的提议，"这个柳园大街非常重要，七天前章成弘在这附近神秘消失，很明显这里有他的同伙在接应他。没有紧急通道，他也不可能做到这一点。现在他又在这里出现，说明什么？说明这一带肯定是地下党的老巢！他们在这里人熟地熟，做事方便，以我多年和地下党打交道的经验，他们在附近不可能没有布置，所以你的人绝不能再深入，只要远远地盯着就可以了！尤其是这个吉庆巷，章成弘在这儿出现绝不是偶然，这里应该就是我们一直要寻找的地下党据点，要重点监视！"

"是，我们把所有人员都抽回来，重点盯着柳园大街吉庆巷，相信很快就会有收获！"段星洲答应道。他知道闻浩是中央党务调查处数一数二的谍报高手，这些年来，在闻浩手里不知抓了多少地下党。要论对地下党的了解，他们之中没有人能够比得上闻浩！

几个人正在着手安排跟踪工作，这时办公桌上的电话突然响起，闻浩赶紧上前拿起电话。“主任，是您！有什么指示？”闻浩没有想到是自己的上司、南京党务调查室的主任沈乐打来的电话。

随着电话那头的话语，闻浩的脸色变得越发严肃。他没有说话，一直听着沈乐的指示，最后才恭声说道：“主任，请您放心，我们已经有了很具体的目标。我一定会做好这件事情，您就等我的好消息吧！”

放下电话，他转过身来，脸色中带着一丝兴奋，双手撑在桌面上，一字一句对两个手下说道：“明天早上调集所有的行动人员，不准有任何人请假，我们有大行动了！”

“什么大行动？”段星洲听到闻浩的命令，马上开口问道。可是话一出口他就后悔了，自己还是太沉不住气。如果能够告诉他，闻浩自然会说的；如果不能说，那自己这样多嘴就不合适了！

果然闻浩听到段星洲的问话，马上狠狠地瞪了他一眼，这个段星洲倒是个听话的手下，就是脑子不清楚。闻浩转头对一直没有说话的行动队副队长说道：“郭明，你是老段的副手，脑子要清楚些，盯好手下那些人，不要在关键时刻走了水！”

“是，卑职一定做好行动前的准备工作，绝不出半点疏漏！”

闻浩点了点头。这个郭明是他看中的人，三个月前行动队遭受重创，现场只有郭明腹部中弹，虽身受重伤却幸免于难。

当时整个行动队士气低迷，为了鼓舞士气，闻浩决定将这名重伤员破格提拔为副队长，顶替阵亡的郑明山成为段星洲的副手。原以为是个权宜之计，提拔上来一个普通小子当典型，可没有想到郭明上任之后表现极为优异，做事仔细、稳妥，很合闻浩的心意，用起来颇为顺手！

“管好你们的手下，我明天会再调集三支行动队过来，和你们配合行事。此次行动事关重大，有胆敢疏忽懈怠者，就地正法！”闻浩声色俱厉地说道。

“是！”

“是！”

两名行动队长退出办公室，闻浩这才轻舒了一口气。他闭上眼睛坐在靠椅上，脑子里慢慢回想着刚才沈乐在电话里和他说的话。

原来沈乐给他通告了一个非常重要的消息。据隐藏在地下党组织的内线报告，就在明天上午中共南京地下党组织将召开一次高级别的会议。到时候，南京地下党组织的五位常委将全部到场，只是这次会议的召开地点不详。

这是一个千载难逢的好机会。沈乐命令闻浩，明天必须收网。既然现在无法打探到具体的会议地点，那明天务必试一试，这样总好过什么也不做，白白错过这一次机会。沈乐决定，明天在已经确定的怀疑地点中进行一次大范围的搜捕行动，看是否有可能将南京地下党组织的五位常委抓捕归案，哪怕有幸只抓住一个，也足以重创整个地下组织！

而现在闻浩有了更加具体的位置，明天他会调集所有力量封锁柳园大街，尤其重点突破吉庆巷，抓捕所有住户逐一排查。运气好的话，也许能将南京地下党的首领们一网打尽！如果真的能够如愿以偿，那可就是惊天大功，绝对会在他的谍报生涯中写下最辉煌的一笔。有了这个功劳，还怕不能飞黄腾达，再进一步！

想到这里，闻浩脸上不禁露出一丝得意的笑容，万千希望寄托于明日一役，发誓绝不出一点纰漏！

时间一点一点地过去，望着外面漆黑的夜色，宁志恒一看手表，已经是深夜十二点了。他将小箱子提在手中出了家门，左右看了看，便快步融入黑暗之中！

宁志恒加快脚下速度，不久就赶到了青石茶庄的后门。一切都是按照以前的步骤，他轻手轻脚地来到门口，仔细听了听，屋里没有动静。他伸手在门框上有节奏地轻轻敲击，直到里面传来脚步声，他才将小皮箱放在门口，然后快步离开，躲在黑暗之中仔细观察，以便确认农夫夏德言收到了小皮箱。

房门很快打开，只见夏德言一身睡衣，俯身将脚下的皮箱提在手中。这一次他根本没有抬眼向四周巡视，因为他知道影子根本不会露面，此刻肯定是藏在暗处确认自己接收到情报，然后就会悄然离开。现在夏德言和影子已经形成了初步的默契，他已经习惯了这种交接方式。

宁志恒看到夏德言拿起箱子关上房门，这才转身快速离去。

这边夏德言随手打开灯，将小箱子放在桌上。他提箱子的时候就感觉有些分量，心中已经估计到里面应该装的还是现金。等他打开箱子以后，所见果然如他所料。和上次一样，里面是满满一箱子的崭新美元，保守估计也有三万美元。他不禁咋舌，不知道影子是从哪里得到这么多的财富！

上次送来的八万美金，让整个南京地下党组织的活动经费一下子充裕起来，组织用这笔钱购买了大批根据地急需的物资，源源不断地输送出去，极大缓解了根据地和前线物资短缺的状况，为此南京地下党组织也受到了上级领导的高度赞扬。很多以前因为资金短缺而无法完成的任务，现在都已经提上了日程。有消息说，前段时间地下党组织甚至以市价三倍的高价购买到了一批先进的军用电台。如今影子又送来了一大笔资金，组织上又可以实施大量的采购计划，来得真是时候！

钞票上面还放着一张白纸！夏德言将这张纸拿起一看，顿时感到心脏似乎被人捅了一刀，连呼吸都急促起来，脸色变得极为难看。只见纸上写着：

柳园大街吉庆巷已经暴露。今日上午十点离开巷口的身穿长衫、身材消瘦、手提藤箱的中年男子已经被党务调查处特工跟踪，事情紧急，尽早应变！

后面的落款依然是那熟悉的笔体——行云流水般的极为漂亮的一个“影”字！

夏德言是南京地下党组织的老成员，是从白色恐怖最疯狂的年代里走出来的老地下党员，在组织里的级别很高，知道市委机关的所在地正是柳园大街吉庆巷！这个市委机关布置得非常隐蔽，在组织内除了几位常委，也就只有极少数的机关人员知道。夏德言是方博逸直接掌握的情报员，也只是在紧急情况下才偶尔进去过一次。

可是这么重要的地点，现在却出现在了影子的情报中！这说明了什么？这说明市委机关的地点已经泄露出去，而影子是在敌人内部知道了这个秘密，才紧急传讯给自己！太危险了！竟然被敌人摸到了组织的心脏部位，只要轻轻一戳，就足以致命了！想到这里，夏德言不禁出了一身冷汗。这件事情万分紧急，刻不容缓，必须第一时间上报给青山同志。

夏德言不敢耽搁片刻，马上换好衣服，提起皮箱就要走出家门，刚到门口又觉得不妥。他赶紧返回卧室，从床底下摸出一把手枪，检查好了子弹夹，揣在腰间，这才急匆匆地向济源路二十三号赶去。

本来一个情报下线直接找到上线的家中，这在地下工作中是严重违反组织纪律的，可是这两次影子传来的情报都是万分危急的情况，关系组织的生死存亡，令夏德言根本没有时间，只能采用这样直接的方式上报。

夏德言深夜敲响了方博逸家的院门。郑大有听到声音，出来之后见是夏德言，顿时心里咯噔一下！他虽然不知道夏德言的掩饰身份，但知道夏德言的党内身份，每一次他深夜来访，必然是出现了极为重大的情况。现在又正是非常时期，郑大有不敢多说，赶紧把夏德言引进房间里。

方博逸早就被惊醒了，他匆忙出了卧室，来到客厅，一见是夏德言，便说："老夏？是不是……"方博逸刚刚开口就反应了过来。夏德言是影子的单线联系人，这么晚来，肯定是影子有重要的消息传来了！

"是的，而且是很重要的情况！我要马上向你汇报，十万火急！"夏德言知道方博逸话中的意思，急声回答道。

"快，书房去说！"方博逸赶紧领夏德言进了书房。有关影子的情况都是绝密！哪怕郑大有是跟随方博弈多年的助手，也是地下党内级别很高的组织成员，但方博逸还是严守组织纪律，不能让他知道有关影子的任何事情！

进入书房，关紧房门，夏德言就将小皮箱放在桌案上，解开皮扣，打开皮箱，露出里面满满一箱子崭新的美元。在方博逸的注视下，夏德言将最上面的一张纸递到了他面前，焦急地说道："这是影子四十分钟前送到我这里的，我们的时间不多，你赶紧准备应变！"

方博逸接过这张纸扫了一眼，顿时脸色变得极为难看！短短的几行字，他看了好半天，呼吸也变得有些急促，狠狠地说道："这是致命的失误哇！人家都摸到我们的心脏了，我们还一无所知！上次是这样，这一次又是这样！"说到这里，他抬头看向夏德言，嘴唇抖动了几下，最后一字一句地吐出一句话，"叨天之幸！"

方博逸的话千真万确，这真是叨天之幸！

方博逸知道，明天就要召开地下党组织的重要会议，开会的地方正是市委机关所在的柳园大街吉庆巷。影子的消息如果再晚来几个小时，等待南京地下党组织的将是一场灭顶之灾！所有的党组织高层将全部暴露在党务调查处那些魔鬼的枪口之下，多年来苦苦经营的大好局面将毁于一旦。

想到这里，他感觉手中的这张纸重逾千斤，压得他几乎喘不上气来。他马上紧走几步打开书房的门，高声喊道：“大有，你赶快过来！”

郑大有一直在客厅里等候，他估计方博逸谈完话之后肯定会找他做事。果然很快就听到了方博逸的召唤，但让他感到诧异的是，一向沉稳练达的方博逸，今天的喊声中竟然明显带有一丝以前从未有过的焦急！

郑大有冲进书房，方博逸脸色异常严肃，急声说道：“市委机关的地点已经暴露，马上启动应急预案，所有机关人员、保卫人员紧急撤离，文件带不走的一律焚毁。你赶紧去办，天亮前必须完成撤离！”

方博逸的话让郑大有一时没有反应过来，他愣了一下，马上点头说道：“我马上去通知他们！”突然他又想到明天那个重要的会议，急忙问道，“可是，明天的会议……”

方博逸心中早有盘算，他摆了摆手说道：“这些我来安排，你只用负责市委机关的撤离就可以了。对了，现在吉庆巷肯定已经处在敌人的监视之下，你不要走街口和巷口，一定要从紧急通道进入，然后带领人员，去我们城南最近的安全屋暂时避一避！”

郑大有马上领命而去！

安排完这件事，方博逸对夏德言说道：“老夏，你先去客厅等我。我要先处理这件事，然后我有话对你说！”

夏德言点了点头，转身出门来到客厅。他知道组织纪律，方博逸接下来肯定有重要的事情要做，一定和刚才郑大有口中的会议有关。这次的会议并没有通知夏德言参加，所以他是不知情的。

看到郑大有和夏德言都出了书房，方博逸长吁了一口气。他毕竟久历风雨，很快稳定了心神，慢慢伸出手，拿起书桌上的电话拨打出去！

夏德言在客厅里等了半个多小时，才看见方博逸精神疲惫地从书房走出来。夏德言赶紧站起来，轻声问道：“老方，事情处理得怎么样了？”

方博逸勉强一笑，摆了摆手，然后慢慢地坐在沙发上，开口说道：“总算是有惊无险。只是就算这样，我们的损失也是不小，多年经营的市委机关不得不放弃了。当年选这个地方可是费了很大的精力，购买房产、安插人员，还专门下大气力挖掘了紧急通道。这些现在都要放弃，太可惜了！”

夏德言也知道，市委机关是组织的心脏，要想再建立这样一个据点是非常困难的。他只好安慰道："只要人没有损失，财物上的损失就不要计较了！"说到这里，他突然想起今天送来的美金，便再次说道，"正好影子又送来一笔巨款，足以让我们有资金再布置好几个市委机关了！哈哈，好像这一切都在影子的计划之中一样！"

听到夏德言的话，方博逸这才想起来，今天夏德言还带来了一箱子美元。他拍了拍脑门，摇头苦笑道："这次真的是太险了，搞得我也有些方寸大乱！对了，影子这次送情报的方式还是和以前一样吗？还是没有见到他？"

夏德言点了点头，说道："还和以前一样，我也没有指望他露面。他要是想和我们见面，自然会主动露面的，我们只能这样等候他的出现！"

方博逸缓慢地说道："现在我们可以确定，影子的身份正如我们以前所判断的那样，肯定是党务调查处情报部门里面的一员，不然他不会知道这么详细的情况！唉，这么多年来，我们的主要对手就是中央党务调查处。我们花了那么多的气力也没能打入他们中间，没有想到，路明同志发展的下线竟然做到了，而且做得这么出色！"

"是呀！"夏德言也是感慨万千，"短短的两个月时间里，就两次把我们组织从悬崖边拉了回来！能够战斗在敌人的心脏部门中，影子的作用可见一斑！所以我们更要保护好他的安全。"

方博逸到底还是怀着一丝希冀说道："只是影子到底是谁呢？他能够接触到这样的机密，还能够获得这么大一笔巨款，绝不是一般的特工，一定是党务调查处的重要人物！"

夏德言心中也充满了疑问，只是他也没有任何头绪，这时突然想起了什么，赶紧问道："对了，影子在情报里提到的那位已经暴露的长衫男子，你有没有做好安排？他现在已经处于党务调查处那些特务的监控之下，情况非常危险，有没有办法解救出来？"

听到夏德言的问话，方博逸脸色凝重，半晌没有回答，最后才沉声说道："那位同志是负责这次采购计划的执行人，也是一位老党员。可惜我们现在不能做任何事，我已经派人通知他，让他在天亮之后想办法脱身！"

"天亮之后？"

"对，只能在天亮之后才可以撤离，他必须为市委机关人员的撤离争取宝贵时间！"方博逸重重地点了点头。他这样做也是迫于无奈，不是不把同志的安危放在心上，而是作为领导者，关键时刻他需要权衡利弊，必须做出最佳的抉择！

夏德言半晌无语，他清楚方博逸这样做的原因：如果这位同志提前撤离，那么就会让一直监控他的党务调查处特务察觉出异常！一旦消息走漏，或者是认为消息已经走漏，那么党务调查处都会在最快的时间里对已经暴露的柳园大街吉庆巷进行搜捕，还没有及时撤离的机关人员就会落入敌人魔爪，损失惨重！只是天亮之后再撤离难度就大了，如果强行撤离就很有可能和敌人发生激烈冲突，后果难以预料。夏德言最后轻声说道："是呀，这也是没有办法，但愿他能安全撤离！"

时间过得很快，几个小时转瞬而过，就到了早上九点左右！

在柳园大街街口对面的一处居民房里，一直焦急等待的党务调查处情报组组长闻浩抬手看了眼手表。他打开一包香烟抽出一根来，又掏出火柴盒，准备点根烟吸上，以此稳定一下心神。

这时房门打开，行动队长段星洲快步走到闻浩面前，微微欠着身子，低声问道："组长，人员都安排好了，什么时候开始行动？"

闻浩犹豫了半晌没有回答。段星洲赶紧接过火柴盒，抽出一根火柴点燃，轻轻地送到闻浩面前。闻浩略一伸头，引燃了香烟，深深地吸了一口，缓慢地吐出烟气，皱着眉头说道："怎么一点动静都没有呢？老段，附近的街区都围上了吗？"

段星洲赶紧回答道："四支行动队都散开了，在每一条街口都已经埋伏好了，只要您一声令下，马上就可以合围，担保逃不出一个人！"说到这里，他又补充道，"这附近还有两个军警设立的关卡，我们能不能和他们沟通一下，行动时也可以协助我们，这样人手也可以充裕一些！"这要是前些年，调用这些警察不过就是一句话的事情，可现在必须得向上面汇报一下，毕竟这已经是军事情报调查处管辖的范围了。

听到段星洲的话，闻浩摆了摆手，不耐烦地说道："我们人手足够了。不要和他们多说，人多嘴杂，难免泄露风声！"说到这里，闻浩稍微放下了一点心思，接着说道，"一定要注意，地下党肯定有紧急通道直通吉庆巷里。这条通道不可能很长，所以它的出口就在柳园大街这一带。我们要布置足够的人员，行动一开始，马上就撤下去，绝不能有一人漏网！”

段星洲赶紧低头领命，回答道：“是！组长您放心，一切都安排妥当。第一波攻击队也整装待发，配备了足够的火力，等您一声令下就可以强行突破！”

闻浩站起身来，焦急地等待着。沈乐给他的情报是，地下党的高层会议今天上午召开，可他并不知道具体是几点召开。按理说，会议现在应该已经开始了，可是为什么自己没有发现一点地下党人员聚集的迹象呢？

不能再犹豫不决了！也许与会的人员已经通过别的渠道进去了，会议在吉庆巷里面已经开始了；也许自己运气不好，地下党根本就没有选择这里作为会议地点……总之有很多种可能，但只要抓住巷子里的地下党就是一场胜利，也不枉跑这一趟！

想到这里，他将手中的香烟掼在地上，一脚捻灭，高声命令道：“开始行动！”

闻浩一声令下，所有人手马上行动起来！

攻击队冲向吉庆巷口，隐藏在暗处的特工们现出身来，将街道上的行人控制住，所有的街口围上木栏，所有人员不许进出！

可是闻浩看着攻击队毫无阻碍地冲进吉庆巷，周围没有半点警报和异样的情况发生，顿时觉得有些不妙！这和自己开始预料的情况不一样。依照他以前的经验，地下党的警戒人员最起码应该鸣枪示警，然后开始阻击，为同伴争取撤离的时间，可现在的情况出乎了他的意料！

段星洲和郭明见攻击队已经冲了进去，也赶紧掏出手枪，大手一挥：“冲进去，抓捕巷子里所有人员，如遇反抗，就地正法！”说完，他俩一马当先冲了进去，身后的队员们紧随其后，也冲了进去。

闻浩看着手下人按照拟定的步骤开始行动，自己这心里尽管有些狐疑，但还是决定等候结果出来再说！

很快，行动队副队长郭明从巷子里出来，径直跑到闻浩身前报告道：“组长，好像情况不对，我们冲进去没有遇到任何反抗。巷子里面的所有住户都被控制住了，却只少了三户人家。这三家屋里都是一片狼藉，好像刚刚搬走的样子！”

闻浩心中顿时一沉，这明明是扑了个空！他快步赶到巷子口，正要进去却突然回身站住。闻浩仔细观察附近的建筑，抬头看了看，正好面对着那户人家的二楼阳台。他伸手一指，命令道：“马上把周围的住户也控制起来，进屋仔细搜查，尤其是这户人家，把里面的人都抓起来！”

命令一下，身后的郭明便带着行动队员蜂拥而上，迅速冲进对面的住户楼里。

闻浩则是快步冲进吉庆巷。这条小巷子并不长，住户也就二十户，所有人都被行动队员们押出屋外，双手背后，依次蹲在墙边。

这时段星洲急匆匆地跑过来，对闻浩说道：“组长，发现了一条地下通道！”

闻浩一听，赶紧问道：“快进去看看，有没有发现！”

“已经派人下去了，很快就有结果！”段星洲急忙说道。

闻浩跟着段星洲来到巷子里的一户人家门口，段星洲指着院门说道：“这儿连着三户人家，房屋都空了，人也跑没了！”

闻浩脸色越发难看，他抬腿进了院门，院子里杂物很多。他没有停留，直接进入房间。房间里面很乱，所有的家具书柜都是空的。闻浩转过一道门，看见另一个房间地上的两个铁盆子里有大量纸张焚烧后的灰烬。他蹲下身子，伸手掏了一把里面的灰烬，感觉上面还有些温热，不禁一股怒火涌上心头。他一把将手中的残灰摔在地上，低声骂道：“这是有计划的撤离，他们知道我们要来！”

身后的段星洲看着闻浩铁青的脸色，不敢接话。闻浩又快步走到另外两个住户的家中，见情况跟这里大同小异，没有发现任何有价值的物品，只要是带字的纸张一律焚毁，清理得非常彻底。

闻浩实在不愿意再看了，怒气冲冲地对段星洲说道：“地下通道在哪里？带我去看看！”

段星洲赶紧领着他来到一户人家的院子，院里有一个杂物间，几名行动队员眼睛正一眨都不眨地盯着一处破旧的灶台。灶台侧面的物件已经被搬空，露出一个大大的洞口，一位行动队员正从里面钻出来。他站起身，向段星洲报告道：“队长，地道的另一端通向外面的一条街道。地道里面的空间很大，还有两个地下室，情况和这里一样，都是空荡荡的，什么东西都没有。”

段星洲听了这话，无奈地看了看面前的闻浩。闻浩挥了挥手，说道：“再派人下去，我亲自去看一看！”

等一切搜索完毕，闻浩顺着地下通道出现在另一个出口时，他站在街头，看着四周的景物，终于死心了！

今天的行动彻底失败，地下党明显是听到了消息，就在几个小时之前，全部撤出了吉庆巷，临走前还有时间将所有的痕迹处理干净，这也说明他们早有准备！

“有内鬼！”闻浩咬牙切齿地低声自语道。地下党撤离的时间根本无法解释，只有一个结论，这次行动泄密了！

可是这次行动从沈乐通知自己也就过去十多个小时，而自己最多也就是跟几名行动队长通了气，让他们调集人员准备配合行动。如果是这些行动队长有问题，但他们也并不知道具体的攻击地点，一切行动都是在早上布置完成之后，才向手下的行动队长通告了具体位置。这个时间即使有人通风报信，地下党也没有反应时间，根本做不到像现场那样从容不迫。

如此小心谨慎的布置，消息仍然泄露了，难道地下党的人有未卜先知的本领？闻浩真的不知道自己该从何处着手调查。

闻浩百思不得其解，他转身进入地道回到吉庆巷里，对段星洲命令道：“给这些住户录下口供，仔细讯问这三户人家的具体情况，然后把人都放了吧。真正和地下党有关系的人早就撤走了！”

段星洲领命而去，这时郭明带人赶过来报告道：“组长，那几处楼房里有四户人家在一夜之间消失无踪，里面处理得很干净，我们没有找到任何有价值的线索！”

闻浩有气无力地挥了挥手。他早就料到了这个结果，根本就没指望郭明能有什么收获，便命令道：“收队吧！我回去向主任解释，马上通知监视章成弘的人员实施抓捕！唉，不知道来不来得及！”

而这个时候，就在城南一处安全屋内，五位地下党组织的市委常委正相对而坐，开始举行这一次的重要会议。

方博逸首先开口说道：“我先来解释一下，为什么我们临时改变了会议地点。就在半个小时前，中央党务调查处大批特务突袭了我们市委机关所在地——柳园大街吉庆巷！”

此言一出，其他四位常委顿时大惊失色。他们昨天晚上只接到了临时改变会议地点的通知，并不知晓市委机关已经暴露的消息。

方博逸担心这次市委机关地点的泄露也许与章成弘的暴露有关，但是章成弘并不知道今天要召开高层会议的事情。也许问题是出在别的方面，比如知道市委机关地点的其他四位常委。

他当然相信在场的四位常委都是坚定的共产主义战士，都是经受过严峻考验的老党员。他们各自负责一方，如果真的有问题，那么地下党组织早就被敌人摧毁了，根本等不到现在！

应该是他们身边的人出了问题，不然敌人为什么这么巧，偏偏选择了会议召开的当天进行突然袭击？那这个消息是谁泄露出去的呢？方博逸不愿意相信有人背叛了党组织，但是他不得不承认，内部出现叛徒的可能性是最大的。

专门负责情报工作的常委之一萧宏，听到方博逸的话顿时坐不住了。他是负责情报工作的第一责任人，出了这么大的事情，竟然一无所知。他腾地一下站起来，急声问道："青山同志，市委机关的其他人员现在怎么样了？"市委机关人员，包括保卫人员足足有二十多人，如果被党务调查处的特务袭击，造成的损失可就太大了。

方博逸手掌向下微微做了一个下压的手势，示意他坐下，然后开口说道："昨天晚上我们已经安排市委机关人员在天亮前撤离，现在都很安全！"

这时，另一位常委也开口问道："我们对现在的情况不很了解，到底是哪里出了问题？市委机关已经建立了近三年，可以说是非常安全的，怎么突然间就暴露了呢？"

方博逸点点头，说道："这确实是个大问题。我们的一位组织成员已经暴露，他就是这次采购行动的负责人之一章成弘。在我们的接应下，半个小时之前他摆脱了党务调查处的监控成功撤离。我们初步认为，敌人在监视章成弘的过程中发现了市委机关的地点，而他并不知道今天我们要召开高层会议。可是敌人偏偏选择今天上午突袭市委机关的所在地，绝对不是巧合，那么这个消息又是谁泄露出去的呢？"方博逸的这句话让四名常委面面相觑，他接着说道，"大家回去再好好想想，关于这一次的会议到底有谁知情，最好列出一个名单。我们组织内部要进行严格的排查和甄别，不能有一丝遗漏！"

方博逸的话顿时让在座的常委都静默无言，他们身边知道这次会议的人一定都是自己最信赖的人，现在要把这些人的名字列出来接受调查，他们都有些犹豫，但是组织纪律不容违反。

就在大家面面相觑之时，萧宏带头说道："坚决完成任务！我开完会回去就落实，然后马上上报！"

其他几位常委也赶紧点头同意。如果组织内部出了叛徒，绝不能够隐瞒和敷衍，不然将来会出大事！这一次会议消息的泄露，险些让整个南京地下党组织全军覆没。这一次侥幸躲过去了，那么下一次呢？

"我们马上回去调查，看看有没有不小心将消息泄露出去的情况，如有可疑人员，马上列表向组织汇报！"其他常委纷纷表示同意！

"那好，这项调查工作就交给磐石同志负责。我们机关保卫人员配合完成，必须将这个隐患清除！"方博逸命令道。"磐石"是萧宏的代号，他也是专抓这类工作的负责人，顺理成章地执行此项任务。

"是，我马上着手这项工作！"萧宏马上答应道。

"现在我们开始第一项议题！"方博逸看到大家意见统一了，这才满意地点点头，伸手示意身边的程兴业，对其他三位常委介绍道，"上一次我们召开会议还是在半年前，这位是两个月前接手药品战线的负责人，代号仍然是苦泉，大家欢迎！"

与会的常委们都知道两个月前发生的大事，也知道上级早就派来新的负责人主持药品战线的工作，可是今天他们才第一次见面。毕竟每个人都负责一方，各有自己的工作范围，互相之间没有横向的联系，彼此很难有见面的机会。除非是这种高级别的会议，否则即使在一个城市里搞地下工作多少年，也是见不着真人面目的！就算是对中共南京地下党组织最高领导人方博逸，这些常委也只是知道他的代号，不知道他真实的身份！当然方博逸是全面掌控局面的负责人，他是知道这几位常委的具体情况的。

听到方博逸的话，大家一起鼓掌欢迎新战友的加入。程兴业谦逊地一笑，向大家点头示意。

"苦泉同志接手药品战线工作才两个月，就已经打开了新的局面，开辟了新的运输渠道，还搜集到大量老家急需的药品，源源不断地送回老家，工作卓有成效！这一次我们采购的很多物资都要使用这条运输渠道输送出去。"说到这里，他看了一眼身旁的萧宏，再次说道，"包括那三部军用电台，是重中之重，绝对不能有任何闪失！”

这三部电台的购买是萧宏负责的，整个行动的试探、布置和完成都是他设计完成的，章成弘不过是出面执行任务的人员。现在这三部军用电台都在萧宏的手里，而眼下南京国民党政府对走私军火、军中物资的管辖越来越严，他一时之间也没有渠道输送出去，看来只能使用药品战线的运输渠道了！

“好的，我马上和苦泉同志进行交接！”萧宏听到方博逸的话，心中大喜，正好解决了自己的难题！

“好，现在我们进行下一项议题！”

……

会议有条不紊地进行着，各位常委就这一段的重要工作做了必要的沟通。

散会后，其他常委都迅速离开，只有萧宏没有走，他悄悄地向方博逸点了点头。方博逸知道萧宏肯定有话要对自己单独说，便把他留了下来。

萧宏看着方博逸，眼神中有些犹豫，最后还是开口说道：“青山同志，刚才你把调查内部泄密的任务交给了我，我觉得难度很大。能够知道会议召开消息的都是保密级别很高的人员，他们的历史肯定经得起审查。我们这边对他们的审查有些难度，而且太耽误时间，我想组织上能不能从另一方面给予我们一定的帮助。”

方博逸疑惑地看着萧宏，一时间没有明白他的意思。萧宏的工作能力，他是了解的，此人为人心思缜密，处事滴水不漏，是个搞情报的好手。可他所说的“另一方面”指的是什么意思？方博逸笑着说道：“你具体说一说，我们能够提供帮助的自然会全力支持！”

萧宏抿了抿嘴唇，说道：“青山同志，我知道这么问，可能会违反地下工作的组织纪律，但是这一次的危机险些将我们整个地下组织都葬送了，所以这个毒瘤一定要挖出来，绝不能让这种情况再次发生！”他看了看方博逸，再次说道，“这次我们能够化险为夷，在昨天晚上提前几个小时转移了市委机关，还改变了开会的地点，我想组织上是不是已经有人打入党务调查处那里，及时将这一情报传递出来，这才将我们从险境中解救出来？”

方博逸的眼神顿时射出慑人的光芒，他紧紧地盯着萧宏，但是很快脸色就平静下来。他确认眼前这个人绝对不会有问题，不然整个地下组织早就不复存在了！方博逸缓缓地吐出一句：“磐石，你这个问题我不做回答，你就说你想得到什么帮助吧！”

不做回答？那就说明自己的猜测是正确的了！没有想到组织上真的在这个老对手的部门里打入一根钉子，这绝对是地下党组织在谍报战场上的一大突破！想到这里，萧宏马上说道：“我想能不能让打入党务调查处的同志，从敌人内部探查一下这个内鬼到底是谁，哪怕提供一点相关的线索也行。比如说内鬼在什么时间、地点，以什么方式传递的情报，总之只要有据可查，我们的工作就好做多了！”

“这绝不可能！”方博逸斩钉截铁地说道，“我们的内线绝不能这样使用，他的作用是决定性的，这样的任务只会让他陷入困境。老实说，这次行动失败，党务调查处肯定会进行一次严格的内部审查，他的处境会非常艰难。如果这个时候再擅自行动，简直就是自投罗网！这绝不可行！”其实方博逸知道，这个任务影子根本就接收不到，也就无从谈起完成任务这一说了。

萧宏一看方博逸的态度，就知道这个办法肯定行不通，于是无奈地说道：“好吧，我尽量完成这次的调查。还有就是关于市委机关新的地点，我们之前也有备用的方案，现在布置的话，需要一部分资金。我知道，这段时间组织花费了不少资金进行采购工作，现在资金一定很紧张，可是我手里的活动经费确实不够，你看……”

地下党组织之前对市委机关的地点有两处备选，只是经过多方考量，最后才选中了吉庆巷。现在吉庆巷已经暴露，新的地点自然马上就确定下来了。只是购买房产、安置机关众多人员等一系列工作都需要大量资金，而这项工作也在萧宏的工作范围内。萧宏一时间也是巧妇难为无米之炊，只好向组织上伸手要钱！

“哈哈，这件事我马上就可以为你解决！”方博逸一听萧宏的话不禁有些好笑，前段时间组织确实花了大量资金执行一系列采购计划，影子送来的资金都花完了。不过就在昨天晚上，影子又送来了一大笔资金，这笔钱足够组织再进行下一步的采购计划和建立新的市委机关了！“现在我们的资金很充裕，重建市委机关的工作要尽快完成，资金不是问题！”方博逸说道。

萧宏一听不觉暗自诧异。这么长时间以来，地下党组织的活动经费都是入不敷出，已经成为常态。有很多经费都是地下党员们自行解决，最艰苦的时候，甚至有党员变卖家产充作经费。就连方博逸本人都曾把自己珍藏多年的古董变卖一空，拿出来当作活动经费。

可是这段时间以来，组织的活动经费明显有了充足的补给，购买了大量的物资、药品，甚至军火和电台等，现在青山同志更是一拍胸脯，财大气粗地说资金不成问题，难道真是挖到宝藏了不成？

自己要问的事情已经问完，资金的问题也得到了解决，萧宏便告辞离开。至此，这一次的高层会议圆满完成。

在宁志恒的帮助下，一场几乎要摧毁南京地下党组织的巨大危机就这样安全度过了！

第二十三章

立立规矩

宁志恒一大早赶到军事情报调查处，刚进办公室坐下，就有人敲门而入。宁志恒抬眼一看，见是王树成和霍越泽，王树成手中还拿着一个文件袋。

“组长，我们这边加紧排查，现在终于有了结果！”说着，王树成将手中的文件袋放到宁志恒办公桌上。

前天傍晚布置下去的任务，想不到今天早上就已经完成了排查。要知道南京城地域广大，拥有上百万的人口，当时平民百姓穿的衣服大多都是靠自己缝制，稍微有些条件的人家都会上裁缝店去定做衣裳，所以裁缝店在南京城多如牛毛，数不胜数。可是王树成他们日夜不停地工作，竟然在这么短的时间内完成了。这个效率真是没说的，宁志恒对此非常满意！

他拿过文件袋，打开之后仔细查阅了一遍，然后指着最后一页的内容问道：“最后筛选出来四个目标吗？”

王树成上前一步，回答道：“是的，我们分头对城南五十一家裁缝店都进行了排查，其中比较有口碑的上好裁缝店共八家。这五十一家裁缝店里只有二十家购进了那种青白两色、带有牡丹花图案的高级布料，又排除身材尺寸、年龄局限等各种条件，一共筛选出来四个目标。目前我们不能确定当时她们的行踪，不过您说过筛选出来的目标要由您亲自甄别，所以我们交给您决断！”

宁志恒把文件轻轻地放在桌案上，满意地说道：“你们做得非常好，这两天辛苦了。我会把结果和情报科的结果汇总，不过我看他们的动作未必有我们这么快！”

说完，他拿起办公桌上的电话，给情报科组长于诚打了过去。“老于，两天时间过去了，你们那边排查的结果出来了吗？”宁志恒客气地问道。

电话那边的于诚听到问话，马上明白了宁志恒的意思，这是在催促他们尽快完成这一次的排查任务。可是他之前拍着胸脯说两天完成排查，却没有估量到这次的工作量竟然这么大。现在宁志恒打电话过来问他进度，很明显是行动科那边已经完成了排查任务，这是要准备做情报汇总，联合甄别！他只好硬着头皮说道：“志恒，我们之前估计不足，投入的人手也不够，现在排查工作正在进行当中，结果还没有出来。你们那边已经完成了吗？”

宁志恒的嘴角露出一丝冷笑，这个于诚别看外表上一副笑面佛的模样，可骨子里根本瞧不起他们行动科这些外勤人员，甚至把主意打到他的身上。今天就给他点颜色看看，要让他知道和自己打交道不是那么简单的事情！

“我们行动科这边已经完成了排查，现在就等你们情报科的结果进行汇总了！”宁志恒的话语中明显带有不满，“老于，在向处座汇报的时候，你们谷科长可是拍着胸脯说过两天之内抓到这个隐藏的高级间谍，可是到了现在，你们竟然连排查的工作都没有完成！不要忘了，这一次是我们两个科室联合办案，你们落后的工作进度将会严重拖延整个案件的进展。处座怪罪下来，这个责任谁来负？”

宁志恒的这一通话语顿时噎得于诚哑口无言，他没有想到宁志恒突然翻脸发难，一时之间有些难以回答。

“老于，我是处座直接指定的案件执行人，如果案子出了问题，我难辞其咎。现在你们情报科工作进展缓慢，我们行动科不能替你们背锅。早知道你们对这件案子没有足够的重视，当时排查工作就由我们来主持好了！现在我会向科长反映情况，先行对可疑目标进行抓捕审查，到时候你可不要再怪我们没有提前打招呼！”宁志恒没有给于诚半点争辩的余地，他必须给于诚一个教训，借此机会敲打他一下。

“志恒，志恒！你不要太着急嘛！我这边的排查工作马上就完成了，你再稍微等一等，等一等！”于诚听出宁志恒要来真的，立刻慌了。他这一下子要是捅到上面，让本来就对情报科极为不满的处座知道情报科做事拖拉，延迟侦破进度，自己根本承担不了这样的责任！

可是就在于诚刚要再多解释的时候，宁志恒啪的一声挂断了电话。

一旁的王树成听到宁志恒和于诚的对话，又看到组长直接挂断了电话，态度强硬至极，不由得担心地说道："组长，我们真的要上报吗？这下子可就把人得罪死了！"

宁志恒此时却微微一笑，身子仰靠在座椅上，手指轻轻地敲击着桌面，淡淡地说道："当然不会真的上报。于诚这个人无足轻重，得罪了也就得罪了，但他身后的谷正奇我可得罪不起。被这只老狐狸盯上，关键时刻咬你一口，那可防不胜防！我不过是要敲打敲打于诚，让他以后在我面前安分些。看着吧，一会儿谷正奇就会给我打电话，到那时我自然会卖个面子给他。有些人就是这样的贱骨头，不敲打敲打，还真以为别人都得围着他们转呢！我这是给他们立立规矩！"

听到宁志恒的话，王树成和霍越泽才明白过来，自己这位组长不仅杀伐果断，处事手腕也高人一等，连谷正奇和于诚那样的人物都敢收拾，不禁心中凛然。

电话那边的于诚听到宁志恒将电话一把扣掉，心里顿时蒙了。这个宁志恒少年得志，做事有一股冲劲，只怕他不顾后果，真的把情况上报，那对现在处境困难的情报科而言，必然是雪上加霜。必须及时制止他，可是自己是没有这个分量的。

于诚不敢耽误，站起身来快步出了门，直奔科长谷正奇的办公室，敲门而入。

刚刚从审讯室回来的谷正奇，倒了一杯茶水放在桌上，正准备靠在沙发上休息一下。这两天来，他把精力都放到了顾文石的身上，派人轮番熬磨，逼他开口，只是这个顾文石意志力很强，到现在还什么都没有说。

这时突然看见于诚匆匆忙忙走进来，谷正奇不禁开口问道："出了什么事，这么慌慌张张的？"

于诚脸色有些迟疑，但不敢耽搁，就急急忙忙地把宁志恒打来电话的事情汇报给了谷正奇："科长，这个宁志恒做事鲁莽，根本不管不顾，我怕他直接向处座或者赵子良告状，到时候惹出一场是非来！”

听到于诚的叙述,谷正奇脸色变得越发难看。他冷哼了一声,对于诚说道：“宁志恒说得没有错，说到底是因为你们没有引起足够的重视，做事如此拖沓！我曾经在处座面前保证过，两天之内抓住这个高级间谍，可人家行动科早早完成了排查任务，你们到现在竟然还没有个结果，你还好意思到我这里来告状！”

于诚知道科长对自己的工作极为不满，要不是自己是他的心腹，只怕现在就要处置自己了。他赶紧解释道：“科长，南京上百万的人口，裁缝店数不胜数。我们安排人手分头排查，确实没有半点的拖延，只是行动科的动作更快一些，宁志恒就小题大做。我希望科长您能够出面拦住他，不然小事闹出大事。我们情报科处于非常时期，经不得风雨了！”

谷正奇冷笑一声，嘴里骂道：“你做事不带脑子吗？宁志恒做事向来都是谋定而动。你信不信，他现在根本什么都没做，就坐在办公室里等着我给他打电话呢！你个蠢货，办事不力，还要连累我向一个晚辈低头，我这张老脸都让你给丢尽了！”

谷正奇不愧是老奸巨猾的老狐狸，眼珠一转，就已经清楚宁志恒的用意，这是要敲打敲打于诚，让他明白谁才是这件案子的主事之人，顺便还要让自己领他一个人情！

“宁志恒是在诈我！”于诚不由得脱口而出。他也是个精明之人，很快就反应过来了！

谷正奇脸色一沉，低声骂道：“诈你？你还没有那个资格！他是在逼我们低头。到底是年轻气盛，我岂能和他争一日之长短！”

谷正奇这人外圆内方，早就历练出一张刀枪不入的脸皮，自然不和宁志恒一般计较，他拿起电话给宁志恒拨打过去。

“志恒，我是谷正奇。”谷正奇语气平和地说道。

“是谷科长？您有什么吩咐？”宁志恒恭敬地说道。

谷正奇斟酌了一下，他不想让宁志恒对自己过于抵触，便尽量温和地说道：“我听说你对于诚的工作进度很不满意，刚才我已经批评了他。这段时间情报科的工作确实是懈怠了！不过，志恒，你也不要着急，这边的工作也马上就可以结束了。这样，给我一个面子，再给于诚一天的时间。明天一早，我们就把排查的结果送到你那里，你看怎么样？”

其实宁志恒只要等到谷正奇的电话，自己的目的就达到了，毕竟他也不敢真的得罪谷正奇。于是他赶紧说道：“谷科长，不过是一点小事，竟然把您给惊动了！我只是职责所在，处座将这件案子交给了我，时间又紧，我一时情急，这才多说了几句！现在既然您开口了，当然一切都没有问题，那就再等一天！”

两个人很快达成一致意见，谷正奇放下电话，阴沉着脸对于诚说道：“我不管你怎么做，今天必须把结果拿出来，明天一早交到宁志恒手里！”

于诚见科长与宁志恒已经沟通完毕，这心才放回肚子里，赶忙答应道：“科长放心，我马上把手上所有的人都放出去，今天一定拿出个结果！”

谷正奇看着于诚，语重心长地说道：“你应该知道这一次我们的处境如何。处座做事一向都是赏罚分明，严宜春这件事捅的娄子实在太大，如果我们过不了关，不能给处座一个交代，我自然要退位让贤，而你是我一手提拔起来的人，下场可想而知！”

“都是卑职的失误，我一定加快进度，再不敢有丝毫懈怠！”于诚赶紧点头应是。这一次的确是自己的原因，谷正奇当面推心置腹的一席话，竟然让他感到无地自容！

“唉，也怪我！这些年自以为把情报科经营得有声有色，可现在看来我比赵子良差远了。最起码他带兵要比我强，一众手下朝气蓬勃，做事干劲十足。难怪行动科能有现在的表现，这绝非偶然！”谷正奇不禁有些意兴阑珊，心神颓然！

这边宁志恒放下电话，对王树成说道：“对这四个目标的家庭环境调查了吗？”

王树成赶紧说道：“做了初步的调查，这四个目标都不是来自普通人家，都颇有家资。我们在资料上有记录，但是详细情况还需要进一步调查！”

宁志恒站起身来，边迈步向门外走边说：“我们不能干等着，去亲眼看一看，运气好的话，也许不用等于诚那些家伙的结果就能结案了！”

王树成和霍越泽紧随其后，三个人一起出了军事情报调查处。

半个小时后，在城南的一条大街路边停靠的一辆黑色轿车里，王树成指着不远处的一处宅院说道："蔡瑞绣，二十八岁，居家主妇，她的丈夫王锐进，三十五岁，是一家商贸公司的经理。家境殷实，有一个八岁的儿子，家中还有一个老用人，是本地的一个老妇人。"

宁志恒听到这里眉头一皱，低着头思考良久，才开口说道："一般间谍都很少有家庭拖累，而且就算夫妻都是间谍，也绝不会生育孩子，这是大忌！"说到这里，他还是不敢轻易放过，接着说道，"但也不能太过绝对。为了以防万一，我们还是要查一查才好。不是说她家的那位女用人是本地人吗，那应该是没有问题的！去查明这位女用人的情况，我们从她身上入手！"

"是，我马上去查！"霍越泽点头领命，匆匆下车而去。

一旁的王树成有些疑惑地问道："组长，你仅凭他们有个孩子，就认为这个蔡瑞绣不是我们要找的人？"

宁志恒点点头，淡淡地一笑，开口解释道："我们要找的是一个等级较高的日本间谍，而这个间谍应该不是中国人，日本人不会完全相信一个异族人的！如果这个蔡瑞绣真是日本人，二十八岁就有了八岁的孩子，也就是说她二十岁的时候就生了孩子，还带在身边。哪个日本间谍会这么蠢，给自己留下这样致命的弱点！

"还有就是那个女用人。间谍平时做事唯恐他人知晓，又怎么会在自己身边放一个外人？这样做起事来，存在诸多不便。如果这个用人是个多嘴的，岂不是自找麻烦？不过还是那句话，万事皆有可能。我们不能想当然就放过了她，查一查就知道了！

"好了，我们去看下一个目标，今天都要过一遍，摸清楚情况。时间不等人，我们已经全城搜索五天了，处座不会给我们太长时间的！"

时间过去得很快，这一整天宁志恒马不停蹄地对四个目标都做了一次初步的筛选。

傍晚时分，他坐在办公室里，看着桌案上的几份材料，低着头半晌没有说话，最后抬起头问道："你们来说一说今天的调查情况！"

王树成上前一步，率先开口道："我们按照组长您的指示，逐一进行了调查。

"蔡瑞绣家的女用人是本地人，家里还有一个儿子。我们找到他的儿子，让他找了个借口把母亲叫回家，仔细讯问了情况。据这个女用人交代，蔡瑞绣确实有一件青白两色、绣有牡丹图案的旗袍，是前段时间刚定做的。但是她的衣服很多，这件旗袍她很少穿，而且五天前的上午她并没有出门，一直在家里，所以她的嫌疑可以排除。

"江倩美，二十四岁，目前单身，是本地富商江德庸的二女儿，五天前并不在南京，三天前才从扬州回到南京，这个也可以排除。

"傅慧，三十岁，教育部的一名女职员，五天前的上午正是她上班时间。我们暗地找到她的两个同事了解情况，两人都说她上班期间一直在单位，没有中途离开过，她的嫌疑也可以排除。

"康春雪，二十六岁，居家妇女。丈夫邢立轩，三十岁，市政府的一名官员。夫妻二人没有孩子，家中也没有用人！只有她五天前上午的行踪是我们无法证实的，因为她是家庭主妇，家中除了她的丈夫，也没有目击证人，除非我们现在抓捕她直接讯问！"

宁志恒听完王树成汇报，沉吟了半晌。他皱着眉头，起身踱了几步，缓缓地开口说道："看来这个康春雪的嫌疑最大。一个家庭主妇？"这时他的眼睛精光一闪，再次冷声说道，"如果真的是她，那她的丈夫邢立轩也脱不了嫌疑，不然一个天天守在家中的妇女能做什么事，再说有些事情是根本无法瞒过枕边人的。现在就去调阅邢立轩的档案，明天不管有什么结果，都马上抓捕这夫妇二人，宁可抓错不可放过！"

霍越泽听到这话不禁有些犹豫，说道："不用等情报科的排查结果了吗？您可是亲口答应谷科长的！"

宁志恒的眼眉一挑，心中不禁有些烦躁，以他的作风自然是雷厉风行，只要确认了疑犯就会在第一时间抓捕，绝对不会有丝毫的耽误。可是情报科动作迟缓，已经影响到了宁志恒的进度。他犹豫再三，觉得谷正奇还是得罪不起的，再说于诚的排查结果出来后，也许真能找出更有嫌疑的目标，稳妥起见，还是再等一等吧！

"那就等于诚一天！"宁志恒最终还是退了一步。

宁志恒看向王树成，吩咐道："马上对康春雪和邢立轩夫妇进行监控，最迟明天就对他们进行抓捕。是不是真的目标，到时候审一审就知道了！"

王树成点头应道："我们已经在他们住宅的周围布置了两组人员，昼夜监视，而且我们并没有对他们进行深入的调查，不会惊动他们的。”

宁志恒满意地点了点头。王树成自从担任主官以来，做事越来越有章法，行动能力与半年前相比要强得太多了。

第二天一大早，于诚就急匆匆地赶到宁志恒的办公室，将一份材料递给他。

“志恒，这次是我们懈怠了。昨天忙了一天终于完成了排查，连夜汇总，你看一下。”于诚赔着笑脸说道。

宁志恒看于诚肯低头，自己敲打的目的也达到了，自然也要有个态度。他摊开双手，做出一副无可奈何的表情，诚恳地说道：“老于，你也别怨我催你们。全城搜捕已经第六天了，平头百姓还好说，可南京城达官显贵云集，不是哪个都那么好说话的。处座那里是顶着压力的，我们这件案子今天必须有个结果！”

说到这里，他站起身来，伸手做了一个“请”的手势，然后两个人在沙发上相对而坐。宁志恒拿起那份材料仔细翻阅着，其实他也希望情报科的排查能够有新的发现，尽可能地将所有可疑人员搜罗网中。他开口问道：“一共有三个可疑目标，老于，这些人经过甄别了吗？”

于诚听出了宁志恒的意思，赶紧解释道：“已经甄别过了。其他人当天上午的行踪可以确定，都没有时间去安和商铺打电话，只有这三个人甄别起来有些困难，毕竟不能动静太大，容易惊了他们。”

宁志恒站起身来，在屋里来回踱了几步，想想时间是不能再拖了，于是转头对于诚说道：“不管了，马上抓捕所有的目标，当面锣对面鼓，我们直截了当地查！老于，我们分开行动，我带人去抓捕我们已经甄别的一个目标。给你一个行动队，你去抓捕你甄别的三个目标。只要是自己无法证明六天前上午十点半行踪的，就连同家人一起带回来！”

“好，就这么办，快刀斩乱麻，直接干脆！”于诚也点头同意。

宁志恒拿起电话拨打出去，很快王树成和霍越泽赶了过来。

宁志恒命令道：“第一和第二行动队全体出动。树成，你跟着我去抓捕康春雪夫妇。越泽，你带队去配合情报科抓捕其他三个目标。记住，目标家中所有人员都要控制起来。还有，这一次的抓捕目标并不确定，看好你们的手下，行动时绝不允许有任何人染指财物，否则军法从事！”

“是！”王树成和霍越泽领命而去。

宁志恒和王树成带着人赶到康春雪家附近，一直在这里监视的赵江向宁志恒汇报道：“组长，现在就康春雪一个人在家，她的丈夫邢立轩上班去了，我已经安排了人去跟踪！”

宁志恒看了看手表，转身对孙家成命令道：“你带几个人去抓捕邢立轩，小心一点，这个人很可能受过训练，不要让他有可乘之机。”

孙家成点头领命而去。

宁志恒又对王树成命令道：“马上抓捕康春雪！不要以为目标是个女子就掉以轻心，一切都按步骤操作，不能有一丝疏忽！”

王树成点点头，一挥手，身边的队员立即分成两组，在住宅的前后分别搭起手架，将几名身手矫健的队员送进院子里。王树成亲自带队，第一个翻进院里。

时间不长，就听见住宅里传出一声女子的尖叫，紧接着院门打开，只见王树成将一名双手反扣在后背、嘴里塞着布团的青年女子带了出来。

宁志恒缓步走上前，对王树成问道：“抓捕行动顺利吗？”

王树成将那名女子轻推在一旁，点头回答道：“很顺利，她没有明显的反抗，衣领和袖口都检查过了，没有藏毒。”

宁志恒来到女子的身边，冷声说道：“一会儿我问你一些问题，你老实回答。我不想太粗鲁，你最好配合！”

说完，他伸手将女子嘴里的布团取出来，女子强作镇定地说道：“你们到底是什么人，要问什么？”

宁志恒没有理睬她，直接问道：“你的姓名？”

女子犹豫了一下，回答道：“康春雪。”

宁志恒点点头，接着问道：“你回忆一下，六天前上午十点半，你在做什么？谁是证明人？我提醒你，这个问题关系到你的生死，如果你不能证明自己当时的行踪，那么只能跟我们走一趟了。你想清楚再回答！”

宁志恒两眼紧紧盯着康春雪的面部，他要精确地判断她的回答是真是假。

康春雪听到宁志恒的话，眼神有些惊慌，表情很茫然。她仔细地回想着，好半天才喃喃地回答道："应该是在家里，我没有什么社交，一般很少出门。"

宁志恒眉头一皱，声音越发冰冷，他脸色严肃地说道："你想清楚，确定是在家里吗？证明人是谁？"

康春雪一脸的委屈，连声说道："我丈夫上班去了，我自己一个人在家，哪有什么人能证明！"

"没有人能证明？那就委屈你了！"宁志恒不再多问。他挥了挥手，马上有两名行动队员上前，将康春雪挟制住带到车上。

康春雪急得大声喊叫，却被身边的行动队员用布团一把堵住嘴，只能发出呜呜的声音，然后被强行塞进车里。

宁志恒看着赵江说道："你把她先带回去，押到刑讯科单独关押，等孙家成把邢立轩带回去的时候，不要让他们见面和接触。我在这里亲自搜查！"

"是，明白了！"赵江点头领命，发动车辆一路向军事情报调查处驶去。

宁志恒抬脚进了院门，身后的王树成带着行动队员们也蜂拥而入，开始一点一点进行搜查！

宁志恒站在客厅中间，四下环顾，见房间里的布置很简洁。他伸手在桌案上抹了一把，将手指拿在眼前搓了搓，却没有发现一丝灰尘，看得出房屋的主人非常爱干净。

这时一旁的行动队员们开始对客厅进行搜查，他们将抽屉全部打开，仔细检查每一件物品，甚至将家具都挪到房间中央，前后左右进行全面的搜查。

宁志恒看到他们检查得非常仔细，暗自点了点头。这些手下做事极为认真，对每一个死角都没有放过。

宁志恒看客厅里没有什么发现，就迈步进入一旁的卧室。卧室里布置得也很整洁，卧床对面的书桌上放着一台老式收音机。宁志恒走到书桌前，仔细检查了一下收音机，用手轻轻拧开开关，听到收音机发出刺啦刺啦的响声。他随手拧动了调拨频率的按钮，收音机里传出不同电台播放的声音，看起来运转得很正常。

"组长，你看！"王树成打开一旁的衣柜，只见里面竖挂的衣杆上第一件衣服就是那件青白两色、印有牡丹花图案的旗袍。

宁志恒走上前，仔细观察了一下，点点头说道："这件旗袍放在最外面，可见康春雪很喜欢这一件，应该是经常穿的。"他又环顾四周，接着对王树成说道，“把这间卧室一寸一寸地搜查一遍。我去院子里看一看。”

宁志恒信步出了房间，来到院子里。这处宅院面积不小，主人很会布置，将院子里收拾得很干净，在中间种植了一些花草，整个院落显得宁静雅致。

一阵清风吹来，顿时某处传来清脆悦耳的铃铛声。宁志恒抬头一看，原来在房间的屋檐下还挂着几只风铃。宁志恒闭上眼睛，仔细凝听着这清脆的铃声，直到这股清风吹过，才睁开眼睛。他几步来到屋檐下，轻身一纵将一只风铃摘到手中。这是一种铁质的长盏风铃，里面的册舌很短。宁志恒用手轻轻抚摸着表面的花纹，脑海里不停地回忆着什么。

半个小时之后，王树成带领队员们将整个住所里里外外搜了个遍，颇为失望地向宁志恒报告：“组长，什么也没有搜到。这个住所很干净，除了他们的一些财物，还有那一件旗袍，我们几乎一无所获。”

宁志恒摆了摆手，手中那串风铃发出清脆的声音。他看着王树成微微一笑，轻松地说道：“不，恰恰相反，我们很有收获。康春雪夫妇做事很仔细，家中没有一点涉嫌的可疑物品，可惜百密一疏！”

王树成在一旁听得有些迷糊，不知道组长到底是从哪里看出了破绽。

宁志恒莞尔一笑，开口解释道：“这几间屋子里的摆设、布置，你看清楚了吗？给你的印象是什么？”

王树成仔细回想了一下，最后还是摇了摇头，犹犹豫豫地说道：“就是比较干净，很干净，别的就没有什么了。”

宁志恒点了点头说道：“看来是难为你了。你说得也对，是很干净！这当然与这家的主妇很爱干净、打扫得勤快有关系。更重要的一点是他们房间的布置，你没有发现房间里的家具都只有两种颜色吗！”

王树成听到宁志恒的提醒，赶紧回身进了房间，果然发现里面的家具都只有两种颜色，一种是色泽发暗的灰黑色，一种是柔和的乳白色。他又几步跑回宁志恒的身边，说道：“的确如此，家具只有两种颜色，可是这又能说明什么问题？”

宁志恒看着王树成摇了摇头，但这个不能怪王树成。他知道王树成出身平常人家，自身的阅历有限，自然眼力方面就要欠缺一些。他笑着解释道：“这处房屋里面的家具虽然都是很大众化的样式，和平常人家没有什么区别，但是在颜色的选择上，体现了主人的审美。在日本有一种很普遍的认识，在房间里摆放的家具越少，布置的颜色越少，屋里就显得越整洁。如果怕颜色过于单调，那么可以多配一种颜色，而这种颜色一定要和之前的颜色形成鲜明的对比，所以日本人的家里大多是以对比较为鲜明的两色作为基色调，一眼望去房间里就会显得干净整洁！而我们国家的家居观念还比较守旧，像这种家居布置的人家不多。”

王树成听了宁志恒的话，不觉有些尴尬地说道：“可是我确实没有看出有什么不同。虽然我不太懂组长你说的这些，不过这所住宅里的家具确实不多，几乎都是家中必备的！”

宁志恒没有在这一方面纠结，接着说道：“还有那个收音机！”

“收音机？”王树成一愣。这个收音机他也看到了，甚至还打开后盖检查了一遍，没发现什么异常。

“一般人家的收音机都是放在客厅里的，可是这台收音机却放在卧室里，这就有些不正常了。通常情况下，人们都会下意识地将最重要的东西放在距离自己最近的地方，可是他们却把一个老式的收音机放在卧室里，这说明他们很重视它。我试了试音频，这台收音机运转正常，收音的质量很好，调拨频道的铜制转钮很光滑，一定是经常使用。”

“您是说他们经常使用这台收音机听电台广播，或者说接收日本间谍本部的指令？”王树成一下子就听明白了宁志恒的意思，说，“对呀，总是在卧室里听电台广播确实不合常理，只有这个解释才说得通。”

宁志恒又拿起自己手上的风铃递过去，问道：“你知道这是什么吗？”

王树成接过风铃仔细看了看，不禁疑惑地说道：“这不就是普通的风铃吗，有什么不对？”在中国，寻常人家房檐上挂个风铃，虽然不多见，但也并不是没有。王树成仔细端详了半天，也没有看出个所以然来。

宁志恒伸手从他手上拿过风铃，仔细地解释道：“确实是风铃。不过在我们国家挂风铃主要有两种用途：第一，驱逐鸟雀。以前房屋的建筑屋顶都采用木头制作，结构中会有许多缝隙。很多鸟雀就会在缝隙间筑巢，进而产生大量的粪便。鸟粪既不卫生也污染木质，影响木材使用寿命。屋檐挂上风铃，风起之时清脆的铃声就会将鸟雀惊走。第二，驱邪避凶。在大型的古建筑，比如寺庙中也会挂一些风铃，不过那种风铃是一种重要的法器，响动之中有祈福驱邪、震慑妖魔的含义。总的来说，中国式风铃的功能倾向于实用，造型较为古朴庄重。可是你看看这处房屋，根本就是砖瓦结构，屋顶上连根木头也没有，更别说什么鸟雀筑巢了，那他们挂风铃做什么？

“日本人向来有挂风铃的习俗，不过他们挂风铃就是为了装饰，更讲究五官的全部感受，也就是说风铃要外观漂亮精巧，声音清脆悦耳。日本人对风铃的要求更注重感官上的享受。你看我手中这只风铃，造型精巧，声音清脆，里面的册舌也有日本式风铃独有的特点。

“中国式风铃里面的响器，我们称之为‘舌’，大多是实心铜器；而日本人称之为‘册’，一般是空心铁器，因为他们习惯将心愿写在木质短册上系在风铃下，心愿就能随着风铃声飘到远方，也有一种祈愿的含义在里面。所以，房主人有可能是在睹物思人！

“以上的几处疑点，足以说明问题。所以我说这次的搜查我们很有收获，我现在几乎可以肯定，这对康春雪夫妇的身份不简单，他们是日本间谍的可能性非常大！”

听到宁志恒的这一番话，王树成佩服得五体投地。宁志恒表现出来的这份扎实的阅历和渊博的学识，让王树成心服口服！原本平常无奇的一处宅院，在组长的眼里却到处都是破绽。他抽丝剥茧，轻轻松松就将其中的要点指了出来，这种眼力简直犀利得可怕！

“收队吧，不会再有什么有价值的线索了！”宁志恒对众人下令，然后又对王树成吩咐道，“你去趟城南新曲大街的安和商铺，把掌柜夫妇带到处里。我想让他们再认一认，也许会有效果。”

王树成领命快步离去，众人迅速收队，赶回军事情报调查处。

宁志恒等人回到处里，在大门口正好碰见于诚和霍越泽从车上拖下来一名青年女子，也是双手铐在身后，嘴里堵着布团，脸上还有一块青肿的地方。宁志恒见他们只带回来一个目标，不禁疑惑地问道：“怎么只有一个，其他两个呢？”

于诚解释道：“其他两个人当面讯问过了。一个人这段时间卧病在床，所以一直没有露面。我们冲进去的时候还躺在病床上，消瘦得不成样子。还有一个是基督徒，那天十点左右去教堂做祈祷。我们找到了教堂的牧师和她的几位教友，都证实了她的话。只有这一个，她死活不说那天上午的行踪，我们就给带回来了。我看十有八九就是她。”

“好吧，不管怎么样，只要进了审讯室，过一过堂，就都清楚了。”宁志恒点头说道。

众人押着疑犯快速来到刑讯科。

第二十四章

有人窥伺

这时在另一处的审讯室里，赵子良正在审讯顾文石。

三天了，顾文石一刻也没有合眼休息，就这样斜靠在座椅上，微微睁开的眼睛里充满了血丝，嘴唇苍白而干裂。那刺眼的强光直直照射在他的脸上，让他的大脑一片空白，整个脑袋就像要炸裂开来。每当滔天的睡意席卷而来的时候，就有一名审讯人员用带着细针的指环狠狠地扎在顾文石的敏感部位，一股钻心的疼痛会让他马上清醒过来。

赵子良静静地看着眼前已经煎熬得不成样子的顾文石，据他的经验，以人犯的意志力，顶多还能坚持两天。不过这个顾文石没有死志，不然以他的伤势,想要自绝并不是件难事。从这一点上来看,相信让他开口是早晚的事情。

赵子良轻咳一声，语气和蔼，以一副推心置腹的模样说道 :“顾参谋，该说的我都给你说了，你好好想一想，强撑着有什么用。你能撑一天两天，甚至七天八天，可那又有什么意义？不过是早晚的事情。只要你开口，我可以保证你的人身安全，还可以给你一笔钱。你藏在小山村里的那些财产也都可以返还给你，你可以去任何你想去的地方过完你的下半生。”

当赵子良提到自己藏身之处的那笔财富的时候，顾文石眯成一条线的眼睛微微睁开了一点，随即又闭上了。可是这一微小的举动并没有逃过赵子良敏锐的眼睛。他早就和宁志恒交流过，知道这个顾文石唯一的弱点就是爱财。

看着又恢复平静的顾文石，赵子良冷冷一笑，人只要有弱点就好办了。他正要再施以攻心之言，审讯室的门打开，一名行动科的人员走进来，附在赵子良耳边低声说了几句。

赵子良听完脸色一喜，转头对顾文石语重心长地说道："你多考虑考虑，好好想一想以后该如何自处。你还年轻，大好时光还在后面，不要真走到最后一步，后悔晚矣！"然后他又对旁边的审讯人员吩咐道："盯紧了，别让他睡着了！"

审讯人员赶紧点头。

说完，赵子良起身出门，问身后的行动队员："宁组长把疑犯抓回来了？开始审讯了吗？"

"刚把人带回来，总共是两女一男，其中有一对是夫妇，一个女子是单身，正准备审讯呢！"行动队员答道。

赵子良快步向前，转了一个拐角，来到另一间审讯室。

审讯室里，宁志恒正和于诚低声说着话。对面粗大的木桩上捆绑着一名青年女子，她的嘴里紧紧堵塞着布团。

"老于，这样好了，我们各自审讯自己甄别的目标，最后把结果汇总，这样也节省时间，你看怎么样？"宁志恒低声说道。其实他心里几乎可以确定康春雪的身份了，但于诚对自己的目标也是信心满满，急着想要先行讯问自己的目标。宁志恒当然不会因为这点小事起争执，爽快地拍案决定。

于诚当即点头同意，笑呵呵地说道："那好，志恒，看看我们谁先抓到这个真间谍！"他表面上是在打趣说笑，可实际上是想抢先一步把案子拿下来，为自己、为情报科挣回一点面子来。

宁志恒微微一笑，当下点头说道："好的，那你可要动作快一点，别被我抢了先！"

于诚起身就往门外走，正好看见赵子良推门而入，赶紧立正笑道："赵科长，您来了！"

赵子良没有说话，只是略微点了点头，就径直向宁志恒走去。于诚知道赵子良脾气向来如此，而且对情报科一直没有好感，也就不再停留，快步出门。

看见赵子良进来，宁志恒赶紧站起身，上前迎了两步说道："科长，您怎么赶过来了？"

赵子良摆了摆手，在身后找了一把靠椅坐下，神情疲惫地说道："又陪着熬了几个小时。我这把年纪了，还真有些熬不过他。"

宁志恒一听，也在赵子良身边坐下，低声说道："这小子这么难熬吗？没有那么娇气吧，要不要再上些手段？"

"情况没有那么严重，"赵子良双手轻轻揉搓了一下脸庞，清醒了一下，然后轻松地说道，"开口不过是早晚的事。正像你说的那样，这个人的弱点很明显，就是恋财，只需威逼利诱而已，我估计他最多再能坚持两天。"

宁志恒点了点头，这时审讯室的门再次打开，王树成快步走了进来。

"组长，人我已经带回来了，就在旁边的房间等候。"王树成低声汇报道。

听到王树成的话，宁志恒略微提高了一些音量，对赵子良说道："科长，我的一位证人来了，她亲眼见过疑犯。这一次能够抓到康春雪，全靠她的指认，我去安排一下。"

赵子良没有说话，只是示意他自便，宁志恒便快步出了房门。

这时，一直被捆绑在木桩上的康春雪听到宁志恒的话，顿时心头一震。竟然有人会当面指认她！他们夫妇二人一直处于潜伏状态，根本就没有参与情报行动，又何谈暴露一说？想想之前抓捕的时候，宁志恒向她讯问六天前上午十点这段时间的行踪，当时她虽然心中震惊，但还是存有侥幸心理的。

那一次的示警电话，只有短短的不到半分钟时间。她还是特意走过两个街区，到离家很远的地方，在一个陌生的商铺使用公用电话打的。这南京城人海茫茫，对方怎么可能这么快找到自己？难道就是在那短短的不到半分钟时间里，竟然有人记住了自己的容貌？这简直不可思议！

正在她心中掀起无边波澜的时候，宁志恒又回到审讯室，他向赵子良微微点头，便示意开始审讯。

审讯人员将康春雪嘴里的布团取出来，康春雪顿时觉得气息顺畅了很多，她深吸一口气，眼睛看向宁志恒。

宁志恒上前两步来到康春雪面前，冷声说道："康春雪，这里是军事情报调查处审讯室，来到这里的人很少能够活着出去，我想你很清楚自己现在的处境。现在我问你，你的真实身份是什么？你的丈夫邢立轩是你的同伙吗？

你们隶属哪个上级组织，从事过哪些间谍活动？这些问题你一一回答。我再提醒你一下，千万不要存侥幸心理，我不想对女人动手，但是对日本间谍除外！”

康春雪一脸的无辜和茫然无措，她哭着哀求宁志恒道：“长官，我只是个普通的市民、一个弱女子，根本听不懂你在说什么。我想回家，求你把我放了吧，我什么都没有做！”说到这里，她的眼泪扑簌扑簌掉下来，完全是一副柔弱不堪的样子。

宁志恒把眼睛一瞪，狠厉地骂道：“不知进退的东西，既然你想顽抗到底，那就先试试我的手段。”

说完，他对身边的审讯人员吩咐道：“还是老规矩，直接上铁签，把她的手给废了。我倒要看看，她的嘴有多硬！”

审讯人员现在都知道这位宁组长作风一向狠厉粗暴，一上手就是最重的刑罚，根本没有过渡的阶段。他们按照宁志恒的吩咐，将康春雪的手指和手掌固定在一块厚厚的木板上，然后熟练地将一支长长的细铁签对准指甲缝，猛地一用力插了进去，顿时一声凄厉的惨叫从康春雪的口中传了出来。

审讯人员并不为之所动，又抄起一把木槌，轻轻地敲打铁签的尾部，一点一点地将铁签慢慢揳入。

康春雪发出一声声痛苦的哀号，随着一支又一支铁签的插入，康春雪的声音变得越来越微弱。

宁志恒挥了挥手，审讯人员马上抄起一桶凉水，一股脑儿地浇在康春雪头上，顿时让康春雪的意识再次清醒过来。

宁志恒上前，轻声问道：“康春雪，现在机会还在你的手里，只要你开口，一切都可以过去。”他又回身指了指审讯室挂满各种刑具的墙壁，说道，“看见了吗？现在不过是刚刚开始，之后你就会觉得过的每一分钟、每一秒钟都是那么漫长，那种极致的痛苦无休无止，没有尽头，你会绝望得发狂。相信我，你根本熬不过去！”

宁志恒的话语像一柄锋利的尖刀刺在康春雪心上，可她死死地咬住嘴唇，最终蹦出一句话来：“我什么都不知道，我是冤枉的，你们放了我吧！”

宁志恒冷哼了一声，回头吩咐道：“去把人叫进来！”

一旁的王树成立刻领命出门而去，很快就带着安和商铺的那对夫妇进来。

宁志恒将他们带到康春雪面前，指着康春雪的脸问道："这个人是六天前上午十点半钟，在你们商铺打电话的女子吗？"

这对夫妇早就被审讯室里的情景吓得腿软，看着双手插满长长的铁签、气息奄奄的康春雪，按照宁志恒事先教给他们的话回答道："是她！"

女掌柜哆哆嗦嗦地接着说道："她那天穿着青白两色、印有牡丹图案的旗袍，披肩卷发，我记得很清楚！"

那个男掌柜也硬着头皮说："虽然电话就打了很短的时间，但我记得她的脸！"

康春雪听到夫妇二人的话，终于彻底死心了。果然是那天打电话的时候被商铺的夫妇注意到了，连自己当时穿的衣服以及打电话的时间长短都记得一清二楚。

宁志恒挥了挥手，王树成将夫妻二人带出去。宁志恒这时才回过身来，再次问道："康春雪，现在你还有什么可说的？不要心存侥幸坚持抵赖下去，否则等待你的只有痛苦和死亡！"

事情已经到了这个地步，康春雪干脆把头扭向一旁，任凭宁志恒怎么问，也不再开口。

宁志恒眼中凶光一闪，挥手说道："接着来！"

一旁的审讯人员不敢怠慢，又抄起铁签子，对准康春雪的脚趾一根一根插了进去。再次经历极大痛苦的康春雪又昏了过去，再被凉水泼醒，宁志恒也懒得再问，挥手示意审讯继续。于是，一柄烧得通红的烙铁不断地落在康春雪身上，一股焦臭的味道弥散开来，又是几声惨叫，康春雪再次昏了过去。

一旁的赵子良看得也有些皱眉了，他转头对宁志恒说道："志恒，再这样整下去，她活不了多久。不是还有一个目标吗，也许从他那里可以撬开口！"

宁志恒也没有想到这个康春雪能够硬挺到现在，不过他还有更多的手段没有上，不相信康春雪真的能熬过去。这时看赵子良开口，也只好听命行事，他无奈地点点头，说道："那好，就再容她缓一口气，我就不信她真是铁打的！"

宁志恒说完对王树成说道："把她带下去吧，把邢立轩带上来。今天就是把人熬成汁，也要问出个结果来！"

赵子良一听就知道宁志恒这股狠劲未散，只怕是心里不痛快。他拍了拍宁志恒的肩头，说道："志恒，不要给自己太大压力。我也有些乏了，回去休息一会儿，你自己心里有些数！”

说完，他站起身来，宁志恒赶紧将他送了出去。

很快王树成把邢立轩带进来，宁志恒冷眼一瞧，不过是个面相普通的青年。他也懒得再多问，对审讯人员说道：“按照刚才的步骤再来一遍，这次除非他咽了气，否则绝不能停手！”

这话顿时让这些审讯人员心中一凛，早就听说行动科的宁组长审起犯人来不管不顾下死手，今天算是领教了！接下来对邢立轩的审讯跟审康春雪如出一辙。审讯人员累得满身是汗，整个审讯室弥漫着浓烈的血腥味和焦臭味，最后一旁的王树成终于忍耐不住，冲出审讯室，在角落里不停地呕吐起来。

也不知吐了多久，王树成只觉得快把整颗心都吐了出来，这才缓过一口气来。他强挺着身体，回身往审讯室走去，在宁志恒身边坐下。宁志恒看着他因为剧烈呕吐而憋红的脸庞，嘴角露出一丝笑意，缓缓地说道：“我还以为你不会回来了呢！”

王树成微微摇头，努力让自己坐得挺直，强迫自己的眼睛注视着审讯人员的动作，然后轻声问道：“组长，我们是一起加入军情处的，可是我感觉自己做得很糟糕，总是在强迫自己适应这里的一切，我是不是不适合干特工？”

宁志恒看着王树成，幽然地说道：“也许当初你去部队更好。你这样的性子做特工，确实需要更多的历练。”说到这里，他身子略微前倾，低声一字一句地嘱咐道，“我们做特工这一行，容不得半点差池。你要时刻记住我的一句话，做事一定要狠，千万不可心软！不然以后你会付出惨重的代价，甚至是生命！”

王树成没有再说话，只是继续一动不动地坐在那里！

时间一点一点地过去，宁志恒和王树成就这样静静地等着，直到已经变成血葫芦一样的邢立轩再次发出一声凄厉的哀号，终于气息奄奄地吐出一句：“我说，我说！别再折磨我了，你们这群魔鬼！”

宁志恒这才轻轻吐出一口气，慢慢地起身走到被折磨得血肉模糊的邢立轩面前，突然之间一脚踢出，重重地踹在他的脸上，并斥骂一声：“贱骨头！”

邢立轩只觉得被一把巨锤砸在脸上，顿时脑袋一仰，口角鲜血淋漓，两颗牙齿随着血水吐了出来！

宁志恒这一击，出乎所有人的预料。王树成身体一颤，强忍住没有动。几名审讯人员顿时被惊得退了一步，在宁志恒身边闪出一片空地。过了好半晌，一名胆子大些的审讯人员才小心翼翼地出声说道："宁组长，不能再打了，人犯的身体会熬不住的！"

宁志恒没有再对邢立轩动手，只是挥手示意让他们出去。众人看着宁志恒的眼神，都不敢再多说，快速出了审讯室的大门。

宁志恒这才低下身子，伸手将邢立轩像拖死狗一样拖到审讯桌前。

"你的真实身份？"

"日本内务省特高课特工高野谅太。"

"你妻子康春雪的身份？"

"她是我的助手，川田美沙！"

"你们的上线？"

"我们没有上线，真的没有。我们只是奉命潜伏，根本没有参与情报工作！"

"没有参与？那你们怎么会给耿博明示警？是谁告诉你们耿博明已经暴露了？"

随着审讯的深入，在宁志恒的追问下，事情的脉络总算展现出来。

原来，高野谅太和川田美沙是日本特高课精心训练出来的间谍，四年前奉命潜伏进南京。他们和耿博明一样，各自都是单独的一枚棋子，不与其他情报小组产生任何联系，直接接受特高课本部情报组长今井优志的指令。

和其他间谍不同的是，别的间谍一天只在晚上进行一次固定的联系。而他和川田美沙每天轮流守候在那台收音机旁，每隔两个小时就会接收一次本部的指令，然后再根据指令行事，四年来从未间断过。

他们就如同今井优志设在南京谍报战线上的一台报警器，一旦发生最紧急的情况，通过他们两个，日本间谍组织总能够在最短的时间里作出应对。

不过发生紧急情况的时候非常少，在这四年里只出现过三次。第四次就发生在六天前的那个早晨。

当天早上高野谅太去上班，留下川田美沙在家，每隔两个小时用收音机接收一次信息。上午十点钟的时候，川田美沙打开收音机，忽然收到本部的信息，内容是让她用暗语以最快的速度打一个示警电话。她马上出门，特意走出两个街区找了一家普通的商铺，用公用电话拨通那个电话号码，只用了不到半分钟把暗语说完就挂断了电话。

这件事情高野谅太还是下班回来后，才从川田美沙口中得知的。没想到这么一次极为简单的任务，短短不到半分钟的通话，就被军事情报调查处盯上了。他们竟然仅仅凭着一件旗袍，就追查到了自己身上！

“说一说前三次的任务分别都是什么。”宁志恒接着追问道，“希望你不要说假话。不要忘记了，川田美沙还在我们手中。如果我们发现你和她的口供有不一致的地方，那你的下场会非常悲惨！”

宁志恒没有想到这对间谍夫妇竟然是独立的棋子，没有上线和下线。虽然他们是直接接受日本特高课本部指令的特殊间谍，但是线索到这里也就断了。这件案子走到这里，也就算是走到了尽头。不过结果还算好，总算是抓获两名真正的日本间谍，也可以向处座交代了！

听到宁志恒的问话，高野谅太心底一凉。他原本打算骗过宁志恒，可是一想到川田美沙也落入了军事情报调查处的手中，审讯后如果口供对不上，这样地狱般的煎熬他绝对不想再经受一次了。推己及人，他想着川田美沙也不可能熬过这样的酷刑，最后肯定还是要开口的。

想到这一点，他干脆放弃了别的想法，直接和盘托出。他开口说道：“第一次是三年前的五月份，具体时间我记不住了，通知我买两张时间上最近的开往安庆的火车票和两身男式西装，放在宏安旅店的储物柜里。第二次是两年前的九月十三号，也和这次的情况一样，用暗语打了一个示警电话。第三次是去年六月二十号，让我在天亮之前去城南一棵柏树上用刀刻画了一个三角形图案。”

宁志恒一听不禁有些头痛，高野谅太提供的这三个线索，都太没有头绪了，除了两年前的那个示警电话还可以查一查，其他两个任务都难以追查。

第一个任务他一听就知道，准备车票和服装一定是为了安排两个人紧急赶往安庆。这件案子唯一的线索就是宏安旅馆的储物柜，不过估计这个地点用过之后就没有价值了。而且过去了这么长时间，追查起来难度太大，十有八九是做无用功。

第三个更没头没脑，干脆就是在路边的柏树上刻画了一个三角形，至于代表什么含义无法知道，而且一天到晚路过的行人太多了，又怎么确定这个三角图案是刻画给谁看的呢？这简直就是无头案！

宁志恒看确实没有什么有价值的线索，就干脆利落地结束了这次审讯，让审讯人员进来带走高野谅太。他回身看了看王树成，见他已经神色如常，便笑着说道："案子已经告一段落，既然高野谅太开了口，那位川田美沙就没有什么价值了，一会儿就交给你来审。"

王树成听到宁志恒的话，点了点头。他知道这是宁志恒在给机会历练他，反正川田美沙开不开口意义不大，只是用来印证高野谅太口供的真实性，即使她真的在审讯中伤重而死，也没有什么损失。

宁志恒拍了拍王树成的肩头，给他打气道："不用留手，这个日本女人骨头比男人都硬，是个练手的好对象，核对完口供，也就没什么用了。我等你的消息。"

说完，宁志恒迈步出了审讯室，对等候在外面的审讯人员说道："去把那个康春雪带过来，接着审问。"

审讯人员一听，赶紧转身去提人，很快就拖着川田美沙进了审讯室。

宁志恒这时才想起来，情报科的于诚也带回来一个青年女子。现在真的人犯已经招供，那么那名女子就一定是无辜的，只怕这个时候在于诚的审讯下生死难料了。他紧走几步，来到不远处的另一间审讯室，推开门一看，里面却是空无一人。

他转身去了审讯室的办公室，工作人员见是宁志恒，赶紧说道："宁组长，情报科于组长主持的审讯很快就结束了，现在疑犯也被提走，不在我们刑讯科了。"

宁志恒一听心神一松，知道是怎么回事了。肯定是用刑之下，那名女子终于说出了那天的行踪，于诚核实以后就把人放了。看来于诚这个人还算有底线，没有屈打成招。

宁志恒快步出了刑讯科，果然看见于诚站在门口不远处，嘴里抽着香烟在等他。看到宁志恒出来，于诚赶紧将香烟扔在地上踩灭，快步迎了上来，开口问道："志恒，审讯结果出来了吗，人犯开口了吗？"

宁志恒点了点头，说道："一个已经开了口。确认无误，是两名真正的日本间谍，直接受日本特高课本部的指令。你先别着急，审讯记录不在我这里，现在还在继续审，正在核对口供，很快就会有结果。"说到这里，他笑着问于诚，

"你的那位目标呢？"

于诚到底是脸皮结实，双手一摊，回答道："人已经放了。这个女人也是倔强，抓捕的时候嘴还硬，一直挺到要动刑才吓得开了口。原来是南京政务厅一位高官的情人，六天前那天一直和情夫在一起，而这位高官是怕老婆的，两个人都偷偷摸摸、不敢声张。后来我们证实了情况，就把人放了，总不能屈打成招吧！"

宁志恒用手指点了点于诚，打趣地说道："你还算老实，如果真屈打成招，我可是不答应的。好了，我们这次也算功德圆满，好歹也算抓了两个，可以交差了！"

于诚这时面上看不出来，可心中还是不舒服。这件案子从头到尾自己都没有什么贡献，下了大力气排查两天，最后还是宁志恒抓到了真的间谍，不知道宁志恒的结案报告会怎么写。

宁志恒把他的小心思看得透彻，开口笑着说道："老于，这一次我们两个科室通力合作，挖出了两名高级别的日本间谍，在结案报告上我会着重说明的，不会让你白忙活一场！"

于诚一听眼睛一亮，心中大喜。宁志恒的意思很明显，就是功劳均沾，情报科也是要算一份的。他顿时笑逐颜开，一把拉住宁志恒的手，哈哈笑道："志恒，还是你够意思，做事厚道，以后只要你开口，我老于绝对赴汤蹈火，在所不辞！"

任凭于诚在这里口吐莲花，宁志恒也不当回事。他知道这一次不是帮于诚，而是必须给谷正奇一个面子。赵子良也是这个意思，他自然不会当恶人。

宁志恒回到办公室休息了一下，看时间已经到了中午，便出门去红韵茶楼吃午饭。

平时他都是一个人，自然也不必在家里开伙做饭，吃饭基本上都在红韵茶楼，主要是因为这里离军事情报调查处很近，也就几百米的距离，再有就是饭菜很干净，吃起来还算可口。

因为距离比较近，他没有开车，迈开腿步行前去。等他出了大门走出一段距离时，总觉得哪里有什么不对，那种感觉就像走在从林之中，自己被一条毒蛇暗中窥伺一样。

凭着超人的直觉，他虽然没有那种危急关头毛骨悚然的感觉，但是心神不宁，有一种莫名的焦虑在心头。他敏锐地感觉到，一定有人在暗处盯着他，并且是怀有敌意的！

宁志恒没有回头张望，他一如往常那样快步走进红韵茶楼，一进茶楼大门，那种感觉就消失无踪。

宁志恒快步上了二楼，来到自己常用的包厢，推开房门，几步来到窗户侧面，透过玻璃仔细观察着外面的情况。

宁志恒仔细观察外面的情况，见路上的行人没有什么异常，自己身后也没有尾巴跟过来。跟踪他的是一个老手，距离放得很远，如果不是宁志恒直觉超人，根本就发现不了。

这时候，饭店伙计也跟着他的脚步走了进来。宁志恒随口叫了饭菜，打发伙计出去后，就一直等在窗户侧面。他的耐性极好，知道跟踪他的人一定有目的，绝不会轻易放弃。

跟踪他的究竟是什么人呢？宁志恒分析，无外乎是三种：日本人、中央党务调查处及地下党，而日本间谍的可能性最大。宁志恒冷哼一声，他倒要看一看是谁吃了熊心豹子胆！

与此同时，距离几百米外的一间商铺里，两个身穿西装、头戴鸭舌帽、一副记者打扮的男子正低声交流着。

“池田君，刚才为什么不再靠近一点，那么远根本拍不清楚！”个子稍微矮一点的男子疑惑地问道。

池田康介看了看远处的红韵茶楼，轻轻地摇了摇头，眼神中露出一丝警觉之色，缓缓地说道：“山内君，这个人给我的感觉很不好。他像一条感觉灵敏的毒蛇，如果我们靠得太近，肯定会被他反咬一口！”

山内一成不解地看着自己的同事，说道：“这次调查的对象主要是中国军事情报调查处的军官，这些特工哪个不危险？我们是不是过于小心了？”

池田康介郑重地回答道：“这个人不一样，和之前我们调查的人完全不一样。山内君，请相信我的直觉。我从事谍报工作这么多年，能够让我有如此危险感觉的，这还是第一次。我建议放弃对此人的调查，先行调查别的目标。”

“这绝对不行，如果你的直觉正确的话，那么我们更应该优先调查此人，搞清楚他的情况，因为这样的人才是我们真正需要调查的对象。”山内一成断然否决了池田康介的提议。

池田康介无奈地摇了摇头，心里骂道：这个鲁莽的家伙，什么时候能够真正把中国特工当作自己的对手重视起来呢？可是山内一成的职位比自己高，调查行动以他为主导，池田康介只能听命行事。

宁志恒这时也打定主意，非要搞清楚是谁敢来找他的麻烦。他走下楼，来到茶楼的柜台，拿起电话拨打出去。“越泽，马上调集行动组在军情处里的所有人员，将军情处大门附近的这条街区全部封锁，把紧出入口，不许任何人进出。我要进行大范围的搜捕行动！”宁志恒断然下令道。

挂断电话，他又给赵子良拨打过去。这件事情必须向赵子良备案，军事情报调查处的大门可不是他一个少校军官可以随意封锁的，必须向上面做个汇报。“科长，是这样的，我发现在军事情报调查处的门口附近，有可疑人员跟踪我。我怀疑他们心怀不轨，有不利于我的举动。我已经下令安排我的行动组控制封锁整条街区，但是我现在手上只有两个行动队，人手有些不足，还请科长安排一些人手增援！”

“什么，还有这样的事？这是什么人竟敢对你不利，还是在军事情报调查处的大门口？简直太嚣张了！志恒，你在原地不要妄动，我马上安排人员进行封锁，绝不能让其漏网！”赵子良听到宁志恒的报告，顿时勃然变色！宁志恒是他的得力爱将，也是行动科最主要的骨干之一，他的安全断然不能有失。更何况这是在军事情报调查处的大门口，如果出了意外，整个军事情报调查处将会成为笑柄，这是绝对不能够容忍的事情！

命令下达，大批行动人员以最快的速度冲出军事情报调查处大门，车辆冲到街口之后，迅速排开，训练有素的行动人员快速下车，把守住所有的出入口。

这一突然的举动，并没有引起周围人的惊慌。他们常住此地，自然知道对面这个大院里经常有大量的军官和士兵出动，对这些事已经司空见惯，只是有些人在低声议论，这又是要去抓什么人了云云。

一直躲在商铺里观察的池田康介和山内一成，对突发的状况有些措手不及，可是他们看到周围的人并没有惊慌失措，反而有些人还在指指点点地议论。

“他们在做什么？是不是有什么行动，针对谁呢？”池田康介看着从商铺门口呼啸而过的大批行动人员，低声说道。

“不知道，不过一定是大行动，出动的人员可不少。可惜我们在军事情报处里没有耳目，不然就不会这么被动了。这段时间以来，我们的人在南京频频失手，损失惨重，就是因为我们对他们了解得太少，所以组长才会派我们来对他们的内部人员进行详细的调查。中国人有一句谚语，知彼知己，方能百战百胜！”山内一成轻声回答道。

他们就是日本特高课本部专门负责南京情报工作的情报组长今井优志派遣进入南京城，对日益恶化的谍报战场局势进行详细调查的行动人员，对他们的主要对手军事情报调查处进行调查是这次任务的重中之重！

就在他们低头商量的时候，突发的情况让他们措手不及。只见大量全副武装的行动人员根本没有远去，而是就地将整条街区都封锁起来，出入口拦上军车和栅栏，所有的巷道小路也都被封死。

“山内君，情况可不太妙，他们就地封锁了这附近所有的进出口，会不会是冲着我们来的？”池田康介很快发现了异常。他在情报一线混迹的时间比山内一成要长得多，警觉性要高不少。

山内一成也警觉起来，他出言安慰道：“先不要慌，这么大一条街区，住着好几千人，他们的目标不一定是我们。再说我们的调查很隐蔽，应该没有惊动这些中国特工。”

池田康介可没有这么乐观，他的经验到底要丰富些，出言建议道：“我们还是要有心理准备，不能在这里坐以待毙。先去附近看一看有没有别的巷道，或者找个隐蔽的地方，待在街面上太显眼了！”

池田康介和山内一成快步出了商铺，混在看热闹的人群中拐进一条巷道，巷道里陆陆续续地有行人通过。他们先是低着头慢慢走，看周围没有人注意便加快脚步，穿过长长的巷道，竟看到了巷道的尽头。

“这是一条死胡同！”看着前面是堵墙，池田康介没有半点犹豫，半蹲身子，双手搭成手架，向山内一成点头示意。山内一成紧迈一步踩在手架上，借着池田康介的推送，一纵身就搭在墙沿上。可是他刚要翻身而上的时候，却发现院墙外竟也有一队全副武装的军人正在巡逻。

看见山内一成的身体又落了回来，池田康介奇怪地问道：“怎么回事？”

山内一成神色紧张地摇了摇头，说道：“外面也全被围死了，这条巷道行不通，我们再换一个地方！”

池田康介听到山内一成的话也是一惊，看来对方投入了大量的军力，将附近都控制住了，显然很重视这次的行动。他的心里又多了几分不祥之感。

两个人没有再多言，迅速往回走，来到巷口处，挤在人群中间向街口方向看去，就发现所有的行动人员已经开始甄别工作。

军人们荷枪实弹，眼睛紧紧盯着周围的人群。军官带队仔细核对每一个人，只要不是本地的行人，都被全副武装的军人用枪逼到墙角蹲下。

看到这个情景，两人更加焦急。池田康介拉了拉山内一成的衣服，示意他赶紧离开。两个人又拐进另一条巷道，试图再次寻找生路，可惜这次情况更糟，对面的巷口突然冲进来一队行动人员，差点和他们撞个满怀，总算他们反应得快，迅速回身重又来到街上，融入人群中。

这个时候再想找隐蔽之处已经来不及了。军事情报调查处的行动队员全体出动，他们有条不紊地将街区分成几段，逐个搜查甄别。

看着杀气腾腾的军人们迅速围上来，池田康介和山内一成相视一眼，都从对方的眼中看到了一丝惊恐。

这时，孙家成带领一队行动队员以最快的速度冲进红韵茶楼，他生怕组长有什么闪失，那就百死莫赎了！

宁志恒看到孙家成笑着挥了挥手。孙家成几步来到他的面前，急切地汇报道：“组长，我们的人都已经出动，控制了整条街区。您看我们是不是先回处里，这里不安全。”

宁志恒听到他的话哑然失笑，镇定地开口道：“没有什么大不了的。想杀我宁某人，他们还缺斤两，我倒要看看到底是哪路人马把主意打到我的身上了！”说到这里，他迈步走出红韵茶楼，孙家成带着队员紧随其后。

街面上，不时有行动科的军官向一路走来的宁志恒敬礼。这些军官有的是他的下属，有的属于其他行动组，宁志恒都点头示意。

这时，一位三十多岁的军官走到宁志恒面前，正是第二行动组的组长叶志武，也是赵子良的心腹之一。

此时第一行动组的组长卫良弼还在执行全城搜捕的任务。赵子良听到宁志恒的电话，第一时间就通知了第二行动组组长叶志武，命令他马上全组出动，协助宁志恒进行搜查行动。电话里说得很清楚，是协助！也就是说，此次行动由宁志恒主导。现在在行动科里有一个共识，那就是行动科的行动，只要宁志恒在场，一般都是由他主持。

“志恒，我把人都拉出来了，布置完毕，现在就听你的指挥了！”叶志武迎着宁志恒走过来。叶志武是赵子良多年的部下，当初在军中带来的习气不改，说话喜欢高嗓门。别看他外表粗豪，做事却是十分仔细，布置人员滴水不漏，在极短的时间里将整个街区每一个死角都控制得严严实实。

“叶哥，辛苦你了。”宁志恒笑容满面，快走上前几步，伸手和叶志武握了握手，然后说道，“先初步甄别，最后再细查可疑人员。我的感觉不会错，今天一定能网到一条大鱼！”

叶志武眼神一亮，眉宇间带着难以掩饰的兴奋，笑着说道：“哈哈，天天看着你们抓间谍，今天我也亲手抓一个，出去说话也有面子不是！”

“还不能肯定是日本方面的人，不过估计也差不了多少。反正今天是送上门来的，就不能让他们跑了！”宁志恒说道。

叶志武指了指军事情报调查处大门的方向，打趣地说道：“你还真说对了，真是送到我们军情处的大门上来了。”

两个人相视一笑，就在街边找了一处地方歇脚。

时间过去了一个小时，手下的军官们动作很麻利，把街面上的人群都甄别完毕，开始进入巷道里挨家挨户地搜索。

很快，孙家成来到宁志恒面前，立正敬礼后汇报道：“组长，已经初步甄别了一下，有三十七名行人不能证明自己的身份。我们正在登记，等搜查行动结束就派人下去仔细调查。现在每一条巷道都在入户搜捕，确保不会有一个人漏网！”

宁志恒点点头，沉吟着说道：“这三十七个人都搜过身了吗？”

孙家成马上回答道：“已经搜过了，没有发现枪支和其他武器。”

宁志恒站起身来，对叶志武说道：“叶哥，我们去看一看，说不定大鱼已经在网里了！”

叶志武一拍大腿，站了起来，笑呵呵地说道："正好可以向你学学。他们都说你有一双火眼金睛，眼光一扫，连苍蝇都能分出公母来，我今天一定要领教领教。"

他到底是行伍出身，嘴里说话荤素不忌。宁志恒微微一笑，伸手做了个"请"的手势。两个人移步向前，很快就来到了一片开阔地方。这里密密麻麻地围了好几十人，一律双手抱头蹲在地上，周围荷枪实弹的行动人员紧紧盯守着。

宁志恒这时看到边上有几个箩筐，里面都是些搜查出来的随身物品，杂七杂八的什么都有，甚至还有几身衣服和几本书籍。他上前踢了踢筐子，对一旁负责登记的军官问道："这些物品都登记了吗？"

军官赶紧起身敬礼道："报告宁组长，全部登记完毕。"

宁志恒点了点头，然后低下身子在筐里仔细检查，很快他便发现里面竟然还有一部照相机，便将相机拿在手中仔细端详着。

宁志恒抬起头看眼前蹲着的这些人，正想开口问话，一名军官快速跑过来，向叶志武汇报道："报告组长，我们在巷道里的一处垃圾箱后面发现了两支手枪。"说完，军官将两支手枪双手捧在叶志武的面前。

叶志武和宁志恒听到这里都是精神一振。叶志武接过手枪看了看，又退出弹夹，交给一旁的宁志恒。

宁志恒接过来检查了一下，用鼻子仔细嗅了嗅，说道："很普通的南部手枪，保养得很好。这种手枪射击的精度很高，但有个缺点就是稍有磨损就容易卡壳，所以必须仔细保养。"说到这里，他将手枪握在手中，对准那些蹲在地上的人群做了个瞄准的姿势，冷冷地一笑，说："我们猜得没错，是日本人盯上我们了。"

第二十五章
突下杀手

叶志武听到宁志恒这么说，心中一喜。看来这次行动是赚到了，自己真是运气爆棚，在家门口就网到了大鱼。他上前一步，撸起袖子，兴奋地对宁志恒说道："志恒，这人肯定是在咱们这张大网里，不然他不会弃枪。这次一定要仔仔细细地过一遍，绝不能让他跑了！"

宁志恒没有抬头，看着手中的枪支，开口说道："这儿有两把手枪，说明最少有两个日本间谍被我们网住了，可真是意外之喜！"说到这里，他将手枪交给一旁的叶志武，又俯身从筐子里把那部照相机拿在手中，问负责登记的那个军官道："这部照相机是谁的，给我指出来！"

那名军官赶紧在登记簿上查找，很快就找到了记录，开口说道："是新民报报社的两名记者，登记的名字分别是阮同和赵建民，就在那里！"说到这里，他指了指蹲在地上人群里，两名身穿西服、头戴鸭舌帽的男子。

宁志恒挥了挥手，孙家成马上带着几名行动队员上前，将这两个人左右挟持着提了起来。

两名男子看着身边紧紧包围的军人枪口直直地对准自己，只好老老实实地任由行动队员们把他们架到了宁志恒的面前。其中一个男子一脸的无辜，冲着宁志恒高声喊道："那位长官，我们是新民报的记者，你们这样贸然抓捕新闻工作人员，我们要提出严正的抗议。我要求你们礼貌平等地对待……”

没等他说完，宁志恒就摆了摆手打断他的喊声，直接问道：“别说废话了！这部照相机是你们的吗？”

那名男子张了张嘴，照相机是行动队员从他们身上搜出来的，确实无可抵赖，只好点头说道：“是我们的，这是我们用来拍新闻照片的。”

宁志恒将照相机拿在手中，轻轻地翻转了一下，笑着说道：“德国罗莱公司生产的双镜头照相机，抓拍性能好，图像清晰，现在市面上最少要卖三十美元，放在去年最少也要二百块大洋。什么时候报社的记者都配备这么好的照相机了？”

宁志恒的话语一出口，顿时让这两名男子心神大震：普通的报社记者怎么可能配备这么高档的照相机？可他们是来调查军事情报调查处内部人员的，当然需要使用最好的装备，结果现在却成了一大疏漏。

这两名男子自然就是池田康介和山内一成。他们被围在这条街区里，看着越来越逼近的军人，最后只能将随身的配枪丢弃，却没有丢掉这部照相机，到底是心存侥幸，妄想能够过关，可惜仍然没有瞒得过宁志恒的眼睛。

池田康介的心中更是生出一丝绝望的念头。眼前这名青年军官，眼神犀利得可怕。自己的预感没有错，这是一个极度危险的人物，当时就应该第一时间远离这个目标，结果还是犹豫不决害了自己，可惜再也没有机会了。想到这里，他以怨恨的目光看着身边的山内一成。这个蠢货，到底还是害了自己！

山内一成反应很快，嘴里强自争辩道：“我们爱好摄影，这是我们用自己的积蓄购买的！”

宁志恒微微一笑，将手中的照相机递给孙家成并吩咐道：“我记得前方二百米处有一家照相馆，你马上把这部照相机里的胶卷都给我洗出来，越快越好！我倒要看看这么好的照相机都拍了什么新闻照片！”说到这里，他上前一步，双眼冷冷地盯着山内一成，一字一句地说道：“最好你说的是实话，不然我会让你生死两难！”

宁志恒的话语让池田康介和山内一成彻底绝望了。照相机里的胶卷是什么内容，他们当然一清二楚，一旦冲洗出来，他们的身份也就完全暴露了。

宁志恒又开口命令道：“让他们把右手伸出来！”

左右挟制住两人的行动队员，用力抓住他们的右手拉扯在宁志恒面前。

宁志恒先是翻看了一下山内一成的手掌点了点头，然后又翻看了池田康介的手掌。

一旁的叶志武这时也凑过来，学着宁志恒的样子翻看了一遍两人的手掌，然后又以疑惑的目光看向宁志恒，想听听他到底有什么发现。

宁志恒微微一笑，手指着山内一成的手掌，对叶志武解释道："叶哥，你来看，记者的手是拿笔杆子的，他们常年握笔写字，日积月累，在食指的右侧一般都会出现或多或少的老茧。

"可是拿枪的手掌就不一样了，因为射击时紧握枪支保持平稳，并且还要抵挡枪支的后坐力，所以日积月累，大拇指下面这块肌肉，也就是医学上所谓的大鱼际肌，往往会比较发达，并且虎口和食指左右两侧多多少少会长出老茧。

"这两个人的手掌都不是记者的手，是典型的拿枪人的手！"

说到这里，他在山内一成强力的挣扎之下猛地一使力，几乎将山内一成的手掌反向掰成九十度角。随着几道骨头脆裂的响声，山内一成发出凄厉的惨叫。

宁志恒没有理睬，就像是根本没有听到一样，接着向叶志武解释道："你看这只手掌，他的大鱼际肌就比较有力，可是虎口处没有老茧，食指左右侧有老茧，这说明什么？

"说明此人经常使用长枪，对手枪的使用很少。因为使用长枪的时候，大部分的反作用力都顶在右肩，虎口的磨损就少；而使用手枪的时候，只能凭借虎口的位置抵消反作用力，磨损就大。

"此人应该是在军队中长期任职，后来才加入谍报部门，是个半路出家的特工。"

此言一出，顿时让池田康介和正在低声哀号的山内一成大吃一惊。山内一成干脆就住了口，如同看魔怪一样地看着宁志恒。

宁志恒分析得一点没有错，这个山内一成是军队中一名军官，两年前才调到日本特高课本部，的的确确是个半路出家的特工。

接着，宁志恒又来到池田康介面前，一把握住他的手掌。池田康介完全没有半点反抗，任由宁志恒翻转他的手掌，因为他知道，一旦他有一丝反抗的举动，眼前这位青年一样会毫不犹豫地掰断他的手掌。

“这只手掌就完全符合之前的描述，而且老茧比较厚，说明他是个长期使用手枪的特工，而且是一个长期处于谍报前线的老手，对付他的时候就要多加小心。

“检查他们的衣领和袖口！这种一线的行动人员更加凶狠彪悍，大多都有自绝的手段，不要掉以轻心！”

身旁的行动队员听到宁志恒的吩咐，赶紧用力抓住池田康介和山内一成的头发，让他们不能低头，然后仔细搜查两个人的衣领和袖口，结果发现池田康介的衣领处还真的藏有剧毒氰化钾的粉末，可是山内一成的衣领和袖口内什么也没有。

由此可以看出，正如宁志恒分析的一样，池田康介这种老牌特工更加谨慎，更加难缠。而宁志恒侃侃而谈的这一番话，句句都说到实处，让池田康介和山内一成无话可说。

叶志武和一旁的众人半天没有说话，半晌之后，叶志武才喃喃地说道：“这里面的道道还真是不少，这次我算是服了，怪不得别人都说你的眼睛连苍蝇的……”

“好了！”宁志恒苦笑着打断他的话，心想这个叶志武真是粗鲁，连句夸奖的话都不会说。

“让他们收队吧！”宁志恒接着吩咐道，“今天的收获不小，自投罗网了两条大鱼，我们要马上搞清楚他们的意图。这一次他们是盯上了我，如果是盯上了处座，那可就是大问题了！”

身旁的众人听到宁志恒的话，顿时心头一惊。宁志恒说得没错，如果这些人是来执行刺杀任务的，那么今天可以是宁志恒，明天就可以是军事情报调查处里的任何人。这绝对不是一件小事情，必须马上向处座汇报。

宁志恒转身向军事情报调查处走去，他要先向赵子良汇报搜捕的情况。叶志武也带人押着两名日本间谍紧紧地跟在后面。

回到军事情报调查处，叶志武手下的军官把池田康介和山内一成带去刑讯科候审，宁志恒和叶志武一起赶到了赵子良的办公室。

赵子良正在等候他们的消息，看到两人进来，便放下手中的钢笔，开口问道："志恒，情况怎么样？跟踪你的人找到了吗？是什么人？"

宁志恒上前一步，汇报道："科长，人已经抓到了，是两名日本间谍。我们搜出来两支手枪，还有一部照相机。相机里面的胶卷已经拿去冲洗，很快就可以取回来。"

赵子良听到宁志恒的汇报，原本靠在座椅上的身体马上挺直起来，一双眼睛射出慑人的光芒，兴奋地说道："两个日本间谍？你能够确定？"

宁志恒赶紧立正回答道："可以确定！"他又身子前倾，轻声说道，"科长，这可是天上掉下来的馅饼，不吃白不吃。我敢肯定，这绝不是单独行动的特工。他们一定负有使命，有明确的行动目标，不然他们不会这么大胆子，摸到我们军事情报调查处的大门口来。只要我们审讯出口供，挖出他们的同伙，这可是再一次彰显我们行动科地位的好机会！"

一旁的叶志武听到宁志恒的话，也是兴奋至极。今天他奉赵子良的命令率队协助宁志恒，轻轻松松就抓回来两名日本间谍，可谓收获满满，这绝对是大功一件。现在他听到宁志恒分析说后面还有同伙，顿时心中再也按捺不住，不禁出声说道："科长，这一次我们又要露脸了，马上进行审讯，很快就能问出个结果。"

赵子良此时心情大好，眉头舒展开来。他站起身来哈哈一笑，开口说道："哎，先不要着急，好饭不怕晚，等相机里的胶卷冲洗出来再审，我们要做到知己知彼！"

话说到这里，他又看向宁志恒，问道："还没有问你，那个邢立轩审得怎么样了？"上午赵子良陪着宁志恒审讯康春雪，最后害怕宁志恒手段太狠，让他改审邢立轩，到现在宁志恒还没有向自己汇报审讯情况呢。

宁志恒赶紧回答道："我正想向您汇报。邢立轩已经开口，他和他的妻子都是真正的日本间谍，直接接受日本特高课本部情报组长今井优志的指令。现在正在审讯康春雪，以便核对双方的口供，确保情况无误，相信很快就会有结果。"

赵子良哈哈大笑，指着宁志恒笑道："又是两名日本间谍！志恒，你的行动太快了，这一天之内你连续抓捕了四名日本间谍，这个战绩在我们军事情报调查处里有谁能比得上？他们情报科这一次就算是过了关，以后也得看我们的脸色过日子！"

宁志恒听到赵子良的夸奖，赶紧谦逊地说道："这都是靠科长指挥有方，还有叶组长鼎力相助，志恒不敢居功。"

说到这里，他回身对叶志武说道："此次行动的报告，我自会为叶哥请功！"

身后的叶志武听了宁志恒的话，心中欢喜，连连点头。

这时，门外传来敲门声，赵子良和宁志恒停止了谈话。赵子良应道："进来！"

进来的是王树成，他刚刚结束对川田美沙的审讯，就马上去向宁志恒汇报，可是宁志恒没有在办公室，他便找到了赵子良这里。

"审讯结果出来了？"赵子良温言问道。

"报告科长，已经审讯完毕，这是审讯记录。川田美沙知道高野谅太已经招供，抵抗再无意义，也就开口了。经过两相对比，双方的口供一致，确认无误！"王树成立正回答道。

宁志恒问赵子良道："科长，这件案子暂时先不要结案，我还想对高野谅太提供的线索做进一步的调查，也许会有些收获。"

赵子良摆了摆手，低头翻看了一下审讯记录，过了半天才将审讯记录放在桌上，仔细斟酌了一下，说道："我的意见还是结案吧，你之后进行的调查重新立案，处座现在很需要我们拿出些成绩出来。全城搜捕六天了，我们需要给上边一个交代！"

"是！"宁志恒点头答应道。

赵子良接着说道："还是我和志恒去向处座汇报，同时申请解除全城搜捕的行动。折腾了这么多天，大家也都累得不轻，该结束了！"

众人领命，准备出门，就在这个时候，孙家成手里拿着照相机和一个相片袋子急匆匆地赶了回来。

"组长，这是刚刚加急冲洗出来的照片，您看一看！"孙家成说道。

宁志恒接过厚厚的相片袋，打开后翻看了一下，马上递到赵子良面前。

赵子良接过来一看，不由得心头一颤。这沓厚厚的照片，大部分是军事情报调查处里各部门军官的照片。看背景很熟悉，都是军事情报调查处大门附近的景物，应该是两名间谍守在大门附近偷偷拍摄下来的。

里面甚至还有赵子良自己的一张照片，虽然拍摄距离有些远，但是面部容貌拍摄得很清晰，应该是自己这两天出入时被抓拍到的。还有两张是处座的座驾照片，车牌号码清楚在目。

看到这些照片，赵子良郑重地说道："这些家伙真是冲着我们军事情报调查处来的，他们是在调查我们的内部人员。我估计这项工作已经进行一段时间了，他们手中应该还有更多关于我们的材料。这很危险，我们马上向处座汇报！"

说完，他向宁志恒示意，两个人快步向处座办公室赶去。

处座这个时候正好在办公室里，听到秘书报告说赵子良和宁志恒求见，点头说道："应该是有结果了，让他们进来吧！"

赵子良和宁志恒进入办公室，向处座立正敬礼，处座示意他们坐下。

"这个时候来找我，应该是耿博明那条线有了结果吧？"处座开口问道。

赵子良首先开口说道："报告处座，今天刚刚出来结果，我们就马上向您汇报来了，还是志恒来汇报。"

说完他向宁志恒点头示意，宁志恒赶紧起身，将手中的审讯记录放到处座面前，然后退后两步，准备发言。

处座却伸手制止他，温和地笑着说道："这里就我们三个人，可以随意些，就坐着说吧。"

"谢谢处座。"宁志恒回身坐下，接着讲述道，"我们和情报科合作，对全城的裁缝店进行了全面的排查和筛选，很快锁定了目标，于今天上午对目标进行了抓捕。经过审讯，两个人供认不讳。

"这是两个真正的日本间谍，直接接受日本特高课本部的指令，是专门负责应对南京谍报组织出现突发情况的后手，也是安插在南京城独立的棋子。他们没有上线和下线，所以这件案子到这里就只能结案了。"

宁志恒的汇报非常简练，处座听完后，又拿起审讯记录仔细翻阅，良久之后，才笑着开口说道："干得很好，又是两名间谍落网，你们的动作很快。现在这件案子结束，针对耿博明的全城搜捕也就没有意义了。"

"处座明鉴，现在案子已经结束，不再需要遮人耳目了！"赵子良赶紧出言附和。

这一次收获不错，处座此时心情很好，他笑着说道："接下来就是顾文石的案子了，他现在还没有开口吗？听说志恒下手有些重啊！”

此言一出，宁志恒顿时有些尴尬，赶紧起身说道：“都是卑职一时失手，导致案件进展缓慢，请处座责罚！”

处座哈哈一笑，摆手说道：“行动中难免发生意外，如果因为这个处罚下属，那以后谁还敢冲到第一线去？我还没有糊涂到这个地步。倒是你，如今执掌一组工作，手下可用之人甚多，实在不宜冲在前面了！”

宁志恒听到处座的话，不禁感动地说道：“处座爱护之意，志恒感激涕零，以后一定注意，请处座放心！”

处座这时又说道：“你的精力还是要放到顾文石这件案子上来，协助两位科长尽快破案。我还指望这一次能对日本在南京的间谍组织来一次重创！”

处座还是对错失永安银行的大好机会而耿耿于怀，每次想起这件事情，都觉得痛惜不已！想起严宜春他就恨得咬牙切齿。他这个人恩怨极重，最是痛恨背叛他的人。严宜春是谷正奇的老部下，而谷正奇是他的老部下，可以说都是他最早的班底，他一直以为这些人是最值得自己信赖的。可偏偏在最紧要的关头，自己被最信任的一名部下背叛，造成的损失几乎无法估量，教训实在太深刻了！

赵子良赶紧开口说道：“处座，顾文石的案子我们两个老家伙盯着就行了，志恒手上还有极为重要的案件办理。这件案子迫在眉睫，事态严重，我们也正要向您汇报案情。”

处座眼眉一挑，顾文石的案子一直都是首要大案，难道还有比它更紧急的案子？他挺直身子，诧异地问道：“是什么案子？”

处座对赵子良口中迫在眉睫的重大案件很是关注。

赵子良急忙陈述道：“三个小时前，就在我们军事情报调查处的大门外，志恒发现有人跟踪他，于是我们紧急调集人力，封锁了附近这条街区。经过仔细搜捕，我们成功地抓获了跟踪志恒的两名日本间谍。这是我们用日本间谍身上照相机里的胶卷冲洗出来的相片，请您过目！”说完，他将手中的相片袋放到处座的桌子上。

处座听了赵子良的汇报精神一振，急忙问道：“两名日本间谍现在在哪里？”

宁志恒赶紧回答道：“已经送往刑讯科关押。我们先过来向您汇报，然后就准备对他们进行审讯，看看有没有同伙！”

处座对这个突然到来的好消息很是满意，他笑着对宁志恒说道：“志恒，一天之内抓捕四名日本间谍，还是你的手脚利索！”处座对于宁志恒向来都是赞赏有加。

他拿起桌子上的相片袋子，将那沓相片取出来一一翻看。很快，他的脸色变得严肃起来。他抬起头看了赵子良和宁志恒一眼，没有说话，又继续翻看，直到最后不禁破口骂道：“嚣张至极！这不是针对志恒一个人，这是对我们军事情报调查处的挑衅，都堵到家门口来拍照片了！”

他看向赵子良二人，冷声说道：“他们这是在对我们的人员进行调查，想要深入地了解他们的对手。看来这段时间我们是打到他们痛处了，打痛了就知道要还手，所以找上门来！”

宁志恒点头说道：“南京毕竟是我们的主场，在这里我们占据主动，只要他们敢进来，就别想再逃出去！”宁志恒跟日本间谍组织对阵以来，一向都是以胜利结局，所以骨子里并不畏惧这些东洋人，话语中的自信溢于言表。

“志恒到底是有胆气，不像我忧虑重重。”赵子良不禁有些感慨，“不过志恒，这事应该和你脱不了干系。这大半年来，日本人在你手里吃了大亏，损失惨重，这才开始对我们重视起来了。说起来你肯定是他们的重要目标，可不能掉以轻心。今天是你反应及时，下次可不一定有这么好的运气了。”

赵子良的话让宁志恒心中一惊，他顿时有些警觉起来。自己这大半年来对日本间谍组织在南京的地下势力实施了重大打击，日本人只要有心，这些事情并不难查。

自己倒是无所畏惧，可是他牵挂的是远在杭城的父母兄妹，还有老师一家人。一旦自己的事情连累到他们身上，后果是不堪设想的。尤其是他的家人远在杭城，那里距离上沪太近了。日本间谍组织在那里也具备一定的实力，如果真的查出他的来历，对父母下手，那可真就悔之晚矣！

原来想着此时距离杭城沦陷还有近半年的时间，举家迁往重庆的时间并不紧张，可现在看来绝对是刻不容缓了。不能把自己的软肋暴露在日本人面前，等这件案子结束，自己必须去杭城一趟，督促家人尽早搬迁！

老师一家还好说些，毕竟这里是南京城，老师的住所又是军事化管理的专区，日夜都有军队执勤巡逻，安全性还是有保障的，可是为了以防万一，还是要多加防备的！

宁志恒心思电转，把自己身边的事情快速思虑了一遍。

处座这时也对这件案子高度重视起来。他拿起那张抓拍赵子良的照片看了看，说道："看来有些事情是我疏忽了。我们军事情报调查处的档案，除了情报科那些情报员的资料保密级别很高，有专门的档案室存放，其他人的档案都放在普通的档案室里。毕竟原先想着行动科的工作保密级别不用那么严格，可是现在行动科用行动证明了，你们才是谍报前线的主力军，对你们的安全要重视起来。

"我马上安排，从今天开始，你们行动科的人员档案设立专门的存放室，采用和情报科一样的保密等级，只有我的手令才可以调取调阅，绝不能够给日本人以可乘之机！"

"处座英明！"赵子良和宁志恒大喜过望，不约而同地站起身来。处座的这一决定意义重大，不仅在事实上加强了对行动科人员及其亲属的人身保护，更重要的是，这是第一次真正确立了行动科在军事情报调查处的首要地位，肯定了行动科在谍报战线做出的卓越贡献！

"好了，这是必要的保护措施，算不上什么！"处座语气和蔼地说道，同时压了压手势，示意两个人坐下，"日本人的这次行动也提醒了我们，这是他们在做战前的侦察工作，他们要开始反击了。可是志恒说得对，在这里我们是主场，必须让他们知道，在南京的谍报战场上，是我们军事情报调查处说了算！"

"是！"

"是！"

赵子良和宁志恒同声回答道。

从处座的办公室出来，赵子良的心情久久不能平静。他快步走出中心办公楼，一路来到军情处广场的一角，找了一处台阶径直坐下，望着广场上正在训练的行动队队员，良久没有说话。

一直跟在他后面的宁志恒默默地跟在他身后，没有多言。

过了半天，赵子良才慢慢地开口说道："志恒，你知道吗，当初我在处座的手下，一直都不是最聪明的那个，不过是个底层的小军官，每天浑浑噩噩地混日子。

"后来处座得到领袖的赏识，突然平步青云，身边的兄弟们都跟着沾了光。当时就是因为我没有什么才能，只会打打杀杀，处座才把这个打下手的行动科交给了我，也算是对我的器重。

"可人就是这样，得了一就想二。等我真坐到这个位子的时候，怎么也不甘心听别人的招呼，尤其不愿看到谷正奇那一副从骨子里瞧不起我的嘴脸。行动科被情报科压了这么多年，现在我这心里才算真正顺畅了。多亏了你，不然我也熬不到扬眉吐气的这一天。"

宁志恒知道赵子良这是刚刚得到处座的肯定，心情激动，有感而发，便上前一步说道："都是大家的功劳，志恒不敢居功。不过以后我们行动科的日子就好过了，情报科现在该围着我们转了。"

赵子良哈哈大笑，一拍大腿站了起来，对宁志恒说道："不耽误时间了，你现在马上去提审那两名日本间谍，尽快得到口供。这次行动务必做得漂亮，让别人看到我们的实力，才不敢多说话！"

宁志恒马上领命，快步赶往刑讯科，提审那两名自投罗网的日本间谍。

这个时候，一直在刑讯科等候的王树成和孙家成看见宁志恒过来，赶紧迎了上来。

宁志恒没有多说，一马当先进入审讯室里，吩咐道："把那个身上没有藏毒的人犯带过来，先从他身上打开缺口！"

宁志恒知道，真正经过训练的间谍相对难缠，有些专业间谍甚至还接受过应对酷刑的训练。而且一直处于谍报一线的特工，精神、意志都绝对顽强，突破的难度一定会大一些。所以他选择了那个半路出家的特工。这类人对间谍手段了解不多，应该更好突破一些。

山内一成很快就被带进审讯室，捆在粗大的木桩上面。他的心里一片灰暗，没有想到这一次进入南京，这么快就被中国的特工抓捕了。之前他对这次行动的危险估计不足，没有听从池田康介的话，如今想来，真是追悔莫及！

宁志恒看了看眼前这个人犯，根本就没有按程序提问。反正他知道这些日本人是不见棺材不落泪，也就懒得再多问，直接对审讯人员下令道："老规矩，上重刑，我没有耐性和他多说，不开口就不要停！"

审讯人员早就习惯了宁志恒这一套凶狠至极的刑讯方式，直接把那几套工具找了出来，二话不说，按住山内一成就操作起来。

审讯室里立刻响起凄厉的惨叫声。长长的铁签、火红的烙铁、浸泡了粗盐的冰冷凉水，轮番施加在山内一成的身上。几个轮回下来，山内一成已经体无完肤，浑身上下散发着浓烈的肉皮焦臭味。粗糙的铁刷子将一条条血肉刮掉，然后再泼上冰冷的盐水。审讯人员忠实履行着宁志恒的命令，只要人犯不开口就绝不停手。几个人使出了浑身解数，最后干脆把山内一成架上了电椅。

最终，被折磨得不成人形的山内一成开口了。

他根本没有想象到，人世间还有如此的痛苦！面对这样永无休止的煎熬，他低头了！

宁志恒走到山内一成面前，冷声说道："你们这些日本人就是一群贱骨头，不打就不老实。我的时间有限，现在我问你答，胆敢跟我耍心眼，大刑伺候！别忘了，你还有一个同伙，如果他的证词和你不一样，你就不用再想着活命了！"

山内一成连点头的力气都没有了。他眼神一片空洞，强忍着浑身撕裂般的疼痛，以低哑的声音艰难地说道："你问吧。"

"你们两个人的真实姓名？"宁志恒问道。

"我叫山内一成，他叫池田康介。"

"你们隶属的日本间谍组织？"

"日本内务省特高课。"

"你们此次进入南京的任务是什么？"

"对中国谍报组织，尤其是我们的主要对手军事情报调查处进行详细的调查，对其中的骨干人员搜集全面的信息，以备特高课本部作为正确的参考！"

"为什么这么做？"

"这段时间以来，我们在南京的谍报组织遭受到前所未有的打击，损失惨重，可是我们一直找不到真正的原因。情报组组长今井优志命令我们进入南京调查具体的原因，并对你们进行全面的调查。"

"这次一共来了多少人？什么时候进入南京的？"

"十个，总共十个人，二十天前进入南京。"

"你们的藏身地点在哪里？"

“城北有一处叫达明棉纺厂的厂房，那个棉纺厂已经废弃了，里面有一个旧仓库，我们就在那里藏身。”

“你们的带队首领是谁？携带有什么武器？数量多少？平时怎么安排警戒？”

“我们只是临时组建的小组，首领是竹下健司。配备的武器是自己的配枪和二十枚手雷，别的就没有了。平时都是两人一组，轮流警戒。”

“这个竹下健司的履历和能力如何？”

“他是组织的资深特工，经验丰富，组织能力强，枪法好，搏斗能力一般。”

“你们平时都在一起吗？”

“是的，每天晚上回去把手头的资料汇总，分类记录成文档。”

“你们来南京这么久，和南京的情报小组联系过吗？”

“没有。按照规定，我们不能产生横向的联系。”

宁志恒松开踩在山内一成插满铁签的手掌上的脚，冷声威胁说道：“但愿你没有骗我，不然你会比现在痛苦十倍百倍！”

说完，他挥了挥手，对审讯人员命令道：“把他带下去，换上那位池田康介。”审讯人员赶紧把已经不成人形的山内一成拖走。

这时，审讯室的大门被打开，推门而入的正是情报科科长谷正奇和他的得力手下于诚。

宁志恒见到谷正奇进来，不禁大为惊奇，赶紧起身问道：“谷科长？您怎么到这里来了？”

“哈哈，志恒，听说你正在审问刚刚抓获的日本间谍。我在旁边的审讯室里待得无聊，那个顾文石死不开口，顽固不化，我也懒得看他那张半死不活的脸，就过来和你聊一聊。”谷正奇笑着说道，然后一屁股就坐在宁志恒旁边的座椅上！

宁志恒虽然心中很不高兴，却不敢当面顶撞谷正奇，他强自笑了笑说道：“谷科长，不是卑职驳您的面子，只是我们军情处的规矩您知道，各自的案件各自负责，这是我们独立负责的案子，您在这里会让卑职很为难！”

军事情报调查处处理案件自然有严格的规定，只要是与案子无关的人员，都不能擅自打听或者插手参与，哪怕你的级别大于案件的执行人。这也是为了案情不至于泄露，对此保密条例里有明确规定。

顾文石的案子是行动科和情报科两个科室联合调查，那参与审讯还说得过去，可是今天池田康介和山内一成从发现到抓捕再到审讯都是宁志恒一手主持的，无论如何，情报科都不应该参与，更别说进来旁听了。不然到了最后，消息泄露，那些日本间谍突然逃逸不翼而飞，这个责任谁来负？

可谷正奇显然是有备而来，想在案子中插上一脚，捞取一部分功劳。他根本不介意宁志恒的话，笑着说道："志恒，你放心，规矩我当然是懂的。这件案子是处座亲口告诉我的，他刚才打电话通知我们撤除全城搜捕的行动，还说了你一天连续抓捕四名日本间谍的战绩，让我们好好跟你学一学。我这不是赶紧过来看一看，让于诚好好向你请教请教，你可要不吝赐教哇，哈哈！"

宁志恒听到谷正奇这些半真半假的话，自然是不相信，可是看着谷正奇那张笑呵呵的脸庞，却又不敢撕破脸。他估计应该是处座在训斥谷正奇的时候，随口说了那么一句，结果谷正奇就拿着鸡毛当令箭，跑到他这里捞功来了。

想到这里，宁志恒脸色一变，微微笑道："既然是处座的意思，卑职自然要遵从。那好，卑职就献丑了，其实我那点手艺，在您面前还不是班门弄斧？还请谷科长多多指点。"说完，他就没有多言，坐下来静静地等着。

谷正奇和于诚看到宁志恒没有坚持，顿时也是心中一宽，但愿这一次能够再有所收获。

很快，池田康介被审讯人员带进来捆在木桩上面，宁志恒来到池田康介面前。池田康介一脸平静地看着宁志恒，他知道眼前这个对手的可怕，心中暗自猜度，自己能不能坚持下去，又能坚持多久呢？

宁志恒仔细观察了一下池田康介的表情，看得出来，这个人是做好了心理准备的，这是一个心理素质极好的对手。可惜就如宁志恒之前说的那样，这里是宁志恒的主场，他根本不可能输。山内一成已经开口，审讯池田康介不过是为了核对口供而已。

"池田康介，我通告你一下，你的同伙山内一成已经开口，将你们的情况都交代了出来。现在需要你做的，就是把你知道的情况都说出来，顽抗到底是毫无意义的。现在我问你，你们的同伙有多少人，都隐藏在哪里？"

宁志恒的话顿时让池田康介大吃一惊。就连谷正奇和于诚也没有想到，自己紧赶慢赶，还是晚来了一步。宁志恒这小子动作太快，短短一个小时就把口供拿到手了。怪不得他们刚才看到拖出去的那名间谍被折磨得不成人形。

池田康介的心中掀起了无边的巨浪：山内一成已经背叛帝国了？这个天天口口声声把天皇挂在嘴边，信誓旦旦对帝国表达无比忠诚的浑蛋，连短短的一个小时都没有撑过去？！池田康介心中的愤怒如同火山中的岩浆一般喷发着。

一定是背叛了，不然中国人是不会知道自己真实姓名的。不过同时，他的心中还存有一丝希望，也许山内一成并没有和盘托出所有的情况，只是被逼无奈用假情报迷惑对手。现在对手肯定要核对两个人的口供，验证真假。

自己是应该提供一些假情报来迷惑对手，搅乱他们的视线，还是干脆不开口，让对手无从验证呢？池田康介的心中飞快地思索着。

他并不知道真实的情况。如果山内一成真的背叛，而自己提供假情报，双方的口供不一致，自己肯定躲不过对方的严刑逼供。可是如果山内一成提供了假情报迷惑对手，双方的口供不一致，对方还会对山内一成进行严刑逼供。到那个时候，只怕山内一成会坚持不住，反而会导致他真的背叛，把所有调查小组的成员都送进无边的地狱。

当下池田康介下定决心死不开口，静静地看着宁志恒一言不发。

宁志恒冷笑着点了点头，轻蔑地说道："很好，我倒是想看一看，你能够坚持多长时间！"他转过头对着审讯人员挥了挥手，审讯人员二话不说，直接又开始实施那套老程序。

很快，审讯室里血腥的场面就让谷正奇和于诚暗自心惊：这个宁志恒果然手艺太糙，一上来就用重刑，根本没有半点前奏，真是一点技术含量都没有，弄不好人犯当场就会没命。最后谷正奇实在看不下去了，开口说道："志恒，你也不要太心急。欲速则不达，出手过重人犯支撑不了太久。"

宁志恒心中顿时有些恼火：本来就没打算让你们旁观，现在还指手画脚的。谷正奇这么圆滑的人，怎么连这种事情都不懂？他双手一摊，脸上带着为难的表情，对谷正奇说道："人犯已经落网一个多小时了，我怕他的那些同伙警觉，还是要尽早取得口供，然后部署抓捕行动，不然夜长梦多，节外生枝就不好了！"

谷正奇看宁志恒主意已定，自然就不再多说。

接下来的审讯更为残酷，可是池田康介硬是死咬着牙，不吐一个字。这倒是让宁志恒颇为意外，要知道经他手抓捕审讯的日本间谍，只有暗影小组组长付诚扛过了这些酷刑，最后不得已给他上了电刑。结果因为他本来就受了枪伤，熬不过刑，死在了电刑之下。

其他间谍在这非人的严刑拷打之下，几乎都无一例外地开口交代。没有想到今天又遇到了一个。宁志恒没有丝毫犹豫，冷冷地吐出一句："上电刑！"

审讯人员不敢耽搁，将血肉模糊的池田康介从粗木桩上解下来，放到了电椅上。

谷正奇和于诚不由得相互看了一眼，这一次他们没有出声，毕竟这不是他们的案子。

被牢牢固定在电椅上的池田康介，此时已经被痛苦折磨得快要失去意识。他身体的每一寸肌肉和皮肤都如同被撕裂了一般，每一分每一秒都带给他无法用言语形容的剧烈疼痛，每一根神经都在战栗抽搐。

他知道自己不可能再撑下去了。他也曾使用电刑审讯过中国特工，清楚地知道那种极致的痛苦，他根本扛不过去。这时，他把心一横，使尽全部的力气，用牙齿狠狠地咬断了舌根。顿时，鲜血从他的口中涌出来。

审讯人员很快就发现了这一状况，喊道："宁组长，人犯咬舌了！"

宁志恒、谷正奇听到审讯人员的喊声，赶紧站起身来。

宁志恒紧走几步来到池田康介面前，果然见他的口中涌出大量鲜血。

"撬开他的嘴！"宁志恒吩咐道。

审讯人员马上拿起锥子将池田康介的嘴巴撬开，顿时鲜血喷出，一截舌头也吐了出来。

宁志恒心头怒火中烧。池田康介咬舌并不致死，但肯定是说不清楚话了。他的双手又插满铁签，早就被废掉了，写字更是不可能。这个日本人知道自己熬不过去，干脆就自残绝了对方的念想，真是个狠角色。

可惜他不知道宁志恒的凶狠更胜一筹。宁志恒眼中杀意顿现，他一把抓起池田康介的头发，厉声喝问道："你的同伙到底在哪里？在哪里？"

池田康介强忍着痛苦，眼睛一闭，一句话也不说。

审讯人员都退到一旁，谷正奇和于诚看到这一幕也是无奈地摇摇头。他们知道这个人犯算是废了，已经不可能再榨出什么有价值的东西了。

宁志恒这时再次喝问了几遍，他要让池田康介的脑海里不自觉地回想关于他同伙的记忆。

池田康介最后终于睁开眼睛紧紧地盯着宁志恒，将一口鲜血喷向宁志恒的脸上！

宁志恒反应也是神速，近在咫尺把头一侧，可仍然有少许鲜血溅到了脸上。他用手轻轻抹了抹脸上的血迹，半张脸顿时被鲜血染红，配着他冰冷的眼神，显得格外凶狠和狰狞！

“想死我就成全你！”宁志恒一字一句地蹦出几个字，而后右手抓住池田康介的头发用力一扯，将他的头颅仰起露出喉骨，左手如刀一样狠狠地劈在他的喉骨上。随着一道清脆的骨头断裂之声响起，左手又向上轻轻地按在池田康介的额头上。

宁志恒突然对人犯下了毒手，这一举动让屋子里的所有人目瞪口呆！

谷正奇也吓了一跳，暗道这个宁志恒好大的杀气，在审讯时直接就把人犯给杀了，这还是极其少见的。

池田康介受了这重重的致命一击，当即双眼一翻，意识以极快的速度丧失，最终陷入黑暗之中！

宁志恒的思维早已进入意识空间，顿时一幅幅画面出现在他的眼前。

第一幅画面，一位皮肤黝黑的清瘦少年在海边的渔船上顶着寒风编织渔网，干裂的小手拿着梭子不停地来回穿梭。身边一位与他面容相似的中年男子疼爱地看着少年。

第二幅画面，已经长大成人的青年在训练场上手握一把匕首，不停地重复着一个动作，迟迟不能做得准确。身边的教官突然挥舞着长长的皮鞭猛力抽打，皮鞭抽打在他的背上，他咬着牙默默地忍受。

第三幅画面，身穿粗布短褂的池田康介和几位同伴在一条巷道里飞快地奔跑。身后的枪声不断响起，子弹在巷道里四处飞射，身边的同伴也不时倒下，直到他躲在巷道里靠着墙壁紧紧握住手中的枪，大口大口喘息！

第四幅画面，背景和现在的这间审讯室极为相似，同样也是一间晦暗阴森的大房子里，几名和池田康介着装相同的青壮男子紧紧地盯着不远处的一架电椅，电椅上的一名男子发出凄厉的惨叫声。池田康介站在那名受刑男子面前厉声喝问道：“说出你的同伙，我们可以饶了你的性命，不然你不会活着走出这间屋子！”

第五幅画面，在一间宽敞的大房子里，可以看到窗户外面夜色笼罩。房子里有一张大大的木桌，桌子四周围坐着八名着装不同的青壮男子，众人都将目光投向了其中一名男子。那名男子身材偏瘦，目光深邃，尽显强悍之色！

宁志恒的意识回归，慢慢收回放在池田康介额头上的左手，右手也松开了他的头发，丢开已经耷拉下来的脑袋。

他突然出手杀人，让所有人都意想不到。

谷正奇连忙打了个哈哈，开口说道："好了，时间也不早了，那边顾文石的案子我们也要去盯一下，志恒，就不打扰你了！"

说完他向于诚示意，两个人匆匆忙忙走出审讯室。

出了审讯室不远，于诚就小声地问道："科长，我们还要去盯着宁志恒吗？"

谷正奇背着双手，脸色变得阴沉，想了好一阵才沉声说道："还是算了吧。这个宁志恒凶性发作，翻脸就杀人，我们这个时候还是不要去触这个霉头。"

于诚想到今天审讯室里的情景，不由得叹道："今天宁志恒在审讯期间擅自击毙疑犯，这可是违反规定要登记在案的。这个家伙真是一点顾忌和犹豫都没有，不就被喷了口血吗？反手就下了杀手！"

谷正奇苦笑着摇了摇头，对于诚说道："你现在知道这小子的危险了吧！我老早就看出这小子不是善茬。别看他对我们这些老家伙一直都是态度温顺笑脸相迎，可是那双眼睛瞒不了人。

"以宁志恒现在的身份，杀死个把疑犯算什么，更别说这个疑犯是他亲手抓捕的。难道还有人昏了头，敢说他杀人灭口吗？何况这个疑犯已经没有审讯的价值了，留着也是个废物，死了也就死了！"

说到这里，谷正奇叹了口气，接着说："看来我们还是要自己想办法，在他身上是找不到便宜可占了！我们还是把精力放在顾文石身上吧，我看他的样子熬不过两天了。这两天再抓紧点，但愿能有不错的收获，在处座面前也好交差。"

这时，宁志恒正吩咐审讯人员将池田康介的尸体拖走，他转过头来对孙家成命令道："马上带一些精干的人员，尽快摸清那家达明棉纺厂的情况。你是干过地形侦察的，这些事你拿手。"

“是，我马上去办！”孙家成赶紧领命而去。

宁志恒这才快步出了审讯室。王树成紧紧跟在后面，宁志恒吩咐道：“你让手下的队员待命，等天黑了，那些日本间谍都回了巢，我们就来个一网打尽！”

王树成赶紧点头领命，转身去安排人手，准备晚上的行动。

宁志恒回到办公室，这时一直在执行全城搜捕任务的第三行动队队长聂天明，也赶回来向他复命。

宁志恒看到聂天明进来，不禁高兴地说道：“天明，你回来得正好。所有人员不能离开军事情报调查处，随时待命，晚上我们有一个行动。”

聂天明一听心中大喜，他的第三行动队被宁志恒调去进行全城搜捕，结果六天下来什么收获也没有，这下可好，一回来就听组长说有大行动，他赶紧点头领命而去。

宁志恒看着聂天明离去，这才上前将房门锁死，回到座椅上坐下，现在才有时间回想今天截取的池田康介脑海中的画面。他闭上眼睛，仔细地回想着。

第一幅画面，自然是池田康介少年时代在家中生活的场景。这应该是一个在海边以打鱼为生的家庭，这幅画面没有什么价值。

第二幅画面也一样，应该是池田康介在青年时代加入谍报组织后接受训练的场景，也没有什么价值。

第三幅画面，场景比较危险、激烈，这应该是池田康介谍报生涯中记忆犹新、最为危险的一次经历，不然他不会在临死前回想到这个场面。但对宁志恒来说，这幅画面也没有什么价值。

第四幅画面，包含的信息量就非常大了。看场景应该是日本间谍组织抓捕了一名中国男子，池田康介和他的同事正在用电刑折磨这名男子，并追问其同伙的下落。

这个场景几乎和自己审讯池田康介的情景一模一样，所以池田康介应景生意，触发了这段记忆，当时脑海中才出现了这幅画面。

看里面池田康介的容貌，和现在完全一样，也就是说记忆中发生的事情距离现在时间很近，而宁志恒最关心的，就是这名男子最后的结局。

如果这名男子宁死不屈，在残酷的电刑之下仍然没有开口，那么等待他的将是无休止的折磨，直至最终死亡。

可是如果这名男子没有挺过这场严酷的刑罚，最终熬不过去变节投降成为叛徒，那么他的同伴或者他身后的组织，一定会因为他的变节而遭受巨大的损失。

宁志恒知道第四幅画面中的这名男子非常重要，这是他必须重点记忆的对象。男子无论是国民党还是地下党，只要坚持不住投敌叛变，都会造成严重后果，自己必须有所准备。

第五幅画面，才透露了宁志恒当下最需要的信息。画面里出现的场景，应该就是日本调查小组成员在深夜一起汇总资料的情景，在场的一共有八名成员。

按照山内一成的交代，平时会有两个人一组担任警戒工作，也就是说总共有十个小组成员。在这一点上，看来山内一成并没有说谎。

其中众人瞩目的那名男子应该就是调查小组的组长竹下健司。池田康介对他的印象很深，画面中他的容貌很清晰。

这次截取的池田康介记忆中的画面里，只有那名受刑的中国男子和日本调查小组的组长竹下健司最有价值。其中竹下健司在今天晚上的抓捕行动中就会接触到，没有必要画下来，但是那名中国男子的容貌必须画下来。

宁志恒打开抽屉取出画笔和一沓白纸，他必须在印象深刻的时候赶紧画出来，不然记忆会随着时间的推移而变得模糊。

他全神投入，运笔如飞，用了一个多小时才将那名中国男子的相貌画了下来，然后他拿起画像，打开保险箱放了进去。

这个时候敲门声响起，是孙家成赶了回来。

“地形勘察得怎么样了，那里的情况适合抓捕吗？”宁志恒开口问道。

“组长，具体的地形我都勘察了一遍，这是我画的简易地形图。”孙家成说完，把一张简易地图递到宁志恒的手中。

宁志恒接过来仔细看了看，点头说道：“这个达明棉纺厂已经荒废很久了，周围也没有多少人居住，倒是个藏身的好去处，不过也正好利于我们集中抓捕。只是有一点，这个棉纺厂的面积不小，里面车间房屋很多，地形复杂。一旦惊了对方，让他们冲出旧仓库，我们搜寻起来可不容易。”

孙家成也点头说道：“我只是在棉纺厂的外围勘察了一遍，至于棉纺厂内，我无法确定他们的观察哨在什么位置，所以没有贸然进入。我找了附近一个棉纺厂的老工人，向他询问了里面的地形，这才把厂子里面的地图画了出来。”

宁志恒有些担心，他想了想，还是要把这些细节搞清楚，不然他不能确定自己的行动计划和具体布置。看来还得再提审一次山内一成，摸清他们的行动规律和警戒位置。

宁志恒和孙家成快步来到刑讯科。

这时的山内一成浑身裹满白色纱布，他刚刚受过重刑，体无完肤，伤势严重，已经不能再挪动位置了。

宁志恒赶到关押他的牢房，将孙家成画的那张简易地图放在他的面前，再次问道：“你们在棉纺厂安排警戒的时候，布置的观察哨的具体位置在哪里？”

山内一成微微睁开肿胀的眼睛看了看，气息微弱地说道：“都是两个人负责警戒，一般是棉纺厂门口附近一个，还有就是旧库房外一个。每两个小时一班，轮流警戒，没有具体位置，一般都是流动哨。”

“流动哨？”宁志恒眉头一皱，这些日本间谍毕竟训练有素，警戒防范还是很严格的。这就给抓捕行动带来了麻烦。

棉纺厂里面的障碍建筑较多，一旦惊动了观察哨，这些特工就会如鸟兽散，四下逃窜，大大增加搜查抓捕的难度，而且搜捕时敌在暗我在明，万一敌人困兽犹斗，就会造成许多无谓的伤亡。

现在解决的方法分为两步：第一步，安排足够的兵力将整个达明棉纺厂包围，这样即使抓捕行动初步失利，这些间谍也逃不出棉纺厂；第二步，尽全力拔掉这两个观察哨，把抓捕行动集中在旧仓库一带，将日本间谍小组一网打尽。这是最理想的结果。

宁志恒做事向来都是谋后而定，小心谨慎，不给敌人留下半点可乘之机。他决定向赵子良申请，行动科全体出动，将这些间谍小组成员全部生擒。

主意已定，他又向山内一成问道：“你们每天都是晚上几点回藏身地点的？”

“这个没有硬性要求，主要视当天的情况而定，一般七点左右赶回去，最晚不超过九点。再晚了，我们就会采取应急措施，撤离隐藏地点。”

看来这个调查小组的警觉性很高，有着完善的避险措施。想到这里，宁志恒接着问道："关于你的同伴池田康介，你了解多少？他近期主要在哪里活动？执行过什么任务？"

山内一成听到宁志恒的问话，脸上露出诧异的神色，犹豫了片刻，才用低哑的嗓音说道："调查小组是临时组建的，我和他只是相识，之前并不熟悉。你应该已经审讯过池田了，这些问题可以直接问他。"说到这里，他微微地抬起头，轻声问道，"池田没有开口，对吗？"

宁志恒冷冷地说道："不开口就得死，我已经亲手送他上路了。你认真考虑一下你的下场，乖乖地和我们合作，不然也是死路一条。"

山内一成张了张嘴巴，终于说道："我只知道他这两年一直都在上沪特高课的行动队担任行动队长，具体执行什么任务我不清楚，但是他们的任务一般都是针对国民党间谍组织，应该就是你们军事情报调查处。正因为他对你们的组织有一定了解，所以才被抽调到这个调查小组执行任务。"

山内一成的话让宁志恒心中一动。照他的说法，池田康介一直都是在上沪对付军事情报调查处设在上沪的分站，那么那个被捕受刑的中国男子应该就是军事情报处的特工。但愿这位特工能够撑过那些残酷的刑罚，不然上沪的军情站只怕要遭受巨大的损失。可是他却无法向上沪的军情站发出示警，原因很简单，他无法解释情报的来源。

宁志恒没有再多问，现在时间紧迫，眼看天色暗了下来，他必须着手准备抓捕行动了。他离开刑讯科，直接来到赵子良的办公室。

赵子良这两天盯着顾义石的案子，一直没有回家，看到宁志恒进来，就知道是那两名日本间谍的审讯结果出来了。宁志恒审讯人犯的风格他是知道的，三个小时过去了，人犯要么开口，要么就已经成为死人了。

"科长，审讯结果出来，人犯已经开口，这是审讯记录，我想马上开始抓捕行动。"宁志恒汇报道。

"开口了？你的动作还真是快！"赵子良笑着接过审讯记录看了看，"怎么只有一个人犯的审讯记录，另一个呢？"

"嗯……另一个死不开口，用刑过重当场死亡！"宁志恒只好实话实说。

"好吧，那就按你说的办！"赵子良一听就知道是怎么回事，以宁志恒的风格，整死一两个人犯根本就不奇怪。

宁志恒这时又开口说道："科长，这次抓捕的目标人数较多，而且他们还有枪支和手雷。我想把目标区域全部包围，以确保万无一失。这样的话，需要大量的人力，所以我想把所有的行动人员都调集起来，统一执行这项抓捕任务！"

赵子良一听，觉得这个提议不错，他站起身来哈哈一笑，点头说道："那好吧，正好我也有日子没上一线了，这次就出去活动活动，搞出点动静来，让军情处上下都知道，我们行动科才是战斗在一线的骨干力量。"

赵子良一声令下，五分钟之内，副科长向彦以下担任军事主官的行动科五位行动组组长马上到会议厅集合。

会议大厅里，所有人都等在座位上，他们虽然不知道发生了什么事情，但明白一定是有重大的行动了。

很快房门被推开，赵子良先走进会议厅，宁志恒紧随其后，两人分别入座。赵子良开口说道："今天晚上要进行一次抓捕行动，目标是隐藏在城北一家棉纺厂内的八名日本间谍，他们手中有配枪和二十枚手雷。现在由宁志恒具体介绍。"

众人一听马上就明白了，这一次的全体行动又是宁志恒发起的。

宁志恒站起身来，开口介绍道："达明棉纺厂，一年前破产，生产厂区被封闭，周围没有什么居民，人烟稀少，环境相对封闭，很适合我们的抓捕行动。

"十名日本间谍每晚都会在这里聚集，汇总他们搜集到的资料，最晚不会超过晚上九点钟。过了这个时间，他们就会紧急撤离。

"他们之中的两名间谍已经被我们抓捕，留给我们的时间不多了。对达明棉纺厂的包围，时间必须把握准确。太早了，这些间谍没有回到聚集地点，被我们挡在包围圈外面，会造成漏网；太晚了，过了集合时间他们就会惊醒，撤离藏身之处。

"所以，我们的行动必须统一步调，配合到位，不能给这些间谍留下任何漏点。"

说到这里，他将一张简易地形图铺在桌子中间，接着说道："这是达明棉纺厂的地形图，所有行动队现在就要分配好自己的防区。还有四处连通棉纺厂里下水道的出口，在谁的防区，也要派专人把守，不得松懈。每个行动组各出五名擅长使用长枪的好手，组成一支小队，听我的指挥。

“第四行动组负责进入棉纺厂执行抓捕行动，其他四个行动组分别把守棉纺厂外四个方向，要把这里围得密不透风，不能使一人漏网！”

大家纷纷点头。

这时赵子良杀气腾腾地补充道：“此次行动志在立威。我们要让日本人再也不敢在南京城里安插任何棋子，进行任何间谍活动！还是那句话，宁可杀错，不可放过！

“我们要尽可能地抓活口，但是如果日本间谍执意反抗，死不投降，可以当场枪决。总之不论死活，绝对不能漏网一人，明白了吗！”

“明白了！”众人齐声领命！

第二十六章
暗杀任务

命令下达后，整个行动科就像一部精密的战斗机器开始运转起来，准备工作以极快的速度完成。

时间一点一点过去，赵子良看了看手腕上的手表，一声令下："行动！"

顿时，行动科人员全体出动，以最快的速度赶到自己的布置地点。

早已勘察过地形的四位行动组长，按照之前的布置开始调配人员，将整个达明棉纺厂围得严严实实，水泄不通。

赵子良和向彦居中坐镇，宁志恒带领自己的行动组慢慢地靠向东侧院墙。

宁志恒一挥手，马上有十名体格强壮的行动队员靠在墙壁上相互弓着身子，搭成一个简易的人形梯架。

队员孙家成自然是行动的先锋，他带领六名行动能力最强的战术好手，踩着梯架翻过了高高的院墙。

棉纺厂面积很大，给抓捕行动带来了困难，可对于日本间谍来说也一样。由于防范的范围太大，他们根本不可能做到面面俱到，只能在大门附近安排了一个观察哨。

时间过去了不多会儿，孙家成将附近搜索完毕，这才通知大队后续跟上。

宁志恒没有多说，挥手示意，然后向前几步，踩着梯架过了院墙。身后其他人员也一个个翻过院墙，按照事先设定好的线路，向旧仓库的方向集中。

宁志恒做了个手势，赵江带着五名队员向大门附近摸过去。按照预定的计划，他们要在大门附近守着，仓库的行动后，马上抓捕守在大门附近的观察哨。

孙家成原先在野战部队待过，有丰富的侦察工作经验，所以负责在前面引路。他带着人很快穿过几栋建筑来到库房附近，这才停了下来。

宁志恒轻轻说道："悄悄摸过去，仔细寻找观察哨，务必把他找出来解决掉。"

孙家成点点头，从靴筒处抽出匕首，带着六名队员慢慢摸索过去，对每一个可能藏身的制高点都进行搜索。

宁志恒没有妄动，所有队员躲在角落里静静地等候指令。

就在同一时刻，棉纺厂的旧仓库中，调查小组的六名特工正在紧张地忙碌着。

为首的调查组组长竹下健司翻看着手中厚厚的一沓资料，然后分门别类地整理好。他抬起手腕看了看时间，对身边的大野成平说道："已经晚上八点钟了，山内和池田怎么还没有回来？"

大野成平停下手中的钢笔，笑着说道："不用太担心，池田是一名非常有经验的老特工，不会出什么事情的。这几天南京城里到处戒严搜捕，给我们的行动带来很多不便，他们回来晚一些也是正常的。组长，我建议这几天还是不要出去了，毕竟还是有一定风险的。"

这几天南京城里确实很紧张，只是这一次的调查特高课本部催得很紧，他们不敢拖延。

竹下健司不高兴地说道："还是要抓紧。给我们的时间是一个月，可是现在都过去二十天了。全城搜捕延迟了我们的工作进度，不知道还要搜查到什么时候。"

一位小组成员开口说道："组长，今天下午开始，各处主要干道上的关卡已经陆续地撤除了。看来他们已经停止了搜捕,我们之后的行动会便利许多。"

"撤除了？会不会是他们已经抓到了那位耿博明？也不知道他是不是我们的特工。"竹下健司听到这话，顿时感到有些意外，他今天没有出去，并不知道这个消息。

“不知道，中国人这样大肆搜捕，一定是为了某个重要人物。不过这种大范围的搜捕一般成功率不会太高，我估计无功而返的可能性大些。再说我们不能和南京的潜伏小组产生任何联系，所以无从知道。不过这也好，不然很容易就会暴露。现在南京的潜伏小组朝不保夕，不断有人被捕，形势非常危险，我们还是要小心行事。”大野成平有些担忧地说道。

“是啊，这半年来我们的特工损失惨重。我们的老对手——中国的军事情报调查处，不知道用了什么办法，突然变得厉害了，对我们的行动屡屡得手。这里面一定有重大的秘密，我们的任务就是找出这个秘密！”竹下健司无奈地说道。

这时，一位小组成员将手中的资料递了过来并汇报道：“组长，这几份资料都已经整理完毕，其中就有我们最重要的目标——军事情报调查处行动科的资料。这也是近半年来军事情报调查处最活跃的一个部门，几乎每一次针对我们的行动都是他们发起的。”

竹下健司赶紧接过这份资料，开始分类整理，但很快他就停住手，疑惑地问道：“这里面行动科主要军官的资料都全了，可是这位第四行动组组长的资料怎么会这么少，只有一个名字宁志恒！”说到这里他抬起头，问道，“资料显示他今年才二十一岁，会不会有错误？才刚刚毕业半年，这么年轻就已经成为军事主官？他的照片还没有搜集到吗？”

大野成平赶紧回答道：“这份资料是我负责搜集的。宁志恒确实刚刚毕业不久，但很得高层赏识，短短半年间就接连晋升，如今已经是军事情报调查处的实权人物之一。

“可惜我们收买的内线地位不高，只能给我们提供一些皮毛。而这个宁志恒因为崛起的速度太快，又很少和外人打交道，所以外人对他的情况了解很少，只能通过道听途说。想得到更详细的资料还需要时间。

“至于照片就更难获得了。这个宁志恒很小心，从来不与人合影，更不拍任何照片，我们搜集起来很困难。不过池田和山内这些天都在找机会抓拍所有进出军事情报调查处的军官，找机会让内线指认一下，就可以找到他的照片了。”

竹下健司还是有些不满意，他知道大野成平这些天收买了一名军事情报调查处的内线，收获不小。他接着问道："好吧，能不能让你的那位内线再提供一些更具体的资料？比如这些军官的籍贯、家中的亲人、他们的经济状况，等等，越详细越好。"

大野成平苦笑道："这个家伙的胃口很大，我现在已经花了三千美元了，如果想要再详细的资料，他开价就是五千美元，我们没有带那么多的活动经费！"

"那就先答应他。钱不是问题，我去想办法。只要他敢收，以后就由不得他了。能够在军事情报调查处这样的部门插下一枚钉子，大野君，你这一次的功劳足以让你平步青云！"竹下健司认真地说道。

"明白了，我会马上联系他，安排下一次的交易！"大野成平听到竹下健司的话，心中大为欢喜。没有想到这一次来南京会有这样的收获，这将是自己的一次绝好机会。

几个日本间谍在仓库里边交流情况边整理资料，却完全没有想到，整个棉纺厂现在都已经被对手团团包围了，一支精锐的行动人员队伍已经摸到了他们的眼皮子底下。

宁志恒在黑暗之处耐心地等待着，他对孙家成有足够的信心，相信不会让自己失望的。

情况果然如他所料，以他灵敏至极的听觉，很快捕捉到了风中传来的西面房顶上的一丝异响。

很快孙家成就摸回来，向宁志恒点了点头，手中的匕首上还留有血迹。

宁志恒大喜，回头向身后挥了挥手，队员们立即散开，悄无声息地将旧仓库包围起来，二十名手持长枪的射手占据了附近的制高点。

宁志恒估算了一下时间，觉得不能再等下去，正准备派人冲进去抓捕，忽然看到仓库的大门打开，两名男子走了出来。

宁志恒没有想到对方竟然送上门来了，他向身边的孙家成做了个擒拿的手势。

孙家成点了点头，带着人悄悄地摸了过去。这两个间谍一定是准备和外面警戒的两人换班的，他们规定是两个小时一换班，现在刚好到时间了。

两个人走出一段距离，就感觉黑暗中几道身影扑了过来，一名间谍的头部被孙家成重重一击，顿时眼前一黑，身子瘫软在地。

另一名间谍反应就太敏捷了。几乎就在行动队员的手触到他身上的刹那，他身子自如地一转，双手抱住一名队员，单脚一绊，就将这名行动队员摔倒在地。

这个家伙竟然是一名搏斗技术极高的柔道高手，可惜他的对手太多了，随后而上的几名队员一起扑在他的身上，将他的手脚都勒住，让他动弹不得。

这时他用日语高声发出一声喊叫，随即被孙家成狠命一击打在颈部，他顿时不再出声了。

宁志恒听到那声喊叫就知道里面的人肯定被惊醒了，于是干脆下令道："冲进去！"

话音刚落，身边的霍越泽就马上带着手下的行动队员冲了出去，直接扑向仓库的大门。

仓库里面的四名间谍听到外面的同伴用日语高喊"快走！"，知道发生了意外，顿时反应过来。几个人掏出手枪就要冲出大门，却被组长竹下健司一把拦住。

"大门冲不出去的，从后面走！"竹下健司高声说道。

四个人不敢再犹豫，一起向后面的库房跑去。可就在他们打开后门准备冲出去的瞬间，外面枪声大作，两名间谍双腿连中数枪，顿时随着几声惨叫倒地翻滚。

这是被制高点上埋伏的狙击手击中的。如果不是宁志恒命令要抓活的，现在他们几个早被打成筛子了！

竹下健司和大野成平反应及时，退了回来，不然此时下场难料。

"组长，我们冲不出去了，怎么办？"大野成平没有想到在短短的时间里，情况急转直下。现在前后被堵住，已经退无可退了。

竹下健司也是面无血色，事情发生得太快了，他根本没有别的选择，只能咬着牙说道："只能向天皇陛下尽忠了！"

竹下健司话语一出，大野成平的脸色变得惨白。他虽然早有心理准备，可真当死亡将临的时候，心中的恐惧越发强烈，他不由自主地退缩了。

这个时候，从大门冲进来的霍越泽一众队员，也顺着他们的足迹追了上来，看见竹下健司他们两个人的身影，二话不说，抬枪就射。

竹下健司举枪还击，大野成平却是就地卧倒，高声喊道：“我投降，我投降！”

可是这几声喊叫却被淹没在双方的枪声中。一时子弹横飞，竹下健司身中不知多少枪，浑身是血，直直地摔在地上。他的还击也打中了一名行动队员的腹部，这名队员顿时倒地！

枪声停止，大野成平将手中的枪抛了出去，嘴里仍然高声喊叫着：“我投降，我投降！”

霍越泽挥手示意，几名队员上前将他的双手铐住，拖了起来。

“清点人数，把受伤的小李和那两个间谍送出去救治，马上向组长汇报！”霍越泽高声命令道。手下的行动队员赶紧照办。

不多时，接到通知的宁志恒带着一众手下走进仓库。他率先来到竹下健司的尸体前，蹲下身子仔细辨认了一下他的脸庞。

错不了，这就是日本调查小组组长竹下健司，可惜没能抓到活的，宁志恒不禁暗自叹惜。

“尸体带回去吧，让他的同伙辨认，搞清楚每个人的身份！”宁志恒站起身来，踢了踢竹下健司的尸体，开口命令道。

“是！”手下的队员上前将尸体抬走。

宁志恒又快步来到仓库里的那处大木桌前，看见满桌子的材料散落四处。

他随手拿起一份材料，可是满篇的日文他根本就不认识，只好又扔回到桌子上，吩咐道：“把这些全部带回去，调集翻译以最快的速度翻译出来，我要第一时间审阅。”

“是！”身旁的王树成马上领命，几名队员上前将这些材料收拾起来。

这时赵江那边也传来消息，棉纺厂大门附近的另一个观察哨也被拿下。他听到枪声后，准备向厂外逃逸，可是被早就埋伏在附近的赵江发现。他负隅顽抗，被击中了一枪，最终落网。

总计击杀两人，活捉六人，只是这活捉的人中有三人重伤，但八名间谍无一人漏网，至此抓捕行动顺利完成。

这个结果令赵子良很满意，其他几位组长虽然有些失望，但是一次抓捕八名日本间谍，这么大的功劳，怎么也能算上自己一份，心中也挺高兴。

赵子良下令收队回军事情报调查处，并第一时间向处座汇报了案情。这一重大喜讯让处座喜出望外，他顾不上深夜休息，匆匆忙忙地赶回军事情报调查处。

所有行动科军官都在会议室待命。科长赵子良和副科长向彦，当然还有必不可少的第四行动组组长宁志恒，赶往处座办公室等候召见。

秘书笑着迎了出来，连声说道："赵科长，你们快请进，处座正等着你们呢！"如今的赵子良绝对是处座最倚重的心腹，处座的随身秘书当然要多加亲近。

进入办公室，他们就看见处座并没有像往常一样端坐在座椅上，而是在宽敞的办公室中间走来走去。看见赵子良他们进来，处座挥手笑着说道："快来和我说说具体情况！"

赵子良三人赶紧上前一步，挺身立正。

处座满意地点了点头，转回身回到座位坐下，然后示意他们坐下。

赵子良首先报告道："处座，志恒下午回去后，马上审讯了抓捕的两名间谍，很快取得了口供。和我们预计的一样，这两名间谍招认，他们是日本特高课本部直接派来专门对我们军事情报调查处进行调查的小组，成员一共十个人，二十天前进入南京，藏身在城北一家废弃的棉纺厂中。

"我们连夜布置抓捕。行动科的五个行动组全体出动，将棉纺厂团团包围，志恒亲自率队突击实施抓捕，一举将日本间谍全部抓获。

"只是日本间谍负隅顽抗，抓捕时击毙了两个，击伤了三个。我们抓捕日本间谍时缴获了大量的调查材料，已经调集翻译人员连夜加班，很快就能将材料翻译出来，请您过目！"

处座听到这里，极为满意地点了点头，然后颇有些感慨地说道："做得非常好！今天下午我还说，你们一天之内抓捕了四名日本间谍，已经算是我们军事情报调查处里了不起的大事了，现在又多个八个，真是不得了！"

听到处座如此赞誉，赵子良等人顿时受宠若惊。尤其是跟随处座多年的赵子良，知道处座一向严肃冷峻，极少听到他这样不加掩饰的高度赞扬，可见他对自己及行动科的工作满意至极，心中不禁泛起一丝暖意。

赵子良赶紧欠着身子谦逊地说道："都是我等应该做的。这一次没有想到天上掉下馅饼，日本间谍自己送到了我们大门口，让志恒顺手捡回来两个，不出半天就全部归案，确实是意外之喜！”

说到这里，屋里的人不禁开怀大笑。处座也是哈哈大笑，指着宁志恒说道：“志恒的运气好，但更主要是他做事警觉。我们做特工的，执行任务的时候警觉性高，这没有什么，难得的是在任何时候都绷紧了神经，不给敌人以可乘之机。这一点志恒做得很好，比你们这些老手都强！”

对于处座的这份赞誉，赵子良和向彦都是服气的。军事情报调查处这么多人，也只有宁志恒做到了这一点，担得起这份赞誉。

赵子良对自己和手下能得到处座的这份欣赏非常得意，他接着说道：“处座，这次行动对日本人绝对是沉重的打击，但他们肯定不会死心，还会再调派间谍继续调查我们。这样我们就太被动了。”

赵子良的话让处座深有同感，他开口说道：“你说得很对，可是我们暂时没有好的办法。你们行动科的人员档案提升保密级别的事情刻不容缓，我会督促下面以最短的时间完成。你们现在的任务就是抓紧审讯落网的间谍，尽快取得他们的口供，摸清楚此次调查的详细情况，探一探日本人的虚实。”

“是！”三个人齐声回答道。

出了处座的办公室，赵子良转头对宁志恒说道：“这一天里，我们行动科接连出击，可谓收获巨大。志恒，你厥功至伟，接下来的审讯工作就交给别人做吧。”说到这里，他怕宁志恒生起别的心思，赶紧解释道，“一天之内抓捕十二名日本间谍，在你的谍报生涯里足以写下重重的一笔，可是做事要留有余地，也要给其他的同事一点机会。之后的事情交给其他四个行动组来接手，你的第四行动组这段时间就暂时休息一下，你看怎么样？”

赵子良说得简单直接，意思非常明显。宁志恒的功劳没有人能够抹杀，可是行动科其他军官相形之下就显得太过于平庸了，这让作为科长的赵子良觉得不太合适，所以想把收尾的工作交给其他军官，给他们也创造一些立功的机会。

宁志恒当然没有异议，他很清楚自己目前的处境。其实自从今天下午，赵子良对他说自己早晚会成为日本人重点调查的目标，宁志恒就一直提心吊胆。现在日本人的谍报势力在上沪和杭城等地渗透得很厉害，真要是想对付他的家人，根本不用费太大的力气。这次日本人的调查行动给自己提了个醒，必须在最短的时间里赶往老家杭城，督促家人尽早西迁，这件事刻不容缓！

想到这里，宁志恒微微一笑，语气轻松地说道："还是科长想得周到。我到底是年轻，处世经验少，有些事难免没有考虑到。"

说到这里，他觉得还是应以实情相告，于是话锋一转，语气有些担忧地说道："其实这个案子给我敲响了警钟。我的家人都在杭城，距离上沪太近，日本谍报组织在那里也有一定的势力。我着实担忧家人的安危，所以想尽快回去一趟，把他们送往重庆安置。我想明后天就走。这件事情很麻烦，我需要说服我的家人，估计等待的时间会长一些。这里的案子只怕我也难以顾及，只能辛苦各位同事了，还望科长给我一些时间处理私事。"

宁志恒的这番话没有一点虚掩的意思，他把自己的担忧直截了当地告诉了赵子良，如此坦诚让赵子良感觉宁志恒并没有把自己当外人。

赵子良知道宁志恒的担忧并不是没有道理的，别人不清楚，他难道还不清楚宁志恒在这半年里是如何接连重创日本间谍组织的？想到这里，他点了点头，爽快地答应道："志恒，你担心亲人的安危我自然明白，但是你独自前往杭城危险太大。正如你所说，日本人在那里的势力很猖獗。这样吧，你的第四行动组暂时没有什么任务，你要去的话必须带上足够的人手，不然我是不放心的！另外，我会致电在杭城的军情站给予你一定的帮助，那里的军情站站长柳同方是我的老部下，一切事情你都可以直接找他！"

"多谢科长的厚爱，我争取尽快把家事安排好，早日赶回南京，不会耽误太多时间！"宁志恒对赵子良周密的安排着实心怀感激。

赵子良的担忧并不是没有道理，此次回杭城，确实不比半年前，那个时候日本人对杭城附近的渗透还并不严重。

况且现在他身份不同，不再是那个默默无闻，并不引人注目的军校毕业生，而是一名在中国最高谍报组织中掌握一定实力的骨干、手握生杀予夺权力的人物，自然也会引起有心人的瞩目。以宁志恒谨慎小心的性格，就算赵子良不说，他也会带一定的人手随行以防万一。

事情安排妥当，三个人赶回行动科会议室。所有军官在此待命，等候科长赵子良最后的安排。

赵子良按照之前的想法把事情安排下去，顿时让所有人皆大欢喜，毕竟他们原以为这一次没有什么机会露脸了，没想到宁志恒竟然放手把事情都交给他们做了。

第二行动组组长叶志武笑呵呵地说道："科长，您放心，我们虽然比不上志恒的脑子，可也都不是笨人，一定把事情做得漂漂亮亮的，绝不会让您失望！"

其他人也七嘴八舌地表明态度，绝不会让科长失望云云。

散了会，卫良弼与宁志恒一起出了会议室，此时已是半夜时分，两个人边走边聊。

"志恒，这一次你也算是功成身退，分寸掌握得不错。我还担心你不知进退，什么都往身上揽呢！"卫良弼笑着说道。

"其实都是科长的安排。毕竟风头太过了也不好，况且我也确实有事情要办，接下来的案子我就不参与了。"宁志恒也照实回答。

他把自己的担忧和之后的打算详细地告诉了卫良弼。

卫良弼听到宁志恒的安排，这才明白，原来他真的是有更重要的事情要做，于是说道："你的担忧确实很有必要，看样子我也要为尽早前往重庆做些准备。到时候我自会将伯父伯母照顾好,等着老师和你及早过来和我会合。"

两兄弟商量了一些细节，然后各自回家休息。

宁志恒接连几天几乎没有片刻的休息。自打抓捕了耿博明和顾文石之后，紧接着他就出手解除了地下党的巨大危机，然后在今天一天之内接连抓捕高野谅太和川田美沙，又马不停蹄地搜出了池田康介和山内一成，最后成功抓获整个调查小组所有成员。现在回想起来，这一整天的风云变幻、跌宕起伏，让他自己都心惊不已！

话说前日，宁志恒带领行动科队员完成抓捕任务，离开棉纺厂不久，黑暗中却闪出一个男人的身影。他悄悄地靠近棉纺厂院墙，向前一个急冲，身子灵巧地翻进院里。

他极为谨慎地向前摸索，目标直指旧仓库的位置，但他还是在附近四处观察了很久，以防还有敌人埋伏，直到确认周围没有人在监视，这才小心地进了旧仓库。

仓库里面满目狼藉，地上四处洒落着血迹，男子无奈地摇了摇头。

他是负责配合日本调查小组的潜伏人员，就住在附近不远处的民居中，棉纺厂仓库这个隐藏地点也是他提供的。原本认为这么隐秘的地方不会有安全问题，没想到深夜却传来密集的枪声，男子察觉事情不妙，这才冒险进来查探。

男子与调查小组组长竹下健司单独联系，如今竹下健司生死不明，他也面临着暴露的危险。他决定马上离开，并向特高课本部汇报。

男子快步离开旧仓库，翻过院墙消失在浓浓的夜色之中。

第二天一大早，宁志恒赶到军事情报调查处，上楼时见行动科人来人往，来去匆忙。时间还早，看样子行动科忙了一晚上，审讯应该有收获了吧。

他回到自己的办公室，打开窗户向外看，过了不久，门口就快速开进来几辆军车。有行动队员上前打开车门，拉下来一个双手被反扣的人犯，然后带着他向刑讯科走去。

这是抓捕回来的人犯，看来昨天晚上发生了什么事。想到这里，宁志恒赶紧出门来到赵子良的办公室，敲门而进。

"科长，昨天晚上有收获吗？我看别的行动组刚才又抓回来一个人犯。"宁志恒好奇地问道。

赵子良显然一夜没睡，眼中带着疲惫，精神却异常亢奋。他笑着说道："昨天你走了以后，我们对抓捕的间谍进行了审讯，这才知道间谍小组组长竹下健司在抓捕的时候当场死亡。不过他的副手大野成平很快就招供，他在我们军事情报调查处里竟然用重金收买了一个内线。"

"什么，内线？在我们军事情报调查处里！这个人是疯了吗？竟然敢收日本人的钱！"宁志恒不觉诧异地叫道。

"是总务科的一名文书，叫阎景。日本人冒充情报贩子花重金购买我们行动科人员的个人资料。这次应该庆幸，如果收买的是情报科人员，他们可是有权调阅其他科室成员的档案的，那问题就严重了！不过现在人已经抓起来了，吃里爬外，家规不容！"赵子良冷声说道，"我们连夜翻译了那些资料，里面有我们行动科大部分人员的详细情况，甚至还有我的住址及亲属情况，真是丧心病狂。还好这一次被你发现了，不然一旦出事，后果不堪设想！"

说到这里，赵子良也是一阵阵的后怕，他更加体会到了宁志恒心中的担忧。

“里面有没有关于我的材料？”宁志恒心头一震，赶紧问道。

“关于你的内容非常少，只有一个职位和名字。你加入军事情报调查处时间较短，阎景对你的情况还不太了解。不过这种情况马上就会解决，以后我们的档案材料没有处座的签字，是无法调阅的。”

听到赵子良这样说，宁志恒的心才放了下来，他对赵子良说道：“可是刚刚我看到的那个人犯……”

赵子良笑着站起身来，舒服地伸了个懒腰，拿起桌子上的茶杯要去续杯浓茶提神。宁志恒赶紧从他手中接过茶杯，续了一杯送到赵子良面前。赵子良心情正好，接过茶杯再次开口说道：“你不知道，昨天真是一个好日子。就在后半夜，顾文石开口了，交代了他策反成功的四名间谍。和你猜想的一样，他正是黑水间谍小组的漏网之鱼。至此黑水间谍小组的案子也彻底算是结案了。谷正奇那个家伙，高兴得嘴巴都合不拢了。孟乐生在医院这么长时间，拖着一口气熬得谷正奇恨不能吃了他，现在总算熬到头了，对处座也算有了一个交代。”

宁志恒这时才知道昨天后半夜发生了这么多的事情。顾文石竟然开口了，那刚才自己看到的那个人犯，就应该是四名被顾文石策反的间谍之一。

“动作这么快，全部抓获了吗？”宁志恒问道。他觉得这好像不是情报科的作风，不然最少也要跟踪一段时间，这么直接抓捕，倒真有些出人意料。

赵子良摇了摇头，哈哈一笑，说道：“他们等不了了。昨天我们行动科这么大的行动，一口气抓回来十二名间谍，给他们的压力太大了，我看那个老家伙眼睛都红了。再说他说得也有道理，这些被策反的间谍没有不开口的，直接抓捕讯问口供，区别也不大，于是我就同意了。你知道的，情报科必须在处座给定的期限内找出日本间谍的踪迹，不然谷正奇这一次可就难过了。”

赵子良把事情的前因后果都说了一遍，宁志恒这才了解了个大概。

情报科和行动科现在的主要工作已经完全转移到了顾文石的案子上，昨天抓捕的调查小组成员的后续工作也由其他行动组接手，宁志恒在南京的工作至此告一段落。虽然他还有一些疑问和线索，但是只能等他从杭城回来再说，眼下什么都比不上自己亲人的安危重要。

想到这里，他便开口向赵子良请假。赵子良再次郑重嘱咐他，一定要带上足够的人手回杭城，务必把安全工作做好。

宁志恒出了门，又快步赶到装备科找到崔国豪直截了当地说道："崔大哥，我需要二十支底子干净的勃朗宁手枪，两千发子弹，能做到吗？"

崔国豪一听不觉一愣，但很快就明白这肯定不是行动组用。他赶紧起身出门四下看了看，确定无人，这才回身把门锁好，转头对宁志恒说道："志恒，方不方便把用途告诉我？当然不说也没关系！"

宁志恒微微一笑，据实说道："我这一次要回老家杭城，安排家人们西迁重庆。他们这一路上旅途遥远，我不放心，这些枪支和子弹给我家人防身，有问题吗？"

宁志恒能够来找崔国豪，当然知道他的本事。军事情报调查处本来就是可以优先配给物资的特权部门，枪支弹药都是敞开了供应，这里面的油水极为丰厚。崔国豪身为装备科组长，靠山吃山，自然也有自己的门路。

听到宁志恒这么说，崔国豪一下子把心放下。他就是怕宁志恒拿这些枪支去做脏活，最后让自己吃了瓜落！

他伸手示意宁志恒坐下，转身给倒了一杯茶水，嘿嘿笑道："你老哥我在这装备科别的没有，可是这枪支弹药你要多少有多少。不过志恒，你要是只要一两支，我现在就给你拿去，可你要的有些多，还有这么多子弹，我这账不好做，所以你要去外边拿货。"

"好，一切按规矩来。我们明天走，今天给我准备好，我马上派人去拿货。"宁志恒点头说道。

崔国豪说得很委婉，但是话里面的意思很清楚，这些军火是要花钱的，毕竟这个生意不是他一个人的。

宁志恒也没有打算白要这些军火，尽管他如今的地位稳稳压住崔国豪一头，但事情不是这样论的，该花钱的地方不能省。

崔国豪马上回到办公桌前，取过纸笔写了两行字，将纸条递给宁志恒说道："放心，绝误不了你的事。这是地址和暗语，我会让他们准备好，你随时可以去提货。"

宁志恒接过纸条一看，不禁有些好笑，打趣道："你可真不愧是军情处的，连暗语都搞出来，不知道的还以为是行动接头呢！"他知道这个地址就是崔国豪平时倒卖物资的出货点，只是没想到他会如此谨慎，把特工那套用到这上面了，倒也是别出新意。

崔国豪也是哈哈一笑，说道 :“我这也是有备无患，其实就是真有事情也不怕，谁敢查到我们军事情报调查处来？天塌下来有高个子顶着，这里面的大头可不是我这一个小小的中校能吃得下的。”

言下之意再清楚不过了。宁志恒没有想到，这个军火生意后面竟然是黄贤正这座大靠山。也就是说，这军火生意竟然是自己保定系的买卖，只怕和军中还有些牵连。这里面的水可就深了，不过这样对自己反而更安全。

宁志恒把事情谈妥后回到办公室，马上拿起电话。

“树成，你和孙家成还有赵江都过来一趟！”宁志恒沉声命令道。

很快，王树成等三个人来到宁志恒的办公室。

“树成，明天我要去杭城处理一些事情，老孙和赵江从第一行动队挑选二十名精干的队员随行，这段时间你暂时代理行动组的工作。”

看到王树成错愕的眼神，宁志恒摆了摆手，再次说道 :“科长亲口答应，这段时间我们行动组不会有大的行动，你应该能应付得了。如果有紧急情况，马上发急电到杭城军情站，他们会通知我的。”

王树成听到宁志恒这么说，悬着的心才算放下来。就他如今的能力，代理行动组的工作确实有些吃力，单纯处理一些事务还是没有问题的。

宁志恒又转头对赵江说道 :“你马上去订明天去往杭城的火车票，不妨亮出我们军事情报调查处的招牌。座位要集中，要在一个车厢里，以防意外情况发生。”

赵江赶紧领命而去。王树成看孙家成没有说话，知道宁志恒肯定有话要单独对他说，会把很多事情交给这个最信任的心腹来处理，于是也退出了办公室。

宁志恒这才对孙家成吩咐道 :“你过一个小时去这个地址，按照上面的暗语和货主接头，取回二十支新枪和两千发子弹，明天我们要带走！”

孙家成一听宁志恒提到接头和暗语，脸上露出严肃的表情，马上说道 :“组长放心，我保证不出问题。”

孙家成对自己的身手一向极为自信，除了上司宁志恒以外，他相信没有人能奈何得了他。

宁志恒摆手笑道：“你想多了，这军火生意其实也是我们军事情报调查处的买卖，只是在那里拿货方便一些罢了。对了，这是货款！”

说完，他拉开抽屉，取出一沓美钞递给孙家成。孙家成点头领命而去。

事情暂时安排好，宁志恒赶紧坐下来写结案报告。自然，他把功劳都记在了自己部下的身上，相信这一次能为他们争取到不少的利益。

上午的时间就在忙忙碌碌中度过，直到办公桌上的电话铃再次响起。宁志恒拿起电话，一听是刘大同打来的。

“组长，我有事想向您汇报。”刘大同恭敬地说道。

“好吧，还是老地方，去红韵茶楼找我。”宁志恒没有多说，正好也到了午饭时间，他大概也能知道刘大同找他有什么事情。

宁志恒出了军事情报调查处，来到红韵茶楼，进入包厢没一会儿，就听见外面汽车的刹车声。

他起身来到窗前，看见一辆黑色轿车停在茶楼门口，刘大同从车上下来，手中提着一个皮包，快步向茶楼里面走来。

刘大同直接走上二楼，进入包厢，看见宁志恒站在窗户前，赶紧上前将手中的皮包放在桌子上，笑着说道：“组长，这是这个月的份例。我知道您喜欢英镑和美元，就全都换成了美元，总共一万六千美元！”

刘大同一个月前刚刚当上西城警察局局长，作为宁志恒的代言人，他最主要的任务就是为宁志恒看好这条交通要道。

以前杜谦当警察局长的时候，都是自己收三成，给他的靠山警察总局副局长韩兴平三成。

刘大同心中对宁志恒充满感激之情，再加上宁志恒威势日重，所以刘大同直接就将关卡份例的六成都上交给了宁志恒，不敢有丝毫的存留。

宁志恒满意地点了点头，他对这笔钱的数额心里是有数的。其实他并不是在意这些钱，而是在意刘大同的态度，好在刘大同很有自知之明。

宁志恒示意刘大同坐下，自己也回身坐在主位，微笑着说道：“以后你自己留下两成的份例，把自己的事情做好就可以了。这一个月工作上没有什么问题吧？”

刘大同听到宁志恒的话，心中一暖，赶紧说道：“不，不，我那里也确实用不着这么多。除了这份例，这西城警察局的油水太多了。有您这座大山在我后面镇着，这一个一个都听话得很，带过来的兄弟也得力，工作顺风顺水，以前怎么也想不到会过上这样好的日子。我老婆天天说，当初捡了一个石疙瘩，没承想捂出个金元宝来，哈哈！”

宁志恒也被逗乐了，刘大同底子还是干净的，心存良善，但愿他以后能够身处高位不忘本。

“你老婆是个好女人，以后好日子多着呢。和你说一下，我明天要回杭城处理一下家事，时间大概一个星期。这段时间有紧急的事情，就找我的手下王树成，他会及时通知我的！”

刘大同一听宁志恒又要回杭城，顿时眼睛一亮，赶紧说道：“组长您回杭城老家，能不能替我们两口子给我那干闺女捎点东西过去？这么长时间没有见她了，也不知道这孩子现在怎么样了。我老婆总是念叨着，前段时间还做了两双鞋子，说要寄过去。我说人家小婉家里是高官大户，还能看上你这两双鞋子？结果就没有寄。我这就回去再买些好东西，给小婉带过去。”

刘大同一家人真心实意地把小婉当成自己的亲闺女一样照顾，这一点一直让宁志恒感到非常满意。

宁志恒不由得笑骂道：“你可真糊涂，这点事情也想不清楚。陈局长家里什么都不缺，那亲手做的鞋子才最好。你回去赶紧准备，我给你带过去。”

刘大同这才醒悟过来，直说自己糊涂。两人又聊了几句，刘大同这才有些犹豫地说道：“组长，还有个事情我有些拿不准。”

“什么事情？你说说看。”宁志恒说道。

“现在把守乔水湾关卡的那个单宜民，也就是我的前任杜局长的小舅子，他想和您见一面，不知道您给不给他这个脸？”刘大同开口说道。

“单宜民，杜谦的小舅子？”宁志恒眉头一皱。他当然知道这个人，当初杜谦花了十万大洋把自己的小舅子运作到这个位置，巧妙地将康元口关卡和乔水湾关卡联合在一起，这才将这条黄金通道牢牢掌握在手中。

“你是不是把他的那一成份例给吞了，让人家找上门来了？”宁志恒疑惑地问道。不过他相信刘大同眼皮子没有这么浅，敢违背他的意思。

刘大同听出宁志恒语气中的不悦，赶紧解释道：“当然没有。您当初特意交代过，一切都按杜局长的规矩保持不变，那一成可是没有少他的。就是给他送份例的时候，他开口说想见您一面，拜您的码头。我看他说话支支吾吾的，也不知道具体有什么事。”

宁志恒摆了摆手，说道：“我的手也伸不了那么长，军队的事情少掺和。他要是坐不稳这个位子是他没本事，换一个我们一样做生意。如果真有重要的事情也要等我从杭城回来再说！”

宁志恒当然不会昏了头。现在是军政府掌权，军队中的大佬太多，这里面的水太深。调查军队中的泄密、投敌、变节、策反、叛国等案件，这是军事情报调查处的权限范围，宁志恒是可以插手的；可如果插手军中权力斗争、派系斗争，或者直接试图掌控军权，那就是作死，换作处座也是不敢的。

宁志恒不想多生事端，再说现在什么事情也没有回杭城安置亲人重要，做这件事情宜早不宜迟，否则他寝食难安。

见宁志恒一口拒绝，刘大同赶紧点头称是。他不过是给单宜民传个话罢了，再说组长说得很对，换个人一样做生意，无非是钱财开道罢了。

说完了事情，刘大同起身告辞。宁志恒吃了点饭菜，也赶回军事情报调查处继续写结案报告。

而与此同时，在上沪日本特高课本部，课长佐川太郎正一脸铁青地听取情报组长今井优志的汇报。

“课长，刚刚得到的消息，我之前派去南京调查情报现场失利原因的调查小组，已于昨天晚上九点左右被中国谍报部门突袭，十名小组成员全军覆没，无一幸免。这全都是我的责任，我请求您的处罚！”情报组长今井优志满脸沮丧，低着头向上司报告。

佐川太郎看着自己这位部下，恶狠狠地说道：“今井组长，之前对于你的才能我一向非常赞赏，可是不得不说，这半年来你的工作屡屡出现严重失误。十名调查小组成员不是普通的谍报人员，他们每一个都是中国通，损失一个都是我们工作的严重失误，现在你让我如何接受这个事实？”

今井优志深深地低下头，这个消息同样让他难以接受。当他接到这份电文的时候，脑袋犹如被巨锤重击一般，半天反应不过来。尤其是调查小组的组长竹下健司，不仅是特高课资深的老牌间谍，更是他多年的好友和部下，没想到竟落入敌手，至今想来心中痛如刀绞。

佐川太郎心中也不禁生出几丝颓然，自他接手后，局势不仅没有一丝好转，反而越发严重。他身子向后一躺，无力地靠在座椅上，无奈地说道："谍报战场上的严重失利，让我们逐渐无法探知中国南京政府的动向，军部对我们的工作非常不满。我的前任就是在这样的情况下黯然离职的，难道我要步他的后尘吗？"

"对不起。尽管我知道这样做会让您更加气恼，但是我还是要把实情向您做详细的汇报。"今井优志的声音越发低沉，"作为情报组长，如果隐瞒真相，影响了您的决策判断，那么我将负有更大的罪责。"

佐川太郎微微闭着的眼睛又突然睁开，他直直地看向今井优志，疑惑地问道："今井组长，难道你今天带给我的消息还不够恶劣吗？还有什么坏消息要告诉我？"

今井优志把牙一咬，再次沉声汇报道："我们半年前刚刚组建的雪山小组，已经过了安全通报的时间。也就是说雪山小组也出了意外，应该是被中国军事情报调查处破获了。"

又是一个坏消息！佐川太郎此时什么都不想说，只觉得天空一片灰暗。

他半天没有说话，最后抬起头来，脸上露出惨淡的笑容，语气沉重地说道："既然这样，我也向你通报一件痛心的事情。我们安插在敌人心脏的匕首、保密级别最高的特工黑狐七天前也失去了联络。专门配备给他的联络站人员发现，有中国特工搜查了他家，并查封了他的住宅，也就是说黑狐已经暴露并且落网。他传递出来的情报虽然让我们在南京的情报组织躲过了灭顶之灾，他本人却没有能够逃过中国情报部门的追查，太可惜了！他可是我们最有价值的情报员。"

"黑狐也已经暴露了？"今井优志听到这个消息，不禁惊讶地出声问道。黑狐是前任上沪特高课课长亲自掌握的高级特工，没想到这一次还是没有能够躲过这场风暴！

一时之间，两个人沉默无语，心情沮丧到了极点。最后今井优志开口说道："课长，鉴于南京谍报战场现在的局势，在找到失利的具体原因之前，我建议停止一切情报活动，再派一批精锐的调查小组潜入南京，继续调查中国军事情报调查处，不然我们还会有更多的人员损失。这些谍报小组都是我们耗费了无数心血才成功潜伏下来的，不能再有任何损失了！"

“不，难道还要重蹈覆辙吗？”佐川太郎断然拒绝了这一提议，“吃一次亏就要长一次见识，吸取一次教训。南京现在已经成为龙潭虎穴，我们不能再把这些优秀的特工送进去做无谓的伤亡。

“据我所知，军事情报调查处是中国最大的谍报组织，它在每个重要城市都设有军站，而这些情报分站的力量相对薄弱。我们要试着从这方面找到突破口，获取南京情报总部的秘密，找出我们真正失利的原因。

“这件事情你抓紧办，不论你用什么办法，都要尽快查明原因，我们的时间不多了。

“有消息传出，军部对于我们特高课的情报工作极其不满，已经有人提议重新组建一个新的谍报部门，这对我们来说是雪上加霜。今井组长，事态真的非常严重，还请多多努力，共渡难关吧！”

“嗨依，我明白了！”今井优志赶紧回答。他没有想到，佐川课长竟然提出了另一个思路，直接避过已经成为情报重灾区的南京，通过分布在各地的军事情报分站人员来探听南京总部的真实情况，的确是个好主意。他不禁点头，佐川太郎能够成为上沪特高课课长，其能力和战略眼光的确高于自己，不由得他不佩服。

至于那个军部即将组建的新的谍报机关，其实他也有所耳闻。现在经佐川太郎这个级别的领导说出来，那么这条消息的真实性几乎可以确定了。到那个时候，内务省特高课作为对华作战的最高谍报部门的地位将会受到极大的挑战，这对特高课来说的的确确是坏消息。

今井优志在脑子里仔细思考了片刻，权衡利弊，最终说道：“课长，我们特高课在杭城和扬州都有不弱的实力，尤其是杭城距离我们最近，它是浙江的省会城市，又是中国比较重要的大都市，那里的军事情报分站和南京总部联系密切。我想从这一方面入手，您看怎么样？”

佐川太郎点头赞同道：“你的想法和我不谋而合。杭城是极为重要的沿海城市，也一直是我们设想中第一波打击的重要目标。我们投入的谍报力量很大，现在那里也有一定的基础，做起事情来自然事半功倍。那么一切就拜托了，马上着手安排吧，我等着你的好消息！”

“嗨依！”

宁志恒在办公室奋笔疾书，终于将结案报告写好了。他放下手中的钢笔，将结案报告放进公文袋里，站起身来伸了一个懒腰。

就在这时，办公桌上的电话铃响起，他拿起电话，没想到竟然是处座的随身秘书打来的。

“宁组长，我是刘秘书，处座让你马上到他的办公室来一趟。”刘秘书在电话那边说道。

“好的，刘秘书，我马上就到。”宁志恒应声说道。

宁志恒放下电话，心中不禁有些奇怪，这还是自他加入军事情报调查处以来处座第一次直接打电话相召，一定有重要的事情！他不敢有片刻的耽误，急忙出了门，快步向处座办公室走去。

来到办公室门口，刘秘书已经站在门口等他。

“刘秘书，劳您久候，处座现在在吗？”宁志恒紧走几步上前问道。

“宁组长，处座正在里面等你，快请进。”刘秘书满脸堆笑地说道，回身做了一个“请”的手势。

宁志恒走进去，看见办公室里除了处座还有情报科副科长边泽，不禁感到有些意外。

他曾听赵子良说过，其实情报科的副科长边泽才是处座最信任的心腹，处座的很多事情都是由边泽来处理的。

这段时间以来，情报科科长谷正奇被处座逼得焦头烂额，可是副科长边泽却一直未露面，这让宁志恒一直感到奇怪。现在想来，他一定是去处理某些隐秘的事情。不知道今天出现在这里是有什么事情，会不会和处座召见自己有关系？

“报告处座，宁志恒前来报到！”宁志恒立正挺身高声说道。

处座看到宁志恒进来，顿时脸上露出了笑意，他摆了摆手示意宁志恒坐下，这才开口说道：“志恒，我刚才听子良说，你明天要回杭城老家？”

宁志恒没有想到处座的消息如此灵通，竟然这么快就知道他要回乡的事情。他赶紧点头说道：“报告处座，是有这么回事。这一次日本调查小组的事情让我实在担心。我的家人都在杭城，我怕牵连到他们，所以想把家人送往重庆安置。”宁志恒觉得这并没有什么好隐瞒的，就据实相告，相信处座也不会因此而有所质疑。

处座听到这话，连连点头。他颔首微笑，开口说道：“你如今的地位不同，迟早会引起日本间谍组织的注意。杭城的情况又比较特殊，那里日本人的谍报势力比较强，是要防患于未然！”说到这里，他话锋一转，接着问道，“志恒，你是杭城人，对日本驻杭城领事馆熟悉吗？”

宁志恒赶紧回答道：“我自幼长在杭城，对那里还是比较熟悉的。日本驻杭城的领事馆是建在西湖宝石山上的石塔，只是那里是日本人管辖的地段，我也只是远远地看过。”

日本驻杭城领事馆的历史由来已久。公元一八九六年杭城开埠，日本根据《马关条约》在杭城设立租界和日本驻杭领事馆。所以说杭城不比南京，日本人在杭城是有一定实力的。宁志恒之所以如此担心家人的安危，正是因为日本人的势力近在咫尺，他们真要想对他的家人不利，宁志恒根本无法照顾得到。

“那很好，”处座从办公桌上拿起一张照片，微笑着说道，“你这次回杭城处理家事，我这里正好也有一件任务要交给你。”说到这里，他将照片向前一推。宁志恒赶紧上前几步，将相片拿在手中仔细观看。

照片上是个五十多岁的男子，身材不高，体形微胖，半侧脸露出微微的笑容。宁志恒翻过照片，看到背面写着“河本仓士，五十二岁，日本上沪特高课课长”。

一旁的边泽开口说道：“这是日本上沪特高课前任课长河本仓士，在这几年里一直是我们军事情报调查处最主要的对手。此人狡猾阴狠，诡计多端。

“我们多少优秀的特工都死在了他的手上，可谓血债累累。他也一直是我们多次刺杀的目标，可惜每一次都没能成功，反而搭上了我们不少同志的性命。两年前我在上沪的行动失败，就是栽在他的手上。你杀死的高级特工雪狼正是他的得力助手。

“这两年我一直筹划着对他的刺杀，可是因为上沪是日本间谍的本部，实力强大，我们每次行动都未能成功。没有想到，他于两个月前因为在南京的失利引咎辞职，离开了上沪，调任日本驻杭城领事馆领事参赞。杭城日本间谍的力量远不如上沪，这可是一个大好的机会。”

宁志恒这才明白过来，原来处座今天召见自己，是要让自己去执行刺杀任务，除掉这个日本高级特工。可是这个任务为什么要交给自己去执行？这种事情不是应该由杭城军事情报站来做吗?

宁志恒知道，杭城的军事情报站是一个大站，整个情报站足足有一百六十余人。要是算上暗地里的人手，加在一起不下三百人，可以说行动人手充足。杭城的刺杀任务，说什么也轮不到自己这个南京总部的行动组长来动手。

似乎是看出了宁志恒的疑问，边泽在一旁解释道："这次和在上沪不同，我们决定对他进行暗杀。"

"暗杀?"宁志恒有些疑惑地问道，"不是刺杀吗?对这样一个老牌特工，暗杀的难度可就太大了，谁能够无声无息地杀掉这样一个资深间谍?"

"必须暗杀!"处座的声音再次响起，他严肃地说道，"现在河本仓士身份不同了。以前他是谍报组织的头目，对他进行刺杀还只是谍报战场的交锋，可现在他的身份是日本驻杭城领事馆的领事参赞，是外交官，如果公然对他进行刺杀会引起严重的外交纠纷。现在中日两国的局势越来越紧张，所以对他只能实施暗杀，不能给日本人以口实。"

边泽接着说道："我们在一个月前向杭城站下达了暗杀河本仓士的命令，可是他们办事不力，迟迟无法完成，一直拖延到现在。这一次正好你去杭城，搞暗杀做外勤，原本就是你们行动科的老本行，论战术能力你又是行动科里首屈一指的好手，所以处座决定将这个任务交给你执行。"

处座又开口说道："记住，只能在日本领事馆和日本租界里面动手，不能用枪动刀，最好是造成疾病死亡或者意外死亡的假象，不能给日本人以任何口实，明白吗?"

原来是这个原因，宁志恒不禁暗暗叫苦。这个任务可是吃力不讨好，危险性高，难度也非常大。怪不得一个多月的时间，杭城军事情报站竟然迟迟无法完成这一任务，所以处座把任务派到了自己的头上。

处座和边泽看出了宁志恒的为难。处座上前两步，轻轻拍了拍宁志恒的肩膀说道："你不必为难，这次去只需量力而行。你去实地勘察一下，如果真的像杭城站所陈述的那样难度太大，无法做到掩人耳目，那就放弃行动。不过我相信以你的能力，应该能够把这件事情做好!我会让杭城站全力配合你的行动，给你提供所需要的任何支援!"

处座的话让宁志恒把心又放了下来。从处座的话语中他听出，这次任务困难重重，杭城军事情报站怕担责任，便借口难度太大迟迟不敢执行。这样的话自己去了杭城之后也可以虚应其事，视情况而定，到时候就算说难度太大，最后放弃这次暗杀任务，处座也不会过于为难自己。毕竟有杭城军事情报站的先例，自己没有把握完成任务也说得过去。

想到这里，宁志恒不再犹豫，他挺身立正高声应答道：“请处座放心，卑职一定全力以赴，完成此项任务，绝不辜负处座的期望！”

“好！”处座高兴地拍掌说道，“此次去杭城，你先办理自己的私事，安置好你的家人后再着手执行此项任务。任务完成的时间由你自己具体掌握，务必做到万无一失。还是那句话，如果事不可为，不可强求！”

图书在版编目（CIP）数据

谍影风云. 2 / 寻青藤著. -- 北京 : 东方出版社, 2020.11
ISBN 978-7-5207-1530-0

Ⅰ. ①谍… Ⅱ. ①寻… Ⅲ. ①长篇小说—中国—当代 Ⅳ. ① I247.5

中国版本图书馆 CIP 数据核字（2020）第 083627 号

谍影风云 2
（DIEYING FENGYUN 2）

作　　者：寻青藤
责任编辑：朱　然
特约编辑：石相杰
策　　划：上海触漫网络科技有限公司
出　　版：东方出版社
发　　行：人民东方出版传媒有限公司
地　　址：北京市西城区北三环中路 6 号
邮　　编：100120
印　　刷：天津盛辉印刷有限公司
版　　次：2020 年 11 月第 1 版
印　　次：2020 年 11 月第 1 次印刷
开　　本：787 毫米 ×1092 毫米　1/16
印　　张：27.5
字　　数：450 千字
书　　号：ISBN 978-7-5207-1530-0
定　　价：49.80 元
发行电话：010-85924663　85924644　85924641